ALAN SAVAGE

Die Töchter der Steppe

Aus dem Englischen von
Karin Meddekis

BASTEI
LÜBBE

BASTEI LÜBBE TASCHENBUCH
Band 15076

1. Auflage: Januar 2004

INHALTSVERZEICHNIS

PROLOG:

Das heilige Land – 1173

Im Frühjahr des Jahres 1173 unseres Herrn verließ mein Vater auf Befehl des Grafen Raymond von Tripolis Jerusalem, um die Garnison der Festung von Tiberias am Ufer des Sees Genezareth zu verstärken. Er nahm vierzig Lanzenreiter mit. Und da jeder Lanzenreiter ein ganzes Gefolge von Knappen mit sich führte, waren es insgesamt an die zweihundert Krieger. Mein Vater wurde von seiner Familie begleitet, und dazu gehörte selbstverständlich auch ich, seine jüngste Tochter.

Von Jerusalem bis Tiberias war es nicht weit. Die Reise dauerte nur ein paar Tage, führte aber größtenteils durch die Wüste. Zudem herrschten im Heiligen Land unruhige Zeiten. Man könnte hier die Frage stellen, wann es im Heiligen Land jemals friedlich zugegangen wäre. Eine Hand voll Kreuzritter kämpfte inmitten einer riesigen Nation von Moslems ums Überleben.

Mein Vater war ein umsichtiger Mann. Unser Feldzug wurde zu beiden Seiten von Reitern und von einer Vor- und Nachhut geschützt, damit wir nicht in einen Hinterhalt gerieten. Als wir am zweiten Tag unserer Reise die Hälfte der Strecke zurückgelegt hatten, berichtete einer unserer Späher von einer Gruppe Reiter, die sich aus dem Norden näherte.

Mein Vater traf augenblicklich Vorkehrungen, um einem eventuellen Angriff standzuhalten.

☆

Zu jenem Zeitpunkt war ich zwölf Jahre alt und hatte außer auf einem Turnierplatz noch nie einen Kampf oder eine bewaffnete Auseinandersetzung erlebt. Ich war schrecklich aufgeregt. Der Gedanke, wir könnten besiegt werden, lag mir fern. In meinen Augen war mein Vater ein großartiger Mann, und ich vertraute seiner Fähigkeit, den grimmigsten Feind zurückzuschlagen.

Mein Vater war Engländer und hieß Lord Peter von Romsey. Als junger Mann hatte er sich in dem großen Bürgerkrieg zwischen dem Thronräuber Stephan von Blois und der Tochter Heinrichs I. von England, die als Witwe des Kaisers von Deutschland Kaiserin Mathilde genannt wurde, hervorgetan. Mein Vater kämpfte für die Königin, der rechtmäßigen Thronerbin, und opferte dafür sein Vermögen. Wie alle anderen auch freute er sich über den Sieg, der nicht für die Königin, sondern letztendlich für ihren Sohn, der als Heinrich II. den Thron von England bestieg, errungen wurde. Für meinen Vater leuchtete die Zukunft indes nicht so rosig wie für die Plantagenets.

Dieser König Heinrich II. wurde aus sicherer Entfernung als der größte englische Monarch seit Alfred angesehen. Das mag zutreffen, wenn man lediglich seine Verdienste betrachtet. Er führte zahlreiche Gesetze ein und brachte seinem Land Frieden und Ansehen, das selbst die Eskapaden seines Sohnes nicht schmälern konnten. Andererseits war er ein unbeherrschter, unbeliebter und wollüstiger Mann. Seine Starrköpfigkeit erreichte ihren Gipfel im Jahre 1170 – drei Jahre, bevor meine Geschichte beginnt. Damals führte eine seit langer Zeit schwelende Fehde zwischen dem König und seinem Erzbischof von Canterbury, Thomas Becket, zur Ermordung des letztgenannten.

König Heinrich stritt ab, etwas mit der Tat zu tun zu haben, was niemanden und auch meinen Vater nicht überzeugte. Mein Vater war der Kaiserin Mathilde immer mehr zugetan als ihrem Sohn. Als sie verstarb, begriff er, dass er nicht länger einem solch unbeständigen Monarchen dienen konnte, und beschloss, eine Wallfahrt ins Heilige Land zu unternehmen. Da er dadurch des Königs Zorn auf sich zog, hielt er es für klug, seine engsten Angehörigen mitzunehmen. Zur Reisegesellschaft gehörten somit meine Mutter, meine älteren Brüder Thomas und Heinrich, meine ältere Schwester Magdalene und ich. Ohne dass mein Vater es ahnte, riss diese Reise unsere ganze Familie ins Unglück, und mich erwartete ein ungeheures Abenteuer. Noch heute stockt mir der Atem, wenn ich daran zurückdenke.

☆

Unsere Späher wurden zurückgerufen, und wir nahmen Aufstellung zur Verteidigung. Vater war in der Kriegsführung und Heeresgeschichte gut geschult. Die Kreuzritter hatten ihre Erfolge im Kampf gegen die Araber ihren schwer bewaffneten und gepanzerten Reitern, die auf großen Schlachtrössern ritten, zu verdanken. Die Sarazenen waren leichter bewaffnet und gepanzert, und ihre Pferde waren in den Augen von uns Franken – wie sie uns nannten – nicht viel größer als Ponys. Daher sammelte er seine Krieger und vertraute auf die Gelegenheit eines Angriffs.

Der Erfolg eines Angriffs basierte auf einer soliden Fußtruppe, damit sich die Kavallerie dorthin zurückziehen und erneut Aufstellung beziehen konnte, falls ihr erster Angriff fehlschlug. Außerdem bewachten die Fußtruppen den Tross und das Gefolge, wozu unter anderem meine Mutter, Magdalene und ich gehörten. Einige Krieger und unsere wenigen Bogenschützen saßen ab und gingen in Position, um uns drei Frauen, die Dienstmädchen, Packpferde und das Gepäck zu verteidigen.

Mutter war verständlicherweise sehr ängstlich. Was Magdalene fühlte, weiß ich nicht. Sie war vier Jahre älter als ich und ließ sich nicht herab, mir ihre geheimsten Gedanken anzuvertrauen, doch sie wirkte gefasst. Magdalene war ein hübsches Mädchen mit einem drallen Körper und feinen Gesichtszügen, die von wallendem, kastanienbraunem Haar umrahmt wurden. Man möge mir verzeihen, wenn ich rückblickend behaupte, dass alle in unserer Familie ausgesprochen hübsch waren. Die Hübscheste von allen war ich. Dies mag sich ungehörig anhören, aber es entspricht der Wahrheit. Selbst wenn ich im zarten Alter von zwölf Jahren noch nicht zu voller Schönheit erblüht war, verdanke ich ihr die Tatsache, überlebt zu haben und in der Lage zu sein, diese Worte nach so langer Zeit niederzuschreiben. Die wichtigsten Menschen in meinem jungen Leben erkannten die Schönheit, der ich mich bald erfreuen sollte.

☆

Meinem Vater entging die Aufregung meiner Mutter nicht, als er zu uns kam, um sich von unserer Sicherheit zu überzeugen.

»Es gibt keinen Grund, Angst zu haben«, versicherte er uns, obwohl es nicht der Wahrheit entsprach. »Wir haben eine starke Position.«

Das entsprach der Wahrheit, wenn man allein unseren Standort betrachtete. Wir hatten am Fuße einer Hügelkette bei Hattin, die sich um ein flaches Tal schmiegte, Stellung bezogen. In diesem Tal waren wir vor einem Angriff geschützt, sofern die Krieger die Hügel zu beiden Seiten verteidigen konnten, und dort war der größte Teil der Fußtruppen stationiert. Die Reiterei sicherte den Zugang zum Tal.

Wie schon gesagt, schien diese Aufstellung gut zu sein, aber sie barg einen ernsten Nachteil, da es hier kein Wasser und keinen Schatten gab. Daher konnte uns dieses Tal lediglich einen vorübergehenden Zufluchtsort bieten, ehe wir unsere

Reise fortsetzten. Wir litten bereits unter Wassermangel. Die Hitze kam erschwerend hinzu. Es war früher Morgen im Frühjahr und ein sehr heißer Tag. Für unsere gerüsteten Krieger war das ein großes Problem. Aufgrund ihrer Brustharnische, die sie über ihren Kettenhemden trugen, und ihrer Helme, die ihre Köpfe vollkommen schützten, wenn sie die Visiere hinunterklappten, waren sie den Sarazenen in der Schlacht weit überlegen. Andererseits kamen sie sich in ihren Rüstungen vor wie in einem Backofen, wenn die Sonne auf sie nieder brannte. Hinzu kam der Sand, der durch die Rüstung drang und schrecklichen Juckreiz verursachte. Wenn man eine Rüstung und stählerne Handschuhe trägt, ist es nicht möglich, sich zu kratzen.

Diese Faktoren sollten wenige Jahre später einem ganzen Heer von Kreuzrittern eine noch größere Tragödie als uns bescheren. Die Kreuzritter suchten an genau diesem Ort Zuflucht und wurden von den Sarazenen unter dem Befehl des gefürchteten Generals Saladin umzingelt und massakriert. Damals war Saladin für uns nur ein Name.

Uns Frauen erging es weit besser. Der Brauch schrieb uns vor, Mantel, Haube, Mieder, Rock, Unterröcke und Gürtel zu tragen. Auch uns machte die Hitze zu schaffen, und der Sand konnte durch unsere Kleidung dringen. Wir hatten indes den Vorteil, dass die Röcke unsere Beine vor der Sonne schützten und wir uns kratzen konnten.

Für Mutter war das alles kein Trost. »Warum mussten wir Jerusalem verlassen?«, jammerte sie. »Warum?«

»Weil es unser Herr so befohlen hat«, erwiderte Vater.

☆

Jeder Mann musste einen Herrn haben, wenn er nicht selbst ein Herr war, und dann musste er einen König haben. Vater, der den Schutz seines Königs aufgegeben hatte, bemühte sich, nach seiner Ankunft im Heiligen Land schnell einen neuen Herrn zu finden. Das war ihm gelungen. Sein guter Ruf als fähiger Krieger hatte ihm eine Position in den Diensten des Grafen Raymond von Tripolis eingebracht, eines Führers der Kreuzritter und eines Mannes, dem Größeres bevorstand. Er war oberster Ratgeber des Königs Amalrich von Jerusalem, und da Amalrich im Sterben lag und sein Sohn Balduin an Lepra litt, würde Graf Raymond bald der eigentliche Herrscher des Königreiches sein.

Folglich musste man diesem Mann gehorchen. Er war sehr wohlhabend, und sein Zuhause war eigentlich sein Schloss in Tiberias, obwohl er die meiste Zeit in Jerusalem verbrachte. Der Graf war immer bemüht, seine Garnison zu vergrößern. Vaters Reise nutzte er, um eine große Geldsumme nach Tiberias bringen zu lassen, weil ihm dieser Ort sicherer erschien. Im Gegensatz zu Jerusalem, wo jeder Mann nach eigenem Reichtum strebte, gehörte dort jeder zu seinen Vasallen.

Vater freute sich, für diese Aufgabe ausgewählt worden zu sein und die Verantwortung für das kleine Vermögen übernommen zu haben. Er trug Briefe bei sich, die ihn als höchsten Befehlshaber der gräflichen Streitkräfte der Seestadt auswiesen. Das war nicht nur höchst erfreulich, sondern es barg die Aussicht auf noch größere Auszeichnungen und größeren Reichtum. Bedeutender war im Augenblick, dass es Vaters Ansehen in den Augen seiner Anhänger steigerte, die größtenteils französischer Abstammung waren und die es nicht besonders erfreute, unter dem Befehl eines Engländers zu dienen. Da er die Achtung und das Vertrauen des Grafen genoss, dienten sie ihm bereitwillig.

Natürlich nahmen sie ihre Stellungen mit lärmendem Überschwang ein. In Erwartung der kommenden Schlacht vergaßen sie sogar ihr körperliches Unbehagen.

»Ich bringe dir den Kopf eines Sarazenen«, verkündete mein Bruder Heinrich.

Heinrich war fünfzehn Jahre alt und glühte vor kriegerischem Eifer, obwohl er ebenso wie ich noch nie eine Schlacht erlebt hatte. Er trug eine volle Rüstung und sah aus wie ein Krieger.

Ich war mir nicht sicher, ob mir das Geschenk eines Kopfes gefallen würde, selbst wenn es der eines Sarazenen war.

»Behalte die Köpfe«, sagte Magdalene. »Hauptsache, du schlägst sie ihnen ab.«

Eine Niederlage unseres Vaters kam uns gar nicht in den Sinn. Wir wunderten uns, als Pater Anselm, unser Beichtvater, niederkniete und inbrünstig um den Sieg flehte. Er verhielt sich häufig seltsam.

☆

Es verging eine nervenaufreibende Stunde, während derer die Sonne höher stieg und es immer heißer wurde. Selbst wir Frauen schwitzten. Mutter erlaubte uns allen einen kleinen Schluck Wasser. Wir mussten sparsam mit dem wertvollen Gut umgehen, falls sich unsere Reise verzögerte.

»Vielleicht kreuzen sie unseren Weg gar nicht«, sagte ich zu Magdalene, die nur wütend schnaubte, statt mir zu antworten.

Als wir Schüsse hörten, wussten wir, dass der Feind in Sicht war. Wir wussten hingegen nicht, wer sich uns näherte.

»Das Kreuz«, schrie jemand. »Sie reiten unter der Fahne des Kreuzes!«

Mama bekreuzigte sich hastig. Ich wusste nicht, ob es Erleichterung oder Entsetzen war.

»Sie müssen aus Antiocheia kommen«, sagte Magdalene.

Ich war zu aufgeregt, um noch länger zu warten. Deshalb umklammerte ich meine Röcke und lief zu den Reitern, die den Zugang zum Tal bewachten.

»Edith!«, schrie Mutter. »Komm sofort zurück, oder ich peitsche dich aus.«

Ich beschloss, das Risiko einer Bestrafung einzugehen. Außerdem folgte mir Magdalene. Wir liefen zu der Stelle, wo die Reiter sich aufgestellt hatten. Mittlerweile waren sie vorgerückt, während sich die Fremden näherten. Wir standen nebeneinander und hielten uns an den Händen, was nichts zu bedeuten hatte. Eine große Schar Männer kam auf uns zu. Es mochten an die fünfhundert gewesen sein. Wie die Moslems waren sie nicht gerüstet, aber gut bewaffnet. Jeder Mann hatte eine Lanze, ein Schwert und einen Bogen. Im Gegensatz zu den Moslems trugen sie keine Gewänder, sondern lederne Waffenröcke und Kappen. Am wichtigsten war, dass sie unter der Fahne des Kreuzes ritten. Es war jedoch ein goldenes Kreuz auf rotem Grund, und so etwas hatte ich noch nie gesehen.

»Könnten es Christen sein?«, fragte ich.

»Nur Christen hissen das Kreuz«, erklärte mir Magdalene.

Vater hatte vor, sie wie Freunde zu begrüßen. Er war an der Spitze seiner Krieger vorangeritten und wartete mit gezogenem Schwert auf die Fremden. Ich kniff die Augen zusammen, um sie erkennen zu können, denn im grellen Schein der nackten Wüstenerde verschwamm alles vor meinem Blick. Trotz der Entfernung fiel mir die helle Haut der Fremden auf, der der rötliche Ton von uns Franken und der braune Teint der Araber fehlte.

Ihr Anführer, der in seinem dunkelroten Gewand prächtiger gekleidet war als die anderen, hatte meinen Vater nun erreicht. Die beiden Männer sprachen angeregt miteinander. Währenddessen bildeten die fremden Reiter eine Art halbmondförmige Formation, die Vaters kleine Streitkraft fast ganz umzingelte. In unseren Reihen entstand Unruhe, aber Vater und der Fremde kamen offenbar gut miteinander aus. Jetzt rissen sie die Zügel herum und ritten auf uns zu. Ein halbes Dutzend der fremden Reiter, meine Brüder und Vaters Standartenträger begleiteten sie.

Es stand für mich außer Frage, zu unserem Lager zurückzulaufen, ehe sie uns erreicht hatten. Daher rührten Magdalene und ich uns nicht von der Stelle und warteten.

»Was hat das zu bedeuten?«, fragte uns Vater.

»Wir wollen uns alles ansehen«, erwiderte Magdalene.

Mich interessierte besonders der Mann neben meinem Vater, der noch ziemlich jung war. Er trug einen kurzen, dunklen Bart, der gut zu seinem hübschen Gesicht und seiner gebogenen Nase passte. Sein freundlicher, gütiger Blick glitt über meine Schwester und mich. »Welch reizende Damen«, sagte er auf Lateinisch.

»Meine Töchter«, erklärte Vater. »Eigensinnige Gören, wie Ihr seht, Majestät.«

»Junge Mädchen sind immer eigensinnig«, meinte der Fremde. »Man muss sie zähmen und ihren Willen brechen wie den eines guten Pferdes.«

Seine Worte hätten mir überhaupt nicht gefallen, wenn Vater ihn nicht mit Majestät angesprochen hätte. Wer war dieser Fremde? Der einzige König, den ich je gesehen hatte, war Amalrich von Jerusalem. Im ersten Moment war ich wie gelähmt, wobei ich angestrengt nachdachte und mich fragte, was ein König mitten in der Wüste machte. Und von welchem Land sollte das der König sein?

Vater unterrichtete uns. »Seine Majestät ist der König Demna von Georgien.«

Ich hatte von diesem Volk schon einmal gehört. Es war ein fernes Land im Norden, und die Menschen dort sollten Christen sein. In Jerusalem hießen sie die Christen des Gürtels, weil der Heilige Georg – ihr Namenspatron –, den Drachen, den er erschlagen hatte, mit seinem Gürtel fesselte. Bisher hatte ich an der Existenz dieses Volkes immer gezweifelt. Ich weiß nicht, wie Magdalene darüber dachte. Sie wusste, wie man einen König begrüßte, und machte einen tiefen Knicks. Als ich ihrem Beispiel folgte, verlor ich unglücklicherweise die Balance und landete auf dem Boden. Die Männer fingen an zu lachen, was mich sehr verlegen machte. König Demna kam mir zu Hilfe. »Bis zum Lager ist es ein gutes Stück. Möchtest du nicht mit mir reiten?«, fragte er.

Leider richtete er die Frage nicht an mich, sondern an Magdalene, die, ehe sie sich versah, vor dem König im Sattel saß. Er riss sie einfach vom Boden hoch, setzte sie vor sich aufs Pferd und schlang einen Arm um ihre Taille. Als ich mich aufrichtete, schaute ich Vater besorgt an. Er protestierte nicht, da Könige Privilegien besaßen, die dem gemeinen Mann vorenthalten waren. »Dann reitest du mit mir«, sagte er und hob mich in seinen Sattel.

Ich schmiegte mich an seinen Harnisch. »Ist er wirklich ein König?«, flüsterte ich.

»Er behauptet es jedenfalls.« Ich fand es seltsam, dass Vater einfach glaubte, was andere sagten.

»Ist es nicht sehr weit bis Georgien?«, fragte ich.

»Ja, das stimmt. Es liegt hinter dem Reich der Seldschuken.«

»Und was macht der König hier?«

»Das werde ich herausfinden. Es könnte ein lohnendes Treffen sein. Georgien ist ein christliches Land, das sehr mächtig sein soll. Wenn sie uns im Krieg gegen die Sarazenen unterstützen, könnten wir gewinnen.«

☆

Ich war zu jung, um mich für Staatsgeschäfte zu interessieren, und im Augenblick ging es in erster Linie um uns.

Mama war schrecklich wütend. »Ihr ungehorsamen Gören!«, schimpfte sie, als wir vor ihr aus den Sätteln gehoben wurden. »Sie müssen ausgepeitscht werden, mein Herr. Und sie reitet gar mit einem Fremden ...«

»Erlaube mir, dir König Demna von Georgien vorzustellen«, sagte Vater. »Eure Majestät, meine Gattin Eleonore.«

Mama riss den Mund auf und machte einen Knicks. »Eure Majestät.«

»Es ist mir eine Ehre, gnädige Frau«, sagte der König, der ihr die Hand reichte, um ihr hoch zu helfen. »Verzeihen Sie mir. Ich wollte Ihrer Tochter den Weg ersparen. Darf ich darum bitten, ihr und ihrer Schwester die Strafe zu erlassen?«

Mama errötete und musterte Magdalene, die ein wenig außer Atem zu sein schien. Ich konnte es kaum erwarten, allein mit ihr zu sein, um sie auszufragen. Die Gelegenheit bot sich schnell. Vater wollte mit dem König unter vier Augen sprechen, und Mutter eilte davon, um trotz unserer schmalen Vorräte ein großes Mahl herzurichten.

»Wenn du wüsstest, was er getan hat!«, flüsterte Magdalene.

»Sag es mir.«

»Du bist zu jung.«

Ich zog eine Flunsch. »Er ist ein König.«

»Und ein Mann.«

»Sag es mir.«

Sie holte tief Luft. »Er hat mich vor sich in den Sattel gesetzt.«

»Das habe ich gesehen.«

»Und dann hat er mich mit seiner freien Hand hier berührt.« Sie zeigte auf ihre Brust.

Im Alter von zwölf Jahren besaß ich nur vage Kenntnisse über diesen Körperteil, wobei ich dennoch das prickelnde Gefühl kannte, wenn die Brust und vor allem die Brustwarzen berührt werden. Die Vorstellung, ein Mann würde mich dort berühren ...

»Und dann glitt seine Hand tiefer«, sagte Magdalene mit knallroten Wangen. »Und berührte mich hier.«

Sie umklammerte ihr Kleid unterhalb des Gürtels.

Ich war erstaunt und zugleich entsetzt.

»Was hast du getan?«

»Was sollte ich tun? Ich saß im Sattel. Und außerdem ...«

»Es hat dir gefallen«, beschuldigte ich sie.

»Hm ... Er ist ein König. Man darf einen König nicht zurückweisen.«

»Wenn er überhaupt König ist. Warum haben wir noch nie von ihm gehört?«

»Wir haben jetzt von ihm gehört«, stieß Magdalene hervor, womit das Thema für sie erledigt war.

☆

Ich war nicht überzeugt und sorgte dafür, beim Mahl so weit entfernt wie möglich vom König von Georgien zu sitzen. Die Vorbereitungen und die Verbrüderung dauerten den ganzen Tag. Ehe wir schließlich zu Abend aßen, brach die Dämmerung herein. Wir hatten ein großes Feuer entzündet, und es ging sehr lustig zu. Die georgische Reiterei durfte zu uns ins Lager kommen, um mit uns zu essen. Alle außer mir wirkten glücklich. Für meinen Trübsinn gab es verschiedene Gründe. Erstens sorgte ich mich um das riesige Feuer, das zwar im Schutze der Hügelkette brannte, aber gewiss meilenweit zu sehen war. Vater und der König hielten sich vermutlich für stark genug, jeden Überraschungsangriff der Sarazenen zurückzuschlagen.

Zweitens verzehrten wir fast all unsere Vorräte, und bis Tiberias waren es noch zwei Tage. Es würden sehr lange, hungrige und besonders durstige achtundvierzig Stunden werden. Ich hoffte, Vater wusste, was er tat. In seinen Augen war die Unterstützung eines Königs wie Demna ein wenig Unbehaglichkeit wert.

Mich quälte noch immer die Frage, was ein König so fern von seinem Land und mit einer nur fünfhundert Mann starken Truppe machte. Es befand sich bei der Truppe auch kein Tross mit Gepäck und Vorräten. Ich hatte lange genug im Heiligen Land gelebt, um zu wissen, dass man sich ohne Nahrungsmittel und Wasser nicht weit von Zuhause entfernte. Und wie ich von Vater gehört hatte, war dieser König ein paar Hundert Meilen von seinem Zuhause entfernt.

Das Ganze kam mir sehr komisch vor.

☆

Ich kannte die Gründe und Probleme dieses Königs, der sich als angenehmer Gast erwies, nicht. Er interessierte sich brennend für alles, was Vater ihm über das Königreich Jerusalem sowie die Waffen und Ausrüstung unserer Krieger berichtete. Auch über die große Summe Geldes des Grafen von Tripolis sprach Vater, und der König bat, es sehen zu dürfen. Vater war nicht abgeneigt. Vielleicht glaubte er, diesen fremden König mit dem großen Vermögen seines Herrn und Meisters beeindrucken zu können. Demna war entzückt und lachte und scherzte mit Heinrich und Thomas. Er zauberte sogar ein Lächeln auf Mutters Gesicht. Meine Eltern waren beide erfreut über des Königs Interesse an Magdalene, die beim Essen an seiner Seite saß. Der König war unverheiratet, was für einen fünfundzwanzigjährigen König gewiss seltsam war. Spielten sie ernsthaft mit dem Gedanken, er könnte Magdalene als Braut auswählen? Selbst als Zwölfjährige hielt ich das für absurd.

Er war sehr redselig. »Georgien ist ein großes Land, das schwierig zu regieren ist«, erzählte er uns. »Es wird gut beschützt. Im Süden und Norden wird es von Bergketten begrenzt. Die im Süden halten die Seldschuken zurück und die im Norden die Wilden aus den Steppen. Im Westen liegt das Schwarze Meer und weiter im Osten das Kaspische Meer. Durch das Land zieht sich eine Bergkette. Daher unterscheiden sich die Menschen im Südwesten von denen im Nordosten. Aber wir sind ein Volk.«

»Ich wundere mich, dass Euer Volk überlebt hat«, sagte Vater. »Eine Christenenklave umringt von heidnischen Völkern.«

»Es war nicht immer so«, entgegnete Demna. »Und wir leben schon sehr lange dort. Unser Volk wurde vor mehreren Jahrhunderten von der Heiligen Nino zum Christentum bekehrt. Sie war Sklavin, die die Krankheit unserer damaligen Königin Nana heilte. Nach ihrer Genesung akzeptierte sie das Heilige Kreuz.«

Mama klatschte in die Hände. »Wie romantisch!«

»Unsere ganze Geschichte ist ein einziger Roman«, sagte Demna. »Haben Sie noch nicht von Jason und den Argonauten und ihrer Suche nach dem Goldenen Vlies gehört?«

»Doch«, sagte Vater. »Lag dieses Goldene Vlies nicht an einem Ort namens Kolchis?«

»Kolchis ist der ehemalige Name von Georgien«, erklärte uns der König stolz. »Die Prinzessin Medea verhalf Jason zum Sieg und floh mit ihm. Dieser niederträchtige Bursche verließ sie später. Medea war die Tochter des damaligen Königs von Kolchis. Oder Georgien.«

Vater, Mutter und meine Geschwister waren tief beeindruckt.

»Nachdem wir von den Griechen und Römern befreit waren, lebten wir jahrhundertelang in Frieden mit dem Byzantinischen Reich«, fuhr der König fort. »Bis die Seldschuken kamen.«

»Hm ... Euer Christentum basiert auf der byzantinischen Glaubensrichtung?«, fragte Vater ein wenig besorgt.

Zwischen Konstantinopel und Rom gab es einige beträchtliche Unterschiede in der Ausübung des Christentums und der Auslegung der Heiligen Schrift. Und es hieß, die byzantinischen Kaiser hätten lieber die Moslems als Nachbarn als die Franken.

»Ja, das stimmt«, gab Demna zu. »Ist das nicht die richtige Art und Weise?«

»Hm«, murmelte Vater, der sich der heiklen Situation bewusst war. Pater Anselm, der auf der anderen Seite saß, bekam einen Hustenanfall.

Der König beachtete ihn nicht. »Nach Mantzikert ... Sie haben von der Schlacht von Mantzikert gehört?«

»Das war vor über hundert Jahren.«

»In der Tat. Im August 1071.«

»Als die Seldschuken die Byzantiner besiegten.«

»Sie haben sie abgeschlachtet. Der Kaiser wurde gefangen genommen. Dann fielen sie in Anatolien ein.«

»Wanderten sie nicht nach Norden?«

»Ja, aber wir hielten sie vor unseren Bergpässen auf. Es war dennoch eine schwere Zeit für uns, und wir verloren große Teile unseres Territoriums. Mein Ur-Urgroßvater, König David, der große Erneuerer, schaffte es, die verlorenen Gebiete zurückzuerobern. Er verstarb vor fünfzig Jahren.«

»Und seitdem?«

»Es kamen wieder harte Zeiten auf uns zu. Mein Urgroßvater, König Demetrius I., war kein guter Krieger. Er verstarb vor zwanzig Jahren. Und mein Großvater, König Demetrius II., war ebenfalls kein Krieger. Unglückseligerweise war mein Vater, David II., nur sechs Monate König.«

»Und dann wurdet Ihr König«, stellte Vater nüchtern fest.

»Ich wurde König«, sagte Demna mit verzerrten Gesichtszügen. »Eines geteilten Königreiches. Ich brauche Hilfe, mein Freund.«

»Und Ihr sucht diese Hilfe bei König Amalrich?«

»Sollte ein Christenkönig dem anderen nicht helfen?«

»Hm«, murmelte Vater zum dritten Mal.

Vielleicht fragte er sich, ob Amalrich einem Mann helfen würde, der das Christentum ganz anders ausübte als er. Oder er fragte sich, warum die Kreuzritter, um die es zahlenmäßig nicht gut bestellt war und die Probleme mit den Sarazenen hatten, einem Land Hilfe schicken sollten, das *ihnen* in ihren schwersten Stunden niemals geholfen hatte.

Vielleicht wunderte er sich auch wie ich über die Erscheinung der Königs, der sich weder wie ein König benahm noch wie einer aussah. Warum ließ er sein Land im Stich, das nach seinen Worten in Schwierigkeiten war, um Hunderte von Meilen in feindliches Gebiet zu reiten und dort Hilfe zu suchen? Das war sicher eher die Aufgabe eines Gesandten als die eines Königs.

Ich hätte mir von Herzen gewünscht, diese sonderbaren Menschen los zu sein. Vater schien es zu gefallen, den Rest des Abends mit dem König Wein zu trinken, womit die Georgier reichlich versorgt waren.

☆

Unsere Zelte wurden aufgeschlagen, und ich konnte mich rechtzeitig von den Festlichkeiten davonschleichen. Da ich ein paar Becher Wein getrunken hatte, war ich beschwipst und schrecklich müde. Magdalene machte keine Anstalten, mich zu begleiten, und die Dienstmädchen vergnügten sich mit ihren neuen Freunden. Mir blieb nichts anderes übrig, als mich allein auszuziehen, und wenige Sekunden später schlief ich tief und fest. Irgendwann schrak ich aus dem Schlaf hoch. Was hatte mich geweckt?, fragte ich mich. Es war eine ruhige Nacht. Nur das Rauschen des Wüstenwindes war zu hören. Es war jedoch kalt, und ich hatte meine Decke abgeschüttelt. Vermutlich hatte mich das Frösteln geweckt.

Ich zog die Decke über meinen Körper und lauschte dem leisen Schnarchen meiner Schwester, die auf der anderen Seite des Zeltes schlief. Dieses Geräusch beruhigte mich. Ich schloss die Augen und legte mich wieder zum Schlafen nieder, als ich einen der Wachposten fragen hörte: »Wer da?«

Ich richtete mich auf. Die Frage war nicht ungewöhnlich, doch es erfolgte seltsamerweise keine Antwort. Es konnte natürlich der wachhabende Offizier, der seine Runde drehte, gewesen sein, und meine Sorge war unbegründet. Die vielen Fremden, denen Vater so bereitwillig die Hand zur Freundschaft gereicht hatte, wühlten mich auf. In diesem Land wurde jeder als Freund angesehen, der unter der Fahne des Kreuzes, und als Feind, wer unter der Fahne des Halbmondes reiste.

Ich legte mich wieder nieder, zog mir die Decke bis an den Hals und wurde von einem Schreckensschrei überrascht. Zu allem Unglück erkannte ich Mamas Stimme!

Ich sprang aus dem Bett und prallte gegen Magdalene, die sich ebenfalls erhoben hatte.

»Was war das?«, stieß sie keuchend hervor.

Sie hatte zu viel Wein getrunken und stand auf unsicheren Beinen.

»Mama!«, schrie ich und lief zum Eingang des Zeltes.

»Du kannst nicht nackt hinausgehen«, protestierte meine Schwester.

Sie hatte Recht. Ich drehte mich um und schlang mir die Decke um den Leib. Ehe ich wieder kehrtmachte, ertönte im Lager furchtbarer Lärm. Ich hörte Schreie, Schwüre, Flüche und das Rasseln von Schwertern.

»Die Sarazenen!«, jammerte Magdalene, die auf die Knie sank. »O Heilige Mutter, hab Erbarmen mit uns!«

Das waren nicht die Sarazenen! Ich biss mir unentschlossen auf die Lippe und lauschte den lauten Schritten. Ehe ich mich versah, wurde die Zelttür aufgeschlagen. Vor dem Eingang standen drei Männer, deren Gesichter ich in der Dunkelheit kaum erkennen konnte. Ich war sicher, sie noch nie gesehen zu haben. Einer ergriff meinen Arm.

»Lass mich los, du Schurke!«, befahl ich. Er warf mich über seine Schulter, als wäre ich ein Sack Getreide.

Im ersten Augenblick war meine Verlegenheit größer als meine Angst. Ich war nackt, denn meine Decke war auf den Boden gefallen. Zudem hatte der Fremde einen Arm um meinen rechten Oberschenkel geschlungen, und seine Finger berührten meine intimsten Zonen. Mir lag ein Fluch auf der Zunge, doch ich war so perplex, dass kein Wort über meine Lippen drang. Ich schlug hilflos mit den Fäusten auf seinen Rücken, was ihn überhaupt nicht beeindruckte.

Er trug mich hinaus in die sternklare Nacht. Im fahlen Mondschein bot sich mir ein Bild der Verwüstung. Die Pferde wieherten und bäumten sich auf. Einige Männer kämpften noch schreiend gegeneinander. Die meisten lagen reglos auf der Erde. Sie waren alle tot.

Ich dachte sofort an meine Familie. Magdalene wurde ebenfalls über der Schulter eines Mannes aus dem Zelt getragen und musste die schmachvolle Hand des Fremden zwischen ihren Beinen und auf ihrem Po ertragen. Sie rang nach Atem und schlug mit den Fäusten auf den Rücken des Mannes, ohne sich befreien zu können.

Ein dritter Mann tauchte aus dem Halbdunkel auf und stellte eine Frage in einer Sprache, die ich nicht verstand.

Der Mann, der Magdalene aus dem Zelt trug, antwortete, woraufhin beide Männer herzhaft lachten. Der dritte Mann ging auf Magdalene zu und griff ihr ins Haar, das wie meines den Sand berührte. »Benimm dich«, sagte er zu ihr auf Lateinisch. »Dann wird dir nichts geschehen. Sag das deiner Schwester.«

Der Mann zog sie von seiner Schulter und stellte sie auf die Erde. Magdalenes Knie gaben nach, und sie wäre zu Boden gesunken, wenn der Mann nicht einen Arm um ihre Taille geschlungen hätte. Eine Hand umklammerte ihre Brust, und das schien ihm mächtig zu gefallen, denn Magdalene war eine voll entwickelte Frau.

»Was haben Sie mit uns vor?«, fragte sie atemlos.

»Wenn ihr euch gut benehmt, wird euch nichts geschehen. Auf jeden Fall werden wir euch nichts antun.«

Das war nicht sehr beruhigend, aber ich war froh, wieder auf eigenen Beinen zu stehen. Magdalene hatte ihr Gleichgewicht zurückerlangt und presste eine Hand auf ihre Scham und eine auf die rechte Brust. Da es bei mir nichts zu verdecken gab, war es sinnlos, ihrem Beispiel zu folgen. Außerdem gab es im Moment wichtigere Dinge als mein Schamgefühl.

»Wo sind Mama und Papa?«, fragte ich.

»Sie sind nirgendwo hingegangen«, erwiderte der Georgier auf Lateinisch. »Und ihr beide setzt euch jetzt hin und wartet, bis unser Herr zu euch kommt.«

»Können wir uns nicht anziehen?«, fragte Magdalene. »Wir können doch nicht nackt auf dem Boden sitzen.«

»Ihr werdet euch daran gewöhnen.«

»Es ist kalt.«

»Gleich wird euch warm werden.« Er gab einem Mann Befehle und ging mit den anderen davon. Der Mann, der uns bewachen sollte, setzte sich hin, starrte uns an und zeigte auf den Sand.

Magdalene und ich setzten uns widerwillig auf die Erde, die mit spitzen Steinen übersät war. Es war furchtbar kalt, und wir klapperten beide mit den Zähnen.

»Werden sie uns töten?«, fragte ich.

»Zuerst vergewaltigen sie uns«, erwiderte Magdalene mit bebender Stimme. »Mich auf jeden Fall.«

»Vergewaltigen?« Ich wusste nicht, was sie meinte.

»Sie legen mich auf die Erde und schieben ihr Ding in meinen Körper«, erklärte sie mir.

»Ihr Ding?«

»Du weißt schon. Was hinter ihrem Hosenschlitz liegt.«

Natürlich wusste ich, was hinter einem Hosenschlitz lag. Ich hatte schon oft gesehen, wenn der Hosenschlitz geöffnet wurde, damit ein Mann seine Blase entleeren konnte. Genau hatte ich mir das Teil nie angesehen. Als ich versuchte, mich an den Anblick zu erinnern, wunderte ich mich, wie ein Mann solch ein schlaffes Fleischstück in meinen Körper stoßen könnte. Ich wusste auch nicht, in welche Körperöffnung er es stoßen würde. Und ich konnte mir keinen Grund vorstellen, warum es jemand tun sollte und was für ein Vergnügen es einem Mann bereiten sollte. Wie jede erwachsene Frau blutete ich seit kurzem in regelmäßigen Abständen. Ich war von Mama noch nicht aufgeklärt worden, und Magdalene hatte mir lediglich versichert, dass es eine ganz normale Entwicklung sei.

Der Aussicht auf eine Vergewaltigung, von der Magdalene gesprochen hatte, stand ich mit gemischten Gefühlen gegenüber. Der Gedanke war erschreckend und aufregend zugleich. Ich wollte Magdalene gerade noch ein paar Fragen stellen, als König Demna plötzlich vor uns stand.

☆

Der Morgen dämmerte, und ich konnte das ganze Lager sehen. Es war kein erfreulicher Anblick, der sich mir bot. Die Zelte standen schief, und die Erde war mit Waffen und Leichen übersät. Von unseren Leuten konnte ich niemanden sehen. Hatten nur Magdalene und ich überlebt? Die Vorstellung war mir unerträglich. Von den Georgiern schien hingegen niemand verwundet oder getötet worden zu sein.

König Demna lächelte uns an. »Was für ein prächtiges Paar«, sagte er. »Ihr beide werdet mich in meinem Bett glücklich machen.«

Magdalene holte tief Luft.

Ich musste unentwegt an das denken, was im Lager geschehen war. »Wo sind unsere Eltern?«

»Sie sind tot«, erwiderte der König. »Eure Brüder und alle anderen auch.«

Obwohl ich es geahnt hatte, gruben sich seine Worte wie Gift in mein Gehirn. »Mörder!«, schrie ich, während ich aufstand und mich auf ihn stürzte.

Es war vergebens. Er ergriff meine Handgelenke, woraufhin

ich mit den Füßen nach ihm trat, doch er presste mich so fest an sich, dass ich mich nicht mehr bewegen konnte. Seltsamerweise schien ihm mein Angriff zu gefallen und nicht zu verärgern.

»Du kleine Wildkatze«, sagte er. »Es würde mich reizen, mich an dir zu erfreuen.«

»Bitte tut ihr nicht weh«, bettelte Magdalene.

»Das würde mir im Traum nicht einfallen.« Seine Hände glitten über meinen Rücken, und dann kniff er mir in den Po. »Wenn ich sie loslasse, muss sie versprechen, mich nicht mehr anzugreifen.«

»Das wird sie«, beteuerte Magdalene. »Edith!«

Ich gab nach, um mich aus der Umklammerung zu befreien, und dabei hätte ich ihm am liebsten die Augen ausgekratzt. Endlich ließ er mich los.

»Jetzt haben meine Männer lange genug euren Anblick genossen. Zieht euch an.«

Seine Männer umringten uns und gafften uns an. Die meisten interessierten sich nur für meine Schwester.

Ich würdigte sie keines Blickes. »Ich will meinen Vater und meine Mutter sehen.« Ich war entschlossen, mich ihm zu widersetzen. »Und meine Brüder.«

»Das ist keine gute Idee«, sagte er. »Du bist noch zu jung, um den Anblick eines Toten zu ertragen. Geh da hinein und zieh dich an.«

Er zeigte auf unser Zelt. Der Gedanke, ihm endlich zu entkommen, gefiel mir gut. Mittlerweile war es taghell, und die Sonne schien, aber es war bitterkalt. Ich duckte mich, um das Zelt zu betreten. Magdalene folgte mir. Ich drehte mich zu ihr um, um sie zu fragen, was wir machen sollten. Plötzlich stand Demna hinter ihr.

»*Du* brauchst dich nicht anzuziehen«, sagte er zu meiner Schwester. Er ließ seine Hände über ihre Schultern und ihren Rücken gleiten, ehe er sie auf ihre Brust presste.

Meine Schwester riss den Mund auf und starrte mich an. Diesen Gesichtsausdruck hatte ich noch nie bei ihr gesehen. In ihren Augen spiegelten sich nicht etwa Angst oder Abscheu, sondern stille Vorfreude.

»Beeil dich«, befahl mir der König. »Oder willst du hier bleiben und zusehen?«

»Ja, ich will bleiben und zusehen.«

Ich hoffte, Magdalene durch meine Anwesenheit beschützen zu können. Vielleicht war es auch pure Neugier. Immerhin hatte er angedeutet, mich würde früher oder später dasselbe Schicksal ereilen. »Geh weg. Zieh dich an und geh weg«, sagte meine Schwester, die auf meinen Schutz offenbar keinen Wert legte.

Ich zog mich an, während der König noch immer hinter Magdalene stand und ihren Körper streichelte. Seine Hände glitten tiefer und strichen über ihr Schamhaar. Mir stockte der Atem. Ich harrte ungeduldig und zugleich neugierig der Dinge, die auf meine Schwester zukamen, um den ungeheuren Kummer, der mich zu überwältigen drohte, zu verdrängen. Den Tod meiner Eltern und meiner Brüder konnte ich nicht akzeptieren. Waren sie wirklich alle tot? Der Priester, unsere Diener und alle Krieger? Im Schlaf getötet? Ich versuchte zu verstehen, was passiert war. Waren die Georgier nach Süden gezogen, um uns anzugreifen? Das war nicht möglich, denn sie hatten erst von unserer Anwesenheit in diesem Gebiet erfahren, als sie uns erblickt hatten.

Möglicherweise unterhielten sie in Jerusalem Spione, die sie informiert hatten. Auf jeden Fall wussten wir nicht, ob sie sich schon länger im Heiligen Land aufhielten.

Sie könnten ihre Entscheidung, uns zu überfallen und zu töten, auch getroffen haben, nachdem Vater ihnen stolz seine Münzen gezeigt hatte. Hatte dieser König etwa ein Benehmen wie ein sarazenischer Dieb? Unglaublich! Nach diesem schweren Verbrechen konnte der König mich und meine Schwester nicht mehr gehen lassen. Er musste uns für den Rest unseres Lebens gefangen halten oder uns töten, nachdem er sich mit uns vergnügt hatte.

Sich mit uns vergnügen! Was für ein Gedanke!

Ich warf Magdalene einen letzten Blick zu, ehe ich meine Haube aufsetzte. Sie hatte die Augen geschlossen, während der König sie noch immer streichelte.

Demna beobachtete mich, und als ich angezogen war, rief er: »Hegar!«

Vor dem Zelt stand jemand, der antwortete.

Demna sagte zu mir: »Geh zu Hegar. Er kümmert sich um dich. Du brauchst keine Angst zu haben. Er tut dir nichts und berührt dich noch nicht einmal, wenn du ihn nicht herausforderst.«

Ich hätte ihm gerne eine trotzige Antwort gegeben, aber mir fiel nichts ein, und außerdem war meine Kehle vollkommen ausgetrocknet. Daher duckte ich mich und ging hinaus in die Sonne.

Hegar, der vorhin mit uns gesprochen hatte, lächelte mich an. »Um dich kümmere ich mich.« Er sprach schlechter Latein als sein Meister.

Ich streckte ihm die Zunge heraus.

Sein Lächeln erstarb und kehrte sofort zurück. »Du wirst dich an mich gewöhnen. Möchtest du etwas trinken?«

»Ja.«

»Setz dich hier hin.« Er zeigte auf einen Platz neben dem Zelt. Ich sah keinen Grund, mich zu widersetzen, und gehorchte. Er ging davon. Als ich meinen Blick schweifen ließ, drehte sich mir der Magen um. Seit dem Massaker waren schon ein paar Stunden vergangen, und überall lagen Leichen herum, denen die Georgier die Kleider vom Leib gerissen hatten. Nur wenige hatten die Gelegenheit, ihre Rüstungen vor dem Kampf anzulegen, und die lagen nun alle auf einem Haufen. Einige Georgier probierten die Handschuhe, Brustharnische und Helme an und amüsierten sich dabei köstlich. Auf die nackten Leichen setzten sich Fliegen und Ameisen, die es auch in der Wüste gibt. Zum Glück blieben uns vorerst die Geier erspart. Sie kreisten über unseren Köpfen und stießen scheußliche Schreie aus, aber die vielen Menschen hielten sie zurück. Mir wurde bei dem Gedanken, dass die Leichname meiner Eltern und Brüder von den Fliegen und Ameisen angegriffen wurden, speiübel.

Unsere Angreifer gingen fast so gründlich wie Geier vor und nahmen unseren Leuten alles ab, was den geringsten Wert hatte. Die mit Messern bewaffneten Männer gingen von einer Leiche zur anderen, schnitten ihre Trophäen ab und warfen sie in der Mitte des Lagers auf einen Haufen. Es dauerte ein paar Sekunden, bis ich begriff, was vor sich ging. Sie schnitten allen Männern die Geschlechtsorgane ab. Damit bewiesen sie nicht nur den endgültigen Sieg über unsere Männer, sondern der barbarische Akt diente auch dazu, die Opfer zu demütigen und die Leichen zu zählen. Als ich an meinen Vater und meine Brüder dachte, die diese Schmach über sich ergehen lassen mussten, verlor ich beinahe die Besinnung. Vermutlich wäre es auch geschehen, hätte mich nicht ein spitzer Schrei aus dem Zelt aufgeschreckt. Ich sprang hoch, um nachzusehen, was das Scheusal Magdalene angetan hatte, als Hegar zurückkehrte.

»Du sollst hier sitzen bleiben, habe ich gesagt.«

»Er tut ihr weh!«, schrie ich.

»Männer tun Frauen weh, wenn die Leidenschaft mit ihnen durchgeht«, erklärte er mir. »Sie wird keine bleibenden Schäden davontragen.« Er grinste. »Nur ihre Jungfräulichkeit ist dahin.«

Ich wusste nicht, wovon er sprach.

»Halt das fest.« Er hatte einen Becher und eine Feldflasche mitgebracht und reichte mir den Becher. Ich nahm ihn, und er füllte ihn mit Wein.

»Ich möchte Wasser. Wenn ich Wein trinke, werde ich noch durstiger.«

»Trink das. Dann fühlst du dich besser. Ich hole dir nachher Wasser.«

Ich war so durstig, dass ich gehorchte. Als der Becher leer war, füllte er ihn nach.

»Nein«, protestierte ich, denn der Wein stieg mir schon zu Kopf und erregte meine Übelkeit.

»Trink«, beharrte er. »Es wird dir gut tun.«

Ich musste mich schicken. Nachdem ich den zweiten Becher geleert hatte, verflog meine Verzweiflung und ich bekam sogar Hunger, worüber ich mich sehr wunderte. Ich hätte nie gedacht, jemals wieder etwas essen zu können. Hegar brachte mir etwas zu essen – geräuchertes Fleisch aus den Vorräten der Georgier – und Wasser. Dann setzte er sich zu mir. Im Grunde gefiel er mir ganz gut. Hegar war noch nicht sehr alt, vielleicht ein oder zwei Jahre älter als Heinrich. Er hatte einen spärlichen Bart und gefällige Gesichtszüge. Außerdem bemühte er sich eifrig, mir zu gefallen. Er folgte zwar nur dem Befehl seines Herrn, aber es war schön, gut behandelt zu werden.

Ich fragte mich immer wieder, wie es Magdalene wohl ergehen mochte. Lange, nachdem ich mein Mahl beendet hatte, kam der König schließlich aus dem Zelt. Er war angezogen und schien mit sich und der Welt außerordentlich zufrieden zu sein.

Inzwischen hatten die Georgier unser ganzes Lager geplündert. Die Schatztruhe lag auf ihren Packpferden, und die georgische Streitkraft wartete auf Befehle.

»Bereitet euch auf den Abmarsch vor«, rief Demna, woraufhin alle geschäftig hin und her liefen. Er zeigte auf mich. »Geh und hilf deiner Schwester. Beeil dich.«

»Wollt Ihr die Toten nicht begraben?«, fragte ich.

»Sie bleiben hier liegen. Man wird annehmen, sie seien von

den Sarazenen angegriffen worden.« Er grinste. »Man wird annehmen, du und deine Schwester hättet ein ärgeres Schicksal als den Tod erlitten.«

Ich schaute ihn herausfordernd an. »Und haben wir das nicht?«

Er zeigte mit dem Finger auf mich. »Du hast bisher noch gar nichts erlitten. Das kommt später. Wenn du mich nicht mit Eure Majestät ansprichst, lass ich dich auspeitschen.«

Ich knickste. »Ja, Eure Majestät.«

Er funkelte mich wütend an, da ihm mein sarkastischer Unterton nicht entgangen war. »Beeil dich«, knurrte er. »Wir brechen in fünfzehn Minuten auf.«

»Wohin?«, fragte Hegar.

»Zum Lager. Wir haben genug erbeutet. Wir wollen dieses grässliche Land schnell hinter uns lassen.«

☆

Ich lief ins Zelt, in dem es seltsam roch. Magdalene lag bäuchlings auf der Decke. Sie war nackt und regte sich nicht, als wäre sie ohnmächtig. Als ich mich neben sie auf den Boden kniete, hob sie den Kopf.

»Edith?«

»Ist alles in Ordnung?«

Ihr Haar war vollkommen zerzaust, und als sie sich auf den Rücken rollte, sah ich rote Flecke auf ihrem Körper. Vor allem die Blutflecke zwischen ihren Beinen machten mir Angst. »Er hat dich verwundet!«

Magdalene betrachtete ihren Körper. »Er hat mich mit seiner Lanze durchstoßen.«

Ich starrte auf das Blut. »Hat es sehr weggetan?«

»Nur ein wenig.« Sie seufzte. »Nun gehöre ich ihm.«

Das hörte ich gar nicht gern. Alles deutete darauf hin, dass er in naher Zukunft dasselbe mit mir vorhatte. Würde ich auch derartig bluten? Und dann? Ich hatte nicht den Wunsch, einer Kreatur zu gehören, die meine Eltern und meine Brüder ermordet hatte, selbst wenn es ein König war.

Magdalene rekelte sich, was ganz bezaubernd aussah. »Ich habe ihm gefallen«, sagte sie. »Ich weiß es. Er könnte mich zu seiner Königin machen.«

Ich konnte ihr nicht folgen. Sie war zwar hübsch, aber keineswegs adeliger Abstammung. Und er hatte sie sich genommen. Warum sollte er sie nun heiraten?

»Du musst dich anziehen.«

»Ich möchte lieber hier liegen bleiben. Ich habe Durst. Bring mir etwas zu trinken.«

»Du musst dich anziehen. Seine Majestät hat es befohlen. Er bricht auf, und wir müssen mit ihm gehen. Wenn du angezogen bist, besorgen wir dir etwas zu trinken.«

Magdalene kleidete sich an. Als wir zu den Georgiern stießen, wurde mir bewusst, dass wir beide die einzigen weiblichen Wesen unter fünfhundert Männern waren. Unsere Mutter und die Dienstmädchen waren ermordet und vermutlich zuvor vergewaltigt worden. Wir blieben dem König vorbehalten.

Unser Lager war in ein Leichenschauhaus verwandelt worden. Die Sonne stand hoch am Himmel, und es war sehr heiß. Die Leichen lagen nunmehr seit zwölf Stunden hier. Über den Hügeln von Hattin schwebte Leichengestank, und meine eigene Familie lag zwischen den Toten.

Als ich auf ein Pferd gesetzt wurde, rannen urplötzlich Tränen über meine Wangen, die ich nicht zurückhalten konnte.

»Das ist gut«, sagte Demna. »Es ist gut zu weinen.« Er warf Magdalene, die bisher noch keine einzige Träne vergossen hatte, einen Blick zu. Eine halbe Stunde später lag der Ort des

Schreckens hinter uns. Als ich mich umsah, konnte ich nur die Geier sehen, die über dem Lager kreisten.

Wenn die nächste Karawane von Jerusalem nach Tiberias oder in umgekehrte Richtung reiste, würden sie die Skelette finden und einen Überfall der Sarazenen vermuten. Würde der Graf von Tripolis um seinen treuen englischen Gefolgsmann trauern? Da ich schon als Zwölfjährige zu Zynismus neigte, nahm ich an, er würde stärker um den Verlust des Geldes trauern.

Die Männer, die uns in ihre Gewalt gebracht hatten, waren in meinen Augen Bestien. Und sie behaupteten allen Ernstes, Christen zu sein! Ich hatte in und rings um Jerusalem genug Sarazenen gesehen und viele Geschichten über ihre Missetaten gehört. Selbst die Kreuzritter, die die Araber verabscheuten, mussten zugeben, dass sie zwar ein unbarmherziger, aber ehrenhafter Feind waren. Es würde zu ihrer Geschichte und Religion passen, eine kleine Karawane anzugreifen, die Männer und unattraktiven Frauen zu töten und die Frauen, die ihnen gefielen, sowie die Wertgegenstände und Pferde mitzunehmen.

Aber nicht, nachdem sie mit ihren Opfern das Mahl geteilt hatten!

Man könnte jetzt natürlich spitzfindig einwerfen, dass ein Sarazene niemals das Mahl eines Christen teilen würde und dürfte. Das entschuldigte jedoch nicht diese abscheuliche Tat. Es machte alles nur noch schlimmer.

Die Georgier schienen nicht die geringsten Schuldgefühle zu verspüren. Sie waren ganz im Gegenteil fröhlich und grölten ab und zu Lieder, als hätten sie einen großen Sieg errungen. In ihren Augen war das vielleicht auch der Fall. Zum Glück mussten wir ihre Freude nicht teilen. Wir waren in einer entsetzlichen Lage. Das war jedenfalls mein Gefühl. Magdalene war benommen und kam erst zu sich, als wir anhielten, um unser Nachtlager aufzuschlagen. Sie wurde wieder in Demnas

Bett befohlen, das in seinem Zelt stand. Das Zelt, das aus verschiedenen Zimmern bestand, die durch Häute voneinander getrennt waren, wurde während des Marsches zusammengeklappt und von mehreren Pferden getragen. Ich wurde ebenfalls in den tragbaren Palast gebeten und in eines der kleineren Zimmer geschickt, wo ich allein schlief.

Demna drückte mich an sich, zerzauste mein Haar und streichelte meinen Po. »Keine Angst«, sagte er. »Du kommst auch noch an die Reihe.«

Ich war nicht in versöhnlicher Stimmung. »Will ich das denn, Majestät?«, fragte ich.

»Du wirst es dir wünschen«, versicherte er mir. »Es wird eines der schönsten Erlebnisse meines Lebens sein, mit dir ins Bett zu gehen.«

Für Magdalene war es so etwas wie eine Beleidigung. Und wie stand ich dazu? Ich ließ mir meine Angst nicht anmerken. Welche Gefühle Magdalene dem Mörder unserer Familie entgegenbrachte, wusste ich nicht. Ich hasste ihn und hätte mir gewünscht, ein Mann zu sein, um ihn töten zu können. Da ich eine Frau und zudem noch ein halbes Kind war, konnte ich nichts tun. Ich hätte mich höchstens selbst töten und ihn dadurch seiner Beute berauben können. Diese Idee kam mir als Zwölfjährige nicht.

Zudem interessierte mich, was er mit mir vorhatte, denn ich hatte keinerlei Kenntnisse über männliche Vorlieben. Ich fragte Magdalene am nächsten Tag, als wir nebeneinander ritten.

»Männer lieben die Brust, den Bauch und den Po einer Frau«, erklärte sie mir. »Keine geraden Linien. Du hast nur dein Haar und dein Gesicht zu bieten. Unser Herr wartet, bis du etwas Fleisch angesetzt hast.«

Ihre schonungslose Kurzfassung über meine derzeitigen Mängel erfreute mich zwar nicht, ließ mich hingegen hoffen, die Qual, in sein Bett zu gehen, in absehbarer Zeit nicht ertragen zu müssen. Als ich älter wurde, lernte ich, dass nicht alle

Männer Kurven geraden Linien vorziehen und ich ein anderes Schicksal erlitten hätte, wenn ich einem Mann in die Hände gefallen wäre, der Kinder bevorzugte. Dafür sollte ich dankbar sein.

☆

Ein Kind, das sich bester Gesundheit erfreute und das Leben liebte, konnte nicht fortwährend bekümmert und schwermütig sein. Das Leben war dazu da, genossen zu werden, und es war in der Tat sehr aufregend. Wir reisten durch ein Land, das viel Neues bot, und lebten in beständiger Gefahr. Die Überschwänglichkeit der Männer, die uns gefangen genommen hatten, war grenzenlos.

Sie hatten allen Grund, fröhlich zu sein. Bald stellte sich heraus, dass der Überfall auf unser Lager kein bloßer Beutezug, sondern ein sorgfältig geplantes Verbrechen war. Ich wusste nicht, welche Siege sie zuvor gefeiert hatten. Auf jeden Fall war der Überfall auf unser Lager ein voller Erfolg. Sie hatten wertvolle Rüstungen und ein kleines Vermögen erbeutet – von zwei hübschen Gefangenen ganz zu schweigen. Später erfuhr ich, dass ihre Späher unsere Spur seit unserer Abreise aus Jerusalem verfolgt hatten. Die Georgier hatten den Überfall an genau der Stelle geplant, wo er stattgefunden hatte, und nur ein kleiner Teil des georgischen Heeres war daran beteiligt.

Zwei Tage, nachdem wir die Hügel von Hattin verlassen hatten, kamen wir zu einer Oase, in der die Georgier ihr Lager aufgeschlagen hatten. Ein paar Hundert Männer und fast ebenso viele Frauen und zahlreiche Kinder erwarteten uns. Unter ihnen befanden sich ein paar Priester in schwarzen Roben, die hohe, schwarze Hüte und schwarze Bärte trugen. Dort gab es Nahrungsmittel und Wasser im Überfluss. Der Anblick der Priester und das häusliche Leben erleichterten uns. Die Frauen hatten keine Gelegenheit, uns näher kennen zu lernen, und sie zeigten auch keinerlei Interesse daran. Die Priester sahen uns als Heiden an, weil sie sich den Geboten Roms und nicht denen Konstantinopels beugten. Ihre Gegenwart ließ zumindest vermuten, dass der König uns in der Sicherheit des Lagers zurücklassen würde, wenn er wieder auf Beutezüge ging.

Ich dachte sogar über eine mögliche Flucht nach.

Eine solche Gelegenheit bot sich im Augenblick nicht. Demna wertete seinen Beutezug als großen Erfolg und hatte es eilig, in sein bergiges Heimatland zurückzukehren. Am nächsten Tag wurde das Lager abgebrochen, und wir reisten nach Norden.

Für mich war es spannend, das neue Land kennen zu lernen. An England hatte ich nur noch vage Erinnerungen. Da wir im Süden dieses grünen, schönen Landes gelebt hatten, war ich ziemlich sicher, keine großen Berge in unserer Nähe gesehen zu haben. An die Zeit in Palästina, wo es größtenteils nur Wüsten gab, erinnerte ich mich besser. Die Wüste war keineswegs immer flach, sondern bestand aus zahlreichen Steigungen und Tälern. Als wir nun von Syrien nach Anatolien reisten, sah ich zum ersten Mal in meinem Leben richtige Berge, deren Gipfel die Wolken berührten. Wir stiegen diese Berge nicht hinauf und setzten unsere Reise durch die Täler fort. Ich erfreute mich an dem herrlichen Anblick der hohen Berge. Hegar, mein Bewacher und ständiger Begleiter, erklärte mir, dass sie im Vergleich zu den Bergen im Kaukasus nicht besonders hoch seien.

Als die Wüste hinter uns lag, lernte ich eine mir unbekannte Tierwelt kennen. In England gab es viele Wölfe und Füchse. Im Heiligen Land waren Tiere, abgesehen von Pferden, Hunden, Kamelen und Schafen, selten, weil es für sie in diesem ungastlichen Klima schwierig war zu überleben. Hier gab es Rinder, Löwen und Wildpferde, während über unseren Köpfen immer Adler in die Lüfte aufstiegen. Für die Georgier war es ein beliebter Sport, den König der Tiere zu jagen, und buchstäblich alle galoppierten schreiend den zornigen Kreaturen hinterher.

Ich mochte am liebsten die Löwen.

Diese gefährlichen Tiere waren jedoch nicht unsere größten Feinde. Nun betraten wir das Königreich der Seldschuken, wenn man es überhaupt als solches bezeichnen konnte.

☆

Die Seldschuken waren eine solch gewalttätige Menschenrasse, wie sie die Welt selten erlebt hatte. Ich kann das beurteilen, denn meine Vorfahren kämpften gegen die Wikinger, und ich habe einiges über die Hunnen gelesen. Diese Plünderer begehrten Frauen und plünderten in einem unglaublichen Ausmaß. Die Seldschuken strebten nur nach Zerstörung.

Sie stammten wie die Hunnen aus dem tiefsten Asien. Man könnte meinen, in den achthundert Jahren zwischen dem Eindringen der Hunnen und dem der Seldschuken hätte sich diese Brutstätte der Hölle nur verschlimmert.

Nach ihrem Auftauchen – ungefähr einhundertfünfzig Jahre vor dem Beginn meiner Geschichte – wurde ihr Vorrücken nach Westen durch die Macht des Byzantinischen Reiches, das als mächtigste Nation auf Erden aus den Trümmern des Römischen Reiches hervorging, gebremst. Diese Macht wurde kürzlich von den Arabern geschwächt, als Mohammeds Krieger über das Mittelmeer und den Nahen Osten ins Land eindrangen. Insgesamt konnte das Byzantinische Reich seine Herrschaft über Anatolien über sechshundert Jahre behaupten, und während dieser Zeit erblühte das unabhängige Königreich Georgien. Die Seldschuken, die aus Osten kamen, waren Mitte des letzten Jahrhunderts mit den Byzantinern in Berührung gekommen. Die folgenden Kämpfe gipfelten in der bereits erwähnten Schlacht von Mantzikert, die südlich der georgischen Grenze geschlagen wurde. Wir Engländer erinnern uns gerne daran, dass die Schlacht von Hastings, die fünf Jahre zuvor geschlagen wurde, die bedeutsamste unserer Geschichte ist, da sie zur Eroberung unseres Landes durch die Normannen und die spätere Vermischung der beiden Völker führte. Dahingegen könnte man die Schlacht von Mantzikert als den bedeutsamsten Konflikt der *Weltgeschichte* bezeichnen. In dieser Schlacht wurden die Byzantiner, die lange Zeit als die besten Soldaten galten, besiegt und an einem einzigen Tag auf den zweiten Platz verwiesen. Ihr Heer wurde vernichtet und ihr Kaiser gefangen genommen.

Einige behaupten, zu dieser Katastrophe sei es durch den Verrat derjenigen gekommen, die den Kaiser Romanos Diogenes hassten und um jeden Preis seinen Niedergang anstrebten. Wenn das stimmt, mussten sie dafür einen hohen Preis bezahlen. Die Seldschuken besetzten nicht ganz Anatolien, sondern nur ein oder zwei Städte, in denen sie lebten. Den Rest des Landes verwüsteten sie vollkommen und ließen buchstäblich keinen Stein auf dem anderen stehen. Falls sie die Absicht hatten, aus der ganzen Halbinsel eine Wüste zu machen, gelang ihnen das bestens. Sie verwandelten ein Land, das mit Bauernhöfen und Dörfern, Getreidefeldern und Schafherden besiedelt war und von einem glücklichen, blühenden Volk bewohnt wurde, innerhalb einer Generation in ein Wüstland. Ganze Dörfer sollen ihre Wohnhäuser verlassen haben, um als Höhlenbewohner im Untergrund zu leben und der Zerstörungswut der Eroberer zu entfliehen.

Diese unaufhörliche Grausamkeit hatte aus unserer Sicht einen entscheidenden Vorteil. Sogar eine große Menschengruppe konnte dieses verlassene Land durchqueren, ohne einer Menschenseele zu begegnen. So erging es auch uns. Dennoch ging Demna auf Nummer Sicher und postierte zu allen Seiten Patrouillen. Er war bereit, notfalls große Umwege in Kauf zu nehmen, falls unsere Späher Seldschuken sichteten.

☆

Die Reise war ein einziges Abenteuer. Sie könnten sich die Frage stellen, warum Magdalene und ich nicht ständig von großer Angst gequält wurden. Unsere Eroberer erzählten uns nämlich gern, was für ein furchtbares Schicksal wir erleiden würden, wenn wir in die Hände moslemischer Plünderer gerieten. Da die Georgier uns und unserer Familie bereits Furchtbares angetan hatten, konnten wir uns ein schlimmeres Schicksal kaum vorstellen, es sei denn, sie hätten auch uns getötet. Das wünschten wir gewiss nicht, und wir glaubten auch nicht daran.

Wie schon gesagt, können zwei junge Mädchen, die das Leben genießen wollen, nicht immerzu traurig sein oder ihre Mitmenschen auf Dauer hassen. Selbst Magdalene freute sich über die Beziehung zum König und auf die Nächte mit ihm. Er hatte sie vergewaltigt und ihrer Jungfräulichkeit beraubt, ohne ihr darüber hinaus Gewalt anzutun.

Ich fürchtete mich noch immer davor, mich in einer solchen Lage wiederzufinden, aber davon abgesehen, genoss ich das Leben in vollen Zügen. Schon seit jeher ritt ich gerne, und nun ritt ich mehrere Stunden am Tag. Ich liebte die frische Luft, an der ich nun den ganzen Tag verbrachte. Ich liebte die Jagd, und nun war es mir erlaubt, zuzusehen und sogar mitzumachen. Ich liebte ausgelassene, stürmische Gesellschaft, und das boten mir die Georgier zur Genüge.

Natürlich waren sie blutrünstige, wilde Bestien, was ich niemals vergaß. Als ich sie besser kennen lernte, verdächtigte ich sogar ihre Frauen und Priester, aus demselben Holz geschnitzt zu sein wie sie. Nachdem Tage und Wochen ins Land zogen, dachte ich nicht mehr so häufig an das Massaker von Hattin. Ich war noch ein Kind, und wenn man den Finger der Schande ausstrecken muss, dann auf meine Schwester, die ihre Situation viel bereitwilliger hinnahm als ich. Sie ermutigte mich, ihrem Beispiel zu folgen, und ihr einziger Ehrgeiz schien darin zu bestehen, ihrem Herrn zu gefallen. Mir ging es lediglich darum, mit diesen Menschen zurechtzukommen, und das war nicht schwierig. Vor allem mit Hegar, der immer an meiner Seite war und zu dem ich wohl oder übel ein vertrautes Verhältnis unterhielt, verstand ich mich gut.

Im Grunde unterhielt ich notgedrungen zum ganzen Lager ein vertrautes Verhältnis. Wenn wir zum Beispiel an einen Bergbach kamen, zogen wir uns alle aus und sprangen mit großem Vergnügen in das kalte Nass. Es war auch notwendig, meine Notdurft inmitten einer Schar Männer zu verrichten, die dasselbe taten. Ich schämte mich nicht, da hier alles offen zuging, und niemand zeigte sich mir gegenüber lüstern. Hegar achtete darauf, und da er im Auftrag des Königs handelte, wagte es niemand, sich ihm zu widersetzen.

Im Laufe der Zeit lernte ich ihre Sprache und konnte bald ihren Gesprächen und Scherzen folgen. Allmählich begriff ich, dass nicht alles so war, wie es auf den ersten Blick schien. Die Menschen im Lager erkannten Demna als König an. Sie brachten ihm Respekt entgegen und folgten bereitwillig seinen Befehlen. Zweifellos waren sie auch Georgier, die in diesem Bergland geboren und aufgewachsen waren und ihre Heimat liebten.

Aber war es wirklich noch ihre Heimat? Obwohl sie sich auf die Rückkehr freuten, hatte ich den starken Verdacht, sie wüssten vielleicht gar nicht, welche Situation sie vorfinden würden. Demna schien kraft des Erbfolgegesetzes des Erstgeborenen der rechtmäßige König von Georgien zu sein. Er trat die Nachfolge als junger Bursche an, da sein Vater sehr früh verstarb. Damals stand er unter der Regentschaft seines Großonkels Georg. Als Demna die Volljährigkeit erreichte, verkündete der Großonkel, er wolle sich nicht von einem unerfahrenen jungen Mann von kaum zwanzig Jahren regieren lassen. Demna bestand darauf, das Erbe und die Nachfolge seines Vaters anzutreten. Er wurde besiegt und musste mit einer Horde ergebener Anhänger aus dem Land fliehen.

Dieser Großonkel Georg wurde mir und Magdalene als ein wahres Monster mit boshafter Zerstörungswut geschildert. Wenn Georg noch niederträchtiger als Demna war, den wir als Mörder, Plünderer und Vergewaltiger kennen gelernt hatten, musste er eine Ausgeburt von Grausamkeit und Verderbtheit sein. Auf jeden Fall hatte Demna Angst vor seinem Großonkel, der ihm die härtesten Strafen prophezeit hatte, falls er je in sein Heimatland zurückkehren würde.

Und genau das hatte er vor. Er lebte seit nunmehr fünf Jahren im Exil und hatte in dieser Zeit das Leben eines Banditen geführt. Eine beträchtliche Schar Anhänger, die sich ebenfalls mit König Georg entzweit hatte, hielt ihm die Treue. All diese Menschen sehnten sich nach zu Hause und glaubten, die Zeit sei reif.

Demna sprach gerne darüber. »Der Tyrann herrscht nunmehr seit fünf Jahren«, sagte er zu uns. »Mein Volk hat ihn, seine Gesetze und seine Steuereintreiber gründlich satt. Meine Spione berichteten mir, dass ich in der Heimat mit offenen Armen empfangen werde. Dann rechne ich mit dem Monster ab.« Er lächelte. »Und die Wölfin Tamara wird vor mir zu Kreuze kriechen, ehe sich meine Männer mit ihr vergnügen.«

Damals hörte ich zum ersten Mal den Namen der Frau, die mein Leben beherrschen sollte.

ERSTER TEIL
DIE GEORGIER

1. KAPITEL

Der König

Ich war begeistert, auch wenn ich die Zukunft nicht vorhersagen konnte. »Ist diese Tamara die Königin Eures Großonkels?«, fragte ich.

»Nein, nein. Sie ist seine Tochter.«

»Und sie ist Eure Feindin?«

Er schnaubte wütend. »Sie wird sich an mich gar nicht mehr erinnern. Als ich meine Heimat verließ, war sie noch ein Kind. Sie saß stolz im Sattel, als ihr Vater mich des Landes verwies, und schaute mich verächtlich an. An jenem Tage schwor ich, dass sie eines Tages vor mir zu Kreuze kriechen und um ihr Leben betteln muss.«

»Eure Majestät«, sagte ich verwirrt. Ich war noch sehr jung, konnte aber gut rechnen. »Wart Ihr nicht über fünf Jahre im Exil?«

»Das stimmt.«

»Und wenn sie vor fünf Jahren noch ein Kind war, dann ...«

»Oh, sie ist noch immer sehr jung«, gab Demna zu. »Jünger als deine Schwester.«

»Und doch hasst Ihr sie so sehr? Ist sie hübsch?«

Damals wusste ich noch nicht so viel über die Menschen wie heute, und doch vermutete ich, die Wurzel seines Hasses könnte in seiner Eifersucht und ungestillten Begierde liegen.

Der König blinzelte mich ungehalten an, als hätte er mich durchschaut. »Ja, sie ist hübsch. Meine Spione berichteten mir, sie sei die schönste Frau der Welt.«

Wenn ich an Magdalene und mich dachte, bekam ich starke Zweifel.

»Und wird sie die Nachfolge ihres Vaters antreten?«, fragte ich.

»Sie hat keine Brüder, wenn du das meinst. Aber wie kann eine hübsche Frau über tapfere Georgier herrschen? Außerdem will ich ihren Kopf.« Er fing an zu lachen. »Nachdem ich mich mit anderen Körperteilen vergnügt habe.«

☆

Das Gespräch verwirrte mich aus verschiedenen Gründen. Zum ersten Mal erfuhr ich von den wahren Absichten des Königs. Er hatte vor, einen Krieg zu führen. Das ist ein Teil des Lebens, von dem Frauen und vor allem christliche Frauen ausgeschlossen sind. Als ich die Frauen im Lager beobachtete, die ich kaum als Damen bezeichnen konnte und die Schwerter polierten, die nicht unbedingt ihren Männern gehörten, begriff ich, dass die Georgier eine andere Sichtweise vertraten.

In diesem bevorstehenden Krieg würde es nicht zivilisiert zugehen. Das war auch nicht der Fall, wenn ein französisches Heer auf ein englisches traf und um Gebietsansprüche gekämpft wurde. Demna sprach darüber, seinen Onkel und seine Cousine zu ermorden, falls er den Krieg gewann. Der Gedanke, der König der Franzosen würde dem König Englands oder dieser jenem auch nur ein Haar krümmen, war unvorstellbar. Selbst die Sarazenen würden einen christlichen Herrn nach Zahlung eines Lösegeldes unversehrt zurückgeben, falls sie einen gefangen nahmen.

Dem gemeinen Volk, den Soldaten und dem Gefolge, erging es weder in Europa noch in Palästina so gut. Das war der Lauf der Welt. Magdalene und ich hatten uns nie zum gemeinen Volk gezählt.

Das bot Anlass zur Besorgnis. Im Vergleich zum Königtum gehörten wir zum gemeinen Volk. Wenn Demna die Ermordung seiner Verwandten schwor, würden diese Verwandten nicht im Gegenzug ebenfalls seine Ermordung schwören? Vor allem ein Mann wie Georg, der uns als die Ausgeburt des Bösen beschrieben worden war. Demna träumte davon, dass seine hübsche Cousine vor ihm niederkniete, ehe er sie vergewaltigte und ihr den Kopf abschlug. Wie würde es Magdalene und mir ergehen, wenn Demna besiegt wurde und wir diesem Georg und seiner wütenden Tochter ausgeliefert waren? Nachdem, was wir gehört hatten, würde sich dieses Paar mit einer bloßen Vergewaltigung und Enthauptung gewiss nicht zufrieden geben.

Ich hätte niemals geglaubt, Demna Erfolg zu wünschen, aber jetzt bat ich inbrünstig um seinen Sieg.

☆

Der König blickte während unserer Reise nach Norden vertrauensvoll in die Zukunft. Das Glück war ihm hold, und uns blieben gefährliche Zusammenstöße mit den Seldschuken erspart. Trotz unserer Vorsichtsmaßnahmen sahen wir ab und zu Horden dieser gefürchteten Krieger, die niemals zahlreich genug waren, um unsere beträchtliche Streitkraft angreifen zu können. Obwohl die Information über unseren Marsch nach Norden weit verbreitet zu sein schien, waren wir bereits über alle Berge, wenn sich genug Krieger versammelt hatten.

Mit jedem weiteren Tag näherten wir uns den Bergen, deren Gipfel sogar im Sommer mit Schnee bedeckt waren. Hegar machte mich ehrfürchtig auf den höchsten Berg aufmerksam. »Der Berg Ararat«, sagte er. »Hier strandete Noahs Arche nach der Sinnflut.«

Ich wusste nicht, ob ich ihm glauben sollte oder nicht.

Bald kamen wir in ein Land mit so großen Seen, wie ich sie noch nie gesehen hatte. In meine Furcht mischte sich frohe Erwartung, denn ich war neugierig, welch ein fabelhaftes Land hinter den Bergen lag.

Nun betraten wir das alte Georgien, das Land der Bagratiden – dies war der Familienname von Demnas Familie –, das Kernland von Kartli. Unsere Gruppe wurde immer größer. Männer und Frauen strömten in Demnas Lager und schworen ihm Treue. Zu dieser Loyalität ermunterte er sie durch großzügige Geschenke aus der gestohlenen Schatztruhe des Grafen Raymond, die er an die Führer verteilte. Er versprach, ihnen weitere Geschenke zu machen, sobald er wieder auf dem Thron saß.

Seltsamerweise trafen wir, selbst als wir die Pässe zwischen den hohen Bergen passierten, auf keinen Widerstand, worüber ich mich sehr wunderte. Auf diesen schmalen Wegen hätte selbst eine kleine Streitkraft aus entschlossenen Männern uns den Vormarsch erheblich erschweren können. Entweder war dieser Georg, der sich uns niemals in den Weg stellte, leichtsinnig oder äußerst vertrauensvoll.

Ich fragte Demna, doch er lachte nur. »Mein Onkel ist ein Narr«, erklärte er mir.

Ich fragte mich, welcher von beiden eher zum Herrschen geeignet war.

☆

Das erfuhr ich nicht sobald. Stattdessen stand ich einem neuen Problem gegenüber oder vielmehr einem alten, das ich jedoch im Laufe der Zeit vergessen hatte.

Der Sommer neigte sich seinem Ende entgegen, als wir schließlich das Land hinter den Bergen erreichten. Ich war entzückt, denn es übertraf bei weitem meine Erwartungen. Grüne Felder, rauschende Flüsse, lauschige Wälder, zahlreiches Wild, große Schafherden und Früchte in Hülle und Fülle: Orangen, Limonen, Pfirsiche, Birnen, Äpfel, Trauben und vor allem Kirschen, Walnüsse und Pflaumen. Und wenn einige Menschen uns ein wenig besorgt empfingen, konnte man es ihnen nicht verübeln.

Ihnen flößte weniger der drohende Bürgerkrieg Angst ein als die vielen Menschen, die plötzlich vor ihnen standen. Wir waren einschließlich aller Männer und Frauen viertausend Seelen, und das bedeutete hungrige Mäuler, die kurz vor Einbruch des Winters an ihre Türen klopften.

In diesem Teil der Welt war der Winter eine ernste Angelegenheit. Georgien liegt zwar nicht weit über dem Meeresspiegel, aber es konnte sehr kalt sein, wenn der Wind von den Bergen, vom Schwarzen Meer oder von den Steppen im Osten wehte. Manche behaupteten, er käme gar aus China, diesem sagenumwobenen Land, an dessen Existenz ich nie so recht glaubte.

Schon im Herbst mussten Vorkehrungen für den Winter getroffen werden, um die eisigen Stürme, die zu erwarten waren, zu überleben. Die dunklen Wolken, die sich über den Berggipfeln bildeten, und die einsetzenden Regengüsse ließen keinen Zweifel am baldigen Beginn der kalten Jahreszeit aufkommen. Es stand außer Frage, sofort zu Felde zu ziehen. Das Heer bezog die Winterquartiere, und es mussten mehrere Monate verstreichen, ehe sich die Wetterverhältnisse bessern würden.

In dieser Zeit musste Demnas Heer ernährt werden, und das wurde von Tag zu Tag schwieriger. Als Demna beschloss, das Winterquartier zu beziehen, sandte er Botschafter in alle Himmelsrichtungen, um seine Rückkehr zu verkünden und alle guten, getreuen Männer unter seine Standarte zu befehlen. Seinem Ruf folgten zahlreiche Krieger, wozu auch Adelige gehörten, die solch barbarische, aber georgische Namen wie Gamrekeli und Dchiaberi trugen. Sie verstärkten einerseits unsere Streitkraft und bürdeten andererseits den Gastgebern, die uns durch den Winter bringen mussten, eine noch größere Last auf. Und allmählich verwandelte sich der Regen in Schnee und Eis.

Demna sah es als selbstverständlich an, von seinem Volk ernährt und beherbergt zu werden, und es erfüllte seine Aufgabe. Doch das Volk litt, und Leid zieht Unzufriedenheit nach sich.

Ein Grund für ihre Unzufriedenheit waren Magdalene und ich. Wir waren immer in feinste Pelze gehüllt und augenscheinlich gut genährt, wobei wir noch nicht einmal zu ihrem Volk gehörten. Als der Winter Anfang Dezember erbarmungslos ins Land einzog, feierte ich meinen dreizehnten Geburtstag.

Magdalene verriet Demna den genauen Tag, und dieser beschloss, ein großes Fest zu geben. Ich wusste, dass die Georgier gerne tranken und jeden Anlass dazu willkommen hießen. Nun übertrafen sie sich selbst und aßen und tranken die ganze Nacht. Sie konsumierten riesige Mengen einer farblosen, beinahe geschmacklosen Flüssigkeit, die sie mit dem barbarischen Namen Wodka bezeichneten, während sich Männer und Frauen bizarren Tänzen hingaben. Hinter dem großen Zelt, in dem das rauschende Fest stattfand, standen viele Arme, die nicht eingeladen worden waren und das Essen und die Getränke beschafft hatten.

Es beunruhigte mich, der Hauptgrund für ihre Unzufriedenheit zu sein. Da ich jung und unbeschwert war, genoss ich das Fest und schmauste und trank mit den anderen. Leider war ich auch naiv genug, um zu glauben, Demna hätte dieses Fest nur ausgerichtet, um mir zu gefallen. Ich hatte noch nicht verstanden, dass es nur eine Person auf Erden gab, der Demna gefallen wollte, und das war er selbst.

Bald setzte die Wirkung des Alkohols ein, und mir verschwamm alles vor den Augen. Zu später Stunde wusste ich gar nicht mehr, was eigentlich los war, und kurz darauf verlor ich die Besinnung. Irgendwann erwachte ich in einem Bett, und um mich herum drehte sich alles. Als ich die Augen schloss, ließ die Übelkeit ein wenig nach, und langsam dämmerte es mir, dass ich nicht in meinem eigenen Bett lag.

Mich irritierte nicht etwa der Umstand, allein im Bett zu liegen, denn seit unserer Gefangennahme wurde Magdalene selten erlaubt, das Bett mit mir zu teilen. Ich wunderte mich vielmehr über die Delle in der Matratze neben mir, die noch ganz warm war. Zudem drang mir ein seltsamer Geruch in die Nase.

Ich fühlte mich unwohl und hatte starke Kopfschmerzen, was nicht weiter verwunderlich war. Kopfschmerzen durch zu starken Alkoholgenuss waren nichts Neues für mich. Neu war hingegen das Gefühl zwischen meinen Beinen. Das kannte ich noch nicht. Mein ganzer Körper fühlte sich seltsam an, als wäre er an verschiedenen Stellen eingedrückt worden. Das galt vor allem für meine Brust und meinen Po, die im Vergleich zu Magdalenes nicht sehr ausgeprägt waren, obwohl sich mein Körper in den letzten Monaten erstaunlich entwickelt hatte.

Ich öffnete vorsichtig die Augen und sah mich um. Es war taghell. Durch einen Spalt in dem schweren Stoff, der meine Bettstatt abschirmte, drang Licht. Dieser Raum war viel luxuriöser eingerichtet als meiner.

In diesem Augenblick wurde der Stoff zur Seite geschoben, und König Demna trat ein.

☆

Ich war noch immer betrunken und litt unter starken Kopfschmerzen. Wie Sie bereits wissen, war ich sehr naiv und fand Demnas Besuch daher nicht befremdlich. Er hatte in der Vergangenheit oft meine Schlafstätte aufgesucht, um mit mir zu sprechen oder um mich einfach zu betrachten, was in letzter Zeit häufiger geschah. Da ich nun schon seit einem Jahr seine Gefangene war, hatte ich mich daran gewöhnt, und ehrlich gesagt, unterhielt ich mich gerne mit ihm. Er war ein gebildeter Mann, und es schmeichelte mir, von ihm als Gesprächspartnerin ernst genommen zu werden.

Ich lächelte ihn an. »Ich fürchte, ich habe zu sehr dem Alkohol gefrönt, Eure Majestät.«

»Das haben wir alle getan.« Er stand neben dem Bett und beugte sich über mich. Im Gegensatz zu mir trug er ein Gewand, unter dem er nackt war. »Was ist es für ein Gefühl, eine Frau zu sein?«

»Ein sehr frauliches Gefühl, Majestät«, erwiderte ich gewitzt.

»Haha. Und du hast keinerlei Beschwerden?«

Jetzt schwante mir zum ersten Mal, was mit mir geschehen sein könnte. Ich hatte eine erste vage Ahnung. »Sollte ich, Eure Majestät?«

»Nicht unbedingt. Einige Frauen sind vom Schicksal begünstigt.« Er zog die Decke weg, ehe ich begriff, was geschah. Ich keuchte vor Unbehagen. Mich störte nicht sein Blick auf meinen nackten Körper, denn den hatte ich schon häufig ertragen. Ich fröstelte, obwohl in dem Raum ein Feuer brannte, und zog instinktiv die Beine an, um mich zu wärmen. Es ging mir weniger darum, meine Scham zu verdecken. Demna zog an meinen Beinen. »Eine solche Schönheit sollte man nicht verbergen. Auf jeden Fall nicht vor seinem Liebhaber. Ich spüre, dass meine Manneskraft zurückkehrt.« Mit diesen Worten bestieg er mich.

Ich begriff jäh, was geschehen war. Er hatte mich vergewaltigt, während ich meinen Rausch ausschlief. Am liebsten hätte ich vor Scham und Wut geschrieen und auf ihn eingeschlagen. Ich tat weder das eine noch das andere, denn dieser Mann hatte mich vollkommen in seiner Gewalt. Der Gedanke betrübte mich. Er hätte mir die Kehle durchschneiden können, ohne dass eine einzige Person im ganzen Lager außer Magdalene ihn einen Verbrecher geschimpft oder versucht hätte, mich zu rächen. Und wer hätte um mich getrauert? Meine Schwester und vielleicht Hegar.

Jetzt konnte ich ohnehin nichts mehr daran ändern.

Ich wollte Zeit gewinnen, bevor es noch einmal geschah. »Mein Herr«, keuchte ich. »Ich muss auf den Topf.«

»Er ist hier.« Demna ließ von mir ab und legte sich neben mich.

Ich kletterte schnell aus dem Bett und verrichtete meine Notdurft, wobei ich ihn beobachtete. Sein Gewand klaffte auf, und es bestand kein Zweifel an seiner Fähigkeit, in mich einzudringen. Wenn ich daran dachte, dass dieser Stock schon in mich eingedrungen war und es gleich wieder geschehen würde ... Ich stand einer Ohnmacht nahe.

Da ich selten in Ohnmacht fiel, rettete sie mich nicht, und ich stieg wieder zu ihm ins Bett. »Wird es wehtun, Eure Majestät?«, fragte ich.

Er lächelte mich an. »Diesmal nicht, mein kleiner Schatz.«

Er hatte Unrecht. Es schmerzte, aber vermutlich weniger als beim ersten Mal. Auch wenn es mich bekümmert, es gestehen zu müssen, genoss ich es. Nicht unbedingt den Akt an sich, währenddessen ich sein beträchtliches Gewicht ertragen musste und das Gefühl hatte, aufgeschlitzt zu werden. Vielmehr genoss ich die Zärtlichkeiten, die mir vorher zuteil wurden. Er küsste mich, drang mit seiner Zunge in meinen Mund ein, streichelte meine Brüste, tätschelte meinen Po und schob eine Hand zwischen meine Beine, um das Eindringen zu erleichtern.

Ich begriff, warum Magdalene trotz der widrigen Umstände eine so große Zufriedenheit verspürt hatte. Wie war es möglich, das Zusammensein mit einem Mann zu genießen, den ich hasste und dessen Hinrichtung ich wünschte? Aufgrund meiner Lage erschien es mir einfach klüger, mich ihm zu unterwerfen, denn sein Tod hätte unweigerlich den meiner Schwester und mir nach sich gezogen.

Schon bald geriet ich in Verzückung – eine Schwäche von mir –, und der König war erschöpft. Er ermunterte mich, ihn zu streicheln und zu liebkosen. Ich gehorchte bereitwillig und erfreute mich an dem Erfolg. Es dauerte nicht lange, bis er unter meinen Fingern immer härter wurde und mich schließlich auf seinen Körper zog.

»Du hast alles, wovon Männer träumen«, flüsterte er mir ins Ohr. »Ein wahrer Schatz. Wenn ich wieder auf dem Thron sitze, wirst du neben mir sitzen.«

☆

Ich war mir nicht sicher, ob das ein Heiratsantrag war. Auf jeden Fall war es die Erhebung zur ersten Konkubine. Das hätte ich mir niemals träumen lassen. Da ich eine Erziehung zur Dame genossen hatte, sollte ich später einmal einen Junker heiraten, der mit der Zeit die Ritterschaft erlangen würde. Natürlich sollte ich ihm viele gesunde Kinder gebären. Vielleicht war mir ein anderes Schicksal bestimmt. Ich hatte in meinem kurzen Leben noch nie jemanden Kritik an der Konkubine eines Königs äußern hören.

Wie sollte ich Magdalene das beibringen? Das war gar nicht nötig, denn als der König mich verließ, kam sie zu mir.

Meine Schwester, die genau wusste, was geschehen war, setzte sich zu mir aufs Bett. Ich rührte mich nicht und hatte auch nicht die Absicht, es zu tun. Es war eine Wonne, in diesem denkwürdigen Bett zu liegen. Draußen war es kalt und trübe. »Und?«, erkundigte sie sich. »Was ist es für ein Gefühl?«

»Himmlisch.«

»Ha. Mama hat immer gesagt, wir beide seien im Grunde unseres Herzens Huren.«

»Das hat sie von allen Frauen behauptet.«

»Sie scheint Recht gehabt zu haben. Komm mit. Steh auf. Du kannst nicht ewig hier liegen bleiben.«

»Ich bleibe hier, bis Seine Majestät nach mir ruft oder zu mir kommt.«

»Du musst noch viel über Männer lernen. Sie jagen nur ihren Vergnügungen nach und kommen zu uns, wenn sie nichts Besseres zu tun haben. Seine Majestät ist zur Jagd gegangen und kehrt erst heute Abend zurück. Zudem lieben es Männer, wenn ihre Frauen sauber sind, gut riechen und hübsch gekleidet sind. Auf dich trifft im Augenblick nichts davon zu. Ich habe für dich ein Bad vorbereiten lassen.«

Ich nahm ihre Belehrungen an. Ein Bad konnte nicht schaden.

»Allerdings glaube ich nicht, dass Demna dich wiedersehen will. Du hast ihm nicht viel zu bieten.«

»Ich habe alles, was er begehrt«, widersprach ich. »Wir werden heiraten.«

Magdalene verpasste mir eine Ohrfeige.

☆

Meine Schwester schien das Schlimmste zu befürchten, und ihre Ängste bewahrheiteten sich. Der König rief mich in jener Nacht und in den folgenden Nächten zu sich. Ab sofort wohnte ich im königlichen Zelt.

Ich hatte Mitleid mit Magdalene, die in der Blüte ihrer Jahre fallen gelassen worden war. Andererseits barg meine neue Position einen entscheidenden Vorteil. Da ich über einen stärkeren Willen verfügte und mein Charakter ausgeprägter war, konnte ich als Geliebte des Königs besser auf uns beide Acht geben.

Magdalene, die nun meine erste Zofe war, konnte nichts daran ändern. Sie sagte nur: »Er wird deiner überdrüssig werden, wie er meiner überdrüssig wurde.«

Ich war dumm genug, um vertrauensvoll in die Zukunft zu blicken. Im Gegensatz zu Magdalene, die eine voll entwickelte Frau war, als sie zum ersten Mal in Demnas Bett stieg, erblühte ich von Tag zu Tag mehr und wurde immer schöner. Mein Herr schien entzückt zu sein.

Die neue Situation sprach sich schnell im Lager herum und

wurde im Großen und Ganzen gutgeheißen, da Magdalene in letzter Zeit eine arrogante Art an den Tag gelegt hatte. Nur Hegar bedauerte diese Entwicklung. Er war nun nicht mehr mein Beschützer und Spielkamerad, sondern mein Diener. Die neue Aufgabe machte ihm nicht zu schaffen, aber er war traurig, seine Hoffnungen auf mich, die er sich im Stillen gemacht hatte, für immer begraben zu müssen.

Um ihn aufzumuntern, schenkte ich ihm immer, wenn ich ihn sah, mein schönstes Lächeln, ohne ihn trösten zu können.

☆

Im nächsten Winter war ich eifrig beschäftigt, wobei ich meistens auf dem Rücken lag, doch Demna suchte auch auf andere Weise Befriedigung. Als er mich zum ersten Mal ermunterte, mich hinzuknien, und sich hinter mich kniete, glaubte ich, verdammt zu sein. Das war ich ohnehin, da ich einem Mann zu Willen sein musste, der meine Eltern ermordet hatte, und es war ein erregendes Erlebnis.

Ich ging selten spazieren und musste die Blicke und das Tuscheln des Pöbels, dem sein Joch schwer zu schaffen machte, nicht oft ertragen. Mich umringten Demnas Anführer und Diener, die allesamt Speichellecker waren, und ich verbrachte ein paar glückliche Monate. Das war auch gut so, denn das Glück ist immer eine flüchtige Angelegenheit. Die Schneeschmelze hatte noch nicht begonnen, als ein Botschafter aus der Hauptstadt Tbilisi zu uns eilte.

Fast das ganze Heer versammelte sich um den Burschen, der vor dem königlichen Zelt stand und sein Pergament entrollte.

»Bekanntmachung«, las er mit lauter, klarer Stimme. »König Georg von Georgien sendet diese Botschaft an den falschen Prinzen Demna. In der Güte meines Herzens schickte ich Euch fort, als mein Volk Eure Unfähigkeit zu herrschen erkannte, damit Ihr außerhalb dieses Landes ein neues Leben beginnen könnt. Nun habe ich erfahren, dass Ihr meinem Befehl nicht gefolgt und mit einem Heer zurückgekehrt seid. Das ist eine Kriegserklärung. Hört nun meine Worte. Verlasst mit Euren Männern dieses Land. Kehrt hinter die Berge zurück und betretet nie wieder mein Land. Solltet Ihr Euch in zwei Monaten noch in meinem Land aufhalten, werde ich Euer Heer vernichten und Euch eine angemessene Strafe zukommen lassen. Erhört meine Worte und handelt weise. Georg, König von Georgien.«

Als der Botschafter verstummte, herrschte ein paar Sekunden Schweigen. Nur das Scharren der Füße und das Wehen der Fahnen waren zu hören. Die Nachricht ließ keinen Zweifel daran aufkommen, dass wir um unser nacktes Überleben kämpfen müssten, wenn wir den Rückzug nicht antraten. Demna verfügte nicht etwa über eine disziplinierte Streitkraft, für die das Gefecht eine Normalität darstellte. Nur wenige der Männer waren erfahrene Krieger. Die meisten waren herumziehende Großmäuler, die Wein, Weib und Gesang, Beutezüge und Morde liebten, und zwar in dieser Reihenfolge. Die Aussicht auf eine Schlacht gefiel ihnen ganz und gar nicht, und viele hätten bereitwillig den Rückzug durch die Pässe nach Süden angetreten, wenn Demna es in Erwägung gezogen hätte.

Das war allerdings nicht der Fall, und ich begriff schnell, dass es für Demna kein Zurück mehr gab. Er behauptete, der König von Georgien zu sein, und darum folgten ihm die Männer. Nur aus dem Grunde waren sie hier. Hätte er in diesem Augenblick seinem Anspruch auf den Königsthron abgeschworen, wäre er nur noch ein namenloser Flüchtling ohne jegliche Rechte gewesen. Sein Heer hätte ihn verlassen.

Die Dörfler, die alles aus der Ferne beobachteten, wären über ihn hergefallen. Er stand tief in ihrer Schuld und hatte Wiedergutmachung gelobt, sobald er wieder auf dem Thron saß. Wenn sie alle Hoffnungen, sich von ihren Ausgaben zu erholen, begraben müssten, bliebe ihnen lediglich die Möglichkeit, sich an dem Mann, der sie betrogen hatte, und seinen Mätressen zu rächen. Bei dem Gedanken gefror mir das Blut in den Adern.

Demna, der nicht besonders mutig war, musste notgedrungen vorwärts schreiten. Es blieb ihm keine andere Wahl. Daher trat er vor, zog sein Schwert und stieß die Spitze in den schneebedeckten Boden.

»Sage deinem König«, rief er mit lauter, klarer Stimme, »der kein König, sondern ein Thronräuber der Rechte und Vorrechte des Hauses der Bagratiden ist, dass er vor den Menschen, vor Gott und der Heiligen Kirche für sein Verbrechen bezahlen wird. Ich habe meine Pflichten versäumt, indem ich zugelassen habe, dass mein Volk so lange unter seinem Joch leiden musste. Nun bin ich zurückgekehrt, um mein rechtmäßiges Erbe anzutreten und mein Volk von seinen Bürden zu befreien. Ich werde an der Spitze meines Heeres auf Tbilisi marschieren und es in Besitz nehmen. Wenn ich ihn oder die seinen dort vorfinde«, fügte er bedeutungsschwanger hinzu, »werde ich ihn und die seinen als Verräter meines Landes, meiner Rechte und des Hauses der Bagratiden bestrafen. Sag ihm, er und die seinen sollen fliehen, solange noch Zeit ist, um meiner Rache zu entgehen. Sollte er so dumm sein und sich mir auf dem Schlachtfeld widersetzen, werde ich seine Streitkräfte in alle vier Winde zerstreuen und ihn bis in die fernsten Winkel der Welt verfolgen.« Er wandte sich an sein Heer. »Wollt ihr mir folgen und mit mir den Sieg erringen?«, rief er.

»Der Sieg ist unser!«, schrien sie im Chor.

Der Bote stieg in den Sattel und ritt davon.

☆

»Mein Onkel hat Angst vor uns«, sagte Demna zu seinen Anführern. »Das ist der Grund für seine tollkühne Botschaft. Wir müssen nur auf Tbilisi marschieren, und er wird fliehen.«

Ich weiß nicht, ob ihm alle glaubten oder sie seine Botschaft

nicht ebenfalls für tollkühn hielten. Nun musste er seinen großen Worten Taten folgen lassen.

Es war noch zu kalt, um an einen Feldzug zu denken. Dennoch fingen die Menschen an, die Waffen zu polieren, neue
Pfeile für ihre Bogen zu schnitzen und die Pferde auszuwählen, mit denen sie in die Schlacht ziehen wollten. Als die Stunde der Wahrheit näher rückte, wurden einige Krieger fahnen-
flüchtig, aber es waren weniger, als Demna befürchtet hatte. Er
vertraute darauf, zwölftausend Krieger in die Schlacht zu führen. Er vertraute auch darauf, dass sein Onkel keine größere
Streitkraft aufstellen konnte. Uns gegenüber behauptete er
kühn, die meisten würden fliehen, sobald sich der rechtmäßige Erbe nähere.

Ich hatte große Angst, mein Herr würde mich und Magdalene in vermeintlicher Sicherheit zurücklassen. Er wusste jedoch
um die Gefahren, die im Lager auf uns lauerten, und daher
bereiteten wir uns darauf vor, dem Heer zu folgen.

Am ersten Mai brachen wir unsere Zelte ab.

Wir waren eine beeindruckende Streitkraft. Zweihundert
unserer besten Krieger, die auf unseren besten Pferden ritten,
bildeten die Vorhut. Da ihre Aufgabe hauptsächlich darin bestand, den Feind auszukundschaften, waren sie mit Schwert
und Bogen nur leicht bewaffnet. Die georgischen Reiter konnten im Gegensatz zu unserem Volk hervorragend mit Pfeil und
Bogen umgehen. Vermutlich hatten sie das den Sarazenen und
den Seldschuken abgeguckt.

Der Vorhut folgte in einem Abstand von einer Meile das
Heer. Nicht alle Männer waren erstklassige Krieger, doch sie
machten eine gute Figur. Einige trugen Rüstungen, die sie Vaters Kriegern gestohlen hatten. Die anderen waren in ihren
Lederwämsern und mit den ledernen Kappen gut geschützt,

vor allem da ihre Gegner ähnlich gekleidet waren. Reiterei und Fußtruppen trugen Lanzen, Schwerter und Bogen bei sich.

Über dem Heer wehten unzählige Fahnen und Banner, und alles in allem boten wir einen schönen Anblick.

☆

Demna ritt mit den Offizieren inmitten seiner Krieger. Die Trommler und Pfeifer hinter ihnen spielten auf, damit die Krieger im Gleichschritt marschierten. Hinter den Offizieren folgte der Tross mit den Vorräten und Wagen, in denen die Frauen saßen. Magdalene und mir wurde diese Qual erspart, denn auf den Straßen, die nichts anderes als tiefe Radspuren waren, schlingerten die Wagen heftig hin und her. Aus diesem Grunde durften wir mit den Offizieren reiten, was allerdings kein Vergnügen war, wenn es regnete, und es regnete fast jeden Tag.

Wir waren in der Öffentlichkeit wie georgische Frauen gekleidet und trugen dicke Gewänder und riesige Hüte, die aus mit dicken Stoffen bespannten Weidenruten bestanden und große Ähnlichkeit mit Bienenstöcken hatten. Sie waren angenehm warm, doch wenn sie nass wurden, waren sie sehr schwer, und es dauerte lange, bis sie trockneten.

Seltsamerweise blieben wir alle gesund. Gelegentlich kam es zu Verstauchungen und Quetschungen, wenn wir aus dem Sattel geworfen wurden oder auf der Erde ausrutschten. Meistens genossen wir die frische Luft. Wir waren gut mit Vorräten versorgt, da wir fast die gesamten Schafherden der Dörfler mitgenommen hatten, was fürwahr kein schöner Zug von Demna war.

☆

Über eine Woche marschierten wir unserem Ziel entgegen, ohne auf Widerstand zu stoßen. Die Einwohner der Dörfer, durch die wir zogen, starrten uns an. An allen Orten lasen Demnas Herolde eine Proklamation vor und unterrichteten die Bürger, wer er war und was er vorhatte. Die jungen Männer wurden ermahnt, die Krieger zu begleiten und an ihrer Seite den Sieg zu erringen. Nur wenige folgten dem Befehl.

Eines Tages gelangten wir an einen breiten, rauschenden Fluss, der mich an England erinnerte.

»Das ist die Kura«, erklärte uns Demna. »Sie entspringt im Norden, fließt mitten durch Tbilisi und mündet im Kaspischen Meer.«

Ich war beeindruckt und überrascht. Da es hier nur eine einzige Furt zu geben schien, hatte ich erwartet, die feindlichen Truppen würden uns aufhalten. Das war nicht der Fall. Es war weit und breit kein einziger von König Georgs Kriegern zu sehen.

»Mein Onkel ist untauglich«, behauptete Demna.

Ich zweifelte allmählich daran. Kein Mann, der über ein Land herrschte, konnte derartig untauglich sein. Vielleicht hatte König Georg gar nicht vor, uns den Weg zu versperren. Vielleicht wollte er uns in eine Falle locken, um uns leichter vernichten zu können. Diese schauderhaften Gedanken behielt ich für mich. Für Demna gab es jetzt kein Zurück mehr. Mein Gefühl, meinem Untergang entgegenzugehen, verstärkte sich.

Einen Tag, nachdem wir den Fluss durchquert hatten, entdeckten wir auf den fernen Hügeln Reiter, die gelegentlich Feuersignale entzündeten, ehe sie davonritten.

Einige der Anführer wollten ihnen folgen, aber Demna verbot es ihnen. »Sie wissen, dass wir kommen.«

Sein Selbstvertrauen wuchs, als wir uns unserem Ziel näherten. Da wir fast den ganzen Tag im Sattel saßen, waren wir alle erschöpft, wenn wir endlich unsere Zelte aufschlugen, und selten zum Schäkern aufgelegt. Demnas großes Bett wurde pflichtgetreu von den Wagen geladen und in sein riesiges Zelt gebracht. Ich wurde aufgefordert, dort mit ihm zu schlafen, doch er berührte mich selten. Er dachte unentwegt an die bevorstehende Schlacht.

Am nächsten Tag galoppierte ein Reiter der Vorhut zu uns und teilte uns mit, dass der Feind in Sicht sei.

»Wie viele sind es?«, fragte Demna.

»Eine große Truppe, Eure Majestät.«

»Größer als unsere?«

Der Bursche schluckte. »Mein Hauptmann glaubt es.«

»Ha! Das will ich sehen!«

Demna befahl, Halt zu machen, und gab seinem Pferd die Sporen. Da er mir nicht verboten hatte, ihn zu begleiten, folgte ich ihm trotz der ängstlichen Schreie meiner Schwester. Hegar blieb an meiner Seite, um mich notfalls zu beschützen.

Die Vorhut hatte ein Stück entfernt auf einer kleinen Anhöhe angehalten. Als wir dort ankamen, zügelten wir unsere Pferde, und ich hielt den Atem an. Auf der Ebene vor uns sahen wir in einer Entfernung von zwei Meilen einen starken Trupp Krieger, der in üblicher Manier Aufstellung genommen hatte. Die Fußtruppen standen in der Mitte, und beide Flügel wurden von der Reiterei geschützt. Sie hatten sich offenbar an diesem späten Vormittag zur Schlacht aufgesellt. Die Sonne spiegelte sich auf ihren Waffen, und ihre Fahnen wehten in der Brise.

Der Hauptmann hatte Recht mit seiner Einschätzung. Allein die feindlichen Fußtruppen waren stärker als unsere ganze Streitkraft. Demna beobachtete ein paar Minuten das gegnerische Heer und erkannte schnell die Übermacht des Feindes. Dann wandte er seinen Blick nach links und rechts, um zu ergründen, ob der Standort des Feindes für uns eventuell Vorteile barg. Das war nicht der Fall. Der Feind stand an einem kleinen Bach, der sie vor einem Angriff schützte. Zu unserer

Linken erstreckte sich eine Ebene. In der Ferne konnte man die Dächer eines Dorfes sehen. Ein Überraschungsangriff auf die Flügel des Feindes war nicht möglich. Er konnte seine Aufstellung ändern, um sich uns zu widersetzen, oder uns sogar während unseres Marsches auf die feindlichen Linien angreifen. Es blieb uns nichts anderes übrig, als den Feind frontal anzugreifen, wenn wir die Schlacht heute schlagen wollten.

Und die Schlacht musste geschlagen werden. Wenn Demna zurückgewichen wäre, hätte der größte Teil der Krieger Fahnenflucht ergriffen.

Er studierte ein paar Minuten die feindliche Aufstellung. Dann sagte er zu dem Hauptmann: »Unterrichten Sie mich über alle Bewegungen in den feindlichen Reihen.« Mit diesen Worten ritt er davon. Erst jetzt schien er mich zu bemerken. »Ist es nicht ein schöner Anblick, Püppchen?«

»Zu schön, Eure Majestät.«

»Haha. Wir werden ihre Schlachtordnung zerstören.«

»Ist der Feind nicht zu stark?«

»Nicht unbedingt.« Er drehte sich um und zeigte auf eine Reihe von Fahnen. »Siehst du die Fahnen dort?«

Sie wehten über einem Reitertrupp, der hinter den Fußtruppen stand.

»Das ist mein Feind, der Thronräuber«, sagte Demna. »Und zweifellos seine widerliche Tochter. Genau in der Mitte ihrer Truppen. Wenn wir dort angreifen, ist der Sieg unser.«

Wir ritten zurück zu den Offizieren, die uns erwarteten. Demna gab ihnen Befehle. »Unsere Fußtruppen marschieren auf ihre Mitte«, sagte er. »Sie dürfen sich durch nichts aufhalten lassen und müssen sich bis zur Fahne des Thronräubers durch die feindlichen Reihen schlagen. Wenn sie fällt, ist der Sieg unser.«

Es schien ein einfacher Plan zu sein. Im Grunde zu einfach. Demnas Offiziere dachten ähnlich.

»Seine Reiterei ...«, warf einer zaghaft ein.

»Wird von unserer Reiterei in Schach gehalten«, erwiderte der König. »An beiden Flügeln. Marschiert los. Führt eure Männer in die Schlacht und erringt den Sieg!«

»Und Ihr, Eure Majestät?«, fragte einer.

»Ich marschiere mit den Fußtruppen.«

»Und wir, Eure Majestät?«, fragte ich.

»Ihr bleibt bei den Gepäckwagen.«

»Dürfen wir uns die Schlacht nicht ansehen?«

Er dachte darüber nach. »Gut. Von dem Berg dort drüben.«

»Wir jubeln Euch zu, bis Ihr den Sieg errungen habt.«

Kriegerischer Eifer hatte meinen Trübsinn vertrieben. Der Moment der Wahrheit war gekommen. Ich wartete erregt und vertrauensvoll auf die Schlacht. Was blieb mir auch anderes übrig? Unser Überleben und Wohlergehen hing einzig und allein von Demna ab. Ohne seinen Schutz waren wir nichts anderes als Soldatenhuren, die der Wollust der Männer hilflos ausgeliefert waren.

Magdalene teilte meine Hochstimmung nicht. »Wir werden sterben«, prophezeite sie mir, als wir dem König und seiner Eskorte nachschauten.

»Unsinn«, beruhigte ich sie. »Noch heute Nacht ist der Sieg unser. Begleitest du mich zu dem Hügel?«

Sie zuckte mit den Schultern und folgte mir gezwungenermaßen.

☆

Wir ritten sofort los und erreichten unseren Standort, bevor sich das Heer in Bewegung setzte. Magdalene erblickte den Feind zum ersten Mal und schluckte, denn die feindliche Streitkraft war fast doppelt so groß wie unsere.

»Wir werden sterben«, jammerte sie.

Ich blieb ihr die Antwort schuldig und lauschte den Trommeln und Hörnern, die den Vormarsch unserer Truppen verkündeten. Das feindliche Heer hatte sich noch nicht bewegt. Nur innerhalb ihrer Reihen entstand ein wenig Unruhe, als sich die Krieger den Schweiß von der Stirn wischten.

Unsere Krieger boten einen schönen Anblick, als sie neben uns den Hügel hinaufritten. Wir standen etwas abseits, um sie nicht zu behindern. Der linke Flügel der Reiterei, der etwa tausend Mann stark war, ritt auf der anderen Seite an uns vorbei.

Unsere Krieger, die den Feind erblickten, verlangsamten unmerklich den Schritt. Dann stießen sie lautes Kampfgeschrei aus und rückten vor. Demna ritt mit seiner Eskorte inmitten des Heeres und erreichte ein paar Minuten später den Gipfel. Er schaute uns an und hob sein Schwert. Das ganze Heer jubelte und marschierte den Hügel hinab. Die Reiterei an beiden Flügeln hielt Schritt.

Zum ersten Mal in meinem Leben wurde ich Zeugin einer richtigen Schlacht. Meine Aufregung war noch größer als an dem Tag, als ich einen Kampf zwischen Vaters Rittern und den Georgiern befürchtet hatte. Ich hätte mir gewünscht, Vater mit Thomas und Heinrich an der Spitze dieses Heeres zu erblicken. Stattdessen jubelte ich ihren Mördern zu. Ich stellte mich in die Steigbügel und feuerte sie an. Am liebsten hätte ich meinen Hut geschwenkt, doch es war sehr mühevoll, diese schwere Kopfbedeckung abzunehmen und wieder aufzusetzen.

Jetzt marschierte der Feind auf uns zu. Die Hornisten bliesen zum Kampf, aber sie wurden vom Lärm unserer Trommler übertönt. Wir beobachteten die feindliche Reiterei, die unserer zahlenmäßig überlegen war und vorrückte, bis die Fußtruppen hinter ihr standen. Gleichzeitig entstand in den Reihen der Fußtruppen, die ihre Piken senkten, große Aufregung.

Da zwischen den beiden feindlichen Heeren noch immer ein paar Hundert Meter lagen, marschierten unsere Krieger mit den Piken auf den Schultern weiter. Plötzlich griff die feindliche Kavallerie beide Flügel gleichzeitig an. Unsere Reiter gaben ihren Pferden die Sporen, und wir verfolgten gespannt das erste Gefecht. Trotz der großen Entfernung und des lauten Dröhnens der Trommeln hatte ich das Gefühl, das Rasseln der Waffen, das Wiehern der Pferde und das Schreien der Krieger zu hören. Zu meinem Entsetzen dauerte das Gefecht nur wenige Minuten. Gegen die Übermacht des Feindes waren wir machtlos. Unsere Krieger rannten davon, und viele reiterlose Pferde folgten ihnen.

»Wir sind verloren!«, schrie Magdalene.

Die feindlichen Reiter, die unsere fliehenden Krieger nicht etwa verfolgten, zügelten ihre Pferde und nahmen erneut diszipliniert Aufstellung zur Schlacht. Jetzt standen sie den ungeschützten Flügeln unserer Fußtruppen gegenüber. Da sie sich verteidigen mussten, waren die äußeren Reihen gezwungen, sich der Reiterei mit ihren Piken zu stellen. Ein weiteres Vorrücken war nicht möglich, und daher blieb unser ganzes Heer wie erstarrt stehen. Die feindlichen Fußtruppen rückten vor. Ihre Trommeln dröhnten lauter als unsere, die nach und nach verstummten.

Demna, der in der Mitte seiner Krieger gefangen war, schwang sein Schwert und gab Befehle. Schon gaben die hinteren Reihen unseres Heeres auf und rannten zurück zu unserem Hügel, um ihre nackte Haut zu retten.

»Feiglinge!«, schrie ich wütend. Es war alles viel zu schnell gegangen. Noch vor einer halben Stunde waren unsere Truppen zuversichtlich vorgerückt, um den Sieg zu erringen. Nun löste sich unser Heer vor meinen Augen auf. Unsere vorderen Linien wussten, dass sie nicht entkommen konnten. Sie wurden von den Piken des Feindes in Schach gehalten und mussten sich dem Angriff der Fußtruppen stellen. Es dauerte nicht lange, bis sie zum Rückzug gezwungen wurden. Viele Krieger ergriffen die Flucht. Sie wurden verfolgt und größtenteils von feindlichen Reitern niedergeschlagen. Wir konnten sogar von unserem Standort aus das Blut fließen sehen.

Die Kämpfenden bewegten sich auf uns zu, und die Entfernung zum Schlachtfeld verringerte sich.

»Wir müssen fliehen«, schrie Magdalene.

»Wohin?«, fragte ich sie.

Mein Herz klopfte laut, und ich dachte sogar daran, den Hügel hinunterzureiten und ruhmreich zu sterben. Hätte ich doch nur eine Waffe gehabt!

»Zurück ins Lager«, schlug sie vor.

»Und was machen wir da?«

Sie galoppierte schon davon. Ihr langes Haar flatterte in der Brise. Mein Blick wanderte von ihr zurück zur Schlacht, die sich in das reinste Massaker verwandelte. Mir schwand der Mut. Ich folgte Magdalene, denn ich hatte nur den einen Wunsch, so lange wie möglich am Leben zu bleiben.

☆

Die Nachricht von der Katastrophe hatte das Lager bereits erreicht. Die Männer, die zurückgeblieben waren, um es zu bewachen, stellten mit Hilfe der Frauen und Priester die Wagen auf und sattelten, umringt von blökenden Schafen, die Pferde. Ich hatte keine Ahnung, wohin sie fliehen wollten. Auf jeden Fall mussten wir sie begleiten, um nicht von den Reitern, deren Hufe hinter uns dröhnten, niedergetrampelt zu werden.

»Beeilung!«, schrie jemand.

Die Pferde kamen bedrohlich näher, und es war so gut wie ausgeschlossen, dem Feind zu entkommen. Wir hatten die Wagen noch nicht erreicht, als ein Reiter neben mir anhielt und meine Zügel ergriff. Ich wollte gerade mit meiner Peitsche nach ihm schlagen, als ich Hegar erkannte. Er hatte seine Kappe verloren, und seine Kleider waren blutbefleckt. Ich wusste nicht, ob es sein Blut oder das eines anderen war.

»Komm!«, schrie er und riss mein Pferd herum.

Die Lage war ernst. Die feindlichen Reiter hatten unser Lager schon erreicht und ritten auf die Wagen zu. Vorerst kümmerten sie sich zum Glück nicht um einzelne fliehende Reiter.

»Magdalene!«, rief ich.

Sie warf einen Blick zurück und folgte uns. Zu beiden Seiten wurde gekämpft, doch Hegar schaffte es, uns mit seinem Schwert einen Weg zu bahnen. Plötzlich stand Demna mit ein paar Kriegern in unserer Mitte. In meine Erleichterung mischte sich Entsetzen. Meines Wissens gebot es die Ehre, dass ein Befehlshaber – und vor allem ein König – tapfer an der Spitze seiner Krieger starb, statt feige die Flucht zu ergreifen.

Zumindest verhieß seine Gegenwart mir eine Zukunft, von der im Augenblick niemand sagen konnte, wie sie aussah. Demna hatte das Ziel, sich so weit wie möglich von seinem Onkel zu entfernen, und wir ritten so schnell wir konnten davon. Als unsere Pferde erschöpft waren, hielten wir an und sahen uns um. Das Land rings herum war flach, und wir erblickten keine Verfolger.

»Sie haben genug damit zu tun, sie hinzurichten«, sagte jemand düster.

Demna starrte ihn an wie ein gebrochener Mann. Sein Blick war eines Königs nicht würdig. Er wich meinem Blick aus. Seine nächste Frage bewies, wie verwirrt er war.

»Was ist geschehen?«

»Wir waren ihrer Übermacht nicht gewachsen«, erwiderte Graf Rostar, sein bester Offizier, der überlebt hatte. »Es war tollkühn, eine überlegene Streitkraft frontal anzugreifen. Wir hätten uns zur Verteidigung aufstellen und auf ihren Angriff warten sollen.«

»Warum haben Sie das nicht vor der Schlacht vorgeschlagen, mein Herr?«, fragte Hegar.

»Der König hat die Schlachtordnung bestimmt«, erklärte Rostar. »Wie könnte ich dem König widersprechen?«

Alle Blicke waren auf Demna gerichtet. Er war nicht mehr in der Lage, Entscheidungen zu treffen.

»Was machen wir jetzt?«, fragte er.

»Zuerst einmal reiten wir weiter«, schlug Rostar vor. »Sie werden bald feststellen, dass Euer Leichnam nicht zwischen den Toten liegt.« Er verstummte und dachte kurz nach. »Dann beginnt die Suche nach Euch.« Wir führten die erschöpften Pferde an den Zügeln und setzten die Flucht fort.

»Ihr müsst das Land verlassen, Majestät«, sagte Hegar.

»Wie?«, fragte Rostar. »Sie werden die Pässe in Richtung Süden versperren.«

»Lori«, schlug Hegar vor. »Wenn wir das Schloss Lori erreichen könnten. In Lori sind sie loyal!«

»Glaubst du nicht, sie werden das Schloss in Kürze belagern?«

»Von Lori aus können wir Persien erreichen. Die Perser werden uns beschützen.«

»Die Perser!«, rief Demna. »Ja, wir müssen Lori erreichen und von dort nach Persien marschieren.«

Rostar zuckte mit den Schultern.

☆

Es braucht wohl nicht erwähnt zu werden, dass Magdalene und ich nicht in die Diskussion einbezogen wurden. Wir hätten natürlich keine Vorschläge machen können. Wie auch der König dachten wir nur daran, uns so weit wie möglich von unseren Verfolgern zu entfernen. Magdalene war zu betrübt, um überhaupt ein Wort sagen zu können. Ich stand noch unter Schock, dachte aber trotzdem angestrengt nach.

Was würde geschehen, wenn wir Lori und von dort aus Persien erreichen könnten? Die Perser waren seit jeher die

Feinde der Franken, und sie waren Heiden, die sich – wie ich gehört hatte – wie Barbaren benahmen. Vermutlich hätten sie Demna an seinen Onkel verkauft, und seine beiden Mätressen wären auf dem nächsten Sklavenmarkt gelandet. Es war sinnlos, mir den Kopf darüber zu zerbrechen. Eine Stunde später tauchten hinter uns Reiter auf.

☆

»Reitet weiter!«, schrie Hegar.

Wir trieben unsere müden Pferde vergebens zum Galopp an. Sie bewegten sich kaum, und wenige Minuten später waren wir umzingelt.

»Ergebt euch«, rief einer.

»Niemals!«, erwiderte Hegar, der sein Schwert zog.

Rostar zog ebenfalls sein Schwert, und die anderen folgten seinem Beispiel – nur der König nicht. Zu unserem Entsetzen zog Demna sein Schwert und warf es auf die Erde.

Rostar starrte seinen König fassungslos an und ergab sich ebenfalls. Nur Hegar leistete Widerstand. Er stieß einen lauten Schrei aus und galoppierte mit schwingendem Schwert auf die Feinde zu. Bevor er sie erreichte, traf ihn ein Pfeil und riss ihn aus dem Sattel.

Die feindlichen Reiter stürmten auf uns zu. Männer zogen uns aus den Sätteln und warfen uns zu Boden. Ich lag rücklings auf der Erde und hatte das Gefühl, mir zig Knochen gebrochen zu haben. Bärtige Männer starrten mich lüstern an. Ich war dankbar, dass Demna mich bereits meiner Jungfräulichkeit beraubt hatte. Das konnten diese Bestien mir jedenfalls nicht mehr antun.

Ihr Hauptmann ergriff das Wort. »Sie sind die Frauen des falschen Königs«, sagte er. »Sie gehören König Georg.«

Seine Männer waren sichtlich enttäuscht.

»Ihr dürft sie ausziehen, aber nicht anrühren.«

Dieser Mann schien Sinn für Humor zu haben. Wie sollten seine Männer uns nackt ausziehen, ohne uns anzurühren?, fragte ich mich.

Magdalene und ich waren noch ganz außer Atem, als wir hochgerissen wurden und sie uns buchstäblich die Kleider vom Leibe rissen, ohne Rücksicht auf die zahlreichen Bügel und Schleifen zu nehmen. Alles, was ihnen im Wege stand, schlugen sie einfach mit dem Schwert ab, und das war nicht ganz ungefährlich. In mein Gefühl der Demütigung mischte sich die Angst, verletzt zu werden. Hinzu kam die Frage, was mit uns geschehen würde. Sie würden uns vergewaltigen. Das stand außer Frage. Und dann?

Wir waren nicht die einzigen, die derart misshandelt wurden. Auch den Männern und dem König wurden die Kleider vom Leib gerissen. Der König zitterte wie Espenlaub. Er hatte den letzten Rest seiner Königswürde eingebüßt. Die Angst stand ihm ins Gesicht geschrieben, und er brachte kein Wort heraus. Er sah aus wie ein Jammerlappen, und ich wunderte mich, wie er mich je hatte beeindrucken können.

Die Feinde machten sich einen großen Spaß daraus, den König zu demütigen. Als er nackt war, spielten sie an seinen Genitalien herum und verspotteten ihn. Sie fragten ihn, wann er glaube, sie noch einmal benutzen zu können.

Er schwieg und zitterte wie ein Häufchen Elend.

☆

All das war erst der Beginn unserer Qual. Den Siegern war es zwar verboten, uns zu vergewaltigen, aber dafür misshandelten sie uns. Wir wurden mit den Handgelenken an dem Sattel eines Pferdes gefesselt und mussten hinter den Pferd herlaufen. Es war das Schlimmste, was ich in meinem jungen Leben je erlebt hatte. Unsere Peiniger wechselten ohne Vorwarnung das Tempo. Wir gingen, liefen, taumelten, stolperten, fielen zu

Boden und wurden hinter den Pferden hergeschliffen. Das war für Magdalene und mich furchtbar schmerzhaft, da wir uns den Körper an den spitzen Steinen und der harten Erde aufscheuerten. Für die Männer mit ihren ungeschützten Genitalien war es noch schmerzhafter. Einige schrien unaufhörlich.

Ab und zu zügelten die Feinde unerwartet ihre Pferde, und wir prallten gegen das Hinterteil des Tieres. Die Pferde traten aus und besudelten uns mit ihrem Dung.

Zum Glück waren wir am späten Nachmittag gefangen genommen worden. Es dauerte daher nicht allzu lange, bis unsere Peiniger ihre Zelte aufschlugen. Sie hatten nicht die Absicht, unsere Qual zu lindern. Während sie schmausten und tranken, bekamen wir weder Brot noch Wasser. Schon allein die Rast war ein Segen, obwohl sich die Schmerzen verstärkten, als wir auf die Erde sanken.

»Was geschieht mit uns?«, fragte ich.

»Sie werden uns töten«, jammerte Magdalene, die unserer Zukunft verzagt entgegensah.

Ich war wie immer zuversichtlich. »Wenn sie uns töten wollten, hätten sie es längst getan, oder nicht?«

»Es ist nicht ihre Aufgabe, uns zu töten. Das bleibt dem König vorbehalten. Er wird uns auf grausame Weise hinrichten.«

»Wie?«, fragte ich neugierig, obwohl mir ihre Prognose Angst einflößte.

»Das weiß ich nicht. Vielleicht pfählt er uns oder verbrennt uns bei lebendigem Leibe oder röstet uns langsam über einem Feuer ...«

Ich erschauderte und wehrte mich innerlich gegen diese Aussicht. Nein, das durfte einfach nicht sein! Ich war jung und hübsch, und ich wollte leben. Allerdings war von meiner Schönheit kaum etwas zu erkennen. Ich war zerschnitten und zerquetscht, dreckig und zerzaust. Meine Schönheit würde erst wieder in voller Pracht erstrahlen, wenn ich ein Bad genommen hatte. Und davon konnte im Augenblick wohl kaum die Rede sein.

☆

Trotz unserer unglücklichen Lage, unserer knurrenden Mägen und des schrecklichen Durstes waren wir alle so erschöpft, dass wir einschliefen. Nur Demna stöhnte die ganze Nacht und rief mehrmals meinen Namen. Da meine Hände gefesselt waren, konnte ich nichts für ihn tun, aber ich hatte auch keine Lust, ihm nahe zu sein. Ich weiß nicht, worüber er nachdachte. Über die Vergangenheit, als er noch frei war und seine Verbrechen begehen konnte? Oder über die Gegenwart und das grausame Schicksal, das ihn mit Sicherheit erwartete?

Schließlich dämmerte der neue Tag, und wir setzten unsere Reise fort. Ich freute mich, die Sonne zu sehen. Alles, was vor uns lag, konnte nicht schlimmer sein als die gegenwärtige Situation. Selbst der Tod war eine willkommene Erlösung, egal, wie schmerzhaft diese letzte Qual auch sein mochte. Das Glück war uns erneut hold, wenn man dieses Wort in unserer misslichen Lage überhaupt benutzen konnte. Uns stand nur eine kurze Strecke bevor, denn König Georg war den Männern, die er uns hinterher geschickt hatte, gefolgt. Er wollte das Ende seines aufsässigen Neffen mit eigenen Augen erleben. Wir waren erst eine Stunde unterwegs, als wir vor uns Staubwolken und kurz darauf die in der Sonne glitzernden Lanzenspitzen sahen. Ein paar Hundert Krieger, die der König persönlich befehligte, standen uns gegenüber. Der größte Teil seiner Truppen durchkämmte das Land und verfolgte diejenigen, die auf dem Schlachtfeld von Hereti – so wurde die kurze Schlacht nach einem Dorf in der Nähe benannt – entkommen konnten.

Die Krieger hielten an und warteten auf uns. Wir marschierten oder taumelten vielmehr weiter, bis wir ein paar Meter vor der königlichen Truppe standen und sogleich umzingelt wurden. Demna wurde dem König vorgeführt, während uns erlaubt war, uns auf die Erde zu setzen.

Ich verfolgte neugierig die Ereignisse und versuchte, mir ein Bild vom König zu machen, in dessen Hand unser Schicksal lag. Auf den ersten Blick machte er einen prächtigen Eindruck. Er trug einen goldenen Waffenrock über einem Kettenhemd, was ein Vorrecht des Königs sein musste, denn die Krieger waren nicht so gut gerüstet. Sein Helm, den er abgelegt hatte, hing an seinem Sattel. Stattdessen trug er eine Pelzmütze mit einem goldenen Diadem, das mit Edelsteinen besetzt war. An seiner Seite hing ein großes Schwert und an seiner Hüfte ein mit Juwelen verzierter Dolch. Sein Pferd war prächtig gezäumt und gesattelt und eines Königs würdig.

Und der König selbst? Ich war überrascht. König Georg war gut gebaut, aber nicht sehr groß. Und er war älter, als mein Vater gewesen war. Ich schätzte ihn auf über fünfzig. Sein Haar war schwarz und lang. Aufgrund des dunklen, zotteligen Bartes konnte ich seine Gesichtszüge nicht richtig erkennen. Die dunklen Augen zeugten von Charakterstärke. Sein Blick war streng, ohne Boshaftigkeit erkennen zu lassen.

Der Kontrast zwischen dieser prächtigen Erscheinung und dem nackten, dreckigen, jungen Mann, der vor ihm stand, war erheblich.

»Ich hätte nicht gedacht, dich je wiederzusehen«, sagte der König mit tiefer Stimme.

Demna fiel auf die Knie. »Gnade, Onkel! Gnade!«

»Gnade?«, fragte König Georg. »Weißt du denn nicht, wie viele tapfere Männer durch deine Schuld ihr Leben ließen?«

»Gnade!«, stammelte Demna.

»Seine Komplizen sollen zu mir gebracht werden«, befahl König Georg.

Wir wurden hochgerissen und zum König gezerrt. Als wir

hinter dem knienden Demna standen, sanken alle sofort auf die Knie. Nur ich blieb stehen und starrte den König an. Mein wallendes, rotbraunes Haar flatterte in der morgendlichen Brise. Ich hatte nicht vor, vor diesem Mann niederzuknien. Wenn ich sterben sollte, dann als Vaters Tochter und nicht als plärrende Göre.

»Wer ist dieses Kind?«, fragte der König.

»Eine der Frauen des falschen Königs«, entgegnete der Hauptmann der Garde. »Die andere ist da drüben.«

Der König warf Magdalene, die demütig vor ihm kniete, einen flüchtigen Blick zu. Das Kinn ruhte auf ihrer Brust, als böte sie dem Henker bereits den Nacken dar.

Ich holte tief Luft. »Ich bin Lady Edith von Romsey, Eure Majestät«, sagte ich so laut, wie es meine trockene Kehle erlaubte. »Ich wurde von dem Prinzen Demna gefangen genommen und gezwungen, ihm zu Willen zu sein.«

Warum sollte ich ihn schonen? Ich konnte sein Leben ohnehin nicht retten, und er war der Mörder meiner Familie.

Der König musterte mich ein paar Sekunden. Ich hielt den Atem an. Dann fragte er mich: »Wo liegt dieses Romsey?«

»Es ist ein Dorf in England, Eure Majestät.«

»England?« König Georg drehte sich zu dem Priester in der schwarzen Robe um, der tatsächlich ein Schwert bei sich führte, was ich bei einem Priester noch nie gesehen hatte. Er flüsterte dem König etwas ins Ohr.

»Ah«, sagte der König. »Für eine Fränkin sprichst du unsere Sprache sehr gut.«

»Ich bin seit einem Jahr Prinz Demnas Gefangene, Eure Majestät.«

»Und du hast die ganze Zeit das Bett mit ihm geteilt?«

Ich senkte den Blick nicht. »Er hat es von mir verlangt.«

Die Miene des Königs verdunkelte sich. »Wie alt bist du, Mädchen?«

»Dreizehn, Eure Majestät.«

»Dieser Schuft ist noch zügelloser, als ich annahm. Und sie? Sie ist deine Schwester, nicht wahr?«

»Ja, Eure Majestät. Meine Schwester ist siebzehn.«

»Zwei abgebrühte Huren. Du bist auf jeden Fall durch die Beziehung zu diesem Verräter verdammt. Eure Männer können sich den Rest des Tages mit ihnen vergnügen«, sagte der König zu dem Hauptmann. »Anschließend schneiden Sie ihnen die Kehlen durch.«

Ich keuchte vor Entsetzen, während Magdalene anfing zu stöhnen. Die Wachen näherten sich uns in freudiger Erwartung.

»Ich glaube nicht, Papa«, meldete sich eine leise Stimme zu Wort.

☆

Mein Herzschlag setzte eine Sekunde aus. Da ich bisher nur auf den König geachtet hatte, waren die Frauen, die zu seinem Gefolge gehörten, meiner Aufmerksamkeit entgangen. Eine dieser Frauen löste sich aus der Menge und ritt an die Seite ihres Vaters.

Mir stockte der Atem, als mir die Wahrheit schwante. Das musste die Prinzessin Tamara sein, über die Demna gesprochen hatte. Selbst wenn ich nicht gewusst hätte, wer sie war, wäre ich überwältigt gewesen. Ihre Kleidung und ihr Kopfschmuck waren aus goldenem Stoff, der mit karmesinroten Borten verziert war. Sie sah aus wie die Sonne, die hinter ihr aufging.

Obwohl die prächtigen Kleider ihren Körper verdeckten, ließ ihre Haltung auf einen wohlgeformten Körper schließen. Auch der große Hut, der ihr Haar verdeckte, konnte die Schönheit ihres Gesichtes nicht verbergen. Schöne Fränkinnen sind ebenso hübsch wie Frauen anderer Volksstämme, neigen aber zu ein wenig groben Gesichtszügen, die manch einer gerne mit Charakterstärke verbindet, was nicht immer stimmt. Die arabischen Frauen, die ich bisher kennen gelernt hatte, fand ich nie besonders attraktiv, wohingegen sie den arabischen Männern gefallen mussten, sonst wären die Araber längst ausgestorben. Diese Frau jedoch hatte so feine Gesichtszüge, als wäre sie nicht von dieser Welt. Ihr Mund, die Nase, die Stirn und das Kinn waren wohlgeformt und passten hervorragend zueinander. Sie hatte wie ihr Vater dunkle, unergründliche Augen. Vielleicht hatte ihr Vater ebenso wie sie rosige Wangen und einen makellosen Teint, was ich aufgrund seines Bartes nicht erkennen konnte.

Ich hatte Demna nicht geglaubt, als er sie als die schönste Frau der Welt beschrieben hatte. Dabei war sie noch ein Kind, als er sie zum letzten Mal gesehen hatte. Sie musste noch immer sehr jung sein, und ihre Schönheit erstrahlte in voller Blüte. Und nun interessierte sie sich für mich. Ich konnte nur hoffen, dass sie die Weisheit und das Mitgefühl einer richtigen Frau besaß.

»Sie sind seine Kreaturen«, sagte ihr Vater.

»Sie waren seine Sklavinnen«, widersprach Tamara. »Man kann sie kaum als Verräterinnen bezeichnen. Komm her, Mädchen.«

Die Wachen stießen mich zu dem Königspaar. Zum ersten Mal schämte ich mich an diesem Tag meiner Nacktheit. Dieses Gefühl wurde weniger durch mein Schamgefühl hervorgerufen als durch die Angst, ich könnte ihr bei näherer Betrachtung weniger gut gefallen.

Meine Angst war unbegründet. »Ich glaube«, sagte Tamara, nachdem sie mich ein paar Sekunden gemustert hatte, »sie ist sehr hübsch, wenn sie gebadet und ihr Haar gewaschen und gebürstet wurde. Sie hat prachtvolles Haar. Und sie ist dir mutig gegenübergetreten, Papa.«

König Georg schnaubte missbilligend.

»Wie war dein Name, Mädchen?«, fragte mich Tamara.

»Edith von Romsey, Eure Hoheit.«

»Ach ja. Das hast du gesagt. Die andere soll zu mir kommen.«

Magdalene wurde hochgerissen und zu ihr gestoßen. Ich konnte nur hoffen, dass sie nicht alles verdarb, indem sie in Tränen ausbrach oder auf andere Weise weibliche Schwäche zeigte. Letztendlich offenbarte sie nichts und blickte nur in die Ferne. Man hätte meinen können, ihr Gehirn sei erstarrt.

»Und dein Name?«, fragte Tamara.

Da Magdalene schwieg, beantwortete ich die Frage. »Sie heißt Magdalene, Eure Hoheit.«

»Ist sie stumm?«

»Sie hat sehr gelitten, Eure Hoheit.«

»Das hast du auch. Prinz Demna muss im letzten Jahr im Bett ein sehr glücklicher Mann gewesen sein. Mit deiner Erlaubnis, Papa, möchte ich diese beiden Mädchen gerne mit an meinen Hof nehmen.«

2. KAPITEL
Die Prinzessin

Im ersten Augenblick begriff ich nicht, was sie gesagt hatte, oder vielmehr, was sie beabsichtigte. Alle Augen waren auf den König gerichtet, dem die Idee nicht besonders gut zu gefallen schien. Später erfuhr ich, dass er seiner Tochter nichts abschlagen konnte.

»Sie sollen sich wenigstens etwas anziehen«, sagte er. »Bevor das ganze Lager in Aufregung gerät.«

Tamara schnippte mit den Fingern, woraufhin zwei Frauen aus dem Sattel stiegen und mich und Magdalene in Decken hüllten. Sie lösten unsere Handfesseln, und endlich floss das Blut wieder ungehindert durch unsere Adern. Nachdem die unmittelbare Gefahr gebannt war, machte sich unser schrecklicher Durst bemerkbar. »Könnten wir einen Schluck Wasser bekommen?«, bat ich.

Tamara schnippte noch einmal mit den Fingern, woraufhin uns Krüge mit dieser kostbaren Flüssigkeit gebracht wurden, damit wir unseren Durst stillen konnten. Ich war auch sehr hungrig, wagte aber nicht, um Brot zu bitten. Diese Frau hatte uns das Leben gerettet. Wenn sie allerdings so boshaft war, wie Demna behauptet hatte, hing unser Leben möglicherweise noch immer an einem seidenen Faden. Unsere Begleiter erwartete mit Sicherheit großes Leid.

»Du willst dich doch nicht etwa für diese Schurken einsetzen?«, fragte der König.

»Nein«, sagte Tamara. »Sie sind unsere Feinde.«

»Ha«, murmelte König Georg. »Was hast du zu sagen?«, fragte er den nackten Mann, der vor ihm kniete.

»Gnade«, jammerte Demna. »Im Namen meines Vaters, Eures Neffen, habt Gnade mit mir.«

»Ich spreche mit dir«, sagte der König zu Rostar.

Der Graf hob den Kopf. »Ich habe für meinen Herrn gekämpft«, erklärte er. »Dafür kann kein Mann verurteilt werden.«

»Du hast gegen deinen richtigen König die Waffen erhoben«, sagte König Georg. »Du musst sterben, und dein Tod muss für die anderen, die ebenfalls zu Verrat neigen, eine Warnung sein. Du und deine Komplizen werden gepfählt, und eure Leichen sollen an den Pfählen vermodern, damit sie jedermann sehen kann.«

Rostar hielt den Atem an. Er hatte soeben erfahren, dass er einen unvorstellbar grausamen und demütigenden Tod erleiden musste. Demna brach in Tränen aus. Ihre drei Komplizen ließen erschüttert die Köpfe hängen.

»Schreitet zur Tat«, befahl der König. »Nein, er nicht«, sagte er, als die Wachen Demna wegzerren wollten. »Er ist mein Fleisch und Blut, und das Blut ist königlich.«

Demna schluchzte. »Euer Name sei für immer gesegnet, teuerster Onkel, nobler König«, jammerte er. »Ich werde Euch bis ans Ende meiner Tage dienen.«

»Ja«, sagte der König, der aus dem Sattel stieg. »Lasst uns frühstücken.«

Es brannte bereits ein Feuer, über dem Lammstücke geröstet wurden. Zu meiner Überraschung wurden Magdalene und ich zu diesem Essen eingeladen. Allerdings saßen wir nicht bei der Königsfamilie, sondern abseits bei den Zofen der Königstochter. Magdalene zitterte noch immer am ganzen Leib. Ich interessierte mich nur für das Essen.

»Franken«, sagte eine der prächtig gekleideten Frauen, die uns umringten. »Stimmt es, dass ihr neugeborene Babys esst?«

Sie war sehr hübsch und älter als die Prinzessin. Ich ließ

mich nicht aus der Fassung bringen. »Ich hatte noch nie ein Baby.«

»Du musst mich mit Madam ansprechen.«

»Ist das Ihr Name?«

»Die Anrede weist auf meinen Rang hin.«

»Welchen Rang haben Sie?«

»Ich bin die erste Zofe der Prinzessin Tamara.«

»Die Zofe«, murmelte ich. »Sie haben doch sicher auch einen Namen.«

»Ich heiße Thalka.«

»Ihr Name ist Thalka, und Sie sind die Zofe der Prinzessin Tamara. Ich werde Sie Thalka nennen.«

»Du unverschämte Göre! Ich lasse dich auspeitschen.«

»Sie müssen mich mit Mylady ansprechen«, sagte ich zu ihr. »Ich bin die Lady Edith von Romsey. Und meine Schwester Magdalene ist die Gräfin von Romsey.«

Magdalene hob jäh den Kopf. Es war ihr noch gar nicht in den Sinn gekommen, dass sie seit dem Massaker das Familienoberhaupt war.

Thalka riss den Mund auf. Meine Unverschämtheit machte sie sprachlos. Die anderen, die Thalkas arrogante Art zweifellos nicht mochten, schienen sich köstlich zu amüsieren. Unser Wortwechsel wurde unterbrochen, denn die Hinrichtung des Grafen Rostar und seiner Komplizen stand unmittelbar bevor.

☆

Das Pfählen ist eine scheußliche Sache, stellt aber in den östlichen Ländern eine übliche Art der Hinrichtung dar. Sie ist furchtbar demütigend und hat vermutlich mit den homosexuellen Praktiken in diesen Ländern zu tun.

Die Opfer werden zuerst nackt ausgezogen, was an sich schon ein demütigender Akt ist, da die Hinrichtung in der Öffentlichkeit vollstreckt wird. In diesem Fall waren Rostar und seine Komplizen bereits nackt. In der Regel müssen sich die Opfer bäuchlings auf die Erde oder über einen Sattel legen, damit ein spitzer Stock in ihren After gestoßen werden kann. Die Prozedur ist unerträglich schmerzhaft. Der Tod tritt je nach Vorgehen des Henkers schnell oder langsam ein. Der Stock, der über einen Meter lang sein kann, wird mit Salbe eingerieben, wenn der Henker es wünscht.

Der Henker führt den Stock zuerst ein Stück in den Körper ein, bevor er ihn in der Erde versenkt. Das Opfer, dessen Hände auf dem Rücken gefesselt sind, leidet Höllenqualen und ist der Folter hilflos ausgeliefert.

Und dieses Schicksal mussten die armen Teufel, die Demna ins Unglück gefolgt waren, erleiden. Die drei Krieger brüllten vor Schmerzen, und selbst Rostar schrie mehrmals laut auf. Es war äußerst abstoßend, die Hinrichtungen während des Frühstücks zu verfolgen, und mir wurde speiübel. Die Damen, die mich umringten, hatten großen Spaß daran. Sie klatschten in die Hände, lachten und schlossen sogar Wetten ab, welcher der Männer am längsten überleben würde. Ich übertrug meine Abneigung gegen Thalka auf alle anderen und sah zu Tamara hinüber, die im Gegensatz zu uns auf einem Klappstuhl saß. Auch sie verfolgte interessiert die Hinrichtungen, ohne jedoch wie die anderen Freude zu bekunden.

Demna, der gezwungen wurde, die Hinrichtungen seiner treuen Anhänger zu beobachten, weinte noch immer. Da ich ihn mittlerweile recht gut kannte, wusste ich, dass es keine Tränen des Mitleids, sondern Tränen der Erleichterung waren, diesem grausamen Tod entkommen zu sein.

Jetzt wurde über sein Schicksal entschieden.

»Du bist der widerlichste Schurke, der je über diese Erde schritt«, sagte König Georg, nachdem die vier Opfer ihr Leben ausgehaucht hatten.

»Ich bin der widerlichste Schurke, der je über diese Erde schritt«, gab Demna zu.

»Du hättest dasselbe Schicksal wie deine Anhänger verdient.«

»Ich bin Euer Fleisch und Blut, großer König.«

»Ja. Darum kann ich dir nicht das Leben nehmen. Aber du wirst mir niemals mehr Scherereien bereiten.«

»Nein, nein. Ich werde Euch niemals mehr Scherereien bereiten, großer König.«

»Du wirst den Rest deines Lebens im Kloster von Tbilisi verbringen.«

»Ja, großer König. Ich werde den Rest meines Lebens im Kloster von Tbilisi verbringen.«

»Von deiner Zelle kannst du dem Lärm der Stadt lauschen, in der du herrschen wolltest.«

»Ja, großer König. Von meiner Zelle kann ich dem Lärm der Stadt lauschen ...« Er hob den Kopf. »Hat meine Zelle kein Fenster, großer König?«

»Doch, das hat sie, aber du wirst nicht hinausschauen.«

»Werde ich für den Rest meines Lebens angekettet?«

»Diese Strafe kann ich dir nicht auferlegen«, sagte König Georg. »Aber du wirst nicht aus dem Fenster sehen, weil es für dich nichts zu sehen gibt.«

Er schnippte mit den Fingern, woraufhin zwei seiner Krieger Demna an den Schultern fassten und ihn rücklings auf den Boden warfen. Zwei hielten seine Beine fest, damit er nicht um sich treten konnte.

»Gnade!«, schrie er. »Gnade, großer König!« Dann drang der Geruch des glühenden Eisens, das ins Feuer geworfen wurde, in seine Nase, »Gnade!«, brüllte er und versuchte vergebens, sich gegen die Hände, die ihn festhielten, zur Wehr zu setzen. Gleichzeitig schloss er die Augen, als würde ihn das retten.

Als er das heiße Eisen auf den Wangen spürte, öffnete er sie automatisch wieder. »Nein!«, brüllte er. »Nein.«

»Seid vorsichtig«, befahl der König.

»Ich will nicht, dass er stirbt.«

Demna schloss die Augen, doch sie wurden aufgerissen, und er schrie wie am Spieß. Als das Eisen von seinen geschwärzten Wangen und seiner geschwärzten Stirn entfernt wurde, entfuhr ihm ein grässliches Stöhnen.

»Nun«, sagte sein Onkel, »brauchst du für den Rest deines Lebens nur noch über dich nachzudenken. Es besteht dennoch die Möglichkeit, dass ein irregeführter Verschwörer eine Komplizin in deine Zelle bringen könnte. Ich habe keine Lust, diese Prozedur an einer unehelichen Frucht deiner Lenden, die zum Nachteil meiner Tochter Ansprüche auf den Thron geltend machen könnte, noch einmal durchzuführen.« Er schnippte wieder mit den Fingern, woraufhin die Henker ihre Eisen niederlegten und ihre Messer in die Hand nahmen.

Demna litt Höllenqualen, und da er nicht sehen konnte, was geschah, brauchte er ein paar Sekunden, um es zu begreifen. Erst als Hände seine Genitalien ergriffen, wusste er, dass er die schlimmste Katastrophe eines Mannes erleiden musste. Er brüllte noch jämmerlicher als zuvor.

Die Frauen standen alle auf, damit ihnen nichts entging, und ich folgte ihrem Beispiel. Nur Magdalene blieb sitzen. Ich gaffte mit gemischten Gefühlen auf das Organ, das er so oft in mich hineingestoßen und mit dem ich viele vergnügliche Stunden verbracht hatte. Nun wurde es einfach abgeschnitten, und Demna brüllte wie ein Tier.

Ich spähte zu Tamara hinüber. Die Prinzessin zeigte Interesse, ohne sich dem allgemeinen Entzücken anzuschließen.

Demnas blutender Körper wurde weggetragen.

»Wird er sterben?«, fragte ich.

»Nein, nein«, sagte Thalka. »Die Blutung wird gestoppt, und ihm wird ein Röhrchen eingeführt. Dann wird er den Rest seines Lebens in elender Einsamkeit verbringen.«

»Wäre es nicht gütiger gewesen, ihn hinzurichten?«, fragte Magdalene, die Demnas Folter sehr wohl beobachtet hatte.

»Sicherlich. Aber unser Herr hatte nicht die Absicht, gütig zu sein.«

»Was für ein Röhrchen?«, fragte ich interessiert, obwohl sich mir der Kopf drehte und mein Magen rebellierte.

»Der Körperteil schwillt an«, erklärte mir Thalka. »Und die Schwellung geht erst nach drei Tagen zurück. Wenn die Schwellung nicht behandelt wird, kann er seine Blase nicht entleeren und stirbt. Daher wird sofort, bevor die Schwellung einsetzt, ein Holzröhrchen eingeführt, damit er pinkeln kann. Wenn die Schwellung zurückgeht, wird das Röhrchen entfernt, und alles funktioniert wieder normal.« Sie kicherte. »Natürlich wird bei ihm nie wieder etwas normal funktionieren. Doch nun«, fügte sie bedeutungsschwanger hinzu, »bist du an der Reihe.« Tamara erhob sich und kam auf uns zu.

☆

Es ist schwierig, meine Gefühle in diesem Augenblick zu beschreiben. Man kann das Leben als eine schmerzvolle, unerfreuliche Reise von der Wiege bis zur Bahre ansehen, wie es uns einige Prälaten weismachen wollen. Selbst in einem solch zivilisierten Land, in dem ich aufwuchs, konnte man nicht leben, ohne ständig an die Schattenseiten des Daseins erinnert zu werden. Magdalene und ich waren zu Damen erzogen worden. Wir hatten noch nie einer derartigen Hinrichtung beigewohnt und vor dem nächtlichen Gemetzel in Hattin noch nie Kontakt zu blindwütiger Gewalt gehabt. Dennoch waren wir nicht ganz unbedarft. Selbst in England konnte man keine kurze Reise unternehmen, ohne an eine Kreuzung zu gelangen, an der zwangsläufig ein armer Teufel am Galgen hing. Er hing angekettet in seinem Käfig und musste verhungern. Später zerhackten die Vögel seinen Leichnam bis aufs Skelett. Man wandte seinen Blick ab, und falls man kurz nach dem Tod an dem Galgen vorbeikam, hielt man sich ein Sträußchen vor die Nase und eilte davon.

Ebenso konnte man kein Stadttor passieren, ohne auf grinsende Köpfe oder weniger angenehme Körperteile der Leichen gevierteilter Verräter zu stoßen, die vor den Stadtmauern zur Schau gestellt wurden. Selbst in der Heiligen Stadt Jerusalem traf man oft auf unglückliche Kreaturen, die das moslemische Gesetz gebrochen hatten und denen Hände oder Füße, Nasen, Ohren oder Augen fehlten. Diesen Schattenseiten des Lebens konnte man nicht aus dem Wege gehen.

Meine Schwester und ich waren im vergangenen Jahr menschlichen Wölfen in die Hände gefallen, im Vergleich zu denen selbst die Sarazenen als freundlich und unsere eigenen christlichen Brüder als wahre Heilige bezeichnet werden konnten.

Nachdem Magdalene und ich den ersten Schock über die Ereignisse in Hattin überwunden hatten, begriffen wir, dass wir fortan die sexuelle Begierde des Mörders unserer Eltern befriedigen mussten. Wir versuchten, die Situation zu ertragen, weil wir überleben wollten. Diese Sichtweise bringt gewiss weder Märtyrer noch Helden hervor, doch darum ging es uns auch nicht. Wir lebten und blühten sogar auf. Unser Schicksal war nicht schwer zu ertragen, da wir beide unsere wollüstige Ader entdeckten. Ich zumindest bewahrte mir eine Spur Ehrgefühl, indem ich an Demnas Bestrafung glaubte, wobei ich nicht die geringste Ahnung hatte, wie er seiner Strafe zugeführt werden würde. Auch wartete ich nicht ungeduldig darauf, um den relativen Gleichklang unseres Lebens nicht zu zerstören.

Wenn ich je über die Strafe meines Herrn nachdachte, dann schwebte mir ein Gerichtshof aus Rittern und Priestern vor und am Ende der Schwerthieb eines Henkers.

Aber das! Mich ergriff grenzenloses Entsetzen über das, was ich soeben mit eigenen Augen gesehen hatte. Noch schlimmer war die wachsende Gewissheit, es hier mit einer ganz gewöhnlichen Art der Bestrafung zu tun zu haben. Es handelte sich nicht um den Ausbruch blinder Wut gegen eine rebellierende Streitkraft, sondern um eine gewöhnliche, oft benutzte Methode, sich Verbrechern oder Verschwörern zu entledigen. Der Anblick der zu totem Fleisch reduzierten männlichen Genitalien erregte die Frauen sehr.

Wir befanden uns erneut in der Rolle der Opfer, und diesmal schützte uns der Wunsch unseres Eroberers, sich an uns zu vergehen, nicht. Eine Frau, die kaum älter war als wir, hatte uns in ihrer Gewalt. Meine Erleichterung über Tamaras Einmischung zu unseren Gunsten war verflogen, nachdem ich gesehen hatte, wie ihr Vater mit den männlichen Feinden verfahren war. Seine hübsche Tochter hatte großes Interesse, aber nicht die geringsten Gefühle gezeigt.

Und nun ging es um unser Schicksal! Ich hatte keinen blassen Schimmer, was sie mit uns vorhatte.

☆

»Auf die Knie!«, murmelte Thalka.

Magdalene hatte sich gar nicht erhoben, und ich blieb stehen. Ich hatte eine dunkle Ahnung, dass diese junge Frau Trotz achtete und für zu Kreuze kriechende Geschöpfte Verachtung empfand.

Die anderen Frauen verneigten sich, als die Prinzessin mit raschelnden Röcken zu uns kam. Ich hatte bisher keine Zeit gehabt, mehr als ihre strahlende Schönheit und ihre wertvollen Kleider wahrzunehmen. Jetzt sah ich das große Messer, das an ihrem Gürtel hing und länger als ein Dolch und kürzer als ein Schwert war. Das Heft und die Scheide, in der es steckte, waren mit Juwelen verziert, doch ich befürchtete, dass es eher ein Gebrauchs- als ein Ziergegenstand war.

Tamara stand mir gegenüber. Sie war damals fast einen halben Kopf größer als ich. Ich zweifelte nicht daran, sie eines Tages einzuholen, falls sie mir die Gnade erwies, mein Leben fortsetzen zu dürfen.

»Edith, die fränkische Gräfin«, sagte sie mit leiser, melodischer Stimme.

»Nein, Eure Hoheit«, widersprach ich. »Meine Schwester ist die Gräfin.«

»Sie scheint sich dessen nicht bewusst zu sein.«

»Unser Unglück macht ihr zu schaffen, Hoheit.«

»Vielleicht mangelt es ihr an deiner Arroganz.«

»Sie ist wirklich arrogant, Hoheit«, sagte Thalka. »Man sollte sie auspeitschen.«

Tamara musterte mich eine Weile, während ich innerlich zitterte, ohne den Blick zu senken.

»Ich glaube, du hast Recht«, sagte sie schließlich. »Aber zuerst muss sie gewaschen werden.« Sie streckte den Arm aus und zog an dem Saum meiner Decke, die ich mit den Händen festhielt. Als ich die Decke losließ, fiel sie auf die Erde. Alle Augen waren auf meinen nackten Körper gerichtet. Das war auch vorhin schon der Fall, doch jetzt nahte der Moment der Entscheidung.

Tamara legte einen Finger auf meine Kehle und ließ ihn zwischen meinen Brüsten hindurch über meinen Bauch gleiten. Mein ganzer Körper war mit Erde, Dreck und Kot verschmiert, und mein Haar war vollkommen verfilzt.

»Es ist ein Verbrechen, eine solche Schönheit ihres Glanzes zu berauben«, sagte die Prinzessin. »Bringt sie zum Fluss.«

Magdalene richtete sich mit Hilfe der Zofen mühsam auf, und dann wurden wir zum Fluss geführt.

»Was werden sie mit uns machen?«, fragte Magdalene mich auf Englisch.

»Wir müssen hoffen«, sagte ich.

Die Prinzessin begleitete uns. Da ihre Zofen uns umringten, waren wir vor dem Körperkontakt mit den Soldaten geschützt. Eine ganze Reihe von ihnen stellte sich ans Ufer und schaute zu, wie wir ins Wasser getaucht wurden.

»Wascht euch«, befahl Tamara, die am Ufer stand.

Wir folgten ihrem Befehl. Das fließende Wasser war erfrischend, und da wir gegessen und getrunken hatten, fühlten wir uns bald wieder halbwegs wie menschliche Wesen. Nur unsere geschundenen Füße und die Wunden, die wir uns auf dem Marsch zugezogen hatten, schmerzten noch.

Ich stand auf. Das Wasser reichte mir bis zu den Oberschenkeln. »Gefallen wir Eurer Hoheit nun?«

»Ihr würdet einem alten Eunuchen gefallen«, sagte Tamara. »Steigt aus dem Wasser.«

Ich kletterte ans Ufer. Magdalene folgte mir. Sie konnte derzeit keine eigenen Entscheidungen treffen und überließ mir in allem die Führung. Wir bekamen unsere Decken zurück, die wir uns um den Körper schlangen.

»Ich nehme an, ihr könnt reiten«, sagte Tamara.

Das Lager bereitete sich auf den Abmarsch vor.

»Ja, Eure Hoheit«, erwiderte ich. »Nackt könnte es allerdings schwierig sein.«

»Euer Jungfernhäutchen kann wohl kaum Schaden nehmen.«

Ich begriff nicht sofort, was sie meinte. »Hat sich dieser widerliche Demna nicht an euch vergangen? Die Krieger sagten, ihr wart seine Frauen.«

»Ja, Eure Hoheit. König Demna hat uns in sein Bett befohlen.«

Sie lächelte. »Er ist kein König mehr, Mädchen. Und das war er auch nie. Du solltest ihn nicht mehr so nennen.«

»Das werde ich nicht, Hoheit.«

Sie blickte mich abschätzend an. »Ihr dürft in meinem Wagen reisen, bis ihr etwas anzuziehen habt. Du bleibst bei ihnen, Thalka.«

»Und wenn sie mich angreifen, Hoheit?«

»Wirst du sie angreifen, Edith?«

»Nicht, wenn sie mich nicht angreift.«

»Ich verbiete dir, Edith zu berühren, Thalka.«

»Man sollte sie auspeitschen. Ihr habt gesagt, sie wird ausgepeitscht, Hoheit.«

»Dafür ist später noch Zeit. Jetzt brechen wir auf.«

☆

Ich wusste nicht, ob mich ihre Worte erleichtern oder beunruhigen sollten. Meine Schönheit schien ihr zu gefallen, was aber nicht bedeutete, dass sie keine Freude daran hätte, diese Schönheit zu zerstören. Immerhin hatten Leben und Tod, Folter und Verstümmelung für diese Prinzessin einen gewissen Unterhaltungswert. Auch kleine Jungen vergnügen sich damit, Schmetterlingen die Flügel auszureißen. Mir blieb nur die Hoffnung. Magdalene war keine Unterstützung. Nachdem wir unseren Körper und unser Haar gereinigt hatten, verfiel sie wieder in Trübsinn und machte alles, was man ihr sagte. Sie sprach kein Wort, als wir zu dem Wagen gebracht und hineingestoßen wurden. Die Wände und das Dach des Wagens bestanden aus Häuten, sodass das Innere vollkommen abgeschirmt war. Es musste sich um die Garderobe und den Ankleideraum der Prinzessin handeln. Im vorderen Teil hingen zwischen dem Fuhrmann und uns zahlreiche Kleider auf einer Stange.

Auf dem Boden lag ein Teppich, und es war erholsam, dort zu sitzen. Magdalene saß neben mir, und Thalka saß uns mit zwei Frauen gegenüber. Trotz meines Versprechens, Thalka nicht anzugreifen, reiste sie nicht allein mit uns in dem Wagen.

Das ganze Lager bereitete sich auf den Aufbruch vor. Die Reiter stiegen in die Sättel, und die Fußtruppen formierten sich mit den Lanzen auf den Schultern. Tamara saß bereits im Sattel und wartete an der Seite ihres Vaters. Ich hatte keine

Ahnung, wo Demna war. Da er weder gehen noch reiten konnte, musste er in einem der Wagen sitzen.

Der König hob den Kopf, und das Heer setzte sich in Bewegung. Nur die Leichen der vier gepfählten Männer blieben zurück.

☆

Der Wagen, in dem wir fuhren, war nicht bequemer als Demnas Wagen, und auch die Straßen waren keineswegs besser. Wir wurden auf dem Teppich, der zumindest unseren Hinterteilen ein wenig Schutz bot, hin und her geworfen. Erleichterung stellte sich nicht ein, weil die drei Frauen uns unentwegt anstarrten. Vermutlich hätten sie uns gerne misshandelt und hielten sich nur auf Befehl ihrer Herrin zurück.

Ich versuchte, die angespannte Stimmung aufzuheitern. »Fahren wir nach Tbilisi?«, fragte ich.

»Ist das wichtig?«, erwiderte Thalka.

»Natürlich. Ich interessiere mich für mein Ziel.«

»Dein Ziel ist die Hölle«, stieß sie hervor. »Wenn die Prinzessin genug von dir hat.«

Das hörte sich nicht sehr vielversprechend an, und ich hätte das Thema gerne gewechselt.

»Sie wird euch die Haut vom Leibe ziehen«, sagte Thalka, der das Thema zu gefallen schien. »Ganz langsam. Mit ihren eigenen hübschen Händen. Und dann wirft sie die Haut vor euren Augen den Hunden zum Fraß vor.«

Das wäre in der Tat äußerst beunruhigend gewesen, wenn mir eine der Frauen nicht zugeblinzelt hätte. Thalka hatte offenbar Spaß daran, uns zu schikanieren. Ich stellte meine Ohren auf Durchzug, um nicht mehr zu hören, was sie sagte, und das war eine ganze Menge.

Es war eine ermüdende, unbequeme Reise, denn wir hatten noch immer Schmerzen und geschundene Füße von den Qualen unserer Gefangennahme. Zum Glück nickten wir ab und zu ein, und der Schlaf schützte uns vor den Blicken und boshaften Bemerkungen der Frauen. Ehe die Dämmerung einsetzte, hielten wir an. Wir hatten das Schlachtfeld erreicht. Den Ort hätte ich nicht als Lagerplatz ausgewählt, da die Leichen noch immer verstümmelt und begraben wurden. Leichengestank schwebte durch die Luft. Der König wollte sich alles mit eigenen Augen ansehen und einige Gefangene verhören, um zu erfahren, wo sich die Geflohenen aufhielten.

Sobald er seine Informationen erhalten hatte, ließ er die feindlichen Krieger hinrichten. Die Strafen wurden durch die verhältnismäßig gnädige Art des Hängens vollstreckt. Es war dennoch widerlich, zwanzig Leichen nebeneinander hängen zu sehen, ehe sie abgeschnitten und zu ihren Kameraden, die das Glück hatten, in der Schlacht zu fallen, ins Massengrab geworfen wurden. Zumindest kann ein Mann, dem die Schlinge fest um den Hals gezogen wird, kaum einen Laut von sich geben. Jeden Tag und in allen Zivilisationen wurden Männer erhängt, aber diese Massenhinrichtungen ließen bei mir nicht den Eindruck entstehen, es mit zivilisierten Menschen zu tun zu haben.

Nachdem die Zelte aufgeschlagen worden waren, kam ein Krieger zu uns und befahl Thalka, Edith von Romsey der Prinzessin und dem König vorzuführen. Meine Angst wuchs.

Ich schaute Magdalene an und fragte mich, warum ich als Erste das mir unbekannte Schicksal erleiden musste. Meine Schwester wich meinem Blick aus. In ihren Augen war ich so gut wie tot, und sie hatte scheinbar vor, ihre Ohren vor meinen Schreien zu verschließen.

Thalka war entzückt. »Gleich können wir deine Eingeweide sehen«, frohlockte sie.

Ich schielte zu der Frau hinüber, die mir zugeblinzelt hatte. Leider munterte auch sie mich nicht auf.

Mir blieb nichts anderes übrig, als mein Schicksal tapfer zu ertragen. Ich sprang vom Wagen, schüttelte die Hand des Kriegers ab, der meinen Arm ergreifen wollte, wickelte mich in meine Decke und schleppte mich zu dem Feuer, um das sich der König mit seiner Gesellschaft versammelt hatte. Als ich sie schmausen sah, wurde ich mir meines Hungers bewusst. Die Prinzessin, die neben ihrem Vater saß, schaute mich erfreut an. Allerdings hatte es ihr auch nicht missfallen, als Demna vor ihr zu Kreuze gekrochen war.

»Ist es nicht ein entzückendes Kind, Vater?«, sagte sie. »Und so intelligent.«

Der König musterte mich oder funkelte mich vielmehr wütend an. Ich hatte ihn noch nicht aus der Nähe gesehen und nur einen flüchtigen Blick auf seine feinen Kleider und sein königliches Gehabe geworfen. Nun spiegelte sich in seinem Blick, der wie ein eisiger Wind über meinen Körper glitt, Grausamkeit. Er spielte unentwegt mit den Fingern wie ein Mann, der überall Gefahren witterte, während er an einem Lammknochen nagte. Diese Charakterzüge standen in starkem Gegensatz zu der ruhigen Art seiner Tochter.

Er sprach mich an. »Du sprichst unsere Sprache.«

Ich holte tief Luft. »Ja, Hoheit.«

Er winkte mich zu sich. »Komm her.«

Ich holte noch einmal tief Luft, ehe ich zu ihm ging. Er streckte eine mit Lammfett verschmierte Hand aus und wickelte eine Strähne meines Haars um seine Finger. Ich zwang mich, still zu stehen, obwohl ich seinen dreckigen Fingern am liebsten entflohen wäre.

»Wie Kupfer«, wunderte er sich. »Ich habe noch nie so schönes Haar gesehen.«

»Viele Franken sollen so schönes Haar haben, Hoheit«, sagte ein Mann an seiner Seite.

»Die Franken«, sagte der König nachdenklich, und dann zog er an meiner Decke. »Leg das ab.«

Ich schaute verzweifelt zu Tamara, die mich durch ein Nicken ermunterte, dem Befehl zu folgen. Meine Blöße bereitete mir keine Probleme, da mich diese Menschen bereits nackt gesehen hatten. Daher ließ ich die Decke auf die Erde gleiten.

Der König beäugte mich ein paar Sekunden, ehe er mir über den Arm strich. Ich wusste im Voraus, wohin seine Hand als Nächstes gleiten würde, und bemühte mich, meine Nervosität zu verbergen. Wie Sie wissen, waren meine Brüste noch klein, aber es schien ihm zu gefallen, sie wie auch meinen Po zu tätscheln. Als er mich an sich drückte und seine fettige Hand zwischen meine Beine schob, konnte ich einen Schrei des Entsetzens nicht unterdrücken.

»Bitte tu ihr nicht weh, Papa«, sagte Tamara.

»Weh tun?«, brummte ihr Vater. »War sie nicht Demnas Frau?«

»Ich hatte keine andere Wahl, Hoheit.« Meine Dreistigkeit, mich ungefragt zu Wort zu melden, überraschte ihn.

Tamara klatschte in die Hände. »Gut, Edith. Siehst du, Papa? Sie war das Opfer einer Vergewaltigung.«

»Du sprichst über Dinge, von denen du nichts verstehst«, brummte der König, der zu meiner großen Erleichterung von mir abließ. »Edith«, murmelte er. »Eine Fränkin. Wo kommst du her, Edith?«

»Ich komme aus dem Königreich England. Das ist eine Insel vor der Küste Europas, Hoheit.«

»Eine Insel. Ein kleines Land.«

»Es ist eine sehr große Insel, Hoheit.«

»Es gibt keine großen Inseln, Mädchen. Die größte Insel der Welt heißt Zypern und liegt vor der Küste des Heiligen Landes.«

Wir waren tatsächlich auf unserem Weg ins Heilige Land an Zypern vorbeigesegelt. Ob diese Insel größer als England war, wusste ich nicht. Vielleicht stärkte es meine Position, wenn ich die Größe Englands hervorhob.

»England ist viel größer als Zypern, Hoheit«, sagte ich.

Er schaute mich finster an. »Kleine Mädchen, die lügen, werden ausgepeitscht.«

»Ich habe noch nie in meinem Leben gelogen, Hoheit«, sagte ich, was ein wenig übertrieben war, doch ich hielt seinem Blick stand.

»Aha. Du kommst von einer großen Insel. Und wer herrscht dort?«

»Ein König, Hoheit.«

»Ist dieser König bekannt?«

»König Heinrich ist der bekannteste König des Christentums, Hoheit.«

Auf diesem Gebiet fühlte ich mich sicherer. Heinrich Plantagenet war ein berühmter Mann.

»Und befehligt er große Heere?«

»Ja, Hoheit.«

»Wie viele Krieger kann er zu den Waffen rufen?«

Das wusste ich nicht. Vielleicht war es gut für mich, diesem König seine Unterlegenheit zu beweisen. Demna hatte zwölftausend Mann angeführt, und der Hauptmann der Vorhut schätzte König Georgs Streitkraft auf das Doppelte. »König Heinrich kann dreißigtausend Mann zu den Waffen rufen, wenn es nötig ist, Hoheit.«

»Und ich habe noch nie von ihm gehört. Hat er an dem Kreuzzug teilgenommen?«

Dieser Kreuzzug fand im Jahre 1146, also vor etwa achtundzwanzig Jahren statt, und es war der zweite.

»Damals regierte der König England noch nicht, Hoheit.«

»Und jetzt ist er der König der Franken?«

»Nein. Er ist der König von England. Es gibt verschiedene fränkische Königreiche.«

»Dann ist er kein großer König. Einer unter vielen.«

Ich musste vorsichtig sein, da ich nicht wusste, über welche Kenntnisse dieser Mann verfügte.

»Die Franken haben einen Kaiser, Hoheit. So wie Ihr einen Kaiser in Konstantinopel habt.«

»Ich habe nirgendwo einen Kaiser«, sagte er stolz. »Ich erkenne keinen Kaiser an.«

»Ihr könnt Euch glücklich schätzen, Hoheit.«

Er funkelte mich wütend an. Hatte er den Sarkasmus herausgehört?

»Ist sie nicht intelligent, Papa?« Tamara bemühte sich, den brodelnden Streit zwischen uns zu schlichten.

»Zu intelligent für ein junges Mädchen«, knurrte ihr Vater. »Erzähle mir, wie du in Demnas Hände gefallen bist.«

Das tat ich gern. Die Anwesenden hörten mir schweigend zu, und am Ende meiner Erzählung hatte ich meine Nacktheit inmitten dieser menschlichen Wölfe fast vergessen.

»Ich wusste gar nicht, dass er so weite Raubzüge unternommen hat«, wunderte sich der König. »Auf jeden Fall ist es damit aus und vorbei. Sag mir, Mädchen, ist Demna je sarazenischen Fürsten begegnet? Oder den Seldschuken?«

»Meines Wissens nicht. Er war bestrebt, jeden Zusammenstoß mit den Heiden zu vermeiden.«

Der König nickte zufrieden. »Der Narr hatte noch nicht einmal so viel Verstand, sich um Unterstützung zu bemühen.«

»König Amalrich würde gewiss gerne mit Euch gegen die Sarazenen kämpfen, Hoheit«.

»Warum sollte ich gegen die Sarazenen kämpfen, mein Kind?«

»Sind sie nicht die Feinde aller Christen?«

»Ich werde gegen die Sarazenen und die Seldschuken kämpfen, wenn sie sich je erdreisten sollten, meine Berge zu überqueren«, verkündete er. »Nun haben wir lange genug geplaudert. Ich bringe dich zu meinem Lager, um zu sehen, ob du genauso viel zwischen den Beinen hast wie zwischen den Ohren.«

Ich hielt den Atem an. Bisher hatte ich in meinem Leben erst einem Mann gehört. Demna, der sehr leidenschaftlich war, wollte mich nur besitzen und versuchte nie, mich zu verletzen. Wie würde sich dieser Mann verhalten?

Wieder rettete mich Tamara. »Papa«, sagte sie.

Er blickte sie an.

»Du hast sie mir gegeben.«

»Du kannst sie mir für eine Nacht ausborgen.«

»Ziehst du nicht die Schwester vor? Ich leihe sie dir für eine Nacht.«

»Ich will sie mir ansehen.«

Magdalene wurde zu ihm gebracht. Sie erschrak zu Tode, als man ihr die Decke vom Leibe riss und sie vor den König stellte. Wie ich schon mehrmals erwähnte, war meine Schwester eine reife, sinnliche Frau, wohingegen ich diesen Zustand noch erreichen musste. Sie schien ihm zu gefallen, nur ... »Warum zittert sie so?«, fragte er. »Du zitterst nicht«, sagte er zu mir. »Ist sie krank?«

»Die Gräfin hat Angst, Hoheit«, erklärte ich ihm. Es konnte nicht schaden, ihn an ihren Rang zu erinnern.

»Angst? Ich werde dir nicht wehtun. Hm, vielleicht ein wenig.«

Magdalene stöhnte leise.

»Seine Majestät möchte das Bett mit dir teilen«, erklärte ich ihr. »Heute Nacht.«

Magdalene schluckte beruhigt.

»Und ich bin ungeduldig.« Der König stand auf und streckte seinen Arm aus. »Komm mit.«

☆

Magdalene ergriff seine Hand und folgte ihm bereitwillig.

»Wir beide ziehen uns auch zurück«, sagte Tamara und erhob sich.

Diese Idee gefiel mir gut, und ich hoffte, etwas zu essen zu bekommen. Thalka folgte uns.

»Edith kümmert sich heute Nacht um mich«, sagte Tamara.

»Eine Sklavin?«, fragte Thalka empört.

»Ein Mädchen aus gutem Hause«, erwiderte Tamara.

»Wenn man ihr glauben kann«, brummte Thalka.

»Ich glaube ihr«, entgegnete Tamara scharf. »Geh jetzt!«

Thalka zögerte, ehe sie sich umdrehte und davonging. Sie war wütend, und ich war froh, dass Magdalene in den Armen des Königs und nicht bei dieser Frau schlief, die uns beide nicht leiden konnte.

»Sie hasst mich«, sagte ich, als ich der Prinzessin folgte.

»Sie ist eifersüchtig.« Tamara blieb vor einem Zelt stehen, das ebenso prächtig und groß war wie das Demnas. Ganz in der Nähe brannten Laternen in einem ähnlichen Zelt, in dem der König mit Magdalene verschwunden war. Vor dem Eingang standen zwei bewaffnete Wachen, die salutierten, als die Prinzessin das Zelt betrat. In dem Zelt, das ebenfalls beleuchtet war, hielten sich zwei Frauen auf, die Tamara entließ. Sie musterten mich neugierig und ein wenig missgünstig, ehe sie davoneilten. »Du brauchst keine Angst vor ihr zu haben.«

Und vor den anderen?, fragte ich mich. »Sie freut sich schon darauf, mich in ihrer Gewalt zu haben, wenn Ihr meiner überdrüssig seid.«

»Warum sollte ich deiner überdrüssig werden?« Tamara lächelte mich an. »Du wirst eines Tages eine wunderschöne Frau sein. Und ich werde jede Minute mit dir genießen.«

Wir waren allein, und ich fragte mich, was mich erwartete.

»Sag mir, was dich beunruhigt?« Der Prinzessin war meine unglückliche Miene nicht entgangen.

»Ich habe großen Hunger, Hoheit.«

»Ah. Da ist etwas zu essen. Bediene dich.«

Sie zeigte auf einen kleinen Tisch, auf dem eine große Schale mit Naschwerk stand. Ich war so hungrig, dass ich alles gegessen hätte, obwohl mir ein Stück Lamm lieber gewesen wäre.

Die Prinzessin setzte sich auf einen Berg von Kissen, unter

dem ich ihr Bett vermutete. »Gieß uns Wein ein«, befahl sie mir.

Auf dem Tisch standen ein Krug mit einer hellen Flüssigkeit und ein paar Becher. Ich füllte zwei und reichte ihr einen.

»Lass uns auf deine Gesundheit und dein Glück trinken«, sagte sie. »Und auf das deiner Schwester.«

Ich trank einen Schluck. Der Wein schmeckte süß und leicht, aber dennoch drehte sich mir sofort der Kopf. Ich wusste nicht, ob es an dem Wein oder meiner schlechten Verfassung lag.

»Wasch dir die Hände«, befahl die Prinzessin.

In einer Ecke des Raumes standen ein Wasserkrug und eine große Schale. Daneben lagen wohlriechende Handtücher. Ich war dankbar, das Fett, das König Georgs Finger auf meinem Körper hinterlassen hatten, entfernen zu können.

Tamara beobachtete mich interessiert. »Ich mag reinliche Frauen. Schmerzen deine Wunden?«

»Ja, sie schmerzen arg, Hoheit.«

»Und du humpelst.«

»Meine Füße sind zerschnitten.«

»Dann müssen wir uns darum kümmern. Später.« Sie stand auf. »Entkleide mich. Beginne mit dem Hut.«

Das war eine äußerst knifflige Angelegenheit, da der Hut mit Nadeln an ihrem hochgesteckten Haar befestigt war. Ich wagte es nicht, mir ihre Reaktion auszumalen, falls ich eine versehentlich in ihren Kopf gestoßen hätte. Zum Glück hatte ich Erfahrungen mit unseren eigenen Kopfbedeckungen und schaffte es, den Hut ohne Zwischenfall zu entfernen. Nachdem ich ihr den Hut abgenommen hatte, fiel das offene Haar über ihre Schultern. Ich war sprachlos. Meine seidige Haarpracht mit dem rotgoldenen Schimmer erfüllte mich seit jeher mit Stolz, doch was sich meinen Augen nun bot, war kaum zu beschreiben. Tamaras glänzendes, pechschwarzes Haar war so dick, als klebten die Strähnen aneinander, und es bedeckte sogar ihren Po.

»Was ist?«, fragte Tamara.

»Ich habe noch nie so prachtvolles Haar gesehen, Hoheit.«

»Gefällt es dir nicht?«

Diesmal blieb ich bei der Wahrheit. »Euer Haar ist unbeschreiblich schön, Hoheit.«

»Danke. Mach weiter.«

Da ich mit den georgischen Kleidern vertraut war, hatte ich keine Probleme, mich durch die zahlreichen Unterröcke und Petticoats durchzuarbeiten. Die Vielzahl der Kleidungsstücke erstaunte mich. Die Prinzessin half mir, indem sie sich nicht bewegte und die Arme hob, wenn ich es verlangte. Ab und zu berührte sie mich.

»Wie bist du von England nach Palästina gekommen?«, fragte sie.

»Mit dem Schiff, Hoheit.«

»War es eine lange Reise?«

»Sie dauerte mehrere Monate, Hoheit.«

»Mehrere Monate? Auf dem Meer? Wie hast du das überlebt?«

»Wir steuerten regelmäßig Häfen an, um Vorräte an Bord zu nehmen. Das dauerte immer sehr lange.«

Sie seufzte. »Reisen! Ich bin noch nie weiter als bis an die Grenzen Georgiens gereist. Wie gerne würde ich einmal in fremde Länder reisen! Ich war noch nie auf einem Schiff. Es würde mir gefallen. Hattest du keine Angst?«

»Manchmal, Hoheit, wenn wir in einen Sturm gerieten. Mein Vater und meine Brüder waren bei mir, und das beruhigte mich.«

»Ich habe keine Brüder. Es muss schön sein, Brüder zu haben.«

»Wenn Ihr einen Bruder hättet, Hoheit, wäret Ihr nicht die Thronerbin.«

Sie räusperte sich. »Du hast einen regen Geist. Und nun hast du deine Brüder und deinen Vater verloren.«

»Und meine Mutter.«

Ihre Miene verdunkelte sich. »Meine Mutter starb, als ich klein war. Ich erinnere mich noch nicht einmal an ihr Gesicht. Und mein Vater ... Wenn er sterben würde, wüsste ich nicht, was ich machen sollte.«

»Eines Tages wird er sterben, Hoheit.«

Sie funkelte mich so böse an, dass ich befürchtete, durch meine kühnen Worte ihre Gunst eingebüßt zu haben. Falls ich mich überhaupt ihrer Gunst erfreute.

Ich fuhr fort. »Dann werdet Ihr Königin.«

»Königin«, murmelte sie. »Ich werde Königin. Kann eine Königin über ein Land von Kriegern herrschen? Hat es je eine solche Frau gegeben?«

»Prinz ...« Ich musste mich vorsichtig ausdrücken. »Der gemeine Verräter Demna sprach von einer Königin von Georgien namens Nana, die das Christentum in dieses Land brachte.«

»Das ist schon ein paar Hundert Jahre her. Und sie war die Gemahlin des Königs und nicht die Herrscherin. In unserer Sprache gibt es kein Wort für Königin. Wenn ich herrschen würde, wäre ich der König.«

Ich zog ihr das letzte Hemd aus und starrte sie fasziniert an. Es verschlug mir ob ihrer Schönheit die Sprache. Sie hatte einen makellosen Körper und ein makelloses Gesicht. An dieser Frau war alles perfekt: die hohen, geraden Schultern, die wunderschönen Brüste, der flache Bauch, die schmale Taille, die geschwungenen Hüften und das dichte, schwarze Schamhaar, die langen, muskulösen Beine, die hübschen Zehen – und das Haar! Sie war wahrhaftig eine wunderschöne Frau. »Ihr werdet herrschen«, sagte ich. »Ihr seid einzigartig, Hoheit.«

Das Lächeln, das sie mir schenkte, drang wie ein Lichtstrahl in mein Herz. »Du findest mich schön?«

»Ich habe noch nie eine Schönheit wie Euch erblickt, Hoheit.«

»Vielleicht hast du nicht richtig hingesehen. Schönheit ... ja, damit kann man Männer beherrschen.«

»Ich wundere mich, warum Ihr noch nicht vermählt seid, Hoheit. Oder ...«

»Nein, ich bin nicht vermählt und noch nicht einmal verlobt.«

»Jeder Mann, der Euch anschaut, muss sich zwangsläufig in Euch verlieben.«

»Das haben sicher schon viele getan.«

»König ... der gemeine Verräter Demna war in Euch verliebt.«

Wieder sah ich dieses böse Funkeln in ihren Augen. »Demna behauptete, Euch zu hassen, weil er Euch nicht besitzen konnte. Er träumte davon, das Heer Eures Vaters zu vernichten, um Euch in Ketten zu sich bringen zu lassen.«

»Um sich unzüchtig an meinem Körper zu vergehen?«

»Zunächst einmal, Hoheit ...«

»Um mich mit seiner Lanze zu durchbohren.« Ihr Gesichtsausdruck war undefinierbar. Sie setzte sich wieder auf die Kissen, rollte sich auf den Bauch und stützte das Kinn auf ihre Hände. »Wie er dich durchbohrt hat. Erzähle mir davon.«

Ich ging zu ihr, stellte mich vors Bett und schaute auf ihren hübschen, nackten Rücken. Sie schlug mit der Hand auf den Platz neben sich, woraufhin ich mich gehorsam hinkniete. Ich wusste nicht, was sie von mir verlangte und welche Rolle ich heute Nacht spielen sollte. Ehrlich gesagt, war ich von den Qualen der letzten Tage furchtbar erschöpft, und mein Körper und vor allem meine Füße schmerzten.

Die Prinzessin hatte Mitleid mit meinem geschundenen Körper. Sie stand auf und gab mir ein Zeichen, auf sie zu warten. Aus einer Kiste, die in einer Ecke stand, nahm sie mehrere Flaschen mit Heilölen heraus. Damit kehrte sie zu mir zurück und legte alles auf den Teppich. Als sie neben mir kniete, sah sie sich meinen rechten Fuß genau an. »Geschwollen«, sagte sie. »Du hattest schöne Füße, und wenn die Schwellung abgeklungen ist, werden sie wieder schön sein.«

Tamara goss etwas von dem Öl auf ihre Hand und massierte meinen rechten Fuß. Im ersten Moment verspürte ich Schmerzen, die dank ihrer zarten Berührungen schnell gelindert wurden. Ich seufzte erleichtert. Der Gedanke, von einer Prinzessin gepflegt zu werden, war überwältigend, denn immerhin war ich nicht mehr als eine Sklavin für sie.

»Und?«, fragte sie. »Erzähle mir alles von Anfang an.«

»Er nahm zuerst meine Schwester, Hoheit. In der Nacht, als er meine Eltern ermordete, nahm er meine Schwester.«

»Hast du ihn dafür gehasst?«

»Ich habe ihn gehasst, Hoheit.«

»Deine Schwester sicher auch. Aber ihr habt euch ihm beide unterworfen.«

»Es ging um Leben und Tod, Hoheit.«

»Du zogst es vor, deine Ehre zu verlieren.«

Sie widmete sich nun meinem linken Fuß. Ich ließ sie nicht aus den Augen, um zu erfahren, in welcher Stimmung sie war. Ihr Blick war unergründlich, und sie verzog keine Miene. Ich wusste nicht, ob sie mich verachtete oder lediglich Interesse an meinen Erlebnissen zeigte.

Ich setzte meine Schilderung fort. »Ich hielt es als Christin für meine Pflicht, so lange wie möglich zu überleben, Hoheit. Jetzt liegt mein Schicksal in Eurer Hand.«

Als sie jäh den Kopf hob, biss ich mir auf die Zunge und fragte mich, ob es weise war, sie an ihre Macht zu erinnern. Ich fühlte mich wie ein Kaninchen, das von den Blicken einer Schlange durchbohrt wurde. Tamara hob den Arm und strich mir über den Körper. Das hatte sie bereits bei unserer ersten Begegnung getan, als ich vollkommen verdreckt war. Sie goss noch etwas von dem Öl auf ihre Hand und massierte alle verwundeten Stellen meines Körpers. Dazu gehörten meine Brüste, mein Bauch, meine Oberschenkel und meine Knie, die ebenso übel zugerichtet waren wie meine Füße. Durch ihre zärtliche Berührung und das lindernde Öl wurde der Schmerz fast augenblicklich gelindert. Ich spürte nicht nur ein Wohlbehagen, sondern eine Erregung, von der ich in Demnas Armen eine erste Ahnung bekommen hatte. Tamara stellte keine Fragen mehr und blinzelte mich ab und zu an. Ich hatte das Gefühl, als bereitete ihr die Massage meines Körpers großes Wohlbehagen.

Nachdem sie alle Wunden versorgt hatte, kniete sie sich neben meinen Kopf, umfasste mein Kinn und umklammerte meinen Nacken. Ich holte tief Luft. Verspürte dieses sechzehnjährige Mädchen den Wunsch, mich zu erwürgen?

Nein, die Prinzessin hatte nicht vor, mich zu töten. Ihre Hand glitt erneut über meine Brust. Es war weniger eine zärtliche Berührung als das Interesse, meinen Körper zu erkunden. Tamara, die selbst die Hinrichtung der Rebellen wie ein Schauspiel verfolgt hatte, schien an allen Dingen großes Interesse zu haben. Seltsamerweise gewann ich den Eindruck, sie hätte sich gerne Liebesspielen hingegeben, wenn sie es gewagt hätte. Und ich? Hätte ich es gewagt? Bezeichnen Sie mich ruhig als wollüstig, wenn Sie wollen, doch mir ging es ebenso wie bei meinem Verhältnis mit Demna einzig und allein ums Überleben.

Ich verhielt mich ganz ruhig und hätte mich auf jeden Fall all ihren Wünschen gebeugt. Nach einer Weile ließ sie von mir ab, legte sich aufs Bett und umklammerte ihr rechtes Knie mit den Händen.

»Sag mir, was er mit dir gemacht hat.«

Ihre Frage verwirrte mich. »Er machte mich betrunken, Hoheit, und nahm mich zum ersten Mal, als ich bewusstlos in seinem Bett lag.«

»Hattest du keine Schmerzen?«

»Nein. Als ich erwachte, fühlte ich mich nur unbehaglich.«

»Wann nahm er dich zum zweiten Mal?«

»Sofort, nachdem ich erwacht war.«

»Dann hattest du Schmerzen.«

»Nein.«

»Meine Tante sagt, es tut immer weh.«

Da ich ihre Tante nicht kannte, musste ich meine Worte sorgfältig auswählen. »Vielleicht ist es nicht bei jeder Frau gleich, Hoheit.«

Sie dachte kurz darüber nach und sagte: »Das Interesse meines Cousins hat dich erfreut, nicht wahr?«

»Ich bemühte mich, ihm zu gefallen, da ich meinem Schicksal nicht entfliehen konnte. Er vertraute darauf, den Thron zu besteigen, und ich wusste nicht, was die Zukunft bringen würde.«

Sie schaute mich an. »Meine Tante sagt, es sei für eine Frau unmöglich, die Lust eines Mannes zu genießen.«

Was sollte ich darauf erwidern? Konnte ich als Dreizehnjährige ein Mädchen, das fast vier Jahre älter und zudem Prinzessin war, über die Sexualität aufklären?

»War Eure Tante je verheiratet, Hoheit?«

»Kurz. Ihr Gemahl starb als junger Mann.«

»Und war die Ehe unglücklich?«

»Gibt es überhaupt glückliche Ehen?«

»Mein Vater und meine Mutter waren bis zu dem Tag, als sie starben, glücklich. Und Eure Eltern?«

»Ich glaube, nicht. Sonst hätte ich bestimmt Brüder.«

»Hat Euch die Angst, unglücklich zu werden, davor bewahrt, zu heiraten, Hoheit?«

Sie seufzte. »Ich habe vor nichts Angst. Ich bin Tamara, die Prinzessin von Georgien.«

»Ich bitte um Verzeihung, Hoheit. Ich meinte keine wirkliche Angst, sondern eher die Abneigung, sich auf etwas einzulassen, was sich als unerfreulich erweisen könnte.«

»Ich bin nicht verheiratet, weil derjenige, der das Bett mit mir teilt, eines Tages König von Georgien wird. Den Mann, der dieses Ranges wert ist, habe ich noch nicht getroffen. Und mein Vater auch nicht«, fügte sie bedeutungsvoll hinzu.

»Es könnte auch ein ausländischer Prinz sein ...«

»In dieses Land ist noch nie ein ausländischer Prinz gekommen. Außerdem würde mein Volk es nicht akzeptieren, von einem ausländischen Prinzen regiert zu werden.«

»Ihr wollt doch nicht Euer ganzes Leben auf die Freude verzichten, in den Armen eines Mannes zu liegen, Hoheit.«

»Freude?«

Ich biss mir auf die Lippe.

»Du hast in Demnas Armen Freude empfunden?«

Ich entschied mich für eine kühne Antwort, da der Prinzessin meine Kühnheit bisher gefallen hatte. »Ja, Hoheit.«

»Während du ihn verabscheut hast? Oder haben seine Zärtlichkeiten deine Liebe geweckt?«

»Ich habe ihn gehasst, Hoheit, und immer danach gestrebt, den Tod meiner Eltern zu rächen. Es erfüllt mich mit Dankbarkeit, dass Euer Vater diese Aufgabe für mich übernommen hat. Wenn ich in seinen Armen lag ... Ihr werdet mich für wollüstig halten.«

»Was hat er mit dir gemacht? Sag mir alles.«

Ich versuchte, mich an die Nächte mit Demna zu erinnern. Es war mir nicht unangenehm, nackt neben der Prinzessin im Bett zu liegen und darüber zu sprechen. Meine Schilderungen schienen sie zu erregen. Ihre Miene blieb ausdruckslos, aber sie atmete schnell.

Sie schwieg, bis ich ihr erzählte, dass Demna von hinten in mich eingedrungen war. »Davon habe ich schon gehört. Ist es nicht erniedrigend?«

»Nein, eigentlich nicht.«

»Es weckte das Tier in ihm.«

»Es erregte mich sehr. Er streichelte meine Brust und meinen Po, während er in mich eindrang.«

106

»Du bist wollüstig. Wie konntest du ihm nach dieser Qual noch in die Augen sehen?«

»Es war keine Qual für mich.«

»Er hatte dich in der Gewalt. Wie könnte eine Königin einem ihrer Untertanen, dem sie sich auf diese Weise unterworfen hat, noch in die Augen sehen?«

»Indem sie ihrem Gemahl ihren Rang verleiht oder ihren einen Augenblick vergisst und nur noch Frau ist.«

»Das würde bedeuten, auf meine Macht zu verzichten.«

»Ist das nicht das Gesetz der Natur?«, fragte ich, als ich mich an die Dinge erinnerte, die meine Mutter mich gelehrt hatte. »Ist es nicht die Aufgabe einer Frau, Kinder zu gebären, und wird das nicht besonders von einer Königin verlangt? Muss sie nicht an die Zukunft des Königreiches denken, damit es nach ihrem Tode weiterregiert werden kann?«

»Du bist für dein Alter viel zu reif«, sagte sie, und dann warf sie sich ohne Vorwarnung auf mich.

☆

Im ersten Moment befürchtete ich, sie wolle mir wehtun, und da sie größer und von höherem Stand war als ich, hätte ich mich kaum zur Wehr setzen können. Meine Befürchtungen erwiesen sich als grundlos. Sie wollte nur in meinen Armen liegen und mich leidenschaftlich küssen. Obwohl sie eine Prinzessin war, die unter der Schirmherrschaft ihres Vaters stand, und ich bereits Erfahrungen in der körperlichen Liebe gesammelt hatte, waren wir beide im Grunde unschuldige Wesen. Ich kannte bisher nur einen Mann und vor allem ein männliches Körperteil, denn Demna hatte mich niemals ermuntert, andere Bereiche seines Körpers zu erkunden. Tamara hatte gewiss Erfahrungen mit anderen Frauen gesammelt, denn für sie bestand nur die Möglichkeit, ihre Sexualität in gleichgeschlechtlichen Beziehungen auszuleben. Sie strebte einzig nach dem Genuss, in den Armen eines anderen Menschen zu liegen, wie sie mir in jener Nacht gestand. Von Liebe war nicht die Rede. Wir kannten uns erst wenige Tage, die ich nicht in besonders guter Erinnerung hatte. Vermutlich war ich für sie nicht mehr als ein lebendiges Spielzeug, mit dem sie kuscheln wollte, um ihre Ängste und Enttäuschungen einen kurzen Augenblick zu vergessen.

Nach einer Weile ließ sie von mir ab und rollte sich auf den Rücken. »Was für ein Jammer, dass wir Männer brauchen, um Kinder zu zeugen«, sagte sie.

☆

Zu jenem Zeitpunkt war ich nicht so kühn, Tamaras wahren Charakter ergründen zu wollen. Ich konnte ihre Gedanken jedoch nachvollziehen. Sie besaß Reichtum und Macht und das Wissen, eine solche Allmacht nur mit Hilfe der Naturgesetze erhalten zu können. Andererseits war sie eine einsame, unsichere, junge Frau, und dieser Widerspruch machte sie unglücklich.

Sie war einsam, weil sie in ihrer Welt allein lebte und immer allein gelebt hatte. Da sie keine Geschwister und keine Mutter hatte, fehlten ihr Spielkameraden und ein vergnügliches häusliches Leben. Dies ist das Schicksal der meisten jungen Mädchen aus gutem Hause. Selbst Magdalene und ich hatten viele Einschränkungen hinnehmen müssen. Tamaras Vater betete seine Tochter an. Sie war der einzige Sprössling, auf dessen Schultern die ganze Hoffnung für die Zukunft seines Landes lag.

Aufgrund der großen Liebe des Vaters zu seiner Tochter und einer gewissen Furcht vor ihrem wachen Geist wollte er sie immer in seiner Nähe haben. Daher musste die Prinzessin wohl oder übel von Kindesbeinen an mit ihm in die Schlacht ziehen. Sie war praktisch an seiner Seite, seitdem sie im Sattel sitzen konnte, und das Leben im Feldlager war ihr vertrauter als das im Palast. Es gab zahlreiche Gründe, die König Georg zwangen, zu Felde zu ziehen. Anfangs musste er seinen schwachen Bruder, Demnas Großvater, im Kampf gegen die Wilden aus den Steppen, die so genannten Russen oder Türken, unterstützen. Später musste er im Süden gegen die richtigen Türken, die Seldschuken, und nun gegen Demna kämpfen.

Während dieser Feldzüge war Tamara immer von ihren Zofen, die alle älter waren als sie, oder von ihren Sklavinnen umringt. Keine dieser Frauen besaß die intellektuelle Fähigkeit, sie zu amüsieren, angeregte Gespräche mit ihr zu führen oder sie zu stimulieren. Wenn sie eine Weile im Palast in Tbilisi weilte, stand sie vollkommen unter der Herrschaft ihrer Tante Rusudani, einer bemerkenswerten Frau, die ich bald kennen lernen sollte.

Aus all diesen Gründen würde ich in Tamaras Leben eine bedeutsame Rolle spielen können. Ich war ihre Sklavin und viel gebildeter und redseliger als all ihre Zofen. Zudem war ich wunderschön – die schönste Frau, die Tamara je erblickt hatte, wenn sie nicht gerade in ihren eigenen Spiegel sah. Aufgrund meiner Erfahrungen könnte ich auch größtenteils ihre Ängste vor Männern zerstreuen. Obwohl sich diese Vorzüge erst später bezahlt machen würden, sagte mir mein Instinkt, dass ich eine Eroberung gemacht hatte und nicht erobert worden war. Ich vergaß niemals den Rang der Prinzessin und ihre Launenhaftigkeit. Sie war die Tochter eines boshaften Monsters, dessen wahren Charakter ich noch ergründen musste. In jener Nacht schlief ich tief und fest. Ich fühlte mich so sicher wie seit einem Jahr nicht mehr.

☆

Zu früher Stunde wurde das Lager abgebrochen, denn Tbilisi war nur einen Tagesmarsch entfernt. Der König wollte so schnell wie möglich dorthin zurückkehren, um seinen

Triumph zu feiern. Der arme Demna musste noch eine weitere Demütigung erleiden. Er sollte durch die Straßen seiner früheren Hauptstadt geführt werden. Da er kaum bei Bewusstsein war und nichts sehen konnte, hatte diese Parade für ihn persönlich keine große Bedeutung.

Ich suchte Magdalene. Sie war ein wenig zerstreut, aber in weit besserer Verfassung als am vergangenen Tag.

»Er ist ein Monster«, sagte sie. »Ein wahres Monster!«

»Hast du Schaden genommen?«

Es sah nicht so aus. »Knochen habe ich mir keine gebrochen, wenn du das meinst. Aber er hat die ganze Nacht nicht von mir abgelassen!«

»Dann hast du einen Triumph errungen.«

Sie erschauderte. »Einen Triumph! Die ganze Nacht! Ich schwöre, er ist ein Dutzend Mal in mich eingedrungen. Ich bin ganz zerfranst!«

»Und es hat dir gefallen.«

»Hm ...« Sie lächelte versonnen. »Immerhin besser, als gepfählt zu werden«, sagte sie kichernd. »Nun ja, im Grunde war es ähnlich.«

»Ich glaube, wir sind gerettet.«

»Wir?«, rief sie. »Bildest du dir allen Ernstes ein, du könntest ihm ebenso gefallen wie ich? Was hast du schon zu bieten? Auf deine Gesellschaft wird er gerne verzichten.«

»Das wäre schön. Vermutlich dürfte ich auch gar nicht zu ihm gehen.«

Sie runzelte die Stirn. »Du hoffst auf den Schutz der Prinzessin? Glaubst du, sie kann dich vor ihrem Vater beschützen? Dem König?«

»Das glaube ich.«

Hoffentlich irrte ich mich nicht. Tamara äußerte nicht den Wunsch, unsere nächtliche Intimität am Tage fortzusetzen. Wir nahmen gemeinsam ein Bad und frühstückten anschließend, wobei sie ein ruhiges Selbstbewusstsein an den Tag legte. Nichts erinnerte mehr an unsere traute Zweisamkeit. Tamara vergaß keine Sekunde ihre Macht und ihren Rang. Sie lächelte mich freundlich an und befahl ihren Zofen, Kleider für mich herauszusuchen. Leider war das Kleid, das sie mir brachten, viel zu groß, aber ich sah immerhin einigermaßen schicklich aus.

Magdalene hatte mehr Glück. Ihr geliehenes Kleid saß wie angegossen.

Wir bekamen Zelter und ritten mit den Zofen hinter der königlichen Gesellschaft her. König Georg schenkte Magdalene kaum Aufmerksamkeit. Dennoch hatte sich unsere Lage erheblich verbessert, und Thalka und ihre Freundinnen beschimpften uns nicht mehr.

☆

Die Reise war viel angenehmer als alle anderen zuvor. Endlich durften wir auf einem eigenen Pferd reiten und waren nicht mehr in der Enge eines Wagens eingesperrt. Wir hatten weder Angst vor Angriffen der Seldschuken noch vor der unmittelbaren Zukunft. Es war eher unwahrscheinlich, einer Hinrichtung zum Opfer zu fallen.

Die kurze Reise führte uns durch ein reizvolles Land. Bevor die Dämmerung einsetzte, konnten wir von dem Gipfel eines Hügels auf Tbilisi hinunterschauen. Die Stadt wurde Mitte des fünften Jahrhunderts erbaut und erstreckte sich zu beiden Seiten der Kura. Ein paar alte Kirchen erinnerten an die zweihundertjährige Herrschaft der Bagratiden, die bereits Christen waren, als sie das Land nach dem Ende der Vorherrschaft Roms und Konstantinopels eroberten. Da Georgien am Rande der christlichen Welt lag, hatten die Georgier beschlossen, die orthodoxe Kirche im Gegensatz zur katholischen anzuerkennen.

Magdalene und ich kannten die Unterschiede zwischen diesen beiden Kirchen nicht, die für unseren armen Vater und Pater Anselm von großer Bedeutung waren. Uns wunderte allerdings, dass die georgischen Priester Waffen bei sich führten, von denen sie offenbar notfalls auch Gebrauch machten.

Die Bagratiden-Festung, die auf einem Felsen hoch über dem Fluss stand, überragte die Stadt. Die Festung war mit zahlreichen Zinnen und Türmen verziert und so alt wie die Stadt selbst. Um unser Ziel zu erreichen, mussten wir durch die Stadt marschieren und die Brücke, die beide Stadtteile miteinander verband, überqueren. Einen anderen Weg gab es nicht. König Georg sonnte sich in seinem Sieg, als er seinen treuen Untertanen seinen Feind präsentierte. Demna lag in einem offenen Wagen, der dem Königspaar folgte. Wir ritten hinter ihm her, was äußerst widerwärtig war. Zum Glück war sein Körper bedeckt, und man konnte nur seinen Kopf sehen. Seine Gesichtszüge waren schmerzverzerrt, und er jammerte und stöhnte ununterbrochen.

»Seine Majestät hätte gut daran getan, ihm ebenfalls die Zunge abzuschneiden«, sagte Thalka.

Über Demnas Kopf war ein Plakat angebracht, damit keiner der Schaulustigen die entstellte Gestalt übersah. Den hübschen jungen Mann, der einst über dieses Land herrschen wollte, gab es nicht mehr, und dadurch hatte König Georg sich ein für allemal das Thronrecht gesichert. Es sei denn, Magdalene oder ich wären schwanger gewesen. Das war nicht der Fall. Ich hatte seit einem Monat nicht mehr regelmäßig mit Demna verkehrt, und meine Blutung war nicht unterbrochen. Selbst Tamaras Zuneigung hätte mich nicht vor ihres Vaters Wut retten können, falls plötzlich ein Sprössling Demnas das Licht der Welt erblickt hätte.

Demnas Anblick war zwar unerträglich, aber er konnte uns nicht den Abend verderben. Wir ritten durch jubelnde Menschenmengen, und viele Untertanen schrien begeistert, als sie die schönen Wesen aus einem fremden Land sahen. Einige stürmten auf uns zu, und die bewaffneten Wachen mussten sie zurückdrängen. Diese Männer waren keine Georgier, sondern Kiptschaken, eine Rasse wilder, grimmiger Krieger, die im Norden des Kaukasus lebte. Die georgischen Herrscher hatten mit diesem Volk vor langer Zeit ein Bündnis geschlossen. König Georgs Großvater, David II. der Erneuerer, der größte der georgischen Könige, schützte das Königreich am Anfang des Jahrhunderts vor der Zerstörung durch die Seldschuken. Er heiratete die Tochter des Oberhauptes der Kiptschaken, die Tamaras Urgroßmutter war. Damals wusste ich noch nicht um die Bedeutung dieses Sachverhaltes.

Mein Interesse galt einzig und allein der Gegenwart. Einige der Schaulustigen hielten uns für fremdländische Prinzessinnen, die gegen Lösegeld gefangen gehalten wurden. Es hätte mir gefallen, eine Prinzessin zu sein.

☆

Es war dunkel, als wir zur Festung hinaufstiegen. Zahlreiche Diener wiesen uns mit Fackeln den Weg.

Die Festung war beeindruckend. Sie war nicht von einem Burggraben, sondern von einer Bergschlucht umgeben, durch die ein Bach floss, der im Fluss mündete. Die Festung war daher nur über die Zugbrücke erreichbar. Nachdem wir sie überquert hatten, gingen wir unter dem Fallgatter hindurch auf einen Vorhof. Große Burgen waren mir nicht unbekannt. In England hatten die Anhänger des Thronräubers Stephan während seiner Herrschaft zahlreiche Festungen erbaut, um die Menschen, über die sie richteten, einzuschüchtern. Keine dieser Festungen war mit der erforderlichen königlichen Lizenz erbaut worden, und König Heinrich ließ sie zu Beginn seiner Herrschaft größtenteils abreißen. Es blieben viele Ruinen stehen, die an den einstigen Ruhm erinnerten. Ich hatte in meiner Kindheit gelernt, dass der Burgenbau aus Stein und

Mörtel ein normannischer Brauch war, denn meine sächsischen Vorfahren begnügten sich mit Holz und tönernen Wällen. Diese Geschichtskenntnisse wurden durch die Burgen in Palästina nicht erschüttert, da die Burgen der Kreuzritter noch prächtiger waren als die in England. Die Kreuzritter waren Normannen oder Franken, und so viel ich weiß, bauten die Sarazenen keine Burgen.

Dieses Bollwerk stellte jede normannische Burg und sogar die berühmte Kreuzritterburg Krak des Chevaliers in Syrien in den Schatten. Vom Vorhof, der größer war als eine englische Burg, sahen wir auf hohe Mauern mit Türmen und Zinnen, die von bewaffneten Wachposten patrouilliert wurden. Unterhalb der Mauern standen Kasernen für die Garnison und Pferdeställe, die für ein ganzes Heer gereicht hätten, sowie Lagerhallen, Kornspeicher und riesige Küchen.

Nachdem wir den großen Platz überquert hatten, gelangten wir an eine zweite Zugbrücke, die über eine etwas kleinere Schlucht führte. Auch hier floss ein reißender Bach, der in den ersten mündete. Die zweite Brücke wurde ebenfalls durch ein Fallgatter geschützt, hinter dem sich ein riesiger Innenhof befand, der von hohen Mauern umringt war. Ich sah zahlreiche Wachposten, üppige Gärten und kleine, abgetrennte Höfe. Besonders das Burgverlies, das sich in der Mitte der Burg befand, zog uns in seinen Bann. Es war ein massiver, viereckiger Bau, der die Mauern überragte. Von dem Dach mit den Zinnen und Türmchen schauten weitere Wachposten auf uns hinab.

Auf diesem Hof stiegen wir aus den Sätteln. Stallburschen ergriffen die Zügel und führten die Pferde in die Ställe. Zu meiner großen Erleichterung war Demna nicht mehr in unserer Nähe. Er war ins Kloster gebracht worden. Der König stieg mit Tamara die Steinstufen zu der großen Eisentür hinauf, die zum Rittersaal führte. Die Zofen und Bediensteten warteten auf dem Hof und wurden von der Schwester des Königs, Prinzessin Rusudani, die oben auf der Treppe stand, begrüßt.

Diese Dame interessierte mich nicht besonders, und ich wusste von ihr lediglich das, was Tamara mir erzählt hatte. Ich misstraute ihr von Anfang an, weil sie meine Herrin mit fälschlichen Informationen über Männer und die Ehe genährt hatte.

Nachdem sie ihren Bruder und ihre Nichte umarmt hatte, ließ sie ihren Blick über uns gleiten. Als ihr Blick mich traf, lief es mir kalt den Rücken hinunter.

Meine Bedenken waren nur allzu berechtigt.

3. KAPITEL
Der Palast

Die Prinzessin Rusudani war ebenso hübsch wie ihr Bruder und kaum weniger attraktiv als ihre Nichte. Jetzt sollte ich sie kennen lernen. Sie begleitete Tamara und den König in den Rittersaal. Wir schauten ihnen nach, und Thalka gab als erste Zofe der Prinzessin Befehle. »Kommt mit.«

Uns blieb nichts anderes übrig, als ihr zu folgen. Wir stiegen die Treppe bis zum Rittersaal hinauf. Allerdings folgten wir der königlichen Gesellschaft nicht, sondern stiegen ein paar Steinstufen hinauf, die in den ersten Stock führten. Einen kurzen Augenblick hatte ich Gelegenheit, mich umzusehen. Der Rittersaal war riesengroß. Die Wände waren mit Tierköpfen, die größtenteils von Löwen stammten, und Rüstungen geschmückt. Die hohe Decke bestand aus Holzplanken, die von Pfeilern und Querträgern gehalten wurden. Auch zu den Seitengalerien, auf denen Wachposten patrouillierten, führten Stufen. Eine Treppe führte zu Räumlichkeiten unterhalb des Rittersaales. Den Gerüchen nach zu urteilen, mussten dort die Küchen liegen. Wahrscheinlich befanden sich ebenfalls die Kerker und der Brunnen dort. Uns begleiteten ein paar Diener, die das königliche Gepäck und das der Adeligen trugen.

Im ersten Stockwerk lagen mehrere Schlafgemächer, die dem König vorbehalten waren, und im nächsten Stockwerk die der Gäste und Adeligen. Wir wurden in den dritten Stock geführt, in dem sich mehrere Schlafsäle befanden. Thalka ging uns voraus in einen dieser Schlafsäle, in dem ein Dutzend Betten standen. Es waren schmale Lager mit Leinenbezügen und ohne Decken. Hier warteten ein paar Frauen, die alle sehr jung, aber älter als ich waren. Vermutlich gehörten sie auch zu Tamaras Zofen, die sie nicht auf Feldzüge begleiteten.

Sie versammelten sich alle, um die Fremden zu bestaunen.

»Diese Mädchen sind Sklavinnen«, erklärte Thalka. »Sie gehörten zu dem Verräter Demna, dessen Bett sie teilten.«

Die Mädchen rissen die Münder auf. »Oh!«, riefen sie im Chor.

»Jedoch«, fuhr Thalka verächtlich fort, »erfreuen sie sich vorübergehend der Gunst Seiner Majestät und der Prinzessin. Daher werden sie im Palast untergebracht, solange die Gunst währt.« Sie schaute uns an und ihr Blick sprach Bände. Wenn sie etwas zu sagen hätte, würde die Gunst nicht lange andauern.

»Sie sind unglaublich schön«, sagte ein junges Mädchen mit hübschem, blondem Haar und groben Gesichtszügen.

Thalka funkelte sie böse an. »So«, sagte sie zu uns.

Ehe sie uns weitere Befehle geben konnte, hörten wir ein Rascheln an der Tür und drehten uns um. Alle Frauen außer mir machten einen tiefen Knicks. Selbst ich verneigte mich, als ich die Besucher erkannte. Es war Tamara, die von ihrer Tante begleitet wurde.

Jetzt hatte ich Gelegenheit, mir die Prinzessin Rusudani genauer anzusehen. Sie war viel jünger als ihr Bruder und mit ihren zweiundvierzig Jahren sogar jünger als meine Mutter. Die vielen Sommer und Winter, die sie schon erlebt hatte, hatten ihrer Schönheit nicht geschadet. Ihre feinen Gesichtszüge standen der ihrer Nichte in nichts nach, und sie besaß ebenso seidiges, schwarzes Haar wie Tamara. Sie war indes ein wenig größer und fülliger. Da ihr Körper unter dem schweren Kleid verborgen war, konnte ich ihre Figur nur erahnen. Auf jeden Fall hatte sie breite Hüften, und ihr Busen ragte weit hervor. Im Gegensatz zu Tamara, die soeben erst vom Feldzug heimgekehrt war, trug sie Ohrringe, Halsketten und zahlreiche Ringe.

Der größte Unterschied zwischen Rusudani und Tamara wurde deutlich, wenn man einen Blick in ihre Augen warf, die bei beiden den gleichen dunklen Ton hatten. In Tamaras Augen spiegelte sich entweder kühles Desinteresse an dem, was um sie herum geschah, oder stürmische, unkontrollierte Leidenschaft wie in der letzten Nacht. In Rusudanis Augen brannte ein Feuer, und ich hatte fast den Eindruck, es würde durch Zorn oder gar Hass entfacht. Wem galt diese Abneigung? Ich konnte nur hoffen, nicht bereits ihren Hass erregt zu haben. Es hätte mich gewundert, da wir uns noch gar nicht kannten.

Nun wurden wir einander vorgestellt. Die Zofen wichen zurück, als Tamara durch den Raum schritt. Sie ergriff meine Hand und zog mich zu sich. »Ist sie nicht reizend, Tante?«, fragte sie.

Rusudani ließ ihren kühlen Blick über meinen Körper gleiten. »Ein ungeschliffener Diamant«, sagte sie.

»Ist das Haar echt?«

»Ich wurde damit geboren, Hoheit«, erwiderte ich.

Ihr kühler Blick verwandelte sich in ein böses Funkeln, während sich ihre Hand meinem Kopf mit bedrohlicher Geschwindigkeit näherte. Ich duckte mich gerade noch rechtzeitig, um der Ohrfeige zu entwischen.

Rusudani hätte noch einmal nach mir geschlagen, wenn Tamara nicht ihren Arm ergriffen hätte. »Ich will nicht, dass ihre Schönheit Schaden nimmt.«

»Sie hat mich angesprochen!«

Ich atmete tief durch. »Ich dachte, Ihr hättet mich angesprochen, Hoheit.«

»Du ...«

»Mir gefällt ihr Selbstbewusstsein«, sagte Tamara.

»Sie ist arrogant«, stieß Thalka wütend hervor. »Man müsste sie auspeitschen. Sie muss ausgepeitscht werden.«

»Ja«, stimmte Rusudani zu.

Ich zitterte.

»Sie gehört mir«, erklärte Tamara. »Ich entscheide, wann sie ausgepeitscht wird.«

Ich wäre froh gewesen, wenn sie statt *wann* das Wort *ob* benutzt hätte, aber ich vertraute auf ihren Beistand. Eine andere Freundin hatte ich nicht, und auf Magdalene konnte ich mich nicht verlassen.

Prinzessin Rusudani wandte sich an meine Schwester. »Du bist die Schwester.«

Magdalene knickste.

»Ich kann verstehen, was meinem Bruder an dir gefallen hat. Vielleicht ist dir das Glück hold, und er begehrt dich weiterhin.«

Magdalene lächelte verhalten.

»Es wäre gut für dich«, fuhr Rusudani fort, »wenn du deiner Schwester besseres Benehmen beibringen würdest.«

»Ihr esst mit uns«, unterbrach sie Tamara. »Thalka, sorg dafür, dass sie etwas Passendes anzuziehen bekommen. Morgen bestellen wir die Näherin. Heute Nacht sollen sie die schönsten Kleider tragen, die du findest.«

»Hältst du das für klug?«, fragte Rusudani. »Zwei gewöhnliche Huren?«

»Das stimmt nicht, Tante. Ich habe es dir vorhin erklärt. Diese beiden jungen Damen stammen aus gutem Hause. Sie hatten das Unglück, Demnas Kriegern, die ihre Eltern töteten, in die Hände zu fallen.«

»Das behaupten sie«, widersprach Rusudani.

»Und ich glaube ihnen«, beharrte Tamara.

Die beiden Prinzessinnen starrten sich an, und mir stockte der Atem. Ich war nicht die einzige Person, die den Wortwechsel gespannt verfolgte. Schließlich wandte sich Rusudani ab.

»Wie du willst«, sagte sie. »Wenn du dieser jungen Dame
überdrüssig bist, wirst du mir sicher erlauben, sie *zu verhören.*«

Es lief mir kalt den Rücken hinunter.

»Vielleicht«, sagte Tamara, womit sie niemanden im Zweifel
darüber ließ, dass sie sich selbst der Schwester ihres Vaters
nicht fügen würde.

☆

Das beruhigte mich vorerst. Mein Wohlergehen und meine
Sicherheit, der ich mich nach der Nacht mit der Prinzessin
erfreute, hingen allein davon ab, welchen Reiz ich körperlich
und intellektuell weiterhin auf sie ausübte. Die Prinzessin
gab Befehle, woraufhin sich alle um uns bemühten. Selbst
Thalka blieb nichts anderes übrig, als sich Tamaras Befehlen
zu beugen. Dennoch amüsierten sich alle Zofen auf unsere
Kosten. Ehe wir wussten, was geschah, zogen sie uns die
Kleider vom Leib und führten uns eine Treppe hinunter auf
einen Hof. Dort wurden wir zur großen Freude der Wachposten in kaltes Wasser getaucht. Als sie uns abgetrocknet
hatten, führten sie uns wieder hinauf. Die Zofen ließen keine
Gelegenheit aus, uns zu kneifen und zu schubsen. Die Kleider, die sie uns anzogen, passten hervorragend und hatten
tiefe Ausschnitte. Bei mir spielte das keine große Rolle, aber
Magdalenes voller Busen wurde zur Schau gestellt.

Das Schönste an der ganzen Prozedur war das Parfum, mit
dem sie unseren ganzen Körper besprühten. Das Bürsten unseres Haars war weniger angenehm, da die Zofen keineswegs
zimperlich waren. Sie zogen so fest an meinem Haar, dass ich
fast laut geschrien oder mich gerächt hätte. Das unterließ ich
wohlweislich, denn es hätte vermutlich noch weitere Demütigungen nach sich gezogen. Im Augenblick vertraute ich voll
und ganz auf Tamara. Als ich jedoch über meine Zukunft nachdachte, brach ich fast in Tränen aus. Ich war ein heimatloses

Waisenkind, das vollkommen von der Sinnenlust einer all-mächtigen Prinzessin abhängig und von Frauen, die es hass-ten, umringt war. Gab es überhaupt Grund zur Hoffnung?

☆

Vorerst verdrängte mein knurrender Magen alle anderen Ge-danken. Das bevorstehende Essen mit der königlichen Gesell-schaft und dem Adel versetzte mich in Aufregung. Nachdem wir uns alle herausgeputzt hatten, stiegen wir die Treppe zum Rittersaal hinunter und nahmen am Tisch Platz. Der Tisch, an dem der König und die Prinzessinnen saßen, stand auf der anderen Seite des Raumes. Zahlreiche Diener liefen mit appe-titlichen, wohlriechenden Gerichten und Getränken durch die Gänge des Rittersaals, der voller Menschen war. Alle wollten den König begrüßen, der von seinem siegreichen Feldzug heimkehrte. Große Hunde, die knurrten und bellten, steiger-ten den Lärm. Die Zofen saßen abseits, und Magdalene und ich, die in der Hierarchie ganz zum Schluss kamen, saßen am äußersten Rande des Rittersaales.

Unser bescheidener Platz störte mich nicht. Mein Interesse galt ausschließlich Tamara, und im Augenblick wünschte ich noch nicht einmal, von ihr entdeckt zu werden. Ich schaute mich neugierig um und erforschte die Gesellschaft, in der Ele-ganz und Brutalität nebeneinander existierten und in der wir nun leben sollten. Die Frauen, die Gattinnen und Töchter der männlichen Gäste, und die Prinzessinnen trugen im Gegen-satz zu uns hoch geschlossene Kleider. Die Zofen hatten es darauf angelegt, uns den vulgären Blicken auszusetzen.

Die Männer warfen uns in der Tat vulgäre Blicke zu, wohin-gegen ihre Frauen uns eher kritisch musterten.

In Wahrheit kam uns keine große Bedeutung zu, denn die Gäste widmeten sich bald dem Gelage und waren eifrig be-strebt, dem König zu gratulieren. Der Alkohol hatte einen harmlosen Geschmack und eine starke Wirkung. Diese Erfahrung hatte ich schon in Demnas Lager gemacht. Mir drehte sich sofort der Kopf, da ich den Wodka auf nüchternen Magen trank. Mir wurde ein Lammknochen angeboten, den ich gierig abnagte. Plötzlich wurde ich barsch unterbrochen. Magdalene und ich wurden laut schreiend aufgefordert, uns in die Mitte des Saales zu stellen, um als lebende Exemplare des Sieges zur Schau gestellt zu werden.

Ich versuchte, mich an Magdalenes Reaktion zu orientieren. Leider war meine Schwester, die jedem Befehl gehorchte, mir keine Hilfe. Außerdem hatte sie eine Menge Wodka getrunken und stieg, begleitet von der jubelnden, klatschenden Menge, über die Tische. Atemlos erreichte sie den freien Platz zwischen den Gängen. Wir waren im Gegensatz zu den anderen Frauen, deren Haar unter den hohen Hüten verborgen war, gezwungen worden, unser Haar offen zu tragen.

Da es keine Servietten gab, wischte ich mir die Hände an meinen Röcken ab und folgte Magdalene über die Tische. Die Männer, die mir *behilflich* sein wollten, kniffen mir ins Fleisch. Ich fühlte mich bloßgestellter als je zuvor in meinem Leben. Es war sogar schlimmer, als nackt vor dem gesamten georgischen Heer zu stehen. Zu dem Zeitpunkt war mein Körper von oben bis unten verdreckt und dadurch in gewisser Weise vor den lüsternen Blicken geschützt. Jetzt war ich herausgeputzt, damit meine Schönheit richtig zur Geltung kam. Die Anwesenden gerieten richtig aus dem Häuschen. Sogar die Hunde beschnupperten uns, als böten wir ihnen einen Vorgeschmack auf ihr nächstes Mahl.

Kurz darauf stand ich vor dem letzten Tisch, an dem die königliche Gesellschaft saß. Der König lächelte uns an, und Rusudani lächelte auch, doch ihre Augen blieben eiskalt. Tamaras Miene war ausdruckslos, obwohl ... Mir kam es so vor, als blitzten ihre dunklen Augen wütend, als sie die vulgären Rufe der Männer vernahm.

»Sie sollen tanzen«, rief jemand.

»Ja, sie sollen tanzen«, rief ein zweiter.

Während des Essens musizierte ein Spielmann, der auf einer Galerie oberhalb des Saales stand. Der Majordomus des Königs gab ein Zeichen, woraufhin die Musik lauter wurde. Die Gäste klatschten im Takt, und Magdalene fing an zu tanzen. Sie stampfte wild mit den Beinen auf den Boden, klatschte in die Hände und warf ihren Kopf hin und her. Ihr Busen wippte auf und nieder, woraufhin die Anwesenden immer ausgelassener jubelten und klatschten.

Ich stand da und beobachtete den traurigen Anblick meiner Schwester, die sich demütigte, bis einer der Männer, dem Rusudani etwas ins Ohr geflüstert hatte, rief: »Warum tanzt die andere nicht?«

König Georg musste wohl ein Zeichen gegeben haben, denn die Musik verstummte. Magdalene hörte auf zu tanzen. Sie keuchte und schwitzte und drehte sich zu mir um. Alle Blicke waren auf mich gerichtet. Ich kam mir vor wie eine der Christinnen, die den Löwen im alten Rom zum Fraß vorgeworfen wurden. Dennoch hielt ich den Blicken der Menge kühn stand.

»Warum tanzt du nicht, Mädchen?«, fragte der König in bedrohlich leisem Ton.

»Ich bin keine Tänzerin, Eure Majestät«, sagte ich klar und deutlich, worauf ich mächtig stolz war. »Und meine Füße schmerzen.«

Ein paar Sekunden herrschte bedrückende Stille. Alle hielten den Atem an. Plötzlich zeigte der König mit dem Finger auf mich. »Du bist eine unverschämte Göre! Bringt sie hinaus«, befahl er. »Bringt sie hinaus und peitscht sie aus. Das Blut soll über ihre Beine rinnen, und ihre Schreie sollen in der ganzen Stadt zu hören sein.«

Ich keuchte, als die Wachen auf mich zukamen und meine Arme ergriffen. Magdalene schlug die Hände vors Gesicht. Ich weiß nicht, ob sie sich um mich oder nur um sich selbst sorgte.

Mein Schutzengel eilte mir zu Hilfe. »Papa«, sagte eine leise Stimme, auf die ich meine ganze Hoffnung setzte.

»Ruhe, Mädchen!«, stieß ihr Vater ungehalten hervor. »Diesmal ist sie zu weit gegangen.«

»Es ist nicht deine Aufgabe, Edith zu bestrafen, Papa. Du hast sie mir geschenkt.«

»Dann nehme ich das Geschenk zurück.«

»Das verstößt gegen das Gesetz unseres Landes.« Tamara ließ ihren Blick über die Gäste gleiten, die unschlüssige Mienen machten. Die Adeligen mussten ihre Entscheidung, wen sie unterstützten, genau abwägen. Sollten sie den König unterstützen oder Tamara, die in nicht allzu ferner Zukunft ihre Königin sein würde? Und sie wussten bereits, dass Tamara ein sehr gutes Gedächtnis hatte, was ich später erfahren würde.

Der König gab wieder einmal nach. »Gut«, sagte er. »Sie gehört dir. Du lässt sie auspeitschen.«

»Und wenn ich mich weigere?«

Der König riss den Mund auf und starrte sie an.

»Wenn ich das Gesetz richtig verstehe, Papa, kann der Eigentümer eines Sklaven bestraft werden, wenn er sich weigert, den Sklaven zu bestrafen.« Tamara stand auf. »Wenn du es befiehlst, gehe ich hinaus und lasse mich auspeitschen. Oder soll die Bestrafung hier vor dem Hof vollstreckt werden?«

Der König und die Prinzessin funkelten sich an. Mir stockte der Atem. War sie zu weit gegangen? Nein, sie kannte ihren Vater.

»Setz dich hin«, knurrte er. »Und sorge dafür, dass mir dieses Mädchen nicht mehr unter die Augen kommt.«

☆

Dieses Ereignis machte mich im Nu zu einer Berühmtheit am Hofe. Ich setzte mich wieder auf meinen Platz und trank einen tüchtigen Schluck Wodka, um das Zittern meines Körpers zu bezwingen. Die Meinungen über mich waren geteilt. Einige wenige erstaunte mein Mut, mich dem König zu widersetzen. Die meisten wiesen auf Tamaras Gunst hin, die mich einzig und allein vor der Wut des Königs schützte, womit sie Recht hatten. Sie glaubten jedoch nicht, dass diese Gunst lange währen würde, da die Prinzessin ein ziemlich launisches Wesen hatte.

Es war ein beängstigender Gedanke, aber ich lasse mich nicht schnell entmutigen. Ich dachte sofort darüber nach, wie ich mir die Gunst der Prinzessin erhalten konnte, wenn mein anfänglicher Reiz auf sie verblasste. Meine Lage war nicht ganz ungefährlich. Meine eigene Schwester, die sich von mir distanzierte, lieferte mir den Beweis dafür. Vielleicht – so hoffte ich – war dieses Verhalten nur für die Öffentlichkeit bestimmt, doch ich wusste es besser. Magdalene und ich standen uns nie so nahe, wie es für zwei Schwestern wünschenswert gewesen wäre. Sie hatte immer die Gesellschaft meiner Brüder, die altersmäßig besser zu ihr passten, vorgezogen. Obendrein hatte sie mir nie verziehen, sie in Demnas Bett abgelöst zu haben.

Ob meine Schwester allen Ernstes hoffte, das Interesse des Königs, das sich nur auf ihren Körper beschränkte, würde ewig währen? Magdalene war alles zuzutrauen. Ich war sicher, mir Tamaras Zuneigung über längere Zeit erhalten zu können, und daher hing unser beider Wohlergehen von mir ab. Sobald ich mit meiner Schwester allein war, wollte ich mit ihr darüber sprechen, falls sich überhaupt eine Gelegenheit ergab. Zunächst widmete ich mich dem Gelage und überhörte geflissentlich die Gespräche, die an meinem Tisch geführt wurden. Es war schwierig, denn der Wodka löste die Zungen, und die Bemerkungen wurden immer gewagter und verrückter.

Wohl oder übel drangen die verächtlichen Bemerkungen über den König an mein Ohr. Es ging um seine widerrechtliche Machtergreifung und die Misshandlung seines Neffen, der – wie ich nun feststellte – innerhalb des georgischen Adels mehr Anhänger besaß, als ich gedacht hatte. Hinzu kamen seltsame Äußerungen über Rusudani, die – wenn man den Worten Glauben schenken konnte – eine richtige Bestie war. Angeblich hasste sie Männer, ohne gänzlich auf sie verzichten zu können. Einige deuteten an, sie nähme häufig hübsche, junge Männer mit in ihr Bett, die hernach nie mehr gesehen wurden. Nach Meinung der Zofen sollte Tamara aus dem gleichen Holze geschnitzt sein.

Das war wahrhaftig beängstigend, wenn es sich ebenfalls auf weibliche Bettgespielinnen bezog.

Das Mahl neigte sich dem Ende zu, während wir von Jongleuren und Hofnarren unterhalten wurden, deren Possen sogar den König aufheiterten. Dennoch hatte ich Angst vor den nächsten Stunden. Der Gedanke, den Frauen, die sich vorhin über uns amüsiert hatten, ausgeliefert zu sein, gefiel mir überhaupt nicht. Schließlich erhob sich die königliche Gesellschaft, und alle Gäste standen auf. Als der König und die Prinzessinnen den Rittersaal verließen, verneigten sich die Männer, und die Frauen knicksten.

Ehe Tamara aus meinem Blickfeld verschwand, drehte sie sich kurz zu mir um und blinzelte mir zu. Ich erstarrte, denn der Blickkontakt währte nur den Bruchteil einer Sekunde. Was sollte ich tun?

»Du musst zu ihr gehen«, sagte Thalka.

Ich drehte mich um. »Wohin?«

»Ich zeige es dir. Komm mit.«

Mein Argwohn war geweckt, doch ich hatte keine andere Möglichkeit, als ihr zu folgen. Ich schielte zu Magdalene hinüber, die mich mit offenem Mund anstarrte. Es ging um mein Schicksal und nicht um ihres. Ich hob den Kopf und folgte Thalka um die Tische herum zur Treppe. Alle Blicke waren auf mich gerichtet. Ein Wachposten, der hier Position bezogen hatte, wich zur Seite, um Thalka und mich durchzulassen. Wir stiegen langsam die Treppe hinauf.

»Sie sprechen über mich, nicht wahr?«, fragte ich Thalka.

»In ihren Augen bist du gesegnet«, erwiderte sie. »Es ist eine große Ehre, der Liebling der Prinzessin zu sein, auch wenn es nur von kurzer Dauer ist.«

Von kurzer Dauer, schoss es mir durch den Kopf. »Hat sie viele Lieblinge?«

»Nur einen zurzeit.«

»Waren Sie je ihr Liebling?«

»Ich bin ihre erste Zofe«, erwiderte Thalka stolz und ein wenig rätselhaft. Wir erreichten das erste Stockwerk. Die Treppe führte noch höher, und der bewaffnete Wachposten machte uns Platz. »Ich lasse dich nun allein«, sagte Thalka. »Geh den Gang hinunter und klopf an die fünfte Tür. Die fünfte. Denk daran.« Sie lächelte kühl. »Sonst stehst du plötzlich im Gemach des Königs, und das wäre nicht gut.«

»Hat der König einen Günstling?«, fragte ich unschuldig, wobei ich an Magdalene dachte.

»In der Tat. Das geht dich aber nichts an.«

Da Magdalene noch am Tisch saß, konnte sie es nicht sein. Hatte sie ihm nicht gefallen, oder war sie nur während des Feldzuges seine Bettgespielin? Im Grunde war es nicht wichtig. Ich musste an mich denken, um uns beide zu retten.

☆

Als ich den Gang hinunterging, hörte ich Geräusche hinter den verschlossenen Türen. Auch von unten drang lauter Lärm an mein Ohr. Vermutlich bedeutete der Abschied des Königs nicht das Ende des Gelages. Mit einem Male wurde mir bewusst, wie beschwipst ich war. Ich stand auf unsicheren Beinen, und meine Nerven waren angespannt.

Bevor ich an die Tür klopfte, atmete ich tief ein.

»Wer ist da?«, fragte eine Stimme. Mit Entsetzen stellte ich fest, wessen Stimme es war. Rusudanis!

»Edith von Romsey«, erwiderte ich.

»Komm herein«, antwortete eine andere Stimme, die zu meiner großen Erleichterung Tamara gehörte.

Ich drehte an dem kunstvollen Knauf und öffnete die Tür. Das Gemach war sehr geräumig und wurde von einem prächtigen Kerzenleuchter erhellt. Der Korridor, auf dem nur zwei kleine Wandleuchter brannten, war in düsteres Licht getaucht. Tamara und Rusudani erwarteten mich. Sie sahen aus, als hätten sie sich gestritten. Wegen mir?

»Hoheit! Hoheit!« Ich knickste, ehe ich eintrat.

»Komm herein und schließ die Tür, Edith«, sagte Tamara.

Ich gehorchte und blieb vor ihr stehen.

»Wurdest du durchsucht?«, fragte mich Rusudani.

»Durchsucht, Hoheit?«

»Ich habe den Wachen befohlen, sich nicht zu bemühen«, sagte Tamara.

»Das ist verrückt. Sie könnte eine Mörderin sein.«

»Das ist sie nicht«, widersprach Tamara. »Sie ist lediglich ein armes, junges Mädchen.« Sie lächelte. »Dem ich ein wenig Glück schenken möchte.«

»Du bist dumm«, schimpfte Rusudani. »Ich möchte sie persönlich durchsuchen.«

Sie kam auf mich zu.

»Das ist nicht nötig«, beharrte Tamara. »Sie hat keine Waffe.«

»Du kennst diese Kreaturen nicht so gut wie ich«, erklärte Rusudani. »Sie wickeln sich ihre in Gift getauchten Messer um die Oberschenkel.«

Ich befürchtete schon, Tamara würde die Nerven verlieren. Sie bemühte sich, ruhig zu bleiben. »Die Sache ist schnell geklärt. Zieh dein Kleid aus, Edith.«

Ich beeilte mich, um nicht von Rusudani berührt zu werden. Wenige Minuten später hatte ich die Schleifen aufgebunden, und mein Kleid glitt zu Boden.

»Na, siehst du? Zeig mir ihre Waffen«, sagte Tamara.

Rusudani starrte mich kühl an, und mir lief erneut ein kalter Schauer über den Rücken. »In der Tat. Sie hat nicht viel zu offenbaren.«

»Ganz im Gegenteil. Sie hat viel zu offenbaren, und im Laufe der Jahre wird sie zu voller Schönheit erblühen.«

Rusudani starrte mich noch immer an. »Diese Blutergüsse ... Hast du sie ihr zugefügt?«

»Das hat die Erde angerichtet, als die Krieger meines Vaters sie hinter den Pferden herzogen.«

»Ah«, murmelte Rusudani. »Sie war Demnas Hure. Das hatte ich ganz vergessen.«

»Sie wurde in sein Bett gezwungen«, verteidigte mich Tamara. »Wenn du mich jetzt bitte entschuldigen würdest, Tante Rusudani. Ich möchte mich schlafen legen. Es war ein anstrengender Tag.«

Rusudani musterte mich von oben bis unten. »Du könntest mir diesen Schatz einmal borgen. Damit ich sehe, was du an dem Mädchen findest.«

Diesen Wunsch äußerte sie zum zweiten Mal an diesem Tag, und ich konnte ein Schaudern nicht unterdrücken. Es war weniger der Gedanke, in ihren Armen zu liegen, denn sie war eine schöne Frau. Vielmehr hatte ich Angst vor dem, was anschließend mit mir geschehen würde. Ich hatte die Bemerkungen über sie noch nicht vergessen.

»Wir werden sehen«, antwortete Tamara zu meiner Verwirrung. »Warum nimmst du die Schwester nicht mit in dein Bett? Mit ihr wirst du dich besser amüsieren.«

Ich keuchte entsetzt, wagte es aber nicht, mich zu Wort zu melden.

»Eine interessante Idee«, sagte Rusudani. »Ich sage gute Nacht.«

Sie schloss die Tür hinter sich.

☆

Ich schaute Tamara an. »Hoheit ...«

»Sie wird deiner Schwester nichts tun«, beruhigte mich Tamara. »Höchstens ein kleiner Biss aus Leidenschaft.«

»Ah ...«

»Höre nicht auf das, was die Leute sagen.« Sie kam zu mir und schaute sich meine Wunden an. »Sie verblassen allmählich. Leg dich aufs Bett.«

Das große Himmelbett mit seidenen, dunkelrosa Laken und passenden Kissen stand in einem anderen Raum. Ihr Reich bestand aus mehreren Gemächern. Als ich mich aufs Bett legte, versank ich augenblicklich in der herrlich weichen Matratze.

Tamara nahm meinen Fuß in die Hand. »Hm«, murmelte sie. »Du hast meinem Vater die Wahrheit gesagt. Deine Füße sind arg zugerichtet. Am besten, du bleibst ein paar Tage im Bett.«

»Wird es mir erlaubt sein, Hoheit?«

»Dir ist alles erlaubt, was ich wünsche. Wir kümmern uns gleich um deine Füße. Zieh mich zuerst aus.«

Ich kletterte aus dem Bett und ging ihr zur Hand. Mir war die Prozedur bereits vertraut, und fünf Minuten später stand sie splitternackt vor mir.

»Bürste mir mein Haar.«

Sie setzte sich auf den mit goldenem Satin bezogenen Stuhl, der vor ihrem Spiegel stand. Der Silberrahmen war ebenso wie der Griff und die Rückseite der Bürste, die sie mir in die Hand drückte, mit Edelsteinen verziert. Die Borsten waren hart, und ich musste Acht geben, damit ich ihr nicht wehtat.

Während ich ihr Haar bürstete, beobachtete Tamara mich im Spiegel. »Du musst vorsichtig sein. Du darfst meinen Vater nicht verärgern.«

»Es tut mir Leid, Hoheit.«

Sie lächelte mich verschmitzt an. »Und doch würdest du es wieder tun.«

»Ich bin nicht stolz, Hoheit, aber ein menschliches Wesen.«

»Es gibt Menschen, und da denke ich besonders an die Kirche, die Stolz als die größte Sünde ansehen.«

»Gefangenen und Sklaven bietet Stolz den einzigen Trost, Hoheit.«

»Du bist dreizehn Jahre alt«, murmelte sie. »Welch tiefschürfende Gedanken wirst du erst mit dreißig haben?«

»Kann eine dreizehnjährige Sklavin hoffen, dieses Alter zu erreichen, Hoheit?«

»Du machst mir Angst. Ja, es ist möglich, und vor allem wenn sie keine Sklavin mehr ist und eine Freundin wird.«

»Ist das möglich, Hoheit?«

»Ich möchte es.«

»Es schmeichelt mir und macht mich glücklich, Hoheit. Hm ...« Ich biss mir auf die Lippe.

»Es reicht.« Sie stand auf und trat ans Bett. »Was wolltest du sagen?«

Ich legte die Bürste zur Seite. »Kann eine Freundschaft zwischen Euch und mir von Dauer sein?«

»Warum denn nicht? Leg dich hin.«

Tamara holte einen kleinen Topf mit Salbe und massierte meinen Fuß.

Es war mir peinlich, von einer Prinzessin umsorgt zu werden, aber da es ihr zu gefallen schien, hielt ich den Mund.

»Warum können wir keine Freundinnen sein?«, fragte sie mich.

»Wir stammen aus unterschiedlichen Welten, Hoheit. Wir gehören zu unterschiedlichen Völkern und unterschiedlichen Rängen an. Sogar unser Glaube unterscheidet sich. Ihr werdet eines Tages Königin sein. Und ich ...«

»Du wirst an meiner Seite stehen. Ich verlange nur deine Loyalität.«

»Ihr verlangt meine Loyalität, Prinzessin?«

Sie lächelte mich an. »Wenn du dich umsiehst, erblickst du

Reichtum und Glanz und ewigen Ruhm. Wie viele der Menschen, die meinem Vater und mir heute Abend gelobhudelt haben, glaubst du wohl, meinten es ernst?«

Ich schluckte, als ich mich an das erinnerte, was ich gehört hatte.

»Selbst bei meinen Verwandten, von denen viele ebenfalls mit Demna verwandt sind, kann ich mir nicht sicher sein.«

»Ah ...«

»Er musste hart bestraft werden, aber kann man ein Land durch Angst regieren? Mein Vater traf eine andere Wahl: ständige Kriege. Das ist nicht schwierig, wenn man unsere Nachbarn betrachtet. Es ist erschöpfend und kostspielig und gefährlich. Immer, wenn mein Vater mit seinen Kriegern in die Schlacht zieht, besteht die Gefahr, von einem starken Feind besiegt oder von einem verirrten Pfeil getroffen zu werden.«

»Dann werdet Ihr Königin«, sagte ich, ohne nachzudenken.

»Ja, dann werde ich Königin.«

»Ihr werdet eine gute Königin sein.

»Glaubst du, mein Volk würde eine Königin akzeptieren? Wie gesagt, haben wir noch nicht einmal ein Wort dafür. Hast du überhaupt schon einmal von einer herrschenden Königin gehört, die statt eines Mannes den Thron bestieg?«

»Ja, Hoheit. Sozusagen.«

»Erkläre es mir.«

»Die Mutter unseres gegenwärtigen Königs, die Kaiserin Mathilda, wurde von ihrem Vater, König Heinrich I., zu seinem Nachfolger bestimmt, da sie sein einziges eheliches Kind war. Alle Adeligen und Prälaten mussten schwören, sie anzuerkennen und als Königin zu unterstützen. Unglücklicherweise wurden sie wortbrüchig, als er starb, und wählten stattdessen ihren Cousin Stephan zum König.«

»Der Abschaum der Menschheit«, murmelte Tamara. »Alle Männer sind der Abschaum. Was tat deine Königin Mathilda?«

»Sie setzte alles daran, die Krone zurückzuerlangen, Hoheit. Das Land erlitt einen langen, erbitterten Bürgerkrieg.«

»Sie hat nicht gewonnen?«

»Sie selbst nicht, Hoheit. Schließlich wurde jedoch eine Einigung herbeigeführt. Stephan durfte Zeit seines Lebens auf dem Thron bleiben, musste die Krone aber nach seinem Ableben an Mathildas ältesten Sohn, König Heinrich II., weiterreichen. Stephans Söhne wurden enterbt.«

»Und sie akzeptierten das?«

»Einer starb vor seinem Vater. Dem anderen kam keine große Bedeutung zu, und er hätte die Entscheidung auf jeden Fall akzeptieren müssen. Das Volk und die Adeligen waren des Krieges überdrüssig. Das Land war verwüstet.«

»Hat es sich wieder erholt?«

»Es erholt sich allmählich, Hoheit.«

»Und dein Vater beschloss, es zu verlassen. Wollte er lediglich eine Pilgerfahrt machen?«

»Nein, Hoheit. Er kam mit dem neuen König nicht zurecht.«

»Er war ein Anhänger des Thronräubers?«

»Nein, Hoheit. Er war ein Anhänger der Kaiserin Mathilda. Unter ihrem Sohn konnte er nicht leben. Als sie starb, verließ er das Land.«

Tamara ließ meinen Fuß los, legte die Salbe aus der Hand und warf sich mit ausgestreckten Armen und Beinen aufs Bett. »Deine Geschichte ähnelt meiner eigenen Situation. Ein Krieg würde nicht nur das Land zerstören. Unsere Feinde würden die Gelegenheit ergreifen, um in unser Land einzufallen. Das haben sie mehr als einmal versucht. Doch sie bedienen sich auch anderer Methoden. Du hast gehört, dass meine Tante dich verdächtigt hat, eine Meuchelmörderin zu sein?«

»Ja, Hoheit.«

»Hast du schon einmal etwas von den Haschisch-Essern gehört?«

»Nein, Hoheit.«

»Haschisch ist ein starkes Narkotikum. Diese Menschen, die Haschisch-Esser, sind Anhänger eines Mannes namens Hassan Sabbah. Er war ein Schulfreund von Nazim-al-Mulk, der Wesir von Malik Shah war, dem Herrscher der Seldschuken. Das war der Sohn von Alp Arslan, dem Sieger der Schlacht von Mantzikert. Die beiden Männer zerstritten sich, und dieser Hassan zog sich in die Bergfestung von Alamut zurück, wo er seine Anhänger um sich scharte und in der ganzen Region Terror verbreitete. Es soll in den vergangenen fünfzig Jahren kaum einen bedeutenden Mann gegeben haben, der nicht ermordet wurde oder einen Mordanschlag knapp überlebte, ob er Christ, Moslem oder Jude war. Nazim-al-Mulk fiel einem vergifteten Dolch zum Opfer. Mein eigener Vater überlebte einen solchen Mordanschlag.«

»Es wäre doch das Beste, wenn die Fürsten der Region sich verbündeten, um die allgemeine Gefahr abzuwehren und die Sekte zu zerstören.«

»Es wurde darüber gesprochen«, sagte Tamara. »Aber die Festung Alamut, die hoch oben auf einem Felsen liegt und über einen niemals versiegenden Brunnen verfügt, wird stets gut mit Lebensmitteln versorgt und gilt als unbezwingbar. Diese Menschen lassen sich durch keinerlei Strafandrohungen entmutigen. Sie sind immer im Haschisch-Rausch und träumen von der Unsterblichkeit. Hast du je Haschisch gegessen oder geraucht?«

»Nein, Hoheit.«

»Das gefällt mir. Du darfst meine Tante nicht tadeln, weil sie Fremden gegenüber misstrauisch ist.«

»Eure Tante mag mich nicht.«

»Meine Tante mag nur sehr wenige Menschen. Wahrscheinlich mag sie noch nicht einmal mich. Da sie nur durch mich herrschen kann, erträgt sie mich mit Geduld.«

Ich richtete mich bestürzt auf. »Könnte sie denn herrschen?«

»Wenn mein Vater in naher Zukunft stirbt, wäre sie die Regentin.«

Ich griff mir mit beiden Händen an die Kehle.

Tamara zwinkerte mir zu. »Keine Angst. Sie wird dir nichts antun.«

»Und wenn Ihr sterbt ...« Ich bedauerte sofort meine Worte. Es wurde vielerorts als Verrat angesehen, über den Tod einer Königin oder einer zukünftigen Königin zu sprechen. Und warum sollte sich Tamara Sorgen darüber machen, was mit mir nach ihrem Tod geschah?

Sie nahm mir meine Bemerkung nicht übel. »Ja. Es gibt viele Probleme. Aber ich glaube nicht, dass Tante Rusudani mir nach dem Leben trachten würde, solange mein Vater lebt. Sie würde nichts dadurch erreichen, und wie du gesehen hast, kennt die Rache meines Vaters keine Grenzen. Hm, nach seinem Tod ... Man wird sehen.«

Ich hatte Mitleid mit dieser jungen Frau, die kaum vier Jahre älter war als ich. Auf den ersten Blick fielen nur ihre Schönheit, ihr Reichtum und ihre Macht ins Auge, und doch stand sie am Rande eines Abgrunds.

»Wir werden die Gefahren gemeinsam meistern«, sagte sie. »Willst du die Zukunft mit mir teilen, Edith?«

»Sehr gern, Hoheit.« Was hätte ich auch sonst antworten sollen? »Wenn Ihr mir sagt, wie.«

»Ja.« Sie rollte sich auf den Bauch und legte ihren Kopf dicht neben meinen. »Wenn ich dir vertrauen kann, habe ich die halbe Schlacht gewonnen.«

Ich wunderte mich und wartete auf weitere Erklärungen. Wie sollte ich ihr helfen können?

»Kann ich dir vertrauen?«, fragte sie mich.

»Ich werde Euch treu dienen, Hoheit. Gibt es nicht andere, die Euer Vertrauen genießen?«

»Nein, die gibt es nicht. Alle Männer und Frauen, die mich umringen, haben ihre eigenen Probleme und ihre eigenen

Interessen. Du gehörst nicht zu ihren Gruppen und Komplotten. Deine Zukunft ist an meiner Seite, und wenn du an meiner Seite bleibst, wirst du eine strahlende Zukunft erleben.«

Ich war überwältigt und verlegen. »Wie könnte ich Euch helfen, Hoheit?«

»Auf vielerlei Arten. Du bist hübsch und wirst im Laufe der Jahre noch schöner werden. Mit deiner Schönheit wirst du Männer und Frauen in deinen Bann ziehen, und sie werden dir ihre größten Geheimnisse anvertrauen. Du wirst mein Auge und Ohr sein und die Herzen und Köpfe meines Volkes erforschen.«

Ich schluckte. Das war eine große Verantwortung, die mit großer Intimität gekoppelt war.

»Du sollst auch meine persönliche Leibwächterin werden«, fuhr Tamara fort, die an dem Thema Gefallen fand.

»Ich?«, kreischte ich.

»Das ist die perfekte Lösung. Als Frau kannst du immer in meiner Nähe sein. Du schläfst jede Nacht in meinem Bett und bist den ganzen Tag an meiner Seite.«

»Ja, aber ... Ich bin nicht stark genug, um Euch zu verteidigen, Hoheit.«

»Das wirst du später einmal sein«, versicherte sie mir. »Du bist erst dreizehn Jahre alt und fast so groß wie ich. Eines Tages wirst du größer und kräftiger sein als ich. Darum kümmere ich mich.«

»Und wenn Ihr von einem Mann angegriffen werdet?«

»Dann musst du wie ein Mann mit ihm verfahren. Kannst du mit Pfeil und Bogen schießen?«

»Ich habe es einmal ausprobiert«, erwiderte ich vorsichtig.

»Eines Tages wirst du besser sein als ich. Ich werde es dich lehren.«

Ich hatte das Gefühl, ohne Steigbügel und Zügel auf dem Rücken eines galoppierenden Pferdes zu sitzen.

»Kennst du dich mit dem Schwert aus?«

»Nein.« Ich hatte mit dem Schwert meines Vaters ab und zu gespielt.

»Brumelli wird dich in die Kunst des Schwertkampfes einführen.«

»Brumelli?«

»Er ist der beste Schwertkämpfer in ganz Georgien. Und der beste Lehrer. Er wird dir auch beibringen, einen Dolch zu benutzen.«

»Einen Dolch?«

»Wenn du deinem Gegner ganz nahe bist, musst du den Dolch benutzen. Brumelli hat es mich gelehrt. Wir beide werden ein hervorragendes Paar sein.«

»Wird es nicht ganz Tbilisi erfahren, wenn Ihr mir diese Gnade zuteil werden lasst?«

»Alle sollen es erfahren.«

»Sie werden mich hassen.«

»Sie hassen dich schon, weil du aus einem fremden Land kommst und mutiger und hübscher bist als sie. Meine Liebe wird dich beschützen, und deine Treue schützt mich.«

Meine Zukunft erschreckte und verwirrte mich. Als neues Familienoberhaupt kam mir jedoch eine große Verantwortung zu, und ich war bereit, mich ihr zu stellen. Auf Magdalene war diesbezüglich kein Verlass.

»Und meine Schwester?«, fragte ich. »Oder glaubt Ihr, sie wird weiterhin der Liebling Eures Vaters bleiben?«

»Nein, das wird sie nicht.«

»Und was wird aus ihr?«

Tamara dachte darüber nach. »Ich könnte eine gute Ehe für sie arrangieren. Aber ohne Aussteuer ...«

»Könntet Ihr sie nicht auch in Eure Dienste nehmen?«

»Reichen ihre Liebe und Treue aus, um dieser Aufgabe gerecht zu werden?«

»Ich könnte sie unter meine Obhut nehmen.«

Tamara schaute mich nachdenklich an. »Das würdest du

sicherlich, kleine Edith. Wenn mein Vater sie nicht mehr benötigt, werde ich sie dir geben. Dann trägst du die Verantwortung für sie. Komm jetzt ...« Sie streichelte meine Wange. »Die Gedanken an die Zukunft haben meine Sinne berauscht.«

☆

In jener Nacht machte ich kein Auge zu. Dies hatte nur zum Teil mit dem Schein der Kerzen zu tun, die wir nicht löschten. Das Schlafgemach war in sanftes Licht getaucht, und einige Kerzen brannten bis zum frühen Morgen. Größtenteils hielt mich die fordernde, fast männliche Leidenschaft der Prinzessin wach. Viele werden sie für sündhaft halten und mich ebenfalls, weil ich mich ihren Zärtlichkeiten unterwarf. Für mein Verhalten gibt es eine einfache Entschuldigung. Sie hatte mich vollkommen in ihrer Gewalt und soeben unsere gemeinsame Zukunft skizziert. Ihre Schilderungen übertrafen alles, was ich mir erträumt hatte. Es wäre allerdings eine Lüge zu behaupten, dass ich ihre Zärtlichkeiten nicht genoss und sie nicht eifrig erwiderte.

Tamaras Verhalten ist noch leichter zu erklären. Man muss nur einen Blick auf ihre Herkunft und Erziehung werfen. Darüber habe ich schon kurz gesprochen. Sie erinnerte sich nicht an die Liebe und Umarmungen einer Mutter. Und die Liebe ihres Vaters spürte sie erst, als es fast zu spät war. Er heiratete seine hübsche, geliebte, junge Frau, als er die vierzig bereits überschritten hatte. Sie starb nach der Geburt. Seine heftige Reaktion auf diese Katastrophe blieb nicht aus. Er hasste das Baby, das ihm das Liebste genommen hatte. Da ihn sein Kampf um die Thronfolge viel Zeit kostete, hätte er ohnehin keine Zeit für sein Kind oder die Suche nach einer neuen Frau gehabt.

Tamaras Erziehung lag daher in den Händen ihrer Tante, und sie genoss kein häusliches Wohlbehagen und keine Liebe.

Rusudanis Gatte, ein byzantinischer Adeliger, soll ein aufbrausender, brutaler Mann gewesen sein, der seine Frau und mitunter sogar seine angeheiratete Nichte schlug.

Dieses Verhalten machte ihn bei den beiden Frauen nicht beliebt, obwohl sich Tamara kaum noch an ihn erinnerte. Ihre Abneigung gegen ihn und alle Männer hatte mit Rusudanis Schilderungen über das männliche Geschlecht zu tun.

Rusudanis Gatte war unter mysteriösen Umständen jung verstorben. Ich zweifelte nicht daran, dass er im Auftrag seiner Gattin ermordet worden war. In ganz Georgien gab es keinen Mann, der mutig genug gewesen wäre, König Georgs Schwester zu beschuldigen. Ihr Bruder, König Demetrius, war ein Schwächling. Rusudani ging daher ihren eigenen Weg und frönte ihrer Lust und zugleich ihrem Hass. Sie war so schlau, Tamara nicht an ihrem Zeitvertreib teilhaben zu lassen, obwohl die Nichte mitunter zuschaute und den Erzählungen lauschte. Tamara musste ihrer Aufgabe als Thronfolgerin gerecht werden. Eines Tages musste sie heiraten und Kinder gebären, um den Fortbestand der Dynastie zu sichern. In der Hochzeitsnacht musste sie sich als Jungfrau ins Bett ihres Gemahls legen.

Es ist schwer zu beurteilen, welche Wirkung diese Erziehung auf den Geist und Charakter eines jungen, leicht zu beeindruckenden Mädchens hatte. Besonders verwirrend war die religiöse Unterweisung. Die orthodoxe Kirche war noch strenger als die römische, was unter anderem mit der Lage des Landes am Rande des Christentums zu tun hatte. Trotz der exotischen Religionen der alten Perser und derer, die vor den Georgiern im Iran und in Anatolien geherrscht hatten, konnten die Georgier nicht umhin, zumindest heimlich die Götter und vor allem die Göttinnen des Altertums zu verehren. Die Verehrung der Itrujani, Ainina und Danana ging zurück bis in die Zeit der Verehrung der Gottesmutter, als nur den Frauen Bedeutung zukam. Die letzte und größte Emanation war Astarte, die Göttin der rituellen Prostitution und der weiblichen Rache. Die georgische Religion wurde durch die Verehrung ihres Schutzpatrons Georg, nach dem das Land benannt worden war, noch komplizierter. Der Heilige Georg ist ebenfalls der Schutzpatron Englands. Als solcher wird er in Zeiten großer Probleme angerufen, aber ich hatte noch nie gehört, dass ein Engländer den Heiligen zu einer Art Gott stilisierte. In Georgien galt der Heilige Georg mehr als Jesus. Der Pöbel sprach das offen aus und der Adel hinter vorgehaltener Hand. Seltsamerweise nannten sich die Georgier selbst das Schwert des Messias!

Tamaras Leben wurde erschwert, als ihr Vater seine anfängliche Abneigung gegen das Baby überwunden hatte. Zu dem Zeitpunkt war er Regent für seinen jungen Großneffen, der nach Demetrius' Tod und der kurzen Herrschaft seines Neffen, die Thronfolge antrat. Prinz Georg, ein harter, brutaler und gefühlloser Mann, war nicht dumm. Er beschloss, Davids Sohn Demna auf dem Thron zu ersetzen. Wenn ihm das gelang, würde seine Familie die Verantwortung für die Zukunft tragen, und die Zukunft hieß Tamara, die letzte legitime Thronerbin. Er wusste ebenso wie Tamara, dass noch nie eine Frau in Georgien geherrscht hatte. Es stand in den Sternen, ob die Georgier je eine solche Herrschaft akzeptieren würden. Tamara musste daher noch vor dem Tod ihres Vaters ihre Fähigkeiten unter Beweis stellen. Aus diesem Grunde wurde sie nach ihrer Kindheit in der lasterhaften, unnatürlichen Atmosphäre ihrer Tante in die brutale Welt der Feldlager entführt.

König Georg schwebte mehr als ein akzeptabler Nachfolger vor, als er seiner einzigen Tochter befahl, immer an seiner Seite zu sein. Damit sich sein Wunsch erfüllte, musste sie ihn überleben, und das konnte eher gelingen, wenn sie in seiner Nähe als allein in Tbilisi war, wo es von Demnas Anhängern und Agenten sowie den gefürchteten Meuchelmördern wimmelte. Obwohl der König zurzeit hübsche Jungen als Bettgefährten bevorzugte, reizte ihn auch weibliche Schönheit, was er mit der Wahl meiner Schwester bewiesen hatte. Tamara wuchs zu einer bezaubernden Frau heran, deren Schönheit sogar die hübschen Menschen in Georgien beeindruckte. Ich zweifle nicht daran, dass sie mehr als ein blutschänderisches Vergehen unbeschadet überstand. König Georg und seine Schwester wussten allerdings um die Bedeutung von Tamaras Jungfräulichkeit zum Zeitpunkt ihrer Vermählung.

Man kann nur erahnen, wie sich die eben dargestellten Lebensumstände auf Tamaras Charakter auswirkten. Es ist ein Rätsel, warum sich Tamara nicht nach dem Vorbild ihrer Tante in einen Drachen verwandelte. Verständlicherweise zog sie sich in sich selbst zurück, und als sie mich kennen lernte, schloss sie sich mir an. Sie konnte eine enge Beziehung nur zu einer Frau eingehen, da weder Tante Rusudani noch König Georg einen männlichen Spielgefährten in dieser Intimität geduldet hätten. Aufgrund der Eifersucht dieser beiden war sie noch immer unvermählt.

Es grenzt an ein Wunder, dass Tamara trotz ihres verzerrten Weltbildes so schnell ihre Lebensumstände akzeptierte. Auf Wunsch ihres Vaters hatte sie gelernt, mit Pfeil und Bogen zu schießen, mit dem Schwert zu kämpfen und über lange Strecken im Sattel zu sitzen. Sie hatte sich bereits die Strategien und Taktiken ihres Vaters, der ein guter Krieger war, zu Eigen gemacht. Wenn sie nicht zu Felde zog, übernahm sie die Weltanschauung ihrer Tante und deren Meinungen über Männer. Tamara hatte ein Gesicht wie ein Engel und zeigte niemals die Spur eines Gefühls, ob sie nun zusah, wie ihr Vater einen Feind pfählen ließ oder ihre Tante sich ihren Ausschweifungen hingab. Mir gegenüber gab sie zum ersten Mal ihre Wachsamkeit auf, und nur mir wurde erlaubt, einen Blick in die Abgründe ihres Herzens zu werfen.

Ihre Zurückhaltung und Unfähigkeit, selbst den engsten und teuersten Menschen Einblick in ihre verborgenen Gefühle und Gedanken zu gewähren, flößten ihrem Vater und ihrer Tante Angst ein. Tamara gefiel es, ihre Macht zu erproben und dadurch zu steigern.

Die Nutznießerin war ich.

☆

All diese Erkenntnisse gewann ich selbstverständlich nicht in der ersten gemeinsamen Nacht. Ich war gleichsam erregt und verwirrt. Wie ich schon sagte, hatte ich bisher nur in den Armen eines einzigen Mannes gelegen, was ich genoss, obwohl er mich vergewaltigte. Damals wusste ich gar nicht, was dieses Wort bedeutete. Ich war Demna gänzlich ausgeliefert und wollte ihn nicht erzürnen oder langweilen, denn er hätte mich töten können. Immerhin hatte er fast meine ganze Familie ausgerottet. Aufgrund all dieser Erlebnisse hatte ich eine ebenso verzerrte Weltsicht wie Tamara.

Ich war in eine Welt eingetaucht, die mir vollkommen fremd war. Die Georgier waren im Gegensatz zu den Sarazenen mit dem braunen Teint weiß wie die Franken. Ihre Vorfahren gingen bis zu den blondhaarigen Alanen zurück, die der gleichen asiatischen Brutstätte entstammten wie die Seldschuken. Die Bagratiden behaupteten jedoch stolz, von dem jüdischen König David abzustammen. Da seit langer Zeit kein Kontakt mehr zur westlichen Welt bestand, unterschieden sich ihre Sitten und Gebräuche sowie ihr Aussehen und ihre Kleidung erheblich von allem, was ich kannte. Ihre Sprache hatte nicht den geringsten Bezug zum Lateinischen und war eine Art verfälschtes Griechisch. Am Hof wurde richtiges Griechisch gesprochen, und dies war auch ihre Schriftsprache. Durch meine Unkenntnis der byzantinischen Bräuche kam mir ihre Religion vor wie eine Art anachronistisches Christentum. In meinen Augen war ihre Verehrung des Heiligen Georg blasphemisch und ihre Grausamkeit zügellos. Auch die Franken waren und konnten oft grausam sein, wobei ihre Grausamkeit immer durch den scheinheiligen Hinweis, nur Gottes Willen zu erfüllen, entschuldigt wurde. Ein Axthieb, der gerade den Kopf eines Gegners geteilt hatte, wurde von dem Zeichen des Kreuzes begleitet, und nach einem Sieg kniete ein ganzes fränkisches Heer nieder und sprach Dankgebete. Diesen Brauch kannten die Georgier nicht, die niemals – außer in Bürgerkriegen – gegen christliche Gegner zu Felde gezogen waren. Die von der römischen Kirche vor ein paar Hundert Jahren eingeführte Tradition, dass an einem Sonntag keine Schlacht geschlagen werden durfte und das Leben von Priestern, Frauen und Kindern heilig war, hatte im georgischen Rittertum keinen Platz.

Im Grunde fehlte den Georgiern jegliche Vorstellung eines Rittertums.

In diesem seltsamen Volk stieß sich niemand daran, dass ich als Frau die Leibwächterin und Geliebte der Prinzessin wurde.

☆

Ich hatte keinen Grund, mein Schicksal zu bedauern. Magdalene, die älter, etwas erfahrener und pragmatischer war als ich, teilte meine Sichtweise nicht. Sie war von Demna verführt worden und hatte jede Minute in seinen Armen genossen. Ihre Behauptung, die ungehemmte Leidenschaft des Königs habe sie schockiert, war eine Lüge. In Wahrheit war es die schönste Nacht ihres Lebens. Als ich sie am nächsten Morgen traf, stieg ihr die Röte in die Wangen.

»Du errätst nie, was ich erlebt habe«, sagte sie.

»Ich brauche nicht zu raten«, erwiderte ich. »Du hast die Nacht mit Prinzessin Rusudani verbracht.«

Sie starrte mich mit offenem Munde an, und ihre rosarot gefärbten Wangen wurden dunkelrot.

»Woher weißt du das?«

»Weil ich anwesend war, als Prinzessin Tamara dich empfohlen hat.«

»Das ist ja fantastisch!«

»Und hat sie dich gebissen?«

»Pass auf, was du sagst, du Flittchen.«

»Dazu besteht kein Grund. Wenn ich will, kann ich dich auspeitschen lassen. Du bist ab sofort meine Sklavin.«

Sie riss ungläubig die Augen auf.

»Auf Wunsch von Prinzessin Tamara stehst du in meinen Diensten«, erklärte ich ihr. »Es war die einzige Möglichkeit, unsere Trennung zu verhindern und unsere Sicherheit zu gewährleisten. Und du erinnerst dich bitte in Zukunft an deine Position. Jetzt möchte ich baden.«

Magdalene war sprachlos und den Tränen nahe.

Thalka kam zu uns. »Ja«, sagte sie. »Es ist Zeit für euer Bad. Die Zofen warten bereits.«

Ich hatte keine Angst mehr vor Thalka, denn ich stand unter dem Schutz der Prinzessin. Durch meine Rolle, die ich in Zukunft spielen würde, nahm ich innerhalb der Dienerschaft eine herausragende Position ein. »Ich will alleine baden«, erklärte ich ihr. »Mit meiner Schwester und in diesem Raum. Bereiten Sie bitte den Zuber vor und lassen Sie Wasser bringen. Dann verlassen Sie den Raum.«

Die anderen Mädchen umringten uns und beobachteten uns mit verhaltenem Atem.

Thalka wurde puterrot. »Du gehst zu weit, du Flittchen. Wir werden dich als Erstes heute Morgen auspeitschen. Bindet sie aufs Bett.«

Die Mädchen eilten auf mich zu und ergriffen meine Arme. Ich leistete keinen Widerstand. »Es wäre besser, wenn Sie die Erlaubnis der Prinzessin einholen würden«, sagte ich zu Thalka.

Sie runzelte die Stirn. »Hast du Ihre Hoheit verzaubert?«

»Ich habe Ihrer Hoheit gefallen.«

Sie versuchte, mich böse anzufunkeln, was ihr nicht gelang. Ihre Angst vor Tamaras Zorn hielt sie zurück. »Eines Tages wird sie deiner überdrüssig sein«, zischte sie leise.

»Und dann ...«

»Beruhigen Sie sich, Thalka. Ich möchte ein Bad nehmen.«

☆

Ehrlich gesagt, legte ich kein gutes Benehmen an den Tag, was aber nichts mit leichtsinniger Arroganz zu tun hatte. Alles, was ich tat, war wohl überlegt. Tamara bewunderte besonders meinen unabhängigen Geist und mein Selbstbewusstsein. Meine Weigerung, vor ihr und ihrem Vater auf die Knie zu fallen, hatte ihr gefallen. In meiner Position als Sklavin wollte und musste ich mir meinen Stolz bewahren. Es hätte mein Verderben bedeutet, diesen Menschen und der Prinzessin gegenüber Schwäche oder Angst zu zeigen.

Es bestand nicht das Problem, den Hass der anderen auf mich zu lenken, denn sie hassten mich bereits. Vielleicht wundert es Sie, dass ich im zarten Alter von dreizehn Jahren einen so klaren Verstand besaß. Mit der Fähigkeit, klar zu denken, und dem Mut, mich meines Verstandes zu bedienen, wurde ich geboren.

Magdalene war entsetzt. »Sie werden dich in Stücke reißen«, murmelte sie, als sie sich neben den Zuber kniete, um mich zu waschen.

»Und wann?«

»Hm ...«

»Wenn die Prinzessin meiner überdrüssig ist?«

»Hm. Es heißt, sie soll schon früher Frauen mit in ihr Bett genommen haben.«

»Das weiß ich.«

»Und die Affären dauerten immer nur ein paar Wochen.«

Noch nicht einmal meiner Schwester gegenüber äußerte ich

meine große Angst, nach kurzer Zeit fallen gelassen zu werden. Ich vertraute Tamaras Worten und meiner Fähigkeit, ihr in allem zu gefallen.

Daher widmete ich mich meiner neuen Aufgabe mit Energie und Leidenschaft, was nicht besonders schwierig war. Ich war unter anderem für die Garberobe der Prinzessin zuständig. Thalka, die diese Aufgabe innehatte, wies mich ein und kümmerte sich weiterhin darum. Es verärgerte sie, mich über den Geschmack der Prinzessin aufklären zu müssen, und ihre Angst, von mir verdrängt zu werden, wuchs. Ihre Hoffnung, die Prinzessin würde meiner schnell überdrüssig werden, erfüllte sich nicht.

Ich ließ mich von ihrer Feindseligkeit nicht entmutigen oder von meinem Ziel abbringen. Mir gefiel meine neue Aufgabe. Es hatte mir schon immer Freude gemacht, mich mit feinen Materialien und hübschen Dingen zu beschäftigen. Nun wurden mir herrliche Seide, Satin und wunderschöne Pelze der Bären und Füchse, die hier in den Bergen lebten, anvertraut. Der Anblick der funkelnden Juwelen nahm mir den Atem.

Es erfreute mich, einige dieser herrlichen Dinge zu besitzen. Die Prinzessin hielt Wort, und ehe ich mich versah, kamen Näherinnen, um für meine neue Garderobe Maß zu nehmen. Wie alle anderen billigten sie mich und meine Beziehung zur Prinzessin nicht. Als Dienerinnen der Prinzessin blieb ihnen nichts anderes übrig, als ihre Wünsche zu erfüllen. Bald besaß ich die feinste Garderobe meines Lebens. Die Kleider waren alle aus schwerem, steifem Stoff und nach der georgischen Mode geschnitten. Mein Haar war wie das aller Frauen in der Öffentlichkeit unter einem großen Hut verborgen. Nur die Prinzessin allein durfte sich an meiner Schönheit erfreuen.

Die Prinzessin war sehr großzügig und überhäufte mich mit Geschenken. Nach kurzer Zeit besaß ich wertvolle Ringe, Halsketten und goldene Armreifen in Hülle und Fülle.

Magdalene wurde keineswegs übersehen und ebenfalls

großzügig beschenkt. Meine Schwester akzeptierte ihren Platz und bemühte sich, mir zu gefallen. Das Bett des Königs hatte sie nur ein einziges Mal geteilt. Ich fragte mich, ob Magdalene wie alle anderen auf den Fall wartete, der dem Hochmut folgte.

Ich bekam nicht nur neue Kleider, sondern erhielt auch eine gründliche Ausbildung. In der Gesellschaft, aus der ich stammte, wurden Frauen von der körperlichen Ertüchtigung ausgeschlossen. Nach Meinung gelehrter Priester verstieß es gegen die Gesetze des Christentums und gegen die Weiblichkeit, wenn Frauen zur Waffe griffen. Über die Amazonen, die von der Kirche als Heiden und Fabelwesen angesehen wurden, sprachen sie nicht. Gelehrte Ärzte verkündeten, körperliche Anstrengung sei nicht nur unweiblich, sondern auch schädlich für die Gesundheit und gefährde die Schwangerschaft. Die wichtigste Aufgabe einer Frau und zugleich der Sinn ihres Lebens war es, Kinder zu gebären. Die Frauen selbst hielten es für klüger, in Sicherheit zu leben, als gegen diese Sitte aufzubegehren.

Die georgische Gesellschaft und die westliche Welt unterschieden sich erheblich. Es gab hier zwar keine Amazonen und keine weiblichen Regimenter im georgischen Heer, aber alle fanden Tamaras kriegerische Fertigkeiten und die Ausbildung ihrer Sklavin lobenswert. Brumelli war entzückt, mich als Schülerin zu haben. Nur mein Aussehen und meine Kleidung machten ihn misstrauisch. Seiner Meinung nach konnte niemand ein Schwert in Röcken schwingen. Daher verlangte er von mir, beim Training ein dünnes Hemd und eine enge Kniehose zu tragen, wodurch meine Rundungen zum Vorschein kamen. Ich war jung und kräftig und wurde von Tag zu Tag kräftiger und hübscher. Mein Lehrer stand stundenlang hinter mir und umfasste meinen Körper, um mir zu zeigen, wie ich den Bogen halten musste. Natürlich streifte er oft meine rechte Brust, wenn sie im Wege war.

»Wenn du eine Amazone wärest, müssten wir das abschneiden«, sagte er und fingerte an meiner Brustwarze herum. »Das wäre jammerschade, nicht wahr?«

Ich stimmte ihm zu und verübelte ihm seine Intimität nicht. Offen gestanden, war dieser große, dürre Mann mit dem riesigen Zinken im Gesicht ausgesprochen unattraktiv. Dennoch war er ein Mann, und mir gefiel es, von Männern bewundert zu werden.

Ich lernte zuerst das Schießen mit Pfeil und Bogen. Da ich noch zu klein war, um mit einem Pallasch zu kämpfen, brachte er mir den Gebrauch des Krummsäbels bei, den die Sarazenen benutzten. Es erschien mir absurd, mit dieser dünnen Klinge gegen einen gerüsteten fränkischen Krieger, der mit einer gefährlichen Waffe ausgerüstet war, anzutreten. Brumelli lehrte mich indes, dass rohe Gewalt nicht das Wichtigste in der Schlacht sei. Schnelligkeit und Behändigkeit waren meine Stärken, und meine dünne Klinge war viel schärfer als ein Pallasch. Wenn ich eine ungeschützte Stelle des Gegners treffen würde, könnte ich ihn töten.

Brumelli bestand auch auf körperlicher Ertüchtigung. Ich musste mich nackt ausziehen, durch die Turnhalle laufen, schwere Bälle werfen oder auf dem Boden liegen und meine Beine in die Luft strecken. Er beobachtete mich gern und vor allem, wenn Tamara mir Gesellschaft leistete, was oft geschah.

»Er ist ein alter Bock mit schmutzigen Gedanken«, sagte die Prinzessin. »Er kennt sich aber aus, und es ist immer ein Vergnügen, bewundert zu werden. Zu mehr darf es nicht kommen. Sollte er dich je belästigen, sage es mir.«

Brumelli war so schlau, es nicht zu versuchen.

☆

Im Mittelpunkt meines neuen Lebens standen meine sozialen Aufgaben. Als Tamaras Leibwächterin musste ich immer in ihrer Nähe sein, wenn sie sich in der Öffentlichkeit aufhielt. Ich sollte sie nicht nur beschützen, sondern mich ebenfalls umhören, was der Pöbel über sie und ihren Vater redete. Als ihre Leibwächterin war ich eine Sensation. Brumelli und Tamara hielten es nicht für gut, wenn ich in dieser Funktion Röcke trug. Daher trug ich Stiefel, enge Pantalons und ein enges Wams über einem weißen Hemd, das am Hals offen war. Um meinen Hals hing eine goldene Kette, und mein rotgoldenes Haar fiel offen über meine Schultern. An meiner linken Hüfte hing das Schwert und an meiner rechten der Dolch. Niemand konnte an mir vorbeigehen, ohne mir einen zweiten Blick zuzuwerfen. In vielen Blicken spiegelten sich Angst und Verlangen.

Als Tamaras Spionin kleidete ich mich hingegen wie eine Frau. Ich trug hoch geschlossene Kleider und versteckte mein Haar unter einem Hut. In dieser Aufmachung sah ich wie eine ganz gewöhnliche georgische Maid aus. Ich saß während der Mahlzeiten mit Magdalene am Ende der Tische. Meine Tätigkeit als Spionin war weniger erfolgreich, als Tamara gehofft hatte, denn unser freundschaftliches Verhältnis sprach sich blitzschnell herum. Daher achteten die Menschen in meiner Gegenwart genau darauf, was sie sagten. Zum Glück lockerte der Wodka ihre Zungen, und ich hatte meistens etwas zu berichten.

Tamara war schlau genug, aufgrund meiner Informationen nicht sofort etwas zu unternehmen. Dadurch hätte jeder sofort erfahren, dass ich als Spionin arbeitete. Selbst wenn es um Verrat ging, prägte sich Tamara die Namen der Verräter zunächst nur ein, um sie nicht zu vergessen.

Die meisten abfälligen Bemerkungen galten Magdalene und mir. Meine Schwester bestürzte unsere Unbeliebtheit sehr. Ich versuchte, sie zu beruhigen, denn es war unvermeidlich, dass die Günstlinge des Königshauses nicht besonders beliebt waren. Das verstand sie zwar, aber ...

»Und wenn uns die Gunst entzogen wird?«, fragte sie mich.

»Sie werden uns nicht schonen.«

»Das wird nicht geschehen«, versprach ich ihr.

Alle und vor allem Thalka, die weiterhin die Obhut über die Garderobe der Prinzessin hatte und die Beziehung zwischen Tamara und mir daher gut beurteilen konnte, warteten ungeduldig auf das Ende unserer bevorzugten Behandlung. Thalka ließ keine Gelegenheit aus, böse Gerüchte in Umlauf zu bringen. Da die Prinzessin in der Tat schrecklich launenhaft war und oft über Gott und die Welt fluchte, verkündete Thalka wiederholt das Ende unserer Beziehung.

Dies geschah nicht, und wir wurden den Hunden auch nicht zum Fraß vorgeworfen, worauf Thalka bereits sehnsüchtig wartete. Darüber ärgerte sie sich mächtig. Seltsamerweise büßte sie das Vertrauen ihrer Anhängerinnen nicht ein.

Es sprach sich bald im ganzen Palast herum, dass ich mit Tamara das Bett teilte. Diese ungewöhnliche georgische Gesellschaft nahm daran keinen Anstoß. Jeder Mensch durfte das Bett mit jemandem teilen, und eine unverheiratete Prinzessin musste sich mit einer Frau begnügen. Auch die homosexuellen Vorlieben ihres Vaters waren bekannt. König Georg wechselte seine Günstlinge immer nach ein paar Wochen. Als die enge Freundschaft zwischen mir und Tamara monatelang bestehen blieb, wurden die Höflinge unruhig. Thalka und Rusudani hetzten die Menschen gegen mich auf. Rusudani hatte Angst, den Einfluss auf die Prinzessin zu verlieren. Hinzu kamen mein Fortschritt im Gebrauch der Waffen und meine Männerkleidung, die mir gut gefiel. Es war ein schönes Gefühl, den Stoff auf der Haut zu spüren, und Hosen und Wams standen mir ausgezeichnet.

Ich war so zufrieden und naiv, dass ich gegen alle Anfeindungen blind war.

☆

Die ersten beiden Jahre am Hofe von Tbilisi gehörten damals zu der glücklichsten Zeit meines kurzen Lebens. Es ist natürlich nicht schön, überall unbeliebt zu sein, aber ich war jung und trotzte den Gepflogenheiten und der Kritik. Die bösen Blicke des Königs machten mir mehr zu schaffen. Er hasste mich nicht, weil ich Tamaras Spielgefährtin, sondern weil ich in seinen Augen ein altkluges Kind war.

Rusudanis Abneigung gegen mich war nicht zu übersehen.

Ich war dennoch glücklich. Es gefiel mir, beständig im Schatten von Tamaras strahlender Persönlichkeit zu stehen. Ihre schlechte Laune bezog sich fast nie auf mich. Es war schön, hinter ihrem Stuhl zu stehen, wenn sie mit ihrem Vater eine Audienz abhielt oder über ihr Volk richtete. Die bewundernden Blicke der Zuschauer machten mich glücklich. Die harten Strafen, die sie und ihr Vater verhängten, machten mich hingegen traurig. Sie schienen nicht das geringste Mitleid mit den Schuldigen zu haben. Es machte mir Spaß, bei der Jagd an Tamaras Seite zu reiten und ihr Geschick beim Schießen mit Pfeil und Bogen zu bewundern. Sie jagte mutig wilde Löwen, derer es im Norden der Stadt viele gab. Als ich größer, stärker und geschickter wurde, erlegte ich eines dieser wilden Tiere. Tamaras Glückwünsche erfreuten mein Herz.

Als das prächtige Tier mit zitternden Muskeln vor mir lag, war ich todunglücklich. Ich schämte mich, ein Tier getötet zu haben, weil es der Wettkampf verlangte, und fing an zu weinen.

»Aus dir wird niemals eine Kriegerin«, sagte Tamara, die neben mir stand.

»Sollte ich wünschen, eine Kriegerin zu sein, Hoheit?«

Sie warf mir einen seltsamen Blick zu. »Nein. Du sollst dir wünschen, geliebt zu werden. Du wurdest geboren, um geliebt zu werden.«

☆

Am glücklichsten war ich, als der Winter hereinbrach. Tbilisi war eingeschneit und von der Außenwelt und dem Rest Georgiens abgeschnitten. Tamara und ich lagen stundenlang auf ihrem großen Bett, spielten Schach und sprachen über das Leben, über das sie erstaunlich wenig wusste. Sie war im Hause ihrer Tante aufgewachsen und über die Machenschaften ihres Vaters im Bilde, ohne sich der Konsequenzen für ihr eigenes Leben bewusst zu sein. Zum Zeitpunkt von Demnas Vertreibung war sie elf Jahre alt – ein Jahr jünger als ich, als mein Leben auf den Kopf gestellt wurde. Tamara war Erbin eines Thrones, den der Vater mit Gewalt an sich gerissen hatte. Er würde immer ein Thronräuber bleiben und ihr eigener Machtanspruch mit einem Makel befleckt sein. Gleichzeitig wurde von ihr verlangt, sich wie ein Prinz und nicht wie eine Prinzessin zu verhalten. Im Grunde herrschte in ihrem Leben seit jeher das Chaos. Es war kein Wunder, dass wenig Zeit für eine richtige Ausbildung blieb.

Priester und ausgewählte Adelige vom Hofe ihres Vaters hatten sie mit der georgischen Geschichte, der georgischen Politik und den georgischen Gesetzen und Bräuchen vertraut gemacht. Außerdem hatte sie die lateinische und griechische Sprache erlernt. Doch alles, was hinter den Bergen lag, war für sie und ihr Volk ein einziges Mysterium.

Die Georgier hielten das Schwarze Meer für einen Ozean. Das Mittelmeer, das für sie nur in Legenden existierte, kannten sie nur dem Namen nach. Es war für sie unvorstellbar, dass hinter den Säulen des Herkules ein viel größeres Meer, ein richtiger Ozean, der sich bis ans Ende der Welt erstreckte, liegen könnte. Tamara schaute mich ehrfürchtig an, als ich über meine Geburt auf einer Insel in diesem Meer und meine Seereise sprach.

Die georgische Unkenntnis bezog sich ebenfalls auf Städte und Länder. Obwohl die Macht des Byzantinischen Reiches in den letzten Jahren stark abgenommen hatte, sahen die Georgier dieses Volk als das größte auf Erden an. Die Araber waren zwar aus der Wüste im Süden gekommen und hatten den größten Teil der bekannten Welt erobert, doch nur wenige Georgier hatten je die Wüste gesehen. Diejenigen, die sie gesehen hatten, konnten sich die riesige Sandwüste, die jenseits der Halbinsel Sinai oder im Westen Kairos lag, nicht vorstellen. Sie sahen die Sarazenen als ein vergängliches Unheil an, das den Fortschritt der Menschen behinderte, obwohl die Anhänger Mohammeds bereits seit fünfhundert Jahren ihr Unwesen trieben und keine Anstalten machten zu verschwinden. Die Georgier, die schon vor den Arabern da waren, zweifelten nicht daran, dass sie noch da sein würden, wenn die Araber eines Tages verschwunden waren.

Zudem war das einzige arabische Heer, das je versucht hatte, die armenischen Berge zu überqueren, besiegt worden.

Um die Seldschuken machten sich die Georgier größere Sorgen, weil sie die Byzantiner aus Kleinasien vertrieben und somit eine Grenze zwischen Georgien und der zivilisierten Welt geschaffen hatten. In ihrer begeisterten Jagd nach Eroberungen hatten die Seldschuken auch versucht, die Bergpässe im Süden zu bezwingen. Dieses Unternehmen scheiterte ebenfalls, und ihr Hauptinteresse lag ohnehin im westlichen Byzanz. Die Seldschuken konnten wahrhaftig als vergänglich angesehen werden. Sie waren vor knapp zweihundert Jahren aus den Steppen Zentralasiens aufgetaucht, wo in den Augen der Georgier die Hölle lag.

Den Barbaren, die über die Steppen im Norden zogen, wurde jedes Gefühl für Schicklichkeit abgesprochen, obwohl die Kiptschaken, diese treuen Verbündeten, die königliche Garde stellten und die königliche Großmutter aus ihrem Volk stammte. Eine Ausnahme stellten die Fürstentümer Kiew und Susdal im Nordwesten dar, die einige als Königreiche bezeichneten. Sie waren von Wikingern gegründet worden, als die Seldschuken auf der anderen Seite des Kaspischen Meeres auftauchten. Anfangs sah es so aus, als wären sie ebenso heidnisch, grausam und barbarisch, doch ihr Kontakt zu Byzanz führte sie schließlich dazu, das Christentum anzunehmen, das heißt das orthodoxe Christentum der Griechen und Georgier. Schließlich ließen sie sich nieder und erwiesen sich als akzeptable, aber unzuverlässige Nachbarn.

Ihre Kenntnisse über den Rest der Welt waren ebenfalls sehr begrenzt.

☆

Ich behaupte nicht, über umfassende Kenntnisse zu verfügen. Allerdings stammte ich aus einer fremden Welt, die die Georgier nicht kannten. Magdalene und ich übten auf Tamara einen großen Reiz aus, weil wir anders waren als sie, und aus diesem Grunde lehnten uns die meisten Georgier ab. Tamara sah Konstantinopel als die größte Stadt auf Erden an, weil sie keine andere große Stadt kannte. Für sie war Rom nur eine Legende, und von blühenden politischen und wirtschaftlichen Zentren wie London, Paris und Köln hatte sie noch nie gehört. Sie nannte mich eine Lügnerin, weil ich behauptete, die bevölkerungsreichste Stadt der Welt sei Córdoba, die moslemische Hauptstadt Spaniens.

Die Georgier besaßen gewisse Kenntnisse über die beiden Kreuzzüge. Während des ersten hatten tatsächlich einige fränkische Ritter am Ende des letzten Jahrhunderts die Berge überquert, um das isolierte Königreich in ihren Schlachten gegen die Seldschuken zu unterstützen. Das war schon lange her, und da der letzte Kreuzzug ein kompletter Misserfolg war, sah die jetzige Generation die Franken nicht als großartige Krieger an. Allerdings bewunderten sie die kunstvollen Rüstungen, die uns Demna gestohlen hatte und die nach der Schlacht von Hereti in den Besitz von König Georg übergingen.

Ich glaube, ich konnte meine Herrin von einer blühenden

Welt hinter den Grenzen ihres Horizontes überzeugen, aber es interessierte sie nicht besonders. Sie hatte zu viele eigene Probleme. Während ich ein glückliches Jahr verbrachte und mich an meine neue Heimat gewöhnte, rührten sich erneut die Seldschuken. Die letzte Krise begann mit einem neuen Krieg gegen Byzanz. Ich weiß nicht, was den Konflikt auslöste. Zweifellos traf beide Seiten Schuld. Die Byzantiner träumten davon, ihre verlorenen Territorien zurückzuerobern. Die Seldschuken waren immer auf Kämpfe aus und hielten einen Sieg gegen die Byzantiner für wahrscheinlicher als gegen die Sarazenen, wobei es natürlich auch um Glaubensgegensätze ging.

König Georg beschloss, Hilfe über das Schwarze Meer nach Konstantinopel zu schicken. Das hatte nichts mit internationaler Staatskunst zu tun. Er hoffte, seine aufsässigen Adeligen durch einen Feldzug in Schach zu halten, und Waffen waren das einzige, womit sie sich auskannten. Es war zwei Jahre her, seitdem Demna verstümmelt und zu ewiger Dunkelheit verdammt worden war. Während dieser Zeit war außer in persönlichen Kämpfen kein georgisches Schwert erhoben worden. Dem König entging die wachsende Unzufriedenheit nicht. Die Menschen versammelten sich, um über den Thronräuber zu sprechen, und der König hielt es für das Beste, die Unzufriedenen in den Krieg zu schicken. Vielleicht liebäugelte er auch mit dem Gedanken, die ganze Meute könnte im Schwarzen Meer, über dem es immer wieder zu stürmischen Unwettern kam, ersaufen.

Darum begleitete er sein Heer nicht. Tamara, der ich von der Wonne einer Seereise berichtet hatte, wollte unbedingt mit in die Schlacht ziehen. Ihr Vater verbot es ihr, woraufhin sie tagelang schmollte. Die Sinnlosigkeit des Abenteuers stellte sich bald heraus. Als die Georgier Konstantinopel erreichten, waren die Byzantiner längst besiegt worden und verschanzten sich hinter ihren hohen Wällen. Ihre so genannten Verbünde-

ten segelten wieder nach Hause und waren noch unzufriede-
ner als ihre Prinzessin.

Vermutlich hätte sich die Situation in Georgien zugespitzt,
wenn die Seldschuken nicht gewesen wären. Als sie ihre alten
Feinde besiegt hatten und von der georgischen Unterstützung
erfuhren, beschlossen sie, endlich mit ihren Nachbarn im Norden abzurechnen.

Aus dem Süden kam ein Reiter im Galopp und verkündete,
dass sich die Seldschuken den Pässen näherten.

4. KAPITEL
Die Tante

Kurz darauf herrschte in Georgien große Aufregung. König Georg rief seinen höchsten General, Qubazar, zu sich, schickte Eilboten nach Norden, Süden, Osten und Westen und rief seine Untertanen zu den Waffen. Ein Eilbote wurde nach Süden zu Sargis Mkhargrdzeli, dem Befehlshaber der kurdischen Verbündeten, geschickt. Er wurde gebeten, sich zu verteidigen, bis das Heer ihm zu Hilfe eilte. Dann legte der König seine Rüstung an und ließ die Hörner blasen. »Wir marschieren heute in die Schlacht«, verkündete er.

Die Frauen gerieten aus dem Häuschen, und vor allem ich, da ich Tamara, die sich auf den Feldzug vorbereitete, nicht begleiten durfte.

»Hoheit!«, widersprach ich. »Ihr sagtet, Ihr wollet Euch niemals von mir trennen.«

»Nur während eines Feldzugs.«

»Ich bin Eure Leibwächterin. Mein Schutz ist bei einem Feldzug besonders wichtig.«

Ich war im Alter von fünfzehn Jahren eine voll entwickelte Frau und größer und kräftiger als die Prinzessin. Dank meiner gründlichen Ausbildung war ich in der Lage, jedem Mann im Königreich mutig mit dem Schwert gegenüberzutreten.

»Du musst mich hier in Tbilisi vor Mördern beschützen«, stieß sie hervor. »Du kannst mich nicht vor dem gesamten Heer der Seldschuken beschützen. Außerdem könntest du verwundet oder verschleppt werden.«

»Und Ihr, Hoheit? Wie soll ich den Gedanken ertragen, *Ihr* könntet verwundet oder verschleppt werden?«

»Das wird nicht passieren«, versicherte sie mir.

Tamara, die in der Schlacht von ihren männlichen Leibwächtern – mehreren kräftigen Männern – beschützt wurde, war sich nicht sicher, ob sie mich ebenso begeistert beschützen würden wie sie. Wenn Tamara einmal einen Entschluss gefasst hatte, war es nicht einfach, sie umzustimmen. Mich ärgerte vor allem, dass sie einige Zofen, unter denen sich auch Thalka befand, mitnahm. Vielleicht sorgte sich Tamara tatsächlich um mein Wohlergehen. Dennoch war es kein schöner Gedanke, Thalka in ihrer Nähe zu wissen, während ich am Hofe zurückblieb.

Zudem glaubte ich, in Tamaras Nähe in größerer Sicherheit zu sein als in Tbilisi, da König Georg immer sehr um seine Tochter besorgt war. Rusudani wurde die Herrschaft über Tbilisi übertragen, bis der König und die Prinzessin zurückkehrten.

Was würde aus mir werden, wenn sie nicht zurückkehrten?

☆

Alle Zofen standen auf dem höchsten Turm der Festung, als das Heer abmarschierte. Die Krieger boten mit ihren Lanzen und Bannern, den Schwertern und Bogen einen prächtigen Anblick. Zur Feldartillerie gehörten Wurfmaschinen und Schleudern, mit denen Felsen in die Reihen der Feinde geworfen wurden. Über ihren Köpfen wehte die Löwenstandarte, die mit einem grimmigen Löwen bestickt war. Wenn sich eine Brise in dem Tuch verfing, sah der Löwe wahrhaftig aus, als würde er sich auf den Feind stürzen. König Georg nahm diesen Feldzug ernster als den gegen Demna. Ich fragte mich, ob der elende Versager, der blind in seiner Zelle kauerte, die kriegerischen Klänge hören konnte. Würde er Gott um die Niederlage seines Großonkels bitten, selbst wenn diese das Ende des georgischen Staates bedeutete?

War eine solche Katastrophe möglich? Ich mochte gar nicht

daran denken. Unsere Streitkraft war furchtbar klein. Sie bestand aus kaum mehr als fünfzehntausend Kriegern. Wenn wir über die Seldschuken sprachen, hatten wir immer riesige Truppen vor Augen. Tamara hatte mit mir über die Verbündeten gesprochen, die ihren Vater unterstützen würden. Sargis verfügte über ein großes Heer kurdischer Krieger. Die meisten Adeligen, die mit dem König zu Felde zogen, waren die Männer, die er nach Konstantinopel geschickt hatte, um ihren Verschwörungen gegen ihn ein Ende zu setzen.

Der König und die Prinzessin, die neben ihm ritt, machten zuversichtliche Mienen. Der laute Rhythmus der Trommeln, Hörner und Dudelsäcke ließ einen schnellen Sieg erhoffen. Wir hörten das Echo der Klänge noch lange, nachdem das Heer den Fluss überquert hatte und in den Bergen verschwand.

Als das Echo verstummte, richteten wir unseren Blick auf Rusudani. »Ihr habt alle eure Aufgaben«, sagte sie. Die Frauen eilten die Stufen zum Palast hinunter. Ich wäre ihnen gefolgt, wenn die Prinzessin mich nicht zurückgehalten hätte. »Du hast keine Aufgaben, Edith. Deine Herrin zieht zu Felde.«

Ich atmete tief ein, denn ich befürchtete den ersten Streit. »Es ist meine Aufgabe, die Gemächer Ihrer Hoheit in Ordnung zu halten, bis sie zurückkehrt, Hoheit.«

»Das wird eine Weile dauern«, erwiderte Rusudani. »Willst du bis dahin pausenlos ihr Bett machen?«

Ich gab mich nicht so schnell geschlagen. »Und ich muss mein Waffentraining absolvieren, Hoheit, um meine Fertigkeiten bis zu ihrer Rückkehr zu vervollständigen.«

Das war ein gutes Argument.

»Diese lobenswerten Ziele wirst du am ehesten erreichen, wenn du deine Zeit sinnvoll nutzt. Du verbringst sie in meiner Gesellschaft.«

☆

Im ersten Augenblick wollte ich protestieren. Vermutlich würde Rusudani mir nicht öffentlich schaden, aber sie könnte einen Unfall inszenieren und mich auf diese Weise verletzen oder zum Krüppel machen. Rusudani war einfallsreich und würde ihrer Nichte den bedauerlichen Zwischenfall irgendwie erklären. Tamara, die mich zweifellos mochte, würde ihrer Tante gegenüber zwar misstrauisch sein, sie jedoch letztendlich niemals verdammen, auch wenn sie ein scheußliches Verbrechen begangen hätte. Ihre Tante hatte sie wie eine Mutter erzogen und stand ihr sehr nahe. Daher verneigte ich mich und folgte ihr mit Magdalene. Ich fragte mich, ob die Prinzessin von mir die gleichen Dienste erwartete wie ihre Nichte. Das machte mir Angst und versetzte mich zugleich in Aufregung. Ich war ein wollüstiges Wesen – was ich ungern zugebe –, und wie Sie wissen, wurden meine Sinne schon im zarten Alter von dreizehn Jahren erregt. Körperliche Liebe hatte ich bisher nur mit zwei Menschen erlebt.

In Demnas Armen lernte ich, Sex zu genießen und mir meiner Schönheit bewusst zu werden. Ich hasste ihn, und im Laufe der Zeit wurde der Hass immer stärker. Mein anfängliches Mitleid mit seinem grausamen Schicksal war lange erloschen. Heute erinnerte ich mich nur noch an sein brutales, blutrünstiges und wollüstiges Wesen.

In Tamaras Armen erfuhr ich, wie schön die körperliche und geistige Liebe zwischen zwei Menschen sein konnte. In der Intimität ihrer Gemächer war sie zu mir immer zärtlich und liebevoll. Und selbst in der Öffentlichkeit, wo sie als meine Herrin auftrat, versuchte sie nie, mir zu schaden oder mich zu demütigen. Ich liebte sie und hätte mein Leben für sie gegeben, denn nur ihr verdankte ich mein eigenes Überleben. Ob sie für mich dasselbe getan hätte, wusste ich nicht. Sie war die Prinzessin und ich ihre Sklavin, und es hätte nicht in diese Gesellschaftsordnung gepasst, sich für einen Untergebenen zu opfern.

Unser gemeinsames Leben war mit der Zeit zur Alltäglichkeit geworden. Wir hätten Schwestern sein können und standen uns näher, als es bei Magdalene und mir je der Fall war. Wir aßen dieselben Gerichte und lachten über dieselben Späße. Wir liebten dieselben Spiele und trugen dieselben Kleider. Wir teilten dieselben Geheimnisse, die sich zwangsläufig auf unsere Körper bezogen, was mit der Zeit ebenfalls alltäglich wurde. Tamara war sich all dieser Dinge vielleicht nicht bewusst, da ihr Leben für sie eine Normalität darstellte. Sie hatte als Thronerbin Verpflichtungen, wenn sie in der Öffentlichkeit stand. In dieser Rolle musste sie ihre Weiblichkeit unterdrücken und ihre männliche Stärke hervorheben. Oft brach sie in Tränen aus, wenn wir in ihr Gemach zurückkehrten, nachdem sie einen hübschen, jungen Mann oder ein hübsches Mädchen zum Tode verurteilt hatte.

Und das war der springende Punkt. Wenn sie sich in ihr Gemach zurückzog, *konnte* sie ihren Tränen freien Lauf lassen, denn mir vertraute sie blind. Unsere Beziehung war für sie wie eine große, weiche Decke, in die sie sich einwickeln konnte, um so zu sein, wie sie war. Sie liebte alles, was wir teilten und was wir dachten.

Zweifellos hätte ich nichts als Liebe und Dankbarkeit empfinden müssen, weil sie mir das Leben gerettet hatte und mir ein Leben im Luxus ermöglichte. Doch die Rolle der Sklavin war mir nicht bestimmt. Ich war viel zu intelligent und hatte eine zu gute Erziehung genossen. Der Gedanke, der Prinzessin für den Rest meines Lebens wie ein Schoßhund zu folgen, reizte mich nicht, selbst wenn sie meine Liebe teilte.

Mit acht Jahren lehrte mich meine Mutter das Lesen, und ich hatte die Bibel zweimal von der ersten bis zur letzten Seite gelesen. In Tbilisi konnte man von einem kulturellen Leben kaum sprechen. In der Bagratiden-Festung gab es nur wenige Bücher, die ausnahmslos in griechischer Sprache geschrieben waren. Diese Sprache oder vielmehr die georgische Variante konnte ich zwar inzwischen fließend sprechen, aber das Lesen fiel mir aufgrund der seltsamen Buchstaben noch schwer.

Die Prinzessin zeigte kein großes Interesse an dem geschriebenen Wort. »Ich habe Priester, die für mich lesen«, sagte sie immer. Die Könige und Adeligen in Franken dachten ebenso. Ich teilte ihre Sichtweise nicht, weil man sich durch diese Unkenntnis eine interessante Seite des Lebens vorenthielt.

Meine Lust, das Leben zu erkunden, war grenzenlos. Das bezog sich auch auf die körperliche Liebe. In Tamaras Armen fühlte ich mich sicher und geriet in süße Verzückung. Dennoch stellte sich mein ruheloser Geist bald vor, wie es wohl in den Armen eines anderen Menschen wäre. In Bezug auf die Sexualität war ich ebenso verwirrt wie Tamara. Für mich konnte die Liebe zu einer Frau niemals den Gipfel sexueller Erfüllung bedeuten, und doch quälte mich die Angst, jeder Mann könnte die Reinkarnation Demnas sein. Ähnliche Ängste machten Tamara zu schaffen, die ihre Kenntnisse über das männliche Geschlecht einzig durch die Schilderungen ihrer Tante erworben hatte.

Damals glaubte ich nicht, je überprüfen zu können, ob Demna als typischer Stellvertreter des männlichen Geschlechts gelten konnte. Ich wagte mir kaum auszumalen, wie Tamara reagieren würde, wenn ich mit einem ihrer Höflinge geschäkert hätte. An Gelegenheiten mangelte es nicht, denn als ich zu voller Schönheit erblühte, warfen mir viele junge und alte Höflinge sehnsüchtige, lüsterne Blicke zu. Mittlerweile war ich größer als Magdalene. Ich hatte einen vollen Busen und lange Beine, und mein rotblondes Haar fiel bis auf meine Oberschenkel.

Mitunter erhielt ich sogar Liebesgedichte, die ich sofort ins Feuer warf.

Als die Prinzessin in die Schlacht zog, erwachte meine Unruhe, und ich dachte sogar über Schäferstündchen mit

Rusudani nach, obwohl ich sie fürchtete und hasste. Es ging mir einfach darum, einmal etwas anderes zu erleben.

Sogar mit fünfzehn Jahren war ich zu naiv, um zu begreifen, dass andere meine hilflose Lage zu ihrem Vorteil ausnutzen könnten.

☆

Zu meiner großen Überraschung wurde ich nicht sofort in Rusudanis Bett befohlen, was mich traurig stimmte und zugleich erleichterte. Meine Aufgabe beschränkte sich darauf, bei der Jagd hinter ihr zu reiten, in der Öffentlichkeit hinter ihr zu gehen und hinter ihrem Stuhl zu stehen, wenn sie über das Volk richtete. Im Grunde nahm ich dieselben Aufgaben wahr wie in Tamaras Diensten, nur dass ich mit Rusudani nicht das Bett teilte. Ich hatte das ungute Gefühl, als wartete sie auf ein bestimmtes Ereignis, ehe sie sich mir näherte.

Über dieses Ereignis machte ich mir Gedanken. Vielleicht wollte Rusudani zuerst wissen, wie es dem König und der Prinzessin in der Schlacht erging. Rusudani konnte unmöglich auf einen Sieg der Seldschuken hoffen. Wenn der Feind das georgische Heer vernichten würde, könnte die wilden Reiter aus den Steppen nichts mehr davon abhalten, ins Land einzufallen und es wie Anatolien in eine Wüste zu verwandeln. Unter diesen Umständen wäre ihre Position als letzte Thronerbin bedeutungslos, selbst wenn das Volk sie anerkannt hätte. Zudem verfügte sie über keinerlei kriegerische Fähigkeiten.

Bisher hatten wir noch keine Nachrichten vom Schlachtfeld erhalten, und ich verlebte zwei recht friedliche Wochen. Wenige Tage später hielt die Prinzessin das wöchentliche Gericht, und ich stand hinter ihrem Stuhl.

Wie immer beobachtete ich die Menge, die sich hinter den Missetätern versammelt hatte, um die Prinzessin vor etwaigen Angriffen zu beschützen. Auf die Verbrecher achtete ich kaum, da sie in der Regel mein Mitleid erregten. Wenn sie vor der Krone oder einem Stellvertreter vor Gericht standen, bedeutete das bis auf wenige Ausnahmen den Tod, und das wussten die Täter. Wenige Minuten nach der Urteilsverkündung erwartete sie das Schwert, der Strick oder der grässliche Pfahl. Nur wenige bewiesen angesichts der Hinrichtung Mut. Die meisten zitterten und heulten, und die Frauen schrien wie am Spieß.

Zum Glück ging alles immer ziemlich schnell. Der Gefangene musste vor die Treppe treten, die zur königlichen Estrade führte. Der Ankläger verlas die Anklage, und die Zeugen machten ihre Aussage. Es gab kein Verhör oder Kreuzverhör. Falls es einen Anwalt gab, sprach er ein paar Worte zu Gunsten seines Klienten. Anschließend verkündeten der König oder sein Stellvertreter das Urteil. Ihnen oblag allein die Entscheidung, ob der Anklage, den Zeugen oder dem Anwalt Glauben zu schenken war. Niemand hätte es gewagt, das Urteil des Königs in Zweifel zu ziehen, und es gab keinen höheren Gerichtshof, an den sich der Angeklagte wenden konnte.

Die erstaunlichen Worte der Prinzessin rissen mich aus meinen Gedanken. »Darüber entscheide ich später. Führt den Häftling ab.«

Ich hob zum ersten Mal den Blick und betrachtete den jungen Mann. Er war kaum älter als ich und außergewöhnlich hübsch. Sein athletischer Körper war nur von ein paar Stofffetzen bedeckt. Auf seinem Gesicht spiegelte sich Verwunderung, denn er blickte dem Tod bereits ins Auge. Er wurde des Mordes, der Vergewaltigung und des Raubes angeklagt und musste damit rechnen, öffentlich gepfählt zu werden.

Der Angeklagte starrte die Prinzessin an, die boshaft lächelte. »Ich spreche später mit dir.«

Er wurde abgeführt, woraufhin ein Raunen durch die Menge ging.

☆

Ich wusste sofort, was Rusudani im Schilde führte. Mir fielen schlagartig die Gerüchte über ihre persönlichen Vorlieben ein, und ich freute mich, dass der Angeklagte seiner harten Strafe möglicherweise entkommen konnte.

Nach dem Ende der Verhandlung schrien die armen Teufel, die abgeführt wurden, um Gnade. Ich war heilfroh, in Tamaras Gemach entfliehen zu können. Magdalene füllte soeben mit zwei Sklavinnen einen Zuber für mein Bad. Ich sank mit einem Seufzer der Erleichterung ins Wasser. Magdalene rieb meinen Körper mit einem Luffaschwamm ab, als die Tür aufgerissen wurde und Rusudani, gefolgt von mehreren Zofen, eintrat.

Ich setzte mich hin und umklammerte meine Beine. Magdalene fiel neben dem Zuber auf die Knie.

»Du badest immerzu«, sagte Rusudani, die neben mir stand. »Denk einmal darüber nach, ob so viel Wasser deinem Körper nicht schaden könnte. Steh auf.«

Ich richtete mich auf. Von meinem Körper und meinem Haar, das Magdalene soeben gewaschen hatte, tropfte das Wasser.

»Trockne dich ab«, befahl Rusudani, »und komm mit. Ein einfaches Kleid reicht aus.«

Sie ging hinaus.

»Sie will dich mit in ihr Bett nehmen«, flüsterte Magdalene, die mich abtrocknete.

Das Gefühl hatte ich nicht. Den Wunsch hätte sie schon vor Tagen äußern können, ohne diesen großen Auftritt zu veranstalten. Was wollte Rusudani von mir?

Ich zog eines der schweren Hemden über, die zu meiner Garderobe gehörten und dessen weißer Stoff bis auf meine Knöchel fiel. Barfuß und mit nassem Haar lief ich über die Gänge zu den Gemächern der Prinzessin. Den Wachen, die mich musterten, schenkte ich keine Aufmerksamkeit. Eine Zofe öffnete mir die Tür, und ich betrat zum ersten Mal das Schlafgemach der Prinzessin.

Ihre Bettlaken hatten das dunkelrot und purpurrot der kaiserlichen Flagge. Die dunklen Farben und der Kerzenschein tauchten den großen Raum in ein Zwielicht. Es roch stark nach Parfum, und trotz der Wohlgerüche bekam ich im ersten Augenblick kaum Luft.

Die Prinzessin saß mit gekreuzten Beinen reglos mitten auf dem Bett, das so groß war wie Tamaras. Ich wunderte mich über die Gelenkigkeit dieser Frau, die meine Mutter hätte sein können. Rusudani trug ebenfalls nur ein Hemd. Ihres bestand aus durchsichtiger, dunkelblauer Seide, durch die man die Rundungen ihres sinnlichen Körpers sehen konnte.

Zwei Sklavinnen und ihre erste Zofe, eine hübsche Frau namens Rustine, standen neben dem Bett. Rustine, die dunkles Haar und einen kräftigen Körper hatte, war in ein durchscheinendes Hemd gehüllt. Sie war ein paar Jahre jünger als ihre Herrin.

»Willkommen in meinem Schlupfwinkel«, sagte Rusudani. »Ich hätte dich früher zu mir gebeten, meine schöne, fränkische Maid, aber ich habe auf den richtigen Zeitpunkt gewartet.«

Ich verneigte mich. »Ich erwarte Eure Befehle, Hoheit.«

Meine Stimme war ruhig, und mein Herz klopfte. Ich ging davon aus, gleich vergewaltigt zu werden. Um keinen Schaden davonzutragen und mein Überleben bis zu Tamaras Rückkehr sicherzustellen, hielt ich es für das Beste, mich darauf einzulassen.

»Du brauchst nichts zu tun, was du nicht willst, Edith«, sagte Rusudani. »Rustine?«

Die Zofe öffnete sofort die Tür zu einem anderen Gemach und klatschte in die Hände. Kurz darauf brachten zwei Wachen den Häftling, den Rusudani heute Morgen verschont hatte, zu ihr.

Mir drehte sich der Magen um. Trotz der Zusicherung der Prinzessin, nichts gegen meinen Willen tun zu müssen, schwante mir Böses. Ich war sicher, in dem Spiel der Prinzessin eine führende Rolle spielen zu müssen.

Die Hände des Häftlings waren auf dem Rücken gefesselt, und er trug ein Gewand, das bis zu den Knien reichte. Er schaute sich aufmerksam um, ohne Angst zu zeigen. Seine Gegenwart erschütterte die ruhige Atmosphäre des wohlriechenden Gemachs.

Rusudani beobachtete mich. »Ja, er stinkt. In unseren Kerkern ist es nicht besonders sauber. Wir bringen das in Ordnung. Ihr könnt gehen«, sagte sie zu den Wachen.

Sie zögerten. »Mit Verlaub, Hoheit«, sagte einer. »Dieser Mann ist sehr stark und gefährlich. Ich bitte Euch, seine Fesseln nicht zu lösen, wenn wir nicht zugegen sind.«

»Ich danke für den Rat, aber eure Anwesenheit ist nicht länger vonnöten.«

Die Männer wechselten schnell einen Blick, verneigten sich und zogen sich zurück. Rustine schloss die Tür hinter ihnen und schob den Riegel vor. Der Häftling, der mitten im Raum stand, musterte die Frauen, die ihn umringten, von oben bis unten.

Rusudani stand auf und stellte sich vor ihn. Rustine stand neben ihm. Sie gab mir ein Zeichen, mich an seine andere Seite zu stellen. Er spannte die Muskeln an, um die Fesseln zu zerreißen, doch sie waren zu dick.

»Du heißt Danilo«, sagte Rusudani.

Danilo strich sich mit der Zunge über die Lippen. »Ja, Hoheit.«

»Und du hast dich zahlreicher schwerer Verbrechen schuldig gemacht.«

Danilo holte tief Luft und schwieg. Konnte er auf Gnade hoffen, wenn er nicht gestand?

»Und du stinkst.« Rusudani schnippte mit den Fingern, woraufhin die Sklavinnen zur anderen Seite des Gemachs liefen und einen Vorhang zur Seite schoben. Ein großer Zuber, der mit heißem Wasser gefüllt war, kam zum Vorschein. Rusudani ging dorthin, wobei ihr seidenes Hemd raschelte. »Komm«, befahl sie.

Danilo schaute zuerst Rustine und dann mich an. Rustine nickte, und er ging zu dem Zuber.

»Setz dich ins Wasser«, befahl Rusudani.

»Meine Hände sind gefesselt, Hoheit.«

»Brauchst du deine Hände, um dich in den Zuber zu setzen?«

Danilo atmete wieder tief ein.

»Warte«, sagte Rusudani. »Wir ziehen dir dein Hemd aus. Edith.«

Ich hatte damit gerechnet, diese Aufgabe übertragen zu bekommen, und ging zu ihnen.

»Du musst die Ärmel aufschneiden«, sagte Rusudani, die wieder mit den Fingern schnippte. Eine der Sklavinnen lief zu einem Tisch und kehrte mit einem Messer zurück. Ich sah auf den ersten Blick, dass die Klinge so scharf war wie die meines Krummsäbels.

Danilo hielt den Atem an, als ich das Messer in die Hand nahm. Mir waren Waffen jeder Art bestens vertraut.

»Keine Angst«, beruhigte ihn Rusudani. »Edith kennt sich mit Waffen aus. Sie wird dich nicht verletzen, wenn sie es nicht beabsichtigt.«

Danilo beobachtete mich. Ich war zweifellos die schönste Frau in diesem Raum, aber mir kam keinerlei Bedeutung zu. Bisher hatte der Häftling nur Augen für Rusudani gehabt, denn sein Schicksal lag in ihrer Hand.

Ich wich seinem Blick aus, schnitt die Ärmel und die Schulterpartie auf und zog ihm das Hemd über den Kopf.

Rusudani klatschte wie ein Mädchen in die Hände. »Das gefällt ihm. Schaut, wie er reagiert. Nun setz dich hin.«

Danilo, den seine sichtliche Erregung keineswegs verlegen machte, versuchte, sich langsam hinzuhocken. Leider verlor er das Gleichgewicht und plumpste in den Zuber. Rusudani und Rustine wichen rechtzeitig zurück. Ich war nicht so schnell und wurde patschnass.

»Du ziehst dein Hemd am besten aus«, sagte Rusudani zu mir. »Dann kannst du ihn waschen.«

Mir blieb nichts anderes übrig, als zu gehorchen. Also zog ich mein Hemd aus und nahm das Seifenstück, das mir eine Sklavin reichte, entgegen.

»Wasch ihn gründlich.« Rusudani stellte sich neben den Zuber.

Ich machte mich bereitwillig an die Arbeit. Demna war der einzige nackte Mann, dem ich je nahe gewesen war. Seinen Körper hatte ich nur gelegentlich berührt, da er meistens sofort den Geschlechtsakt vollzog, wenn wir nackt waren. Jetzt hatte ich zum ersten Mal unbegrenzten Zugriff auf eine solche Pracht, und die Berührung seines erregten Körpers stimulierte mich. Danilo gefiel es, meine Hände zu spüren.

»Pass auf, dass er seine Pracht nicht vorzeitig einbüßt«, sagte Rusudani, die beobachtete, wie ich Danilos Penis gründlich wusch. »Obwohl ein so kräftiger Mann wie du seine Manneskraft schnell zurückerlangen müsste.«

Der Bursche fasste Vertrauen. »Ich werde Euch nicht enttäuschen, Hoheit.«

»Daran zweifle ich nicht. Wenn du bitte seine Füße und sein Haar waschen würdest, Edith, könnten wir weitermachen.«

Sie schien erregt zu sein, und das war ich auch, aber ich versuchte, es zu verbergen. Nachdem ich seine Füße und sein Haar gewaschen hatte, zogen Rustine und ich ihn in die Höhe, damit die Sklavinnen ihn abtrocknen konnten.

»Hör mir gut zu«, sagte Rusudani. »Du bist zum Tode verurteilt worden, Danilo. Du sollst langsam und qualvoll gepfählt werden, damit du über deine Missetaten nachdenken kannst, während du stirbst.«

Danilo kniff die Lippen zusammen. Ihre Darstellung wirkte sich augenblicklich auf seine Manneskraft aus.

»Es ist ein Jammer«, fuhr sie fort, »einen so schönen Mann zu töten, vor allem wenn es eine gute Verwendung für ihn gibt. Du wirst meinen Zofen und mir zu Diensten sein. Wenn du uns erfreust und befriedigst, schenke ich dir dein Leben. Lady Edith darf dich als ihren Sklaven behalten.«

Ich atmete tief ein.

Rusudani lächelte mich an. »Du freust dich sicher über das schöne Geschenk. Zuerst einmal will ich ihn testen.«

Rustine zog ihrer Herrin das Gewand über die Schultern. Ich hielt den Atem an. Rusudani war die erste nackte, reife Frau, die ich in meinem Leben sah. Und ihr Anblick machte mir Hoffnungen auf die Zukunft. Die Prinzessin hatte einen makellosen Körper.

Sie legte sich aufs Bett. »Komm her.«

Danilo zögerte. »Ich könnte Euch mit freien Händen besser zu Diensten sein.«

»Das glaube ich dir gern. Trotzdem müssen wir gewisse Vorsichtsmaßnahmen ergreifen. Edith, bring mir die Sachen, die in der Truhe liegen.«

Ich öffnete gehorsam die Truhe, in der ein Schwert und ein Dolch lagen, deren Hefte mit Juwelen verziert waren.

»Gefallen sie dir?«, fragte Rusudani.

»Herrliche Stücke, Hoheit.«

»Sie gehören dir.«

Ich traute meinen Ohren nicht. Mittlerweile schwirrte mir der Kopf.

»Nimm sie in die Hand.«

Ich nahm den Dolch und das Schwert aus der Truhe. Beide Waffen waren wunderschön und lagen gut in der Hand.

»Hast du je von Lady Edith gehört, Danilo?«, fragte Rusudani.

»Ich habe von ihr gehört, Hoheit.«

»Hast du sie auch schon einmal gesehen?«

»Aus der Ferne, Hoheit, als sie neben Prinzessin Tamara ritt.«

»Weißt du, warum sie neben der Prinzessin reitet?«

»Sie soll die Leibwächterin der Prinzessin sein.«

»Kannst du dir das vorstellen?«

»Hm ...« Danilo beäugte mich ungläubig. Offenbar traute er einer Frau den Posten einer Leibwächterin nicht zu.

»Du kannst mir ruhig glauben. Nach den Worten ihres Lehrers gibt es im ganzen Königreich keinen besseren Schwertkämpfer als sie.«

Danilo riss erstaunt die Augen auf. Ich wunderte mich über die guten Informationen der Prinzessin über meine Person.

Danilo war noch immer skeptisch.

»Findest du die Dame hübsch, Danilo?«

»Sie ist wunderschön, Hoheit.«

»Würdest du sagen, dass sie die schönste Frau ist, die du je gesehen hast?«

Danilo dachte nach.

»Sag die Wahrheit«, befahl Rusudani. »Es kränkt mich nicht. Ich war einst noch schöner, aber das war vor deiner Geburt und vor ihrer.«

»Sie ist die schönste Frau, die ich je gesehen habe, Hoheit.«

»Und du würdest sie gerne in deine Arme schließen, nicht wahr?«

Danilo stülpte die Lippen. Er sah aus wie ein wildes Tier, das er, nach seinen Strafen zu urteilen, auch war.

»Gut, ich habe es dir versprochen. Zum gegebenen Zeitpunkt wirst du ihr als Sklave zu Diensten sein. Zuerst musst du uns gefallen. Sobald deine Handfesseln entfernt wurden, wird Edith hinter dir stehen, und wenn du versuchen solltest, mir wehzutun oder zu entfliehen, wird sie dich niederstechen. Falls du mit dem Gedanken spielen solltest, mich zu töten, um durch die Hand der schönsten Frau, die du je gesehen hast, zu sterben und auf diese Weise einer öffentlichen Pfählung zu entkommen, kannst du das vergessen. Edith ist so geschickt, dass sie dich nicht mit einem Hieb töten muss. Sie wird dich kampfunfähig machen, kastrieren und anschließend mit ihrem Schwert pfählen. Die ganze Prozedur dauert recht lange, damit du starke Schmerzen erleidest und die Demütigung spürst.«

Danilo stierte die Prinzessin an. Mir nahm die Schilderung den Atem. Noch nie in meinem Leben war ich einer derartigen Situation ausgesetzt. Bisher hatte ich immer geglaubt, meine Kampfkenntnisse durch einen schnellen Hieb und nicht durch eine teuflische Hinrichtung unter Beweis stellen zu müssen. Ich wusste gar nicht, ob ich dazu fähig war. Auf jeden Fall musste er es glauben, und daher sah ich ihn mit eiskaltem Blick an.

»Zerschneide seine Fesseln, Rustine«, befahl Rusudani.

Rustine nahm das Messer zur Hand, mit dem ich Danilo das Hemd durchgeschnitten hatte, und zerschnitt die Handfesseln. Rusudani nickte mir zu, woraufhin ich zu ihm ging und ihm das Schwert auf die Brust hielt. Ich hielt genug Abstand, damit er mir das Schwert nicht entreißen konnte, und näherte mich weit genug, um ihn mit einem einzigen Hieb töten zu können.

Danilo starrte mich an, als er die Arme nach vorn streckte und seine Handgelenke massierte.

»Zuerst bist du mir zu Diensten«, sagte Rusudani.

Er wandte sich von mir ab und kniete sich aufs Bett. Die Ereignisse der letzten fünf Minuten hatten sich auf seine Manneskraft negativ ausgewirkt, doch er wusste, dass es um Leben und Tod ging. Er legte sich auf die Prinzessin, presste seine Lippen auf ihren Mund und rutschte auf ihrem Körper hin und her. Seine Hände glitten über ihre Oberschenkel und zwischen ihre Beine, ehe er ihre Brüste streichelte.

»Ist das alles, was du zu bieten hast?«, fragte Rusudani. »Du musst mich befriedigen. Hast du das vergessen?«

172

Wir vier Frauen standen keuchend vor dem Bett und sahen zu. Danilo begriff, was sie von ihm verlangte. Er rollte sie auf den Bauch und hob ihre Oberschenkel hoch. Diese Stellung, die Demna immer besonders gut gefallen hatte, war mir bekannt. Ich war jedoch noch nie gezwungen worden, zwei Menschen, die den Geschlechtsakt vollzogen, zu beobachten. Der Anblick faszinierte und erregte mich. Was sich meinem Blick bot, war unfassbar. Ein Verurteilter drang wie ein Tier von hinten in eine hochnäsige Prinzessin ein, die es augenscheinlich genoss, auf diese Weise befriedigt zu werden.

Wenn es darauf ankommt, können wir uns alle in Bestien verwandeln. Ich musste daran denken, dass ich gleich etwas Ähnliches erleben würde, und das nach drei Jahren!

Ob es wirklich geschehen würde, stand in den Sternen. Als Danilo erschöpft und die Prinzessin befriedigt war, kam Rustine an die Reihe. Rusudani hatte nicht etwa die Absicht, das Feld zu räumen. Sie blieb im Bett liegen – immerhin war es ihrs – und amüsierte sich mit ihrer Zofe und ihrem Opfer. Es dauerte eine Weile, bis Danilo wieder bereit war. Die beiden Sklavinnen und ich schauten uns kurz an. Mein Schwert schwebte ununterbrochen über Danilos Rücken oder seinem Kopf, wenn er auf dem Rücken lag. Dabei machte er sich im Augenblick sicherlich keine Gedanken über eine mögliche Flucht, sondern konzentrierte sich darauf, sexuelle Glanzleistungen zu vollbringen.

Ich wusste nicht, was die beiden anderen Mädchen dachten, und schließlich kam eine von ihnen an die Reihe. Sie gesellte sich zu Rusudani, Rustine und Danilo. Diesmal dauerte es etwas länger, bis sich Danilo erholt hatte, und die Lust auf Sex schien ihm gründlich vergangen zu sein. Ich sollte offenbar die Letzte im Bunde sein, und mit dieser Entscheidung wollte Rusudani uns beiden keinen Gefallen erweisen.

Auf jeden Fall hatte sie ihren Spaß. Die Gerüchte, die ich gehört hatte, entsprachen zumindest zum Teil der Wahrheit:

Wenn es um Sex ging, war sie unersättlich. Hatte sie vor, Danilo trotz ihres Versprechens am Ende zu töten? Vermutlich hing das von ihrer Stimmung ab. Ihre ungezügelte Macht hatte in Verbindung mit einem unbändigen Verlangen auf sexuelle Befriedigung im Laufe der Jahre ein Monster hervorgebracht.

Der Gedanke beunruhigte mich mehr als die Erfahrung, die ich sogleich in Danilos Armen machen sollte. Das Monster, dem ich in dieser Situation vollkommen ausgeliefert war, hasste mich. Daran bestand kein Zweifel. Und doch behandelte sie mich fast mit Respekt und versprach mir vergnügliche Momente. Welche Hintergedanken hatte sie?

Wie naiv ich doch war!

☆

Nach über einer Stunde waren alle fünf Personen, die in Rusudanis Bett lagen, erschöpft.

»Jetzt bist du an der Reihe«, sagte Rusudani, die trotz der körperlichen Anstrengung hellwach war. »Zuerst müsst ihr Danilos Handgelenke am Bettpfosten fesseln, Mädchen.«

»Hoheit«, sagte Danilo. »Ohne meine Hände ...«

»Du wirst gleich die schönste Frau, die du je gesehen hast, in den Armen halten«, erinnerte ihn Rusudani. »Und *sie* hat freie Hände.«

Ich strich mir ängstlich mit der Zunge über die Lippen. Rustine und die Sklavinnen fesselten Danilos Handgelenke am Bettpfosten. Die Stricke mussten schon zu Beginn der Orgie bereit gelegen haben. Der Gefangene lag hilflos vor mir.

»Du kannst anfangen, Edith«, sagte Rusudani. »Wenn er dich nicht befriedigt, gehört sein Kopf dir.« Sie lächelte. »Und seine Hoden.«

Ich befand mich in einer unmöglichen Situation. Meine Rolle als Zuschauerin hatte mich erregt, und daher stürzte ich mich mit Energie in meine Aufgabe. Danilo war zu diesem

Zeitpunkt kein Musterexemplar eines Mannes. Meine Lippen und Hände glitten über seinen verschwitzten Körper, um seine Manneskraft erneut zu wecken. Als ich feststellte, dass all meine Bemühungen vergebens waren, verlor ich jede Lust auf ein sexuelles Abenteuer.

Danilo bekam es mit der Angst zu tun. »Hoheit«, keuchte er, nachdem ich ihn zehn Minuten lang bearbeitet hatte. »Wenn ich mich vielleicht eine halbe Stunde ausruhen könnte ...«

»Ausruhen?«, fragte Rusudani. »Nein, nein. Du kannst dich ausruhen, wenn Lady Edith befriedigt ist.«

»Hoheit«, sagte ich. »Ich würde mich auch gerne ein wenig ausruhen.«

»Du beschämst das fränkische Volk«, stieß Rusudani hervor. »Es ist eine Schande. Danilo, gibst du dich geschlagen?«

Danilos Atem strich gegen meine Wange. »Ihr verlangt mehr von mir, als ein sterblicher Mann vollbringen kann, Hoheit.«

»Dann möge Gott deiner Seele gnädig sein. Ich kenne keine Gnade. Edith, steh auf.«

Ich stützte mich auf der Matratze auf und schaute Danilo in die Augen. Er weigerte sich, den Tod zu akzeptieren. In seinen Augen spiegelte sich Hoffnung. Er war zwar ein Verbrecher, aber ein mutiger, kräftiger und vitaler Mann.

»Du zögerst, Edith. Hast du Zuneigung zu diesem Flegel gewonnen? Steh auf.«

Ich schwang meine Beine über seinen Körper und stand auf. Die Anstrengung und meine Angst trieben mir den Schweiß auf die Stirn. Ich wusste genau, was Rusudani vorhatte und wie ich darauf reagieren würde. Wie diese Orgie letztendlich enden würde, wusste ich nicht.

Rusudani hatte die ganze Zeit am Ende des Bettes gesessen und uns zugesehen. »Das Spiel beginnt«, sagte sie. »Zuerst ...« Sie zeigte auf die Sklavinnen, die durch das Gemach eilten und mit einem großen, dicken Stück Stoff zurückkehrten.

»Ich will mein Bett nicht mit Blut beschmutzen«, erklärte Rusudani.

Rustine und die Sklavinnen hoben Danilos Unterkörper hoch und schoben den Stoff unter seinen Körper, bis das Bett von seinen Schultern bis zu den Knien bedeckt war. Der Stoff war zwar sauber, aber zweifellos befleckt und schon häufiger für diese Zwecke benutzt worden. Die Mädchen gingen erstaunlich geschickt zu Werke.

Alle Gerüchte über Rusudani entsprachen der Wahrheit!

»Bindet seine Beine fest«, lautete die nächste Order.

Danilo trat mit den Beinen um sich, ohne seinem Schicksal entrinnen zu können. Die drei Frauen umklammerten seine Beine, spreizten sie und fesselten die Knöchel am Bettpfosten. Danilo lag mit gespreizten Armen und Beinen hilflos auf dem Bett.

»So, Edith«, sagte die Prinzessin. »Nimm das Messer und schneide ihm die Genitalien vollständig ab. Lass dir Zeit. Ich will seine Schreie hören. Mal sehen, ob seine Schreie so gut sind wie seine Leistungen im Bett.«

Danilo atmete tief ein und zog verzweifelt an den Stricken. Er starrte mich so intensiv an, dass die Augen fast aus den Augenhöhlen traten.

Rustine gab mir das Messer.

Ich hob die Hand und zog sie wieder zurück. »Nein«, sagte ich.

Rusudani runzelte die Stirn. »Was soll das heißen?«

Ich atmete tief ein. »Hoheit, das kann und will ich nicht tun.«

»Du weigerst dich, meinen Befehl auszuführen?«, fragte sie in bedrohlichem Ton.

»Ich werde diesen Mann nicht auf diese Weise vernichten, Hoheit.«

Sie lächelte mich böse an. »Du hast Zuneigung zu dem Burschen gefasst. Meine liebe Edith, er ist nur ein Mann, und zu diesem Geschlecht gehören nur Narren, die den Tod verdient haben. Wir erhalten dieses Geschlecht lediglich, um unsere Schlacht zu schlagen und uns fortzupflanzen. Und natürlich um uns zu amüsieren.«

»Schließt dieses Urteil auch Euren eigenen Bruder ein, Hoheit?« Nur meine Kühnheit konnte mich retten. Diese Erfahrung hatte ich bereits gemacht.

Rusudanis böses Lächeln erlosch. Sie hob die Augenbrauen. »Nimm dich in Acht, Mädchen. Auch wenn du das Spielzeug meiner Nichte bist, bewahrt dich das nicht vor Verrat.«

»Ich habe die Worte nicht gesprochen, Hoheit.«

Sie funkelte mich ungehalten an, als sie begriff, dass ich gewitzter war als sie.

»Gut«, sagte sie schließlich. »Du bist zu zimperlich, um zu meinem Gefolge zu gehören. Dieser Mann ist ein verurteilter Verbrecher und muss sterben. Ich beuge mich deinem Vorschlag, Edith.«

Ich riss den Mund auf. Mein Blick wanderte von ihr zu Danilo. Er keuchte.

»Und? Gib mir eine Antwort, sonst wird Rustine tun, was du verweigerst.«

Um ihm das schlimmste Schicksal eines Mannes zu ersparen, musste ich schnell eine Entscheidung treffen. »Er soll aus diesem Fenster springen.«

Rusudanis Gemächer lagen hoch oben in der Festung.

»Gut. Es ist zwar langweilig, aber eine Lösung.«

»Es tut mir Leid«, sagte ich zu Danilo. »Mehr kann ich nicht für dich tun.«

»Ich bin dankbar«, sagte er. »Sie sind gesegnet, Lady Edith. Ich werde Sie bis in alle Ewigkeit in guter Erinnerung behalten.«

Gesegnet, dachte ich. Eine Mörderin! Doch ich hatte ihn nicht zum Tode verurteilt, und ein Sprung aus dem Fenster brachte ihm schnell den Tod. Auf diese Weise ersparte ich ihm Schmerzen und Demütigungen. Seine Worte trieben mir die Tränen in die Augen.

Rusudani, der meine Rührseligkeit nicht entging, hatte ein Herz aus Stein. »Wie süß«, sagte sie. »Du solltest als Poet wiedergeboren werden, Danilo. Da du dich im Großen und Ganzen gut geschlagen hast, erlaube ich dir, als Held zu sterben. Meine Mädchen lösen die Fesseln. Anschließend stehst du auf, gehst zum Fenster und springst hinaus. Wenn du es nicht tust, rufe ich meine Wachen und lasse dich pfählen. Solltest du mit dem Gedanken an eine Flucht spielen ... Edith, nimm dein Schwert zur Hand. Wenn dieser Mann eine falsche Bewegung macht, stich ihn nieder. Du sollst ihn nicht töten, sondern ihm einen Arm abschlagen. Wenn du meinem Befehl nicht folgst, lasse ich dich auspeitschen, bis deine ganze Haut in Fetzen herunterhängt.«

Ich nahm mein Schwert in die Hand und ließ Danilo nicht aus den Augen.

Rusudani schnippte mit den Fingern, woraufhin ihre Sklavinnen die Fesseln lösten. Danilo blieb einen kurzen Augenblick auf dem Bett liegen.

»Bitte«, sagte ich. »Mehr kann ich nicht für dich tun.«

Danilo richtete sich langsam auf. Alle Anwesenden hielten den Atem an.

»Seid auf der Hut«, sagte Rusudani.

Ich hob das Schwert und bereitete mich körperlich und seelisch darauf von, ihn notfalls niederzustechen. Gleichzeitig betete ich, dass Danilo dem Befehl folgte.

Ich seufzte erleichtert, als Danilo durch den Raum zum Fenster schritt und es aufriss. Das Rauschen des Nachtwindes drang ins Gemach. Danilo drehte sich noch einmal um. »Ich komme zurück«, sagte er. »Aus meinem Grab.« Er zeigte auf Rusudani. »Ich werde Euch foltern, Prinzessin Rusudani.« Dann zeigte er auf mich. »Und Sie lieben, Lady Edith.«

Dann trat er auf den Sims und sprang hinaus.

☆

Ich fing an zu weinen. Die anderen schienen ungerührt zu sein.

»Er hat nicht geschrien«, sagte Rusudani. »Normalerweise schreien sie.«

Ihre Worte bewiesen, dass sie sich dieser Methode, sich abgelegter Liebhaber zu entledigen, schon häufiger bedient haben musste.

»Es war interessanter, als ich gehofft hatte. Trotz deiner Bemühungen, Edith.«

»Habe ich Eure Erlaubnis, morgen nach seinem Leichnam zu suchen, Hoheit?«

»Warum? Wenn er es nicht geschafft hat, als er noch am Leben war, wird er es auch nicht schaffen, wenn er tot ist.«

»Ich dachte an ein Grab, Hoheit.«

Rusudani schnaubte wütend. »Das kannst du machen, aber du wirst ihn nicht finden. Die Schlucht unter diesem Fenster ist sehr tief, und die starke Strömung treibt ihn innerhalb kürzester Zeit in den Fluss. Lass mich nun allein. Du hast mich zutiefst enttäuscht. Und vergiss nicht, dass die nächtlichen Ereignisse nur uns fünf etwas angehen. Wenn du einem einzigen Menschen davon erzählst, lernst du mich kennen. Niemandem gegenüber ein Wort!«

Sie dachte sicherlich an Magdalene.

☆

Ich war heilfroh, endlich wieder in Tamaras Gemach zu sein, wo Magdalene ungeduldig auf mich wartete. In dieser Nacht spendete sie mir Trost und hielt mich in den Armen, während ich am ganzen Leib zitterte. Mich quälte eine unbestimmte Angst vor der Zukunft. Rusudani hasste mich, seitdem sie mich zum ersten Mal erblickt hatte. Ich fragte mich, ob mir ihre Feindschaft schaden könne. Die abgrundtiefe Boshaftigkeit und Grausamkeit der Prinzessin waren kaum zu überbieten. Mich erstaunte besonders die Bereitschaft ihrer Gehilfinnen, sie bei ihren Missetaten zu unterstützen. Meine Beteiligung an dem Verbrechen wühlte mich auf.

Hatte ich mich nicht ebenso schuldig gemacht wie sie?

Magdalene wollte natürlich wissen, warum ich so ruhelos war, und regte sich schrecklich auf, weil ich ihr den Grund nicht verriet. Sie machte sich ernsthaft Sorgen und sprach beruhigend auf mich ein, anstatt mich zu kritisieren.

Schließlich schlief ich ein und erwachte schweißgebadet. Ich hatte Angst vor dem neuen Tag. Es ereigneten sich zunächst keine weiteren Unglücksfälle. Nach dem Frühstück und dem Bad ging ich mit Magdalene in die Stadt. Wir stellten uns auf die Brücke und schauten in den Fluss.

»Du siehst aus, als würdest du etwas suchen«, sagte Magdalene.

Natürlich gab es keine Hoffnung, Danilos Leichnam zu finden, und es war sinnlos, ihn zu suchen. Rusudani hatte mit ihrer Einschätzung Recht. Niemand würde den Leichnam je finden.

Wir kehrten in die Festung zurück, und ich widmete mich eifrig meinem Training, um die Erinnerung an den gestrigen Tag zu verdrängen.

»Genug, genug«, rief Brumelli schließlich, als ihn mein wütender Angriff gegen die Wand drängte. »Du willst mir wohl den Kopf abschlagen.«

»Verzeihen Sie«, sagte ich und senkte das Schwert.

»Die Leidenschaft hat in einem Kampf keinen Platz. Man muss mit dem Kopf und nicht mit dem Herzen kämpfen. So ein Angriff ...«

»Bin ich wirklich die beste Schülerin, die Sie je hatten?«, fragte ich.

»Für dein Alter und deine Größe bist du die Beste«, erwiderte er.

»Was haben das Alter und die Größe damit zu tun?«

»Eine ganze Menge. Wie alt bist du?«

»Ich werde in ein paar Monaten sechzehn.«

»Bald bist du eine reife Frau. Du wirst noch zwei bis drei Zentimeter wachsen und die durchschnittliche Größe eines Mannes erreichen. So stark wie ein Mann wirst du niemals sein. Wenn du dir aber deine Gesundheit und Behändigkeit erhältst, wirst du es gegen jeden Mann aufnehmen können und vielen sogar überlegen sein. Eines Tages wirst du heiraten und Mutter werden, und dann schwindet deine Überlegenheit.«

Ich steckte mein Schwert in die Scheide. »Warum sollte ich je heiraten? Meine Herrin hat nicht die Absicht, es zu tun, und ich ebenfalls nicht.«

Brumelli räusperte sich. »Deine Herrin wird heiraten. Sie muss. Es ist ihre Aufgabe, einen Thronerben zu gebären. Und wenn sie heiratet, wird sie dich nicht mehr benötigen.«

Das hörte ich gar nicht gern, auch wenn es vielleicht der Wahrheit entsprach. Tamara musste einen Thronerben gebären und aus diesem Grunde heiraten, ob es ihr gefiel oder nicht. Ein Ehegatte würde meine ständige Gegenwart nicht dulden. Und wenn Tamara keine Verwendung mehr für mich hatte ...

Plötzlich machte ich ein so trauriges Gesicht, dass mein Lehrmeister einen Arm um meine Schultern legte und mich an sich drückte. »Sie wird für dich einen Gatten suchen. Und wenn sie es nicht tut, nehme ich dich in meine Dienste, damit du andere unterrichten kannst, mein kleines Küken. Und wenn meine Frau, die älter ist als ich, stirbt, heirate ich dich. Gefällt dir das?«

»Es hört sich verlockend an«, entgegnete ich leise, um ihn nicht vor den Kopf zu stoßen. Eine gute Lösung war das nicht. Dennoch hielt meine Traurigkeit nicht lange an. Tamara würde erst in einigen Jahren heiraten, und im Augenblick wünschte ich mir nichts sehnlicher als ihre Rückkehr, damit ich endlich wieder in ihren Armen liegen konnte.

Eine Woche später ritt ein Reiter im Galopp in die Stadt. Pferd und Krieger standen am Rande eines Zusammenbruchs.

»Das Heer wurde besiegt!«, schrie er. »Die Seldschuken haben die Pässe überquert.«

☆

Als ich die Schreie hörte, lief ich mit Magdalene hinaus. Auf der Treppe drängten sich unzählige Menschen, die alle ungeduldig versuchten, den Hof zu erreichen.

»Aus dem Weg!«, schrie ein Wachposten. »Aus dem Weg! Die Prinzessin kommt!«

Wir pressten uns gegen die Wände, als Rusudani die Treppen hinunterlief. Sie schaute weder nach links noch rechts, wofür ich überaus dankbar war. Seit jener grässlichen Nacht hatten wir uns nicht mehr gesehen. Obwohl ich sie nicht mochte, bewunderte ich ihr sicheres Auftreten angesichts der Katastrophe. Ihr hübsches Gesicht war ungerührt und ernst.

Sie erreichte den Rittersaal, dessen Türen aufgerissen wurden, und wartete. Von der Außentreppe konnte sie den Boten sehen, der aus dem Sattel gestiegen war. Er wurde über die zweite Zugbrücke geführt und konnte sich kaum auf den Beinen halten.

»Hoheit!« Er fiel vor der Prinzessin auf die Knie.

»Gebt ihm einen Becher Wein«, sagte Rusudani.

Dienstboten holten den Wein und reichten ihm den Becher. Der Krieger trank einen großen Schluck.

»Sprich!«, befahl Rusudani. »Die Wahrheit.«

Der Bote wischte sich mit dem Ärmel seines Waffenrockes über den Mund. »Es wurde eine große Schlacht geschlagen, Hoheit. Der König und seine Krieger kämpften mutig, aber die Seldschuken waren wie der Wüstensand. Sie kamen aus allen Richtungen, und der König wurde umzingelt ...« Er zögerte.

»Weiter.«

Er räusperte sich. »Es waren zu viele. Es gab keine Hoffnung für uns.«

Rusudani stülpte die Lippen. »Nur für dich.«

»Ich hatte Glück, Hoheit.«

»Du bist davongerannt.«

»Es waren so viele ...«

»Wie viele sind noch davongerannt?«

»Ich ... ich weiß es nicht, Hoheit. Ich hielt es für meine Pflicht, Euch die Nachricht zu überbringen.«

»Du bist ein gemeiner Verräter. Hängt ihn auf.«

Die Wachen ergriffen seine Arme.

»Gnade, Hoheit!«, schrie er.

»Ich bin sehr gnädig«, sagte Rusudani. »Mein Bruder würde dich pfählen lassen. Bringt ihn zur Brustwehr und hängt ihn dort auf, damit alle Feiglinge sehen, welches Schicksal sie erwartet.« Sie warf den Offizieren, die sich versammelt hatten, einen Blick zu. »Bereiten Sie sich darauf vor, Ihre Pflicht zu tun. Sie erhalten in einer Stunde Ihre Befehle.«

Sie ging, gefolgt von ihren Kommandanten und Zofen, zurück in den Saal. Ich werde meine Meinung über dieses lasterhafte Wesen niemals ändern. Rusudani gehörte zu den boshaftesten Wesen, die je über diese Erde schritten. Und doch bewunderte ich sie in diesem Augenblick. Die Katastrophe, die wir alle befürchtet hatten, war geschehen. Tbilisi lag nur einen Tagesmarsch von der Grenze entfernt, und wenn die Seldschuken das georgische Heer tatsächlich vernichtet hatten, konnten sie innerhalb von Stunden vor unserer Tür stehen. Falls Rusudani lebend in die Hände des Feindes geriet, gab es keinen Zweifel über ihr Schicksal. Die Eroberer würden sie demütigen und töten. Mir drehte sich der Kopf, als ich an Tamara dachte. Wenn sie nicht in der Schlacht gefallen war, hatte der siegreiche Feind ihren wunderschönen Körper vielleicht bereits verstümmelt.

Rusudani zeigte keine Angst. Sie stand am Kopf des Tisches. »Die Karten«, sagte sie mit scharfer Stimme, die uns alle erbeben ließ.

Das Pergament wurde ihr gebracht und die Ecken beschwert.

»Klärt mich auf«, befahl sie.

Graf Sosland, ein ehrwürdiger Veteran, beugte sich über den Tisch. »Der König hatte die Absicht, den Feind hier an dieser Stelle zur Schlacht zu zwingen ...« Er zeigte auf die Karte. »Am unteren Lauf der Kura.«

Genau dort hatte er vor drei Jahren gegen Demna gekämpft und gesiegt, aber diesmal ...

»Der König hatte vor, die Ufer des Flusses zu verteidigen und den Feind zu hindern, ihn zu überqueren. Es muss ihm dennoch gelungen sein.«

»Verrat«, murmelte jemand.

Rusudani warf ihm einen Blick zu und beugte sich wieder über die Karte.

»Wenn es stimmt, haben sie den Fluss überquert und den Sieg errungen«, fuhr Graf Sosland fort. »Ich schätze, die Seldschuken werden dem Fluss folgen, denn er führt genau in die Stadt.«

»Wo können wir sie aufhalten, und wo können wir uns in Sicherheit bringen?«

Graf Sosland strich sich übers Kinn und dachte nach. Wie konnte er den Feind aufhalten? Alle guten Kämpfer waren mit dem König in die Schlacht gezogen.

»In Rustawi seid Ihr sicher«, sagte eine junge, laute Stimme.

Alle Blicke waren auf den jungen Mann gerichtet. Er hieß David und war Graf Soslands Sohn. Der geachtete Krieger war nicht mit in die Schlacht gezogen, weil er kürzlich zum Kommandanten der Garnison in Tbilisi ernannt worden war. Viele Frauen schwärmten für den großen, kräftigen Mann mit den hübschen Gesichtszügen, doch er hatte nur Augen für seine Prinzessin Tamara, mit der er entfernt verwandt war, und mitunter für mich. Ich hielt es für klüger, sein Lächeln nie zu erwidern.

In diesem Augenblick glühte er vor kriegerischem Eifer und interessierte sich nicht für das weibliche Geschlecht.

»Rustawi?«, fragte sein Vater.

David schlug auf die Karte. »Der Vater des Königs hat die Festung erbaut. Sie gilt als die stärkste Festung in ganz Georgien.«

»Und sie liegt nur wenige Meilen südlich von Tbilisi«, sagte Rusudani. »Die Seldschuken werden an der Festung vorbeimarschieren.«

»Ja, das werden sie tun, Hoheit, weil sie Euch vernichten wollen, und sie werden Euch hier in Tbilisi vermuten. Wenn Ihr und ...« Er schaute mich an. »... und Eure Zofen sich dort in Sicherheit bringen würden, wäret Ihr vor dem Feind geschützt.«

»Während die Seldschuken das Land und Tbilisi verwüsten.«

»Das werde ich verhindern, Hoheit. Ich werde Tbilisi und die Festung verteidigen.«

Rusudani musterte ihn eine Weile, ehe sie fragte: »Hat jemand eine bessere Idee?«

Nach einem Moment des Schweigens fragte jemand: »Was ist mit unseren moslemischen Untertanen?«

»Was soll mit ihnen sein?«

»Werden sie die Seldschuken nicht unterstützen?«

»Warum sollten sie das tun? Sie sind keine Seldschuken, sondern Georgier. Hier bei uns haben sie dieselben Rechte wie alle Georgier. Sind sie nicht zufrieden?«

Der Mann strich sich unsicher mit der Zunge über die Lippen. Er schien anderer Ansicht zu sein. »Sie sind Moslems, Hoheit. Sie verehren den Propheten und nicht Christus. Und das tun die Seldschuken auch. Meiner Meinung nach ist der Glaube ein stärkeres Band als die Staatszugehörigkeit.«

Rusudani beäugte ihn nachdenklich und nickte schließlich. »Dieses Risiko können wir nicht eingehen.« Sie ließ ihren Blick über die Menge gleiten. »Hören Sie mir zu. In der Stunde dieser schweren Krise übernehme ich die Führung des georgischen Volkes und die Verantwortung für Ihre Sicherheit und Ihre Zukunft. Ab sofort bin ich der König von Georgien.« Ihr misstrauischer Blick wanderte von einem zum anderen, um festzustellen, ob ihr jemand trotzte. Sie entdeckte einen potentiellen Gegner. »Haben Sie etwas zu sagen, Graf Orbeliani?«

Graf Orbeliani scharrte mit den Füßen. »Ich meine, es wäre ratsam, die Meinung von König ... hm, Prinz Demna einzuholen, Eure Hoheit.«

»Von dieser halben Portion?«, erwiderte Rusudani verächtlich.

»Mit Verlaub, Hoheit, für viele Eurer Untertanen ist er der rechtmäßige König von Georgien. Und wenn König Georg in der Schlacht gefallen ist ...«

»Mein Volk braucht einen Führer, der über das Volk herrschen kann und ihm Angst einflößt. Niemanden, den es bemitleiden muss. Erwähnen Sie Prinz Demna nie wieder. Und so lauten meine Befehle. Ich nehme Graf Davids Rat an und ziehe mich mit meiner engsten Dienerschaft in die Festung von Rustawi zurück, sobald ich gewisse Vorbereitungen getroffen habe. Graf Sosland, Sie übernehmen mit Ihren besten Kriegern den Befehl über die Garnison.«

Graf Sosland nahm Haltung an.

»Graf David, Sie übernehmen den Befehl über meine Streitkräfte. Heben Sie so viele Männer wie möglich aus und bereiten Sie sich auf die Schlacht vor.«

David Sosland nahm ebenfalls Haltung an.

»Als Erstes wird über alle moslemischen Untertanen ein vierundzwanzigstündiges Ausgehverbot verhängt. Sie dürfen ihre Häuser nur noch eine Stunde am Morgen verlassen, um auf dem Markt einzukaufen. Das Läuten der Glocke zeigt den Beginn und das Ende dieser Stunde an. Während dieser Zeit säumen die Soldaten die Straßen und erschlagen jeden Mann, jede Frau und jedes Kind, falls sie sich feindselig äußern oder verdächtig benehmen. Haben Sie das verstanden?«

»Ja, Hoheit.«

»Gut. Erfüllen Sie Ihre Pflicht.«

Die Männer gingen davon, und ich wartete mit ihren Zofen.

»Bereitet alles für unsere Abreise zur Rustawi-Festung vor«, sagte Rusudani zu den Zofen. »Edith und Rustine begleiten mich.«

Wir schauten uns erstaunt an. Rusudani hatte mich seit der Nacht mit Danilo nicht mehr an ihre Seite befohlen.

Schlagartig begriff ich, was die Prinzessin vorhatte. Mir brach der kalte Schweiß aus. Magdalene stand ganz hinten und versuchte, sich unsichtbar zu machen.

Rusudani befahl, ihren Mantel und unsere Pferde zu bringen. Kurz darauf verließen wir die Festung. Die Garnison und die Menschen, die sich in den Straßen versammelt hatten, jubelten uns zu. Die Nachricht von der Katastrophe hatte sich wie ein Lauffeuer verbreitet. Das Volk war erleichtert, den letzten lebenden Nachkommen der Bagratidendynastie mit ihren beiden getreuen Zofen an der Seite stolz im Sattel sitzen zu sehen. Der Pöbel hatte nicht die leiseste Ahnung, was im Palast vor sich ging. Ich trug wie immer Schwert und Dolch unter meinen Röcken und wurde so laut bejubelt wie die Prinzessin. Zeit, meine Pantalons anzuziehen, blieb mir nicht.

Rusudani war natürlich nicht der letzte Nachkomme der Bagratidendynastie, und daran war sie soeben erinnert worden. Darum ritt sie auf direktem Wege zum Kloster im Herzen der Stadt. Die Tore wurden hastig geöffnet, um uns Zugang zum Hof zu gewähren. Der Abt, den zahlreiche Mönche in schwarzen Roben begleiteten, eilte zu uns und verneigte sich vor der Prinzessin, als wir aus den Sätteln stiegen.

»Hoheit«, stammelte der Abt, der sichtlich verlegen war. »Wir haben die furchtbare Nachricht vernommen. Euch gilt unser ganzes Mitgefühl.«

»Und Ihre Unterstützung, hoffe ich«, sagte Rusudani.

»Wir sind Euch treu bis in den Tod.«

»Wir wollen beten, dass es nicht dazu kommt. Sie haben einen Gefangenen hier, mit dem ich sprechen möchte.«

Der Abt scharrte mit den Füßen. »Er ist in der Zelle, die König Georg ihm zugewiesen hat, Hoheit.«

»Das höre ich gern. Bringen Sie mich und meine Zofen zu ihm.«

Der Abt seufzte. »Es ist Frauen verboten, unser Kloster zu betreten.«

»Wer hat es verboten?«

»Der Patriarch, Hoheit.«

»Sie sprechen über den Patriarchen von Konstantinopel. »Das ist sehr fern von hier.«

»Die Verfügung wurde von dem Erzbischof bestätigt, Hoheit.«

»Ich setze die Verfügung für eine Stunde außer Kraft.«

»Hm, Hoheit ... Wir müssen uns an den Erzbischof wenden.«

»Wollen Sie damit sagen, der Erzbischof sei mächtiger als der König?«

»Nein, Hoheit, aber der König ...«

»Steht vor Ihnen.«

Der arme Bursche und seine Mönche stierten sie an.

»König Georg wurde in der Schlacht von den Seldschuken getötet«, sagte Rusudani. »Unglücklicherweise verstarb auch seine Tochter. Daher bin ich die letzte Überlebende der Bagratiden und der König von Georgien. Wollen Sie das bestreiten?«

»Nein, nein, Hoheit. Nur ...« Er warf einen ängstlichen Blick auf die Klostertür.

»Es gibt noch einen Bagratiden, einen armen, halben Mann. Ich bin gekommen, um ihn zu sehen.«

Der Abt zögerte noch immer.

»Oder soll ich mit Soldaten zurückkehren und Ihr Kloster vor Ihren Augen niederbrennen?«

Der Abt seufzte. »Ich möchte Eure Hoheit daran erinnern, dass es eine Todsünde ist, innerhalb dieser Mauern Blut zu vergießen.«

Rusudani schürzte die Lippen. »Ich bin nicht gekommen, um Blut zu vergießen«, stieß sie verächtlich hervor.

Der Abt verneigte sich und gab einem der Mönche Befehle. Er öffnete die Eisentür, und wir folgten der Prinzessin ins düstere Innere. Die Gerüche und Stimmen wiesen auf Männer hin. In den dunklen Ecken standen die Glaubensbrüder und beäugten uns. Rustine bekreuzigte sich, und ich hätte es am liebsten auch getan. Rusudani ging erhobenen Hauptes weiter, ohne nach links oder rechts zu sehen.

Wir stiegen zwei Steintreppen hinauf und überquerten einen Gang. Vor einer Tür, die uns der Mönch öffnete, blieben wir stehen.

»Warum ist sie nicht verschlossen?«, fragte Rusudani.

»Wir verschließen unsere Türen nicht, Hoheit. Es ist nicht notwendig. Seine Hoheit verspürt nicht den Wunsch, die Zelle zu verlassen.«

»Seine Hoheit?«

»Ist das nicht sein rechtmäßiger Titel als Prinz aus dem Hause der Bagratiden, Hoheit?«

Rusudani funkelte ihn an und betrat die Zelle. Sie musste den Kopf einziehen, als sie durch die Tür ging, und ich musste mich regelrecht bücken.

In der Zelle, in der es überraschend frisch roch, konnten wir aufrecht stehen. Durch das vergitterte Fenster drang Luft in die Zelle, die offenbar regelmäßig gereinigt wurde. Der Mönch verneigte sich respektvoll vor seinem unerwünschten Gefangenen, obwohl es dieser nicht sehen konnte.

»Die Prinzessin Rusudani, Eure Hoheit.«

»Hinaus«, befahl Rusudani. »Und schließen Sie die Tür. Rustine!«

Die Zofe begleitete den Mönch hinaus und schloss die Tür.

Demna, der auf seiner Pritsche gelegen hatte, erhob sich. »Tante?«, murmelte er. »Tante Rusudani?«

»Ja«, erwiderte sie und ging zu ihm. »Du siehst gut aus, Demna.«

Er sah wirklich verhältnismäßig gesund und gepflegt aus, was mich erleichterte. Vom guten Essen und der mangelnden Bewegung hatte er Fett angesetzt. Natürlich konnte er nichts sehen. Bei dem Gedanken, was unter seiner Robe fehlte, lief mir ein kalter Schauer über den Rücken. Seine hohe Stimme wies auf die furchtbare Misshandlung hin. Dennoch ähnelte er einem menschlichen Wesen und sah nicht so entstellt aus, wie ich befürchtet hatte.

»Was tust du hier?«, fragte Demna. »Ich habe die Gerüchte und die Schreie gehört. Stimmt es, was die Menschen sagen? Kommen die Seldschuken? Und mein verhasster Onkel und meine widerliche Nichte sind tot? Suchst du Zuflucht?«

Während er sprach, fuchtelte er mit den Händen durch die Luft, als hoffte er, sie zu berühren.

»Freust du dich, vom Aussterben deiner Familie zu hören?«, fragte Rusudani.

»Ich hätte gerne ihre Schreie gehört, als sie starben.«

»Hm, sie werden deine jedenfalls nicht hören.«

»Du ...« Demna wich zurück und presste sich gegen die Wand. »Du bist gekommen, um mich zu töten.«

»Ich habe jemanden mitgebracht, der sich um dich kümmert, Demna. Edith von Romsey.«

Demna keuchte entsetzt.

»Du erinnerst dich sicher an sie, Demna«, gurrte Rusudani. »Aber Erinnerungen sind begrenzt. Du erinnerst dich an ein Mädchen, das du benutzt hast, um deine widerliche Lust zu befriedigen. Heute ist Edith eine Frau. Sie soll die schönste Frau in ganz Georgien sein.«

Demna schlug verzweifelt mit den Händen um sich.

»Du kannst sie ruhig berühren. Edith, geh zu ihm.«

»Nein«, sagte ich. »Bitte, Eure Hoheit.«

Es war die reinste Zeitverschwendung, Rusudani um etwas zu bitten. »Geh zu ihm«, befahl sie in barschem Ton. »Er soll dich berühren. Er soll dich spüren.«

Ich atmete tief ein und stellte mich vor die Pritsche. Demnas Hände flogen durch die Luft, bis er meinen Ärmel zu fassen bekam. Er ließ seine Hände über meine Arme, meine Schultern und meine Brust gleiten.

»Edith«, flüsterte er. »Edith! Bist du es wirklich?«

»Sag etwas«, befahl Rusudani.

»Ja, ich bin es, Demna.«

»Oh«, seufzte er.

»Bin ich nicht großzügig?«, fragte Rusudani. »Ich erlaube dir, etwas festzuhalten, was du einst geliebt hast, während du stirbst. Vielleicht liebst du sie noch immer.«

Demna ließ seine Hände sinken. »Sterben?«

»Du weißt, warum ich gekommen bin. Und ich bin sehr großzügig. Ich habe Edith mitgebracht, damit du sie noch ein letztes Mal berühren kannst und durch die Hände, die dich einst glücklich gemacht haben, sterben kannst.«

»Nein!«, schrie ich, ohne nachzudenken.

»Sei nicht kindisch«, sagte Rusudani, die aus der Tasche ihres Kleides eine Seidenschnur zog. »Du brauchst ihm das nur um den Hals zu wickeln, und dann ...« Sie zog einen Stahlstift aus der Tasche. »Diesen Stift schiebst du in die Schlaufe und drehst daran. Einmal oder zweimal wird ausreichen.«

»Nein«, sagte ich noch einmal und trat einen Schritt zurück.

»Dir wäre es sicher lieber, ihm dein Schwert ins Herz zu stechen oder ihm den Kopf abzuschlagen«, sagte Rusudani verständnisvoll. »Aber diese verwirrten Mönche möchten nicht, dass auf ihrem heiligen Grund und Boden Blut vergossen wird. Im Augenblick brauche ich tatsächlich göttliche Unterstützung, und es wäre dumm von mir, Gottes Unwillen zu erregen.«

Sie hielt mir den Strick und den Stift unter die Nase, während sich Demna an die Wand presste.

»Nein«, sagte ich.

»Du brauchst keine Angst zu haben. Du setzt dich auf seine Oberschenkel, und ich halte seine Hände fest. Er wird dir nichts antun.«

»Nein, das kann ich nicht«, beharrte ich.

»Das kannst du nicht? Hat dieser Mann nicht deinen Vater, deine Mutter und deine Brüder getötet? Hat er nicht dich und seine Schwester in sein Bett gezwungen und euch seiner lüsternen Begierde unterworfen?«

»Ja.«

»Hat er den Tod nicht verdient?«

»Er hat es verdient, bestraft zu werden, Hoheit. Und er hat eine Strafe erhalten, die schlimmer ist als er Tod.«

»Puh! Er lebt noch, weil mein närrischer Bruder davor zurückschreckte, einen Blutsverwandten zu töten. Diese lächerlichen Gefühle teile ich nicht. Außerdem stellt er eine Bedrohung für meine Thronfolge dar. Solange er lebt, werden sich die Menschen, die mit meiner Herrschaft unzufrieden sind, um ihn scharen.«

Es werden viele sein, dachte ich.

»Bringen wir es hinter uns«, sagte die Prinzessin. »Auf uns warten wichtige Aufgaben.«

»Ich kann es nicht, Hoheit.«

Sie runzelte die Stirn. »Du machst mich wütend, Edith.«

»Ich begehe keinen Mord, Hoheit.«

»Hat meine Nichte dich nicht eigens ausbilden lassen, damit du tötest?«

»Ich soll sie verteidigen und nicht hinterrücks morden.«

Sie funkelte mich an, ging zur Tür und riss sie auf. »Rustine, komm her.«

Die Zofe betrat die Zelle.

»Und du stellst dich vor die Tür«, befahl sie mir.

Ich warf dem armseligen, zitternden Wesen auf dem Bett einen letzten Blick zu und ging hinaus.

Die Mönche, die auf dem Gang standen, starrten mich an, doch keiner wagte es, sich der Zelle zu nähern. Ich wusste nicht, wie ich im Falle ihres Widerstands reagiert hätte. Sie waren alle unbewaffnet, und es widersprach meinen Prinzipien, mein Schwert gegen Glaubensbrüder zu erheben. Und doch müsste ich die Prinzessin verteidigen, auch wenn sie nicht die Prinzessin war, die ich verteidigen wollte.

Die Mönche verharrten reglos, bis die Tür aufgerissen wurde.

»Wir verlassen sofort diesen Ort«, sagte Rusudani. »Edith, zieh dein Schwert.«

Ich gehorchte und folgte Rusudani und Rustine über den Gang nach draußen. Die Mönche, die uns umringten, rührten sich nicht. Ich wusste nicht, ob ihnen die Prinzessin oder mein Schwert größere Angst einflößten. Auf jeden Fall hätte es ihnen sicher nicht gefallen, Frauen anzugreifen und zu berühren.

Auf dem Hof wartete der zitternde Abt.

»Sie müssen sich um einen Leichnam kümmern«, sagte Rusudani zu ihm.

»Ja, Eure Hoheit.«

»Sie werden mich ab sofort mit Eure Majestät ansprechen. Es wurde kein Blut vergossen.«

Er verneigte sich.

Wir stiegen in die Sättel und ritten durch die Stadt zurück.

Die aufgebrachte Menge säumte noch immer die Straßen. Einige moslemische Geschäfte waren geschlossen und verriegelt.

Wir ritten zur Festung hinauf, überquerten die Zugbrücke und gelangten auf den Hof, auf dem große Aufregung herrschte. Die Dienerschaft bereitete die Abreise der Prinzessin vor, die ab sofort die Aufgaben des Königs wahrnahm.

Während des Ritts zurück zur Festung befürchtete ich Anschuldigungen, weil ich Rusudanis Befehl nicht befolgt hatte, aber sie blieben aus. Die Prinzessin würdigte mich keines Blickes. Daher nahm ich an, erst bestraft zu werden, wenn wir die Sicherheit der Rustawi-Festung erreicht hatten. Leider irrte ich mich gewaltig. Als wir den Rittersaal betraten, in dem David Sosland, der sich weigerte seinem *König* zu salutieren, Befehle erteilte, rief Rusudani: »Verhaften Sie diese Frau!«

David war ebenso überrascht wie ich. »Edith von Romsey, Eure Hoheit? Welche Anklage liegt gegen sie vor?«

Rusudani funkelte mich wütend an. »Hochverrat. Und Hexerei.«

ZWEITER TEIL
DIE KÖNIGIN

5. KAPITEL

Die Belohnung

Ich keuchte. Auf beide Anklagen stand die Todesstrafe, die in beiden Fällen durch unmenschliche Methoden vollstreckt wurde. Die Angeklagte wurde entweder gepfählt oder bei lebendigem Leibe verbrannt.

»Eure Majestät?« David war bestürzt.

»Ich habe Ihnen einen Befehl erteilt, Graf David. Werfen Sie sie in den Kerker und legen Sie sie nackt in Ketten. Sie soll noch nicht dem Verhör unterzogen werden. Ich will anwesend sein, wenn sie verhört wird. Wir warten, bis die Schlacht beendet ist.«

»Eure Majestät, wenn ...«

»Ja, Graf David. Wenn die Seldschuken Tbilisi stürmen, werden sie die Gefangene ergreifen. Sie wird für sie ein echter Leckerbissen sein. Wenn sie nicht ergriffen wird, ist sie für uns nach der Schlacht ein Leckerbissen. In den Kerker mit ihr ... Oh«, fügte sie kurz darauf hinzu. »Werfen Sie die Schwester auch in den Kerker. Eine ist so schuldig wie die andere.«

Magdalene fing an zu schreien, als die Wachen sie ergriffen, die Treppen hinunterzerrten und in den Kerker unterhalb des Palastes warfen. Eine kurzen Augenblick war ich versucht, mein Schwert zu ziehen, um mit der Waffe in der Hand zu sterben. Ich kämpfte noch mit der Entscheidung, als mir die Waffen entrissen wurden. Rusudani hatte immer nur mit mir gespielt, indem sie mir erlaubte, meine schmucken Waffen bei mir zu führen.

Ich sah das Burgverlies zum ersten Mal und wäre froh gewesen, wenn mir dieser Besuch erspart geblieben wäre. Der

Kerker war nass und dunkel, und es stank nach menschlichen Exkrementen und nach Verzweiflung.

Im schwachen Schein der Fackel, die an der Wand hing, sah ich, dass wir in dieser Hölle nicht allein waren. Drei nackte Männer, deren Handgelenke an Stahlketten über ihren Köpfen gefesselt waren, standen in ihrem eigenen Kot an den Wänden. Nach ihren langen Bärten zu urteilen, mussten sie diesem Elend schon eine ganze Weile ausgeliefert sein. Mir drehte sich der Magen um, und ich fing an zu stöhnen. Außer den unglückseligen Gefangenen sah ich vier Männer in Lederschurzen, deren Anblick noch unheilvoller war. Das waren unsere Kerkermeister. Sie leckten sich die Lippen, als sie uns sahen, während das glühende Feuer in der Mitte des Kerkers die schlimmsten Foltermethoden vermuten ließ.

David blieb an meiner Seite. »Ich hoffe, Sie verstehen, Edith, dass ich den Befehl des ...« Er zögerte. »... Königs ausführen musste. Ich tue es nicht gern.«

»Ich weiß.«

»Verzeihen Sie mir?«

»Ja.«

Er küsste meine Hand, trat zurück und gab den Kerkermeistern ein Zeichen.

Ich erinnerte mich an den Tag, als die siegreichen Georgier Magdalene und mir die Kleider vom Leib gerissen hatten. Vielleicht rettete mich diese Erinnerung davor, den Verstand nicht zu verlieren, denn diese Burschen waren nicht weniger brutal und begierig, meine Schönheit zu erforschen. Ich biss die Zähne zusammen und ließ keinen Ton verlauten. Magdalene, die neben mir angekettet wurde, stöhnte und jammerte ununterbrochen.

David stand vor uns und schaute mir in die Augen. Ab und zu glitt sein Blick über meinen Körper. Er begehrte mich zweifellos und hätte mich nehmen können, ohne dass es für ihn Folgen gehabt hätte. Im Augenblick war ich ihm vollkommen ausgeliefert. Ich betete, dass seine Liebe oder Begierde stärker waren als seine Angst vor Rusudani. Leider stand sein Pflichtgefühl an erster Stelle.

»Ich tue für Sie, was ich kann«, sagte er.

»Wird es der Mühe wert sein, irgendetwas für mich zu tun, wenn ich erst einmal vierundzwanzig Stunden hier eingekerkert bin?«, fragte ich mit Blick auf die Kerkermeister, die in freudiger Erwartung laut keuchten.

David drehte sich zu ihnen um. »Wenn einer von euch diese Damen vergewaltigt oder misshandelt, schlage ich ihm den Kopf ab.«

Sie schluckten, und einer sagte kühn: »Es ist unser Recht, großer Herr, solange sie bei uns im Kerker sind.«

»Auf diese Damen habt ihr keine Rechte«, erklärte ihm David. »Ihr habt nur die Pflicht, ihnen zu essen und zu trinken zu geben. Ich komme heute Abend wieder, um nach ihnen zu sehen.« Mit diesen Worten ging er, gefolgt von seinen Wachen, hinaus.

»So ein hochnäsiges Arschloch«, sagte einer der Kerkermeister. Er stellte sich vor mich hin. Ich hielt den Atem an und rührte mich nicht. Am liebsten hätte ich ihn getreten. »Berühren können wir dich trotzdem, Schätzchen, nicht wahr?« Er kniff mir in die Brust und in die Scham. »Und sobald ihr verurteilt seid, werde ich euch den Stock hübsch langsam in den Arsch schieben.«

Ich konnte mich nicht länger beherrschen und spuckte ihm ins Gesicht. Er knurrte mich wütend an und hob die Hand. Ich machte mich auf den Schlag gefasst, doch sein Kumpan ergriff seinen Arm.

»Mit diesem Sosland ist nicht zu spaßen«, sagte er. »Wenn sie verurteilt wird, kannst du dich bemühen, ihr Henker zu sein. Dann gehört sie dir.«

»Ja«, sagte er und leckte sich über die Lippen. »Dann gehört sie mir.«

Sie zogen sich zurück, und ich atmete erleichtert auf.

»Sie werden uns bei lebendigem Leibe verbrennen«, jammerte Magdalene. »Mein Gott, sie werden uns bei lebendigem Leibe verbrennen.«

»Du wirst nichts spüren«, versicherte ich ihr.

»Nichts spüren?«, schrie sie. »Mein Gott ...«

»Weil sie uns zuerst pfählen werden.«

Sie fing an zu brüllen. In meiner grenzenlosen Verzweiflung kannte ich kein Erbarmen mit meiner Schwester.

»Warum?«, jammerte sie. »Was habe ich getan?«

Ich seufzte. »Du hast nichts getan, Magdalene. Du hast das Pech, meine Schwester zu sein. Es tut mir Leid.«

Sie schrie laut auf und fing an zu heulen. Auch mir standen die Tränen in den Augen. Seitdem mein Vater den Georgiern vertrauensvoll entgegengeritten war, hatte ich viele Hürden nehmen müssen. Letztendlich schaffte ich es nach anfänglicher Verzweiflung und Abscheu, mein Schicksal zu akzeptieren. Als die Georgier mich gefangen nahmen, erschrak ich zu Tode und konnte erst wieder richtig aufatmen, als Tamara mich in ihre schützenden Arme nahm. Bei ihr war ich zum ersten Mal seit meiner Kindheit wieder glücklich. Und jetzt war mein Abstieg in die Hölle perfekt. Ich klammerte mich an die Hoffnung, es würde sich nur um einen weiteren harten Schicksalsschlag handeln, dem ich entrinnen konnte, um bald wieder in Glück und Sicherheit zu leben. Und wenn es nicht geschehen würde? An die Folter, die meinem Tod vorausgehen würde, mochte ich gar nicht denken.

Und bevor das Ende nahte ... Meine Augen hatten sich an die Dunkelheit gewöhnt, und ich sah das glühende Feuer und die Eisen, die die Henker ins Feuer werfen und auf meinen Körper pressen würden. Dahinter stand die Streckbank, auf die man mich legen würde, um mir die Glieder auszureißen.

Ich stand nahe davor, vor Verzweiflung zu schreien. Das

Jammern und Stöhnen der drei Mitgefangenen war unerträglich. Vielleicht hatten sie schon den Verstand verloren, denn ab und zu stammelte einer ein paar Worte, die kaum noch an die menschliche Sprache erinnerten. Plötzlich gerieten unsere Henker in helle Aufregung. Sie liefen zur Tür und lauschten. Kurze Zeit später hörten wir laute Schreie, Jubel und das Dröhnen der Trommeln und Zimbeln.

Mein Herzschlag setzte einen Moment aus. Waren die Seldschuken bereits hier angekommen?

Die Menschen riefen: »Der König! Die Prinzessin!«

Die Begeisterung der Menge steckte die Henker an. Sie rannten hinaus und die Treppe hinauf.

»Was ist geschehen?«, fragte Magdalene schluchzend.

»Ein Wunder«, erwiderte ich.

☆

Wir verbrachten angsterfüllte Stunden. Alle Welt schien uns verlassen zu haben. Ganz Tbilisi jubelte vor Freude. Unser erster Besucher war David.

»Etwas Unglaubliches ist geschehen. Der Bericht über die Niederlage des Königs, den uns der feige Bursche gebracht hat, war falsch.«

»Wie kann das sein?«, fragte ich. »War er nicht vom Feind umzingelt?«

»Ja, er war umzingelt und in einer gefährlichen Lage. Aber Sargis Mkhargrdzeli und seine Kurden schlugen die Seldschuken in die Flucht. Tausende wurden getötet. Die Überlebenden flohen nach Süden. Einen so großen Sieg hat es seit David dem Erneuerer nicht mehr gegeben.«

»Gott sei es gedankt«, sagte ich. »Und die Prinzessin?«

»Sie ist unversehrt und hat siegreich gekämpft wie ihr Vater.«

Ich zog an den Ketten. »Dann ...«

David sah mich traurig an. »Ich kann Sie nicht freilassen, Edith. Prinzessin Rusudani hat die Anklagen gegen Sie erhoben, und nur sie kann Sie befreien. Oder eine Person, die mächtiger ist als sie. Das sind nur der König und Prinzessin Tamara. Sie feiern mit ihr den Sieg. Ihr Name wird sicher erwähnt.«

»Werden Sie zu meinen Gunsten sprechen?«

Er zögerte. Ich konnte mir vorstellen, was ihm durch den Kopf ging. Jeder Versuch seinerseits, mich zu verteidigen, würde Rusudanis Feindschaft nach sich ziehen. »Wenn ich die Gelegenheit habe, werde ich es tun«, sagte er.

Mehr konnte ich nicht verlangen. Ich musste mich in Geduld üben und fürchtete mich vor dem, was Rusudani meiner Herrin erzählen würde. David gab uns etwas zu trinken. Hunger verspürten wir nicht.

Wir verloren jedes Zeitgefühl und waren froh, dass die Kerkermeister nicht zu uns zurückkehrten. Als sich der Tag dem Ende neigte, wurden unsere Beine müde. Ich sackte mehrmals schlaftrunken in die Tiefe, doch als sich die Stahlketten in meine Handgelenke schnitten, erwachte ich vor Schmerzen und zwang mich stehen zu bleiben. Magdalene stöhnte ebenso laut wie unsere drei Mitgefangenen. Ich verfiel in Lethargie, bis ich Geräusche hörte und mir ein herrliches Parfum in die Nase stieg, das ich nie vergessen werde. Vor mir stand Prinzessin Tamara.

☆

Ich richtete mich hastig auf und blinzelte sie an. Tränen rannen mir über die Wangen. Tamara musterte mich ungerührt. Zu meiner Erleichterung wurde sie weder von ihrem Vater noch von Rusudani begleitet. Nur David Sosland stand neben ihr.

»Ich lasse dich einen Moment allein«, sagte Tamara, »und

finde dich angekettet im Kerker wieder. Des Hochverrats und der Hexerei angeklagt!«

Meine Lippen waren so spröde, dass ich kaum sprechen konnte. Ich nahm meinen ganzen Mut zusammen, um kühn zu antworten. »Hass hat mich in diese Lage gebracht, Hoheit. Ich habe kein Verbrechen begangen und immer so gehandelt, wie Ihr es gewünscht hättet.«

Sie starrte mich an und befahl: »Bindet sie los.«

Graf David löste meine Fesseln und fing mich auf, als ich zu Boden sank. Er wickelte meinen nackten Körper in seinen Waffenrock. Endlich floss das Blut wieder durch meine Adern. Ich massierte die schmerzenden Handgelenke und sagte: »Meine Schwester.«

»Bindet die Gräfin los«, befahl Tamara.

Ein zweiter Mann band Magdalene los, die laut stöhnte. Ein dritter Mann sagte: »Prinzessin Rusudani befahl ...«

»Sie sind meine Zofen.« Tamara schnitt ihm barsch das Wort ab. »Ich entscheide über ihr Schicksal und richte über sie.«

Der Wächter schluckte und hielt den Mund. Es war zu gefährlich, der Prinzessin zu widersprechen.

»Bringen Sie sie in ihr Gemach«, sagte Tamara.

David nahm mich in seine starken Arme, und ich wünschte mir, für alle Ewigkeit dort zu verharren. Es war himmlisch, den Kopf an seine Schulter zu legen und seine Kraft zu spüren. Ich schloss die Augen, um dem Elend dieser Welt zu entfliehen. Als wir zum Rittersaal emporstiegen, hörte ich den Lärm der Menge. Die Menschen feierten noch immer, und viele waren betrunken. Als sie mich sahen, stellten sie mir Fragen und machten abfällige Bemerkungen. Zum Glück folgte uns Tamara auf den Fersen, und sie verstummten. Endlich erreichten wir das Gemach, und David legte mich vorsichtig aufs Bett. Ich hatte fast befürchtet, nie wieder in diesem Bett zu schlafen.

Ich schaute mich um. Magdalene lag neben mir. Tamara war uns nicht gefolgt.

»Sie wird nach Ihnen rufen, wenn sie bereit ist«, sagte David.

Ich richtete mich auf und reichte ihm seinen Waffenrock. »Ich stehe auf ewig in Ihrer Schuld.«

»Es war mir eine Ehre.«

Ich ergriff seine Hand. »Wird Rusudani Sie nun mit ihrem Hass verfolgen?«

»Es ist nicht von Bedeutung, solange ich mir der Freundschaft von Prinzessin Tamara sicher bin. Gleich wird Ihnen etwas zu essen und zu trinken gebracht. Lassen Sie es sich schmecken.«

Ich hätte mich gefreut, wenn er geblieben wäre, doch er musste mit den anderen die siegreiche Rückkehr des Königs feiern. Zudem war ich schrecklich hungrig und durstig. Bedienstete brachten uns Tabletts mit appetitlichen Speisen und Wein. Magdalene und ich machten uns über das Essen her, ohne uns etwas anzuziehen. Anschließend nahmen wir ein heißes Bad. Erst jetzt bemerkten wir die Schnitte und Quetschungen an unserem Körper und die aufgescheuerten Handgelenke. Es war Mitternacht. Magdalene und ich hatten fast zwölf Stunden gefesselt im Kerker gestanden und standen am Rande der Erschöpfung. Wir wollten nur noch schlafen. Leider war mir dieser Luxus nicht vergönnt. Ich hatte meinen Kopf gerade aufs Kissen gebettet und seufzte zufrieden, als Thalka zu uns kam.

»Ihre Hoheit wünscht dich zu sprechen«, sagte sie.

Ich erhob mich und blinzelte sie an. Seit ihrer Rückkehr hatte ich sie noch nicht gesehen. Vermutlich hatte sie an der Feier teilgenommen. Ihre Wangen waren stark gerötet. Mir blieb nichts anderes übrig, als zu gehorchen.

»Wohin soll ich gehen?«, fragte ich. Mir war nicht danach zu Mute, mich unter die Betrunkenen im Rittersaal zu mischen. Dem Lärm nach zu urteilen, war das Trinkgelage noch in vollem Gange.

»In ihr Gemach. Ein Hemd reicht aus.«

Ich zog ein Hemd über und folgte ihr über den Gang. Um ihr keine Gelegenheit zu geben, ihre Meinung über mein furchtbares Schicksal kundzutun, fragte ich sie höflich: »Wie war der Feldzug?«

»Fantastisch«, sagte sie. »Furchterregend, aber fantastisch. Bist du je zu Felde gezogen?«

»Ja«, erwiderte ich, obwohl ich nur als Zuschauerin dabei gewesen war.

»Natürlich. Du bist mit Demna geritten. Aber er hat die Schlacht verloren. Wir haben unsere gewonnen. Bist du je den Seldschuken begegnet?«

»Nein.«

»Diese Krieger können dich das Fürchten lehren. Sie reiten wie Zentauren und heulen wie Wölfe. Wenn man die grässlichen Laute vernimmt, erstarrt einem das Blut in den Adern. Und wir haben sie zu Tausenden abgeschlachtet. Ich habe noch nie in meinem Leben so viele Schwänze gesehen.«

»Das muss ein großer Spaß gewesen sein«, sagte ich. Endlich erreichten wir die Tür zu Tamaras Gemächern, die ein Wachposten für uns öffnete.

»Du wartest hier«, befahl Thalka.

»Das werde ich tun. Allein.«

Ich wollte feststellen, ob meine erhobene Position ungebrochen war. Es funktionierte. Thalka schaute mich böse an, drehte sich um und ging wortlos davon. Also bin ich noch nicht verdammt, dachte ich.

Ich legte mich erschöpft auf das große Bett und schlief innerhalb von Sekunden ein. Als Tamara vor mir stand, erwachte ich.

»Ist das der Schlaf der Erschöpfung oder der Unschuld?«, fragte sie.

Sie lallte ein wenig. Wahrscheinlich war sie ebenso betrunken wie alle anderen.

»Beides, Hoheit«, entgegnete ich und richtete mich auf.

»Du bist eine dreiste, kleine Hexe«, murmelte sie, wobei sie mein Kinn umfasste.

»Ich bin keine Hexe, Hoheit.«

»Ist nicht jede Frau, die Männerkleider trägt und Waffen bei sich führt, eine Hexe?«

»Alles, was ich trage und bei mir führe, geschieht auf Euren Befehl, Hoheit. Tragt Ihr nicht ebenfalls Männerkleider und führt Waffen bei Euch, wenn es geboten scheint?«

»Es hat keinen Zweck, mit dir zu streiten«, klagte sie. »Entkleide mich.«

Ich kletterte aus dem Bett und machte mich an die Arbeit.

»Warum hast du dich geweigert, den gemeinen Verräter Demna zu töten?«

»Ich bin keine Mörderin, Hoheit.«

»Du wurdest aufgefordert, eine Hinrichtung zu vollziehen und keinen Mord zu verüben.«

»Prinz Demna wurde von Eurem Vater für seine Verbrechen bestraft, Hoheit. Nach allem, was er erlitten hat, wäre es meiner Meinung nach ein Mord gewesen, ihm das Leben zu nehmen.«

»Deiner Meinung nach. Hast du das Recht, dir eine eigene Meinung zu bilden? Du musst gehorchen.«

»Euch, Hoheit. Hättet Ihr seinen Mord befohlen?«

Sie musterte mich ungerührt.

»Soll ich Euer Haar bürsten, Hoheit?«

Sie war nackt, und ihr prächtiges Haar fiel über die Schultern auf ihren Rücken. Falls sie einen Hut getragen hatte, war er während des Gelages abhanden gekommen.

»Heute nicht. Ich bin zu müde.« Sie kicherte, was sie äußerst selten tat. »Ich bin betrunken. Wir haben ein rauschendes Fest gefeiert.« Sie warf sich aufs Bett und klopfte auf den Platz neben sich. Als ich neben ihr lag, nahm sie mich in die Arme. »Ich habe einen Mann getötet.«

»Ihr habt in der Schlacht gekämpft?«

»Ja, ich konnte ihr nicht ausweichen. Es war ein riesiger Tumult. Meine Wachen beschützten mich, aber einer der Seldschuken ritt durch sie hindurch genau auf mich zu. Wenn ich an seinen blutverschmierten Krummsäbel, an sein Gesicht und seine Augen denke ... Wenn es möglich ist, dem Teufel ins Gesicht zu sehen, habe ich es getan.«

»Und Ihr habt ihn getötet?«

»Ja. Ich hatte den Bogen in der Hand und schoss den Pfeil ab. Er traf genau in seine Kehle. Meine Krieger sagten, es sei ein großartiger Schuss gewesen. Er war auf der Stelle tot.«

»Ich wäre gern dabei gewesen.«

»Nun, ich war dabei. Und wie ist deine Meinung zu diesem Mord?«

»Selbstverteidigung ist kein Mord, Hoheit. Männer und Frauen, die in die Schlacht ziehen, wissen, dass sie sterben können.«

»Ich habe ihn mit meinen eigenen Händen kastriert«, sagte Tamara leise.

Ich hob bestürzt den Kopf.

Sie errötete. »Jemand musste es tun, und er war mein Opfer und ...« Sie strich sich genüsslich mit der Zunge über die Lippen. »Ich war erregt. Eine Schlacht ist erregender als Sex. Hast du das schon einmal erlebt?«

Ich erinnerte mich an den bevorstehenden Kampf zwischen Demna und den Georgiern. Am liebsten wäre ich den Berg hinabgeritten, um mit Demnas Kriegern zu sterben. »Vielleicht.«

»Ich habe ihn nicht gehasst«, sagte sie fast zu sich selbst, und dann sprudelten die Worte über ihre Lippen. Offenbar hatte sie auf diesen Augenblick gewartet. »Es gab keinen Hass. Er lag ganz friedlich da und schaute mich ein wenig überrascht an, als hätte er niemals erwartet, von einer Frau getötet zu werden. Und ...« Sie seufzte. »Ich hielt seine Männlichkeit in meinen Händen. Es war das erste Mal, dass ich einen solchen Schatz berührte.«

»Ich weiß, Hoheit. Was habt Ihr damit gemacht?«

»Ich wollte diese Trophäe behalten. Aber Thalka erklärte mir, sie würde verrotten. Darum warf ich sie zu den anderen auf den Haufen. Es lagen mehr als zehntausend dort. Viel mehr als nach Demnas Niederlage. Wie sah er aus? Demna?«

»Ängstlich.«

»Und du hattest Mitleid mit ihm.«

»Ja, er tat mir Leid.«

»Einst sagtest du, du würdest ihn hassen.«

»Einst habe ich ihn gehasst. Als er ein boshafter, ganzer Mann war. Einen blinden Krüppel kann ich nicht hassen.«

»Du wolltest ihn nicht aus Hass, nicht aus Mitleid und nicht aus Pflichterfüllung töten. Einen anderen Grund zu töten gibt es nicht. Wozu brauche ich dich, wenn du nicht für mich tötest?«

»Ich würde aus Liebe töten.«

»Aus Liebe tötet man nicht.«

»Wenn ich töten muss, wird es aus Liebe zu Euch sein, Hoheit.«

Sie nahm mich in die Arme und sagte: »Dann erzähl mir von deinem Liebhaber.«

☆

Im ersten Augenblick war ich wie vor den Kopf geschlagen. Ihre Worte trafen mich wie ein Blitz aus heiterem Himmel. Tamara verzog wie immer keine Miene. Heute weiß ich, welch zwiespältige Gefühle sich hinter dieser Fassade verbergen können.

»Gib es ruhig zu«, sagte sie. »Tante Rusudani hat mir alles erzählt.«

»Dann ...« Ich zögerte. Rusudani konnte ihr nicht alles erzählt haben, sonst hätte Tamara ihre Frage anders formuliert.

»Darf ich fragen, was die Prinzessin Euch gesagt hat, Hoheit?«

»Ihr wurde von einem Mann berichtet, den du mit in dein Gemach genommen hattest. Darum suchte sie dich auf und sah, wie du mit diesem Mann wie ein Hund den Geschlechtsakt vollzogst. Als der Mann erkannte, dass er entdeckt worden war, ließ er von dir ab, lief zum Fenster und sprang hinaus. Das beweist zumindest deinen schlechten Geschmack in Bezug auf Männer.«

»Diese Geschichte ist nicht wahr.«

»Du bezichtigst meine Tante der Lüge?«

Ich holte tief Luft. »Ja, Hoheit. Ich bezichtige Eure Tante, die Tatsachen zu verdrehen, weil sie mich hasst.«

»Aber du gibst die Tatsachen zu?«

»Ja, Hoheit. Hat Eure Tante Euch den Namen des Mannes genannt?«

»Sie kennt den Namen nicht.«

»Sie kennt den Namen, Hoheit. Der Mann hieß Danilo. Ein Blick in die Anklageschriften wird beweisen, dass die Prinzessin über ihn richtete. Er hatte sich des Raubüberfalls, des Mordes und der Vergewaltigung schuldig gemacht. Dennoch verurteilte sie ihn nicht und befahl, seine Urteilsverkündung auf später zu verschieben.«

Tamara runzelte die Stirn. Ich hätte nicht gewagt, ihr Lügenmärchen aufzutischen, und das wusste sie genau. Sie rollte sich auf den Rücken und lauschte meinen Worten. Als ich verstummte, schwieg sie ein paar Minuten. Mir brach der kalte Schweiß aus.

»Ich glaube dir«, sagte sie.

Ich atmete erleichtert auf.

»Ich glaube dir, weil du mich niemals belügen würdest und weil deine Geschichte die Gerüchte bestätigt, die ich über meine Tante gehört habe.«

»Was werdet Ihr tun?«

»Tun? Was soll ich anderes tun, als dich beschützen? Meine Tante ist eine königliche Prinzessin und die Frau, die mich erzogen hat. Ihr Leben war nicht einfach. Das weißt du. Es ist für eine Prinzessin ebenso wie für meinen Vater, den König, kein Verbrechen, sich ihren absonderlichen Gelüsten hinzugeben.« Sie lächelte. »Wer weiß, welche Triebe im Laufe der Jahre bei mir geweckt werden? Würdest du mich verdammen, Edith?«

»Nein, Hoheit.« Was hätte ich sonst antworten sollen?

»Du musst mich zurückhalten.«

»Ich?«

»Du bist meine Leibwächterin. Du hast nicht nur die Aufgabe, mich vor anderen zu beschützen, sondern auch vor mir selbst. Ich gebe dir freie Hand.«

Ich schluckte und fragte mich, ob ich es wagen könnte, das schriftlich zu verlangen. Vermutlich hätte es ohnehin keinen Unterschied gemacht.

»Ich werde mein Bestes tun, Hoheit.«

»Das weiß ich. Jetzt erzähl mir alles ... Dieser Danilo ... War er hübsch?«

Diesmal war ich gezwungen zu lügen. »Überhaupt nicht, Hoheit«, sagte ich und küsste sie.

☆

»Ich möchte, dass der unsinnige Streit zwischen meiner Tante und dir aufhört«, sagte Tamara am nächsten Morgen beim Frühstück.

»Wie könnte ich mich mit einer königlichen Prinzessin streiten?«, fragte ich. An diesem Morgen fühlte ich mich herrlich entspannt, obwohl sich mein Körper von den Qualen des Kerkers noch nicht ganz erholt hatte. Ich hatte das Gefühl, in der vergangenen Nacht einen beträchtlichen Triumph errungen zu haben. »Sie hat sich mit mir gestritten.«

»Du leugnest, sie zu hassen?«

»Ich weiß, dass *sie* mich hasst, Hoheit. Wisst Ihr, was sie mit mir gemacht hätte, wenn Ihr nicht zurückgekehrt wäret?«

»Schon bei dem Gedanken daran, bebt mein Herz. Nun wird sie dir niemals mehr etwas antun.«

»Niemals, Hoheit?«

»Niemals«, sagte sie zuversichtlich. »Meine Tante hat Angst vor dir.«

»Wie kann eine Prinzessin Angst vor einer Sklavin haben, Hoheit?«

»Komm, du bist doch so bewandert in der Geschichte. In der Vergangenheit hat es viele Monarchen gegeben, die von ihren Sklaven stark beeinflusst wurden.«

»Mein einziger Wunsch ist es, Euch zu dienen, Hoheit.«

»Das haben sie alle gesagt. Wenn ein Sklave seinem Herrn dient, dient er auch sich. Reg dich nicht auf. Ich vertraue dir.« Sie lächelte. »Außerdem ließe ich mich nicht so schnell an die Wand drücken, auch nicht von einer so gewitzten Person wie dir.«

Ich hätte erwidern können, dass sie das sicher alle glaubten, doch ich schwieg.

»Tante Rusudani ist für mich so etwas wie eine Mutter.«

»Ja, Hoheit.«

»Darum ist sie auf jeden eifersüchtig, der mehr Zeit mit mir verbringt als sie.«

»Das verstehe ich, Hoheit. Wird sie mich aus diesem Grunde nicht immer verabscheuen und hassen, solange Ihr mich nicht verstoßt?«

»Ich werde sie vom Gegenteil überzeugen. Und du musst sie ehren und ihren Befehlen folgen, als wäre sie meine richtige Mutter.«

»Und wenn sie mir wieder befiehlt, einen Mord zu begehen?«

»Das wird sie nicht tun. Ich erkläre ihr, dass es deine Moral verbietet.«

»Und wenn Ihr nicht hier seid?«

»Falls wir beide je wieder getrennt werden, wirst du vor ihrer Wut sicher sein. Ich gebe dir mein Wort.«

Ihr Versprechen stellte mich nicht ganz zufrieden. Wie konnte sie mich durch ihr Wort beschützen, wenn sie nicht anwesend war, um es zu bekräftigen? Doch ich musste mich mit dem Versprechen zufrieden geben. Kaum hatte ich mich ein wenig beruhigt, wurde ich durch ihre Worte erneut aufgeschreckt.

»Mein Vater will mit dir sprechen.«

»Hoheit?«, kreischte ich.

»Auf dem Feldzug«, erklärte sie mir, »haben mein Vater und ich viel Zeit miteinander verbracht. Ich habe ihm viel von dir erzählt.«

Das hörte sich gar nicht gut an. Mir stand wirklich nicht der Sinn danach, das Bett mit König Georg zu teilen, vor allem nachdem mir Magdalene von seiner unersättlichen Gier berichtet hatte. Meine Männerträume gingen in eine ganz andere Richtung. David Sosland, der nicht viel älter als ich und ein hübscher, galanter Mann war, oder sogar Danilo hätten mir gefallen.

»Wir haben über das gesprochen, was du mir erzählt hast«, fuhr Tamara fort. »Nun will er es aus deinem eigenen Munde hören.«

Was sollte ich davon halten?

☆

Das Gespräch sollte noch an diesem Vormittag stattfinden. Zuvor musste ich Rusudani gegenübertreten. Zum Glück war Tamara anwesend. Sie hatte mich genau instruiert, was ich zu sagen und wie ich mich zu verhalten hatte. Ich kniete vor der Prinzessin nieder, küsste ihre Hände und sagte: »Bitte glaubt mir, Eure Hoheit, es ist mein einziger Wunsch, Prinzessin Tamara und ihrer Familie zu dienen, ohne jedoch meine Ehre zu verlieren.«

Rusudani reichte mir die Hand und schaute mich an. Ich hatte das Gefühl durch ihre funkelnden, dunklen Augen in ihr Gehirn sehen und ihre Gedanken lesen zu können: Ehre? Wie konnte sich eine Sklavin anmaßen, ihre Ehre nicht verlieren zu wollen? Diese Frau würde mich immer hassen. Daran bestand nicht der geringste Zweifel. Um des lieben Friedens willen riss sie sich zusammen. »Es gefällt meiner Nichte, dich zu erheben. Und was der zukünftigen Königin von Georgien gefällt, muss zwangsläufig all ihren Untertanen gefallen.«

Mit dieser vagen Äußerung gab sich Tamara zufrieden und eilte mit mir zu ihrem Vater.

☆

Ich wusste nicht, was mich erwartete und was dieser grimmige, alte Mann von mir wollte. Eines wusste ich ganz sicher: Er hasste mich ebenso wie seine Schwester.

An diesem Morgen schaute er mich wohlwollend an. Er saß in seinem Ratszimmer und war von seinen Ratgebern und Priestern umringt, die er alle entließ. Nur der Erzbischof Mikela Mirionisdze, der zu seinen engsten Vertrauten gehörte und die Stellung seines ersten Sekretärs innehatte, und Tamara blieben. Wir vier waren allein.

Sollte ich an einer religiösen Zeremonie teilnehmen? Mir schossen verschiedene unangenehme Möglichkeiten durch den Kopf.

Der König gab mir ein Zeichen, mich zu seinen Füßen auf den Boden zu setzen. »Meine Tochter sagte mir, dass du dich gut in der Geschichte auskennst.«

Ich strich mir mit der Zunge über die Lippen. »In der fränkischen Geschichte, Majestät.«

»Ich möchte etwas über die fränkische Geschichte lernen. Erzähl mir von diesem König von England, diesem Heinrich und seiner Mutter und Großmutter.«

Ich gehorchte und versuchte, mich an alle Details zu erinnern, die ihn interessierten könnten. Allerdings wusste ich nicht, inwiefern die Geschehnisse, die sich vor vierzig Jahren in England ereignet hatten, für ein Land wie Georgien von Nutzen sein könnten.

Das verstand der Erzbischof ebenfalls nicht, denn als ich verstummte, sagte der Prälat: »Es handelt sich um ein anderes Land und ein anderes Volk.«

»Dieser König, Heinrich I., hatte nur eine Tochter, und er wollte, dass sie über sein Land herrscht. Seine Barone waren eine aufmüpfige, kriegerische Meute. Sehen Sie keine Parallelen zu unserer Situation?«

»Hm, Eure Majestät ...«

»Er wollte die Situation stabilisieren, indem er sie schwören ließ, Mathilda als seine Thronerbin anzuerkennen. Wenn es stimmt, was Edith sagt, leisteten jeder Magnat und jeder Priester bis hin zum Erzbischof diesen Schwur zweimal, und alle wurden wortbrüchig.«

Der Erzbischof hob den Kopf. »Wollt Ihr damit sagen, ich würde mein Wort brechen, Majestät?«

»Nein, nein«, erwiderte der König hastig, womit er bewies, dass er in der Tat an diese Möglichkeit gedacht hatte. »Auf jeden Fall kann ich nicht all meinen Adeligen vertrauen, vor allem seit dem unglücklichen Tod von Prinz Demna. Mir entgeht ihre Unzufriedenheit nicht.«

»Ja«, sagte der Erzbischof, der mir einen unheilvollen Blick zuwarf. Er wusste, dass ich indirekt in die Sache verstrickt war.

»Jetzt ist es geschehen«, sagte König Georg, der seine Schwester aus dem Spiel lassen wollte. »Wir müssen uns um die Zukunft kümmern. Mich interessieren die Parallelen zwischen unserer Situation in Georgien und der in England vor einer Generation sehr.«

»Mit Verlaub, Eure Majestät«, warf der Erzbischof ein, der

214

mich verächtlich musterte. »Ich habe mich mit der Angelegenheit beschäftigt und aus Konstantinopel einige Schriftstücke dazu erhalten. Bei der Ablehnung der englischen Barone gegen die Thronfolge der Prinzessin Mathilda ging es nicht um ihre Abneigung, von einer Frau regiert zu werden. Sie wünschten hingegen nicht, von dem Gatten der Dame, einem gewissen Grafen von Anjou, der den meisten von ihnen feindselig gegenüberstand, regiert zu werden.«

»Aber«, sagte ich, woraufhin ich mir sofort auf die Zunge biss, als sich mir alle Köpfe zuwandten und der Erzbischof mir einen kritischen Blick zuwarf.

»Sprich, mein Kind«, forderte der König mich auf.

»Ich wollte sagen, Eure Majestät, dass sie ihren zweiten Schwur, die Kaiserin zu unterstützen, nach ihrer Vermählung mit Geoffrey von Anjou ablegten.«

»Diese niederträchtigen Männer. Aber es ist ein wichtiger Punkt, der noch stärker auf die Parallele zu unserer Situation hinweist. Steht meine Tochter nicht kurz vor einer Vermählung?«

»Vermählung?«, schrie Tamara, die sich bisher noch nicht zu Wort gemeldet hatte.

»Nun«, beschwichtigte sie der König. »Es muss geschehen, und zwar bald.«

»Niemals!«, verkündete Tamara.

»Es ist deine Pflicht. Erzbischof?«

»Die Erbfolge muss gesichert sein, Eure Hoheit.«

»Ha!«, schnaubte Tamara. »Und wenn mein Gatte nicht von allen Adeligen im Lande akzeptiert wird, lehnen sie mich ab.«

»Hm«, murmelte der Erzbischof. »Mit Verlaub, Eure Majestät, der König ist noch relativ jung und erfreut sich bester Gesundheit. Er wird noch viele Jahre herrschen. Wenn Ihr in naher Zukunft heiraten solltet, haben die Adeligen und das ganze Land genug Zeit, sich an Euren Gatten zu gewöhnen und ihn sogar zu lieben.«

»Und wenn sie es nicht tun?«

»Hm ...« Der Erzbischof hob die Hand, als wollte er seine Mitra abnehmen, um sich den Kopf zu kratzen.

»Auf jeden Fall«, erklärte Tamara, »werde ich mein Bett und meinen Körper niemals ...«

Der Erzbischof hüstelte und musterte mich erneut. Offenbar war er über alles, was im Palast vor sich ging, im Bilde.

Tamara fuhr fort, ohne auf ihn Rücksicht zu nehmen. »... mit einem Mann teilen, wenn ich ihn nicht liebe.« Sie hob trotzig das Kinn.

Es war dem Erzbischof anzusehen, wie er reagiert hätte, wenn Tamara seine Tochter gewesen wäre. Er hätte sie verprügelt und anschließend vergewaltigen lassen, um die Sache ein für allemal zu klären. Diesen Vorschlag konnte er dem König unmöglich unterbreiten. »Meine liebe Prinzessin Tamara«, sagte er zu ihr wie zu einem kleinen Kind, was sie in den Augen des alten Mannes auch war. »Ich habe noch nie von einer Braut gehört, die ihren Gatten liebte, als sie zum ersten Mal das Bett mit ihm teilte. Die Liebe wächst mit der Zeit.«

»Und wenn es nicht geschieht?«

»Hm ... Nicht jeder ist gesegnet. Denkt an die schönen Seiten einer Ehe. Eure Kinder werden Euch Trost spenden.«

»Kinder!« Tamaras Stimme bebte vor Groll.

»Ihr müsst Kinder gebären, Hoheit. Das ist der einzige Grund für eine Eheschließung.«

»Es ist auch der beste Grund dagegen.«

»Denkt an die Thronfolge!«, jammerte der Erzbischof.

»Die Thronfolge«, murmelte Tamara verächtlich.

»Der Erzbischof hat Recht«, mischte sich König Georg ein. »Und das weißt du genau, Tamara. Ich stimme dir aber zu, dass du einen Mann heiraten solltest, den du liebst oder lieben könntest.«

»Und der von den Adeligen anerkannt wird?«

»Das ist nicht immer möglich und nicht unbedingt erforderlich.«

»Werden sie mich dann nicht als Königin ablehnen?«

»Sie werden dich als ihre Königin anerkennen, weil du ihre Königin sein wirst. Oder ihr König, wenn sie es wünschen. Ich lasse dich krönen, solange ich noch lebe.«

»Krönen?«, rief Tamara entzückt.

»Krönen?«, stammelte der Erzbischof bestürzt.

Krönen, dachte ich ungläubig. Was würde Rusudani dazu sagen?

König Georg musterte den Erzbischof. »Gibt es ein Gesetz, das mir verbietet, meinen Nachfolger zu krönen, solange ich noch am Leben bin?«

»Es gibt kein Gesetz, Eure Majestät, doch es gibt auch keinen Präzedenzfall.«

»Hier in Georgien nicht. In der Geschichte gibt es zahlreiche Präzedenzfälle. Sogar die römischen Kaiser herrschten mitunter gemeinsam mit ihren Thronfolgern.«

»Zweifellos, Eure Hoheit, aber ...« Er starrte Tamara an.

»Sprechen Sie«, befahl der König.

Der Erzbischof atmete tief ein. »Es gibt bezüglich einer Frau keinen Präzedenzfall, Majestät.«

»Mikela, ich bitte Sie. Hat der junge Ptolemaios von Ägypten seine Schwester, die berühmte Kleopatra, nicht als Mitregentin vorgeschlagen?«

»Nein, Hoheit. Es war Julius Cäsar, der Sieger, der sie beide als Herrscher einsetzte. Er wusste, dass Ptolemaios diese Situation niemals akzeptieren und versuchen würde, seine Schwester zu verdrängen. Dadurch hätte er sich den römischen Vorschriften widersetzt, was die Todesstrafe nach sich gezogen hätte. Und genau das geschah.«

»Pah! Dann schaffen wir eben unseren eigenen Präzedenzfall. Weigern Sie sich, Tamara zur Königin zu krönen und an meine Seite zu stellen?«

»Hm ...« Mikela hatte keine andere Wahl. »Wenn Eure Majestät es verlangen. Ich befürchte Unruhen im Volk.«

»Nach unserem Sieg gegen die Seldschuken wird das Volk alles tun, was mir gefällt. Warum sollte es zu Unruhen kommen? Das Volk liebt und verehrt meine Tochter.« Er räusperte sich. »Mehr als es mich liebt. Mich fürchtet es nur.«

»Ich dachte an die Adeligen, Hoheit.«

»Verbreiten Sie, dass ich jeden Mann kastriere, der sich mir widersetzt.«

Ich fragte mich, was er einer Frau antun würde, die sich ihm widersetzte, und dachte dabei vor allem an Rusudani.

Der König lächelte böse. »Ich habe noch eine bessere Idee. Tamara wird diese Aufgabe mit ihren hübschen Händen übernehmen. Sie hätten sie auf dem Schlachtfeld gegen die Seldschuken sehen sollen, Mikela. Sie war erstaunlich geschickt.«

Der Erzbischof verzog angewidert das Gesicht, und das hätte ich ebenfalls getan, wenn Tamara mir ihre Heldentaten nicht am vergangenen Abend gestanden hätte.

»An die Arbeit. Die Krönung soll sobald wie möglich stattfinden. Freust du dich?«, fragte er Tamara. »Du wirst die Königin von Georgien sein.«

»Ich bin überwältigt, Vater.«

»Du solltest ein fröhliches Gesicht machen.«

»Ich muss mich noch an den Gedanken gewöhnen. Bin ich nun ebenso mächtig wie du?«

»Nein. Du bist nach mir die mächtigste Person im Königreich.«

»Dann hat sich nichts geändert.«

König Georgs gütiges Lächeln erlosch, und er runzelte stattdessen die Stirn. »Wie kannst du so etwas sagen?«

»Bin ich nicht bereits nach dir die mächtigste Person im Königreich?«

»Es gibt einen kleinen Unterschied. Jetzt bist du nach mir

die mächtigste Person im Königreich, weil ich dir die Macht verleihe. Nach der Krönung bist du aus eigenem Recht nach mir die mächtigste Person im Königreich.«

Der Unterschied erschien mir gering, und dieses Gefühl hatte auch der König.

»Sobald du gekrönt wurdest, kannst du alles tun, was du willst, solange deine Wünsche nicht in Widerspruch zu meinen stehen«, fuhr er fort. Er schaute seiner Tochter in die Augen. »Sag mir, was du dir am meisten wünschst.«

»Ich möchte Edith die Freiheit schenken.«

»Ist das alles? Sie ist deine Sklavin. Du hättest ihr schon seit drei Jahren die Freiheit schenken können.«

»Ich möchte sie in den Adelsstand erheben.«

Er runzelte die Stirn. »Als was?«

»Hm ... Gräfin von Lori, denn dort habe ich sie kennen gelernt.«

»Ha! In Lori habe ich meinen Sieg errungen und nicht sie.« Er fing an zu lachen. »Es war ihre Niederlage.«

»Du hast so viele Siege errungen, Vater. Du kannst dich nicht weigern, einen davon einer verdienstvollen Sache zu opfern.«

»Gut. Sie soll die Gräfin von Lori werden. Und woher bezieht sie ihre Einkünfte? Es ist ein armer Ort.«

»Ich kümmere mich um die Einkünfte.«

Der König zuckte mit den Schultern.

»Ich möchte ihrer Schwester ebenfalls die Freiheit schenken und sie in den Adelsstand erheben.«

»Wie bitte?«

»Gefällt dir das nicht, Vater? Du hast dich einst an ihrem Körper erfreut.«

»Sie ist bereits eine Gräfin. Auf jeden Fall behauptet sie es.«

»Das stimmt. Doch es ist ein fremdländischer Titel und wird von unserem Volk nicht anerkannt. Das muss sich ändern.«

»Was genau möchtest du?«

»Magdalene soll als Gräfin von Romsey in unseren Adelsstand aufsteigen. Gegebenenfalls könnten wir ein Dorf nach diesem Titel benennen. Du wirst es für mich bestätigen.«

»Und woher wird sie ihre Gelder beziehen?«

»Darum kümmere ich mich ebenfalls.«

»Gut. Erzbischof, die Krönung.«

Mikela verneigte sich, konnte sich aber eine letzte Bemerkung nicht verkneifen. »Und der Gatte der Prinzessin?«

»Hm?«

»Soll ich einen passenden Gatten für die Königin von Georgien auswählen?«

»Nein«, sagte Tamara.

»Hm?«, murmelte ihr Vater abermals.

»Ich suche mir selbst einen Gatten aus. Wenn ich bereit bin. Und wenn ich den richtigen Mann gefunden habe.«

☆

Als ich der Prinzessin zurück in ihre Gemächer folgte, schwirrte mir der Kopf. Es war unfassbar, was in den letzten vierundzwanzig Stunden passiert war. Gestern stand ich noch angekettet im Kerker und wartete auf Folter und Tod und nun ... Wer war ich jetzt?

»Freust du dich?«, fragte Tamara mich.

»Ich bin entzückt, Hoheit, und verwirrt.«

»Setz dich hin und lass es dir erklären.« Sie zeigte aufs Bett und nahm mir gegenüber mit gekreuzten Beinen Platz. »Ich möchte, dass sich an unserem Verhältnis nichts ändert. Bist du einverstanden?«

»Gewiss, Hoheit.«

»Gut, höre mir zu. Ich habe dir die Freiheit geschenkt und möchte dich weiterhin immer an meiner Seite haben. Du verfügst ab sofort über eigene Einkünfte. Hundert Tuman pro Jahr. Gefällt dir das?«

»Ich bin überwältigt, Hoheit«, sagte ich, und das entsprach der Wahrheit. Hundert Tuman entsprachen etwa zehn Kronen. Für eine Prinzessin war das nicht viel Geld, aber für einen Menschen, der noch nie eigenes Geld besessen hatte, war es ein Vermögen.

Tamara musterte mich. »Du bist noch immer nicht zufrieden. Glaubst du, deine Freiheit ist nur eine Formalität?«

»Hm ...«

»Du bist ein freier Mensch. Du bist nur an mich gebunden und brauchst dich nur noch vor mir und meinem Vater zu verneigen. Als Gräfin brauchst du dich den Adeligen und ihren Gattinnen nicht zu unterwerfen, und alle Zofen sind dir unterstellt. Du sitzt nicht mehr am Ende der Tische, sondern bei mir. Jetzt bist du den anderen ebenbürtig und kannst selbst entscheiden, mit wem du Freundschaft schließt und mit wem nicht.«

Und darf ich mir auch einen Gatten auswählen?, fragte ich mich, wobei ich an David Sosland dachte. Ich hielt es indes für klüger, dieses Thema im Augenblick nicht anzuschneiden. Über einen Gatten würde ich nachdenken, wenn die Königin sich mit der Wahl ihres Gatten beschäftigte.

Außerdem hatte ich noch etwas Wichtigeres auf dem Herzen. »Ich brauche mich nur noch vor Eurem Vater und Euch zu verneigen, nicht wahr? Und was ist mit Prinzessin Rusudani?«

»Ach ja. Vor ihr musst du dich ebenfalls verneigen. Sie kann dir keinen Schaden mehr zufügen.«

»Hoheit?«

»Nur der König kann einen Adeligen verurteilen. Tante Rusudani ist nicht der König.«

»Sie ist die Schwester des Königs.«

»Und ich bin die Tochter des Königs. Bald werde ich der König aus eigenem Recht sein. Beruhigt dich das?«

☆

Ja, das beruhigte mich. Es war schön, von den Höflingen respektiert zu werden, nachdem meine Erhebung in den Adelsstand bekannt wurde. Magdalene war entzückt. Allerdings geriet unsere Erhebung in den Adelsstand nach neun Tagen in Vergessenheit, da die Vorbereitungen für die Krönung der Prinzessin getroffen wurden.

6. KAPITEL
Die Heldin

Bis zur Krönung mussten zahlreiche Vorbereitungen getroffen werden, die viel Zeit in Anspruch nahmen.

In erster Linie musste die Sicherheit des Königreiches gewährleistet sein. König Georg hatte zwar einen großen Sieg über die Seldschuken errungen, jedoch ohne die Gefahr erneuter Angriffe gänzlich bannen zu können. Georgische Könige hatten die Seldschuken in der Vergangenheit mehrmals besiegt, aber die Wüstenkrieger waren immer wieder zurückgekehrt. Um einen Feldzug während der kostspieligen Krönungsfestivitäten zu vermeiden, sandte König Georg Botschafter aus, die mit den Moslems über einen Waffenstillstand verhandeln sollten.

Die Botschafter reisten bis Jerusalem, um den König dieses Staates, dessen Macht im Schwinden begriffen war, über die Ereignisse zu informieren und ihn zu dem Fest einzuladen. Die Chancen seiner Teilnahme waren gering. Amalrich war vor ein paar Jahren verstorben, und Balduins Lepraerkrankung verschlimmerte sich von Tag zu Tag, während das Königreich von den Sarazenen bedrängt wurde. Ein gewisser Saladin spielte eine immer größere Rolle.

Ein anderer Botschafter wurde über das Schwarze Meer nach Konstantinopel geschickt, und von dieser Seite war eine positive Antwort noch unwahrscheinlicher. Das lange, glorreiche Leben des großen Kaisers Manuel Komnenos neigte sich dem Ende zu. Er saß schon seit über vierzig Jahren auf dem Thron, und er und sein Land litten noch immer unter der schweren Niederlage, die sie vor zwei Jahren gegen die Seldschuken erlitten hatten. Die Byzantiner machten sich große Sorgen um die Thronfolge. Manuel hatte die Prinzessin Maria von Antiocheia spät geheiratet. Sie hatte ihre Pflicht erfüllt und ihrem alternden Gatten einen Erben geboren, aber Alexios, der den Namen nach seinem berühmten Großvater erhalten hatte, war noch ein kleiner Junge. Der Kaiser konnte es sich im Augenblick nicht erlauben, die Kontrolle über seinen Staat aus der Hand zu geben. Für die Griechen war es nicht der rechte Zeitpunkt für eine Regentschaft durch die Königinmutter, was Manuel beabsichtigte, falls er sterben sollte, ehe sein Sohn die Volljährigkeit erreichte. Maria gehörte ebenso wie wir zu den Latinern, und ihr Hof bestand von den Priestern bis zu den Ratgebern größtenteils aus Latinern. Den stolzen, intoleranten griechischen Adeligen, die den byzantinischen Hof bildeten, gefiel die Idee nicht, von einer Horde Fremder regiert zu werden. Manuel schickte Tamara lediglich ein Glückwunschschreiben zu ihrer Krönung. In dem Brief gratulierte er König Georg zu seiner Herrschaft über sein geordnetes, blühendes Königreich und zu seinem Sieg über die Seldschuken. In den Glückwünschen zum Sieg schimmerte durch, dass er einen größeren Sieg hätte erringen können, wenn er sich mit den Byzantinern verbündet hätte. Es könne leider kein Mitglied des Königshauses der Komnenen an der Krönung teilnehmen, teilte Manuel mit.

Das war enttäuschend, und Tamara schmollte ein paar Tage, nachdem sie die beiden Briefe aus Jerusalem und Konstantinopel erhalten hatte. Vielleicht begriff sie zum ersten Mal, welch einen einsamen politischen Weg sie gehen musste.

Aus Kiew erhielt sie eine erfreuliche Antwort. Im Gegensatz zu den Latinern oder Griechen schienen die Russen keine Probleme mit Minderheiten oder Krankheiten zu haben. Sie waren hingegen lange Zeit in einen verheerenden Bürgerkrieg zwischen verschiedenen Fürsten verstrickt. Vor wenigen Jahren hatte einer von ihnen, Andrej Bogoljubskij, der Großfürst von Susdal, Kiew erobert und mit seinem eigenen Kernland von Susdal vereinigt. Er herrschte über ein mächtiges, blühendes Land. Sein Glückwunschschreiben enthielt die Versicherung, dass einer seiner Söhne bei der Krönung anwesend sein würde.

»Hm«, murmelte König Georg, als er den Brief las. »Hm. Kiew ist ein viel versprechender Verbündeter.«

»Es ist sehr fern, Hoheit«, sagte Graf Sosland. »Ferner als Byzanz.«

»Ein wenig«, sagte der König, der seiner Tochter über den Ratstisch hinweg einen Blick zuwarf. Tamara nahm nun an allen Sitzungen teil. »Wie alt sind die Prinzen?«

»Oh, es sind junge Männer, Hoheit.«

»Hm«, murmelte der König.

Bei Tamara fiel der Groschen. »Ich heirate keinen heidnischen Prinzen«, erklärte sie.

»Heidnisch?«, fragte ihr Vater wohlwollend. »Die Russen sind gute Christen.«

»Ich meine ihr Benehmen und ihre Moral.«

»Ah«, murmelte der König, ohne überzeugt zu sein. Vielleicht dachte er über das Benehmen und die Moral der Russen nach, die tatsächlich an die seines eigenen Hofes und seiner Familie heranreichten. »Wir werden diesen Burschen willkommen heißen. Es kann nicht schaden, ihn uns einmal anzusehen.«

»Er will mich mit ihm verheiraten!«, jammerte Tamara in jener Nacht. »Mit einem Russen!«

Es gab kaum Hoffnung auf eine bessere Partie, und das wusste sie. Ein byzantinischer königlicher Prinz würde kaum mit einem Heiratsantrag in Tbilisi auftauchen. Dasselbe galt für Jerusalem und alle christlichen Königtümer im Westen.

Die Gründe dafür lagen auf der Hand. Die Bagratiden waren Aufsteiger, die nur auf eine dreihundertjährige Geschichte zurückblickten. Es bestand eine vage Verbindung zu dem Juden David, aber dabei ging es in Wahrheit nur um die Suche nach historischen Fundamenten. Realistischer war die Behauptung, ihre Ahnenreihe ginge bis zu dem legendären Wachthang Gorgaslan zurück, einem heldenhaften Krieger, der in der georgischen Geschichte so etwas war wie König Artus für uns. Die Existenz Wachthangs war indes noch legendärer als die unseres eigenen Helden von Camelot.

Georgien, das auf der Landbrücke zwischen Russland und dem Süden lag, war jahrhundertelang ein Kampfplatz verschiedener Völker. Sarazenen, Byzantiner und Chasaren, die über das Land unmittelbar nördlich der kaukasischen Berge herrschten, und heidnische Eindringlinge aus den Steppen verbündeten sich mal mit diesem und mal mit jenem Volk, um die Georgier zu bekämpfen. Das Leben war ruhelos und äußerst gefährlich. Ein unglückseliger georgischer König namens Stephanos machte den Fehler, sich den Byzantinern und Chasaren gleichzeitig zu widersetzen. Obendrein beleidigte er den König der Chasaren, Khaqan Jibghu, indem er ihn öffentlich einen Sodomiten schimpfte. Tbilisi fiel dem Angriff der Chasaren zum Opfer. Stephanos wurde bei lebendigem Leibe verbrannt und seine Haut als Trophäe nach Konstantinopel geschickt. Diese Art der Hinrichtung ist wahrscheinlich noch grausamer als das Pfählen, weil es länger dauert, bis der Tod eintritt.

Während dieser anarchischen Zeiten traten die Bagratiden als Markgrafen in Erscheinung – Georgien war wie England ein Feudalstaat – und vergrößerten allmählich ihren Landbesitz und ihre Macht. Erst im Jahre 886 wurde Ashot Bagrat als König anerkannt. Ashot wurde von seinen Nachkommen noch immer als Held angesehen, obwohl er so grausam wie König Georg gewesen sein muss, wenn sich ihm jemand in den Weg stellte. Für seine unmittelbaren Nachfolger begannen harte Zeiten, da sich die moslemische Macht erneut behauptete. Für die Familie war es wichtig, internationale Anerkennung zu erreichen, und das bedeutete damals die Anerkennung von Byzanz. Einmal wurde sie ihnen fast entzogen. Ein späterer Nachfolger von Ashot, Georg I., war ein unbesonnener, erfolgloser König, der im Jahre 1014 jung verstarb. Während seiner kurzen Regierungszeit war er so schlau oder hatte das Glück, eine minderjährige Prinzessin namens Mariam Artsruni zu heiraten, die Regentin für seinen neunjährigen Sohn Bagrat wurde.

Nachdem ich einiges über diese Königin Mariam gehört und gelesen hatte, kam ich zu der Überzeugung, dass Tamara sich mehr an ihr als an ihrer Tante oder ihrem Vater orientieren sollte. Mariam konnte durch geschickte, intelligente Verhandlungen die Hand der byzantinischen Prinzessin Elena gewinnen, der Tochter von Michael Argyros, dem Bruder des damaligen Kaisers. Das junge Mädchen kam 1032 mit einem großen Gefolge in Tbilisi an und brachte wertvolle Geschenke mit, wozu unter anderem ein Fingernagel von Jesus Christus gehörte! Die Historiker können natürlich nicht genau erklären, wie das byzantinische Königshaus in den Besitz dieser bemerkenswerten Reliquie gekommen sein soll. Unser Herr soll ja in einiger Entfernung von Konstantinopel unversehrt und im Vollbesitz seiner Kräfte in den Himmel aufgestiegen sein.

Hätte die hübsche Prinzessin gelebt, geliebt und Kinder geboren, hätte die Familiengeschichte einen anderen Verlauf nehmen können. Leider geschah nichts dergleichen, und sie verstarb im folgenden Jahr. Die Byzantiner verloren daraufhin jegliches Interesse an einer Verbindung zwischen Konstantinopel und Tbilisi, was durchaus zu verstehen ist. Vielleicht sahen sie den Tod der Prinzessin als Fingerzeig des Schicksals an, oder der Kaiser glaubte, seine Nichte sei nicht gut behandelt worden. Die Beziehung zwischen den beiden Ländern wurde noch schlechter, als einer von Bagrats Brüdern um byzantinische Hilfe bat, um die Krone an sich zu reißen.

Bagrat selbst verlor das Interesse an Konstantinopel und heiratete stattdessen die ossetinische Prinzessin Borena. Von dieser ein wenig wilden, aber hübschen Frau stammten Tamara und die Soslands ab. Bagrats Enkelsohn, der unsterbliche David II. der Erneuerer, suchte sein Glück fern von den Zentren der Zivilisation und nahm die ebenfalls wilde, hübsche Prinzessin der Kiptschaken in sein Bett. Wie Sie sehen, war Tamaras Stammbaum sehr verzweigt.

Ein Prinz aus dem Hause Susdal war keine schlechte Wahl.

»Es wäre aufregend«, sagte ich.

»Ach du ...« Tamara schlug mir so fest auf die Schulter, dass ich fast aus dem Bett fiel. »Du bist wollüstig. Das habe ich schon immer gewusst.«

»Und ich habe es nie abgestritten. In den letzten drei Jahren war ich nur in Euren Armen wollüstig.«

»Das soll sich niemals ändern.«

»Und dennoch müsst Ihr heiraten.«

»Fang nicht schon wieder an.«

»Ihr werdet eine wunderbare Mutter sein.«

»Ich hasse Babys«, behauptete sie.

»Weil Ihr noch nie ein Baby hattet.«

»Aber du.«

»Mir würde es gefallen, Mutter zu sein«, sagte ich. »Eines Tages«, fügte ich sicherheitshalber schnell hinzu.

»Um Mutter zu werden, musst du dich zuerst einem Mann unterwerfen. Du hast Erfahrungen, die mir fehlen. Sag mir ehrlich: Würdest du diese Erfahrung gerne wiederholen?«

»*Diese* Erfahrung möchte ich nicht wiederholen. Wenn ich mir einen Mann aussuchen könnte ...«

»Was hast du davon, dir einen auswählen zu können, wenn es gar keine Wahl gibt. Nenn mir einen einzigen Mann, den wir kennen, der an deiner Stelle neben mir liegen und mich glücklich machen könnte.«

Das war eine gefährliche Frage. Ehrlich gesagt, wünschte ich nicht, den Platz mit einem Mann zu tauschen. Und doch musste es eines Tages geschehen. »David Sosland«, sagte ich.

Tamara starrte mich an, und ich fragte mich nicht zum ersten Mal, ob ich zu kühn war.

»Du bist in ihn verliebt«, sagte sie.

»Ich ...« Mir stieg die Röte in die Wangen.

»Er hat dich nackt gesehen. Er hat deinen nackten Körper in den Armen gehalten. Was hat er noch getan?«

»Nichts. Ich schwöre. Ich liebe nur Euch, Hoheit. Ich denke nur an Euch, Hoheit. Graf David ist ein hübscher, kräftiger Mann mit gutem Benehmen ...«

»Er ist mein Cousin. Kannst du dir vorstellen, was der alte Mikela sagen würde?«

»Er ist kein Cousin ersten Grades.«

»Er ist eng mit mir verwandt. Zu eng.« Sie schwieg ein paar Minuten, ehe sie fortfuhr. »David«, flüsterte sie. »Wir gehen morgen zur Jagd.«

☆

Offenbar führte sie etwas im Schilde, und ich hatte keine Ahnung, was es war. Meine Liebe und Bewunderung trübten meine Sinne, und ich vergaß mitunter die Abstammung der Prinzessin. Sie war König Georgs Tochter und Rusudanis Nichte. Zudem stammte sie von Mariam und Borena und den Kiptschaken ab. Das Blut dieser Vorfahren floss in ihren Adern, und deren Leidenschaft lag wie ein Leiden, das mitunter ausbrach, auf der Lauer. Ich tröstete mich immer mit dem Gedanken, ihre Mutter, die wir beide nicht kannten, könnte für ihren Charakter prägend sein. Vielleicht hatte sie die Sanftmut von ihr geerbt.

Am nächsten Morgen zogen die Prinzessin und ich unsere Reithosen an und ließen uns aus der Waffenkammer Pfeil und Bogen und Schwerter bringen. In der Küche wurde für uns ein Lunchpaket vorbereitet, das ich in meine Satteltasche packte. Der König war verblüfft, als er von unserem Vorhaben hörte, da er nicht vorhatte, an diesem Tag zur Jagd zu gehen.

»Ich möchte den Wind auf meiner Haut spüren«, sagte Tamara. »Ich war seit Tagen nicht mehr auf der Jagd.«

Das entsprach der Wahrheit, und König Georg erhob keine weiteren Einwände.

David Sosland war ebenfalls überrascht, als er zur Prinzessin befohlen wurde, um sie zur Jagd zu begleiten. Er folgte dem Befehl, wunderte sich jedoch über den Weg, den die Prinzessin einschlug. Sie ritt nicht aufs offene Land, wo wir einen Löwen hätten jagen können, oder in die Wälder, wo wir ein Wildschwein hätten erlegen können. Als die Stadt hinter uns lag, ritt sie stattdessen zu den Ausläufern der Bergkette, die ein paar Meilen nordwestlich von Tbilisi lag.

Wir folgten ihr pflichtgetreu. David ritt an ihrer Seite und ich hinter ihr. Die Eskorte folgte uns dreien in einem gewissen Abstand. Nach einer Weile zügelte Tamara ihr Pferd und sagte: »Hier werden wir heute nichts finden. David, entlassen Sie die Eskorte. Wir gehen nicht auf die Jagd und machen stattdessen einen schönen Ausritt.«

David staunte nicht schlecht. In dieser Gegend gab es gar kein Wild. Ich ahnte, was die Prinzessin vorhatte, denn wir beide waren schon mehrmals hier entlanggeritten. Ganz in der Nähe lag einer ihrer Lieblingsplätze, den sie aufsuchte, wenn sie allein sein oder ihrer Sinnenlust frönen wollte. Aufgrund unseres Gesprächs am Vortag empfand ich Vorfreude und keine Furcht.

David entließ die Eskorte, die zurück nach Tbilisi ritt. Die Soldaten, die sich über den Befehl wunderten, nahmen unsere Pfeile und Waffen mit. Der Graf schaute mich unsicher an, da ich den Soldaten nicht folgte. Einer Gräfin von Lori konnte er keine Befehle erteilen.

»Oh, Edith bleibt bei uns«, sagte Tamara fröhlich. »Einen gewissen Begleitschutz brauchen wir.«

Mit diesen Worten gab sie ihrem Pferd die Sporen und ritt davon. Ich wusste, wohin sie ritt. Ihr Ziel war ein Bergbach, in dem wir beide in der Vergangenheit oft gebadet hatten. Es war offenbar ihre Absicht, diesmal in Begleitung eines Mannes dort zu baden, und das versetzte mich in Aufregung. Äußerlich blieb ich ruhig, obwohl David mich ängstlich anlächelte.

Wir ritten noch circa eine Meile über steinige Wege und an Klippen vorbei, bis wir das Rauschen des Wassers hörten. Kurz darauf standen wir vor dem Bach.

Tamara klatschte in die Hände, als sähe sie den Bach zum ersten Mal. »Ist es nicht herrlich hier?«, rief sie.

»In der Tat, Hoheit. Ein wunderschönes Plätzchen«, stimmte David zu, der mich fragend ansah.

»Herrlich«, murmelte ich.

Tamara stieg aus dem Sattel. »Kommt, wir picknicken. Edith!«

Ich stieg ebenfalls aus dem Sattel und schnürte die Satteltasche ab. Dann kniete ich mich ins Gras und packte alles aus.

»Vielleicht wären Sie so gut, den Wein zu entkorken, David«, sagte Tamara, die sich hinsetzte.

David entkorkte den Wein und füllte die drei Becher, die ich auf den Boden stellte.

»Das Leben ist wunderschön!«, rief Tamara und hob ihren Becher. »Auf das Leben und das Glück.«

»Auf das Leben und das Glück«, stießen wir hervor und tranken. Wir warteten beide auf Tamaras Anweisungen. Wie David mir später gestand, hatte er nicht die geringste Ahnung, was sie vorhatte. Ich wusste, was sie vorhatte, aber ich war gespannt, wie sie vorgehen würde.

Tamaras Überschwänglichkeit hielt während des Picknicks

an. Sie machte Pläne für die Zukunft. »Wollen Sie mein Heer für mich kommandieren, David?«, fragte sie.

»Sehr gern, Hoheit.«

»Wenn ich es Ihnen erlaube. Normalerweise werde ich es selbst kommandieren.«

»Ihr, Hoheit?«

»Zweifeln Sie an meinen Fähigkeiten?«

»Hm ... nein, Hoheit. Ich dachte nur ...«

»Ich bin eine Frau. Verletzt das Ihren männlichen Stolz?«

»Ich sorge mich lediglich um Euer Wohlergehen, Hoheit. Denkt an die Narben, die Euer Vater durch seine lebenslangen Kämpfe davongetragen hat. Der Gedanke, ein einziger Makel könnte Euren schönen Körper verunzieren, lässt mich erschaudern.«

Tamara hatte offenbar nach einem Aufhänger gesucht, um auf ihr Ziel loszupreschen. Jetzt hatte David ihr einen zugespielt. »Haben Sie nicht Ihr ganzes Leben damit verbracht, mit meinem Vater in die Schlacht zu ziehen?«

»Bis auf die letzte«, erwiderte der Graf etwas bitter.

»Ja, Sie sind zurückgeblieben, um Tbilisi zu verteidigen. Das zeigt, wie hoch mein Vater Ihre Fähigkeiten schätzt, und das tue ich auch. Die Frage ist, ob Sie schon Narben davongetragen haben. Und?«

»Ich hatte Glück.«

Tamara, die genau wusste, was sie wollte, kam auf den Punkt. »Ich finde, wir sollten vergleichen, wer mehr Narben hat. Mir würde ein Bad in diesem Bach ohnehin gefallen. Edith, hilf mir.«

Darauf war ich gefasst. David sah aus, als wollte er protestieren, was er wohlweislich unterließ. Ihn verwirrte die Schönheit, die sich seinem Blick darbot. Tamara feierte in Kürze ihren einundzwanzigsten Geburtstag. Als ich sie vor vier Jahren zum ersten Mal in den Armen hielt, war sie ein ganz reizendes Geschöpf. Seitdem hatte sie sich stark verändert, und mittlerweile war sie eine voll entwickelte Frau. Da wir immer zusammen waren, hatte ich die allmähliche Verwandlung kaum bemerkt. Ihr Busen und ihre Hüften waren so üppig wie die ihrer Tante, und sie hatte ebenso lange Beine wie ich. Das dicke, schwarze Haar fiel über ihre Schultern bis auf den Po und umrahmte die makellose Schönheit.

Über die Sprachlosigkeit des Grafen wunderte ich mich nicht.

»Kommen Sie zu mir«, befahl Tamara. »Sie können feststellen, ob ich je Narben davontrug.«

David warf mir einen ängstlichen Blick zu. Ich lächelte ihn aufmunternd an, woraufhin er sich der Prinzessin näherte. Tamara hob die Arme und drehte sich langsam im Kreis. Selbst ein Frauenfeind wäre entzückt gewesen.

»Zögern Sie nicht«, sagte sie. Das war eine eindeutige Einladung, ihre samtene Haut zu berühren. David wagte es nicht.

»Ihr seid makellos, Hoheit. Ich wünschte, es würde ewig so bleiben.«

Tamara war über seine Schüchternheit nicht erfreut. »Jetzt müssen Sie einen Blick auf Edith werfen.« Die Prinzessin half mir persönlich, Schwert und Dolch abzulegen und meine Schleifen aufzubinden. »Sie haben Edith ja schon einmal nackt gesehen«, fügte sie hinzu, und ich glaubte, eine Spur Eifersucht herauszuhören.

Es machte mir nichts aus, alle Hüllen vor dem Grafen fallen zu lassen. Er hatte tatsächlich einst meinen nackten Körper erblickt. Zudem war ich stolz auf meine Schönheit. Wenn es im ganzen Königreich Georgien außer der Prinzessin eine Frau gab, die es wert war, ihr einen zweiten Blick zuzuwerfen, dann war ich es. Ich war sechzehn Jahre alt und musste den Vergleich mit der Prinzessin, die ich ein kleines Stückchen überragte, nicht scheuen. Mein Haar war nicht unbedingt prächtiger als ihres, aber auffälliger, da meine Haarfarbe in diesem Volk einzigartig war. Ich kann auch nicht behaupten, die hübscheren Gesichtszüge gehabt zu haben, doch meine Schönheit wurde durch den fremdländischen Teint besonders betont.

David hätte sich sicherlich in seinen wildesten Träumen nicht ausgemalt, eines Tages zwei derartigen Göttinnen gegenüberzustehen.

Ich hob die Arme, und Tamara drehte mich im Kreis. »Und?«

David schluckte. Vielleicht hatte er wie Danilo oder Paris aus der Antike Angst, eine Siegerin benennen zu müssen. Und er besaß noch nicht einmal einen goldenen Apfel!

»Sie ist makellos, Hoheit.«

»Wir müssen beide versuchen, uns diese Makellosigkeit zu bewahren.«

Tamara ergriff meine Hand und führte mich ins Wasser. Es war so kalt, dass wir augenblicklich eine Gänsehaut bekamen. Der Graf verlor dadurch nicht etwa sein Interesse an uns.

»Und?«, fragte Tamara. »Wollen Sie nicht zu uns kommen?«

Er errötete. »Eure Hoheit, wenn ich ...« Er biss sich auf die Lippe.

»Sprechen Sie ganz offen, Graf«, forderte sie ihn auf. »Haben Sie Angst, Sie könnten sich in eine zügellose Bestie verwandeln, wenn Sie Ihre Kleidung ablegen?«

»Hm ...« Ihre Worte machten ihn verlegen.

»Schämen Sie sich, Graf. Glauben Sie allen Ernstes, wir hätten diesen Anblick nicht bereits genossen?«

Ich schaute sie irritiert an. Auf mich traf das zu, aber auf sie? Hatte die Prinzessin jemals einen Mann im Zustand der Erregung gesehen? Mein Misstrauen erwachte. Oder hatte sie als junges Mädchen unter den Händen ihres Vaters gelitten?

»Haben Sie Angst, Sie könnten die Beherrschung verlieren, wenn Sie sich nackt zu uns gesellen?« Tamara schien es zu gefallen, den Grafen zu necken. Mir war unbehaglich zu Mute.

Ihr Benehmen erinnerte mich an ihre Tante, und ich wollte nicht, dass David Schaden nahm oder gedemütigt wurde.

Er fasste sich wieder. »Ich werde nur Erinnerungen mitnehmen, Hoheit«, sagte er, während er sein Schwert zur Seite legte und sich entkleidete.

Wir schauten ihm fasziniert zu. Im Grunde waren wir beide noch unschuldige Wesen, auch wenn Tamara ziemlich großspurig geredet hatte. Falls sich Tamara an intime Stunden mit ihrem Vater erinnerte, war sie mit Sicherheit zu ängstlich und beschämt gewesen, um ihn sich genau anzuschauen. Meine Erinnerungen an Demna verblassten allmählich. Die Erinnerungen an Danilo waren durch die angespannte, entsetzliche Situation getrübt. Nun stand ein perfekter Jüngling vor uns. David Sosland war nur zwei Jahre älter als die Prinzessin, und daher war seine Entwicklung noch nicht vollkommen abgeschlossen. Wir schauten sprachlos auf seine geschmeidigen Muskeln an Armen, Oberschenkeln, Beinen, Brust und Bauch und die gewaltige Projektion seiner Männlichkeit. Der Gedanke, diese Schönheit könnte durch das Schwert, den Speer oder den Pfeil eines Feindes zerstört und der Leichnam durch die Hand des Feindes verstümmelt werden, betrübte mich.

Ich schloss die Augen, um die bösen Bilder zu vertreiben. Wenn Graf Sosland durch Heirat König von Georgien werden würde, musste ein solches Unglück nicht geschehen.

Tamara entging es nicht, wie aufgewühlt ich war. »Ist der Graf nicht ein wunderschöner Mann, Edith?«, fragte mich Tamara, die meinen Anflug von Traurigkeit falsch deutete.

»Ja, in der Tat, Hoheit.«

Mittlerweile reichte das Wasser uns allen bis zu den Oberschenkeln. David, der zwischen uns beiden stand, schaute unsicher von einer Schönheit zur anderen, als überlegte er, welcher er die meiste Aufmerksamkeit schenken sollte.

»Welcher von uns würden Sie die Krone der Schönheit zuerkennen, Graf David?«

Ich hatte es geahnt! »Darauf kann ich Euch keine Antwort geben, Hoheit«, sagte er, ohne nachzudenken. Als er seinen Fehler erkannte, biss er sich auf die Lippe.

Tamara ließ sich nicht aus der Fassung bringen. »Und welche würden Sie lieber besitzen?«

Der arme Bursche atmete tief ein und dachte über die richtige Antwort nach. Ich befürchtete eine nahende Katastrophe. »Kann ein Mann nicht zwei Frauen zu Diensten sein, Hoheit?«, fragte ich, inspiriert durch meine Erfahrungen mit Rusudani.

Tamara riss den Mund auf, und David und ich hielten den Atem an. Kurz darauf fing die Prinzessin an zu kichern. »Du bist wollüstig, Edith. Ich leihe sie Ihnen, David. Für eine Stunde.«

Das war meine viel gepriesene Freiheit! Weder Tamara noch David schienen Anstoß daran zu nehmen.

»Und Ihr, Hoheit?«, fragte David.

»Ich schaue zu. Und ... ja, ich schaue zu.«

Sie hatte noch keinen festen Entschluss gefasst. Mich machte es zufrieden und sogar glücklich, wie sich die Dinge entwickelten. Es ging mir nicht nur um den Erhalt unserer Freundschaft. Unser Gespräch und die Situation mussten zwangsläufig die Lüsternheit entfachen. Seit der unvergessenen Nacht mit Danilo waren meine Triebe geweckt und unbefriedigt, und außer ihm gab es im ganzen Königreich keinen Mann mit dem ich meine Lüsternheit lieber ausgelebt hätte als mit David Sosland.

Tamaras nächste Bemerkung brachte mich ein wenig aus der Fassung. »Du solltest die Sache in die Hand nehmen, Edith«, sagte sie. »Du hast die meiste Erfahrung.«

Mir hatte es schon immer gefallen, die Kontrolle über bestimmte Ereignisse zu übernehmen. Ich streckte die Hand aus, die David nach kurzem Zögern ergriff. Wir wateten durch den Bach ans Ufer. Dort ließ ich ihn los und kletterte die Böschung hinauf, wodurch er einen guten Blick auf eine meiner besten Seiten erhaschte. Ich ließ mich ganz auf die Situation ein. Kaum war ich aus dem Wasser gestiegen, da schlang er beide Arme um meine Oberschenkel, zog mich auf die Erde und küsste mein Gesäß.

Ich schrie auf und schlängelte mich weiter den Abhang hinauf, der zum Glück mit Gras bewachsen war. Tamara, die uns gefolgt war, stand neben mir. Das Wasser tropfte von ihrem Körper auf meinen Rücken. Ich befreite mich aus der Umklammerung des Grafen und krabbelte ein Stückchen höher. Oben auf dem Abhang legte ich mich hin und rollte mich auf den Rücken. Ich keuchte und lachte zugleich. David, der sich an meinen Beinen hochzog, konnte es kaum erwarten, endlich seiner Beute habhaft zu werden. Seine starke Erregung ließ keinen Zweifel an der Fähigkeit, seine Lust befriedigen zu können, aufkommen.

Tamara kniete sich neben meinem Kopf ins Gras. Auf ihrem Gesicht spiegelten sich Verlangen und Abscheu. Es kam mir so vor, als wollte sie sich an unserem Liebesabenteuer beteiligen, worüber ich mich sehr gefreut hätte. Ich wandte ihr mein Gesicht zu und schaute sie an, wobei mein Blick instinktiv an ihr vorbei in die Ferne glitt. Plötzlich starrte ich auf einen fremden Mann!

☆

Ich richtete mich so hastig auf, dass David rücklings auf den Abhang fiel und Tamara, die Arme und Beine in die Luft warf, die andere Seite hinabrollte. Als ich einen zweiten Blick auf den Fremden warf, sah ich die beiden Männer, die neben ihm standen. Alle drei waren mit Äxten und Bogen bewaffnet. Es waren abstoßende Kerle mit zotteligen Bärten, die dreckige Kleidung trugen.

Ich war fassungslos. Zweifellos beobachteten sie uns schon

eine Weile. Sie erblickten ihre Prinzessin und den zukünftigen König in nackter Pracht. Eine peinliche Situation!

Wollten sie gar an unseren Liebesspielen teilhaben? Das konnte ich nicht zulassen.

Es dauerte ein paar Sekunden, bis ich mir der großen Gefahr, in der wir schwebten, gewahr wurde. David war durch den Sturz und das abrupte Ende unseres Schäkerns noch ein wenig benommen. Die meisten Männer sind nicht in der Lage zu handeln, wenn sie auf dem Gipfel sexueller Lust unterbrochen werden. Tamara war verwirrt. Weder Tamara noch David kannten den Grund für mein ungeselliges Verhalten. Uns lief die Zeit davon, denn die Männer näherten sich uns eiligen Schrittes.

Ich war gezwungen, die Sache in die Hand zu nehmen. Wir waren ein Stück von unseren Kleidern und Waffen entfernt ans Ufer gestiegen. All unsere Habseligkeiten lagen zwischen uns und den Männern, die noch etwa zwanzig Meter von uns entfernt waren. Ich sprang hoch, stolperte über Tamara und fiel hin. Mit Müh und Not bekam ich mein Schwert zu fassen. Ich ergriff es und stand auf.

Die drei Fremden amüsierten sich über meine Nacktheit und meine verzweifelten, ungeschickten Bewegungen. »Leg das hin, Mädchen«, sagte einer. »Sonst verletzt du dich noch.«

Ich nahm eine bedrohliche Haltung ein, hob die Waffe und schob mein nasses Haar aus der Stirn.

»Schaut sie euch an«, spottete ein anderer Mann.

Der Dritte war besser unterrichtet. »Vorsicht«, warnte er. »Das ist die fränkische Frau, die Leibwächterin der Prinzessin.« Er musste Tbilisi in letzter Zeit besucht haben.

Seine guten Kenntnisse und seine Furcht beruhigten mich. Und das war gut so. In all den Jahren, die ich als Tamaras Leibwächterin tätig war, musste ich noch nie wütend mein Schwert ziehen, und ich war noch nie in Lebensgefahr.

Endlich reagierten meine Gefährten. »Ihr Schufte!«, schrie Tamara. »Wollt ihr eure Prinzessin angreifen?«

Sie dachten darüber nach. Einer von ihnen hatte mich zwar erkannt, aber nicht Tamara. Der Gedanke, die Prinzessin könnte nackt in der Öffentlichkeit baden, kam ihnen nicht in den Sinn.

Unversehens schrien sie laut auf und rannten auf uns zu. David hatte sich mittlerweile aufgerappelt und stand neben mir. Ich hörte, dass er sein Schwert aus der Scheide zog. Die Angreifer hatten sich bedrohlich genähert, und ich musste den ersten Angriff abwehren. Ich sprang auf den Mann zu und forderte ihn zum Kampf heraus. Er schwang die Axt, der ich auswich, was ich bei Brumelli gelernt hatte, und versetzte ihm gleichzeitig einen Seitenhieb mit dem Schwert. Blut floss, und er schrie vor Wut und Schmerzen. Ich hatte vorgehabt, seinen Arm zu treffen, um ihn kampfunfähig zu machen. Weil er mich gezwungen hatte auszuweichen, traf ihn meine Klinge unterhalb der Schulter im Rücken. Er sank auf die Knie, spuckte Blut und landete Sekunden später bäuchlings auf der Erde.

Der Gedanke, tatsächlich einen Mann getötet zu haben, kostete mich fast das Leben, denn ich war bestürzt über meine Tat und starrte mein Opfer fassungslos an. Daher bot ich dem zweiten Angreifer eine gute Zielscheibe. Er brüllte, während er die Axt hob, und fast wäre es ihm gelungen, meinen Schädel zu spalten. Zum Glück eilte mir David zu Hilfe. Er schlug mit seinem Schwert zu, und das war keine sarazenische Klinge, sondern ein solider fränkischer Pallasch. Die Spitze bohrte sich durch die Brust des Schurken und trat durch den Rücken wieder aus. Er sank mit dem Schwert zu Boden. David musste auf seinen Bauch treten, um die Waffe herauszuziehen.

Unsere Schultern berührten sich, und wir schauten uns an. Zwei fähige Krieger aus den Legenden der alten Griechen standen nackt und siegreich nebeneinander.

»Ihr wart großartig!«, rief Tamara, die in die Hände klatschte und uns umarmte. »Großartig!«

Unglücklicherweise vergaßen wir in unserer Freude über den Sieg den dritten Angreifer. Das war der junge Mann, der mich erkannt hatte. Den schnellen Tod seiner beiden Kumpane hatte er mit Abscheu verfolgt, und er ahnte sein eigenes Schicksal. Er war nur mit Pfeil und Bogen bewaffnet und hoffte, mit Hilfe der Waffe fliehen zu können. Ich hob den Blick und riss die Augen auf. Er spannte bereits den Bogen. Der Pfeil war genau auf uns gerichtet. Bis heute weiß ich nicht, ob er auf David, die Prinzessin oder mich zielte. Ich wusste nur, dass er einen von uns treffen würde, denn wir standen dicht nebeneinander. Tamara und David bedeuteten mir alles. Ohne nachzudenken, stellte ich mich schützend vor die Prinzessin und den Grafen. Sekunden später spürte ich den stechenden Schmerz des Pfeils, der mich zu Boden riss.

☆

Es ist ein weit verbreiteter Irrtum, ein Mensch, der lebensgefährlich verletzt wird, würde auf der Stelle das Bewusstsein verlieren und erst auf dem Weg der Besserung erwachen, falls er nicht stirbt. Leider entspricht das nicht der Wahrheit. Zuerst erlebt man einen Schock, der den Schmerz und Todesgedanken im ersten Augenblick verhindert. Je nach Schwere der Verletzung kann dieses Stadium von sehr kurzer Dauer sein.

Ich lag auf dem Boden und wusste ein paar Sekunden lang nicht, was geschehen war. Der entsetzliche Schmerz ließ nicht lange auf sich warten. Ich fing an zu schreien. Mein verschwommener Blick blieb auf der Prinzessin haften, deren Gesicht vor Kummer verzerrt war. Sie sah beinahe aus, als würde sie meine Schmerzen erleiden.

»David! Kommen Sie her«, schrie sie.

Der Graf war dem Angreifer gefolgt, doch wenige Minuten später kniete er neben mir auf der Erde.

»Schauen Sie sich die Wunde an«, jammerte Tamara.

David beugte sich über mich. »Die Wunde ist nicht tödlich. Zum Glück prallte der Pfeil gegen eine Rippe, die den Schuss ablenkte.«

»Der Pfeil ragt aus dem Rücken heraus.«

Das hörte sich nicht gut an. David war die Ruhe selbst. »Weil sie nackt war, wurde der Pfeil nicht durch die Kleidung aufgehalten. Wir müssen ihn herausziehen.«

»Mein Gott! Mein Gott!«, jammerte Tamara. »Und wenn der Pfeil vergiftet war?«

»Das ist eher unwahrscheinlich, Hoheit. Diese Männer wollten jagen, als sie uns überfielen. Sie hätten sicher keine vergifteten Pfeile benutzt.« Er beugte sich noch näher über mein Gesicht. »Edith! Hören Sie mich?«

Ich stöhnte und keuchte und murmelte schließlich: »Ja.«

»Hören Sie gut zu. Ich muss den Pfeil herausziehen, damit wir die Wunde verbinden und den Blutverlust stoppen können. Sie müssen einen kurzen, schmerzhaften Moment überstehen. Nehmen Sie bitte Ihren ganzen Mut zusammen.«

Ich nickte keuchend.

Er umklammerte den Schaft.

»Seien Sie um Gottes willen vorsichtig«, bat Tamara. »Ich liebe dieses Mädchen mehr als mein Leben.«

David ließ den Pfeil kurz los, und ich blinzelte die beiden durch den Tränenschleier an. Tamara errötete. Unsere enge Beziehung war zwar in der Öffentlichkeit bekannt, aber sie hatte ihre Gefühle noch nie so deutlich zum Ausdruck gebracht. David fasste sich wieder und umklammerte erneut den Schaft. »Ich werde sehr vorsichtig sein, Hoheit«, versprach er und zog.

Ich hatte noch nie zuvor derart stechende Schmerzen verspürt. Es ist mir bis heute unerklärlich, wie man so starke Schmerzen überleben kann. Ich schrie wie am Spieß und krümmte mich im Todeskampf. Tamara drückte mich auf den

Boden, presste ihre Wange auf mein Gesicht und bat mich, geduldig zu sein und zu überleben.

David zerriss sein Hemd, um meine Wunde zu verbinden. Es war eine gefährliche, zum Glück nicht tödliche Wunde. Der Pfeil hatte meinen Körper etwa eine Handbreit unterhalb der linken Brust durchbohrt. Der Schuss des Angreifers war auf mein Herz gerichtet, das er beinahe getroffen hätte. Da die Rippe den Schuss abgelenkt hatte, waren keine inneren Organe und Schlagadern verletzt worden. Auch meine Brust, die Zierde jeder Frau, war unversehrt. Die Narbe, die ich nach so vielen Jahren noch immer trage, ist heute ein blasser, dünner Strich, der meine Schönheit nicht beeinträchtigt.

Bis es soweit war, zogen viele Jahre ins Land. Zunächst spürte ich nichts als Schmerzen, die allmählich erträglicher wurden. Ich verfolgte das ängstliche Gespräch zwischen Tamara und David, die sich sorgten, wie sie die Blutung stoppen und mich zurück nach Tbilisi bringen konnten. Zudem mussten wir zumindest Teile unseres Erlebnisses für uns behalten. Es schickte sich nicht für eine Prinzessin, nackt in der Öffentlichkeit zu baden. Tamara und der Graf kleideten sich rasch an und zogen mir mein Hemd über. Ich musste an meinen Angreifer denken. Vermutlich war er entkommen, weil Tamara David zu Hilfe gerufen hatte. Ehe Tamara in die Stadt ritt, um Hilfe zu holen, strich sie mir zärtlich mit der Hand über die Wange. David blieb zurück.

Der Graf war nun über unsere enge Beziehung im Bilde. Ich hätte gerne mit ihm darüber gesprochen, obwohl ich gar nicht wusste, was ich hätte sagen sollen. Schmerzen und Kummer beraubten mich meiner Kräfte, und ich fürchtete, meine Schönheit für immer eingebüßt zu haben, falls ich überhaupt überlebte. David tupfte den Schweiß von meiner Stirn, hob meinen Kopf und gab mir einen Schluck Wein zu trinken. Ob der Alkohol eine lindernde Wirkung hatte, weiß ich nicht. Jedenfalls stieg er mir zu Kopfe und half mir auf diese Weise, den Schmerz zu lindern, der fast unerträglich wurde.

Es dauerte Stunden, bis Tamara Tbilisi erreichte und mit einer von einem Pferd gezogenen Trage zurückkehrte. Mittlerweile war ich im Fieberwahn, und das Fieber war gefährlicher als die Wunde selbst. An die nächsten Tage kann ich mich nur schemenhaft erinnern. Ich hatte Schmerzen und wurde aufopfernd umsorgt. Immer wieder wurde ich untersucht und meine Wunde frisch verbunden. Leise, besorgte Stimmen drangen an mein Ohr.

Tamara war immer an meiner Seite, und Magdalene verbrachte viele Stunden an meinem Krankenbett. Natürlich weinte meine Schwester pausenlos. Die Angst vor ihrem Schicksal, falls ich sterben und sie allein zurücklassen sollte, rührte sie zu Tränen. Ob wenigstens ein paar Tränen mir galten, weiß ich nicht. Rusudani warf einen flüchtigen Blick auf mich, und einmal setzte sich König Georg an mein Bett. Brumelli besuchte mich regelmäßig und wartete ungeduldig auf die Genesung seiner erstklassigen Schülerin. Er war stolz auf meine Heldentat, die ich durch meine bei ihm erworbenen Fähigkeiten vollbracht hatte. Mein wichtigster Besucher war der Leibarzt der Königsfamilie, Simon von Trapezunt, ein erfahrener Jude, der mich gründlich untersuchte. Durch das schmerzhafte Abtasten meines Brustkorbes stellte er den Bruch einer Rippe fest. Er wickelte einen strammen Verband um meinen Oberkörper, damit der Bruch heilte. Am schmerzhaftesten war das Nähen der Wunde, die der Arzt sofort versorgte, als wir die Festung erreichten und ich noch nicht wieder bei vollem Bewusstsein war.

Meine Kritik an dem guten Arzt ist sicher unfair, denn die klaffende Wunde, die durch das Eindringen und das Herausziehen des Pfeils verursacht wurde, hätte ebenso gut die Fähigkeiten eines jeden Arztes übersteigen können. Ich lag mit der grässlichen Narbe im Bett und grübelte. Mein Hemd verdeckte zwar den Makel, aber ich befürchtete, keinen Ehegatten mehr finden zu können, falls Tamara überhaupt je über eine Ehe nachdachte.

Ihre Dankbarkeit, sie vor dem Schicksal eines Makels oder sogar dem Tod gerettet zu haben, war grenzenlos. Für gewisse Menschen war die Verunzierung des Körpers durch eine hässliche Narbe schlimmer als der Tod. Der arme David, der uns beiden das Leben gerettet hatte, wurde kaum erwähnt. Wahrscheinlich war Tamara eifersüchtig, und dabei war sie es gewesen, die uns zusammengebracht hatte.

Unser Erlebnis war eine Sensation und führte zu wilden Spekulationen. Laut unserer offiziellen Schilderung wurden wir während unseres Picknicks am Bachufer von den Banditen überfallen. Die Zofen und Thalka, die sich nach unserer Rückkehr in den Palast um meine Kleidung kümmerten, fanden Hemd und Wams sauber und unversehrt vor, obwohl ein Pfeil meinen Brustkorb durchdrungen und ich viel Blut verloren hatte. Niemand wagte es, Tamara neugierige Fragen zu stellen. Man kann sich gut vorstellen, was Thalka und ihren Gehilfinnen, die vielleicht von sich auf andere schlossen, durch den Kopf ging. Warum sollte eine von drei Personen ihre Kleidung ablegen, und was mochten die anderen mit ihr getrieben haben, ehe sie der Pfeil traf?

Eine ganze Weile war ich viel zu schwach, um mich für den Tratsch im Palast zu interessieren. Der König war zornig, und seine intensive Suche nach dem entkommenen Banditen blieb erfolglos. Er verbot Tamara, die Stadt jemals wieder ohne Eskorte zu verlassen. Bald verblasste das Interesse an unserem Erlebnis, denn wichtigere Ereignisse warfen ihre Schatten voraus. Davids schnelle Reaktion hatte mir unzweifelhaft das Leben gerettet. Die Heilung der Wunde verzögerte sich durch die gebrochene Rippe und Fieberschübe. Ich war wochenlang krank und monatelang geschwächt. Tamara umsorgte mich wie eine Schwester, und ihr Interesse galt ausschließlich mir, bis der Tag der Krönung nahte. Sie sollte unmittelbar nach ihrem einundzwanzigsten Geburtstag, im Sommer 1178 stattfinden. Die Vorbereitungen waren noch lange nicht abgeschlossen.

»Du wirst an diesem großen Tag hinter meinem Thron stehen«, sagte sie.

»Werde ich mich je wieder auf den Beinen halten können?«, fragte ich untröstlich.

»Du wirst kräftiger sein denn je«, versicherte sie mir.

»Aber als Frau ...«

»Und schöner.«

»Das glaube ich nicht. Warum besucht mich Graf David nicht?«

»Hm ...« Sie stieg aus dem Bett und ging im Gemach auf und ab. »Ich habe angedeutet, es sei besser.«

Nur der Schmerz hinderte mich daran, mich empört aufzurichten. »Hat er etwas verbrochen?« Fast hätte ich hinzugefügt: weil er mich liebt? Doch ich schwieg.

»Nein, das hat er nicht.« Tamara setzte sich zu mir aufs Bett. »Ich glaube, er hat dich sehr gern. Leider müssen wir uns alle dem Schicksal beugen.«

Ich warf ihr einen enttäuschten Blick zu.

»Verstehst du das nicht? Er wollte gerade von dir Besitz ergreifen, als die Schurken auftauchten. Wie oft haben wir beide an derselben Stelle in dem Bach gebadet und danach am Ufer gelegen, ohne je gestört zu werden? Und diesmal kamen sie. Sie wurden vom Schicksal gesandt, weil das Schicksal dich nicht zu David Soslands Gattin bestimmt hat.«

Was für ein ausgemachter Blödsinn, schoss es mir durch den Kopf. Du hast entschieden, dass David nicht mein Liebhaber sein soll, weil du ihn für dich ausgewählt hast, sobald du bereit bist, dich einem Mann zu unterwerfen. Allerdings konnte ich diese Worte einer Prinzessin gegenüber, die bald zur Königin und sogar zum König gekrönt wurde, nicht äußern. Wie ich bereits erwähnte, gehörte diese Art des Aberglaubens, auf Schicksalswinke zu hören, falls es um die Erfüllung wahrer Liebe ging, zur Familientradition.

Daher sagte ich nur: »Das Schicksal kann ein ungewöhnlich harter Meister sein, Hoheit.«

☆

Zu dem Zeitpunkt war ich gar nicht in der Lage, über körperliche Liebe nachzudenken. Dennoch hätte es mich gefreut, wenn David meiner Genesung, die lange auf sich warten ließ, erwartungsvoll entgegengesehen hätte. Zu Beginn des Winters feierte ich meinen siebzehnten Geburtstag, und ich lag noch immer im Bett. Im Frühling konnte ich das Bett verlassen, doch ich brauchte zwei Stöcke, um laufen zu können. Kurze Zeit später entschied Tamara, es sei an der Zeit, meine körperliche Fitness unter der Aufsicht von Brumelli zu steigern. Es stand außer Frage, das Fechten zu trainieren. Stattdessen machte ich Turnübungen, um meine erschlafften Muskeln zu stärken. Trotz meiner Schwäche steckte mich die allgemeine Aufregung an, die in Erwartung der nahenden Krönung stetig wuchs.

Die ganze Stadt wurde geschmückt, und auf allen Dächern wehten Fahnen. Es wurden Vorbereitungen getroffen, damit am Tag der Krönung in den Brunnen Wein sprudelte. Adelige schickten Geschenke, die oftmals aus dem Bereich der Kriegskunst stammten, denn die Vorliebe der Prinzessin war allgemein bekannt. Sie erhielt unter anderem wunderschöne Pferde, mit Juwelen verzierte Schwerter und Dolche sowie schmucke Bogen und Pfeile. Unter den Geschenken befanden sich auch feine Stoffe, aus denen Kleider für die Prinzessin genäht werden konnten, kostbare Juwelen, Broschen und Armreifen, die aus dem fabelhaften gelben Bernstein gearbeitet waren, den man nur im fernen Norden fand.

Die Adeligen ließen nicht mehr lange auf sich warten. Sie nahmen ganze Viertel der Stadt in Beschlag, und ihre Lager dehnten sich bis hinter die Stadtmauern aus. König Georg schickte eine Eskorte zu den Häfen des Schwarzen Meeres. Und eines guten Tages ritt ein Reiter auf den Hof der Festung und verkündete die Ankunft des Prinzen Juri von Susdal in Phasis, der unterwegs sei und von Prinz Andronicus begleitet werde.

☆

Wir waren alle schrecklich aufgeregt. Andrej Bogoljubskij hatte versprochen, dass ein Mitglied seiner Familie an der Krönungsfeier teilnehmen werde. Prinz Juri war sein zweitältester Sohn und damit eine sehr wichtige Persönlichkeit. Wenn uns ein so hochrangiges Mitglied des Königshauses von Susdal besuchte, musste mehr dahinter stecken. Zunächst stand sein Begleiter im Mittelpunkt des Interesses.

Andronicus Komnenos war ein Mitglied der Kaiserfamilie, worauf sein Name hinweist. Er war der Sohn von Isaak Komnenos, dem jüngeren Bruder des Kaisers Johannes II., der der Vater des gegenwärtigen Kaisers, des großen Manuel, war. Wie es unter diesen Umständen oft der Fall ist, kamen die königlichen Cousins nicht miteinander zurecht, denn Andronicus glaubte, ein besserer Herrscher zu sein als Manuel. Daher hatte er verschiedentlich rebelliert. Hinzu kam die lüsterne Veranlagung des hübschen Mannes. Ganz Konstantinopel sprach hinter vorgehaltener Hand über seine heimliche Vorliebe. Schließlich überschritt er die Grenzen und verführte die Prinzessin Philippa von Antiocheia, die die Schwester der Kaiserin und daher die Schwägerin von Manuel war. Beide

Schwestern standen im Ruf, außergewöhnlich hübsch zu sein, und Andronicus konnte seiner Versuchung nie widerstehen. Dieses Ereignis lag schon einige Jahre zurück. Damals lebte ich noch als kleines Kind ein verhältnismäßig sicheres Leben in England. Manuel beschloss, den Intrigen seines Cousins ein Ende zu setzen und sperrte ihn in einen Kerker, wo er den Rest seines Lebens verbringen sollte.

Dies war der Beginn eines unglaublichen, aber wahren Aufstiegs. Andronicus überlegte, wie er seiner einsamen Zelle entfliehen konnte und schaffte es schließlich, einige Steine aus der Wand zu entfernen. Dahinter entdeckte er eine Lücke, die groß genug war, um seinen Kerkermeistern einen Streich zu spielen. Er kroch in die Lücke, fügte die Steine wieder ein und wartete. Am nächsten Morgen kamen die Kerkermeister mit ihrem Essen und entdecken das Malheur. Der Gefangene war verschwunden. Es sah so aus, als hätte er sich in Luft aufgelöst.

Wie man sich unschwer vorstellen kann, war die Sache eine Sensation. Manuel konnte sich die Flucht nicht erklären und nahm an, sein Cousin sei mit Hilfe seiner Gattin, die trotz seiner Untreue zu ihm hielt, geflohen. Es blieb ein Rätsel, wie sie es angestellt haben sollte. Die Gattin wurde verhaftet und in dieselbe Zelle gesperrt.

Als sie in der Nacht einsam in ihrer Zelle saß, öffnete sich plötzlich die Wand, und ihr Gatte, den sie für immer verloren glaubte, kam zum Vorschein. Die beiden fielen sich überglücklich in die Arme. Die hübsche Gattin teilte jeden Tag das Essen mit ihrem Mann. Die Eheleute teilten nicht nur das Essen, denn drei Monate später war die Prinzessin schwanger!

Welche Erklärung die Kerkermeister für dieses Ereignis hatten, weiß ich nicht. Auf jeden Fall musste sie aufgrund ihres Zustandes entlassen werden. Daraufhin arbeitete sie fleißig, und kurz darauf half sie ihrem Gatten, aus dem Kerker auszubrechen. Dieser Vorfall hatte sich vor etwa einem Jahr ereignet. Andronicus' Flucht nach Norden in die Wildnis von Rumänien war bekannt. Wir ahnten hingegen nicht, dass ihn sein Weg noch weiter geführt und er bei Andrej Bogoljubskij Unterschlupf gesucht und gefunden hatte.

Und nun war er in unserer Mitte! König Georg hatte allen Grund, unangenehm berührt zu sein, denn ihm lag viel an guten Beziehungen zu Konstantinopel. Gleichzeitig musste er gute Beziehungen zu Kiew unterhalten, und der flüchtige Prinz war als Mitglied der Gesellschaft aus Kiew angereist. Er sagte zu uns. »Passt gut auf euch auf.« Und dann nahmen die Dinge ihren Lauf.

Mittlerweile war meine Gesundheit wieder hergestellt. Meine Seele hatte ebenso wie mein Körper Schaden genommen. Dies hatte weniger mit der Erinnerung an den Pfeil zu tun, der sich in meinen Körper gebohrt hatte, als mit David, der mir die kalte Schulter zeigte. Er hatte mir keinen Krankenbesuch gemacht, weil Tamara ihn aufgrund ihres Aberglaubens daran gehindert hatte. Sobald ich wieder auf den Beinen war, ging ich zu ihm, um den wahren Grund zu erfahren.

»Ich hatte noch keine Gelegenheit, Ihnen zu danken, dass Sie mir das Leben gerettet haben«, sagte ich.

»Ich habe nur meine Pflicht getan«, erwiderte er steif.

»Das war in der Tat sehr pflichtgetreu. Wenn Sie die Zeit gehabt hätten, mich zu besuchen, hätte ich mich eher bedankt.«

»Ich wurde gebeten, es nicht zu tun. Vielleicht sollte ich besser sagen, es wurde mir befohlen.«

»Daran war Tamaras Aberglaube schuld.«

»Das war angeblich der Grund.«

»Also teilen Sie ihren Aberglauben nicht. Ich auch nicht.«

»Die Prinzessin sicherlich ebenfalls nicht.«

Ich hob die Augenbrauen. »Ich verstehe nicht.«

»Kommen Sie, Gräfin. Die Prinzessin geht ihren eigenen Weg. Sie amüsiert sich, wenn sie Lust dazu hat, wie an dem Tag am Bach, und sie verfolgt ihre Ziele mit großer Hartnäckigkeit. Das hat sie mir praktisch an jenem Tag gesagt. Die Prinzessin liebt Sie mit einer Leidenschaft, die sich dem normalen Verständnis entzieht. Lieben Sie sie nicht ebenso leidenschaftlich?«

Ich versuchte, die Ruhe zu bewahren, was die Prinzessin unter ähnlichen Umständen auch getan hätte. »Ja, ich liebe die Prinzessin. Sie hat mir das Leben gerettet und mich aus der Sklaverei in den Adelsstand erhoben. Seitdem ist sie meine beste Freundin. Das bedeutet nicht, dass ich keinen anderen Menschen lieben kann.«

»Meinen Sie, Tamara würde es je erlauben? Sie kann die, die sie erhebt, auch fallen lassen.«

»Es würde Geduld erfordern. Einzig und allein Geduld. Wenn die Prinzessin sich vermählt, wird es in ihrem Bett keinen Platz mehr für mich geben.«

»Glauben Sie wirklich, Sie wird heiraten?«

»Ja. Es ist ihre Pflicht.«

»Wenn sie erst einmal gekrönt wurde, *muss* sie gar nichts mehr tun. Würden Sie sich überhaupt in einem anderen Bett wohl fühlen oder glücklich sein?«

Ich hätte ihm eine demütige Antwort geben müssen, denn er wartete offenbar auf ein Zeichen von mir. Letztendlich antwortete ich ihm in kühlem Ton, weil mich sein Verhalten irritierte. »Das käme auf den Mann an, werter Graf. Oder die Frau.«

Er starrte mich ein paar Sekunden an, ehe er sich umdrehte und davonging.

☆

Ich war den Tränen nahe und legte mich ins Bett. Tamara weckte mich auf. »Was ist los mit dir?«, fragte sie.

Die Wahrheit konnte ich ihr unmöglich sagen. »Ich bin übermüdet«, sagte ich.

»Ich dachte, du seiest gesundet.«

»Das bin ich auch.«

»Das höre ich gern. Es gibt viel Arbeit für dich.«

»Für mich?«

»Was hältst du von den beiden Prinzen?«

»Nun ...« Eigentlich hatte ich noch nicht über sie nachgedacht. »Sie sehen gut aus.«

»Oh, in der Tat, und sie scheinen sich dessen bewusst zu sein. Ich habe gerade ein Gespräch mit meinem Vater geführt.«

Ich wartete. Was hatte ich damit zu tun?

»Er hat bereits ein Gespräch mit Prinz Juri geführt.«

Jetzt war mein Interesse geweckt, denn ich konnte mir gut vorstellen, um was es ging.

»Dieser Flegel will mich heiraten«, sagte Tamara.

»Ach. Das ist ein großes Kompliment, Eure Hoheit.«

»Findest du? Er strebt die Krone an. Ich werde Königin, und er ist nur ein Prinz.«

»Er sucht sicher ebenso die Behaglichkeit Eures Bettes, Hoheit.«

Mir schossen verschiedene Gedanken durch den Kopf. Wenn Tamara heiraten würde, hätte sie keinen Platz mehr für mich in ihrem Bett. Dann wäre ich frei, meinen eigenen Weg zu gehen. Natürlich dachte ich ungeachtet unseres kühlen Gesprächs an David.

Obwohl ich nun schon so viele Jahre mit der Prinzessin zusammenlebte, durchschaute ich ihre verborgenen Gefühle, Ängste und Fantasien nicht immer.

»Behaglichkeit«, sagte sie. »Du hast dir den Prinzen wohl nicht genau angesehen.«

»Dazu hatte ich keine Gelegenheit.« Und keine Lust, doch das behielt ich für mich.

»Er trinkt«, sagte Tamara.

»Trinken wir nicht alle?«

»Im Übermaß.«

»Eine russische Angewohnheit.«

»Eine sehr unerfreuliche. Er ist lüstern.«

»Sollte ein Gatte nicht lüstern sein?«

»Ja, im Bett seiner Gattin. Fremden Frauen gegenüber müsste er sich beherrschen können. Meine Zofen haben sich beschwert. Er hat sie gekniffen, gezwickt und in dunklen Ecken bedrängt. Stell dir vor, er hat sogar eine Hand unter Thalkas Röcke geschoben.« Sie verstummte, als könnte sie ihren eigenen Worten nicht glauben.

»Mein Gott!«, rief ich. Das war wirklich unfassbar.

Tamara setzte sich zu mir aufs Bett. »Und so ein Mann soll neben mir auf dem Thron sitzen und gar neben mir im Bett liegen?«

Das war in der Tat keine schöne Vorstellung. »Wenn er Euch erst kennen gelernt hat, wird seine zügellose Leidenschaft ...«

»Das Risiko will ich nicht eingehen.«

Ich schwieg. Tamara war erregt.

»Ich habe es meinem Vater gesagt«, fuhr sie fort. »Er will davon nichts wissen. Seiner Meinung nach ist der Russe eine gute Partie. Er sei ungefähr in meinem Alter und ein großer, kräftiger und gut aussehender Mann, meint mein Vater. Zudem sei er ein hervorragender Krieger und natürlich der Sohn eines Großfürsten, dessen Bündnis für Georgien von großem Wert sei.«

»Und stimmt das nicht?«

Sie seufzte ungehalten. »Doch. Dennoch ist er ein Trunkenbold und ein Lüstling, der Frauen zweifellos schlecht behandelt.«

»Habt Ihr dem König das gesagt?«

»Ja. Er weigert sich, das zu akzeptieren, und behauptet, alle jungen Männer würden trinken und allen Weibsbildern hinterherlaufen.«

»Und was wollt Ihr tun?«

»*Wir beide* werden beweisen, dass ich die Wahrheit gesagt habe.«

»Wir?«, kreischte ich.

»Wir«, bestätigte sie. »Dieser Prinz taugt nicht zum Gatten und schon gar nicht zum Gatten einer Königin. Das müssen wir meinem Vater beweisen.«

Ich atmete tief ein. »Darf ich fragen, was Ihr vorhabt, Hoheit?«

»Es ist ganz einfach. Du stimmst mir zu, die schönste Frau im ganzen Königreich zu sein?«

»Ich, Hoheit? Wie kann ich so etwas behaupten, wenn ich Euch anschaue?«

»Ich kann falsche Bescheidenheit nicht ausstehen. Glaube mir, deine Schönheit ist zumindest hier in Georgien einzigartig. Du hast den Prinzen nur flüchtig gesehen, nicht wahr?«

»Ich bin ihm einmal begegnet.«

»Richtig. Als er bei Hofe vorgestellt wurde. Weißt du, warum du ihn nicht öfter getroffen hast?«

»Es ergab sich keine Gelegenheit.«

»Es ergab sich keine Gelegenheit, meine Liebe, weil ich beobachtet habe, wie er dich angesehen hat, als du ihm vorgestellt wurdest.«

»Hoheit?«

»Hast du es nicht bemerkt? Die Lüsternheit stand Prinz Juri ins Gesicht geschrieben. Wenn wir beide Schwestern wären, und ich wäre die ältere, würde er sogar auf die Krone verzichten, um dich zu bekommen. Darum habe ich den Prinzen von dir fern gehalten.«

»Dafür danke ich Euch, Hoheit.«

»Und nun musst du deine Rolle spielen. Pass auf. Ich gebe vor, seinen Antrag anzunehmen. Mein Vater wird entzückt sein. Und Prinz Juri ebenfalls. Wir werden ein kleines Fest geben, um meine Verlobung zu feiern, und du nimmst daran teil. Wir beide sitzen neben dem Prinzen, der sich wie immer dem Trunk hingibt und im Laufe des Abends immer lüsterner wird. Da mein Vater neben mir sitzt, wird der Prinz eher deiner Schönheit als meiner Aufmerksamkeit zollen. Ich werde sehr schicklich gekleidet sein, wohingegen du deine Reize zeigst. Erinnerst du dich an das Kleid, das du an deinem ersten Abend hier bei uns getragen hast? So ein freizügiger Schnitt schwebt mir vor.«

Ich schluckte.

»Das Kleid wird nicht nur deine Reize hervorheben, sondern seinen Glauben stärken, du seist wollüstig.« Sie kniff mir zärtlich ins Kinn. »Was du auch bist, meine Liebe.«

»Ich bin nur in Euren Armen wollüstig, Hoheit«, keuchte ich. »Sonst nicht.«

»Du tust es für mich, Dummkopf.«

»Und meine Narbe? Er wird mich abstoßend finden.«

»Nein, das wird er nicht. Er wird dich für die schönste Frau im ganzen Königreich halten, was du auch bist. Die Narbe hebt deine Schönheit hervor. Hör mir zu. Falls der Prinz dir noch keine Avancen gemacht hat, wenn wir uns erheben, musst du dir etwas einfallen lassen, um allein mit ihm zu sein. Natürlich wird er die Gelegenheit sofort beim Schopfe fassen. Da du ein unschuldiges junges Mädchen bist, glaubst du, es sei ein Spiel. Wenn du entdeckst, was er vorhat, leistest du Widerstand. Du bist selbstverständlich nicht bewaffnet. Wir können es uns nicht leisten, eine Staatsaffäre daraus zu machen. Wenn du es schaffst, ihm durchs Gesicht zu kratzen, wäre es gut. Jeder im Palast weiß, dass du unter meinem Schutz stehst und seit deiner Begegnung mit Demna keinen Mann mehr angesehen hast ...« Sie zögerte. »Das hast du doch nicht? Außer David Sosland.«

»Das war Euer Werk, Hoheit«, erinnerte ich sie.

»Hast du alles verstanden? Der Russe wird vor dem ganzen Hof als lüsterner Trunkenbold dastehen. Es ist ein ausgezeichneter Plan, nicht wahr?«

»Hm, Hoheit ...«

»Was gefällt dir daran nicht?«

»Und wenn er trotz meines Protestes und meines Widerstandes sein Ziel erreicht? Er ist ein großer, starker Mann.«

»Dann ist seine Schuld zweifelsfrei bewiesen.«

»Und was ist mit mir?«

»Edith! Tu nicht so, als wärst du noch Jungfrau.«

»Genauso fühle ich mich aber. Es ist vier Jahre her, seitdem ich mit einem Mann zusammen war. Und ich habe nicht vor, diese Erfahrung zu wiederholen.« Das entsprach natürlich nicht der Wahrheit. An jenem Tag am Bach, als wir so barsch unterbrochen wurden, hatte ich gehofft, David zu gehören.

»Wenn du dich an unseren Plan hältst, wird es nicht geschehen. Wie soll er denn zwischen deine Beine kommen, wenn du zappelst, um dich schlägst, beißt und kratzt? Und sobald er dir zu nahe kommt, fängst du an zu schreien. Du schreist wie am Spieß. Der ganze Palast wird dir zu Hilfe eilen, und allen voran ich. Seine Schuld soll für jedermann ersichtlich sein.«

☆

Sie hatte an alles gedacht. Ehrlich gesagt, empfand ich weniger Angst und Abscheu, als es hätte der Fall sein sollen. Der russische Prinz war ein ausgesprochen gut aussehender Mann und ein erfahrener Liebhaber, der bisher keinerlei Anzeichen von Brutalität gezeigt hatte. Außerdem würde ich der Prinzessin einen Dienst erweisen, und die Situation war weit weniger gefährlich, als wenn ich mein Schwert zu ihrer Verteidigung hätte ziehen müssen.

Ich freute mich darauf, David durch mein Benehmen zu kränken. Immerhin hatte er mich zurückgewiesen, auch wenn ich daran nicht ganz unschuldig war.

Meine Verschwörung mit der Prinzessin stellte mir ein Abenteuer mit einem Mann in Aussicht, und das war das

Beste daran. Seit dem Erlebnis mit David, das ein so jähes Ende genommen hatte, war ich frustriert, und nun schöpfte ich neue Hoffnung. Und das tat die Prinzessin auch. Sie stand dem männlichen Geschlecht ablehnend gegenüber, weil sie sich keinem Mann unterwerfen wollte. Ihre Angst vor dem Sex selbst hatte mit den Schilderungen ihrer Tante und den Ausschweifungen ihres Vaters zu tun. Tamara hatte mir das Leben gerettet und stand schützend zwischen mir und der unzivilisierten Welt, in die ich entführt worden war. Unbewusst versuchten wir beide, dieser Welt zu entfliehen. Tamara wusste nicht, wie sie es bewerkstelligen könnte, und ich wusste nicht, wie ich es bewerkstelligen könnte, ohne sie zu verletzen. Ich sah meinem nächsten Abenteuer mit einem Mann erwartungsvoll und ohne Schuldgefühle entgegen, denn Tamara hatte mir persönlich den Befehl dazu erteilt.

Wir suchten sorgfältig ein Kleid für mich aus, und meine Zofen gerieten in Aufregung, als sie es sahen. Als Gräfin verfügte ich über ein eigenes Gefolge. Vor allem Magdalene, die vor offiziellen Anlässen immer zu mir kam, geriet ganz aus dem Häuschen.

Magdalene, eine ausgesprochen hübsche Frau mit drallen Kurven, war mit ihren einundzwanzig Jahren ein Jahr älter als Tamara. Seit ihrer Erhebung in den Adelsstand hatte sie bewusst ihre scheue Art abgelegt. In letzter Zeit sahen wir uns seltener, und obwohl wir beide in der Festung lebten, hatten wir beide eigene Gemächer und eigene Bedienstete. Wir nahmen in der Regel beide an den Mahlzeiten im Rittersaal teil, saßen aber nicht nebeneinander. Magdalene konnte sich vor Verehrern kaum retten. Ihre Nacht mit dem König hatte sich herumgesprochen, und das machte sie in den Augen ihrer Verehrer nur noch interessanter. Sie hatte mit Sicherheit bereits mehr als einem ihre Türen geöffnet. Ich sah keinen Grund, ihr Vorwürfe zu machen, und unser Verhältnis hatte sich in letzter Zeit erheblich verbessert. Zum ersten Mal in unserem Leben pflegten wir einen freundschaftlichen Umgang miteinander.

Dennoch benahm Magdalene sich oft wie eine ältere Schwester. Ihre fast hysterische Reaktion auf meine Verwundung hatte jedoch weniger mit ihrer Sorge um mich als mit ihren eigenen Zukunftsängsten zu tun. Als sie mich in dem freizügigen Kleid sah, war sie bestürzt. »Du willst in diesem Aufzug vor den König und seine Gesellschaft treten?«, fragte sie mich.

»Die Prinzessin bat mich, mich von meiner besten Seite zu zeigen.«

Das Kleid hob in der Tat meine besten Seiten hervor, wobei es für ein Schlafgemach eher geeignet war als für einen Speisesaal. Die weiße Seide schmiegte sich an meinen Körper, und ich trug nur einen einzigen Unterrock. Der Gürtel spannte sich eng um meine Taille und betonte das tiefe Dekolleté. Wenn ich still stand, konnte man einen Blick auf zwei herrliche Kurven werfen, und bei der geringsten Bewegung konnte man die Brustwarzen nicht nur erahnen. In meinem rotblonden, glatten Haar, das über meine Schultern bis auf die Taille fiel, steckte ein silberner Haarreifen, den mir Tamara geschenkt hatte. Außer den Ringen an meinen Fingern trug ich keinen Schmuck. Tamara, die noch einen letzten prüfenden Blick auf mich warf, sagte: »Du besitzt so viele natürliche Juwelen, meine liebe Edith, dass es grotesk wäre, sie durch weiteren Schmuck in den Schatten zu stellen.«

Auf Tamaras Befehl hin führte ich bei dieser Gelegenheit keine Waffen bei mir.

»Sie werden schockiert sein«, verkündete Magdalene.

»Das hoffe ich«, erwiderte ich. »Hauptsache, ihnen gefällt, was sie sehen.«

»Oh ... Du bist eine Hure.«

»Wenn ich mich so kleide, wünschte ich, es wäre so.«

☆

Nur Tamara und ich wussten, was wir beabsichtigten. Die ganze Gesellschaft war über meine Aufmachung bestürzt. Prinz Andronicus verdrehte die Augen, und der König bekam einen Hustenanfall. Prinz Juri steckte die Nase in den Weinbecher und frönte intensiv dem Alkohol. Ich fragte mich ängstlich, ob unser Plan scheitern musste, weil er am Ende zu betrunken war, um einen Angriff auf meine Zitadelle zu wagen.

Es war offiziell Tamaras Nacht. Sie war ausgelassen und heiter. Prinz Juri war unterrichtet worden, dass sie seinem Heiratsantrag wohlwollend gegenüberstand. Er spielte die Rolle des gefälligen, liebenden Gatten und Herrschers von Georgien in spe, doch er war schrecklich zerstreut und suchte Trost im Wein. Prinz Andronicus war nüchterner und in der Lage, sich zu vergnügen und zu verfolgen, was sich um ihn herum abspielte. Er bemerkte die Blicke, die sich Tamara und ich immer wieder zuwarfen, und roch vermutlich den Braten. Genaueres über unsere Pläne konnte er nicht wissen, und daher kam dem keine große Bedeutung zu. Tamara frönte ausgiebig dem Alkohol, und der Rest der Gesellschaft einschließlich mir folgte fröhlich ihrem Beispiel.

Je später es wurde, desto ausgelassener und lauter ging es zu. Prinz Juri versuchte, eine Ansprache zu halten, aber er verhaspelte sich, und die Gesellschaft amüsierte sich köstlich darüber. Im Grunde ging es zu wie auf allen größeren Feiern in der Festung. Diesmal stand das Hauptereignis noch aus. Schon als Siebzehnjährige konnte ich eine Menge Alkohol vertragen. Prinz Juri hingegen war bald vollkommen betrunken, und ich befürchtete das Scheitern unseres Plans. Tamara war nicht so betrunken, wie es aussah, und es war noch nicht spät, als sie das Fest beendete.

»Genug!«, rief sie, während sie aufstand und in die Hände klatschte. »Ich bin müde.«

Die Gesellschaft jubelte und klatschte, als wäre es ihre Hochzeitsnacht.

Sie schlug Prinz Juri auf die Schulter. »Wollt Ihr mir nicht eine gute Nacht wünschen, werter Prinz?«

»Selbstverständlich!«, verkündete Prinz Juri, der sich mühsam aufrappelte. »Ich werde Euch persönlich ins Bett stecken.«

Der König, der ebenfalls eine Menge vertragen konnte, räusperte sich missbilligend.

»Meine Zofen kümmern sich um Euch«, sagte Tamara. »Ihr dürft mich bis zur Tür begleiten.«

Mit diesen Worten verneigte sie sich vor ihrem Vater und rauschte davon. Der russische Prinz taumelte ihr hinterher. Ich folgte ihnen mit Magdalene, der ich ein Zeichen gegeben hatte. Thalka lief meiner Schwester hinterher. Vermutlich folgten uns noch mehr Menschen, auf die ich im Augenblick nicht achtete. Ich hatte andere Sorgen.

Prinz Juri stolperte auf der Treppe, und ich musste seinen Arm ergreifen, damit er nicht zu Boden sank. Als wir das nächste Stockwerk erreichten, umklammerte er meine Taille und versuchte, mit einer Hand in mein Mieder zu greifen, was nicht besonders schwierig war. Zumindest war seine Berührung sehr sanft.

Vor der Tür zu Tamaras Gemach, die zwei ängstliche Wachen versperrten, drehte sie sich um. »Ich wünsche Euch eine gute Nacht, Prinz Juri«, sagte sie.

»Gute Nacht?«, fragte der Prinz verständnislos. »Gute Nacht? Ich will das Bett mit Euch teilen.«

»Ihr missversteht Eure Vorrechte, Prinz«, erklärte Tamara in arrogantem Ton. »Meine Zofen begleiten Euch. Würdet Ihr Prinz Juri bitte behilflich sein, werter Prinz?«

Tamara warf mir einen bedeutsamen Blick zu, um mich noch einmal an meine Aufgabe zu erinnern. Bis zu diesem Moment hatte ich keine Angst gehabt zu versagen. Die rechte Hand des Prinzen umklammerte meine rechte Brust. Mein Mieder war aufgesprungen, und er machte keine Anstalten, seine Hand zu entfernen. Tamaras letzter Satz hatte mich verunsichert. Ich drehte mich um und sah Prinz Andronicus in unserer Mitte stehen.

Es wäre mir lieber gewesen, den Byzantiner verführen zu müssen, denn er war zweifellos der Stattlichere von beiden, obwohl sich die Ausschweifungen seines Lebens auf seinem Gesicht spiegelten. Der Gedanke, mich mit beiden zugleich zu beschäftigen, gefiel mir nicht.

Ich schaute Tamara fragend an, doch die Prinzessin hatte sich bereits mit Thalka zurückgezogen. Ich war auf mich allein gestellt.

»Sie müssen mir zur Seite stehen, Gräfin«, befahl ich Magdalene. Die anderen Zofen entließ ich.

Magdalene folgte glücklich dem Befehl und schlang einen Arm um die Taille des Prinzen. Dieser umklammerte sofort ihre Brust, woraufhin sie einen schrillen Schrei ausstieß. Als sie einen zweiten Schrei ausstieß, drehte ich mich verwundert um. Prinz Andronicus, der uns folgte, machte sich an ihrem Hinterteil zu schaffen.

Die Gästegemächer befanden sich im nächsten Stockwerk, und es dauerte eine Weile, bis wir sie erreichten. Die Wachen waren über unser seltsames Verhalten empört. Der Prinz protestierte, weil er zur Prinzessin zurückkehren wollte. Wir schleppten ihn mit vereinten Kräften über den Gang und vertrösteten ihn auf morgen.

Als wir vor der Tür des Prinzen ankamen, war ich erschöpft. Magdalene war verschwunden, worüber ich mich wunderte. Sollte sie unterwegs gefallen sein? Nein, Prinz Andronicus war ebenfalls verschwunden. Wir waren soeben an seiner Tür vorbeigekommen, und ich konnte mir lebhaft vorstellen, was sich nun hinter dieser Tür abspielte. Ich war gekränkt. Der Byzantiner zog meine Schwester mir tatsächlich vor! Ach, was sollte man von diesem blasierten Volk auch anderes erwarten? Vermutlich ging es ihnen nur um Kurven, wenn sie sich hemmungslos ihren Liebesspielen hingaben. Außerdem war ich endlich in der Lage, den Befehl der Prinzessin auszuführen.

Allerdings hätte ich in diesem Augenblick etwas Unterstützung gebrauchen können. Mittlerweile war der Prinz wieder halbwegs nüchtern und ungeheuer liebesbedürftig. Ich öffnete die Tür. Prinz Juri trug mich über die Schwelle und taumelte mit mir über den Teppich zum Bett. In dem Gemach hielten sich zwei Männer mit schwarzen Bärten auf, die weiße Kittel trugen und in Aufregung gerieten, als sie unser stürmisches Eindringen beobachteten.

»Hinaus!«, brüllte der Prinz. »Hinaus, habe ich gesagt!«

Sie ergriffen die Flucht, ohne mich eines Blickes zu würdigen. Ehe ich wieder zu Atem kam, warf mich der russische Prinz bäuchlings aufs Bett. Um mir das Kleid auszuziehen, umklammerte er einfach den Kragen und zog heftig daran. Mein Unterrock fiel derselben Behandlung zum Opfer. Dann machte er sich an meinem entblößten Hintern zu schaffen. Er knetete meine Pobacken wie Brotteig und schlug ab und zu darauf, was ein wenig schmerzte.

Der Schmerz war im Vergleich zu dem Dilemma, dem ich mich ausgesetzt sah, bedeutungslos. Jetzt war der rechte Moment, laut zu schreien, was ich dennoch unterließ. Ich war atemlos und neugierig. Man kann mit Fug und Recht behaupten, dass ich damals den schönsten Hintern von ganz Georgien, wenn nicht der ganzen Welt besaß. Und mein Busen, der gerade zu voller Pracht erblühte, war noch schöner ... Der Prinz interessierte sich indes überhaupt nicht für meine Brust, seitdem mein anderes Ende in sein Blickfeld geraten war. Ich war eigentlich ganz froh, da er meine Narbe in dieser Position nicht sehen konnte.

»Mein Gott!«, lallte er wie ein wildes Tier, das sein Opfer verspeisen wollte. »Sie hat mich zurückgewiesen! Doch hier ist ein schönes Nest für meinen Schwanz.«

Mit diesen Worten schob er mich so heftig aufs Bett, dass ich fast auf der anderen Seite auf dem Boden landete. Ich versuchte, mich festzuhalten und mich trotz der Narbe auf den Rücken zu rollen, um ihn anzusehen. Es klappte nicht, denn er war eindeutig der Stärkere. Ehe ich mich versah, hing mein Oberkörper über dem Boden. Mein Haar berührte den Teppich, und ich stützte mich mit den Händen ab, um Halt zu finden. In dieser Position war ich ihm hilflos ausgeliefert. Er drückte meinen Hintern auf die Matratze, spreizte meine Beine und kniete sich dazwischen. Es wäre noch hinnehmbar gewesen, ihm in dieser Position zu Willen zu sein, aber die Berührung seiner Finger wies auf seine wahren Absichten hin. Er wollte mich wie ein Tier besteigen!

Das war zu viel. Noch nicht einmal Demna war so weit gegangen. Trotz meiner unglücklichen Lage bekam ich wieder Luft. Ich presste die Pobacken fest zusammen. Das war ziemlich schwierig, da meine Beine gespreizt waren. Gleichzeitig schrie ich laut: »Hilfe! Vergewaltigung! Mörder!«, was vielleicht ein wenig übertrieben war.

Zum Glück hatten seine Diener die Tür einen Spalt offen gelassen, und ich hatte eine laute Stimme, die jeder kannte. Da alle in der Festung glaubten, ich sei immer in der Nähe der Prinzessin, strömten alle Männer und Frauen auf meinen Hilferuf hin zusammen.

Sie liefen zuerst in Tamaras Gemach, wo sich nur die Prinzessin aufhielt, die sich im Unterrock sofort auf den Weg zu mir machte. Die Menge erreichte rechtzeitig das nächste Stockwerk. Prinz Juri ignorierte meine Schreie und dachte nur daran, seine Lust zu befriedigen. Er drang in mich ein, und da er keine Salbe verwendete, war es sehr schmerzhaft. Inmitten des Aktes flog die Tür auf, und Tamara stand vor uns.

»Mein Herr«!, schrie sie. »Was hat das zu bedeuten?«

Der Prinz rollte sich verlegen von meinem Körper. Er stand kurz vor dem Höhepunkt. Ich kletterte vom Bett und setzte mich schluchzend auf den Boden. Damit keiner meine trockenen Augen sah, verbarg ich mein Gesicht in den Händen.

Tamara kniete sich neben mich. »Mein armes Kind«, jammerte sie. »Oh, mein armes Kind. Bist du verletzt?«

»Ich weiß es nicht, Hoheit«, stieß ich keuchend hervor, obwohl ich mich wie erschlagen fühlte.

Tamara drückte mich an sich, sodass man mein Gesicht nicht sah. Sie funkelte den Prinzen wütend an. »Benimmt man sich so in seiner Verlobungsnacht?«

»Hm«, stammelte er errötend. »Hm ... diese kleine Hure ...«

»Prinz Juri!«, zischte sie. »Ihr sprecht über meine persönliche Zofe, deren Keuschheit im ganzen Königreich bekannt ist.«

Sie starrte auf die Menge, damit sich niemand erdreistete, ihr zu widersprechen oder Demna zu erwähnen.

»Hm«, murmelte Prinz Juri, als wir durch die Ankunft des Königs unterbrochen wurden.

»Was ist geschehen?«, fragte König Georg.

»Diese Kreatur hat Edith vergewaltigt«, erklärte Tamara.

»Was? Was? Ist das wahr?«

Jetzt musste ich mein Gesicht zeigen. »Es ist ihm nicht gelungen, Hoheit.«

»Sie hat um ihre Tugend gekämpft«, sagte Tamara stolz. »Und wir kamen rechtzeitig, um sie zu retten.«

Der König warf dem Prinzen einen wütenden und zugleich bekümmerten Blick zu. »Und nun?«, fragte er. »Was nun?«

Prinz Juri versuchte, sich einen letzten Rest an Würde zu bewahren. Er war wieder vollkommen nüchtern und wusste, dass seine Sache im Augenblick verloren war. »Ich werde das Land verlassen. Noch heute.«

Und das tat er auch. Ich wünschte, ich könnte behaupten, wir hätten ihn zum letzten Mal gesehen.

7. KAPITEL
Die Rückkehr

Leider reiste Prinz Andronicus mit Prinz Juri ab. Besonders Magdalene war darüber äußerst betrübt. Weder Magdalene noch Andronicus waren meinem Hilferuf gefolgt. Meine Schwester hatte meine Stimme sofort erkannt, war aber vermutlich zu beschäftigt, um mir zu Hilfe zu eilen. Magdalene gestand mir später, dass sie mit Andronicus den besten Sex ihres Lebens erlebt hatte. Sie hatte genug Erfahrungen gesammelt, um sich ein Urteil zu erlauben.

»Er hat mich gebeten, ihn zu begleiten«, sagte sie.

»Doch du bist so vernünftig, es nicht zu tun.«

»Ich kann dich mit diesen Barbaren nicht allein lassen.«

In Wahrheit hatte sie Angst, ihren unzuverlässigen Prinzen nach Russland zu begleiten, wo noch barbarischere Zustände herrschten.

☆

Prinz Juris skandalöses Verhalten war eine Zeit lang das Gesprächsthema Nummer eins. Als die Krönung vor der Tür stand, geriet der Vorfall innerhalb des Pöbels in Vergessenheit. In der Festung wurde weiterhin darüber diskutiert und gestritten, ob der Vorfall als schlechtes Omen zu deuten sei.

Tamara war entzückt über die Entwicklung der Ereignisse und ausgesprochen zufrieden mit mir. »Du warst perfekt. Nun können wir noch auf ein paar Jahre Frieden hoffen.«

Ich verschwieg ihr, was der Prinz mit mir getrieben hatte,

denn jede Frau muss ein kleines Geheimnis haben. Später stellte sich heraus, wie wichtig diese Entscheidung war.

König Georg machten die Ereignisse sehr unglücklich. Nicht nur seine Pläne, Tamara unter die Haube zu bringen, waren gescheitert, sondern er musste auch seine Hoffnungen auf ein Bündnis mit Kiew begraben. Die Gastfreundschaft, die er Prinz Andronicus erwiesen hatte, würde das Verhältnis zu Konstantinopel nicht gerade verbessern.

Prinzessin Rusudani sprach deutliche Worte. Sie war mir mit den anderen neugierig zu Hilfe geeilt, ohne um mein Wohlergehen besorgt zu sein.

»Er ist nur ein Mann«, sagte sie. »Alle Männer sind gleich, vor allem wenn sie betrunken sind. Das musst du hinnehmen, meine liebe Tamara, und dennoch musst du eines Tages heiraten.«

»Ha!«, schnaubte Tamara. Natürlich hatte ihre Tante Recht, aber sie hoffte, den verhassten Tag noch eine Weile hinausschieben zu können.

Die anderen Frauen im Palast und sogar Thalka waren auf meiner Seite. Die Männer schienen der Meinung zu sein, ich hätte nur das bekommen, was ich verdient hatte. David Sosland ging mir aus dem Weg.

Der ganze Vorfall geriet verhältnismäßig schnell in Vergessenheit, denn trotz der Abreise der ausländischen Prinzen war Tamaras Krönung das größte Ereignis seit der Krönung ihres Vaters vor fast zehn Jahren. Er hatte die Krone erst aufgesetzt, nachdem er Demna für immer – wie er gehofft hatte – des Landes verwiesen hatte.

Ich stand während der Krönung mit gezogenem Schwert hinter dem Thron, damit sich niemand erdreistete, die Zeremonie zu unterbrechen. Die späteren Ereignisse belehrten mich, dass es einige Männer gerne getan hätten, doch niemand wagte es. Das hatte weniger mit ihrer Angst vor meinem Schwert zu tun als mit der Angst, König Georgs Zorn zu entfachen, der neben seiner Tochter saß.

Tamara trug ein purpurrotes Gewand mit goldenen und silbernen Einfassungen. Der Erzbischof weihte die Königin, und der König setzte persönlich das mit Diamanten und Rubinen verzierte Diadem auf den Kopf der Prinzessin. Er hielt eine kurze Ansprache, in der er sie als sein Augenlicht bezeichnete und ihr den Titel ›Berg Gottes‹ verlieh.

Anschließend begann das rauschende Fest, das mehrere Tage dauerte.

☆

Tamaras Krönung, durch die das Königreich gefestigt werden sollte, war ein großer Erfolg. In Georgien wurde König Georg nur von wenigen geliebt und von vielen gehasst und gefürchtet. Es gab hingegen zumindest innerhalb des Pöbels wenige, die Tamara nicht liebten. Natürlich vergaß auch keiner Tamaras Abstammung. Viele vermuteten, sie habe das Misstrauen und die Grausamkeit ihres Vaters und die lasterhafte Vergnügungssucht ihrer Tante geerbt. Es gab aber nicht die Spur eines Beweises für Grausamkeit, wenn sie nicht unbedingt erforderlich war, oder den Mord an einem Mann, den sie mit in ihr Bett genommen hatte.

Auf der Suche nach negativen Seiten der neuen Königin wurde ich ebenfalls unter die Lupe genommen. In der Festung und in ganz Tbilisi wusste jeder über unsere Liebesbeziehung Bescheid. Mit Ausnahme einer einzigen Person konnte und wollte niemand etwas daran ändern, weil die Alternativen noch schlechter waren. Der neue *König* musste einen Schützling haben, und das wurde von allen akzeptiert. Es hätte unabsehbare Folgen gehabt, wenn Tamara mich durch einen Mann ersetzt hätte. Jeder Mann, der mit Tamara das Bett teilen würde, hätte die Macht an sich gerissen. Eine andere Frau, die gezwungenermaßen dem georgischen Adel entstammen müsste, würde versuchen, ihre Schäfchen ins

Trockene zu bringen und ihre Verwandten zu fördern. Ich hatte nur eine einzige Schwester, die zwar zum gleichen Zeitpunkt wie ich in den Adelsstand erhoben worden war, aber diese Position niemals ausgenutzt hatte. Niemand konnte behaupten, ich würde Tamara beraten, oder sie würde meine Ratschläge annehmen. Es mag sicherlich junge Frauen gegeben haben, die mich um meine Position beneideten. Solange ich jedoch diese Position bekleidete, konnte mir ihr Neid nichts anhaben. Und Tamara schloss mich von Tag zu Tag fester in ihr Herz.

Die wichtige Ausnahme von der Regel war Rusudani. Auf ausdrücklichen Wunsch ihrer Nichte trat sie mir nicht mehr feindselig gegenüber, ohne ihre feindselige Haltung aufgegeben zu haben. Wenn sie sich unbeobachtet fühlte, warf sie mir mitunter böse Blicke zu.

Es gab einen bestimmten Grund, warum Tamaras Tante und der König mich nicht mochten. Sie gaben mir die Schuld an Tamaras Abneigung zu heiraten. Dieses Problem machte ihnen von Jahr zu Jahr mehr zu schaffen. Ich hielt es für unfair, mich dafür verantwortlich zu machen. Tamara wählte mich nicht nur aufgrund meiner Schönheit zu ihrer ständigen Begleiterin aus, sondern weil ich nicht dem georgischen Adel entstammte. Daher gab es keine Familie, die ich begünstigen wollte, und mein Wohlergeben hing allein vom Wohlwollen der Prinzessin ab. Der wahre Grund für Tamaras Abneigung, sich männlicher Vorherrschaft zu unterwerfen, hatte mit den Schilderungen ihrer Tante und ihren Erfahrungen als kleines Mädchen zu tun.

Dennoch wurde ich von Tamaras Tante und ihrem Vater dafür verantwortlich gemacht, und das erschwerte mein Leben erheblich.

☆

Schon bald musste ich mich erneut mit der Ehe auseinandersetzen. Ich persönlich hatte längst die Hoffnung auf eheliches Glück aufgegeben. Selbst wenn Tamara mir erlaubt hätte, in den Stand der Ehe zu treten, hätte niemand gewagt, um meine Hand anzuhalten. Es gab zudem keinen Mann in Tbilisi oder in Georgien, den ich mir als Gatten gewünscht hätte. Manchmal träumte ich noch von einer Zukunft mit David Sosland, doch er schien mich nicht mehr zu begehren.

Fast ein Jahr nach Tamaras Krönung kehrte ich eines Morgens zu früher Stunde in mein Gemach zurück, in dem meine Schwester auf mich wartete. Ich war überrascht, denn Magdalene schlief gewöhnlich sehr lange. Das verhieß nichts Gutes.

»Du bist schwanger«, sagte ich.

Mir war Magdalenes lüsterne Ader nur allzu gut bekannt.

»Ich bin nicht schwanger«, stieß sie errötend hervor. »Es würde mir gefallen, ein Kind zu bekommen.«

»Soll ich für deine Glückseligkeit beten?«

»Du sollst den König um die Erlaubnis meiner Eheschließung bitten.«

Ich hatte über eine Eheschließung meiner Schwester noch nie nachgedacht und fiel aus allen Wolken. »Hast du einen bestimmten Mann im Auge?«

Magdalene war nervös. »Mir wurde ein Antrag gemacht.«

»Ich brauche seinen Namen.«

»Graf Mjkartni.«

Ich runzelte die Stirn. Der Herr war mir bekannt. Sein Name war wie viele georgische Namen schwer auszusprechen. Graf Mjkartni besaß nördlich der Stadt Grund und Boden. Sein Besitz lag hinter der ersten Bergkette und in der Nähe des Kaukasus. Er musste die Grenzen des Landes bewachen und im Notfall verteidigen. Das war oft eine gefährliche Aufgabe, aber in den letzten fünfzig Jahren hatte sich das nördliche Grenzgebiet fast in einen Ruheposten verwandelt. Die Macht der Chasaren war im Schwinden begriffen, und die anderen

Wilden aus den Steppen einschließlich der Kiptschaken verbrachten die meiste Zeit damit, sich gegenseitig zu bekämpfen
oder gegen die Kiewer zu kämpfen. Im Süden lauerten hingegen noch immer die Seldschuken. Aufgrund der entspann-
ten Lage verbrachte Mjkartni viel Zeit am Hofe, und ich hatte
mehrmals beobachtet, dass er mit meiner Schwester schäkerte.
Da Magdalene sich kaum vor Verehrern retten konnte, hatte
ich der Sache keine größere Bedeutung beigemessen.

Sie musterte mich ängstlich. Obwohl sie vier Jahre älter war
als ich, erkannte sie meine Autorität an.

»Und?«, fragte sie.

»Er ist ein hübscher Bursche. Was weißt du sonst noch über
ihn?«

Die Frage schien ihr unangenehm zu sein. »Er war sehr
freundlich zu mir. Und er ist leidenschaftlich. Und ...« Sie warf
den Kopf zurück. »Er ist unglaublich reich.«

»Er wird eines Tages von dir verlangen, in seinem Schloss
im Norden zu leben.«

»Eines Tages«, sagte sie gelassen und fügte hinzu: »Es wird
auch mein Schloss sein.«

Offenbar strebte sie größere Unabhängigkeit an. Dagegen
hatte ich nichts einzuwenden. Ich würde sie nicht vermissen.

»Ich spreche mit der Königin.«

☆

»Mjkartni«, murmelte Tamara. »Hm. Ein hübscher Bursche.«

»Ja, in der Tat, Hoheit.«

»Und er hat deiner Schwester einen Heiratsantrag gemacht?«

»Er wird noch viel mehr gemacht haben, Hoheit.«

»Sie ist eine lüsterne Frau. Mein Vater traut Mjkartni nicht
hundertprozentig.«

»Das wusste ich nicht, Majestät.«

»Weiß es deine Schwester?«

»Ich glaube nicht. Wollt Ihr die Ehe verbieten?«

»Nein, nein. Wenn Magdalene es wünscht, werde ich es erlauben. Möglicherweise kann sie ihren Gatten zu Mäßigung anhalten. Du musst deine Schwester dennoch über die Konsequenzen ihrer Wahl unterrichten. Sollte sich Mjkartni je des Verrats schuldig machen, wird deine Schwester das schlimmste Schicksal an seiner Seite erleiden.«

Ich schluckte. Zum ersten Mal wies Tamara darauf hin, dass sie ebenso unbarmherzig und rachsüchtig wie ihr Vater und ihre Tante sein konnte.

Ich gab die Warnung an Magdalene weiter, erwähnte die Königin aber nicht. Meine Schwester wies meine Bedenken, ihr Geliebter könne sich je gegen die Krone verschwören, als Eifersucht zurück.

Vielleicht war ich ob ihres augenscheinlichen Glücks tatsächlich ein wenig eifersüchtig. Zum Anlass der Eheschließung wurde wie immer ein rauschendes Fest gefeiert. Anschließend zog Magdalene aus der Festung aus, um fortan in Mjkartnis Haus in Tbilisi zu wohnen. Der Graf hatte es nicht eilig, in sein abgelegenes Schloss im Norden des Landes zurückzukehren. Ich sah meine Schwester weiterhin häufig, da sie und ihr Gatte an den Festessen in der Festung teilnahmen. Magdalene schien glücklich zu sein.

Zu dem Zeitpunkt war ich alles andere als glücklich. Ich nahm das Hochzeitsfest zum Anlass, ausgiebig dem Alkohol zu frönen, und konnte mich nicht mehr daran erinnern, wie ich ins Bett gekommen war. Als ich am nächsten Morgen erwachte, lag ich allein in Tamaras Bett. Offenbar hatte ich die ganze Nacht allein verbracht, denn der Platz neben mir wirkte unberührt.

Was hatte das zu bedeuten? Wenn Tamara in Tbilisi weilte, schliefen wir ausnahmslos in einem Bett. Mir schossen beängstigende Gedanken durch den Kopf. Ich konnte mir nicht vorstellen, dass der Prinzessin – wie ich sie insgeheim noch immer nannte – etwas passiert war. Davon hätte ich längst etwas erfahren. Sollte es ein Mann geschafft haben, Tamara in ihrem Rausch in sein Bett zu locken? Der Gedanke war absurd, auch wenn er mir gar nicht so schlecht gefiel.

War eine andere Frau im Spiel? Viele Adelige hätten den Platz gerne mit mir getauscht, doch Tamara liebte nur mich. Das beteuerte sie immer wieder. Natürlich ist im Rausch alles möglich. Ich versuchte, mich zu beruhigen. Falls sie die Nacht in den Armen eines anderen Menschen verbracht hatte, handelte es sich mit Sicherheit nur um eine flüchtige Zuneigung, die sie schnell vergessen würde. Dennoch hatte ich Angst vor der Wahrheit und lag wie gelähmt im Bett.

Plötzlich wurde die Tür geöffnet, und Tamara trat ein.

☆

Ich richtete mich auf und starrte sie an. Sie torkelte durchs Gemach und fiel wortlos aufs Bett.

Die Prinzessin war vollständig angekleidet und hatte nur ihren Hut abgelegt oder verloren. Ihre Kleidung war zerknittert, und ich sah auf den ersten Blick, dass sie die Kleidung abgelegt und hastig wieder angezogen hatte.

Sie nahm mich in die Arme, drückte mich an sich und legte ihren Kopf auf meine Brust

»Eure Majestät«, sagte ich. »Tamara.« Ich sprach sie zum ersten Mal mit ihrem Namen an. »Was ist geschehen? Sagt es mir.«

Sie drückte mich wortlos an sich, bis sie mich abrupt losließ und sich mit ausgestreckten Armen und Beinen auf den Rücken warf. »Nichts ist geschehen.«

Ich kniete mich neben sie. »Kann ich etwas für Euch tun?«

»Bring mir einen Becher Wein.«

Ich sprang aus dem Bett und lief zum Büffet. »Ich habe mir Sorgen gemacht«, sagte ich, als ich ihr den Becher reichte.

Sie setzte sich hin und trank einen Schluck. »Du warst betrunken.«

»Ich habe mir heute Morgen Sorgen gemacht. Glaubt Ihr, ich hätte Euch absichtlich im Stich gelassen? Ich muss am Tisch ohnmächtig geworden sein.«

»Ja, das stimmt. Ich habe dich von zwei Zofen ins Bett bringen lassen.«

»Und Ihr ...«

»Ich war auch betrunken.« Sie seufzte. »Aber nicht betrunken genug.«

Ich konnte meine Neugier kaum zügeln. »Wollt Ihr darüber sprechen?«

Sie blinzelte mich an. »Ich will nicht darüber sprechen und nie mehr daran denken.«

Ich war enttäuscht. Es hatte keinen Zweck, sie zu bedrängen. »Soll ich Euer Bad anrichten?«

»Nein. Ich möchte hier liegen bleiben. Du kannst mir die Stiefel ausziehen.«

Ich gehorchte und stellte mich neben das Bett. »Habt Ihr weitere Wünsche, Hoheit?«

»Ja, ich wünsche mir so vieles, mein liebes Kind. Im Augenblick möchte ich allein sein. Vergnüge dich, bis ich nach dir rufe.«

Ihre Worte beruhigten mich nicht. Es passte nicht zu Tamara, die sehr anspruchsvoll war, in ihren Kleidern zu schlafen. Mir blieb indes keine andere Wahl, als ihr zu gehorchen. Daher hob ich den Saum meines Kleides und verließ ihr Gemach.

Im Vorzimmer traf ich Thalka.

»Was hast du hier zu suchen?«, fragte ich. Seitdem ich in den Adelsstand erhoben wurde, war Thalka meine Untergebene, worüber sie sich maßlos ärgerte.

»Ich möchte mich nur vom Wohlergehen des Königs überzeugen.«

»Der König schläft.«

Ich hätte sie gerne gefragt, wo Tamara die Nacht verbracht hatte, wagte es aber nicht. Thalka konnte ihr Wissen nicht für sich behalten und erzählte es mir von sich aus.

»Oje«, sagte sie. »Ihre Hoheit braucht Schlaf.«

»Was hat das zu bedeuten?«

»Hm ...« Sie verdrehte die Augen. »Nach einer Nacht in den Gemächern der Prinzessin Rusudani ...«

Am liebsten wäre ich Thalka an die Kehle gesprungen, um sie zu erwürgen. Stattdessen fragte ich unschuldig: »Warum sollte Ihre Majestät nicht im Gemach ihrer Tante schlafen?«

»Sie haben es auch einmal getan und wollten nicht darüber sprechen, nicht wahr?«

»Weil es nichts zu berichten gab«, entgegnete ich und hoffte, nicht zu erröten.

»Ha!«, stieß Thalka hervor.

☆

Ich war sehr traurig. Tamara, die zu nichts gezwungen werden konnte, hatte sich vielleicht im Rausch den Wünschen ihrer Tante gebeugt und eine ähnliche Situation erlebt wie ich einst. Da sie nicht darüber sprechen wollte, untersuchte ich ihre Kleider und warf verstohlene Blicke auf ihren Körper, als sie mich schließlich aufforderte, ein Bad für sie vorzubereiten. Zum Glück wies nichts auf die Verletzung ihrer Jungfräulichkeit hin. Ihre Abneigung, über die Erlebnisse zu sprechen, beruhigte mich. Offenbar war sie ebenso schockiert wie ich damals.

Ich konnte nur hoffen, es würde bei dieser einen Nacht bleiben. Tamara trat ihrer Tante weiterhin respektvoll gegenüber. Ihr gutes Verhältnis schien ungebrochen zu sein, und das machte mich misstrauisch. Wenn Tamara die perversen Sexualpraktiken ihrer Tante billigte, blieb zu befürchten, sie könnte sich selbst eines Tages diese Praktiken aneignen. Nicht nur ihre Tante, sondern auch ihr Vater gab sich mit Vorliebe seiner zügellosen Leidenschaft hin.

☆

Wenige Monate nach Magdalenes Eheschließung fing ich an, mir Sorgen zu machen. Ihr Gatte kam immer häufiger ohne sie in den Palast. Zuerst schob ich dies auf eine eventuelle Schwangerschaft, was sich schnell als Irrtum erwies. Eines Tages nahm meine Schwester endlich wieder an einem Festmahl teilnahm, und ich sah sofort, wie unglücklich sie war. Sie bewegte sich steif, und als ich sie auf die Wange küsste, entdeckte ich auf ihrem stark gepuderten Gesicht einen Bluterguss.

»Möchtest du mit mir reden?«, fragte ich sie.

»Warum sollte ich?«

Ich vertraute mich Tamara an, die mir leider keinen Trost spendete.

»Er soll sehr brutal sein, habe ich gehört«, gab sie zu. »Sind nicht alle Männer so?«

»Magdalene ist meine Schwester.«

»Sie wird sich daran gewöhnen müssen. Es war ihre Entscheidung, den Mann zu heiraten. Keine von uns beiden kann sich in ihre Ehe einmischen. Was sich im Schlafgemach oder im Bett der Eheleute abspielt, geht nur sie etwas an.«

»Und wenn er sie ernsthaft verletzt? Oder sie gar tötet?«

Sie seufzte. »Auch das geht uns nichts an.«

»Wenn er die Gesetze missachtet?«

»Wenn der Gatte Fehltritte seiner Gattin beweisen kann, ist das Gesetz auf seiner Seite. Leider dürfte das im Falle deiner Schwester nicht besonders schwierig sein.« Sie legte eine Hand auf meinen Arm. »Liebe Edith, es betrübt mich, dich so traurig zu sehen. Wenn Magdalene erst Mutter ist, wird sich ihr Verhältnis verbessern.«

Vorerst wies nichts auf eine Schwangerschaft hin, und ich machte mir weiterhin Sorgen. Das Jahr 1181 ging seinem Ende entgehen, und mein Geburtstag im Dezember, an dem ich einundzwanzig Jahre alt wurde, rückte immer näher. Wenige Tage zuvor traf ein Bote bei uns ein und bat um königlichen Schutz für Prinz Andronicus Komnenos und sein Gefolge.

Ich stand hinter Tamaras Thron, als der Bursche vorstellig wurde.

»Prinz Andronicus?«, fragte König Georg. »Wo ist der ...« Vermutlich lag ihm das Wort Rüpel auf der Zunge, das er nicht aussprach. »Prinz?«

»In Kartli, Eure Majestät. Er bittet um die Erlaubnis, Tbilisi zu besuchen.«

»Und woher kommt er?«

Der Bote sah den König verlegen an. »Der Prinz kommt aus Jerusalem, Majestät.«

Tamara entging die Verlegenheit des Boten nicht. »Er wurde aus Jerusalem verbannt?«

»Der Prinz hielt es für das Beste, die Heilige Stadt zu verlassen.«

»Er schmiedet wieder Ränke, hm? Was hat er überhaupt in Jerusalem gemacht? Ich glaubte ihn in Kiew.«

»Der Prinz hielt es für notwendig, Kiew zu verlassen«, entgegnete der Bote, der sich jedes Wort genau überlegte.

»Ich verstehe. Er hat sich bei den Russen und den Franken unbeliebt gemacht. Und nun sind wir seine letzte Rettung. Wie soll ich das Konstantinopel erklären, hm? Sag es mir. Wenn er Georgien wieder als Basis für seine politischen Machenschaften benutzt ...«

»Hm«, murmelte der Bote.

»Hast du etwas dazu zu sagen?«

»Der Prinz hat den Wunsch, sich den Winter über in Georgien auszuruhen. Das hat nichts mit Politik und der Beziehung zu seiner Familie in Konstantinopel zu tun. Als Prinz des Reiches gibt er sein heiliges Versprechen, sich nicht in politische Angelegenheiten zu verstricken, solange er in Eurem Königreich weilt.«

»Ha! Er sucht einen Unterschlupf. Und warum, wenn es sich nicht um Politik handelt?«

»Ich kann Euch nur das Wort des Prinzen geben und seine Bitte wiederholen, ihm und seinem Gefolge für ein paar Monate königlichen Schutz in Tbilisi zu gewähren.«

König Georg schaute seine Tochter an.

»Können wir ihm diese Ehre nicht erweisen, Hoheit?«, fragte Tamara. »Den Winter über?«

»Gut«, stimmte der König zu, der auf den Boten zeigte. »Wir bieten deinem Herrn königlichen Schutz für die Dauer seines Aufenthaltes in Tbilisi.«

»Und seinem Gefolge, Hoheit?«

»Ja, und seinem Gefolge. Aber der Besuch ist inoffiziell. Er kommt inkognito hierher, und dabei wird es bleiben. Er wird nicht in der Festung empfangen und wohnen. Ich empfange ihn noch nicht einmal zu einem Gespräch. Er möchte das bitte zur Kenntnis nehmen.«

Der Bote verneigte sich.

☆

»Warum glaubst du, ist er zurückgekehrt?«, fragte mich Tamara an jenem Abend. »Und aus Jerusalem abgereist?«

»Mit Politik hat das meines Erachtens nichts zu tun«, sagte ich. »Die Berichte, die wir erhalten haben, beschreiben die Situation im Heiligen Land als stabil.«

Das entsprach der Wahrheit. Saladin, der offizielle Anführer der Sarazenen, war in einer Schlacht gegen die Kreuzritter besiegt worden. Der leprakranke König Balduin war kürzlich verstorben, und ein gewisser Guy von Lusignan war ihm auf den Thron gefolgt. Dieser Mann, den mein Vater nicht schätzte, hatte die Schwester des verstorbenen Königs geheiratet. Doch Jerusalem blühte unter der Führung von Vaters altem Herrn, Raymond von Tripolis.

»Vielleicht«, überlegte Tamara. »Es muss einen triftigen Grund für die Rückkehr des Prinzen geben. Sein Name wird fortan mit dem von Juri Bogoljubskij in Verbindung gebracht und hat daher einen Makel. Das muss ihm bewusst sein.« Sie runzelte die Stirn und musterte mich kritisch.

Ich protestierte. »Er hat mich niemals berührt, Hoheit.« Leider, fügte ich im Stillen hinzu.

»Das weiß ich. Es muss einen Grund geben.«

Der Byzantiner war mit Sicherheit nicht in ein Land zurückgekehrt, das ihm feindlich gegenüberstand, um Magdalene zu erobern. Sie hatte nur eine einzige Nacht mit ihm verbracht. Mir fiel noch etwas anderes ein.

»Ob er die Krone anstrebt?«

Tamara durchbohrte mich mit ihrem Blick und errötete. »Er könnte mein Vater sein.«

»Er ist ein ehrgeiziger Mann, und wenn ihm der Weg in Konstantinopel versperrt ist ...«

»Dann nimmt er, was er kriegen kann? Das ist eine Beleidigung.«

»Ich überlege nur, was der Grund sein könnte«, verteidigte ich mich und fügte leise hinzu: »Er ist ein ausgesprochen gut aussehender Mann.«

»Du kleine Hexe«, sagte die Königin, die vergaß, dass ich größer war als sie. »Ich frage mich, ob ich dich nicht auspeitschen lassen sollte.« Sie vergaß ebenfalls, dass sie mir die Freiheit geschenkt und mich in den Adelsstand erhoben hatte. »Wir müssen die Wahrheit herausfinden.«

»Gewiss, Hoheit.«

»Du wirst die Wahrheit herausfinden.«

»Ich?«, kreischte ich.

»Du bist meine treueste Dienerin. Und es geht um eine Staatsangelegenheit.«

»Wie soll ich das anstellen, Hoheit?«

»Der Prinz wird in Tbilisi wohnen. Er kommt inkognito und wird nicht offiziell begrüßt. Wir sind jedoch über seine Anwesenheit im Bilde und laden ihn zu einem Privatbesuch ein. Sobald er sich eingerichtet hat, suchst du ihn auf und lädst ihn zu einem Treffen unter vier Augen mit mir ein. Du schaust dich in seiner Unterkunft um, um eventuell etwas herauszubekommen. Wenn er hier bei mir ist, werden wir ihm auf die Schliche kommen.«

Tamara spielte ein Spiel, und es betrübte mich, nicht in ihre Pläne eingeweiht zu werden. Andererseits war ich zuversichtlich, bald alles zu erfahren. Es war ein Beweis für Andronicus' starke Persönlichkeit und seine Autorität, dass wir nicht über persönliche Gründe für seine Rückkehr nachdachten. Der mehrmaligen Bitte seines Boten, seinem Herrn und seinem *ganzen* Gefolge königlichen Schutz zu gewähren, maßen wir keine Bedeutung bei.

Zwei Wochen später begab ich mich zu dem Haus, das Andronicus in Tbilisi gemietet hatte, und dachte an nichts anderes als das Treffen mit dem Prinzen. Ich war damenhaft gekleidet und trug einen schweren Hut, da ich keine Probleme erwartete. Der Majordomus, der auf mein Klopfen öffnete, interessierte mich kaum. Erst als er einen leisen Schrei ausstieß, schaute ich ihn mir genauer an und erkannte ihn. Vor mir stand Danilo!

☆

Ich war wie vor den Kopf geschlagen und wäre fast davongelaufen, weil ich ihn für einen Geist hielt. Nein, Danilo war kein Geist und stand leibhaftig vor mir. Wie ich bereits sagte, fiel ich nie in Ohnmacht, aber diesmal stand ich knapp davor.

Danilo erkannte mich sofort, obwohl sich das schlanke Mädchen, das er einst in den Armen gehalten hatte, innerhalb der letzten fünf Jahre in eine dralle Frau verwandelt hatte. Wie er mir später gestand, hätte er mir beinahe die Tür vor der Nase zugeschlagen. Wir starrten uns ein paar Sekunden an, bis ich mich wieder fasste. »Ich bin Edith von Romsey, Gräfin von Lori, die erste Zofe Ihrer Majestät, der Königin Tamara von Georgien. Ich bringe eine Nachricht von Ihrer Majestät für den Prinzen Andronicus Komnenos. Der Herr ist mir bekannt«, fügte ich vorsichtshalber hinzu.

Er verneigte sich und trat einen Schritt zurück, damit ich das Haus betreten konnte. Ich konnte mir gut vorstellen, welche Gedanken ihm durch den Kopf schossen. Er fragte sich gewiss, ob ich ihn denunzieren würde. Oder ihn verwirrte die Schönheit, die er einst nackt in den Armen gehalten hatte und in deren Gegenwart er die schlimmsten Demütigungen erleiden musste.

Wie er mir später ebenfalls gestand, herrschte in seinem Kopf im Augenblick unserer Begegnung vollkommene Leere. Er war sich lediglich bewusst, der Frau, dessen Bild er seit fünf Jahren im Herzen trug, unversehens gegenüberzustehen. Im Stillen hatte er gehofft, einen Blick aus der Ferne auf mich zu erhaschen, als er nach Tbilisi zurückkehrte. Obwohl er zu dem Gefolge von Prinz Andronicus gehörte, dem königlicher Schutz zugesichert worden war, konnte er unmöglich das Risiko eingehen, von jemandem erkannt zu werden.

Nun war es geschehen, und er konnte nur auf meine Loyalität hoffen. Er verneigte sich. »Nehmen Sie bitte Platz. Ich melde Sie bei Seiner Hoheit an.«

In den letzten Jahren hatte er sich feinere Umgangsformen angeeignet. Ich setzte mich auf einen Stuhl und sah ihm nach. Es dauerte eine Weile, bis ich wieder klar denken konnte. Andronicus musste besonders an Danilo gedacht haben, als er um königlichen Schutz für sein Gefolge bat. Vermutlich war er über seine Verbrechen und vielleicht sogar über seine Erlebnisse in Rusudanis Schlafgemach im Bilde. Daher konnte dem Byzantiner Danilos Hass auf Rusudani und im weiteren Sinne auf die ganze Familie der Bagratiden nicht verborgen geblieben sein.

Hatte ich unabsichtlich eine Verschwörung aufgedeckt? Bei dem Gedanken lief es mir kalt den Rücken hinunter. Diesmal würde nichts und niemand Danilo vor der Hinrichtung retten können.

Wie hatte er es geschafft, den Sprung aus dem Fenster der Prinzessin zu überleben?

Ich glaubte irrtümlicherweise, alles wissen zu müssen, was um mich herum geschah. Meine unverhoffte Begegnung mit Danilo bewies das Gegenteil. Der zweite Schock ließ nicht lange auf sich warten. Während ich auf Danilos Rückkehr oder das Eintreffen seines Herrn wartete, betrat eine Frau das Vorzimmer.

Ich warf ihr einen flüchtigen Blick zu. Die Dame war zweifellos in anderen Umständen, und in diesem Zustand traten georgische Frauen in der Regel keinen Gästen gegenüber. Daher überraschte mich ihr Verhalten. Ihr folgte eine Frau, die ein Baby in den Armen hielt und vermutlich ihre Amme war.

Ich nahm an, die beiden wollten einen Spaziergang machen, und schwieg. Die schwangere Frau blieb vor mir stehen. »Romsey«, sagte sie. »Der Diener verriet mir deinen Namen.«

Ich hob den Kopf, schluckte und stand auf. Nun erkannte ich die Dame, die trotz ihres gewölbten Bauches außergewöhnlich hübsch war. Ich hatte sie zum letzten Mal Weihnachten 1172 gesehen. Das war vor neun Jahren, kurz bevor unsere Familie die schicksalhafte Reise nach Tiberias antrat. Vor mir stand die ehemalige Prinzessin Theodora. Da sie den gekrönten Prinzen Balduin geheiratet hatte, musste ich sie als Königin Theodora oder vielmehr als Königinwitwe Theodora ansehen. Sie entstammte dem Hause der Komnenen und war die

Schwägerin des jetzigen Königs von Jerusalem, Guy von Lusignan. Daher war sie eine enge Cousine von Andronicus und lebte tatsächlich in seinem Haus in Tbilisi statt in Jerusalem. Sie war schwanger, und ihre Amme hielt einen Säugling in den Armen, der noch kein Jahr alt war. Balduin war vor über zwei Jahren verstorben!

Ich konnte all diese Sachverhalte kaum verdauen und stierte Theodora sprachlos an.

Mich irritierte besonders ihre ungenierte Art, sich mir zu nähern und mich anzusprechen. Immerhin war sie mir nicht unbekannt. Eine derart unmoralische Person, die sich der Blutschande schuldig gemacht hatte, müsste eigentlich alle Menschen, die sie kannte, wie die Pest meiden.

»Komm her, Mädchen«, befahl sie in dem anmaßenden Ton einer Königin. Dann runzelte sie die Stirn. »Du wirst eine der Zofen sein! Ich dachte schon, du wärest die Mutter.«

»Ich bin Edith von Romsey«, sagte ich und fügte hinzu: »Eure Hoheit.«

»Um Gottes willen! In Jerusalem glaubten wir alle, deine ganze Familie sei von den Sarazenen umgebracht worden.«

»Wie Ihr seht, Hoheit, ist das übertrieben.«

Sie starrte mich an und überlegte, ob sie an meiner Respektlosigkeit Anstoß nehmen müsse. Mein Selbstvertrauen war inzwischen zurückgekehrt. Sie befand sich in einer entsetzlichen, wenn nicht sogar kriminellen Lage und nicht ich. Dieses Land war meine Heimat, und ich agierte als Botschafterin einer Königin, die hier in Georgien eine richtige Königin war.

Andronicus ließ nicht länger auf sich warten.

»Mein Herr«, sagte Theodora. »Wisst Ihr, wer diese Frau ist?«

»Ich kenne sie sehr gut«, erwiderte der Prinz. »Sie ist die Gräfin von Lori.«

»Sie ist eine Fränkin aus Jerusalem.«

»Sie kommt wie wir aus Jerusalem«, sagte er gelassen.

»Alle Welt hielt sie für tot«, erklärte Theodora, und ihr Ton verriet ihre Fassungslosigkeit, mich leibhaftig zu erblicken.

»Sollte nicht die ganze Menschheit froh sein, eine so reizende Kreatur in ihrer Mitte zu wissen, meine Liebe? Sie erfreut sich nicht nur zahlreicher Vorzüge, sondern ist auch die Leibwächterin der Königin von Georgien. Legt Euch nicht mit ihr an. Sie ist ungeheuer geschickt im Umgang mit dem Schwert.«

Ich hätte ihn am liebsten geküsst, auch wenn es mich ärgerte, als Kreatur bezeichnet zu werden. »Eure Hoheit schmeicheln mir«, sagte ich höflich und knickste.

»Das dürfte schwierig sein, Edith. Wie geht es Ihrer Schwester?«

»Gut, Hoheit. Sie hat geheiratet.«

»Ah! Es musste so kommen. Und Ihr seid unverheiratet?«

»Ja, Eure Hoheit.«

»Und Sie wollen es gewiss auch bleiben. Das ist jammerschade. Sie kennen die Königinwitwe bereits?«

»Ich wurde der Königinwitwe vorgestellt, Hoheit. Das war, bevor ihr Gatte die Thronfolge antrat.«

Theodora schnaubte wütend.

»Und haben Sie nun die Absicht, durch die Straßen zu laufen und zu verkünden, dass die Königinwitwe meine Geliebte ist?«

»Andronicus!«, protestierte Theodora.

»Es ist eine augenscheinliche Tatsache, meine Liebe.«

»Ich werde nicht darüber sprechen, Hoheit«, versicherte ich. »Nur mit meiner Herrin.«

»Ach ja. Sie teilen alles mit Ihrer Herrin, nicht wahr, meine liebe Edith?«

Theodora schnaubte noch einmal verärgert über seine freundlichen Worte.

»Da die Königin meine Herrin ist, Hoheit, tue ich, wie mir geheißen wird.«

»Und wie wird sie mit diesem Wissen umgehen?«

»Fragen Sie sie am besten selbst, Hoheit. Ich bin hier, um Euch zu ihr einzuladen.«

»Kraft der Bedingungen meines königlichen Schutzes ist es mir verboten, den Palast zu betreten.«

»Ihr könnt ihn heimlich betreten, Eure Hoheit. Wir treffen uns an einem verabredeten Ort, und ich führe Euch hin.«

»Nun«, sagte der Prinz, »das ist eine verlockende Aussicht.«

»Andronicus!«, rief Theodora.

»Hm.« Er schaute mich an.

»Ich bin sicher, Ihre Hoheit würde Euch ebenfalls willkommen heißen, Eure Hoheit«, sagte ich. »Nur ...« Ich warf einen Blick auf ihr weites Kleid.

»Ganz richtig«, stimmte Andronicus zu. »Es ist nicht der rechte Zeitpunkt, der Königin vorgestellt zu werden, meine Liebe.«

»Ich möchte an dem Treffen teilnehmen«, beharrte Theodora in einem Ton, der ihre Position als Königinwitwe und als Geliebte von Andronicus Komnenos hervorhob.

»Es ist nicht möglich«, widersprach Andronicus höflich, aber bestimmt. »Glaubst du, ich hüpfe sogleich in Königin Tamaras Bett? Es hat noch nie jemand das Bett mir ihr geteilt, und es wird auch kaum je geschehen. Die Königin hat keinen Sinn dafür.«

Theodora beäugte mich kritisch.

Andronicus fing an zu lachen. »Und das hat ihre erste Zofe auch nicht. Sie gehört von Kopf bis Fuß ihrer Herrin.«

Theodora warf mir noch einen letzten Blick zu, ehe sie sich umdrehte und den Raum verließ. Ihre Amme, die ihr Baby in den Armen hielt, folgte ihr auf dem Fuße.

»Sie sprechen sehr offen, Hoheit«, sagte ich.

»Diese Angewohnheit ist mir eigen. Selbst wenn ...« Ein charmantes Lächeln umspielte seine Mundwinkel. »... es mir nicht immer dient. Und wann soll dieses Treffen stattfinden?«

»Morgen Nacht, Hoheit.«

»Zu dem Zeitpunkt haben Sie Ihre Herrin bereits über meine genaue Situation in Kenntnis gesetzt.«

»Es ist meine Pflicht, Hoheit.«

»Ich verstehe. Es wird mir sicher helfen, alles ausführlich zu erklären. Und ich hoffe auf Ihre Freundlichkeit.«

»Die Königin ist über Eure sinnliche Veranlagung im Bilde, Hoheit.«

»Ach ja? Und wo treffen wir uns?«

»Zwei Stunden nach Sonnenuntergang auf dem Platz hinter der Brücke, Hoheit. Ich bitte Euch, unauffällige Kleidung zu tragen und Hinweise auf Euren Rang zu verbergen.«

»Es ist keine Verabredung mit meinem Mörder?«

»Die Königin hat ihren Vater persönlich um Euren Schutz gebeten, Hoheit.«

»Hm«, murmelte Andronicus, der nicht ganz überzeugt zu sein schien. »Ich muss Ihnen glauben. Morgen Abend zwei Stunden nach Sonnenuntergang.«

☆

Als Andronicus das Ende unseres Gesprächs andeutete, verabschiedete ich mich. Danilo, der im Vorzimmer auf mich wartete, begleitete mich schweigend zur Tür.

Ich wollte nicht wortlos gehen. »Ich verrate dich nicht«, sagte ich.

»Dafür bin ich sehr dankbar. Es kam mir auch gar nicht in den Sinn, Sie könnten mich verraten. Sie haben mir einst das Leben gerettet.«

»Unabsichtlich. Mich würde interessieren, wie du es geschafft hast.«

»Das Glück war mir hold, Gräfin. Als ich aus dem Fenster sprang, sah ich dem Tod ins Auge. Ich landete mit den Füßen auf dem Grund der tiefen Schlucht. Als ich wieder auftauchte, schwamm ich bereits in dem großen Burggraben. Die Strömung trieb mich in den Fluss, und ich konnte das Ufer erreichen. Von dort aus suchte ich Unterschlupf bei Freunden.«

»Ich habe am nächsten Morgen nach dir gesucht. Nach der Leiche.«

»Ich weiß. Ich habe Sie mit Ihrer Schwester auf der Brücke gesehen.«

»Und dennoch hast du mich nicht überfallen, um mich zu töten.«

»Wenn ich Sie überfallen hätte, dann nicht, um Sie zu töten.«

Wir schauten uns an. Ich errötete, und das Herz schlug mir bis zum Hals.

»Ich liebe Sie«, sagte er. »Ich verehre Sie. In jener Nacht habe ich mich in Sie verliebt, und seitdem trage ich Ihr Bild in meinem Herzen.«

Seine Worte rührten mich. Mein Herz klopfte zum Zerspringen. Dieser Mann war ein Dieb, ein Mörder und ein Vergewaltiger, wenn seine angeblichen Verbrechen der Wahrheit entsprachen. Einst hatte ich ihn gebadet und ein paar Minuten nackt auf seiner Brust gelegen. Allen Naturgesetzen zum Trotz überlebte er den Sprung aus dem Fenster. Sein Mut und meine Weigerung, ihn zu töten, retteten ihm das Leben. Ich erinnerte mich an jede Minute unserer damaligen Begegnung.

Seine Liebeserklärung verblüffte mich. »Du sprichst von Liebe, und dabei war uns nur ein kurzer Moment vergönnt.«

»Um sich zu verlieben, braucht es nicht lange.«

Ich hatte mich noch nie verliebt. In Tamaras Armen spürte ich Glück, Zufriedenheit, Sicherheit, Begierde und Lust, aber ihre hohe Position hinderte zumindest mich daran, sie zu lieben. Obwohl ich es einst für möglich gehalten hatte, glaubte ich heute nicht mehr daran, mich überhaupt jemals zu verlieben.

»Wirst du den Prinzen morgen begleiten?«, fragte ich.

»Ja, ich bin sein Leibwächter.« Er lächelte. »Wir haben beide die gleiche Aufgabe.«

»Ich würde gerne noch einmal mit dir sprechen. Mich interessiert es, wie dir die Flucht gelang und welche Abenteuer du erlebt hast.«

Ich griff zu einer Notlüge, um meine wahren Absichten zu verbergen, und dies entging ihm nicht.

☆

Ich war schrecklich aufgeregt, als ich der Königin Bericht erstattete, denn ich hatte mich von meinem Schock noch nicht erholt. Erst jetzt wurde mir bewusst, was Andronicus' beharrliche Bitte um königlichen Schutz für sein ganzes Gefolge bedeutete. Dies hatte nichts mit Danilo, dessen Vorleben der Prinz vermutlich gar nicht kannte, sondern mit seiner Mätresse zu tun. Danilo ging mir nicht mehr aus dem Sinn. Was erhoffte ich mir von einem zweiten Treffen mit ihm? Würde ich es wagen? Danilos wundersames Überleben und unsere wundersame Begegnung waren für mich ein Wink des Schicksals.

Tamara, die sich brennend für meine Schilderung interessierte, fiel meine Nervosität offenbar nicht auf.

»Die Königin von Jerusalem«, sagte sie. »Seine eigene Cousine! Der Mann ist ein Monster.«

»Zumindest auf sexueller Ebene, Hoheit«, stimmte ich zu.

Sie blinzelte mich an. »Hat er sich dir unschicklich genähert?«

»Nein, nein, Hoheit. Die Königin war fast die ganze Zeit anwesend.«

»Du siehst erregt aus.«

»Ich bin erregt. Er ist ein aufregender Mann. Und die Situation ...«

»Ja. Er wird aus Jerusalem geflohen sein, um seiner Verhaftung zu entgehen ...« Sie runzelte die Stirn.

»Weil er sich der Blutschande oder des Hochverrats schuldig gemacht hat, Hoheit. Theodora ist Balduins Witwe, und die beiden haben keine gemeinsamen Kinder. König Guy und seine Gattin waren sicher froh, sie gehen zu sehen.«

»Ihre Freude wird nicht andauern, wenn sie erfahren, dass sie die Geliebte ihres Cousins und die Mutter *seiner* Kinder ist.«

»Das erste Kind muss vor mehreren Monaten in Jerusalem geboren worden sein. Ich nehme an, Guy und seine Gattin duldeten die Affäre und verwiesen sie erst des Landes, als Theodora erneut schwanger wurde.«

»Das hat keine große Bedeutung mehr«, sagte die Königin. »Der Prinz ist aus Konstantinopel, aus Kiew und aus Jerusalem verbannt worden. Bald wird es keinen Ort auf der Welt mehr geben, wo er sich verstecken kann.«

»Darum ist er hier. Zumindest scheinen ihn keine politischen Motive bewogen zu haben, und er will auch nicht um Eure Hand anhalten.«

Ich gewann fast den Eindruck, diese Entwicklung stellte sie nicht zufrieden.

»Wollt Ihr ihn dennoch empfangen? Oder soll ich die Einladung rückgängig machen?«

»Nein, ich werde ihn empfangen. Und seine Mätresse wird ihn nicht begleiten?«

»Er hat nicht die Absicht, sie mitzunehmen. Allerdings lässt er sich immer von seinem Leibwächter begleiten ...«

»Ist der Bursche adelig?«

»Nein, Hoheit.«

»Hübsch?«

»Nein, nein, Hoheit.«

Ich hatte sie diesbezüglich schon einmal belogen und blieb dabei.

»Er würde uns nur stören.«

Ich atmete tief ein. »Wenn Ihr es wünscht, kümmere ich mich um ihn.«

»Ja, das ist eine gute Idee. Aber du musst in Hörweite bleiben, falls ich dich brauche. Dieser Byzantiner hat einen schlechten Ruf.«

»Ich werde nebenan warten, Hoheit.«

»Du musst deine Waffen bei dir führen.«

Ich runzelte die Stirn. »Ich soll mein Schwert gegen einen Komnenen erheben, Hoheit?«

»Nein, nein. Dein Erscheinen sollte ausreichen. Ich dachte an diesen Leibwächter. Falls er dich hindern sollte, zu mir zu kommen, wenn ich dich rufe, oder sich ungebührlich benimmt.«

»Ich werde bewaffnet sein, Hoheit«, versprach ich.

☆

Die nächsten vierundzwanzig Stunden dauerten eine Ewigkeit. Am nächsten Tag ging ich wie üblich meinen Pflichten nach. Am Morgen ritt ich mit Tamara aus, und am Nachmittag absolvierte ich mein Waffentraining mit Brumelli. Am Abend genoss ich ein heißes Bad. Ich lag noch in dem Zuber, als Magdalene plötzlich vor mir stand. Meine Zofen schnatterten aufgeregt, denn meine Schwester ließ sich nicht abweisen.

Seit ihrer Eheschließung hatte ich sie nicht mehr glücklich gesehen. Heute wirkte sie aufgeregt, und ihre Wangen waren gerötet.

»Würdest du bitte deine Zofen entlassen«, bat sie mich.

Ich runzelte die Stirn und gab den Zofen ein Zeichen zu gehen. »Dann musst du mich abtrocknen«, sagte ich.

»Steig aus dem Zuber.«

Ich stellte mich hin, und sie wickelte mich in ein Handtuch. »Sind die Gerüchte wahr?«

»Welche Gerüchte?«

Sie stampfte ungeduldig mit dem Fuß auf. »Prinz Andronicus soll sich in Tbilisi aufhalten.«

»Sollte ich das wissen?«

»Ja, du weißt alles.«

Ich setzte mich aufs Bett. »Ja, der Prinz ist in Tbilisi. Aber es ist ein inoffizieller Besuch, und er ist inkognito hier.«

»Besuch? Reist er wieder ab?«

»In absehbarer Zeit. Er bliebt den Winter über hier.«

»Den Winter über«, sagte sie nachdenklich. »Inkognito. Er wohnt nicht in der Festung?«

»Richtig. Er wird von König Georg und Königin Tamara nicht offiziell empfangen.«

»Du weißt sicher, wo er wohnt, nicht wahr?«

»Ich könnte dir die Adresse geben ...«

»Gib sie mir.«

»Ich rate dir dringend davon ab, ihn aufzusuchen.«

»Brauche ich deinen Rat?«

»In dieser Beziehung ganz gewiss. Dafür gibt es zwei Gründe. Erstens würdest du nichts erreichen, denn der Prinz reist mit seiner Mätresse ...«

»Pah! Ist sie so hübsch wie ich?«

»Nein, ist sie nicht.«

»Dann ...«

»Sie ist zufällig eine Prinzessin, eigentlich sogar eine Königin und Mutter seiner beiden Kinder.«

Magdalene riss den Mund auf. »Du lügst.«

Ich zuckte mit den Schultern.

»Woher willst du wissen, dass es seine Kinder sind?«

»Ich weiß eben alles. Das hast du eben selbst gesagt.«

»Pah«, stieß sie hervor und drehte sich um.

»Ich habe dir den zweiten Grund noch nicht genannt.«

Meine Schwester blieb vor der Tür stehen.

»Wenn du ihn aufsuchst und dein Gatte findet es heraus, wird er dich töten.«

Sie hob den Kopf. »Das würde er nicht wagen. Ich erfreue mich der Gunst des Königs.«

»Da irrst du dich. Ich erfreue mich der Gunst der Königin. Sie hat mich gewarnt, dass weder sie noch ich uns in eine Ehe einmischen können.«

»Wie soll er es herausfinden, wenn du es ihm nicht sagst?« Mit diesen Worten stolzierte sie davon.

☆

Mehr konnte ich nicht tun. Vielleicht hatte ich Glück, und der gesunde Menschenverstand meiner Schwester siegte. Immerhin lag ihre vergnügliche Nacht mit dem Prinzen schon zwei Jahre zurück. Würde sie allen Ernstes ein so großes Risiko eingehen, nur um sich mit ihm im Bett zu tummeln?

Ich war viel zu aufgeregt, um über die Probleme meiner Schwester nachzudenken. Im Augenblick hatte ich andere Sorgen. Ich trug Pantalons, und das Schwert hing an meiner Hüfte, als ich mich nach dem Abendessen davonstahl, um zu dem Treffpunkt vor der Brücke zu gehen. Die Dunkelheit brach gerade herein, und es waren viele Menschen unterwegs. Ich hatte mich in einen weiten Umhang gehüllt, unter dem meine Waffen verborgen waren. Einen Hut trug ich nicht, und mein langes Haar fiel offen auf die Schultern. Zwei junge Männer riefen mir etwas zu, woraufhin ich mich in eine dunkle Ecke des Platzes stellte und wartete. Kurz darauf sah ich zwei Gestalten, die die Brücke überquerten.

Ich gab die Deckung auf und ging ihnen entgegen. »Guten Abend, meine Herren«, sagte ich leise.

Andronicus legte eine Hand aufs Heft seines Schwertes. »Mein Gott«, sagte er. »Sie sehen fast aus wie ein Meuchelmörder.«

»Ich fasse es als Kompliment auf, mein Herr«, sagte ich. »Würdet Ihr mir bitte folgen?«

Ich ging ihnen voraus. Kaum hatten wir die Zugbrücke erreicht, da schlang Andronicus die Arme um meine Taille und drang mit den Händen durch meinen Umhang, um meine Brust zu umfassen. »Mein Gott«, flüsterte er. »Mir wird ganz heiß in Ihrer Nähe. Ich hoffe, Sie haben den Männern nicht gänzlich abgeschworen.«

»Nein«, erwiderte ich. »Aber Euch habe ich gänzlich abgeschworen, und es wäre eine große Dummheit, mich nicht auf der Stelle loszulassen.«

Seine Hände verharrten noch einen kurzen Augenblick auf meinem Körper, ehe er von mir abließ.

»Ihr habt eine Verabredung mit meiner Herrin«, erinnerte ich ihn.

»Und wenn ich Sie nicht losgelassen hätte?«

Ich zeigte ihm meine Hand, in der ich den Dolch hielt.

»Das würden Sie nicht wagen.«

»Führt mich nicht in Versuchung.«

»Mein Leibwächter begleitet mich.«

Wir drehten uns beide zu Danilo um, der sich nicht rührte und keinen Ton von sich gab.

»Wenn es sein muss, werde ich mich verteidigen.«

»Sie haben eine seltsame Auffassung von Ihrer Stellung«, sagte er irritiert. »Hm. Ihre Herrin erwartet mich, nicht wahr?«

Wir erhielten problemlos Einlass in die Festung. Die Wachen kannten mich gut und wussten, welche Position ich in der Königsfamilie innehatte. Ich konnte sogar zwei Männer zur Königin bringen, ohne ihr Misstrauen zu erregen. Ein paar Minuten später erreichten wir das Vorzimmer von Tamaras Gemach.

»Ihr müsst durch diese Tür gehen«, sagte ich.

»Um dort einen Mörder zu treffen?«

»Ich hielt Euch für einen mutigen Mann. Ihr trefft die Königin. Das ist doch Euer Wunsch, nicht wahr?«

Er errötete und warf dem schweigenden Danilo einen letzten Blick zu. »Hört auf meinen Ruf«, befahl er.

Danilo verneigte sich.

Ich öffnete die Tür, und Andronicus schritt hindurch. In Tamaras Gemach flackerte eine Kerze. Hoffentlich wusste sie, was sie tat. Es barg ein Risiko, sich mit einem solchen Lüstling zu einem Tête-à-tête zu treffen. Sie verfolgte ebenso wie ich einen Plan.

Ich schloss die Tür und drehte mich zu Danilo um. Im Vorzimmer brannte ebenfalls eine Kerze. »Hätten Sie ihn wirklich niedergestochen?«, fragte er mich.

»Wenn er versucht hätte, mich zu vergewaltigen, ja.«

»Einen Prinzen der Komnenen?«

»Was hat das für eine Bedeutung für mich? Ich diene nur meiner Herrin. Außerdem ist es zweifelhaft, ob selbst die Komnenen ihn nach seinem letzten Verbrechen noch anerkennen.«

»Sie missverstehen die Situation. Er plant, nach Konstantinopel zurückzukehren.«

»Was? Ins Gefängnis? Oder um hingerichtet zu werden?«

»Um zu herrschen.«

»Das musst du mir erklären.«

»Kaiser Manuel ist verstorben.«

Ich nickte.

»Und die Kaiserin Maria herrscht als Regentin für ihren Sohn.«

»Ja.«

»Als Latinerin ist sie nicht sehr beliebt. Nun ist ihre Unbeliebtheit noch gestiegen, weil das Volk mit ihrer Herrschaft unzufrieden ist. Eine Gruppe Adeliger hat sich zusammengeschlossen und Andronicus gebeten zurückzukehren, um die Regentschaft für sie zu übernehmen, bis der Junge seine Volljährigkeit erreicht hat. Da der Junge noch ein Kind ist, werden bis dahin viele Jahre ins Land ziehen.«

Ich war überrascht und beunruhigt, obwohl ich nicht wusste, ob sich politische Streitigkeiten in Byzanz auf uns in Georgien auswirken würden. Allerdings würde ein geschwächtes

Byzantinisches Reich die Seldschuken zu erneuten Angriffen ermutigen. Das musste ich Tamara unbedingt erzählen, falls sie es nicht in diesem Augenblick erfuhr.

»Und du willst ihm in dieses Abenteuer folgen?«

»Er ist mein Herr.«

»Du musst mir sagen, wie es dazu kam ... Später. Wenn wir uns das nächste Mal sehen.«

»Ah. Sie meinen, wir sollen hier sitzen und warten, bis unsere Herren uns rufen.«

»Ich meine, wir haben noch etwas zu Ende zu bringen.«

Ich ging ein großes Risiko ein. Danilo hatte mir zwar seine Liebe gestanden, aber ich wusste nicht, welchen Wert ein solches Geständnis hatte. Vielleicht hatte dieser Mann mir nur seine Liebe gestanden, um nicht von mir verraten zu werden. Wenn ich mich vor ihm entkleidete, war ich gezwungen, meine Waffen abzulegen. Ohne mein Schwert war ich ihm auf Gedeih und Verderb ausgeliefert, denn er war viel größer und stärker als ich.

Es gab noch ein anderes Problem. Tamara könnte plötzlich mit oder ohne Andronicus im Vorzimmer auftauchen.

Trotz alledem war ich entschlossen, es zu tun. Es ging mir nicht nur darum, die Erinnerung an die schreckliche Nacht in Rusudanis Gemach zu vertreiben. Das war nicht möglich, selbst wenn Danilo sich als schlechter Liebhaber erweisen sollte, was mehr als unwahrscheinlich war. Ich wollte herausfinden, wer ich wirklich war, was ich wirklich wollte und was aus mir werden könnte.

Wir starrten uns an, als ich meinen Umhang zu Boden gleiten ließ.

Danilo schaute auf das Schwert an meinem Gürtel und den Dolch, der in der Scheide an meiner Hüfte hing. »Tragen Sie die Waffen immer bei sich?«

»Wenn ich die Festung verlasse oder die Königin in der Öffentlichkeit begleite.«

»Und sind Sie wirklich so gut, wie die Leute sagen?«

»Ja, Danilo«, erwiderte ich, während ich den Gürtel ablegte und auf den Tisch legte. »Du solltest mich Edith nennen.«

»Edith«, stammelte er, während ich die Bänder meiner Pantalons aufzog. Erst jetzt bemerkte er meine seltsame Kleidung, und ich spürte, wie seine Erregung wuchs, obwohl ich noch nichts sehen konnte. Eine Frau, die sich eine enge Hose über die Hüften streift, erregt einen durchschnittlich sinnlichen Mann mehr als eine Frau, die sich ein Kleid über den Kopf zieht. Zusätzlich bot ihm mein nackter Körper einen schönen Anblick. Ich setzte mich hin, um meine Stiefel und meine Strümpfe auszuziehen, ehe ich langsam das Hemd aufknöpfte und auszog. Er hatte mich schon einmal nackt gesehen, doch das war lange her, und seitdem hatte ich mich beträchtlich entwickelt. »Du bist noch schöner als in meiner Erinnerung«, sagte er.

»Als wir uns zum ersten Mal sahen, hattest du andere Sorgen. Und ich habe mich in den letzten Jahren entwickelt. Willst du nur dastehen und mich anstarren?«

Danilo zog sich hastig aus. Er trug ebenfalls einen Dolch bei sich. Ebenso wie ich hatte er ein wenig zugenommen, und zwar genau an den richtigen Stellen. Ich will nun nicht behaupten, dass sein wichtigster Körperteil größer geworden war, aber er war so bombastisch wie in meiner Erinnerung. Und er war so erregt wie damals, als ich ihn gebadet hatte.

Es gab keinen Grund, weitere Worte zu wechseln. An der Wand des Vorzimmers stand ein kleines Sofa, auf das ich mich legte. Ich wusste nicht, was ich erwartete oder was ich mir wünschte. Seitdem ich das Bett mit Demna geteilt hatte, waren sieben Jahre vergangen, und damals hatte ich mich ihm vollkommen unterworfen. Er interessierte sich nicht für meine Gefühle, Wünsche und Schmerzen, sondern nur für seine eigenen Bedürfnisse. Abgesehen von den flüchtigen Abenteuern mit David Sosland und Juri Bogoljubskij, war dieser Mann der einzige, der seinen nackten Körper seitdem gegen meinen gepresst hatte. Unsere Begegnung fand unter solch unangenehmen Umständen statt, dass die Erinnerung fast einem Albtraum glich. Als er sich mir näherte, dachte ich daran, wer dieser Mann war. Er hatte gestohlen, gemordet und vergewaltigt. Die Anklagen waren zwar nie endgültig bewiesen worden, doch er hatte sie auch nie wirklich zurückgewiesen.

Danilo war erstaunlich zärtlich. Er streichelte mich sanft, wohingegen Demna meinen Körper meistens gekniffen und gequetscht hatte. Es war eine wahre Wonne, sich mit diesem Mann zu vergnügen. Nach wenigen Minuten hatte ich Tamara vergessen. Als er die blaue Narbe auf meiner weißen Haut sah, hob er betroffen den Kopf.

»Ein Pfeil«, erklärte ich ihm.

»In einer Schlacht?«

»Nein, ich habe meine Herrin verteidigt.«

»Du führst ein aufregendes Leben.«

»Wie du auch. Es ist nicht der rechte Augenblick, über die Vergangenheit zu sprechen.«

Ich hatte Angst, unterbrochen zu werden, und wir hatten den Akt noch nicht vollzogen. Wie würde ich nach so langer Zeit darauf reagieren? Würde es schmerzhaft sein? Was würde ich fühlen?

Meine Ängste waren unbegründet. Wenige Sekunden später entführte Danilo mich ins Paradies.

Es war eine glückliche Wende des Schicksals, dass es nicht länger dauerte, obwohl ich es mir gewünscht hätte. Kaum hatte Danilo den Höhepunkt erreicht, drangen Geräusche aus Tamaras Gemach an mein Ohr. Es hörte sich an wie eine Ohrfeige und ein Schrei. Ich schob den keuchenden Danilo von meinem Körper, schlüpfte hastig in meine Hose und mein Hemd, zog das Schwert und öffnete die Tür. Vor mir stand Andronicus, der wütend keuchte. Seine Kleidung war zerknittert. Ich warf schnell einen Blick auf die Königin, die an der

Wand lehnte. Ihre Kleider waren ebenfalls zerknittert, und sie keuchte vor Wut. Zum Glück waren beide so erregt, dass sie meine unordentliche Aufmachung nicht bemerkten und Danilo nicht vermissten.

»Schaff mir diese Kreatur vom Hals«, befahl Tamara.

Andronicus schielte auf meine Klinge. »Sind Sie eine Mörderin?«, fragte er.

»Keineswegs, Hoheit«, erwiderte ich. »Nur, wenn ich dazu gezwungen werde.«

Ich schob die Tür weit auf, damit Danilo nicht das Gefühl hatte, seinen Herrn verteidigen zu müssen. Er hatte sich hastig angezogen.

Andronicus hob den Blick. »Ist mein königlicher Schutz aufgehoben?«, fragte er.

»Ihr könnt den Winter über in Georgien bleiben«, erwiderte Tamara, die sich wieder gefasst hatte. »Aber ich will Euch nie wiedersehen.«

Er verneigte sich kurz und schritt an ihr vorbei ins Vorzimmer. Ich schloss die Tür. Danilo und sein Herr schauten sich wortlos an.

»Meine Herren«, sagte ich und zeigte mit dem Schwert auf die Tür.

»Werden die Wachen uns nicht niederschlagen?«, fragte Andronicus. Er war misstrauisch geworden.

»Sie rühren Euch nicht an, solange ich in Eurer Nähe bin«, versicherte ich ihm.

Ich senkte das Schwert und führte sie barfuß zum Tor. In der Eile hatte ich keine Zeit gehabt, die Stiefel anzuziehen. Ob die Wachen sich über meine bedrohliche Miene und die unordentliche Aufmachung wunderten, weiß ich nicht. Auf jeden Fall wussten sie, wer ich war und in wessen Auftrag ich handelte. Daher mischten sie sich nicht ein und enthielten sich jeglichen Kommentars.

Vor dem Tor drehten sich beide Männer zu mir um.

»Eine böse Sache«, sagte der Prinz.

»Ich nehme an, dafür seid Ihr verantwortlich, Hoheit.«

»Das ist keine Frau«, sagte er. »Sie ist ...«

»Meine Herrin, Hoheit. Sagt nichts, was Ihr später bereuen könntet.«

»Werde ich Sie wiedersehen?«

»Das glaube ich nicht.« Ich warf Danilo, den ich gerne wiedersehen wollte, einen freundlichen Blick zu, ohne erkennen zu können, ob ihn die Botschaft erreichte.

Kurz darauf wurden sie beide von der Dunkelheit verschluckt.

☆

Ich eilte zurück zur Königin. Ehe ich zu ihr ging, zog ich mich im Vorzimmer ordentlich an. Im Augenblick war ich zum Glück zu aufgewühlt, um zu weinen. Ich würde später manche Träne um Danilo vergießen, denn die kurze Begegnung mit ihm rührte mich sehr. Das Schicksal wollte mir diesen Mann erneut entreißen. Zumindest hatten wir unsere Bekanntschaft diesmal vertieft, und ich würde die Erinnerung an ihn in Ehren halten.

Der Vollzug der Liebe hatte mich über meine wahre Natur aufgeklärt. Dennoch verlor ich meine Pflichten und meine Interessen nicht aus den Augen.

Tamara war noch immer furchtbar aufgeregt. »Dieser Mann ist ein Scheusal.«

»Das wird ihm nachgesagt.«

»Du hättest ihn niemals zu mir bringen dürfen«, sagte sie, wobei sie scheinbar vergaß, dass es auf ihren Befehl hin geschehen war.

Ich erinnerte sie nicht daran. »Hoffentlich war ich rechtzeitig zur Stelle«, sagte ich.

»Das warst du.«

»Er hat nicht ...?«

»Nein. Als er sich mir unschicklich näherte, habe ich ihm eine Ohrfeige verpasst. Und du ...«

Ich fragte sie nicht, auf welche Weise er sie bedrängt hatte. Es ist ein Unterschied, ob ein Mann die Brust einer Frau streichelt oder ihr zwischen die Beine greift. Ein Mann, der überall als erfahrener Liebhaber bekannt war, müsste eigentlich wissen, wie er sein Ziel erreichen konnte. Insgeheim hätte es mich interessiert, welchen Zweck dieses heimliche Treffen erfüllen sollte. Tamara war wie alle über seinen Ruf im Bilde. Stattdessen sagte ich: »Ich hatte keine Probleme mit seinem Diener.« Das entsprach genau der Wahrheit.

»Dann wollen wir den ganzen Vorfall vergessen.«

»Das dürfte schwierig sein, Hoheit. Sein Diener vertraute mir an, sein Herr wolle nach Konstantinopel zurückkehren.«

»Andronicus hat es mir gesagt. Das ist der wahre Grund, warum er hier ist. Nachdem der Bursche beteuert hat, es hätten keine politischen Motive zu seinem Besuch geführt! Er hofft, schneller und unbemerkter reisen zu können, wenn er das Schwarze Meer überquert. Der Flegel bat mich sogar um Unterstützung. Stell dir vor, Edith, ich hätte sie ihm beinahe bewilligt. Das war allerdings, bevor er versucht hat, mich zu vergewaltigen. Kann dieser Mann sich überhaupt nicht beherrschen?«

»In Bezug auf Frauen wohl kaum«, erwiderte ich, ohne ihr zu verraten, dass der Bursche sich mir auf dem Weg zur Festung unschicklich genähert hatte. Es gab wichtigere Dinge. »Hat der Prinz Euch auch verraten, dass er die Regentschaft für den jungen Kaiser übernehmen will?«

»Ja. Er schien das Gefühl zu haben, dadurch meine Gunst erringen zu können. Dieser Flegel!«

»Sein Diener glaubt, er könne sein ehrgeiziges Ziel erreichen, weil die Unterstützung im Lande für ihn größer ist als für die Kaiserinwitwe.«

»Ich wünsche ihm viel Erfolg.«

»Befürchtet Ihr nicht, vom Prinzen als Feindin angesehen zu werden, Hoheit?«

»Er wird kaum einen Krieg gegen uns entfachen, weil ich nicht mit ihm ins Bett gestiegen bin.«

»Ja, vermutlich nicht, Hoheit. Sollte er sein Ziel erreichen, könntet Ihr den Herrscher in Konstantinopel nicht als Freund bezeichnen.«

»Die Herrscher in Konstantinopel waren noch nie meine Freunde. Ich habe es bisher ohne ihre Freundschaft geschafft und werde es weiterhin schaffen. Genug davon. Ich fühle mich schmutzig. Wir wollen ein Bad nehmen, ehe wir uns schlafen legen.«

Ich war erleichtert. Es wäre mir unangenehm gewesen, in meinem Zustand das Bett mit ihr zu teilen.

☆

Ich hoffte auf ein weiteres Treffen mit Danilo. Es stand außer Frage, das Haus des Prinzen noch einmal aufzusuchen. Stattdessen bummelte ich häufig über den Markt im Zentrum von Tbilisi, den ich ohnehin in Begleitung einer Zofe regelmäßig aufsuchte. Nun ging ich jeden Tag über den Bazar, weil ich einen bestimmten Stoff suchte, den ich angeblich nicht fand. Drei Tage nach seinem Besuch in der Festung stand Danilo vor mir.

Ich befahl meiner Zofe Zoe, sich zurückzuziehen. »Es ist ein glücklicher Tag«, sagte ich.

»Jeder Tag, an dem ich dich treffe, ist ein glücklicher Tag«, erwiderte er.

So etwas hört eine Dame gern. Danilo sah aus, als hätte er etwas auf dem Herzen. »Wann können wir uns wiedersehen?«, fragte ich.

»Ich glaube, es wird nicht möglich sein.«

Ich runzelte die Stirn. »Warum nicht?«

»Mein Herr hat eine Nachricht aus Konstantinopel erhalten. Es ist alles für seine Rückkehr vorbereitet, und er wird willkommen geheißen.«

»Und du?«

»Ich muss ihn begleiten.«

»Du bist ihm treu ergeben?«

»Es ist weniger Treue als Dankbarkeit. Er hat mich aufgenommen, als ich ein mittelloser, halb verhungerter Flüchtling war.« Er lächelte. »Ich war in einer ähnlichen Lage wie du, als die Königin sich deiner annahm.«

»Hm ...« Ich suchte nach den richtigen Worten. »Bist du der Liebhaber des Prinzen?«

Er schüttelte den Kopf. »Er interessiert sich nur für Frauen. Angesichts seines Naturells braucht er gelegentlich Unterstützung, um seine Bedürfnisse heimlich zu befriedigen.«

»Er würde sicher einen neuen Leibwächter finden, wenn du ihn nicht begleitest.«

»Ich kann nicht bleiben. Ich bin ein verurteilter Verbrecher. Du bist nicht die Einzige, die mich wiedererkannt hat.«

»Ich würde dich beschützen. Ich genieße das Vertrauen der Königin.«

»Und der Prinzessin Rusudani? Wenn sie von meiner Anwesenheit erfährt, bin ich verloren. Ich habe ihr gedroht. Erinnerst du dich daran? Sie wird meine Drohung gewiss niemals vergessen.«

»Würdest du die Drohung wahrmachen?«

Danilo schüttelte den Kopf. »Nicht, wenn ich dich stattdessen bekommen könnte. Es ist dennoch zu gefährlich. Ich habe die Drohung ausgesprochen, und wenn die Prinzessin Rusudani herausbekommt, dass ich lebe, wird sie sich daran erinnern. Bist du mächtig genug, um dich zwischen mich und die Prinzessin zu stellen?«

»Ich ... nein. Hm ...« Ich wusste nicht, ob Tamara sich ihrer

Tante je widersetzen würde. Sie hatte es getan, um mich zurückzubekommen, weil ich ihr viel bedeutete. Danilo würde ihre Eifersucht entfachen. Mittlerweile kannte ich sie ziemlich gut. Wenn es um ihre Interessen ging, konnte sie sehr rücksichtslos sein.

Danilo beobachtete mich. »Siehst du? Es wäre unmöglich. Hm ... Du könntest uns begleiten. Mich begleiten.«

Das war in der Tat ein verlockendes Angebot, aber es wäre der reinste Wahnsinn, Georgien zu verlassen, um einem Abenteurer in ein fremdes Land zu folgen. Es bestand die Gefahr, mit ihm und seinen Leuten hingerichtet zu werden. Zudem würde der Prinz immer wieder versuchen, mich zu erobern.

»Das kann ich nicht.«

»Weil du die Königin mehr liebst als mich?«, fragte er traurig.

»Ja, ich liebe die Königin«, erwiderte ich zögernd. Dabei ließ ich ihn über die wahre Natur unserer Liebe im Unklaren. »Ich verdanke ihr mein Leben, und Georgien ist meine Heimat geworden. Es ist die einzige Heimat, die ich je hatte.«

Wir schauten uns in die Augen. Danilo schenkte mir ein missglücktes Lächeln. »Dann müssen wir uns Lebewohl sagen.«

»Ich würde mich freuen, dich eines Tages wiederzusehen.«

»Das würde mir auch gefallen«, sagte er und verschwand in der Menge.

Ich wischte mir eine Träne von der Wange, als Zoe zu mir kam.

»Diesen Mann habe ich noch nie gesehen«, sagte sie neugierig.

»Und du wirst ihn sicher auch nie wiedersehen.«

☆

Ein paar Tage später erfuhren wir von unseren Agenten, dass Prinz Andronicus mit seinem Gefolge nach Phasis abgereist war. Mit ihm entschwand mein kurzes Glück. Ich versuchte, jeden Gedanken an Danilo zu verdrängen. Im Grunde erleichterte mich die schnelle Abreise des Prinzen. Magdalene konnte sich nun durch einen Besuch beim Prinzen nicht mehr in Schwierigkeiten bringen. Daher war ich überrascht, als Graf Mjkartni mich aufsuchte.

Ich trainierte gerade mit Brumelli. Der Fechtmeister hatte sich angewöhnt, in die Festung zu kommen, um mit mir auf einem der kleinen Höfe zu trainieren. Er hatte mir alles beigebracht, was ich über die Fechtkunst lernen konnte. Seit kurzem lehrte er mich die Kunst des unbewaffneten Kampfes. Das war eine Sportart, die den fremd klingenden Namen Ju-Jitsu trug und die er in seiner Jugend auf Reisen in den Fernen Osten erlernt hatte. Obwohl ich eine ausgewachsene, kräftige Frau war, konnte ich einen Fechtkampf gegen einen Mann nicht gewinnen. Nun lehrte mich Brumelli eine Fertigkeit, in der es darum ging, die Schlagkraft meines Angreifers durch geschickte Schläge derart zu nutzen, dass ich empfindliche Körperteile des Gegners verletzte und ihn zu Boden warf. Brumelli zeigte mir, wie ein mit der Handkante ausgeführter, gezielter Schlag den stärksten Mann vorübergehend außer Gefecht setzen konnte. Mein Lehrer behauptete sogar, man könne einen Gegner mit der bloßen Hand töten. Der Beweis dafür blieb aus, da er mir dies nicht demonstrieren konnte.

Während meines Trainings empfing ich in der Regel keine Besucher. Erstens wollte ich nicht gestört werden, und zweitens waren Brumelli und ich beim Training spärlich gekleidet, was meinem Lehrer gut gefiel. Daher war ich nicht erfreut, als eine meiner Zofen, eine gewisse Brucilla, den Grafen ankündigte.

»Er möchte bitte warten«, sagte ich.

»Er lässt sich nicht abweisen«, sagte Brucilla. Und tatsächlich lief der Flegel an ihr vorbei und fuchtelte mit einem Schriftstück durch die Luft.

»Was hat das zu bedeuten?«, rief er.

Meine Neugier war geweckt. Ich nahm das Schriftstück in die Hand und las ungläubig die Worte. *Ich kann es nicht länger ertragen, mit Ihnen zu leben. Lebewohl. M.*

8. KAPITEL
Das Zerwürfnis

Die Nachricht traf mich wie ein Blitz aus heiterem Himmel. Mjkartni lief unruhig hin und her, während ich um Fassung rang.

»Wo ist sie?«, fragte er. »Geben Sie mir meine Gattin zurück!«

»Woher soll ich wissen, wo sich meine Schwester aufhält?«, erwiderte ich, obwohl ich mir gut vorstellen konnte, wo sie war.

»Sie ist Ihre Schwester!«

»Wie Sie wissen, Graf Mjkartni, haben wir uns sehr selten gesehen, seitdem sie Ihre Frau wurde.«

»Sie ist aus meinem Haus zu Ihnen geflohen!«

»Sie ist nicht hier.« Das entsprach den Tatsachen, und ich war froh, ihn nicht belügen zu müssen.

»Sie wissen, wo sie ist.«

»Sie hat es mir nicht anvertraut«, sagte ich, was ebenfalls der Wahrheit entsprach.

»Sie lügen!«

»Wenn Sie mich noch einmal der Lüge bezichtigen, muss ich das Schwert gegen Sie erheben.«

Er schluckte, und sein Blick wanderte von mir zu Brumelli, der eine bedrohliche Haltung annahm. »Sie kommt gewiss hierher«, murmelte er. »Sobald sie das Versteckspiel aufgibt.«

»Vielleicht.«

»Dann müssen Sie mich unterrichten. Ich bin ihr Gatte, und ich habe Rechte.«

»Vielleicht.«

Meine Antwort ließ ihn im Unklaren, ob ich mich auf seine Rechte als Gatte bezog oder einwilligte, ihn zu unterrichten. Er warf mir einen letzten Blick zu, ehe er davoneilte. Ich verabschiedete mich von Brumelli und lief sofort zu Tamara, ohne mir zuvor den Schweiß vom Körper zu waschen.

Die Königin nahm an einer Ratssitzung teil, und ich musste fast eine Stunde warten, bis sie zu mir kam.

»Gibt es eine Krise?«

»Eine persönliche, Hoheit. Magdalene ist geflohen.«

Tamara hob die Augenbrauen. »Oh, wie dumm von ihr. Wo ist sie?«

»Ich weiß es nicht. Möglicherweise ist sie nach Konstantinopel gereist.«

Tamara sank auf einen Stuhl. »Warum sollte sie nach Konstantinopel reisen? Kennt sie dort jemanden?«

»Ich vermute, sie begleitet ihren Liebhaber, der unterwegs in seine Heimat ist.«

Tamara hob den Kopf. »Ihr Liebhaber gehört zu Prinz Andronicus' Gefolge? Warum weiß ich nichts davon?«

»Ihr Liebhaber ist Prinz Andronicus persönlich.«

Tamara riss den Mund auf. »Du weißt davon?«

»Als der Prinz in Begleitung von Prinz Bogoljubskij bei uns weilte, haben sie eine Nacht zusammen verbracht.«

»Davon hast du mir nichts erzählt.«

»Damals hatten wir andere Sorgen.«

»Und nun glaubst du, sie ist mit ihm geflohen? Woher willst du das wissen?« Die Königin war sichtlich erregt.

»Ich weiß es nicht, Hoheit. Es ist lediglich eine Vermutung. Meine Schwester bat mich um seine Adresse, als sie von seinem Aufenthalt in Tbilisi erfuhr.«

»Dann bist du dafür verantwortlich.«

»Nein, ich habe ihr die Adresse nicht gegeben. Vermutlich war es kein Problem, sie auf anderem Wege zu beschaffen. Sie hat ihren Gatten zum selben Zeitpunkt verlassen, als der Prinz nach Konstantinopel aufgebrochen ist. Man kann sich doch an fünf Fingern ausrechnen, was das bedeutet.«

»Ob das Schiff bereits ausgelaufen ist?«

»Wahrscheinlich.«

»Dieser Schuft! Als ich ihn empfing, kam er geradewegs von einer anderen Frau.«

»Das wissen wir nicht, Hoheit. Ich glaube es nicht.«

»Ha! Und was ist mit der Königinwitwe?«

»Der Prinz ist unersättlich. Das ist allgemein bekannt.«

»Das meine ich nicht. Was wird die Königinwitwe dazu sagen?«

»Theodora hat keine andere Wahl, als es hinzunehmen. Sie hat ein Kind und trägt ein zweites unter dem Herzen. Durch ihr offizielles Verhältnis zu ihrem Cousin hat sie ihre Ehrbarkeit eingebüßt. Seine Neigung kann ihr nicht verborgen geblieben sein.«

»Es ist für mich eine Beleidigung!«, verkündete Tamara. »Ich habe ihm Unterschlupf gewährt! Und deine Schwester, diese Hure ...«

In diesem Augenblick war ich fast froh, dass Magdalene das Land verlassen hatte. Ich hatte Tamara noch nie so wütend erlebt.

»Zum Glück habt Ihr dem Prinzen keine Freizügigkeiten erlaubt, Hoheit«, stieß ich schüchtern hervor.

»Selbstverständlich nicht. Dennoch war es eine Beleidigung.«

Ich versuchte, sie zu trösten. Obwohl sie sich schrecklich über die Unverschämtheiten des Grafen ereiferte, hellte sich ihre Stimmung allmählich wieder auf. Und wie fühlte ich mich? Ich hatte das letzte Mitglied unserer Familie verloren. Im Stillen wünschte ich Magdalene Glück. Dabei grenzte es natürlich an Wahnsinn, sich in die Hände eines so unsteten Mannes zu begeben. Vielleicht war dieses Leben letztendlich für meine wollüstige Schwester besser als die Ehe mit Mjkartni, tröstete ich mich.

Bald hatte ich keine Zeit mehr, mich um meine Schwester zu sorgen. Zwei Monate nach der Abreise des Prinzen stellte ich fest, dass ich in anderen Umständen war.

☆

Auf diesem Gebiet fehlte mir jegliche Erfahrung. Weder Tamara noch ich hatten sich je ernsthaft mit dem Thema auseinandergesetzt. Ich hatte zwar einst behauptet, gerne Mutter werden zu wollen, aber niemals wirklich mit dem Gedanken gespielt.

Zuerst wollte ich es nicht wahrhaben. Brucilla wies mich auf das Ausbleiben meiner Menstruation hin. Das arme Kind war erst sechzehn Jahre alt und verwirrt, denn es war über meine Begegnung mit Danilo nicht im Bilde.

Ich konnte mir einfach nicht vorstellen, von Danilo nach einem einzigen Vollzug des Aktes geschwängert worden zu sein. »Eine leichte Unpässlichkeit«, sagte ich.

Brucilla schwieg und wartete auf weitere Erklärungen, die ich ihr nicht gab. Als meine Menstruation erneut ausblieb, musste ich der Wahrheit ins Auge blicken. Mittlerweile wies auch meine Übelkeit auf eine Schwangerschaft hin.

Mir stand die unangenehme Aufgabe bevor, Tamara reinen Wein einzuschenken. Ich hatte nicht die geringste Ahnung, wie sie reagieren würde, und es war schlimmer als erwartet.

Sie starrte mich ein paar Sekunden verständnislos an, bis sie schließlich ihre hübsche Stirn in Falten zog.

»Ein Mann!«, rief sie. »Du hast es einem Mann erlaubt, dich zu besitzen! Sag mir seinen Namen!«

»Danilo.«

»Danilo? Danilo! Diesen Namen habe ich schon einmal gehört. Wo finde ich diesen Burschen?«

Ihre Frage versetzte mich in Angst und Schrecken.

»In Konstantinopel«, erwiderte ich.

»Ich bin nicht zu Scherzen aufgelegt, Edith.«

»Das bin ich auch nicht, Hoheit. Danilo ist der Diener des Prinzen Andronicus.«

»Der Diener? Du hast einem Diener erlaubt ... Er hat dich vergewaltigt, nicht wahr?«

Sollte ich die Chance, meine Hände in Unschuld zu waschen, ergreifen? Nein, ich wollte diesbezüglich nicht lügen. »Es war keine Vergewaltigung, Hoheit.«

»Du stehst einfach da und sagst ... Du bist schlimmer als deine Schwester. Du schläfst mit einem Diener und wagst dich anschließend in mein Bett. Das ist unglaublich!«

»Es ist nur einmal geschehen, Hoheit.«

»Einmal?«

»In der Nacht, als er mit dem Prinzen in den Palast kam und im Vorzimmer wartete ... Ich sollte ihn unterhalten«, fügte ich kleinlaut hinzu.

»Du ...« Die Königin war vor Wut sprachlos. »Wie oft hast du ihn vorher gesehen?«

»Nur einmal, Hoheit. Als ich das Haus des Prinzen aufsuchte, um Eure Einladung zu überbringen.«

»Ein Treffen! Wie eine läufige Hündin ...«

»Ich kannte ihn schon.«

Tamara riss den Mund auf.

»Unsere erste Begegnung liegt ein paar Jahre zurück. Damals habe ich mit Euch darüber gesprochen. Es war der Mann, den Eure Tante zum Tode verurteilt hatte.«

»Danilo«, murmelte sie. »Danilo. Ist er nicht aus dem Fenster in den Burggraben gesprungen?«

»Ja, Hoheit, auf meinen Befehl.«

»In den Burggraben. Aus dem Fenster meiner Tante. Den Sprung kann er nicht überlebt haben. Ich habe gesehen ...« Sie biss sich auf die Lippe. Fast hätte sie mir verraten, was sie in jener Nacht im Gemach ihrer Tante erlebt hatte.

»Es gibt Männer, die über einen starken Lebenswillen verfügen.«

Sie funkelte mich an. »In jener Nacht habt ihr den Akt nicht vollzogen, nicht wahr?«

»Nein. Er war erschöpft, weil er gezwungen wurde, mehreren Frauen zu Diensten zu sein.«

»Und seitdem hast du davon geträumt, es mit ihm zu treiben.«

»Ja, ich habe daran gedacht. Und als ich ihn wiedersah ...«

»Dieser Mann war ein überführter Dieb, Mörder und Vergewaltiger.«

»Er wurde dieser Verbrechen angeklagt, aber er hat sie niemals gestanden.«

»Du hättest ihn dennoch dem Gericht ausliefern müssen.«

»Das konnte ich nicht, Hoheit.«

»Weil du nur noch Sex im Kopf hattest.«

»Weil Ihr dem Prinzen und seinem Gefolge königlichen Schutz zugesichert hattet, Hoheit.«

»Du hast mich hintergangen.«

Ich senkte den Blick nicht. »Das gebe ich zu. Danilo war eine Versuchung, der ich nicht widerstehen konnte. Er wird niemals zurückkehren.«

»Glaubst du das?«

»Ich bin ganz sicher.«

»Hat er dich geliebt?«

»Das weiß ich nicht genau. Als er mich in seinen Armen hielt, hat er mich gewiss geliebt.«

Tamaras Blick wurde eine Spur sanfter. »Du musst das Kind nicht zur Welt bringen«, sagte sie.

»Ich muss.«

Sie winkte ab. »Ich weiß, es ist gegen die Lehren der Heiligen Kirche. Wenn ich dir den Befehl erteile, das Kind abzutreiben, trägst du nicht die Verantwortung dafür.«

»Ich bitte Euch, mir diesen Befehl nicht zu erteilen.«

»Du möchtest das Kind bekommen? Diese Last, die dich ein Leben lang begleiten wird?«

»Ja, ich möchte das Kind bekommen, Hoheit.«

»Ich will mein Bett nicht mit einer Schwangeren teilen. Und ich weiß nicht, ob ich mein Bett je mit einer Mutter teilen werde. Auf jeden Fall nicht mit einer schwangeren Frau.«

»Ich verstehe, Hoheit.«

»Während der Zeit der Schwangerschaft möchte ich dich nicht sehen. Ich will nicht mit ansehen, wie du dick und hässlich wirst.«

»Hoheit?« Diese Worte beunruhigten mich ernsthaft.

»Du wirst den Palast verlassen und dir woanders eine Bleibe suchen.«

»Wenn Ihr mir Eure Gunst entzieht, Hoheit, bin ich eine verdammte Frau. Ihr wisst, wie sehr die Menschen mich hassen.«

Ich hatte Danilos Vorschlag, mit ihm zu fliehen, abgelehnt! Wie dumm von mir!

»Ich entziehe dir meine Gunst nicht – jedenfalls nicht offiziell. Du bist schwanger. Bald kann es jeder sehen. Das Schamgefühl gebietet es, dich während der Zeit der Schwangerschaft öffentlichen Blicken zu entziehen. Jeder wird verstehen, dass du unter diesen Umständen nicht mehr als meine Leibwächterin eingesetzt werden kannst. Du stehst weiterhin unter meinem Schutz, und jeder, der dir Schaden zufügt, wird meinen Zorn auf sich ziehen.«

»Und wer kümmert sich um mich?«

»Du darfst zwei deiner Zofen mitnehmen.«

»Und wovon soll ich leben, Hoheit. Erhalte ich meine Gelder weiterhin?«

»Du erhältst jeden Monat zehn Tuman.«

Mehr konnte ich nicht verlangen. Einhundertzwanzig Tuman waren mehr als die hundert Tuman, die ich derzeit erhielt. Allerdings verfügte ich im Palast über freie Logis, freies

Essen und Trinken sowie kostenlose Garderobe. Andererseits war es für mich kein Problem, bescheiden zu leben.

»Ich gebe Euch den Schmuck zurück, den Ihr mir geschenkt habt.«

Sie winkte ab. »Der Schmuck gehört dir. Ich habe ihn dir geschenkt. Du darfst ihn nicht verkaufen.«

»Und meine Waffen?«

»Wenn du möchtest, kannst du sie mitnehmen.«

Ich schaute Tamara unsicher an. »Ich möchte Euch für alles danken, was Ihr für mich getan habt, Hoheit. Und ich bitte Euch demütig um Vergebung.«

Als ihr Blick auf mir haftete, schöpfte ich erneut Hoffnung. Doch dann sagte sie: »Du kannst jetzt gehen.«

☆

Sie war noch immer schrecklich wütend, und ich war schrecklich durcheinander. Ich saß weinend auf dem Bett, als meine persönlichen Sachen gepackt wurden. Noch wusste ich nicht, wohin ich gehen sollte. Fast hatte ich das Gefühl, mein Leben sei zu Ende. Eines Tages hätten sich unsere Wege zwangsläufig getrennt, weil Tamara heiraten musste. Ich hatte immer geglaubt, wir würden die besten Freundinnen bleiben. Mir war niemals der Gedanke gekommen, Tamara könnte mich verstoßen. Und das alles, weil ich Danilo nicht widerstehen konnte.

Dennoch bereute ich keine Sekunde, die ich in Danilos Armen erlebt hatte. Und ich freute mich auf die Geburt meines Kindes und auf die Liebe, die uns verbinden würde.

Ich war einundzwanzig Jahre alt und musste um mein Überleben kämpfen. Die Gunst der Königin konnte mich zwar vor Misshandlungen, aber nicht vor der Feindseligkeit der Menschen bewahren.

Ich saß noch immer auf dem Bett, als die Tür zu meinem Gemach geöffnet wurde und Thalka eintrat.

»Nun ist Ihre Macht dahin«, sagte sie.

»Hatte ich je Macht?«

»Das glaubten Sie jedenfalls.«

»Du hast das Recht auf deine Meinung.«

»Sie werden in der Gosse landen.«

Ich zuckte mit den Schultern. »Da du dich dort viel besser auskennst als ich, wirst du mich dort sicher finden.«

»Sie ...« Thalka kam zu mir und hob die Hand. Noch hatte mich die Schwangerschaft nicht entkräftet. Ich ergriff ihr Handgelenk und riss sie zu Boden, indem ich mich der Techniken bediente, die Brumelli mich gelehrt hatte.

»Hilfe!«, schrie sie. »Mörder!«

Die Wachen eilten herbei und musterten uns verwundert.

Thalka rappelte sich mühsam auf. »Sie hat mich angegriffen«, erklärte sie. »Verhaftet sie.«

Die Wachen waren unentschlossen. Ich drehte mich zu Brucilla um, die Zeugin unserer Auseinandersetzung war. »Sag, was passiert ist.«

»Ich ...« Brucilla hatte offenbar keine Lust, in unseren Streit hineingezogen zu werden. Da sie mich ins Exil begleiten sollte, sprach sie schließlich. »Thalka hat die Gräfin angegriffen.«

»Du verlogenes Luder!«, rief Thalka.

Brucilla suchte schreiend Deckung hinter dem Bett.

»Wenn du meiner Zofe ein Haar krümmst, breche ich dir den Arm«, drohte ich ihr.

Sie blinzelte mich keuchend an, aber sie wusste, dass ich meine Drohung wahrmachen könnte. »Eines Tages werde ich Sie hängen sehen«, zischte sie, ehe sie davoneilte. Die Wachen entschuldigten sich und folgten ihr.

☆

Es dauerte nicht lange, bis Rusudani im Türrahmen stand. Das war fürwahr kein schöner Anblick. Brucilla und Zoe hielten sich entsetzt an den Händen.

Rusudani musterte mich ein paar Sekunden schweigend, und ich hatte das Gefühl, als haftete ihr kritischer Blick eine Ewigkeit auf mir. Ich hätte zu gerne gewusst, was sie dachte oder welche Boshaftigkeit ihr auf der Zunge lag. Schließlich drehte sie sich um und ging davon.

☆

Ich hatte tatsächlich einen einflussreichen Freund, an den ich in meinem Elend nicht dachte. Als die Zofen meine Koffer gepackt hatten, befahl ich Zoe, einen Wagen zu besorgen. Ich musste in einem Gasthof Unterschlupf suchen, bis ich eine Bleibe fand. Im Stillen hoffte ich auf ein Wunder. Ich träumte, Tamara würde zu mir kommen, mir vergeben und mir meine alte Stellung anbieten.

Die Tür war geschlossen, und ich sprang hoch, als es klopfte. Sollte Tamara tatsächlich ... Nein, die Königin würde wohl kaum an meine Tür klopfen.

Brucilla öffnete die Tür und drehte sich zu mir um. »Graf Sosland wünscht Sie zu sprechen, Gräfin.«

Mein Herzschlag setzte eine Sekunde aus, und meine Stimme drohte zu versagen. Ich räusperte mich und sagte: »Führe ihn zu mir.«

Ich stand auf, um David Sosland entgegenzugehen, und gab meiner Zofe ein Zeichen, sich zurückzuziehen.

David verneigte sich. »Entspricht es der Wahrheit, was ich gehört habe?«

»Ich weiß nicht, was Sie gehört haben.«

»Die Königin soll Sie aus dem Palast verbannt haben.«

»Ja, das entspricht der Wahrheit.«

»Weil Sie in anderen Umständen sind?«

Ich seufzte. »Auch das stimmt.«

»Von einem Vagabunden geschwängert?«

»Es ist Ansichtssache, wie man einen Mann beschreibt.«

»Er ist kein Adeliger.«

»Nein. Meinen Sie, die Königin hätte mir eine Affäre mit einem Adeligen verziehen?«

»Es wäre einfacher für sie. Sie wurden vergewaltigt?«

»Nein. Wenn ich ihn nicht vergewaltigt habe, war es keine Vergewaltigung.«

Meine kecke Antwort machte ihn sprachlos. Nach wenigen Sekunden hatte er sich wieder gefasst. »Ich dachte ...«

»Sie dachten, ich hätte eine unnatürliche Veranlagung? Ich habe die Königin geliebt. Sie hat mir das Leben gerettet und bedeutet mir viel. Ich glaubte bis heute, sie würde meine Liebe erwidern. Ich bin eine Frau, die den Trost einer Frau braucht.«

»Und ich ...«

»Sie haben mich zurückgewiesen, Graf Sosland. Nun haben Sie sich lange genug an meiner Demütigung erfreut. Es wäre freundlich von Ihnen, mich allein zu lassen.«

Er folgte meiner Bitte nicht. »Wohin gehen Sie?«

»Ich habe keine Ahnung.«

»Haben Sie Geld?«

»Die Königin zahlt mir weiterhin meine Gelder. Aber ich habe kein Vermögen.«

»Sie sind die Gräfin von Lori. Können Sie nicht dorthin gehen?«

»Meine Einkünfte reichen nicht aus, um das Leben einer Gräfin zu führen.«

»Ich verstehe. Hm ... Meine Familie besitzt mehrere Häuser in Tbilisi.«

»Darüber habe ich nie nachgedacht.«

»Eines steht zurzeit leer.«

Ich riss die Augen auf.

»Es ist nicht sehr groß und liegt am Rande der Stadt. Für

eine Frau mit einem kleinen Gefolge müsste es ausreichen. Es steht Ihnen zur Verfügung.«

»Sie bieten mir Ihr Mitleid an?«

»Nein. Ich biete Ihnen meine Freundschaft an, die ich Ihnen vor langer Zeit törichterweise entzog.«

»Und ich soll das Angebot annehmen?«

»Ich bitte Sie darum, Edith.«

»Was erwarten Sie als Gegenleistung?«

»Gott verschone mich vor misstrauischen Frauen. Ich möchte lediglich zu Ihrem Glück oder wenigstens zu Ihrer Zufriedenheit beitragen. Das Haus bietet Ihnen Behaglichkeit und Sicherheit, um Ihr Kind zur Welt zu bringen.«

»Und anschließend?«

»Anschließend müssen Sie sich entscheiden, was für ein Leben Sie führen wollen.«

»Ich werde mein Kind nicht abgeben.«

»Das habe ich nicht erwartet.«

»Ihr Angebot könnte die Königin wütend stimmen.«

»Es steht der Königin keine Kritik darüber zu, was ich oder mein Vater mit unserem Eigentum machen.«

Einen kurzen Augenblick zögerte ich noch. Ich konnte einfach nicht glauben, dass ein unerwarteter Sonnenstrahl mein Leben erhellte. War es nur ein Traum? Nein. David Sosland stand leibhaftig vor mir und bot mir sein Haus an. Es war nicht der rechte Zeitpunkt, um über alle Eventualitäten nachzudenken.

»Dann nehme ich das Angebot an. Und ich danke Ihnen aufrichtig.«

Vielleicht verstehen einige nicht, warum ich zögerte, ehe ich David Soslands Angebot annahm. Ich war einfach so betrübt, dass ich jedem misstraute. Es liegt in der Natur des Menschen, die Schuld für Katastrophen ungern zu übernehmen, vor allem wenn es um persönliche Schicksalsschläge geht. Wenn ich heute aus einer Distanz von mehr als vierzig Jahren zurückblicke, sehe ich alles mit anderen Augen. Jeder Mensch muss die Verantwortung für sein Leben selbst übernehmen. Damals wollte ich das nicht wahrhaben. Die Liebe und der Schutz der Königin hinderten mich nicht daran, mich nach der Umarmung eines Mannes zu sehnen. Daher fand ich ihre Reaktion übertrieben. Ich hatte niemals die Absicht, ihre Liebe und ihr Vertrauen zu verraten.

Gleichzeitig haderte ich mit meinem Schicksal. Die Chancen, bei der ersten und einzigen intimen Begegnung mit einem Mann nach fast neun Jahren geschwängert zu werden, standen eins zu Tausend. Demna hatte mich monatelang in Besitz genommen, ohne mich zu schwängern. Möglicherweise lag es an ihm, denn auch Magdalene war nicht schwanger geworden. In meiner Verzweiflung suchte ich überall nach Erklärungen für mein Elend und konnte ihm doch nicht entfliehen.

Ich verließ niedergeschlagen und verbittert die Festung. Diese Stimmung passte nicht zu meinem Charakter, und als ich mein neues Zuhause sah, erwachten augenblicklich meine Lebensgeister. Es war ein kleines, im georgischen Stil gebautes Haus mit einem Kuppeldach und einem vergitterten Vorbau, durch den Licht ins Haus drang. Ich konnte hinausschauen, ohne den Blicken neugieriger Passanten ausgeliefert zu sein.

Das einfache, gut eingerichtete Haus verfügte über ein Schlafzimmer für mich und eines für die beiden Zofen. Zu dem großen Grundstück gehörte ein schöner Obstgarten, um den sich ein Bediensteter der Soslands kümmerte. David, der uns beim Einzug nicht unterstützte, sah ich eine ganze Weile nicht. Ich wusste nicht, ob ich darüber froh oder traurig sein sollte. Vermutlich handelte er als Ehrenmann, der nicht den Eindruck erwecken wollte, als Gegenleistung für das Haus Ansprüche geltend machen zu wollen. Im Grunde hätte mir seine Einmischung in mein Leben gefallen. Ich hatte so lange mit Tamara zusammengelebt, dass ich mich schrecklich einsam fühlte. Allerdings hätte ich in meinem Zustand nicht das Bett mit ihm geteilt.

Mit der Zeit gewöhnte ich mich an die neue Situation. Die beiden Zofen waren hervorragende Gefährtinnen. Sie mussten ihr Leben zwar mit einem untergehenden Stern teilen, aber zumindest hatten sie eine sichere Stellung. Da sie beide aus Tbilisi stammten, konnten sie ihre Familien auch im Winter, der gerade begann, regelmäßig besuchen. Ich verließ das Haus nicht mehr. Wenn sie auf dem Markt unsere Einkäufe machten, erfuhren sie, was die Leute über mich sprachen. Mich interessierte besonders, ob Tamara einen Ersatz für mich gefunden hatte. Darüber konnten meine Zofen leider nichts berichten.

Brumelli war mein einziger regelmäßiger Besucher. Er kam mindestens einmal in der Woche zu uns, selbst wenn die Straßen mit Schnee und Eis bedeckt waren. An körperliche Ertüchtigung war in meinem Zustand nicht zu denken. Wir spazierten durch den Garten oder saßen im Haus und unterhielten uns. Mein Lehrer umschwärmte mich sogar, als ich kugelrund war. Seine Frau erfreute sich noch immer bester Gesundheit. Mitunter gewann ich fast den Eindruck, er hätte gerne nachgeholfen, ihr das Genick zu brechen, wenn ich ihn dazu ermuntert hätte. Selbstverständlich tat ich das nicht. Ich wollte weder an einem Mord schuld sein noch mit ihm leben.

Brumelli hielt mich über die internationalen Entwicklungen auf dem Laufenden. An unseren südlichen Grenzen herrschte Ruhe. Die Seldschuken mussten sich noch von ihrer Niederlage gegen König Georg erholen, obwohl diese mittlerweile ein paar Jahre zurücklag. Die Kreuzritter hatten mit Saladin, dem wahren Herrscher der Sarazenen, ein Waffenstillstandsabkommen geschlossen. Jenseits des Schwarzen Meeres sah es anders aus. Am nördlichen Ufer hatte sich Prinz Juri Bogoljubskij mit seinem Vater und seinen Brüdern zerstritten und war gezwungen, aus Kiew zu fliehen und bei den Wilden in den Steppen Zuflucht zu suchen. Dieser Vorfall überraschte mich nicht, und ich ging davon aus, niemals wieder etwas von ihm zu hören.

Aus Konstantinopel gab es in diesem Jahr dramatische Ereignisse zu berichten. Prinz Andronicus war von den wankelmütigen Byzantinern tatsächlich jubelnd empfangen worden und hatte die Regentschaft für den jungen Kaiser übernommen. Wenige Monate später wurde die Kaiserinwitwe Maria, deren Schwester Andronicus einst verführt hatte, erdrosselt aufgefunden. Kurz darauf fand man den Kaiser ebenfalls tot auf. Andronicus konnte endlich die Krone auf sein Haupt setzen.

Man müsste schon schwachsinnig sein, um nicht daran zu zweifeln, dass der neue Kaiser sich den Weg zur Macht mit Stricken und Gift geebnet hatte. Nur wenige wagten es, ihre Vermutungen kundzutun. Sie wurden des Hochverrats angeklagt und hingerichtet. Die meisten waren schlau genug, ihre Vermutungen für sich zu behalten. Die byzantinische Geschichte war seit jeher mit Blut und Mord getränkt. Der Pöbel wurde durch die teuflische Energie des neuen Herrschers zunächst einmal ruhig gestellt. Hinzu kamen der unbestrittene Charme und die Fröhlichkeit, die Andronicus an den Tag legte, wenn ihm der Sinn danach stand.

Mich interessierte besonders das Schicksal zweier Menschen, über die Brumelli leider nichts berichten konnte. Ich vermutete, dass sie das Glück des neuen Herrschers teilten. Andronicus brauchte jetzt mehr denn je einen treuen Leibwächter. Magdalene würde Andronicus' Begierde nicht lange stillen können. Zum Glück gab es keine Berichte über die Misshandlung ehemaliger Mätressen, obwohl er nicht zimperlich war, wenn ihm auf dem Weg zur Macht jemand im Wege stand.

Ich zweifelte nicht daran, diese beiden Menschen, denen ich von Herzen zugetan war, für immer verloren zu haben.

☆

Wie bereits erwähnt, besuchte mich nur Brumelli regelmäßig. Im Laufe der Zeit suchten mich drei weitere Personen auf, wobei nur ein Besucher für mich von Bedeutung war.

Eines Tages im Frühjahr kündigte Zoe einen Besucher an, der um ein Gespräch mit mir bat.

»Ein junger Mann?«, fragte ich.

Sie kicherte. »Ein sehr netter Mann.«

»Wie alt?«

»Das weiß ich nicht.«

»Ist er jünger als ich?«

»Ich glaube, ja.«

Ich fragte mich, warum mich ein jugendlicher Mann aufsuchen sollte.

»Und was ist der Grund seines Besuchs?«

»Er möchte mit Ihnen sprechen, Gräfin.«

»Ist er Georgier?«

»Ja, Gräfin.«

»Dann ist er kein Gentleman. Er müsste wissen, dass ich ihn in meinem Zustand auf keinen Fall empfangen kann.«

Ich war mittlerweile kugelrund.

»Nicht jeder ist über Ihren Zustand im Bilde.«

»Ich werde ihn nach der Geburt meines Kindes empfangen. Sag ihm, er möchte in sechs Monaten wiederkommen.«

Zoe war enttäuscht. Sie verneigte sich und ging zur Tür.

»Hat er seinen Namen gesagt?«, fragte ich.

»Ja. Er heißt Schota Rustaweli.«

Diesen Namen hatte ich noch nie gehört.

»Ich empfange ihn in sechs Monaten.«

☆

Ein blutjunger, unbekannter Mann hatte mir gewiss nichts Wichtiges zu sagen. Vielleicht war er ein Vagabund, der von meiner Schönheit gehört und mich aus der Ferne gesehen hatte. Vielleicht hatte er auch gehört, dass die Königin mir ihre Gunst entzogen hatte, und wollte nun sein Glück bei mir versuchen. Nicht nur die Schwangerschaft beraubte mich der Lust zu schäkern, aber in meinem Zustand war es ausgeschlossen.

Was ging mich dieser Bursche überhaupt an?

Wir alle machen von Zeit zu Zeit Fehler.

☆

Mein nächster Besucher war von größerer Bedeutung. Es war Anfang Juni und ziemlich heiß.

Diesmal verneigte sich Brucilla, die vor Aufregung zitterte, vor mir. »Es ist der königliche Leibarzt, Gräfin.«

»Um mich zu besuchen?«, fragte ich erstaunt. Simon von Trapezunt kümmerte sich nur um die Königsfamilie und den Hochadel.

»Er hat den Auftrag erhalten.«

Meine Neugier war größer als meine Bescheidenheit. »Führe ihn zu mir.«

Kurz darauf stand ich Simon gegenüber. Ich war nicht verlegen, denn im Sitzen verbarg mein Kleid meinen inzwischen dicken Bauch.

»Ich freue mich über Ihren Besuch«, sagte ich.

»Ich möchte Sie untersuchen.«

»Warum?«

»Um mir ein Bild von Ihrem Zustand zu machen. Wissen Sie, in welchem Monat Sie schwanger sind?«

»Ich weiß es ganz genau.«

»Das ist kaum möglich.«

»In meinem Fall ist es nicht nur möglich, sondern gewiss. Es geschah vor sieben Monaten, sechs Tagen und vierzehn Stunden. Die Sekunde weiß ich nicht.«

Er runzelte die Stirn. »Sie scherzen? Eine Schwangerschaft ist eine ernste Angelegenheit.«

»Für mich ist die Situation ernster als für Sie. Aber sie verschwenden Ihre Zeit. Ich habe kein Geld, um Sie zu bezahlen.«

»Das Honorar wurde bereits gezahlt.«

Mein Herzschlag beschleunigte sich. »Von wem?«

»Von der Königin. Legen Sie sich aufs Bett und heben Sie Ihre Röcke hoch.«

Ich gehorchte ihm freudigen Herzens. Sie hatte mich nicht vergessen!

Simon untersuchte mich gründlich. Es war äußerst unangenehm, doch letztendlich war er zufrieden. »Wenn nichts Unvorhergesehenes geschieht, wird das Kind im August geboren.«

»Was sollte denn geschehen?«

»Sie dürfen nicht fallen. Geben Sie auf sich Acht.«

»Würden Sie der Königin meinen Dank aussprechen?«

»Wenn Sie es wünschen, werde ich es tun«, sagte er unbekümmert.

»Wissen Sie, ob es ein Junge oder ein Mädchen wird?«

»Das weiß niemand, Gräfin. Wäre es schön, das Leben all seiner Geheimnisse zu berauben?«

Ehrlich gesagt, hätte es mir gefallen. Ich wünschte mir von ganzem Herzen einen Sohn, der mich beschützen könnte, wenn ich eines Tages alt sein würde. Angesichts meiner Jugend mag das ein wenig seltsam klingen, aber in der ersten Zeit der Verbannung dachte ich oft über die Zukunft nach. In meiner Einsamkeit war die Geburt meines Kindes der einzige Lichtblick für mich. Unmittelbar vor dem großen Ereignis änderte sich das.

Plötzlich erschien mir mein Leben grau und fahl. In den vergangenen Monaten hatte ich mitunter von einer Beziehung zu David Sosland geträumt, wenn ich überhaupt jemals träumte. Vielleicht hieß er meine Moral und meine sexuellen Neigungen, über die er seine eigenen Vorstellungen hatte, nicht gut. Dennoch fühlte er sich zumindest körperlich zu mir hingezogen. Als einsame, fast mittellose Frau konnte ich nicht mit einem Heiratsantrag von Seiten eines reichen, mächtigen Adeligen, in dessen Adern königliches Blut floss, rechnen. Ich spielte sogar mit dem Gedanken, seine Mätresse zu werden.

Dieser Wunsch verblasste, als ich sah, dass sich Tamara noch immer um mich sorgte. Sie hatte mir tatsächlich ihren eigenen Leibarzt geschickt, um sich von meinem Wohlergehen zu überzeugen. Wenn ich darüber nachdachte, welche Aussichten sich mir nach der Geburt eröffnen könnten, stockte mir der Atem. Geduld, sagte ich mir. Geduld.

Das Schicksal ließ mich nicht allein. Einen Monat später erhielt ich einen Besuch von Brumelli. Es war ein sehr heißer Julitag, und Brumelli sah erschöpft und verwirrt aus. Brucilla brachte sein Pferd in den Stall, und ich goss ihm einen Becher Wein ein. Mittlerweile war ich unförmig und bewegte mich unbeholfen.

Ich setzte mich zu ihm. »Es ist schön, Sie zu sehen«, sagte ich. »Sie sollten sich dieser Hitze besser nicht aussetzen.«

Mein Fechtmeister musste mindestens vierzig Jahre älter sein als ich, und daher war er in meinen Augen ein alter Mann. Sein genaues Alter kannte ich nicht.

Nachdem Brumelli einen tüchtigen Schluck getrunken hatte, erholte er sich ein wenig. »Ich musste kommen. Haben Sie die Neuigkeiten nicht vernommen?«

»Welche Neuigkeiten?«, fragte ich verwirrt. Es gab so viele Neuigkeiten, die ich oft gar nicht hören wollte.

»Der König ist erkrankt.«

»König Georg?« Diesen mächtigen, energischen Mann konnte ich mir nur als gesunden Menschen vorstellen. Auch er war nicht mehr ganz jung. »Woran leidet er?«

Wir hatten immer alle Angst vor der Pest, die Junge und Alte, Hübsche und Hässliche hinraffte. Wenn im Palast die Pest ausbrach, war jeder in Gefahr.

»Es soll sein Herz sein. Er beklagte sich über Schmerzen in der Brust und brach zusammen.«

»Er ist doch nicht etwa tot?«

»Nein, nein. Er wird sich wieder erholen, aber die Erkrankung führt zu großer Unruhe.«

»Warum? Seine Tochter wurde zur Königin gekrönt.«

»Eine junge Frau von fünfundzwanzig Jahren. Ein Mädchen! Eine Frau!«

»Sie ist Ihre Freundin. Sie ist Ihre Gönnerin.«

»Und ich liebe sie sehr, Gräfin. Trotzdem frage ich mich, ob eine Frau ein Heer in die Schlacht führen kann.«

Daran zweifelte ich nicht. »Das ist Verrat«, sagte ich.

»Nein, nein, Gräfin. Ich würde der Königin niemals schaden oder versuchen, ihre Vorrechte zu beschränken. Nur, wenn es unbedingt erforderlich wäre.«

»Das müssen Sie mir erklären.«

»Wenn sie verheiratet wäre ...« Er blinzelte mich ängstlich an. »Die meisten glauben, nur ein Mann könne die Staatsgeschäfte in diesen unruhigen Zeiten führen.«

»Die Zeiten waren immer unruhig. Die Königin wird tun, was notwendig ist. Ihre Sorgen sind unbegründet. Der König lebt noch, und Sie sagten mir soeben, er werde sich wieder erholen.«

»Ja, von diesem Anfall. Es wird wohl kaum der letzte gewesen sein. Sind Sie der Königin noch immer treu ergeben, nachdem sie Sie so schlecht behandelt hat?«

»Sie ist meine Königin, und ich habe ihr Treue geschworen. Wie Sie auch, Brumelli. Ich möchte nichts über die Beschränkung ihrer Vorrechte hören. Bitte unterrichten Sie mich, falls sich jemand gegen die Königin erheben sollte.«

Brumelli warf einen Blick auf meinen dicken Bauch.

Ich lächelte ihn an. »Das wird nicht immer so bleiben.«

☆

Jetzt begann eine der schwierigsten Phasen meines Lebens. Der Arzt kam regelmäßig, um mich zu untersuchen. Ich fragte ihn nach Neuigkeiten am Hofe und erkundigte mich nach der Gesundheit des Königs. Seine Antwort beruhigte mich keineswegs. »Wir leben alle nicht ewig.«

Aus einem kecken Gefühl der Selbstüberhebung heraus hielt ich es für wichtig, an Tamaras Seite zu sein, falls ihr Vater sterben sollte. Als könnte ich die georgische Politik beeinflussen! Die Antwort auf meine Frage, ob die Königin sich je nach mir erkundigte, erleichterte mich. »Sie hat nach dem Datum der Niederkunft gefragt.«

Am 15. August 1182 brachte ich ein Mädchen zur Welt.

☆

Jede Mutter, die ihr erstes Kind in den Armen hält, ist die glücklichste Frau der Welt. Ein vages Gefühl der Enttäuschung verblasste, als ich den Säugling an meine Brust drückte.

Die Geburt war leichter, als ich befürchtet hatte. Simon, der sich aufopfernd um mich kümmerte, war erfreut. »Sie sind gesund und kräftig und können noch viele Kinder bekommen«, sagte er. »Sie brauchen nur einen Vater. Haha.«

»Haha«, murmelte ich, ohne ihm böse zu sein. »Unterrichten Sie die Königin über die Geburt?«

»Es ist meine Pflicht. Welchen Namen soll das Kind tragen?«

Er schielte mich neugierig an. »Ich nenne es Mathilda«, erwiderte ich. Dieser Name ehrte weder ihn noch die Königin.

»Mathilda? Das ist ein fremder Name.«

»Für mich nicht. Es ist der normannische Name für Magdalene.« Ich hielt es nicht für klug, ihm zu erklären, dass es auch der Name der Kaiserin Mathilda war, der Frau, die mein Vater mehr als alle anderen Menschen auf der Welt verehrt hatte.

»Ah. Das wird Ihre Majestät interessieren.«

Und kränken?, fragte ich mich. Das wusste ich nicht. In den nächsten acht Monaten nahm mich die Kleine, die ich pausenlos stillen und wickeln musste, vollkommen in Anspruch. Für mich war es das schönste Baby der Welt. Es schrie, wenn es hungrig war, machte nach dem Essen ein Bäuerchen, und gluckste, wenn es glücklich war. Mathilda war mein Sonnenschein, und ich war glücklicher als je zuvor.

Nach Mathildas Geburt erhielt ich zunächst keine Besuche. Ich hatte alle Hände voll zu tun und wunderte mich nicht darüber. Simon hatte seine Pflicht erfüllt. Vielleicht nahm Tamara Anstoß an dem Namen meines Babys und verbot dem Arzt weitere Besuche. Selbst Brumelli besuchte mich nicht, und darüber wunderte ich mich sehr. Meine Zofen, die regelmäßig auf dem Markt Einkäufe machten, erfuhren nichts. Ich bat sie, Brumelli zu Hause aufzusuchen, um ihn um einen Besuch zu bitten. Der Fechtmeister erklärte, er habe im Augenblick keine Zeit.

Diese Erklärung erregte meine Wut. Ändern konnte ich nichts daran. Ich beschloss, allein mit dem Training zu beginnen, um meine Muskeln zu stärken und mich im Fechten zu üben. Zum Glück hatte ich nichts von meinen Fertigkeiten eingebüßt, wohingegen meine körperliche Fitness durch die vielen Monate der Untätigkeit gelitten hatte. Es ging mir vor allem darum, diese zurückzuerlangen. Das war nicht einfach, da ich während der Schwangerschaft zugenommen hatte. Ich bemühte mich eifrig, und als ich Mathilda im nächsten Frühjahr abstillte und auf Ziegenmilch umstellte, konnte ich mich häufiger dem Training widmen. Nach dem Abstillen wurde meine Kleine krank, und ich machte mir große Sorgen. Leider kam der Arzt, den ich gerne nach seiner Meinung gefragt hätte, nicht mehr. Allmählich gewöhnte sich Mathilda an die Ziegenmilch und entwickelte sich prächtig.

Im Laufe der Zeit erlangte ich meine alte Figur und Stärke zurück. Ich wusste nicht, was die Zukunft mir bringen würde.

Finanzielle Sorgen hatte ich nicht. Die Königin zahlte mir weiterhin meine Gelder. Jeden Monat kam ein Bote aus der Festung mit einem klirrenden Geldbeutel. Nachrichten brachte er mir keine. Ich bedrängte ihn nicht, um meine Angst vor der Zukunft nicht zu verraten.

Der Sommer begann. Eines Tages trainierte ich im Garten, als Zoe keuchend zu mir kam und einen Besucher ankündigte. Ich war nackt, und ehe ich ein Kleid überziehen konnte, stand David Sosland vor mir.

☆

Da es sein Haus war, konnte ich ihm kaum Vorwürfe machen, ohne Anmeldung in mein Heim zu stürzen. Sein Blick auf meinen nackten Körper irritierte mich nicht. Ich hatte meine alte Figur wiedererlangt, und er hatte mich schon wiederholt nackt gesehen. Meine Muskeln zitterten noch von der Anstrengung. Ich nahm langsam mein Kleid in die Hände, ohne es anzuziehen.

»Willkommen, Graf Sosland.«

»Schön, Sie wohlauf zu sehen.«

»Danke.«

»Und das ist Ihr Baby?«

David stellte sich neben den Kinderwagen, in dem Mathilda lag. »Ein hübsches Kind. Wird es so hübsch werden wie seine Mutter?«

»Mindestens.«

David warf Zoe, die in der Nähe wartete, einen Blick zu. »Könnte ich unter vier Augen mit Ihnen sprechen?«

»Bleib hier bei dem Baby«, befahl ich Zoe. Dann ging ich dem Grafen voraus ins Haus. »Noch immer allein, Graf?«

Er schielte aufs Schlafzimmer, und ich öffnete die Tür. Wollte er meine Abhängigkeit ausnutzen? Spielte es eine Rolle, wenn das, was ich mir so lange erträumt und fast mehr als

326

alles andere gewünscht hatte, nach so langer Zeit endlich geschah? Entscheidend war das Wort ›fast‹. Wenn es doch nur vor achtzehn Monaten geschehen wäre! Nun musste er meine Liebe und meinen Körper teilen, und es war zweifelhaft, ob er als Sieger hervorginge.

Zumindest hatte er es nicht eilig, und darüber war ich froh. Er legte sich aufs Bett und beobachtete mich, als ich mir mit einem Handtuch den Schweiß vom Körper rieb. »Um diese Zeit nehme ich gewöhnlich mein Bad«, sagte ich.

»Damit Sie wieder süß duften. Das ist nicht nötig. Sie riechen gut.«

»Sie schmeicheln mir.« Ich setzte mich zu ihm.

»Das dürfte schwierig sein. Manchmal glaube ich, Sie sind vollkommen. Sie sind schön, intelligent, talentiert und leidenschaftlich.«

»Woher wollen Sie das wissen?«

»Sie sind Mutter. Wollen Sie jetzt behaupten, Sie wurden vergewaltigt?«

»Nein.«

»Erzählen Sie mir von diesem Mann.«

Was sollte ich ihm erzählen? Ich wollte ihn nicht belügen und nicht vertreiben. Außerdem hatte ich kaum Hoffnung, Danilo je wiederzusehen, wohingegen ich David Sosland jeden Tag sehen könnte. Als mein Liebhaber und Beschützer könnte er für die Sicherheit meines Lebens und die meines Kindes sorgen.

»Er war der Diener von Prinz Andronicus«, sagte ich. »Wir mussten im Vorzimmer warten, als die Königin den Prinzen empfing. Unsere Sinne entflammten, als wir uns vorstellten, was nebenan geschah ...«

»Er war mit einer wunderschönen Frau allein. War er stattlich genug, um diese Gunst zu verdienen?«

»Damals glaubte ich es. Durch meine Erfahrungen mit Demna rechnete ich nicht damit, schwanger zu werden.«

»Demna«, murmelte er. »Ich hatte ganz vergessen, dass Sie

seine Mätresse waren.« Als er seinen Arm ausstreckte und über meine verblasste Narbe strich, versteifte ich mich. »Sie haben ein aufregendes Leben geführt. Trotzdem wären Sie bestimmt eine gute und treue Gattin.« Er lächelte. »Sie haben schon ein Kind geboren.«

Mein Herz klopfte laut. »Es ist mein einziger Wunsch, eine gute, treue Gattin und Mutter zu sein.«

David nickte. »Dann müssen wir einen guten, treuen Gatten für Sie suchen.«

Ich starrte ihn mit offenem Munde an. Der Graf stand auf und strich seine Kleider glatt.

»Graf ... David. Wissen Sie nicht, was ich für Sie empfinde? Empfinden Sie nicht das Gleiche für mich? Hätten Sie mich an jenem Tag am Bach nicht genommen, wenn wir nicht unterbrochen worden wären?«

Sein Blick ruhte auf mir. »Ja, das hätte ich. Auf Geheiß Ihrer Majestät.«

»Und hättet Ihr mich nicht geliebt?«

»Das war nicht möglich, und es ist auch jetzt nicht möglich. Unser aller Leben liegt in der Hand des Schicksals, das uns unserer endgültigen Bestimmung zuführt.«

Von dieser Philosophie hatte ich noch nie zuvor gehört, und sie gefiel mir ganz und gar nicht.

»Ich kenne Ihre Bestimmung nicht«, sagte er. »Über meine Bestimmung bin ich mir seit einiger Zeit im Klaren. Ich soll über dieses Land herrschen.«

»Ihr werdet die Königin heiraten?«, fragte ich ungläubig.

»Es ist meine Bestimmung.«

»Hat sie nicht ein Wörtchen mitzureden?«

»Natürlich. Ich bin über ihre Abneigung zu heiraten im Bilde. Da sie eines Tages heiraten muss, kann sie nur mich zu ihrem Gatten wählen.«

Ich ergriff seine Hand, um mich noch mehr zu demütigen. »Ich wäre froh, Ihre Mätresse zu sein«, sagte ich.

»Und Sie würden mich glücklich machen. Es ist aber nicht möglich, Edith. Tamara würde mich verdammen, wenn ich mit Ihnen ins Bett ginge. Das Risiko kann ich nicht eingehen.«

»Hm ...«

»Haben Sie keine Angst. Wir sind Freunde, und ich schätze Sie außer der Königin höher ein als alle anderen Frauen im Königreich. Sie dürfen dieses Haus so lange benutzen, wie Sie möchten. Wenn es erforderlich sein sollte, für den Rest Ihres Lebens. Und sollten Sie je Hilfe benötigen, brauchen Sie mich nur zu rufen. Wenn ich erst einmal der König bin, werden wir einen passenden Gatten für Sie finden.« Er küsste meine Hand und ging zur Tür. Dort blieb er noch einmal stehen und drehte sich zu mir um. »Nun, wenn ich der König des Landes bin, ist alles möglich.«

Hinaus!, hätte ich am liebsten geschrien. Gehen Sie und verfolgen Sie Ihre miserablen Ziele. Stattdessen schwieg ich und wartete, bis er die Tür schloss. Dann legte ich mich aufs Bett und weinte.

☆

Ich stand nicht zum ersten Mal in meinem Leben am Rande der Verzweiflung. Mich erfüllte ein Gefühl schrecklicher Einsamkeit. Dabei hätte ich zufrieden sein müssen. Ich war gesund und hatte ein Haus, mein Auskommen und ein entzückendes Kind. Im Alter von fünfzig oder sechzig Jahren hätte ich mich vielleicht einfach zurückgelehnt und zugesehen, wie das Leben an mir vorbeizog. Doch ich war zu jung, um aufzugeben. In jenem Sommer 1183 war ich knapp dreiundzwanzig Jahre alt. Meine Bestimmung hatte sich noch nicht erfüllt. Ich beschloss, an den Hof zurückzukehren.

Es gab keinen Grund, das nicht zu tun. Tamara hatte mir untersagt, weiterhin in ihren Gemächern und im Schloss zu wohnen. Als Mitglied des georgischen Adels hatte ich das Recht, an den königlichen Essen teilzunehmen, wann immer ich wollte. Ich musste nur genügend Mut aufbringen, und das dauerte eine Weile. Als ich schließlich in die Stadt ritt, brach der Winter herein.

Um nicht aufzufallen, trug ich eines der weiten, georgischen Gewänder und versteckte mein Haar unter einem großen Hut. Ein Schwert führte ich nicht bei mir, da mich dann jeder sofort erkannt hätte. Zu meiner Sicherheit versteckte ich einen kleinen Dolch in meinem linken Ärmel.

Mathilda blieb in Zoes Obhut zurück, und Brucilla begleitete mich bis zur Festung. Ich musste den Wachen meinen Namen nennen, um Zugang zum Innenhof zu erhalten. Als ich mich als Gräfin von Lori vorstellte, stutzten sie zuerst, da sie mich nur als Edith von Romsey kannten.

Ich erreichte den Rittersaal und nahm meinen Platz ganz am Ende der Tischreihen ein. So hatte mein Leben in Tbilisi einst begonnen. Mein Gesicht war nicht verschleiert, und nach wenigen Minuten hatten mich alle wiedererkannt. Sogar einer der großen Hunde erkannte mich am Geruch und bohrte seine Schnauze in meinen Schoß. Ich amüsierte mich darüber. Der Mann, der neben mir saß, lächelte mich an. Als er gewahr wurde, dass er neben der schönsten Frau saß, die er je gesehen hatte, warf er mir einen zweiten Blick zu. Nach einem dritten Blick fiel bei ihm der Groschen. Er tuschelte mit seinem Nachbarn, der sich vorbeugte, um einen Blick auf mich zu erhaschen. Anschließend wandte er sich an seinen Nachbarn, und das war eine Frau.

Die Nachricht über meine Anwesenheit verbreitete sich wie ein Lauffeuer. Ich aß und trank schnell, um das Mahl vorzeitig zu beenden. Während des Essens starrte ich ununterbrochen auf den königlichen Tisch. Als Tamara über meine Anwesenheit unterrichtet wurde, hob sie den Kopf und ließ ihren Blick schweifen. Ich wich ihrem Blick aus und aß weiter, obwohl mein Magen bereits verstimmt war. Die Anwesenden tuschelten über mich, ohne sich mir zu nähern. Die Männer, die in meiner Nähe saßen, wussten nicht, ob sie mich ignorieren, mich normal behandeln oder sogar mit mir schäkern sollten.

Ich beendete mein Mahl und verließ hastig die Tafel. Kaum jemand nahm Notiz von mir, da die Hofnarren und Jongleure mit ihrer Unterhaltung begonnen hatten. Es war nicht üblich, die Tafel vor der königlichen Gesellschaft zu verlassen, aber mich interessierte die Etikette in jenem Augenblick herzlich wenig.

☆

Ich kehrte nach Hause zurück und wartete auf Sanktionen, die zum Glück ausblieben. Eine Woche später besuchte mich Brumelli. Ich schickte ihn weg, ohne ihn zu begrüßen. Er hatte mich im Stich gelassen, als ich ihn brauchte, und das nahm ich ihm übel. Der Mann, der mir meine monatlichen Zuwendungen brachte, kam zu meiner großen Erleichterung am verabredeten Tag.

David unterließ es ebenfalls, mir Vorhaltungen zu machen.

Es dauerte ein paar Monate, ehe ich mein Glück erneut versuchte. Dies lag zum Teil am Wetter, denn der strenge Winter hatte Einzug gehalten, und die Straßen waren kaum passierbar. Zudem litt Mathilda an einer schweren Erkältung, und ich ließ sie keine Minute aus den Augen. Im Frühjahr war sie wieder gesund, und ich brach erneut zur Festung auf.

Dieser Besuch ging nicht so glatt über die Bühne. Niemand war über mein Erscheinen überrascht, und Tamara übersah mich geflissentlich. Plötzlich setzte sich Thalka neben mich. »Was wollen Sie mit Ihrem Verhalten erreichen?«, fragte sie.

»Ich genieße mein Mahl«, erwiderte ich.

»Die Königin nimmt Anstoß an Ihrer Anwesenheit.«

»Hat sie dich beauftragt, mir das zu sagen?«

»Ich sage es Ihnen.«

»Ich glaube nicht, dass die Königin etwas dagegen hat. Ich bin die Gräfin von Lori und habe das Recht, an der königlichen Tafel zu sitzen.«

Sie funkelte mich wütend an und ging davon.

Diesmal blieb ich so lange, bis Wein und Wodka in Strömen flossen und die Gäste kein Blatt mehr vor den Mund nahmen. Meine Selbstsicherheit stieg, und ich beobachtete die Anwesenden und spitzte die Ohren. Was ich sah und hörte, verwirrte mich.

Mir fiel auf, wie alt und krank König Georg aussah. Er saß schweigend und bedrückt zwischen den beiden Frauen, die er liebte. Der königliche Leibarzt hatte gesagt, niemand lebe ewig, und diese Ewigkeit könnte für den König bald zu Ende sein. Ich wusste nicht, was sein Tod für mich persönlich bedeuten würde. Rusudani und Tamara würdigten mich keines Blickes.

Mich beunruhigte nicht nur das Aussehen des Königs, sondern auch die Bemerkungen, die über die Konsequenzen seines Ablebens gemacht wurden. Fast ausnahmslos wurde Tamaras Fähigkeit oder vielmehr ihre Bereitschaft zu herrschen bestritten. Für die meisten war Rusudani die wahre Königin von Georgien. Sie wurde gehasst und gefürchtet. In den Augen der georgischen Adeligen waren Tante und Nichte eng verbunden, und eine eventuelle Ablehnung ihrer Nachfolge traf beide gleichermaßen.

Auf dem Heimweg war ich sehr erregt. Ich war in einer gefährlichen Lage. Am liebsten hätte ich der Königin berichtet, was ich gehört hatte. Diesen Gedanken verwarf ich schnell. Sie hätte glauben können, ich wolle lediglich ihre Gunst zurückerobern. Tamara, ihr Vater und ihre Tante wussten mit Sicherheit, was im Palast und in der Stadt gesprochen wurde. Und tatsächlich konnten sie nichts dagegen tun, außer einen Bürgerkrieg heraufzubeschwören.

Sollte Tamara ein Unglück zustoßen, hätte mich das ungeheuer traurig gemacht, und zudem wären meine Gelder gestrichen worden. Ich dachte sogar kurz an David Sosland, der sein Ziel nicht erreichen könnte, wenn die Königin kurz nach ihrem Vater sterben sollte. David war zwar ein stattlicher, galanter, großzügiger und attraktiver Mann, der Tamara dennoch nicht das Wasser reichen konnte. Und ich kannte ihn mittlerweile gut genug, um zu wissen, dass er jede Frau einschließlich der Königin nur als Sprungbrett benutzte, um seine ehrgeizigen Ziele zu erreichen. Dabei konnte ich ihm nicht helfen.

Als Graf Mjkartni mich wenige Tage später aufsuchte, wurde mir meine Rolle auf der politischen Bühne bewusst.

»Mein lieber Graf«, begrüßte ich ihn. »Was für eine schöne Überraschung.«

Er stand neben dem Kinderwagen und betrachtete mein Baby. »Ein hübsches Kind.«

»Sie ist meine Tochter. Haben Sie etwas anderes erwartet?«

Er schaute mich unsicher an und schien zu überlegen, ob er die Bemerkung als sarkastisch oder arrogant einstufen sollte. »Könnte ich einen Becher Wein haben?«

Erst jetzt fiel mir auf, wie nervös er war. Ich bat Zoe, die Karaffe und zwei Becher zu bringen. Der Graf setzte sich zu mir auf die Couch. »Haben Sie Nachrichten von Magdalene?«, fragte er mich.

»Nein. Aber da sie mit einem überaus erfolgreichen Mann zusammen ist, nehme ich an, es geht ihr gut. Haben Sie sich scheiden lassen?«

»Eines Tages wird sie reumütig zu mir zurückkehren und dann ...«

»Vergessen Sie nicht, dass Sie meine Schwester ist«, unterbrach ich ihn. »Wahrscheinlich müssen Sie lange auf dieses Ereignis warten.«

»Ha! Glauben Sie, es hat eine Bedeutung, dass sie Ihre Schwester ist?«

»Glauben Sie, Sie werden es je herausbekommen?«

Er wechselte das Thema. »Haben Sie sich mit der Königin ausgesöhnt?«

»Nein.« Es hatte keinen Zweck, ihn zu belügen. Er würde die Wahrheit schnell erfahren, wenn es nicht bereits der Fall war.

»Würden Sie es gerne tun?«

Ich zuckte die Schultern. »Ich bin die Dienerin Ihrer Majestät und werde ihr dienen, wenn sie mich darum bittet.«

»Sie empfinden keinen Groll? Immerhin hat sie Sie zurückgewiesen.«

»Sie hat mich immer gut behandelt.«

»Gräfin! Sie hat sie wie einen abgetragenen Handschuh zur Seite gelegt.«

»Wenn ich bei dem Bild eines Handschuhs bleibe, würde ich sagen, sie hat mich wie einen Handschuh in eine Schublade gelegt, weil sie mich im Augenblick nicht braucht.«

»Würden Sie das Schwert zu ihrer Verteidigung ziehen?«

»Das ist meine Pflicht.«

»Auch wenn Sie sich in Lebensgefahr begeben?«

Ich musterte ihn. »Sind Sie gekommen, um eine Verschwörung zur Ermordung der Königin aufzudecken?«

»Nein.«

»Das freut mich. Tamara *ist* Ihre Königin. Sie und alle anderen haben ihr am Tag der Krönung Treue geschworen. Wenn Sie Ihr Wort brechen, sind Sie für immer verdammt.«

Er antwortete mir in würdevollem Ton. »Ich versichere Ihnen, dass weder ich noch meine Verbündeten der Königin schaden oder ihr die Thronfolge streitig machen wollen.«

»Es freut mich, das zu hören«, sagte ich. »Verbündete?«

»Meine Meinung wird von vielen geteilt.«

»Ich würde gerne die Namen erfahren.«

»Damit Sie uns verraten können?«

»Wenn es die Situation gebietet, ja«, erwiderte ich keck.

»Wir haben die Absicht, die Verfassung des Landes nach dem Tod des Königs zu ändern. Dies ist keine Nation, und wir sind nicht in der Lage, die Herrschaft einer Frau zu akzeptieren. Da wir eine Königin haben werden, muss sie eine Galionsfigur sein. Es ist die Aufgabe von Männern, zu herrschen, eventuelle Angriffe der Seldschuken zurückzuschlagen und der byzantinischen Feindschaft mutig entgegenzutreten. Eine Frau kann das nicht leisten.«

»Eine schöne Rede. Hat Ihnen das jemand aufgeschrieben, oder haben Sie die Worte selbst gewählt?«

Ich nickte Zoe zu, die vor der Tür stand. Wir kannten uns inzwischen so gut, dass wir uns ohne Worte verstanden. Zoe holte mein Schwert, nahm ihre Position vor der Tür wieder ein und richtete die Spitze des Schwertes auf den Boden.

Mjkartni beobachtete sie. »Ist sie auch eine Expertin?«

»Nein, ich bin die Expertin. Sie wird mir im Notfall die Waffe reichen.«

»Wollen Sie mich töten?« Er griff nach seiner Waffe, aber er wusste, dass er gegen mich keine Chance hatte.

»Ich würde es ungern tun, denn Sie sind mein Schwager. Sollten Sie mich jedoch angreifen, müsste ich Sie töten.«

»Warum sollte ich Sie angreifen?«

»Vielleicht wird Ihnen bewusst, Sie könnten mir schon zu viel gesagt haben. Warum haben Ihre Verbündeten Sie zu mir geschickt?«

»Um zu erfahren, ob Sie sich uns anschließen würden.«

Ich lächelte. »Bin ich so wichtig, Mjkartni?«

»Wir glauben, ja.«

»Ich verfüge nur über eine Fähigkeit. Mir wurde beigebracht zu töten. Und ich verfüge nur über einen Vorteil. Ich war einst der Schützling der Königin und könnte es wieder werden. Diese Fähigkeit und dieser Vorzug können für Sie und Ihre Verbündeten nur in einer Hinsicht von Bedeutung sein. Und Sie sagten soeben, dies sei nicht Ihre Absicht. Verzeihen Sie, wenn ich Sie einen Lügner nenne.«

Er erstarrte und stand auf. »Wie ich sehe, haben wir uns nichts mehr zu sagen.«

Ich erhob mich ebenfalls. »Das sehe ich anders. Ich möchte die Namen Ihrer Verbündeten erfahren.«

»Sie sind zahlreich wie der Sand in der Wüste.«

»Wie poetisch. Wenn Sie sich weigern, mir die Namen zu nennen, muss ich Sie als Feind betrachten.«

»Tun Sie das nicht bereits?«

»Das ist rein persönlich. Falls ein Versuch unternommen wird, der Königin das Leben zu nehmen, müsste ich Sie als Hauptverantwortlichen ansehen und Sie wie einen Hund niederstechen.«

Er seufzte. »Jetzt weiß ich, woran ich mit Ihnen bin. Wenn über die Position der Königin erneut nachgedacht wird, und das wird der Fall sein, sobald der König stirbt, wird auch über Ihre Position erneut nachgedacht. Dann müssen Sie sich um Ihr eigenes Schicksal und Überleben sorgen.«

Mit diesen Worten verließ er das Haus. Ich war versucht, ihn zurückzuhalten, um ihm notfalls durch Folter die Namen der Verbündeten zu entreißen. Aber ich wusste nicht, ob ich dazu in der Lage war. In den letzten zehn Jahren hatte ich oft mit ansehen müssen, wie Burschen grausam gefoltert wurden, und bei dem Gedanken daran, drehte sich mir der Magen um.

Ich war in einer grässlichen Lage. Es war meine Pflicht, der Königin Bericht zu erstatten, und das auch auf die Gefahr hin, sie könnte glauben, ich wolle lediglich um ihre Gunst buhlen. Mein Bericht würde unweigerlich die Verhaftung und Folter von Mjkartni nach sich ziehen. Ich hatte noch keine Entscheidung getroffen, als ich ein paar Wochen später wieder an der königlichen Tafel saß.

Da ich auf Mjkartnis Vorschlag nicht eingegangen war, befürchtete ich den Groll der Verschwörer. Vielleicht hatten sie vor, sich meiner vor dem Tod des Königs zu entledigen. Daher kleidete ich mich, als würde ich meine Aufgabe als Tamaras Leibwächterin wahrnehmen. Das Schwert und den Dolch verbarg ich unter meinem Mantel. Jeder, der sich mir näherte, würde sofort sehen, dass ich Pantalons und kein Kleid trug.

Als ich meinen Platz einnahm, machte keiner böse Bemerkungen, und ich wurde freundlich begrüßt. Ich fragte mich, wie viele der Anwesenden über Mjkartnis Besuch unterrichtet waren. Plötzlich ertönte ein dumpfer Knall. König Georg war mit dem Kopf auf seinen Teller gefallen und sank anschließend zu Boden.

DRITTER TEIL
DIE LEGENDE

9. KAPITEL

Die Verschwörung

Ich hegte an dem Tod des Königs, über dessen schlechten Gesundheitszustand ich im Bilde war, keinen Zweifel. Im ersten Augenblick war ich wie gelähmt. Ich kannte den König seit zehn Jahren. Er hatte über dreißig Jahre in Georgien als Regent und später als König geherrscht. Alle Gäste waren wie erstarrt, obwohl einige dieses Ereignis kaum hatten erwarten können. Viele waren noch nicht einmal geboren, als er Regent für Demna wurde, und kannten keinen anderen Herrscher. Die Älteren hatten vor König Georg nur die kostspielige und unfähige Herrschaft seines Bruders Demetrius kennen gelernt.

Die Anwesenden am Königstisch reagierten zuerst. Der Majordomus, der immer hinter dem Stuhl des Königs stand, kniete sich neben seinen Herrn. Er hob den Kopf, und ich sah sogar aus der Ferne sein vor Gram zerfurchtes Gesicht. Was er sagte, konnte ich nicht verstehen.

Rusudani sprang auf, als ihr Bruder zusammenbrach. Sie griff sich an die Kehle und riss die Augen auf, ehe sie langsam zurück auf ihren Stuhl sank. Tamara erhob sich erst jetzt. Auf ihrem Gesicht spiegelten sich Schmerz, Unsicherheit und eine Spur Angst, die ich noch nie bei ihr beobachtet hatte.

Sie stand kerzengerade da und verharrte einen Moment reglos. Nachdem sie einen Blick auf den Leichnam ihres Vaters geworfen hatte, wandte sie sich den Anwesenden zu. Alle erhoben sich ausnahmslos und schauten sie an. Niemand wusste, wie er sich verhalten sollte. Es musste jedoch etwas geschehen, und zwar schnell. Die Gäste mussten ihre Gunst bekunden. Tamara konnte die Thronfolge, die ihr vor sechs Jahren von ihrem Vater zugebilligt worden war, nicht beanspruchen, ohne dadurch gewisse Zweifel an ihren Vorrechten und ihrer Unfähigkeit zu bekunden. Sie konnte ihre Vorrechte und ihre Herrschaft wiederum auch nicht aufnehmen, ohne von den Adeligen anerkannt zu werden. Es war eine brisante Lage. Die Königin war noch keine siebenundzwanzig Jahre alt und verfügte trotz ihrer Mitherrschaft in den letzten sechs Jahren über keine richtigen Erfahrungen in der Herrschaft des Landes.

Sie warf ihrer Tante einen hilflosen Blick zu. Rusudani stand unter Schock und hatte Angst. Sie musste sich viel größere Sorgen um ihre unmittelbare Zukunft machen als ihre Nichte. Es bestand die Gefahr, sich von ihrer Allmacht, der sie sich so lange Zeit erfreut hatte, verabschieden zu müssen. Ohne ihren Bruder war sie ein schwankes Rohr.

Die Zukunft und die Existenz der Bagratiden standen auf dem Spiel. Meine Anwesenheit könnte tatsächlich das Zünglein an der Waage sein und über Erfolg oder Niederlage der Königin entscheiden. Wenn es ein Schicksal gab, das unsere Wege wieder zusammenführte, war jetzt der entscheidende Moment gekommen. Für diesen Augenblick war ich geboren worden und hatte so manche steinige Klippe umschifft. Ich stieg auf den Tisch, lief hinüber und sprang auf den Boden. Vor der Königin zog ich mein Schwert und richtete die Spitze in die Höhe.

»Der König ist tot!«, rief ich laut. »Lang lebe der König! Tamara, König von Georgien, ich schenke Euch meine ewige Treue.«

Daraufhin kniete ich mich hin und stieß das Schwert in den Boden.

☆

Ein paar Sekunden umgab mich tiefe Stille, und ich hatte das Gefühl, sie dauerten eine Ewigkeit. Die ganze Versammlung erwachte allmählich aus ihrer Erstarrung. Eine gewisse Anzahl der Gäste weigerte sich, Tamara als Herrscherin anzuerkennen, und es waren sogar Verschwörer anwesend. Ich hoffte auf die Wahrscheinlichkeit, dass wenige der Kritiker wussten, was ihre Nachbarn dachten, oder genug darüber wussten, um in diesem entscheidenden Moment zu handeln. Durch meinen Ruf forderte ich sie auf, meinem Beispiel zu folgen.

Natürlich hatte ich auch Verbündete. David Sosland saß am Ende der Königstafel. Er war der Erste, der auf meinen Ruf reagierte, sein Schwert zog und rief: »Lang lebe Tamara, König der Georgier!«

Im Gegensatz zu mir durchbohrte David die Versammelten mit seinen Blicken und trotzte jedem, der sich ihm widersetzen könnte. Nur wenige hätten es gewagt, David und mir gegenüberzutreten, wobei die Gegner sicher sein konnten, von ihm erkannt zu werden. Ich lauschte gebannt dem Geräusch von Hunderten von Schwertern, die aus den Scheiden gezogen wurden, und den Stimmen von mehr als hundert Männern und Frauen, die Tamara zujubelten und sie bedingungslos als Herrscherin anerkannten.

Tamara schaute zuerst mich und dann ihre Höflinge an. Ihre Miene war wie immer undurchdringlich, aber in ihren Augen glühte ein Feuer. »Ich danke euch«, sagte sie mit lauter, klarer Stimme. »Ich danke euch allen. Nun bitte ich euch, mich mit meinem Kummer allein zu lassen. Morgen spreche ich mit euch allen.«

Die Adeligen und ihre Gattinnen, die von den Ereignissen des Abends überwältigt waren, verließen den Rittersaal. Auch ich war überwältigt, denn ich hatte den Jubel letztendlich entfacht. Ich kniete noch vor der Königstafel, während Tamara die Höflinge überwachte, die den Leichnam ihres Vaters hochhoben und aus dem Rittersaal in sein Gemach brachten. Rusudani folgte ihnen gesenkten Hauptes.

Tamara richtete das Wort an mich. »Du begleitest mich, Edith«, sagte sie.

☆

Ich folgte der Königsgesellschaft erregt und beklommen die Treppe hinauf. König Georgs Tod löste in mir kein Gefühl der Trauer oder des Mitleids aus, und es ging sicherlich nicht nur mir allein so. Was wohl Tamara fühlte? Sie hatte bisher noch keine Trauer bekundet, aber andererseits war es nicht ihre Art, öffentlich Gefühle zu zeigen.

Der Leichnam des Königs wurde in sein Gemach getragen und aufs Bett gelegt. Simon beugte sich über den leblosen Körper. Was würde geschehen, wenn der Arzt noch einen letzten Lebensfunken entdeckte? Würde man mich des Hochverrats anklagen, weil ich den Nachfolger vorzeitig bejubelt hatte?

Nein, der König hatte sein Leben ausgehaucht. Als der Arzt den Kopf schüttelte, sank Rusudani auf einen Stuhl neben dem Bett und stierte auf ihren toten Bruder. Ich hielt mich im Hintergrund auf und wartete auf Befehle, die nicht lange auf sich warten ließen. Tamara küsste ihren Vater auf die Stirn und drehte sich zu mir um. Ich verneigte mich und trat auf den Gang.

Als ich die Tür zu Tamaras Gemach öffnete, stand ich Thalka gegenüber.

»Sie haben hier nichts verloren«, fuhr sie mich an.

»Ich wurde hierher befohlen«, erwiderte ich und trat ein.

»Glauben Sie ...«

»Ich glaube es nicht, ich weiß es.« Hoffentlich irrte ich mich nicht. In dem Gemach hielten sich drei hübsche, junge Mädchen auf, die gewiss von mir gehört hatten und mich ängstlich anstarrten. »Hinaus!«, befahl ich.

Sie fingen an zu zittern und sahen Thalka hilflos an.

»Ich gebe die Befehle«, sagte ich. »Hinaus!«

Sie liefen davon.

»Man sollte sie auspeitschen«, sagte Thalka.

»Tu dir keinen Zwang an.«

»Ich soll Sie hier zurücklassen?«

»Ja.«

»Allein?«

»Bis Ihre Majestät kommt.«

»Eines Tages ...«

»Dieser Tag ist bereits gekommen und vergangen. Hinaus!«

Sie zögerte kurz, ehe sie hinausging. Ich setzte mich seufzend aufs Bett. Am liebsten hätte ich mich ausgezogen, doch ich hielt es für besser zu warten, bis Tamara zu mir kam und ich erfuhr, in welcher Stimmung sie war. Ihr Vater war erst eine Stunde tot.

Es dauerte noch eine weitere Stunde, ehe sie endlich vor mir stand. Sie schloss die Tür und fragte: »Wo sind meine Zofen?«

Ich stand auf. »Ich habe sie entlassen, Eure Majestät.«

»Du glaubst, über die Zukunft bestimmen zu können.«

»Nein, Majestät. Nur über die Gegenwart.«

»Das hast du getan. Ich verdanke dir die Krone.«

»Ihr verdankt mir nichts, Hoheit. Ich bitte nur um Eure Liebe.«

Tamara kam zu mir, nahm mein Gesicht in die Hände und küsste mich auf den Mund. »Die hat dir immer gehört, Edith. Auch als du mich verärgert hast. Lass dich anschauen.«

Ich schnallte mein Schwert ab, legte es auf einen Stuhl und entkleidete mich. Tamara setzte sich aufs Bett und sah mich an. Als ich splitternackt vor ihr stand, sagte sie: »Du bist noch schöner als in meiner Erinnerung. Wie konnte ich nur ohne dich leben?«

»Auch ich musste ohne Euch leben. In schrecklicher Einsamkeit. Ich war sicherlich einsamer als Ihr.«

Sie stand auf. »Entkleide mich.«

Ich gehorchte.

»Hast du in den letzten zwei Jahren mit niemandem das Bett geteilt?«, fragte sie. »Vielleicht mit deinem Gönner? Er hat dich besucht.«

»Er war sehr freundlich zu mir, Hoheit. Das Bett haben wir nie geteilt.«

Als Tamara nackt vor mir stand, fragte sie mich: »Mag er keine Frauen?«

»Er sehnt sich nur nach dem Bett einer Frau, Hoheit.«

Sie musterte mich ein paar Sekunden, ehe sie mich in die Arme schloss. Wir fielen aufs Bett und küssten uns leidenschaftlich. »Wir dürfen uns nie mehr trennen«, sagte sie, als wir kurz Luft holten.

»Und wenn wir uns streiten?«

»Wir werden uns nie wieder streiten. Du ziehst morgen in deine alten Gemächer.«

»Ich bringe meine Tochter mit, Hoheit.« Es war mir wichtig, diesen Punkt sofort zu klären.

»Ah. Mathilda.«

Simon hatte ihr den Namen verraten.

»Ja, Hoheit. Mathilda.«

»Du darfst sie mitbringen. Ich möchte sie kennen lernen. Macht sie viel Lärm?«

»Sie ist erst ein Jahr alt, Hoheit.«

»Hm. Ich muss mich daran gewöhnen.«

In dieser Nacht schliefen wir tief und fest. Ich war so glücklich wie seit zwei Jahren nicht mehr. Endlich war ich nach Hause zurückgekehrt und willkommen geheißen worden. Ich sah einer strahlenden Zukunft entgegen. Es waren jedoch nicht alle Probleme gelöst. Den Verschwörern, die ich abgewiesen hatte, musste das Handwerk gelegt werden. In dieser Hinsicht war ich zuversichtlich. Tamara und ich würden die Aufgabe mit Hilfe von Königstreuen wie David meistern.

An andere Probleme, die uns noch unmittelbarer betrafen, dachte ich nicht.

☆

Als wir am nächsten Morgen erwachten, waren wir nicht allein. Vor uns stand Prinzessin Rusudani. Wir richteten uns verärgert auf und starrten sie unsicher an.

»Ein schöner Anblick«, spottete sie. »Wenn auch ein wenig zerzaust. Ihr müsst aufstehen. Es gibt viel zu tun, und das erledigt sich nicht von allein. Ich habe in einer Stunde eine Ratssitzung einberufen, um über die Beisetzung des Königs und deine Krönung zu beraten.«

»Ist das nicht meine Aufgabe?«, fragte Tamara in täuschend sanftem Ton. Die Anmaßung ihrer Tante machte sie wütend.

»Du liegst noch im Bett. Es besteht kein Grund zur Aufregung. Die Anweisungen werden in deinem Namen erteilt. Alles wird in deinem Namen geschehen. Entspanne dich mit deiner ...« Ihr kalter Blick glitt zu mir. »Deiner Spielkameradin. Für die Herrschaft des Landes ist gesorgt.«

»Du willst über das Land herrschen?«, fragte Tamara.

»Natürlich.«

»Was gibt dir das Recht dazu, Tante?«

»Dein Vater gab mir das Recht, bevor er starb.«

»Er hat vor seinem Tod mit niemandem gesprochen.«

»Er hat alles arrangiert.« Rusudani streckte die Hand aus, in der sie ein zusammengerolltes Pergament hielt. »Das ist der letzte Wille deines Vaters, der besagt, dass ich nach seinem Tode die Regentschaft des Königreiches übernehmen soll.« Sie reichte Tamara die Schriftrolle. »Lies es.«

Tamara rollte das Pergament langsam auseinander. Ich schaute ihr über die Schulter. Rusudani sprach die Wahrheit. Aber ... »Das Dokument ist aus dem Jahre 1178«, sagte ich.

»Ich wusste gar nicht, dass du lesen kannst.«

»Es ist sechs Jahre alt. Damals war die Königin erst einundzwanzig.«

Tamara hob den Kopf.

»Es ist der letzte Wille deines Vaters. Er hat kein anderes Testament geschrieben. Daher ist dieses gültig.«

»In diesem Lande wird niemand erwarten, dass die Königin sich einem sechs Jahre alten Testament unterwirft«, widersprach ich.

Rusudani funkelte mich wütend an. Vor sechs Jahren wäre mir das Blut in den Adern gefroren. Heute hatte ich vor niemandem mehr Angst.

»Der letzte Wille ist von Rechts wegen gültig«, sagte sie. »Und wenn Ihre Majestät ihn außer Kraft setzen sollte, wird sie einen Bürgerkrieg entfachen. Trotz deiner mutigen Aktion, du kleine Hure, gibt es da draußen viele Männer, die nur auf die Gelegenheit warten, die Macht an sich zu reißen. Wenn es zu einem öffentlichen Streit zwischen Ihrer Majestät und ihrer Tante kommt, werden sie die Gelegenheit beim Schopfe fassen, um ihre Ziele durchzusetzen.« Sie zauberte ein Lächeln auf ihre Lippen, setzte sich aufs Bett und nahm Tamara in die Arme. »Mir liegt nur dein Wohl am Herzen, mein Liebling. Ich habe unbestritten mehr Erfahrungen als du. In den Ratssitzungen habe ich immer neben deinem Vater gestanden, ihn bei seinen Entscheidungen unterstützt und die Entscheidungen, die er getroffen hat, durchgesetzt. Ich werde in deinem Namen herrschen und den Frieden und Wohlstand des Landes sichern. Mit meiner Hilfe wirst du Königin bleiben und ...« Sie warf mir einen Blick zu. »... kannst dich vergnügen.«

Tamara schwieg. Ich hielt den Atem an. Nach einer Weile

sagte sie: »Ich glaube, du hast Recht, Tante. Du kannst den letzten Willen des Königs und mein Einverständnis öffentlich bekannt geben.«

☆

Ich war entsetzt und schaffte es soeben, meinen Mund zu halten, bis Rusudani das Gemach verlassen hatte. Dann fragte ich: »Was habt Ihr getan?«

»Was ich tun musste.«

»Ihr habt all Eure Macht abgetreten ...«

»An meine Tante. Welche Fehler sie auch haben mag, so ist sie Georgien und mir treu ergeben, denn ohne mich ist sie nichts. Sie ist unbestritten erfahrener als ich. Und wir müssen in diesen harten Zeiten zusammenhalten. Du brauchst dich nicht zu fürchten, Edith. Sie kann dir nichts antun. Wir beide werden jede Verschwörung im Keim ersticken und auf die Zukunft hoffen. Meine Tante ist doppelt so alt wie wir. Wenn sie nicht mehr da ist, nehme ich das Zepter in die Hand. Bis dahin wird sie die Situation meistern.«

Obwohl ich zehn Jahre mit der Prinzessin zusammengelebt hatte, konnte ich ihre intimsten Gedanken noch immer nicht erraten. Ihre unglaubliche Ruhe verbarg ihre Charakterstärke und die Rücksichtslosigkeit, die sie notfalls an den Tag legte. Im Grunde hatte sie immer die richtigen Entscheidungen getroffen. Auch wenn ich diesmal nicht ganz mit ihrer Entscheidung einverstanden war, musste ich mich ihr fügen. Meine Zukunft und die meines Kindes lagen in ihrer Hand.

Ich war froh und erleichtert, als Tamara Mathilda in die Arme nahm und spontan ins Herz schloss.

»Werde ich je ein Kind haben?«, fragte sie mich.

»Zweifellos.«

»Dazu brauche ich einen Mann.«

»Ja.«

Sie schüttelte den Kopf. »Ich müsste mich ihm unterwerfen.«

Als ich an David Sosland dachte, konnte ich ihr nicht widersprechen. »Es ist nicht einfach, eine Königin zu zwingen, sich zu unterwerfen«, sagte ich ausweichend.

Tamara seufzte, und wir hielten es beide für klüger, das Thema zu wechseln.

☆

Rusudani regierte das Königreich energisch und erfolgreich. Es sah fast so aus, als hätte sie ihr ganzes Leben darauf gewartet, ihre ehrgeizigen Ziele durchzusetzen. König Georg wurde würdevoll zur letzten Ruhe gebettet. Ein langer Trauerzug begleitete den Sarg zur Kathedrale der Bagratiden, wo er neben seinen Vorfahren beigesetzt wurde. Nach einer schicklichen Wartezeit wurden die Vorbereitungen für Tamaras zweite Krönung getroffen.

Die Königin und ich wunderten sich über die Notwendigkeit einer zweiten Krönung.

Rusudani erklärte es uns. »Durch deine erste Krönung wurdest du lediglich als Mitherrscherin und Vertreterin deines Vaters eingesetzt. Diese Krönung wird deine Herrschaft aus eigenem Recht und all deine Titel und Lehen bestätigen.«

Am Tag der Krönung trug Tamara das purpurne Gewand, und die Menschen jubelten ihrer Königin zu. Nun war sie von Gottes Gnaden König von Kartli, König von Kachetien, Erbprinz von Santzkhe-Satabago, herrschender Prinz von Kazakh, Borchalo, Kak, Shaki, Shirvan, Prinz und Herr von Ganja und Eriwan und König von Georgien.

Ich stand während des Festaktes hinter der Königin und beobachtete diejenigen, die nicht jubelten. Dazu gehörten Mjkartni und einige andere.

Zunächst einmal warteten mein Schwager und seine Freunde ab. Rusudani organisierte die Herrschaft des Landes. Sie tauschte in der Regierung nur wenige Männer aus, auch wenn viele von König Georgs Freunden nicht gerade beliebt waren. Qubazar blieb Oberbefehlshaber des Heeres und Mikela Erzbischof. Die Staatsverwaltung oblag dem Erzbischof, in dessen Händen die Ämter des Kanzlers, des Kriegsministers, des Schatzkanzlers und des Polizeipräsidenten lagen. Tamara saß dem Rat mit Rusudani an ihrer Seite vor. Ich stand diskret an der Wand.

Offenbar war Rusudani die Einzige, die um den verstorbenen König trauerte. Wir erlebten ein ruhiges, vergnügliches Jahr. An den Grenzen herrschte Frieden, und von Andronicus drang kein feindliches Wort zu uns. Für eine eventuelle Verschwörung gegen die Königin gab es keine Anzeichen. Mjkartni kam nicht mehr an den Hof. Er hatte sich in sein Schloss im Norden des Landes zurückgezogen. Dort fühlte er sich zweifellos sicherer.

Für mich war es ein glückliches Jahr, und das war gut so, denn es kam einiges auf uns zu. Die meiste Zeit verbrachte ich in Gesellschaft der Königin und meiner kleinen Tochter, die ihre ersten Schritte machte und ihre ersten Worte sprach. Ich wünschte mir von Herzen, Danilo hätte seine Tochter sehen können. Er wusste noch nicht einmal etwas von ihrer Existenz, und das machte mich sehr traurig.

Ich ersetzte meinen alten Fechtlehrer Brumelli durch ein paar stattliche, junge Kiptschaken, die als Wachen im Schloss arbeiteten. Es machte ihnen viel Freude, ihre Fertigkeiten im Kampf gegen die spärlich gekleidete Überlegene zu erproben. Während des Essens saß ich in der Nähe der Königin und lächelte die Adeligen an, die ich nicht aus den Augen ließ. Ich hielt es nicht für angebracht, Tamara über mein Gespräch mit Mjkartni zu unterrichten. Erstens glaubte ich, die Verschwörer hätten ihre Bestrebungen aufgegeben, und zweitens wollte ich ihm die Folter ersparen.

Tamara war ebenso streng wie ihr Vater, wenn sie über

Missetäter Recht sprach. Die Tränen, die sie als junges Mädchen nach den Urteilssprüchen heimlich vergossen hatte, gehörten der Vergangenheit an. Ich bedauerte ihre Härte, ohne zu vergessen, dass sie gezwungen war, in der Öffentlichkeit Charakterstärke zu beweisen. Niemand durfte an ihrer Fähigkeit, wie ein König zu herrschen, zweifeln. Wirklich traurig stimmte mich indes ihre Gleichgültigkeit, die sie den harten Urteilen entgegenbrachte, wenn wir allein waren.

Zu mir und Mathilda war sie stets freundlich und liebevoll.

In Georgien war es oberflächlich betrachtet friedlich wie immer. Eines Tages erhielten wir niederschmetternde Nachrichten aus Konstantinopel.

☆

Wir schrieben das Jahr 1185, als im Frühjahr ein Reiter vom Hafen in Phasis zu uns galoppierte. Eines unserer Handelsschiffe war soeben aus der byzantinischen Hauptstadt zurückgekehrt. Der Mann bestand darauf, sofort mit der Königin sprechen zu dürfen, um ihr dringende Nachrichten zu überbringen. Ich war wie immer anwesend, und wir starrten den armen Kerl an, der keuchend und schnaufend vor dem Thron kniete.

»Es hat eine Revolte gegeben, Hoheit.«

»Gegen den Kaiser?«

»Ja, Hoheit. Das Volk hat sich plötzlich gegen die Steuern und die Tyrannei des Kaisers erhoben.«

»Dann ist er wieder auf der Flucht«, sagte Tamara, die auf die Tür des Ratszimmers schielte, als erwartete sie, dass Andronicus jeden Moment um Einlass bat.

»Nein, nein, Hoheit. Der Kaiser ist tot.«

»Andronicus? Tot?«, fragte die Königin fassungslos. »Er ist in der Schlacht gegen die Rebellen gefallen?«

»Nein, Hoheit. Der Pöbel hat ihn in den Straßen von Konstantinopel angegriffen.«

»Mein Gott! Er wurde auf der Straße getötet?«

»Der Pöbel hat ihn in Stücke gerissen, Hoheit.«

»Wie bitte?« Tamara war entsetzt, und das war ich auch. Ich fragte mich, ob Andronicus' Leibwächter an seiner Seite war. Und seine Mätresse? Ich betete zu Gott, Andronicus möge Magdalene vor der Katastrophe fallen gelassen haben. Es war besser, sich als Prostituierte durchs Leben zu schlagen, als vom Pöbel in Stücke gerissen zu werden.

»Es soll entsetzlich gewesen sein, Hoheit«, fuhr der Bote fort. »Dem Kaiser wurden die Augen ausgestochen, und ihm wurde die Zunge herausgerissen. Er lebte noch, als ihm die Kleider vom Leib gerissen und die Genitalien abgeschnitten wurden. Seine Schreie sollen noch am anderen Ufer des Bosporus zu hören gewesen sein.«

»Genug!«, rief Tamara. »Es reicht. Hinaus!«

»Dürfte ich nach dem Gefolge des Kaisers fragen?«, bat ich.

»Ja. Was ist aus seinem Gefolge geworden?«

»Alle Gefolgsleute, derer der Pöbel habhaft werden konnte, wurden hingerichtet.«

Tamara schaute mich betrübt an.

»Hast du die Namen?«, fragte ich.

»Nein.«

»Der Kaiser ist tot«, sagte Rusudani, die bisher geschwiegen hatte. »Wer herrscht nun in Konstantinopel? Der Pöbel?«

»Isaak Angelos, Hoheit. Er soll den Pöbel aufgehetzt haben.«

Tamara schwieg ein paar Sekunden, ehe sie sagte: »Wir müssen Isaak Angelos unsere Glückwünsche schicken und nach den Namen der Anhänger fragen, die starben.«

☆

»Ich muss so handeln«, erklärte mir Tamara, als wir allein waren. »Es ist eine Gelegenheit, unsere Beziehung zu Konstantinopel, die ich nicht einschätzen kann, zu verbessern.«

»Ich verstehe.«

»Ich werde alles tun, was in meiner Macht steht, um zu erfahren, was mit deiner Schwester geschehen ist. Wenn sie im Kerker sitzt, bemühe ich mich um ihre Freilassung und Rückkehr in unser Land.«

»Danke, Hoheit.« Ich holte tief Luft. »Und ...«

Sie runzelte die Stirn. »Ach ja. Der Diener!«

»Er war Andronicus' Leibwächter.«

»Und du hast ihn geliebt.«

»Er ist der Vater meines Kindes«, erwiderte ich ausweichend.

»Ich will versuchen, etwas über sein Schicksal zu erfahren. Es ist in diesem Fall keine gute Idee, ihn hierher zurückzuholen.«

Ich war noch immer fassungslos und wagte es nicht, die Königin zu bedrängen. Mir schossen beängstigende Gedanken durch den Kopf. Vielleicht waren Magdalene und Danilo tatsächlich der Wut des Pöbels zum Opfer gefallen. Und welches Schicksal hätte ich erlitten, wenn ich Danilo begleitet hätte? Ich wagte nicht, es mir auszumalen. Der neue Kaiser, Isaak Angelos, bedankte sich für Tamaras Glückwünsche. Leider konnte er uns nicht sofort eine Liste der Opfer liefern, die während der Revolte getötet worden waren. Nach dem Machtwechsel waren so viele Menschen verschwunden, und keiner wusste genau, wer noch lebte und wer lediglich aus der Stadt geflohen war.

Mich machte die Antwort sehr traurig. Durfte ich noch hoffen, oder musste ich um meine Schwester und meinen Liebhaber trauern? Ich wusste es nicht, und mein banges Warten setzte sich fort.

Die Ereignisse in Konstantinopel rückten in den Hintergrund, als sich die Lage in unserem eigenen Land zuspitzte.

☆

Möglicherweise bestand zwischen den beiden Ereignissen sogar ein Zusammenhang und gewisse Personen sahen in der Revolte in Konstantinopel eine Gelegenheit, einen Herrschaftswechsel in Georgien zu planen. Niemand konnte Tamara ernsthaft Vorwürfe machen. Mit dem Thronfolgestreit zwischen ihrem Vater und Demna hatte sie absolut nichts zu tun. Sie saß zu Recht auf dem Thron. Demna war nicht als unschuldiger Herrscher in seinem Palast gefoltert und später ermordet worden, sondern er hatte die Waffen gegen König Georg erhoben. Bis auf wenige Ausnahmen wünschten die Verschwörer nicht Tamaras Tod, sondern ihre Unterwerfung und allenfalls die Ehe mit einem von ihnen. Bisher kannte sie jeder nur als reizende junge Frau, die von ihrer grausamen Tante beherrscht wurde. Auch die Fähigkeiten und die Skrupellosigkeit ihrer ersten Zofe und Leibwächterin wurden falsch eingeschätzt. Es war ein fataler Irrglaube der Verschwörer, die Königin mühelos unterwerfen zu können.

Dennoch war es ein alarmierender Vorfall. Es geschah eines Tages im Hochsommer 1185, als Tamara und ich ausritten, um die frische Luft zu genießen. Diesem Vergnügen gaben wir uns in der schönen Jahreszeit gerne hin. Rusudani hieß unseren Ausflug nicht gut, aber sie hatte die Regentschaft an sich gerissen und war für die Regierungsgeschäfte verantwortlich. »Heute Morgen findet eine Ratssitzung statt«, sagte sie.

»Meine Anwesenheit ist nicht vonnöten, Tante«, erklärte Tamara. »Ich muss den Maßnahmen, die du vorschlägst, lediglich zustimmen. Du kannst mir später über alles berichten.«

Rusudani verzog das Gesicht, ohne ihrer Nichte weitere Vorhaltungen zu machen.

Da im Land Frieden herrschte, nahmen wir keine Eskorte mit. Nur Thalka und Zoe begleiteten uns. Wir wollten nicht baden, sondern nur am Ufer des Baches picknicken. Tamara und ich waren wie Männer gekleidet und trugen Waffen bei uns.

Mathilda, die noch zu jung war, um im Sattel zu sitzen, blieb in Brucillas Obhut zurück.

Als wir nach dem Picknick alles einpackten, um in die Stadt zurückzukehren, hörten wir das Trampeln von Hufen.

»Wer kann das sein?«, fragte Thalka.

Sie war schon den ganzen Morgen auffallend nervös.

»Das werden wir gleich sehen«, sagte Tamara, die neben ihrem Pferd stand und darauf wartete, dass ihre Zofe ihr in den Steigbügel half.

Thalka regte sich nicht und sagte stattdessen: »Ich glaube, wir sollten besser hier bleiben, Hoheit.«

»Willst du mir sagen, was ich tun soll?«, fragte Tamara in täuschend freundlichem Ton.

»Es wäre besser«, beharrte Thalka, die dem Blick ihrer Herrin ungewöhnlich selbstsicher standhielt.

Ich saß im Sattel und lauschte erstaunt dem Gespräch, ohne mich einzumischen. Insgeheim hoffte ich, Thalka würde endlich ihre wohlverdiente Strafe erhalten.

Wenige Minuten später ritten drei Männer über den Reitpfad auf uns zu. Mein Schwager führte die kleine Gruppe an.

Tamara und ich erschraken, als wir Mjkartni erkannten. Von seiner Rückkehr nach Tbilisi hatten wir nichts erfahren. »Was ist geschehen?«, fragte die Königin.

Mjkartni zügelte sein Pferd etwa zwanzig Meter von uns entfernt, und seine Kumpane folgten seinem Beispiel. Die Pferde waren verschwitzt und schnauften. Die Männer waren alle bewaffnet und schienen sich in ihrer Haut nicht wohl zu fühlen.

»Eure Majestät.« Mjkartni verneigte sich. »Wir begleiten Euch zurück in die Stadt.«

»Warum?«, fragte Tamara. »Gibt es eine Krise?«

»In der Tat, Majestät. Es ist meine Pflicht, für Euren persönlichen Schutz zu sorgen.«

»Das ist anständig von Ihnen.«

»Es wäre jedoch besser und sicherer, wenn Ihr und Eure Zofen die Waffen niederlegt«, fuhr der Bursche fort.

Bei mir fiel der Groschen. »Hört nicht auf ihn, Hoheit«, rief ich. »Er ist gekommen, um Euch zu verhaften.«

Tamara schaute zuerst mich und dann meinen Schwager ungläubig an. Anschließend durchbohrte sie Thalka, die ihren Arm festhielt, mit ihrem Blick. »Du Miststück!«, rief sie. »Lass mich los.« Sie stieß Thalka so heftig zur Seite, dass die Zofe taumelnd zu Boden sank.

Die Königin stand noch immer neben dem Pferd.

»Ergreift sie«, befahl Mjkartni seinen Männern mit vor Angst bebender Stimme.

Ich zog mein Schwert und gab meinem Pferd die Sporen. Mjkartni kreischte entsetzt und versuchte, hinter seinen Kumpanen in Deckung zu gehen. Einer der Männer stellte sich mir in den Weg, ohne sein Schwert zu ziehen. Er nahm mich als Frau offenbar nicht ernst, und das war ein großer Fehler. Ich stellte mich in die Steigbügel und schwang den Säbel. Als die Klinge seinen Hals durchtrennte und sein Kopf in die Arme seines Kumpans fiel, riss ich erstaunt die Augen auf.

Im ersten Augenblick lähmte mich blankes Entsetzen. Das Blut spritzte von seinem Nacken auf meine Hand und meinen Arm. Sein Kumpan erblasste und wollte die Flucht ergreifen. Ich war schneller und riss ihn mit dem Schwert aus dem Sattel. Er brach blutend auf der Erde zusammen.

Mjkartni wäre ebenfalls geflohen, wenn ihn sein Kumpan nicht vor seinem Tod aus dem Sattel gerissen hätte. Ich sprang auf die Erde, ohne einen Blick auf die beiden Männer, die ich mühelos getötet hatte, zu werfen. Der Kampf erregte mich. »Ziehen Sie Ihr Schwert und sterben Sie!«, rief ich.

»Gnade«, bettelte er. »Gnade.« Ich beugte mich mit dem blutverschmierten Säbel über ihn.

»Töte ihn nicht«, sagte Tamara. »Er hat uns eine Menge zu berichten.«

Ich stellte mich vorsichtshalber hinter Mjkartni, damit ich ihn und die Königin im Auge behielt. Die brave Zoe, die niemals unbewaffnet die Festung verließ, hielt der keuchenden Thalka, die auf der Erde lag, ihren Dolch an die Kehle.

Tamara zog das Schwert und stellte sich neben mich. »Sprechen Sie.«

Mjkartni bebte vor Angst. Aus seinen Mundwinkeln sickerte Speichel. »Ich habe nur das getan, was mir befohlen wurde, Hoheit«, stammelte er. »Ich wollte Euch keine Gewalt antun. Der Befehl lautete, Euch unter gar keinen Umständen zu verletzen.«

»Wie rücksichtsvoll«, sagte Tamara. »Und wer hat Ihnen den Befehl erteilt?«

Mjkartni keuchte.

»Edith«, befahl Tamara. »Schlag ihm die linke Hand ab.«

Ich hob den Säbel.

»Gnade!«, schrie Mjkartni. »Gnade.«

»Sprechen Sie.«

Mjkartni holte tief Luft. »Kutlu Arslan.«

»Ah.« Der Name war uns nicht unbekannt. Der Mann gehörte zu denen, die sich gegen Ihre Hoheit geäußert hatten.

»Graf Arslan ist wohl kaum allein«, sagte Tamara.

Mjkartni atmete noch einmal tief ein. »Graf Gamrekeli. Graf Dchiaberi. Graf Orbeliani.«

Tamara musterte ihn nachdenklich. Diese Grafen stammten aus angesehenen Familien und gehörten zu Demnas Anhängern. König Georg hatte niemals etwas gegen sie unternommen, da sie über zahlreiche Krieger und großes Vermögen verfügten. »Sie wollen mir keine Gewalt antun?«, fragte Tamara.

»Ich schwöre, Hoheit«, jammerte Mjkartni. »Wir haben geschworen, Euch keine Gewalt anzutun.«

»Und was haben Sie und Ihre Kumpane mit mir vor?«

»Wir streben die Entlassung Eurer Tante und ihrer hinterhältigen Ratgeber an. Das Land soll von einem Rat aus Adeligen regiert werden, dem Ihr angehören dürft, ohne Gewalt ausüben zu können.«

»Wie großzügig. Und nun warten die anderen darauf, dass Sie mich gefesselt zu ihnen bringen?«

Mjkartni strich sich mit der Zunge über die trocknen Lippen. »Eure Zofe sollte Euch begleiten.«

Tamara warf Thalka einen vernichtenden Blick zu. Thalka wagte es nicht, sich zu rühren. Sie hechelte nach Luft, als würde sie ersticken. Zoe kniete neben ihr und bedrohte sie mit dem Dolch. »Die anderen warten, bis ich unter Zwang zurückgebracht werde.«

»Nein«, sagte Mjkartni. »Sie haben sofort gehandelt, nachdem Ihr die Stadt verlassen habt.«

»Gehandelt?«

»Sie sind in die Festung eingedrungen und haben die Regentin und ihre Ratsmitglieder unter Arrest gestellt.«

»Haben sie ein Heer? Haben sie meine Wachen bestochen?«

»Nein, Hoheit. Es ist bekannt, dass die Kiptschaken Eurem Vater und Euch treu ergeben sind und nur Euch gehorchen. Wir wollten Euch in den Palast zurückbringen und Euch dort überzeugen, Euren Leuten die notwendigen Befehle zu erteilen.«

»Und bis zu meiner Rückkehr werden sie meiner Tante nichts antun?«

»Sie halten sie und ihre Ratsmitglieder als Geiseln.«

Tamara schaute mich an. »Hältst du das für möglich?«

Die Wachen würden die Grafen, die Mjkartni uns genannt hatte, niemals aufhalten, wenn sie behaupteten, mit der Regentin sprechen zu wollen. »Ich glaube schon, Hoheit.«

»Was sollen wir tun?«

»Wenn Ihr Euch ihnen widersetzt, wird Eure Tante sterben«, sagte Thalka.

»Wir beide sprechen noch über den Tod«, entgegnete Tamara erregt. Thalka erblasste zusehends. »Was schlägst du vor, Edith?«

»Wir müssen zuerst in Erfahrung bringen, was genau geschehen ist.« Ich stand noch immer neben Mjkartni und hielt ihm das Schwert an die Kehle. »Sie haben vor, Ihre Majestät unter Arrest zu stellen, sobald sie in die Festung zurückkehrt und ihre Gemächer betritt. Was sollte anschließend geschehen?«

Der Graf seufzte. »Sie sollte ihrer Tante die Regentschaft entziehen und die Regierung des Landes an ein Komitee aus Adeligen übergeben.«

»Die Adeligen, die Prinzessin Rusudani gefangen halten?«
Er schluckte. »Ja.«

»Wie sollte sie diese Entscheidung verkünden?«

»Durch eine Proklamation von den Treppen des Palastes.«

»Ihre Majestät sollte von ihren Freunden und ihrer Tante umringt sein?«

»Nein, Prinzessin Rusudani sollte im Ratszimmer bleiben.«

»Und wird mit einem Messer bedroht? Und ich?«

»Hm ...«

»Soll getötet werden. Schön. Woher nehmen Sie den Glauben, Sie könnten Ihre Position nach diesem Staatsstreich halten? Die Wachen Ihrer Majestät werden die Wahrheit schnell herausfinden.«

»Bevor sie etwas unternehmen können, sollen sie von Ihrer Majestät entlassen und von unseren eigenen Leuten ersetzt werden.«

»Erzählen Sie mir mehr über Ihre Leute.«

»Hm ... unsere Anhänger.«

»Ihre Gefolgsleute.«

»Ja.«

»Und diese warten in Tbilisi auf Ihre Befehle?«

»Die meisten.«

»Und sie treten erst in Erscheinung, wenn Sie und Ihre

Komplizen den Staatsstreich erfolgreich beendet haben, nicht wahr?«

»Ja.«

»David Sosland!«, rief Tamara. »Das ist der richtige Mann für diese Angelegenheit.«

»Graf Sosland ist mit dem Heer in Kartli, Hoheit«, erinnerte ich sie. Die Verschwörer hatten bewusst den Zeitpunkt seiner Abwesenheit für ihre Revolte gewählt.

Tamara schnippte ungehalten mit den Fingern.

»Wir brauchen ihn nicht«, sagte ich. »Wenn wir gewaltsam in die Festung eindringen, werden die Verschwörer die Prinzessin ermorden.«

»Mein Gott!«, jammerte die Königin. »Qubazar! Er wird wissen, wie man mit diesem Abschaum verfahren muss.«

»Zweifellos, Hoheit«, stimmte ich ihr zu. »Aber Qubazar sitzt im Rat und wurde gewiss schon gefangen genommen.«

»Mein Gott«, rief sie noch einmal. »Was sollen wir nur tun?«

»Wir müssen sie in dem Glauben lassen, ihr Staatsstreich sei gelungen, bis wir in der Lage sind, mit ihnen abzurechnen. Wir betreten das Ratszimmer, ohne ihr Misstrauen zu erwecken.«

»Und dann?«

Ich lächelte. »Dann rechnen wir mit ihnen ab.«

»Sie werden Sie töten«, stieß Thalka giftig hervor.

»Das war doch dein Wunsch«, sagte ich. »Eure Majestät? Wollt Ihr das Risiko eingehen? Wir haben kaum eine andere Wahl. Sonst müsstet Ihr für den Rest Eures Lebens als Gefangene dieser Kreaturen leben und den Mann heiraten, den sie auswählen«, fügte ich hinzu, damit sie das Ausmaß der Demütigung richtig begriff.

Mjkartni zitterte am ganzen Leib.

Tamara überlegte kurz, ehe sie sagte: »Ich lege mein Leben in deine Hände, Edith.«

☆

Ihr Leben war nicht in Gefahr, wenn die Verschwörer wirklich vorhatten, sie als Galionsfigur zu benutzen. Mein Leben hingegen war ernsthaft in Gefahr. Die Königin hielt ihr Wort und überließ mir die Planung des Gegenschlages.

Ich dachte angestrengt über die richtige Taktik nach. Vermutlich hatten die Verschwörer einen Späher eingesetzt, der die Höfe überwachte. Sie rechneten damit, dass wir von Mjkartni und seinen Männern eskortiert wurden, wenn wir zur Festung zurückkehrten. Daher musste ich sie durch unsere eigenen Leute ersetzen, ohne den Pöbel aufzuschrecken, um Rusudani nicht in Gefahr zu bringen.

Wir kehrten nach Tbilisi zurück. Tamara ritt voran. Mjkartni folgte ihr mit mir auf den Fersen. Mein Schwert steckte in der Scheide, aber nachdem der Graf mich in Aktion gesehen hatte, musste er wissen, dass jeglicher Fluchtversuch zum Scheitern verurteilt war. Thalka, die hinter uns ritt, wurde von Zoe in Schach gehalten. Sie würde ihren Dolch notfalls sofort ziehen und Thalka töten. Wir kehrten fröhlich von unserem Ausflug zurück, und der Pöbel jubelte der Königin zu.

Ehe wir den Weg zur Festung einschlugen, suchten wir Brumelli auf. Der alte Bursche freute sich, seiner Königin und seiner Lieblingsschülerin gegenüberzustehen.

»Eure Majestät.« Er verneigte sich. »Gräfin? Ich befürchtete schon, Sie hätten mir Ihre Gunst für immer entzogen«, sagte er ein wenig ängstlich.

»Heute haben Sie Gelegenheit, die Gunst zurückzuerobern.« Tamara meldete sich nicht zu Wort und ließ mir vollkommen freie Hand.

»Ich warte auf Ihre Befehle«, sagte Brumelli.

Ich weihte ihn in meinen Plan ein. Wir hatten die Kleidung der beiden Leichen mitgenommen. Die Blutspritzer waren zum Glück nur aus unmittelbarer Nähe zu erkennen. Ich bat Brumelli und seinen Schüler, einen jungen Mann namens Codreanu, die Sachen anzuziehen. Es war nicht ganz einfach, Brumellis dicken Bauch zu verstecken, aber letztendlich schafften wir es und ritten zur Festung. Mjkartni eskortierte die Königin, als wäre sie seine Gefangene. Brumelli folgte ihnen, und Codreanu ritt an meiner Seite. Tamara und ich hatten unsere Waffen an Brumelli und Codreanu übergeben. Thalka und Zoe bildeten das Schlusslicht. »Versteck deine Waffe«, befahl ich meiner Zofe. »Wenn sie flieht oder sich rührt, stich sie nieder.« Zoe nickte entschlossen.

»Ich werde auf Ihr Grab spucken«, sagte Thalka.

»Pass auf, dass du bis dahin nicht erstickt bist«, erwiderte ich.

Es sah tatsächlich so aus, als wären wir unserer Eskorte ausgeliefert. Das wäre auch der Fall gewesen, wenn Brumelli und sein Schüler ein falsches Spiel mit uns getrieben hätten. Ich erinnerte mich an Brumellis Worte, die er nach meiner Verbannung vom Hof geäußert hatte. Mir blieb nichts anderes übrig, als ihm zu vertrauen, auch wenn er der Königin gemischte Gefühle entgegenbrachte. Mich liebte und fürchtete er, und daher zweifelte ich nicht an seiner Loyalität.

Ich irrte mich nicht. Die Wachen salutierten, als unsere Gruppe mit meinem Schwager und dem Fechtmeister in die Festung ritt. Alle Personen waren den Wachen gut bekannt. Der entscheidende Augenblick lag noch vor uns. Obwohl Mjkartni und Thalka in Lebensgefahr schwebten, könnten sie einem Wachposten am Fenster des Ratszimmers ein Zeichen geben, um unseren Coup zu vereiteln. Es hätte mir keine schlaflosen Nächte bereitet, wenn Rusudani vor unserem Eintreffen ermordet worden wäre. Mein Ziel war es, die Revolte niederzuschlagen, damit Tamara ihre uneingeschränkte Macht zurückerhielt. Dies konnte nur gelingen, wenn mein Plan nicht durchkreuzt wurde.

Wir ritten auf den Innenhof, stiegen aus den Sätteln und übergaben den Stallburschen die Pferde. Anschließend stiegen wir die Treppe zum Rittersaal hinauf. Oben stand Graf Gamrekeli mit mehreren Wachposten.

»Willkommen zu Hause, Majestät«, sagte der Schurke. »Ich hoffe, es ist alles in Ordnung.«

»Das sollten Sie Graf Mjkartni fragen«, erwiderte Tamara.

Gamrekeli warf seinem Mitverschwörer einen fragenden Blick zu. Brumelli stand dicht hinter ihm und drückte die Klinge gegen das Wams meines Schwagers.

»Es ist alles in Ordnung«, sagte Mjkartni. Gamrekeli bemerkte das Beben seiner Stimme entweder nicht oder schob es auf die heikle Situation.

»Kommt bitte zu mir, Majestät«, sagte Gamrekeli. »Eure Tante möchte eine dringende Angelegenheit mit Euch besprechen.«

»Gewiss.« Tamara stieg die Treppe hinauf.

»Wenn Ihr mich bitte entschuldigen würdet, Majestät«, sagte Thalka.

»Du wirst uns begleiten«, befahl Tamara ihr.

Zoe stand hinter Thalka und drückte ihr den Dolch in den Rücken. Thalka stieg zitternd die Stufen hinauf.

Wir bewegten uns langsamen Schrittes, während Gamrekeli, der an Tamaras Seite schritt, sich höflich mit ihr unterhielt. »Ihr hattet wunderschönes Wetter für ein Picknick.«

»Ich hätte mir bessere Gesellschaft gewünscht«, erwiderte Tamara.

Als wir außer Hörweite waren, wandte sich Gamrekeli mit strengem Blick an Mjkartni. »Ich hoffe, Ihre Majestät wurde nicht beleidigt.«

»Es ist Ansichtssache, was man als Beleidigung empfindet«, erwiderte die Prinzessin.

Schließlich erreichten wir die Tür zum Ratszimmer. »Ihre Männer sollen draußen warten, Graf Mjkartni«, sagte Gamrekeli, als er die Tür öffnete.

»Ganz im Gegenteil, Graf«, widersprach ich. Mit diesen

Worten ging ich an der Königin vorbei und schob Mjkartni ins Ratszimmer. Codreanu drückte mir mein Schwert in die Hand.

Gamrekeli drehte sich erstaunt um. Er hatte mir bisher keine Beachtung geschenkt. Ich hätte ihn problemlos niederstechen können, was ich nicht tat, denn Tamara schrie soeben: »Die Prinzessin!«

Sie erfasste die Situation im Ratszimmer mit einem Blick. Die vier Ratsmitglieder, zu denen auch General Qubazar und der Erzbischof gehörten, standen an der Wand und wurden von zwei Verschwörern in Schach gehalten. Rusudani saß gefesselt und geknebelt auf ihrem Stuhl. Ihr Haar war zerzaust und ihre Kleider zerknittert. Sie hatte sich nicht kampflos ergeben. Einer der Verschwörer stand neben ihr und hielt ihr ein Messer an die Kehle. Zoe, die die Gefahr schneller als ich erkannte, warf ihren Dolch auf ihn. Er drehte sich in der Luft und prallte mit dem Heft gegen seine Schulter. Ich nutzte den kurzen Augenblick, in dem er abgelenkt war, und überwältigte ihn.

Die anderen Verschwörer, die Brumelli, Codreanu und Tamara mit ihren Schwertern bedrohten, leisteten kaum Widerstand. Sie waren alle nicht mehr die Jüngsten, und unser unerwarteter, brillanter Gegenschlag raubte ihnen die Fassung.

Die fünf Herren wurden nun ihrerseits an die Wand gedrängt und von Brumelli und Codreanu sowie den befreiten Ratsmitgliedern in Schach gehalten. Ich löste Rusudanis Fesseln und zog ihr den Knebel aus dem Mund.

»Mein liebes Mädchen«, sagte sie. »Ich habe sie gewarnt. Sie wollten mir nicht glauben, dass du ihren Staatsstreich vereiteln wirst. Diese Narren.«

Rusudani sprach mit der Königin, die den Sachverhalt richtig stellte. »Edith hat die Heldentat vollbracht. Sie hat Mjkartnis Leute getötet und die schwierige Lage gemeistert.«

»Hm, dann«, sagte Rusudani, die mir tatsächlich ein Lächeln schenkte. »Wir sind glücklich, eine so gute Kämpferin in unserer Mitte zu haben.« Sie war nicht bereit, den Verschwörern, die sie mit vernichtendem Blick musterte, Gnade zu schenken. »Wir werden diese Schurken in den Kerker werfen. Sie sollen um Gnade winseln.«

»Darauf kommen wir gleich zu sprechen«, sagte Tamara.

Wir schauten sie alle überrascht an.

»Diese Männer haben versucht, dich des Thrones zu entheben«, sagte Rusudani.

»War das Ihre Absicht, Graf Dchiaberi?«, fragte Tamara.

»Nein, Hoheit. Nur ...« Er verstummte.

»Sie wollten sich meiner entledigen«, sagte Rusudani. »Sie haben Hand an mich gelegt.«

»Hatten Sie vor, der Prinzessin Gewalt anzutun, Graf Orbeliani?«, fragte Tamara.

»Wir wollten sie nur in Schach halten, Hoheit.«

»Ich verstehe. Meine Herren, Ihre Verschwörung ist gescheitert. Meine Tante hat das Recht, eine angemessene Strafe zu fordern.«

»Sie werden gepfählt«, frohlockte Rusudani. »Wir schneiden ihnen die Genitalien ab und reißen ihnen die Zungen heraus.«

»Ja, Tante Rusudani«, pflichtete Tamara ihrer Tante bei und fügte einschränkend hinzu: »Wir werden sehen ... Ich glaube, diese noblen Herren bereuen ihre Tat und möchten Abbitte leisten.«

Alle Anwesenden hoben erstaunt den Blick. Ich war die Einzige, die begriff, was Tamara vorhatte. Sie war nicht nur die Königin von Georgien, sondern sie verfügte über staatsmännische Fähigkeiten und eine beeindruckende Intelligenz. Diese Frau wusste ganz genau, was sie tun musste, um die Revolte zu beenden und den Frieden im Königreich zu sichern. Es wäre die einfachste Sache der Welt gewesen, die Schuldigen einen qualvollen Tod sterben zu lassen. Und dann? Diese

Männer hatten zahlreiche treue Anhänger, die sich nur zeitweilig beugen würden. Bis auf zwei Ausnahmen hatten alle Kinder, und diese würden den Tod ihrer Väter rächen und einen endlosen Bürgerkrieg in Georgien entfachen.

Tamara setzte sich an den Ratstisch und gab Brumelli ein Zeichen, die Gefangenen zu ihr zu führen. »Schwören Sie mir und dem Hause der Bagratiden ewige Treue und Loyalität, Graf Gamrekeli«, sagte sie, »wenn ich Ihnen das Leben schenke?«

Gamrekeli zögerte einen Moment. Vielleicht witterte er eine Falle, ehe er sich in Erinnerung rief, mit wem er es zu tun hatte. In seinen Augen war Tamara eine naive, junge Frau. »Ich schwöre«, antwortete er.

»Das macht mich sehr glücklich. Sie haben doch mehrere Söhne, nicht wahr?«

Gamrekeli, der seinen Irrtum begriff, runzelte die Stirn. »Ja, Hoheit.«

»Wie alt ist der Jüngste?«

»Vierzehn, Hoheit.«

»Großartig! Ich erweise Ihrer Familie, Graf Gamrekeli, eine große Ehre. Ihr jüngster Sohn wird ab sofort in der Festung wohnen und zum Befehlshaber meiner Garde ausgebildet. Gefällt Ihnen das?«

Gamrekeli hatte keine andere Wahl. Er schluckte. »Das gefällt mir, Hoheit.«

»Ich wusste es. Schicken Sie bitte einen Boten zu Ihrer Familie und lassen Sie den Jungen hierher bringen. Bis er im Palast eintrifft, bleiben Sie mein Gast.« Sie lächelte ihn an und wandte sich an den nächsten Verschwörer. »Graf Orbeliani, sind Sie bereit, mir und meinem Hause ewige Treue zu schwören?«

Orbeliani stand mit hängenden Schultern vor ihr. Er kannte bereits die nächste Frage. »Ja, Hoheit.«

»Danke. Leider haben Sie keine Söhne.«

»Dieser Segen wurde mir nicht zuteil, Hoheit.«

»Sie haben eine Tochter. Es soll ein ganz reizendes Kind sein.«

»Ja, ihre Schönheit ist allgemein bekannt, Hoheit.«

»Und wie alt ist sie?«

»Acht Jahre, Hoheit.«

Tamara lächelte mich an. »Das ist phantastisch. Sie wird als eine meiner Zofen im Palast wohnen.«

Orbeliani seufzte. »Wie Eure Majestät befiehlt.«

»Ich befehle es nicht, Graf Orbeliani. Ich bitte Sie darum. Schicken Sie einen Boten zu Ihrer Familie, damit die kleine Isolde zu mir gebracht wird. Es ist mir eine Ehre, Sie bis zu ihrem Eintreffen als Gast zu beherbergen.«

Graf Orbeliani verneigte sich.

»Graf Dchiaberi ...«

»Ich schwöre Euch, Königin Tamara, und dem Hause der Bagratiden ewige Treue und lasse meinen Sohn, meinen einzigen Sohn, auf der Stelle hierher bringen, damit er in Eurer Garde dienen kann.«

»Das ist sehr aufmerksam von Ihnen. Graf Arslan ... Sie haben keine Kinder, nicht wahr?«

Kutlu Arslan, ein bärtiger Mann mit breiten Schultern, starrte die Königin an. »Dieser Segen wurde mir nicht zuteil, Hoheit.«

»Das ist schade. In dem Fall halte ich es für das Beste, Graf, wenn Sie auf Reisen gehen. Sie verlassen das Land, überqueren den Kaukasus und reisen nach Kiew. Sie haben meine Erlaubnis, Prinz von Susdal Ihre Dienste in seinem Heer anzubieten.«

»Wie lange, Hoheit?«

»Für den Rest Ihres Lebens. Enttäuschen Sie mich bitte nicht. Sollten Sie je nach Georgien zurückkehren, müsste ich das als zweite Auflehnung gegen mich ansehen. Dann hätte meine Gutmütigkeit ihre Grenzen erreicht.«

»Und was wird aus meinem Land und meinem Vermögen?«

»Während Ihrer Abwesenheit wird die Krone Ihr Land und Vermögen verwalten.«

»Ihr sagtet soeben, ich dürfe niemals zurückkehren.«

»Sehen Sie, Graf Arslan. Sie brauchen sich gar keine Sorgen darüber zu machen.«

Der Graf schluckte.

»Nun kommen wir zu Ihnen, Mjkartni. Sie haben tatsächlich versucht, mich, Ihre Königin, unter Arrest zu stellen.«

Ich stand neben Mjkartni und konnte das Klappern seiner Zähne hören.

»Können Sie sich vorstellen, was mein Vater mit Ihnen gemacht hätte, wenn Sie versucht hätten, ihn unter Arrest zu stellen?«

Mjkartni stand kurz vor einem Zusammenbruch.

»Ich bin nur eine arme, schwache Frau und zu sanftmütig, um einen Mann in Stücke zu reißen. Anstatt Sie zu bestrafen, erfülle ich Ihnen Ihren größten Wunsch.«

Mjkartni riss den Mund auf.

»Ich erteile Ihnen die Erlaubnis oder vielmehr den Befehl, Ihre Frau zu suchen. Kehren Sie erst zurück, wenn Sie Ihre Gattin gefunden haben.«

Mjkartni seufzte. »Meine Frau ist sicherlich tot.«

»Beten Sie, dass sie lebt. Vermutlich machen Sie das ohnehin.«

Mjkartni sackte in sich zusammen. Er wusste, was das bedeutete. Er wurde wie Arslan lebenslang des Landes verwiesen. »Mein Besitz ...«

»Wird ebenfalls von der Krone verwaltet. Sie dürfen sich nun zurückziehen. Zoe wird die Herren begleiten, die in der Festung bleiben, und sich um Ihr Wohlergehen kümmern. General Qubazar, Sie begleiten die Herren ebenfalls und unterrichten den Hauptmann der Garde, dass niemand den Palast ohne meine schriftliche Erlaubnis verlassen darf.«

Qubazar verneigte sich und führte die niedergeschlagenen Grafen hinaus. Zoe folgte ihnen.

»Brumelli, Codreanu«, sagte Tamara. »Ich bedanke mich von ganzem Herzen für Ihre Unterstützung. Sie werden großzügig belohnt. Meine Herren ...« Sie wandte sich an die anderen Ratsmitglieder. »Die Sitzung ist geschlossen.«

Sie verneigten sich. Alle waren überwältigt von der ruhigen, sicheren Art, wie die junge Königin die Lage gemeistert hatte.

Als die Tür geschlossen wurde, wandte sie sich an Thalka. »Jetzt kommen wir zu dir.«

Thalka fiel auf die Knie.

»Du hast mir kein Vermögen und keine Kinder für dein Verbrechen zu bieten.«

»Ich besitze nichts, weil ich mein Leben hingegeben habe, um Euch zu dienen, Hoheit.«

»Richtig. Wie lange bist du schon in meinen Diensten, Thalka?«

»Fünfzehn Jahre, Hoheit.«

»Fünfzehn Jahre. Und in all den Jahren habe ich dir vollkommen vertraut.«

»Sie haben mich gezwungen, Hoheit.«

»Ich glaube dir. Du bist eine schwache Frau. Darum nehme ich dir nicht das Leben. Ich sehe davon ab, dich zu blenden oder zu verstümmeln.«

»Oh, große Königin«, rief Thalka. »Ich werde Euch bis in alle Ewigkeit ehren und gehorchen.«

»Das bezweifle ich. Ich muss dich bestrafen, weil du mich betrogen hast. Fünfzehn Jahre! Du erhältst für jedes Jahr zehn Peitschenhiebe.«

Thalka riss den Mund auf. »Hundertfünfzig Peitschenhiebe? Ich werde sterben, Hoheit.«

»Nein, das wirst du nicht. Du bekommst drei Tage hintereinander jeden Tag fünfzig Hiebe. Während dieser Zeit lebst du von Wasser und Brot. Du wirst leiden und die Strafe niemals vergessen. Edith, du übernimmst die Aufgabe.«

Ich schluckte.

»Ich bin sicher, es wird dir Freude machen, ihr die Schläge zu verpassen. Nach der Bestrafung wirfst du diese Kreatur nackt auf die Straße. Dann kann sie um ihr Überleben kämpfen.«

☆

Ich war bestürzt. Noch nie in meinem Leben hatte ich jemanden ausgepeitscht. Hundertfünfzig Peitschenhiebe ... Als Rusudani sich zu Wort meldete, wuchs mein Entsetzen. »Ich werde zusehen. Vielleicht löse ich dich auch ab und zu ab, Edith. Ich will dieses Miststück schreien hören. Ich will sehen, wie sich die Haut von ihren Knochen löst.«

Thalka, die schon die ganze Zeit weinte, fing laut an zu jammern.

»Bring sie in den Kerker«, sagte Tamara. »Sie soll nackt ausgezogen und auf die Bestrafung vorbereitet werden. Morgen fängst du damit an. Komm anschließend sofort zurück. Wir haben noch etwas zu besprechen.«

Tamara war verstimmt, und das war angesichts der Ereignisse des heutigen Tages kein Wunder.

Ich lief mit Thalka durch die Gänge und stieg die Treppe mit ihr hinunter. Die Zofen tuschelten aufgeregt. Sie wussten, dass es eine Krise gab, ohne die genaue Ursache zu kennen. Die Wachen machten ungewöhnlich grimmige Gesichter, weil sie es nicht geschafft hatten, die Krise zu verhindern.

»Gräfin«, stammelte Thalka. »Gräfin! Hören Sie mir zu ... Sie müssen mich bestrafen, weil es der Wille der Königin ist. Wenn Sie mir das Schlimmste ersparen und nicht so hart zuschlagen, schwöre ich Ihnen ewige Treue.«

»Ich bin dir nichts schuldig. Du hast mich von Anfang an gehasst.«

»Ich hatte Unrecht«, schrie sie. »Ich hatte Unrecht. Vergeben Sie mir, Edith.«

»Du wolltest doch vorhin noch auf mein Grab spucken, nicht wahr? Und mich zuerst ins Grab befördern.«

»Vergeben Sie mir«, jammerte sie.

»Selbst wenn ich dir vergebe, kann ich die Strafe nicht mildern.«

Wir erreichten das Burgverlies und die wartenden Kerkermeister. Diese Männer hätten mich einst beinahe vergewaltigt. Bei dem Gedanken daran lief es mir kalt den Rücken hinunter. Sie rieben sich die Hände, als sie ihr Opfer sahen. Thalka war zehn Jahre älter als ich, also Mitte dreißig, und eine hübsche, sinnliche Frau.

»Zieht sie aus und kettet sie an die Wand. Ich komme morgen wieder und kümmere mich um sie.«

»Und bis dahin, Gräfin?«, fragten sie mich geifernd.

»Ihr könnt euch mit ihr vergnügen, dürft sie aber nicht verletzen.«

Warum war ich so grausam? Die Ereignisse des Tages hatten mich aufgewühlt. Ich hatte tatsächlich in Lebensgefahr geschwebt. Wenn den Verschwörern der Staatsstreich gelungen wäre, hätten sie mir mehr als hundertfünfzig Peitschenhiebe verpasst, ehe sie mich getötet hätten. Besonders Thalka hätte sich gefreut, mich quälen zu können.

Dennoch würde es mir morgen nicht leicht fallen, sie auszupeitschen. Die Kerkermeister rissen ihr die Kleider vom Leib und fummelten an ihrem Körper herum. Danach fesselten sie ihre Handgelenke in den Eisenringen, die über ihrem Kopf an der Wand hingen. An diese Prozedur erinnerte ich mich nur allzu gut. Ich hatte es eilig, den grässlichen Ort zu verlassen, und stieg schnellen Schrittes die Treppe hinauf ans Tageslicht.

☆

Mich interessierte brennend, was Tamara vorhatte, um eine Wiederholung der Katastrophe zu verhindern. Es bot nur vorübergehend Schutz, die Kinder der Verschwörer als Geiseln zu halten. Die Prinzessin hielt ihrer Nichte bereits eine Predigt und verstummte, als ich ins Ratszimmer zurückkehrte. Tamara saß mit traurigem Blick auf ihrem Stuhl und umfasste mit der rechten Hand ihr Kinn. Nichts erinnerte mehr an die herrische, junge Frau, die ich vor wenigen Minuten verlassen hatte.

»Edith, sag ihr, was sie zu tun hat«, befahl die Prinzessin mir.

Ich schaute die Königin an, die laut seufzte. »Sie will mich verheiraten.«

»Sie *muss* heiraten«, erklärte Rusudani. »Es geht nicht mehr einzig und allein darum, die Dynastie zu erhalten, sondern um ihr eigenes Überleben.«

»Tja«, murmelte ich. Im Stillen pflichtete ich der Prinzessin bei. Es wurde höchste Zeit.

»Die Sache ist doch sonnenklar, oder? Hätten diese Schurken ihren Staatsstreich gewagt, wenn die Königin einen Mann an ihrer Seite hätte? Ich will dir nicht zu nahe treten, Edith. Du hast die Sache hervorragend gemeistert. Doch wir leben in einer Männerwelt. Vielleicht könntest du jedem Mann, mit dem du einen Konflikt austrägst, deine Überlegenheit beweisen. Für die meisten jedoch bist du eine hübsche, junge Frau, die sie als Gegnerin nicht ernst nehmen. Wir müssen noch etwas anderes berücksichtigen. Selbst wenn die Männer dich fürchten, träumen sie alle davon, die Königin zu erobern und zu heiraten. Um diesen Träumen ein Ende zu setzen, muss die Königin einem Mann gehören.«

Tamara runzelte die Stirn. »Würden sie nicht versuchen, meinen Gatten zu töten?«

»Wenn er für diese Aufgabe der Richtige ist, wird es ihnen kaum gelingen.«

»Eine Ehe«, murmelte Tamara traurig. »Was das alles nach sich zieht ...«

»Es könnte Euch auch gefallen, verheiratet zu sein«, warf ich ein. »Wenn es der Richtige ist.«

Mein Herz klopfte laut. Wenn die Königin heiraten würde, hätte auch ich die Möglichkeit, über meine Zukunft nachzudenken. Der Gedanke gefiel mir, auch wenn mir noch kein bestimmter Mann vorschwebte.

»Hoffentlich habt ihr Recht«, sagte Tamara, die tief einatmete.

Rusudani zog ihren letzten Trumpf aus dem Ärmel. »Wenn du verheiratet bist, gebe ich die Regentschaft auf.«

Ich war entzückt, wobei ich allerdings nicht an ihre Selbstlosigkeit glaubte. Es ging ihr mit Sicherheit darum, aus der Schusslinie zu treten.

Ob sich Tamara darüber freute, weiß ich nicht. Sie verzog keine Miene. »Na schön«, sagte sie. »Wir müssen einen Boten zu ihm schicken, damit er unverzüglich nach Tbilisi zurückkehrt.«

»Ich habe bereits nach ihm geschickt«, sagte Rusudani siegessicher. »Als meine Spione mir berichteten, dass die Verschwörer etwas planen, habe ich mich sofort darum gekümmert.«

»Warum ist er dann noch nicht hier? Von der Grenze bis hierher ist es nicht weit.«

»Es ist ein ganzes Stück vom Kaukasus entfernt«, erklärte Rusudani. »Und er muss zuerst einmal dorthin gelangen. Ich erwarte ihn in ein paar Wochen.«

Tamara strich sich mit den Händen durch ihr zerzaustes Haar. Das hätte ich am liebsten auch getan. »Sprechen wir nicht über David Sosland?«, fragte die Königin.

»David Sosland?« Rusudani fiel aus allen Wolken. »Um Himmels willen. Du kannst David Sosland doch nicht heiraten.«

»Warum nicht? Wenn ich heiraten muss, will ich ihn heiraten.«

Ich hatte das Gefühl, Blei verschluckt zu haben.

»Er ist dein Untertan«, erklärte ihr Rusudani. »Eine Königin kann keinen ihrer Untertanen heiraten.«

»Er ist mein treuester Untertan. Nach Edith und dir.«

Die Reihenfolge gefiel mir ausgezeichnet.

Rusudani nahm keinen Anstoß daran. »Er ist dennoch dein Untertan. Und daher kommt er nicht in Frage. Nein, nein. Ich habe nach Prinz Juri Bogoljubskij schicken lassen und ihn eingeladen zurückzukehren. Er ist der richtige Mann für dich.«

10. KAPITEL
Der Bräutigam

Tamara und mir verschlug es die Sprache.

Rusudani sah sich genötigt, weitere Argumente anzuführen. »Du brauchst einen Mann und einen Soldaten an deiner Seite.«

Ich fasste mich wieder. »Ist Graf Sosland nicht auch ein Mann und ein Soldat, Hoheit?«

Sie warf mir einen ihrer bösen Blicke zu, an die ich mich allmählich gewöhnt hatte. »Er ist nicht der rechte Mann für die Königin.«

»Und Prinz Bogoljubskij?«, fragte Tamara. »Ein lüsterner Trunkenbold? Diese *Kreatur*, die sich mir gegenüber unschickliche Freiheiten herausgenommen hat?«

»Er hat sich geändert«, erklärte Rusudani. »Das hat er mir geschworen. Er trinkt nur noch mäßig und hat versprochen, ausschließlich dich allein zu begehren. Außerdem sind alle Männer Lüstlinge. Wenn du schon einen Mann mit in dein Bett nehmen musst, kannst du dir zumindest ein hübsches Exemplar aussuchen. Er ist bereit, dir zu dienen, und er hat sich in den vergangenen Jahren als Krieger und General verdient gemacht. Allein die Erwähnung seines Namens soll im Norden des Kaukasus ausreichen, um seine Feinde in die Flucht zu schlagen. Mit einem solchen Mann an deiner Seite wird niemand mehr wagen, die Hand gegen dich zu erheben.«

Tamara schaute mich mit großen Augen an. Offenbar suchte sie meinen Rat. Ich musste mir schnell eine Meinung bilden. Tamara wünschte sich zwar David Sosland zum Gatten, aber würde sie ihn je lieben? Sie wusste ganz genau, wie sehr er sich zu mir hingezogen fühlte. Ich hegte noch weitere Bedenken an dieser Beziehung. Während meines Exils hatte ich David Sosland ziemlich gut kennen gelernt. Für ihn war Tamara nicht nur eine reizende, begehrenswerte Frau, sondern gleichermaßen ein Sprungbrett, um sich zu verwirklichen. Dadurch war der Erfolg der Ehe von vornherein gefährdet.

Andererseits betonte die Königin ihre Ablehnung gegen den lüsternen Juri Bogoljubskij, wobei ihr Protest schwächer ausfiel, als ich erwartet hatte. Vielleicht teilte sie die Meinung ihrer Tante und fragte sich, warum der Mann, den sie heiraten und dessen Lust sie sich unterwerfen musste, nicht hübsch und potent sein sollte. Seit ihrer ersten Begegnung mit dem Lüstling waren sieben Jahre vergangen. Inzwischen war sie eine reife Frau, die auf die dreißig zuging.

Und seine sexuellen Vorlieben? Auch ich war sieben Jahre älter geworden und eine reife Frau. Ich wusste nicht hundertprozentig, ob er sexuell abartig veranlagt war. Möglicherweise war seine unkontrollierte Begierde, mich damals wie ein Tier zu besteigen, das Resultat seiner Trunkenheit und Wut, von der Prinzessin zurückgewiesen worden zu sein.

Mir schossen noch zwei andere Gedanken durch den Kopf. Erstens interessierte es mich, wie Tamara mit einer Beziehung zu einem Mann zurechtkäme. Immerhin hatte ich mich zehn Jahre lang ihren Launen unterworfen. Zweitens interessierte mich brennend, wie David auf seine Zurückweisung als Prinzgemahl reagieren würde. Ich beschloss, mich zurückzuhalten und abzuwarten, wie sich die Dinge entwickelten – mit viel Glück zu meinen Gunsten.

Nicht zum ersten und letzten Mal in meinem Leben kam alles ganz anders, als ich gehofft hatte.

Schließlich tat ich meine Meinung kund. »Die Argumente der Prinzessin sind nicht von der Hand zu weisen, Hoheit. Natürlich brauchen wir, braucht Ihr eine Gewähr für Prinz Juris gutes Benehmen ...«

»Die habt ihr«, warf Rusudani ein. »Von mir.«

Sie stand mit Sicherheit seit längerer Zeit mit dem Prinzen in Kontakt.

Tamara gab unwillig nach. »Gut. Wir heißen den Prinzen willkommen. Aber Sosland wird nicht erfreut sein.«

»Edith soll sich um ihn kümmern. Sie wird schon mit ihm fertig werden, falls er Schwierigkeiten macht.«

Die Prinzessin wusste natürlich, wo ich während meines Exils gelebt hatte. Ich fragte mich, was sie noch alles wusste. Oder glaubte sie allen Ernstes, ich würde mein Schwert gegen meinen besten Freund erheben?

»Ja, Edith muss sich darum kümmern, und zwar unverzüglich«, stimmte Tamara zu.

»Hoheit?«

»Du brichst morgen Früh auf und reitest in Graf Soslands Camp. Dort machst du ihn mit der Situation vertraut und beobachtest seine Reaktion.«

»Und dann?«

»Wenn wir Glück haben, nimmt er es mit Würde hin.«

»Und wenn es nicht der Fall ist?«

»Du musst ihn davon überzeugen, dass es für mich und Georgien das Beste ist.«

»Und wenn er es nicht akzeptiert?«

»In dem Fall musst du entscheiden, wie du ihn davon überzeugst. Du hast vollkommen freie Hand.«

Ich versuchte, mich vor dieser unangenehmen Aufgabe zu drücken. »Morgen früh muss ich Thalka die ersten fünfzig Peitschenhiebe verpassen.«

»Das kann warten, bis du zurückkehrst. In der Zwischenzeit kann sie über ihre Verbrechen nachdenken. Und über ihr Schicksal.«

»Das ist nicht notwendig«, sagte Rusudani. »Ich kümmere mich darum.«

»Ich wünsche Euch viel Glück.« Ich verneigte mich.

»Gib mir einen Kuss«, sagte Tamara. »Meine liebe Edith, du

hast den Staatsstreich vereitelt und meine Herrschaft gesichert. Ich stehe für immer in deiner Schuld und werde dir jeden Wunsch erfüllen, den ich dir erfüllen kann.«

»Ich möchte Euch nur dienen, Hoheit.«

»Ich danke dir. Was auch geschieht, uns kann nichts trennen.«

»Danke, Hoheit.«

»Willst du mir nicht zu meiner zukünftigen Ehe Glück wünschen.«

☆

Ich wünschte ihr alles Gute und eilte davon. In meinem Kopf herrschte ein einziges Durcheinander.

Hatte ich gerade den Auftrag erhalten, David zu töten, falls er die Entscheidung nicht akzeptierte? Ich hatte fast den Eindruck. Es gab keinen schriftlichen Auftrag und außer Rusudani, die niemals Partei gegen die Königin ergreifen würde, keinen anderen Zeugen.

Ich verdrängte diese unwürdigen Gedanken. Tamara offenbarte zwar in Krisensituationen immer stärker die ihr eigene Skrupellosigkeit, aber sie hatte meines Wissens noch nie ihr Wort gebrochen oder jemanden verraten, der in ihren Diensten stand oder dem sie vertraute. Die Überlegung, ob Tamara tatsächlich Davids Tod wünschte, war beängstigend. Selbst wenn er seine Enttäuschung verbergen sollte, würde er Juri Bogoljubskij bis ans Ende seiner Tage hassen. Und er könnte jederzeit eine Revolte gegen den neuen König entfachen, falls er den Erwartungen nicht gerecht wurde.

Dies führte mich zu einer weiteren Überlegung: Sollte Prinz Juri König von Georgien oder lediglich der Prinzgemahl werden? Darüber war noch nicht entschieden worden. Ich persönlich zweifelte daran, dass er die niedere Position als Prinzgemahl dulden würde.

All diese Überlegungen halfen mir nicht, mein Problem zu

lösen. Als ich Tbilisi am nächsten Morgen verließ, war ich furchtbar aufgewühlt. Zoe begleitete mich, und Mathilda blieb in Brucillas Obhut zurück. Einen kurzen Augenblick spielte ich mit dem Gedanken, Brumelli und seinen Schüler Codreanu als zusätzlichen Schutz mitzunehmen. Letztendlich entschied ich mich dagegen. Selbst zwei ausgezeichnete Fechtkämpfer würden mir nicht helfen können, wenn mich Davids Heer umzingelte. Meine Begleiter würden lediglich sein Misstrauen erwecken. Ich allein musste das, was getan werden musste, schnell und skrupellos erledigen und mit Zoe fliehen, ehe unsere Tat entdeckt wurde.

Ich bat Gott, mir diese Prüfung zu ersparen.

☆

Wir kamen gut voran und erreichten Kartli nach drei Tagen. Es war fast derselbe Weg, den ich einst als Demnas Mätresse zurückgelegt hatte. Viele Menschen, denen wir begegneten, mussten wissen, wer ich war. Ob sie mich wiedererkannten, das stand auf einem anderen Blatt. Das ängstliche, junge Mädchen hatte sich inzwischen in eine große, kräftige und ungeheuer hübsche Frau verwandelt. Ich trug Pantalons, und an der Hüfte hing mein Schwert. Mein Ruf als ausgezeichnete Kämpferin war bereits legendär. Von meiner letzten Heldentat konnten sie allerdings noch nichts gehört haben.

Die Königin hatte mich mit genügend Geld und einem Dokument, das mich als Gesandte der Königin auswies, versorgt. Zoe und ich wurden überall gut bewirtet und bekamen in den Gasthäusern die besten Zimmer, wenn wir die Reise unterbrachen. Meine Zofe bedeutete mir sehr viel. Sie war eine hübsche, schmale Person mit schwarzem Haar, dunklen Augen und einem gewinnenden Lächeln. Mir gefiel besonders ihre Begeisterung, mit der sie jede Aufgabe erfüllte.

Ich hielt es für meine Pflicht, sie zu warnen. »Unsere Mission ist nicht ganz ungefährlich«, erklärte ich ihr, als wir in der letzten Nacht vor der Ankunft einander in den Armen lagen.

»Misshandlung oder Tod?«, fragte sie.

»Vielleicht beides.«

»Ich stehe Ihnen zur Seite, Gräfin.«

Ich gab ihr einen Kuss. »Bleib immer in meiner Nähe und folge meinen Anweisungen.«

☆

Am nächsten Tag ritten wir ins Feldlager und wurden sofort zum Zelt des Generals eskortiert. David, der mit seinen Offizieren eine Besprechung abhielt, musterte mich erstaunt.

»Es gibt eine Krise«, sagte er.

»Nicht mehr«, versicherte ich ihm. »Ich möchte gerne unter vier Augen mit Ihnen sprechen, Graf Sosland.«

Er nickte und verabschiedete seine Offiziere, die hinauseilten. Zoe blieb am Eingang des Zeltes stehen. Sie war wie eine Frau gekleidet, und an ihrem Gürtel hing ein Dolch.

»Und sie?«, fragte David.

»Sie weiß, worüber ich mit Ihnen sprechen möchte.«

David setzte sich auf einen Stuhl und bot mir ebenfalls einen Platz an.

»Ist ein Krieg ausgebrochen?«

»Es hat einen Staatsstreich gegeben.« Ich setzte ihn ins Bild.

»Verdammt! Sind alle verhaftet worden?«

»Ihre Hoheit hielt es für angebracht, ihnen zu verzeihen.«

»Verdammt.«

»Sie hat indes vor, Maßnahmen zu ergreifen, um eine Wiederholung der Katastrophe zu verhindern. Darum wird sie heiraten.«

Er schnippte mit den Fingern. »Endlich! Und nun bittet sie mich, nach Tbilisi zurückzukehren.«

»Sie hat mich gebeten, Sie darüber zu informieren, und bittet um Ihre Unterstützung.«

»Ich halte die Entscheidung für klug. Obwohl es mich ein wenig befremdet, dass die Königin Sie zu mir schickt. Ich kehre dennoch unverzüglich mit Ihnen nach Tbilisi zurück.«

»Hm. Die Königin hält es für besser, wenn Sie hier bleiben, bis sie nach Ihnen ruft.«

»Sie sprechen in Rätseln, Edith. Die Königin schickt Sie zu mir, damit Sie mir ihre Entscheidung, in den Stand der Ehe zu treten, mitteilen. Und dennoch soll ich nicht zu ihr eilen?«

»Das ist richtig.«

Er lächelte gequält. »Gleich sagen Sie mir noch, dass ich ihrer Hochzeit nicht beiwohnen soll.«

»Nein, nein, das wünscht sie gewiss, Graf. Die Königin möchte Sie aber bis zu dem Ereignis nicht sehen.«

David runzelte die Stirn. »Wurde der Staatsstreich doch nicht so erfolgreich niedergeschlagen, wie Sie soeben behaupteten?«

»Der Staatsstreich wurde vereitelt, Graf Sosland.«

»Warum in Gottes Namen möchte sie mich dann nicht an ihrer Seite haben?«

Ich atmete tief ein. »Sie glaubt, es stürze sie beide unnötig in Verlegenheit.«

»In Verlegenheit? Wenn ich der Frau zur Seite stehe, die ich heiraten will? Wenn ich an ihrer Seite bin, um sie zu beschützen?«

»Das ist nicht ganz richtig, Graf Sosland.«

David schaute mich ernst an. »Edith. Sprechen Sie offen mit mir, sonst werde ich sehr böse.«

Ich schluckte. »Ihre Majestät hat beschlossen, Prinz Bogoljubskij zu heiraten.«

Ich hörte hinter mir Geräusche. Zoe machte sich bereit.

»Eh ...? Den Prinzen ...? Diesen Trunkenbold ...?«

Obwohl David ein junger, kräftiger Mann war, befürchtete ich, er könnte eine Herzattacke erleiden.

»Die Entscheidung fiel ihr nicht leicht.«

»Ein Fremder?«

»Diese Tatsache wird als wichtig erachtet«, stimmte ich zu.

»Das Land wird das niemals hinnehmen. Die Adeligen ...«

»Den Adeligen, die sich dem widersetzen könnten, sind die Hände gebunden. Ihre Kinder werden als Geiseln gehalten, damit sie sich in Zukunft loyal verhalten. Das Volk wird keine Einwände erheben. Es wird glücklich sein, dass seine Königin heiratet.«

»Das ist Rusudanis Werk!«

»Es ist die Entscheidung der Königin.«

David sprang auf. »Dieses Miststück!«, wetterte er.

Ich hoffte, er bezog sich auf die Prinzessin und nicht auf die Königin.

Er lief im Zelt auf und ab. »Und nun bittet sie um meine Unterstützung.«

»Sie hofft auf Ihre Unterstützung.«

Er blieb vor mir stehen. »Und wenn ich sie ihr verweigere?«

»Ich bitte Sie, Graf Sosland, es nicht zu tun.«

Sein Blick wanderte über meinen Körper und blieb auf meinem Schwert haften. »Sie wurden geschickt, um mich zu töten.«

Ich hielt es für klüger, ihm die Antwort schuldig zu bleiben.

»Glauben Sie, Sie könnten mich niederstechen, Edith?«

»Bitte fordern Sie mich nicht heraus.«

»Und wenn ich Sie und Ihre Zofe an meine Soldaten übergebe? Wissen Sie, was sie mit Ihnen machen werden?«

Ich schaute ihm in die Augen. »Was auch Sie gerne mit mir machen würden, wenn Sie die Königin nicht haben können.«

Er hielt meinem Blick stand. Nach einem Moment des Schweigens sagte er: »Schicken Sie Ihre Zofe hinaus.«

Ich zögerte nur kurz. »Warte vor dem Zelt, Zoe«, befahl ich ihr.

Auch sie zögerte ein paar Sekunden, ehe sie hinausging.

Ich schnallte den Gürtel ab, legte die Waffe auf den Tisch

und öffnete mein Hemd. David hatte mich schon mehrmals nackt gesehen, und das letzte Mal vor zwei Jahren. Mittlerweile war ich fast fünfundzwanzig Jahre alt und zu voller Schönheit erblüht. David war einunddreißig Jahre alt, und das Leben im Feldlager hatte ihm Kraft und Stärke verliehen. Der Himmel oder die Hölle hatten uns zusammengeführt. Keiner weiß genau, welche höhere Instanz für die Sinnlichkeit und die körperliche Liebe zuständig ist. Wir hatten dieselbe Größe und standen uns nackt und ebenbürtig gegenüber. Er schloss mich in die Arme und presste mich an seine Brust.

Er war erst der dritte Mann, den ich – biblisch gesprochen – erkannt hatte, wenn ich meine kurze sexuelle Begegnung mit Juri Bogoljubskij unberücksichtigt ließ. David, der unbestritten der stattlichste Mann von allen war, erwies sich als lausiger Liebhaber. Es ging ihm nur darum, mich auf konventionelle Weise zu besteigen, schnell zwischen meine Beine zu gelangen und immer wieder zuzustoßen. Zwischendurch sog er an meinen Brustwarzen, aber welcher halbwegs normale Mann möchte das nicht? Seine Ausdauer verschaffte mir letztendlich einen Orgasmus.

☆

»Und?«, fragte Tamara, als ich nach Tbilisi zurückkehrte. »Wie hat er die Nachricht aufgenommen?«

»Nicht anders als erwartet.«

»Wurde er nicht wütend?«

»Doch, zuerst war er wütend oder zumindest sehr enttäuscht. Nachdem ich ihm die ganze Situation erklärt hatte, sah er die Entscheidung ein. Er gelobte, seine ewige Loyalität, seine Treue und seinen Wunsch, Euch zu dienen.«

»Es ist ein Wunder, wie du das geschafft hast«, sagte die Königin. »Wie kann ich dir dafür danken?«

»Ich möchte Euch nur dienen, Hoheit«, erwiderte ich wie gewöhnlich.

Es entsprach in diesem Fall der Wahrheit. Für mich persönlich hatte ich leider nichts erreicht. Ich hatte mir so lange Zeit gewünscht, das Bett mit David zu teilen. Das hatte ich erreicht, und es war ein enttäuschendes Erlebnis. Ich hatte mir lange Zeit gewünscht, er möge sich in mich verlieben. Offenbar hatte er sich in meinen Körper verliebt, aber in mich? Er bestand darauf, es noch zweimal mit mir – oder meinem Körper? – zu treiben, ehe er mir erlaubte, an den Hof zurückzukehren. Es war insgesamt eine entsetzlich langweilige Angelegenheit. Als ich andeutete, es könne gemeinsam mit Zoe vielleicht vergnüglicher sein, war er schockiert.

Ich hatte ebenfalls lange davon geträumt, seine Frau zu werden, falls die Königin ihn nicht zu ihrem Gemahl auserkor. Darüber sprachen wir kein Wort. Er glaubte, das Recht zu haben, mich zu nehmen, obwohl ich dem gleichen Stand angehörte wie er. Im Grunde wusste ich nach dieser Begegnung nicht mehr, ob ich ein derart langweiliges, mechanisches Sexualleben für den Rest meines Lebens wünschte oder überhaupt ertragen könnte.

Hinzu kam die Angst vor einer erneuten Schwangerschaft. Bevor ich mich David hingegeben hatte, wäre ich darüber erfreut gewesen. Ich fürchtete Tamaras Zorn nicht mehr, da sie nach der Eheschließung auch einen Thronerben gebären musste. Die Angst, von David geschwängert zu werden, war nicht abwegig. Immerhin war Mathilda das Produkt eines einzigen kurzen Angriffs auf meine Zitadelle. Eine Woche nach meiner Rückkehr aus Kartli konnte ich aufatmen.

Ich schloss mich der eifrigen Menge an und wartete auf die Ankunft des Prinzen Bogoljubskij.

☆

Seiner Ankunft sah ich ein wenig besorgt entgegen. Tamara war furchtbar aufgeregt, denn nun würde sie letztendlich ihre streng gehütete Jungfernschaft verlieren. Meiner Ansicht nach hatte sie ein unziemliches Alter für den ersten Geschlechtsakt erreicht. Ich gebe zu, diesbezüglich voreingenommen zu sein, da ich extrem früh entjungfert wurde.

Die Königin glaubte, die Grenzen ihres Leidens erreicht zu haben, sobald sie sich einem Mann unterworfen hatte. Sie würde noch immer die Königin und Herrscherin über alles sein, was sich ihren Blicken darbot, wenn Prinz Juri sich schließlich von ihrem Bauch oder vielmehr von ihrem Rücken rollte. Ich war in einer anderen Situation. Erstens würde sich der Prinz daran erinnern, dass ich unabsichtlich der Grund – falls er mir nicht gar die Schuld gab – am Scheitern seines ersten Heiratsantrags war. Zweitens könnte er den Wunsch hegen, mich als Leibwächterin der Königin zu entlassen. Nach Tamaras Worten würde das zwar niemals geschehen, aber keiner wusste, was geschah, wenn sie sich entgegen allen Erwartungen in den Prinzen verliebte.

Dann müsste ich mir wieder ein neues Zuhause suchen. Das würde bedeuten, in Davids Haus zurückzukehren und ihm stets zu Willen zu sein, wenn er Lust auf mich verspürte. Und das alles, ohne seine Frau zu sein.

Mir blieb nichts anderes übrig, als sozusagen gute Miene zum bösen Spiel zu machen. Tatsächlich erlebten wir ein paar erfreuliche Monate. Der Prinz traf pünktlich kurz vor Weihnachten ein. Er war neunundzwanzig Jahre alt, also ein Jahr älter als Tamara, und mit den breiten Schultern und kräftigen Beinen unbestritten ein unglaublich stattlicher Mann. Sein hübsches Gesicht wurde von lockigem, schwarzem Haar umrahmt, und sein kurzer, dunkler Backenbart und Schnurrbart standen ihm gut.

»Oh, er ist hinreißend!«, rief Rusudani, die in die Hände klatschte, als wir beobachteten, wie der Prinz und sein Gefolge auf den Hof ritten. Tamara widersprach ihr nicht.

Die Königin hatte beschlossen, die Ehe erst in sechs Monaten zu schließen. Der Prinz sollte Zeit haben, sich an die georgischen Bräuche und das georgische Volk zu gewöhnen. Ebenfalls sollte das Volk Gelegenheit haben, den Prinzen aus einem fremden Land kennen zu lernen. Der wahre Grund für die Wartezeit war natürlich ein anderer. Prinz Juri sollte beweisen, dass er seine Versprechen, die er Rusudani gegeben hatte, hielt. Während dieser Zeit wohnte er nicht im Palast, sondern wurde außerhalb der Festung untergebracht, ohne auf die Annehmlichkeiten, die ihm als königlicher Gast zustanden, verzichten zu müssen. Zahlreiche attraktive, junge Frauen und genügend Alkoholvorräte wurden ihm zur Verfügung gestellt.

Es sah tatsächlich so aus, als wären unsere Befürchtungen und Ängste unbegründet. Ich folgte Tamara in den Rittersaal, um Prinz Juri willkommen zu heißen. Wir waren beide schrecklich aufgeregt. Der Prinz begrüßte seine Braut und ihre Tante wie ein vollendeter Gentleman. »Ah, die berühmte Edith«, sagte er zu mir.

Ich trug ein Kleid und knickste artig. »Berühmt, Prinz?«

»Ja, Ihr Ruhm eilt Ihnen voraus. Und Sie sind schöner denn je. Sie machen Ihrer Herrin fast Konkurrenz.«

Wie ich diese Bemerkung genau zu verstehen hatte, wusste ich nicht. Ich ging nicht weiter darauf ein und kicherte kindisch.

Als David kam, um den Prinzen zu begrüßen, hielt ich den Atem an, doch er benahm sich tadellos. Er verneigte sich vor dem zukünftigen König und schwor ihm ewige Treue. Wie sich unser Verhältnis in Zukunft entwickeln würde, stand in den Sternen. Im Augenblick schenkte David mir kaum Beachtung. Zu Ehren des russischen Prinzen wurde ein rauschendes

Fest gegeben, und anschließend feierten wir Weihnachten und das neue Jahr. Wir aßen, tranken, tanzten und lachten ... Das Benehmen des Prinzen war ohne Fehl und Tadel. Er trank mäßig, und es wurde keine einzige Klage unserer weiblichen Gäste laut.

Prinz Juri war eifrig bemüht, die Königin gut zu unterhalten. Er erzählte ihr lustige Geschichten, über die sie herzhaft lachte. Mitunter kannte ich sie kaum wieder. In Gesellschaft von David Sosland diskutierte der Prinz über militärische Angelegenheiten. Eine Stunde pro Tag verbrachte er mit Rusudani unter vier Augen, wogegen niemand etwas einzuwenden hatte. Vermutlich erinnerte die Prinzessin den Bräutigam immerzu an sein Versprechen, sich von seiner besten Seite zu zeigen.

Selbst David schien dem Charme des Prinzen zu verfallen. Ihn beeindruckten sein militärisches Verständnis und sein Eifer, gegen unseren Erbfeind in die Schlacht zu ziehen. Im Verlauf des Winters gewann ich den Eindruck, der Zukunft als Einzige ein wenig besorgt entgegenzusehen. Bald fragte ich mich, ob vielleicht Eifersucht der Grund für meine Bedenken sein könne. Ich hatte Tamara außer in meiner Gesellschaft noch nie so glücklich gesehen.

Der Prinz benahm sich vorbildlich, und dennoch entging mir sein gieriger Blick nicht, mit dem er goldene Platten, Reichtum und reizende Frauen verschlang. Besonders mich beobachtete er häufig verstohlen. Sobald sich unsere Blicke trafen, schaute er hastig weg, als fühlte er sich ertappt.

Auf jeden Fall machte die Königin einen glücklichen Eindruck. Ob sie nur glücklich war, weil sie erwartet hatte, unglücklich zu sein, weiß ich nicht. Bisher war das Glück den Brautleuten hold. Als es draußen schöner wurde und Tamara mit dem Prinzen auf die Jagd ging, schwebte sie im siebten Himmel. Ich nahm mit zahlreichen Adeligen an der Jagd teil.

Es war eine wahre Wonne zu beobachten, wie sie nebeneinander ritten und wetteiferten, wer von beiden der bessere Schütze war.

All diese Vergnügungen waren lediglich der Auftakt zu dem großen Ereignis.

☆

»Du musst mir alles erzählen«, bat Tamara, als wir am Tag vor der Hochzeit nebeneinander auf ihrem Bett lagen.

Es war zwölf Jahre her, seitdem ich Demnas Mätresse war, und vier Jahre waren seit meiner kurzen Romanze mit Danilo vergangen. Durch mein Abenteuer mit David, das ich der Königin nicht anvertraute, traten beide Erlebnisse in den Hintergrund.

»Es wird schmerzhaft sein«, überlegte sie. Meines Wissens hatte die Königin als erwachsene Frau noch nie körperliche Schmerzen ertragen müssen, wenn man von Menstruationsbeschwerden absah. Als Kind war sie von ihrem Onkel geschlagen worden.

»Kurz«, beruhigte ich sie.

»Darf ich schreien?«

»Warum nicht?«

»Hast du beim ersten Mal geschrien?«

»Nein, Ich war beim ersten Mal betrunken und bewusstlos.«

»Vielleicht ist es am besten, es auf diese Weise hinter sich zu bringen.«

Das hörte sich nicht gut an. Der Gedanke, Prinz Juri würde es mit der nackten, betrunkenen, bewusstlosen Tamara treiben, gefiel mir gar nicht. Wie sie sehen, hielt ich menschlich gesehen weniger von ihm als von Demna.

»Es könnte ihn verletzen, wenn ich laut schreie«, erklärte sie mir.

»Kann die Königin von Georgien einen Menschen verletzen?«, fragte ich sie.

Das schien sie zu beruhigen.

☆

Als wir am nächsten Tag vor den Hochaltar in der Kathedrale traten und die Brautleute ihr Treuegelübde tauschten, war Tamara nervös. Obwohl sich der Prinz sechs Monate lang tadellos benommen hatte, erwartete ich noch in allerletzter Minute ein Unglück. Bei der Eheschließung wurde ihm einiges abverlangt. Er musste vor der Königin niederknien und seiner Braut vor den versammelten Adeligen des Landes nicht nur ewige Treue schwören, sondern auch, die Ehre und den Ruhm Georgiens und des Hauses der Bagratiden aufrechtzuerhalten. Die Worte drangen mühelos über seine Lippen. Als er sich aufrichtete und von der Menge als Prinzgemahl bejubelt wurde, huschte ein triumphierendes Lächeln über sein Gesicht, was man ihm nicht verübeln konnte. Ob er sich mit der Rolle des Prinzgemahls abfinden würde, blieb abzuwarten. Ich hegte starke Zweifel daran.

Wir kehrten in den Palast zurück und feierten ein rauschendes Hochzeitsfest. Ich hielt mich ein wenig zurück und beobachtete die Frischvermählten, die zu meiner großen Erleichterung und Überraschung ebenfalls Zurückhaltung übten. Im Gegensatz zu uns langte Rusudani, die einen Triumph errungen hatte, ordentlich zu.

Kurz nach Mitternacht verließ Tamara die Gesellschaft. Ich eilte ihr mit der Prinzessin und einigen Zofen hinterher. Es mutete seltsam an, diese Aufgabe ohne Thalka wahrzunehmen. Sie war nach der Bestrafung, die ich ihr zum Glück nicht verpassen musste, verschwunden. Ich wünschte mir, sie nie wiederzusehen.

Die Zofen reichten Tamara ein reich verziertes, seidenes

Nachtgewand. Tamara hielt es hoch, um es zu betrachten, und schaute mich fragend an. »Muss ich nicht nackt sein, wenn mein Gatte zu mir kommt?«, fragte sie.

»Ja, das wird er wünschen, Hoheit.«

»Er wird dir das Hemd vom Leib reißen«, schrie Rusudani, die einen Schluckauf hatte.

»Es wäre eine Schande, es zu verderben«, sagte Tamara. Sie legte das Nachtgewand zur Seite und stieg ins Bett.

Rusudani und ich küssten sie. Ich war froh, dass sie mich länger umarmte als ihre Tante. »Wünsch mir Glück, Edith«, flüsterte sie.

»Ich wünsche Euch alles Glück der Welt«, erwiderte ich. Vom Gang drangen laute Geräusche in Tamaras Gemach. Der Prinzgemahl war auf dem Weg zu seiner Gattin. Ich war fünfundzwanzig Jahre alt und hatte schon einiges erlebt, doch dies war die erste Hochzeitsnacht, der ich beiwohnte. Magdalene war nach dem Festschmaus in Mjkartnis Haus gebracht worden, und ich wurde nicht eingeladen, sie zu begleiten. Fairerweise muss ich hinzufügen, dass ich vollkommen betrunken war. Aufgrund der mangelnden Erfahrung wusste ich nicht, welche Aufgaben möglicherweise auf mich zukamen. Ich stand an der Wand und wurde von der großen Menschenschar, die plötzlich in das Schlafgemach strömte, fast zerquetscht.

Allen voran schritt Prinz Juri, der ein Nachtgewand trug und sehr angespannt wirkte. Er wurde zum Bett geführt und setzte sich neben seine Braut. Tamara, die unter den Decken Schutz suchte, blieb nichts erspart. Der Prinz riss die Decken zur Seite und entblößte ihren nackten Körper. Die anwesenden Männer, die auf diesen Anblick niemals hoffen durften, würden ihn niemals vergessen. Nur David, der sich im Hintergrund aufhielt, hatte die Königin einst in nackter Pracht erblickt.

Tamara schien verunsichert zu sein. Sollte sie versuchen, die

Decke wieder über ihren Körper zu ziehen, oder sich fügen? Die Entscheidung wurde ihr abgenommen, als ihr Gatte sie Sekunden später bestieg. Ich hoffte, sie war bereit, ihn zu empfangen, damit die Entjungferung nicht allzu schmerzhaft war. Die Königin stieß einen schrillen Schrei aus und strampelte mit ihren langen, weißen Beine, die durch die Leidenschaft ihres Gatten gespreizt und in die Höhe getrieben wurden, durch die Luft.

Rusudani, die während des Aktes tatsächlich am Ende des Bettes gekniet hatte – in mir wurden grässliche Erinnerungen wach! –, klatschte in die Hände und führte uns hinaus. »Es ist vollbracht«, rief sie. »Die Ehe ist vollzogen.«

Ich stand auf dem Gang und schnappte nach Luft. Kaum hatte ich mich ein wenig gefasst, drückte mich David an seine Brust.

»Ein schöner Anblick«, sagte er.

»Ach ja?«

»Sie haben es genossen.« Er sah der Menge nach, die zurück zur Tafel eilte.

»Das war ihr Recht.«

»Auch wir sollten die Erinnerung auffrischen.«

»Das wird nicht möglich sein.«

»Ich verspreche Ihnen unvergessliche Stunden«, beteuerte er. »Sie verbringen die Nacht mit mir!«

Noch ein herrischer Gebieter! Und mir war nicht nach einem herrischen Gebieter zu Mute. Auf jeden Fall nicht nach einem, der mich nicht so liebte, wie ich es mir wünschte.

»Ich möchte nicht.«

Er musterte mich kritisch. »Ich dachte, Sie empfinden Zuneigung zu mir.«

»Lust, Graf Sosland«, erwiderte ich. »Reine Lust. Genau das Gefühl, das Sie mir entgegenbringen. Es wird sich wieder einstellen, aber heute Nacht verspüre ich auf nichts und niemanden Lust.«

»Außer auf die Königin«, sagte er verärgert.

»Selbst auf die Königin nicht«, versicherte ich ihm und befreite mich aus seiner Umarmung.

☆

Es erstaunte mich, überhaupt schlafen zu können. Ich befand mich an einem Wendepunkt meines Lebens, den ich seit langer Zeit herbeigesehnt hatte. Endlich war der Zeitpunkt gekommen, mein Leben in die Hand nehmen zu können, und ich wusste nicht einmal, welche Richtung ich einschlagen wollte.

Ich bedauerte es nicht, David zurückgewiesen zu haben. Er interessierte sich nur für mich, weil die Königin für ihn unerreichbar war.

Meine Gedanken drehten sich unentwegt um das Schicksal der Königin. Ihr Gemach lag nur ein Stockwerk von meinem entfernt, und doch hatte ich das Gefühl, uns würden Tausende von Meilen trennen. Das Gefühl der Einsamkeit verstärkte sich, als ich allein in meinem eigenen Bett erwachte. Was sollte ich tun? Ich konnte wohl kaum ins Gemach der Frischvermählten stürzen, und außerdem wollte ich mir den Anblick des jungen Glücks ersparen.

Und wenn Tamara mich brauchte?

In meinem Gemach herrschte Stille. Selbst Mathilda, die nebenan mit Brucilla schlief, rührte sich nicht. Ich war noch immer in Gedanken versunken, als meine Tür plötzlich aufgerissen wurde. Es war früher Morgen, und ich richtete mich erstaunt auf. Zu meiner großen Überraschung stand die Königin vor mir!

Tamara trug einen Morgenrock, unter dem sie nackt war. Sie näherte sich mir unsicheren Schrittes, fiel aufs Bett und vergrub ihr Gesicht in den Decken.

Ich hatte Angst, sie zu berühren. Ihr Haar war vollkommen zerzaust und ihr hübsches Gesicht mit Flecken übersät.

»Hoheit?«, murmelte ich. »Eure Majestät? Tamara?«

Sie hob den Kopf. Ihre Tränen, die sie offenbar vergossen hatte, waren getrocknet. »Was siehst du?«

Ich zögerte, ehe ich vorsichtig den Morgenrock von ihren Schultern zog. Da sie zusammenzuckte, machte ich mich auf einiges gefasst. Trotzdem erschrak ich, als ich ihren verunstalteten Körper sah. Auf dem Rücken und den Oberschenkeln waren rote Striemen, und der Po war besonders arg betroffen.

»Mein Gott!«, rief ich. »Wir müssen Simon holen.«

»Nein«, sagte sie. »Ich will nicht, dass er mich so sieht. Niemand darf mich so sehen außer dir.«

»Oje! Die Haut ist aufgerissen!«

»Haben wir keine Salbe, um das zu behandeln?« Sie lächelte mich gequält an. »Erinnerst du dich an unsere erste gemeinsame Nacht? Damals habe ich dich umsorgt, und nun musst du mich umsorgen.«

Ich holte auf der Stelle eine lindernde Salbe, kniete mich neben meine Herrin aufs Bett und rieb die Wunden behutsam ein. Tamara stöhnte und biss sich auf die Lippe, doch allmählich ließ der Schmerz ein wenig nach.

»Was wollt Ihr tun?«, fragte ich.

»Was kann ich tun?«

»Hm ... Ihr seid die Königin von Georgien. Ihr dürft Euch eine solche Behandlung nicht gefallen lassen.«

»Er ist mein Gatte. Ich habe ihn gebeten, mein Gatte zu werden. Ich habe ihn zu meinem Gatten auserkoren.«

»Das gibt ihm nicht das Recht ...«

»Er sagt, er habe das Recht. Er sagt, alle Gatten schlagen ihre Frauen in der Hochzeitsnacht, damit sie sich den Wünschen der Ehemänner unterwerfen.«

Ich riss ungläubig den Mund auf. Von solch einem Brauch hatte ich noch nie etwas vernommen. Dennoch wusste ich nicht, ob es der Wahrheit entsprach, da mir die Erfahrung fehlte. Demna hatte mir zwar ab und zu einen neckischen Klaps auf den Po verpasst, mich aber ansonsten nie geschlagen. Vermutlich war es nicht hilfreich, in diesem Augenblick über Demna zu sprechen.

»Wo ist er jetzt?«, fragte ich. »Der Prinzgemahl?«

»Der König«, murmelte Tamara verbittert. »Er inspiziert die Garde. *Seine* Garde, nennt er sie. *Seine* Männer! Anschließend möchte er auf die Jagd gehen.«

»Ihr könnt in dem Zustand nicht im Sattel sitzen, Hoheit. Es wäre eine Qual.«

»Soll ich vor der ganzen Welt zugeben, dass ich eine geschlagene Kreatur bin?«

»Ihr seid eine Braut, der es erlaubt ist, nach der Hochzeitsnacht einen Tag im Bett zu verbringen. Die Ehe wurde vollzogen?«

»Ja.«

»Ah.« Was sollte ich sagen? »Und es gab keine Probleme?«

»Es war schmerzvoll. Er ist sehr kräftig gebaut. Das weißt du ja.«

»Ah. Ich habe mir den Prinzen damals nicht so genau angesehen.«

»Vielleicht war es weniger schmerzhaft, weil ich durch die Schläge bereits Schmerzen verspürte.« Sie verzog das Gesicht. »Dann hatten die Schläge doch ihr Gutes.«

Diese Sichtweise teilte ich nicht. Meine Möglichkeiten waren indes begrenzt. Soweit ich es beurteilen konnte, hatte ihr Gemahl sie sexuell nicht missbraucht. Ich wollte dieses Thema an diesem Tage nicht anschneiden. Die Königin würde mit Sicherheit etwas gegen ihren Gatten unternehmen, falls er sie je sexuell missbrauchen würde. Das Risiko, sie zu warnen, war mir zu groß. Ich hätte meine Erfahrungen mit dem Prinzen eingestehen müssen, und das wollte ich nicht. Daher beteuerte ich lediglich meine Liebe und Treue. Was sonst hätte ich tun können?

In meinen Augen war Tamaras Haltung ihrem neuen Leben

gegenüber enttäuschend und beängstigend. Verstehen konnte ich sie schon. Es betrübte mich zuzusehen, wie diese stolze, mächtige Prinzessin ihrem brutalen Gatten in allem folgte und sich nachts seinen perversen Wünschen unterwarf. Die Bereitschaft dazu hatte durchaus mit ihrem eigenen Charakter zu tun. Ich hatte ihren zielstrebigen, fast skrupellosen Umgang mit schwierigen Situationen immer bewundert, und ihre Ehe stellte keine Ausnahme dar. Nachdem sie den Entschluss gefasst hatte, zu heiraten und sich einem Mann zu unterwerfen, stand es für sie fest, ihre Pflichten als Gattin zu erfüllen.

Natürlich wurde sie von ihrer Tante unterstützt und ermutigt. Bis heute weiß ich nicht genau, ob Rusudani über das, was sich in der Hochzeitsnacht und später häufig im Schlafgemach der Eheleute abspielte, im Bilde war. Die Prinzessin schwärmte weiterhin über die erfolgreiche Ehe. Am Morgen nach der Hochzeitsnacht ging sie mit einer Menschenschar ins königliche Schlafgemach, um sich die Blutflecke auf den Laken anzusehen. Anschließend verkündete sie, dass die Königin in wenigen Monaten schwanger und im nächsten Sommer ein Thronfolger geboren werden würde.

Das Volk und besonders die Adeligen glaubten ihr gerne, obwohl auch nach Monaten noch nichts auf dieses freudige Ereignis hinwies. Juri Bogoljubskij war nicht mit allen Tugenden behaftet, aber zweifellos ein richtiger Mann. Zu seinen täglichen Vergnügungen gehörten das Jagen und Trinken. Fast jeden Abend war er beschwipst. Die Adeligen bezeichnete er als seine Freunde und Vertrauten. Er versprach, das Heer unmittelbar nach den verlängerten Flitterwochen zu ungeahnten Siegen zu führen, wie es sie seit den unvergessenen Tagen von David dem Erneuerer nicht mehr gegeben hatte.

Wahrscheinlich sah er sein perverses Verhalten im Bett nur als Beweis seiner überragenden Männlichkeit an. Mich beunruhigte die Situation sehr. Die Königin vertraute mir weiterhin alles an, und mir fiel eine leichte und doch deutlich erkennbare Veränderung in ihrem Verhalten gegenüber ihrem Gatten auf. Wenn Prinz Juri nicht in der Stimmung war, ihr Schmerzen zuzufügen, war er der vollendete Liebhaber. Seine Geschicklichkeit im Bett könnte der Hauptgrund dafür gewesen sein, dass er seine Gattin nicht schwängerte. Scheinbar spielte er lieber mit ihr, als den Akt an sich zu vollziehen. Er verbrachte Stunden damit, sie mit den Händen zu stimulieren, und genoss es ebenfalls, von ihr mit Lippen und Händen befriedigt zu werden.

Es stand mir nicht zu, Kritik zu üben oder meine Meinung kundzutun. Nur die Königin selbst hatte mich je mit ihren Lippen und Fingern stimuliert. Ein Mann hatte mir diese Aufmerksamkeit noch nie entgegengebracht, und ich fragte mich, ob es je der Fall sein würde. Ich war neugierig und sogar ein wenig ungeduldig, diese Erfahrung einmal zu machen.

Meine Bedenken wuchsen, als die Königin die Nächte mit ihrem Gatten ungeduldig herbeisehnte. Sie war auf dem besten Wege, sich in ihn zu verlieben. Nun könnte man fragen, warum mich dieser Gedanke abstieß. Ich hatte mein halbes Leben darauf gewartet, dass die Königin endlich vor den Traualtar trat, damit ich ein eigenes Leben führen konnte. Der Gedanke an ihr Wohl oder das des Landes kam erst an zweiter Stelle. Es war nicht ungewöhnlich, dass sich Eheleute ineinander verliebten. War es reine Eifersucht? Sie spielte sicher einer Rolle, da mir eine Perspektive für mein eigenes Leben fehlte. Es kam noch etwas anderes hinzu, und dabei ging es mir einzig und allein um das Wohl der Königin. Ich wurde den Verdacht einfach nicht los, dass der Prinz ein ausgemachter Heuchler war, der vielleicht sogar etwas Böses im Schilde führte: Tamara als Herrscherin von Georgien abzusetzen und diese Position selbst zu übernehmen.

Unglücklicherweise konnte ich mit niemandem über meinen Verdacht sprechen. Es wäre eine Katastrophe gewesen, mit Tamara darüber zu diskutieren. Rusudani war dem Prinzen noch mehr zugetan als ihre Nichte. Es hätte mich nicht gewundert, wenn sie sich während ihrer privaten Treffen nicht ausschließlich Staatsgeschäften gewidmet hätten. Alle anderen im Palast einschließlich der Ratsmitglieder und des Adels schienen mit dem Prinzgemahl ausgesprochen zufrieden zu sein. David Sosland bildete die Ausnahme von der Regel, weil er den Prinzen um seine Position beneidete.

Zudem konnte ich meine Befürchtungen nicht begründen. Sie entsprangen meiner weiblichen Intuition. Der Prinz trank nicht mehr als die anderen georgischen Adeligen. Auch wenn sein gieriger Blick mitunter auf attraktiven Hofdamen haftete, beklagte sich niemand über sein Verhalten. Ein Mann, dem jede Nacht der makellose Körper der Königin zur Verfügung stand, hätte schon ein unersättlich geiler Bock sein müssen, und genau dieses Gefühl wurde ich nicht los. Für mich war er ein geiler Bock, der seinen wahren Charakter verbarg, indem er sich den strengsten Beschränkungen unterwarf.

Natürlich beeinflusste mich die Erinnerung an seinen ersten Besuch. Ein Mann, der sich mir gegenüber wie eine wilde Bestie benommen hatte, konnte sich meiner Meinung nach unmöglich um hundertachtzig Grad gewandelt haben. Selbst mir gegenüber benahm er sich in der Öffentlichkeit tadellos. Dennoch entgingen mir seine gierigen Blicke nicht, mit denen er mich mitunter von Kopf bis Fuß musterte, wenn er sich unbeobachtet glaubte.

Abgesehen von meinen Befürchtungen, erlebten wir einen vergnüglichen Sommer. Ich nahm meine Aufgabe als Leibwächterin der Königin weiterhin wahr, wenn sie den Palast verließ. Der Prinz amüsierte sich köstlich darüber. Wenn wir im Palast weilten, hatte ich viel Zeit, um mich Mathilda zu widmen, und das war eine große Freude. Tamara wies mich keineswegs zurück. Ich blieb ihre Vertraute und Busenfreundin. Körperliche Intimität gab es zwischen uns nicht mehr, da Prinz Juri die Bedürfnisse der Königin vollauf befriedigte. Sie erkundigte sich nie nach meinen Gefühlen oder vermeintlichen romantischen Abenteuern, die ich leider nicht erlebte. Ich nahm ihr dieses Verhalten nicht übel. Die Königin war geboren und erzogen worden, um Königin zu sein, und wenn sie glücklich war, mussten es alle anderen auch sein.

☆

Ich stand Juri Bogoljubskij noch immer mit gemischten Gefühlen gegenüber, als er im Herbst verkündete, einen Feldzug gegen die Seldschuken führen zu wollen. Angeblich hatte er von der Absicht unserer alten Feinde gehört, im neuen Jahr gegen uns in die Schlacht zu ziehen. Er behauptete, dieses Vorhaben durch einen Präventivschlag vereiteln zu wollen, und dabei brauchte er gar keine Entschuldigung. Die georgischen Adeligen waren seit König Georgs Tod nicht mehr zu Felde gezogen. Allmählich wuchs ihre Unruhe, nachdem der misslungene Staatsstreich und die Hochzeit der Königin sie eine Weile abgelenkt hatten. Als Prinz Juri seine Absicht eines Feldzuges verkündete, eilten seine Untertanen und die Vasallen der Adeligen zu den Fahnen.

Er wollte, bevor das schlechte Wetter einsetzte, nach Süden ziehen und im Winter Krieg führen, denn unterhalb der armenischen Ebene lag selten Schnee. Im folgenden Frühjahr hoffte er, siegreich zurückzukehren.

Tamara geriet wie alle anderen in Aufregung. Seit den Zeiten von David dem Erneuerer hatten die georgischen Könige sich in einer Defensivhaltung befunden. Aufgrund des rauen Klimas und des bergigen Landes, das für die feindlichen Kavallerien ungeeignet war, gelang es ihnen größtenteils, die Angriffe zurückzuschlagen. Die Georgier hatten es noch nie gewagt, auf dem freien Land von Anatolien oder in den Wüsten von Syrien Schlachten zu schlagen. Demnas Unterfangen wurde als reiner Plünderzug abgetan.

Prinz Juri verbot Tamara, mit ihm in die Schlacht zu ziehen, was mich erleichterte, sie hingegen sehr traurig stimmte. »Wie bitte?«, sagte er. »Ihr wollt Euer Leben in einer Schlacht aufs Spiel setzen?«

»Ich bin schon einmal gegen die Seldschuken in die Schlacht gezogen.«

»Das war ein großes Risiko. Und ein unnötiges. Das hat Euer Vater zu verantworten.« Er schaute mich an. »Wenn Ihr mir aber die Dienste Eurer Leibwächterin anbieten würdet ...«

Ich erschrak zu Tode – zum Glück grundlos.

»Edith geht dorthin, wohin ich gehe«, sagte Tamara. »Und sie bleibt, wo ich bin.«

»Natürlich«, stimmte er schnell zu. »Ich kehre siegreich zurück.«

Fast hätte ich gehofft, er würde überhaupt nicht zurückkehren, doch das hätte die Niederlage des georgischen Heeres bedeutet, und die lag mir nicht am Herzen. Ich stand jubelnd neben der Königin, als die Krieger in die Schlacht zogen. Über den Köpfen der zwanzigtausend georgischen Krieger, denen sich die Kurden an der Grenze anschlossen, wehte stolz die Löwenstandarte. Auch David zog in die Schlacht. Der Prinz wusste, welche Gefühle der Graf für die Königin hegte, und ließ ihn daher nicht zurück. Qubazar, der zu alt war, um in die Schlacht zu ziehen und um das Bett mit Tamara zu teilen, wurde als Befehlshaber der Garnison eingesetzt.

Unser Leben ähnelte dem Leben, das wir geführt hatten, ehe Prinz Juri in unser Leben trat. Ich teilte ab sofort wieder das Bett mit der Königin. Unser intimes Verhältnis war jedoch nicht mehr so wie früher. Die Königin hatte sich an die Umarmungen eines Mannes gewöhnt und sehnte sich danach. Sie beobachtete die hübschen Höflinge, und ich hatte Schwierigkeiten, sie davor zu bewahren, Ehebruch zu begehen.

Bald wurde unsere Beziehung auf eine weitere Probe gestellt. Wir hatten soeben fröhlich das Weihnachtsfest gefeiert,

da ein Botschafter uns kürzlich die Nachricht von der Zer-
schlagung eines feindlichen Heeres gebracht hatte. Eines Morgens wurde ich unterrichtet, dass mich ein Besucher zu sprechen wünsche. Ich wusste nicht, um wen es sich handeln
konnte, und ließ ihn im Vorzimmer warten. Wenige Minuten
später stand ich Danilo gegenüber.

11. KAPITEL
Der Gatte

Ich riss ungläubig die Augen auf und war so verdutzt wie vor fünf Jahren, als ich ihm an der Tür von Prinz Andronicus' Haus in Tbilisi unerwartet gegenüberstand. Im ersten Augenblick wusste ich nicht, ob ich lachen oder weinen sollte. Ich hatte mich so sehr nach ihm gesehnt und nach den Ereignissen in Konstantinopel lange um ihn getrauert. Im Laufe der Jahre verblasste Danilos Bild, und mir blieben nur noch Träume. Tagträume haben den Vorteil, uns perfekte Fantasiegebilde zu liefern, die es in der Wirklichkeit nicht gibt. Besonders in zwischenmenschlichen Beziehungen entscheiden die Gefühle zweier Menschen, ob Träume Wirklichkeit werden.

Danilo stand leibhaftig vor mir, und für mich wurde ein Traum Wirklichkeit, als ich dem Mann, den ich liebte, in die Augen sah. Er war älter geworden und sah schrecklich mitgenommen aus.

»Danilo?«, rief ich. »Bist du es wirklich?« Etwas Besseres als diese banalen Worte fiel mir nicht ein.

»Edith!« Danilo kam auf mich zu und blieb einen Schritt von mir entfernt unsicher stehen. Ich trug ein Kleid und einen Hut, und an meinen Fingern steckten zahlreiche Ringe. Da ich an diesem Tag nicht vorhatte, den Palast zu verlassen, war ich wie eine Dame gekleidet, und ich duftete stark nach Parfum. Danilo sah fast aus wie damals, als ich ihn kennen gelernt hatte und er als verurteilter Häftling in Lumpen vor Rusudanis Stuhl stand. Der Vater meines Kindes traute sich nicht, diese schöne Frau zu umarmen.

Ich ging zu ihm und drückte ihn an meine Brust. »Danilo!«,

rief ich noch einmal. »Ich glaubte, du wärest tot.« Ich küsste ihn und lächelte unter Tränen. »Zum zweiten Mal.«

»Der Wunsch, dich wiederzusehen, hielt mich am Leben«, sagte er.

»Und führte dich zu mir.«

Er musterte mich von Kopf bis Fuß. »Es gibt so viel ...«

»Ich weiß. Zuerst muss ich dir etwas zeigen. Komm mit.«

Ich nahm ihn an die Hand und stieg mit ihm die Treppe hinauf. Die Wachen und Höflinge starrten uns bestürzt an. Sie hatten Danilo noch nie gesehen. In wenigen Minuten würden sie sich alle über diesen Vagabunden, mit dem ich durch den Palast lief, das Maul zerreißen. Danilo fühlte sich nicht wohl in seiner Haut. »Du weißt, was du tust?«, fragte er.

»Ich tue, was ich will.«

»Darfst du das?«

»Ja«, sagte ich, obwohl ich mir nicht ganz sicher war.

Wir erreichten den zweiten Stock. Ich öffnete die Tür zu meinen Gemächern. Zoe knickste und stammelte undeutliche Worte.

»Wo ist Mathilda?«, fragte ich.

»Sie ist gerade von einem Spaziergang zurückgekehrt, Gräfin.«

Als ich die Tür zu ihrem Zimmer öffnete, schrie Brucilla leise auf. Meine Tochter wurde gerade gewaschen und stand im Zuber. Mathilda, die schon als Vierjährige außergewöhnlich hübsch war, starrte meinen Begleiter mit großen Augen an.

»Ich habe eine Überraschung für dich, meine Kleine«, sagte ich.

Brucilla wickelte mein Kind in ein Handtuch und hob es aus dem Zuber. »Ich habe dir viel von deinem Vater erzählt, nicht wahr?«

»Ja, Mama.«

»Du weißt, dass er ein stattlicher, kräftiger Mann ist.«

»Ja, Mama.«

»Hier ist er. Er ist gekommen, um dich zu sehen, und er wird uns nie wieder verlassen«, fügte ich bedeutungsvoll hinzu. Dann drückte ich Mathilda in Danilos Arme.

Mathilda bekam einen Schreck, und Danilo erging es nicht anders. Er küsste sie flüchtig, ehe er sie an Brucilla übergab. »Davon wusste ich nichts«, sagte er.

»Wie solltest du?«

»Hm ...«

»Ich weiß. Es ist erstaunlich. Ein Geschenk Gottes. Du bist ihr Vater, Danilo. Es hat keinen anderen Mann gegeben.«

Mein Abenteuer mit David, das sich lange nach Mathildas Geburt zugetragen hatte, erwähnte ich nicht.

Danilo strich sich mit der Zunge über die Lippen. »Die Königin ...«

»Wird erfreut sein, dich kennen zu lernen«, sagte ich. Insgeheim war ich nicht so sorglos, wie ich tat. »Zuerst ... Zoe«, rief ich. »Bereite ein Bad für den Herrn vor.«

»Herrn?«, stammelte er.

»Ja, ich bin die Gräfin von Lori, und du wirst bald mein Gatte sein«, versprach ich.

Ich lief wie eine Verrückte hin und her, weil ich Angst hatte, der Traum könne zerplatzen wie eine Seifenblase.

☆

Die Mädchen holten rasch Wasser und gossen es in den Zuber. Danilo, Mathilda und ich beobachteten sie.

»Du musst mir alles erzählen«, sagte ich.

»Und du mir.«

»Ich fange an«, sagte ich und unterdrückte meine Neugier, da seine Schilderungen sicherlich nicht für Mathildas Ohren bestimmt waren. Ich erzählte ihm alles, was sich in den letzten Jahren zugetragen hatte. Vor allem berichtete ich von meinem

Exil, meiner triumphalen Rückkehr und meinem Sieg über die Verschwörer. David erwähnte ich auch diesmal nicht.

»Und du bist wieder die Leibwächterin der Königin«, sagte er ehrfürchtig.

»Und du wirst mein Leibwächter sein. Gemeinsam sind wir unschlagbar.«

»Und die Prinzessin?«

»Darum kümmere ich mich. Hattest du keine Angst, sie zu treffen, als du hierher kamst?«

»Ich musste dich sehen.«

»Sorge dich nicht. Alles wird gut.« Der Gedanke an die Prinzessin flößte mir Angst ein. Ich hoffte auf Tamaras Unterstützung.

Das Bad war vorbereitet. Ich übergab Mathilda in Brucillas Obhut und schloss die Tür. Dann zogen wir uns aus. »Du bist wunderschön«, sagte er.

»Ich bin die Leibwächterin der Königin, und für diese Aufgabe muss ich meinen Körper in Form halten. Setz dich in den Zuber. Ich wasche dich. Das habe ich schon einmal getan. Erinnerst du dich?«

Ich musste erneut Bekanntschaft mit seinem Körper schließen, um meine Begierde zu entfachen. »Erzähl mir von Konstantinopel«, bat ich, als ich seine Schulter einseifte.

Er atmete tief durch. »Magdalene ist tot.«

Ich hatte es geahnt. »Wie kam sie zu Tode?«

Er seufzte. »Ich weiß es nicht genau. Es muss entsetzlich gewesen sein. Nachdem der Pöbel Andronicus zur Strecke gebracht hatte, drang er in den Palast ein und ermordete alle, die sich dort aufhielten. Die Schreie sollen noch jenseits des Bosporus zu hören gewesen sein, und der ganze Palast war blutüberströmt. Magdalene ... Ich habe ihren Kopf gesehen.«

»Wo?«

»Auf dem Geländer vor dem Palast. Am Tag nach dem Massaker. Diesen Gesichtsausdruck werde ich niemals vergessen.« Er schüttelte heftig den Kopf.

»Du warst noch da? Wie konntest du überleben? Warst du nicht an Andronicus' Seite, als er angegriffen wurde?«

»Nein, er war allein. Als sich der Pöbel uns zum ersten Mal in den Weg stellte, rief Andronicus seine Eskorte, um die Menschen zu vertreiben. Wir hielten die Situation nicht für aussichtslos. Es hatte in der Vergangenheit häufiger Angriffe des Pöbels gegeben. Ich war zum Hauptmann der Garde befördert worden und führte meine Männer an. Es gelang uns, den Pöbel zu zerstreuen. Diese eine Gruppe. Andronicus war so töricht, einen anderen Weg zum Palast zu wählen und eine Seitengasse hinunterzugehen. Dort stieß er auf eine andere aufgebrachte Gruppe, der er ohne Eskorte hilflos ausgeliefert war. Der Mob zog ihn von der Sänfte und riss ihn in Stücke.«

»Davon habe ich gehört. Und du ...«

Er ließ die Schultern hängen. »Ich versuchte, mit meinen Männern zu ihm zu stoßen, aber der Mob versperrte uns den Weg und griff uns an. Meine Männer flohen. Ich erkämpfte mir einen Weg, um mein Leben zu retten. Mehr konnte ich nicht tun. Ich legte meine Rüstung ab und mischte mich unters Volk. Glaube mir, ich wollte zum Palast laufen, um alle zu warnen und Magdalene zu retten. Leider kam ich zu spät. Am nächsten Tag stand mein Name auf einer Liste Geächteter, und ich musste aus der Stadt fliehen.« Er verzog das Gesicht. »Seitdem bin ich auf der Flucht, und ich hatte immer nur das eine Ziel, zu dir zurückzukehren.«

»Und das hast du getan.«

»Vergibst du mir?«

»Weil du dein Leben gerettet hast?«

»Weil ich Magdalene nicht gerettet habe. Und Andronicus.«

»Stimmst es, dass Andronicus ein Tyrann und Mörder war?«

Er nickte.

»Warst du an seinen Verbrechen beteiligt?«

Er zögerte.

»Sag mir die Wahrheit«, forderte ich ihn auf. »Ich vergebe dir im Voraus, doch ich muss die Wahrheit wissen.«

»Ich war der Hauptmann der Garde.«

»Die Kaiserinwitwe?«

»Sie wurde hingerichtet.«

»Hingerichtet? Wir haben gehört, sie soll ermordet worden sein.«

»Sie wurde vom Gericht verurteilt. Der Kaiser unterzeichnete den Befehl persönlich.«

»Der Junge hat den Befehl unterschrieben, seine eigene Mutter hinzurichten?«

»Andronicus forderte ihn dazu auf. Ich habe mit ihrem Tod nichts zu tun. Ich schwöre.«

»Ich glaube dir. Und der junge Kaiser?«

»Andronicus erschlug ihn mit seinen eigenen Händen. Bitte vergib mir.«

»Das habe ich schon getan.« Als ich Geräusche hörte, stand ich auf. Ich wusste, wer kam.

Wenige Sekunden später stand Tamara vor uns und schaute von einem zum anderen. »Verbringst du so deine Vormittage?«, fragte sie kühl. »Mit einem Mann von der Straße?«

»So ist es nicht, Hoheit.«

Sie zeigte mit dem Finger auf mich. »Rede dich nicht heraus. Meine Wachen haben gesehen, dass du mit diesem Mann die Treppe hinaufgestiegen bist.«

»Hoheit, darf ich Euch Danilo vorstellen, den Vater meines Kindes?«

Ich kannte die Königin bereits seit zwölf Jahren, und nun sah ich zum ersten Mal, dass sie bestürzt den Mund aufriss.

»Er ist der Mann, den ich mit Eurer Erlaubnis heiraten möchte«, fügte ich hinzu. Ich hielt es für das Beste, sofort alle Karten auf den Tisch zu legen.

Tamara schloss den Mund und musterte Danilo, der im Zuber stand, erneut. Das Wasser rann über seinen Körper, und die Berührung meiner Hände hatte ihn erregt.

»Ist er nicht ein verurteilter Verbrecher?«, fragte sie mit sanfter Stimme.

»Er ist Mathildas Vater«, wiederholte ich. »Und er ist der Mann, den ich liebe.«

Tamara funkelte mich an. »Ich dachte, du liebst mich.«

»Das tue ich, Hoheit. Als Frau. Danilo liebe ich als Mann.«

»Du hast behauptet, er sei nicht hübsch.«

Ich hatte vergessen, was für ein gutes Gedächtnis sie hatte. »Ich habe gelogen, weil ich Euch nicht verstimmen wollte.«

»Ein verurteilter Verbrecher«, murmelte sie. »Verurteilt von Prinzessin Rusudani. Glaubst du, sie wird ihm vergeben?«

»Die Prinzessin hat ihn durch einen Sprung aus ihrem Fenster zum Tode verurteilt. Er sprang und überlebte. Wurde er nicht durch Gottes Hand gerettet?«

Tamara starrte mich an.

»Und Ihr habt mir einst versprochen«, fuhr ich kühn fort, »mir jeden Wunsch zu erfüllen. Ich bitte um das Leben dieses Mannes und um mein Wohlergehen.«

Mein Leben und das von Danilo standen auf dem Spiel, denn ohne ihn wollte ich nicht mehr leben.

Vielleicht ahnte Tamara, was von ihrer Entscheidung abhing. Nach einer Weile lächelte sie. »Ich werde mit meiner Tante sprechen. Du Danilo, wirst Edith als ihr Gatte bei ihrer Aufgabe als meine Leibwächterin unterstützen. Nun trocknet euch ab und paart euch. Das habt ihr sicher nach einer so langen Trennung im Sinn. Wenn ihr euch gewaschen und angekleidet habt, speisen wir zusammen. Danilo muss mir das Neueste aus Konstantinopel berichten.«

Wir gehorchten glücklich dem königlichen Befehl.

☆

In diesem Winter erlebte ich trotz der Trauer um meine Schwester die glücklichsten Monate meines Lebens. Insgeheim hatte ich ihren Tod geahnt und schon vor Jahren um sie getrauert. Magdalene hatte das Schicksal herausgefordert, und ich konnte nur hoffen, dass es schnell gegangen war. Ich musste meine Zeit und Liebe zwischen meiner Herrin und meinem Gatten teilen, was beide akzeptierten. Ist das nicht eine wünschenswerte Position für eine Frau? Seit der Vermählung der Königin spielte ich in Tamaras Leben die zweite Geige. Nach der Rückkehr ihres Gatten aus der Schlacht würde ich wieder hinter Prinz Juri zurückstehen müssen. Dies wusste Tamara und gab sich daher damit zufrieden, mich mit Danilo zu teilen. Danilo war so vernünftig, nicht eifersüchtig auf die Königin zu sein. Ich glaube, er begriff das tiefe Verständnis zwischen uns erst allmählich. Wir alle freuten uns auf die Rückkehr des Prinzgemahls, weil wir uns nach einem einigermaßen normalen Leben sehnten.

Meine Beziehung zu Danilo hatte mir erneut die Feindschaft der Prinzessin eingebracht, aber ich hielt meine Position für gefestigt genug, um dadurch keinen Schaden zu nehmen. Danilo und ich heirateten in aller Stille. Ich hatte das Gefühl, meine letzte Krise überwunden zu haben, als ich 1187 feststellte, dass ich erneut schwanger war.

Im Spätsommer kehrte das Heer zurück.

☆

Ein Bote teilte uns die Ankunft des Prinzen mit, und wir bereiteten einen jubelnden Empfang vor. Das Heer hatte einen großartigen Sieg errungen. Die georgischen Krieger schlugen mehrere Schlachten gegen die Seldschuken und gingen jedes Mal als Sieger hervor. Prinz Juri führte sein Heer sogar in die arabischen Fürstentümer, die östlich des Vansees und südlich des Kaspischen Meeres lagen. Überall errang er glänzende

Triumphe. Der Marsch von der Grenze war ein wahrer Siegeszug, und der Prinzgemahl stellte seine Tausenden von Gefangenen und die Wagen voller erbeuteter Schätze protzig zur Schau.

Wir schmückten ganz Tbilisi mit Flaggen, und alle Menschen strömten auf die Straßen, um die Helden zu Hause zu begrüßen. Der Jubel, das Blasen der Hörner und Pfeifen, das Dudeln der Dudelsäcke, das Händeklatschen und das Dröhnen der Trommeln verscheuchten die Vögel im Umkreis von mehreren Meilen. Tamara stand mit ihrer Tante, dem Erzbischof, General Qubazar und ihren Leibwächtern auf den Stufen des Palastes. Der Innenhof fasste nur einen kleinen Teil des Heeres, und dazu gehörten die Generäle, in deren Mitte David stolz ritt. Der Prinz, der in seiner wertvollen Rüstung größer und kräftiger wirkte als alle anderen, stellte alle Krieger in den Schatten.

Als er am Fuße der Treppe stand, hob er den Helm und zog sein Schwert. Der Jubel der Menge hallte von den Schlossmauern wider.

Nachdem der Lärm verstummt war, streckte Tamara die Arme aus. »Willkommen zu Hause, mein Held!«, rief sie. »Willkommen zu Hause, mein Gatte! Willkommen zu Hause, Prinz von Georgien!«

Die Menge jubelte. Mir entging das Stirnrunzeln des Prinzen nicht, dem der Titel des Königs wieder einmal verwehrt wurde.

Anschließend vermischte sich die Menge. Juri und Tamara zogen sich zurück, um ihr Wiedersehen nach so vielen Monaten zu feiern. Wir Sterblichen hörten uns Geschichten über den Feldzug, die Siege und Tragödien an, Berichte über Heldentaten, Plünderungen, Vergewaltigungen und die Massaker des siegreichen Heeres. Danilo, der mittlerweile ein bekannter Mann geworden war und zu uns gehörte, beteiligte sich an den Gesprächen. Ich war nicht überrascht, als David neben mir stand und mich in eine Nische zog, wo wir allein waren.

»Hm«, sagte er. »In meiner Abwesenheit ist eine Menge geschehen.«

»Das ist häufig der Fall, Graf Sosland.«

Er umarmte mich und drückte mich an sich. »Darf ich die Braut küssen?«

»Gewiss«, sagte ich und küsste ihn auf den Mund.

Er hielt mich noch immer in seinen Armen. »Weiß er von uns?«

»Nein. Und ich wäre froh, wenn es so bliebe.«

»Haben Sie Angst, er könnte mich mit einem vergifteten Dolch ermorden?«

»Das würde er sicher nicht tun.«

»Ist er nicht ein verurteilter Verbrecher?«

»Die Königin hat ihm vergeben, und er ist ihr treuester Diener.«

»Nach Ihnen, vermute ich.«

»Ich hielt es nicht für nötig, das zu betonen.«

»Teilen Sie alle drei ein Bett?«

»Eines Tages, Graf Sosland, werde ich Sie zum Kampf herausfordern, aber nicht mit dem Dolch, sondern mit dem Schwert.«

»Sie, Edith? Sind wir nicht Freunde? Haben wir uns nicht geliebt? Haben Sie mir nicht Ihre Behaglichkeit in Ihren dunkelsten Tagen zu verdanken?«

»Ich hoffe, wir sind Freunde. Und ich verdanke Ihnen sehr viel, wofür ich ewig dankbar sein werde. Leider haben wir uns nie so geliebt, wie ich die Liebe verstehe. Einst hoffte ich es, doch Sie strebten Höheres an. Nun habe ich mein Glück gefunden, und Sie müssen mir gestatten, es zu genießen.«

Er starrte mich an und ließ mich langsam los. »Wie Sie wünschen. Darf ich eine Warnung aussprechen?«

»Wenn es meinen Gatten betrifft, ziehe ich vor, sie nicht zu hören. Ich kenne ihn viel besser als Sie.«

»Es betrifft nicht Ihren Gatten, Edith. Da er Sie als Leibwächter der Königin unterstützt, könnten schwierige Zeiten vor Ihnen und Ihrem Gatten liegen. Haben Sie den Prinzen beobachtet?«

»Kurz.«

»Sie werden noch ausreichend Gelegenheit dazu haben. Prinz Juri schreibt sich den Sieg, den wir alle gemeinsam errungen haben, allein zu und hält sich für den größten Krieger, den größten Mann, den diese Welt seit Alexander gesehen hat. Dieser Mann wird keine Ratschläge, keine Warnungen und keine Zwänge akzeptieren.«

Meine Ängste, die so lange in meinem Innern geschlummert hatte, drangen an die Oberfläche. »Das müssen Sie mir genauer erklären.«

»Werden Sie der Königin von unserem Gespräch berichten?«

»Das hängt davon ab, was Sie mir berichten, und ob ich es glaube und für wichtig erachte.«

»Manchmal habe ich den Wunsch, Sie zu erwürgen. Hören Sie, Edith. Der Prinz war im letzten Monat jede Nacht und fast jeden Tag betrunken. «

»Seitdem die Schlachten geschlagen wurden?«

»Ja.«

»Er hat sich als erfolgreichster General seit fast hundert Jahren erwiesen. Steht ihm nicht das Recht zu, seinen Sieg zu feiern?«

Ich verteidigte tatsächlich einen Mann, dem ich zutiefst misstraute.

»Glauben Sie mir dies: Überall, wo wir unser Nachtlager aufschlugen, ließ dieser treue Gatte sich aus dem nächsten Dorf ein Dutzend hübscher Frauen bringen, ohne Rücksicht darauf, ob sie verheiratet oder Jungfrauen waren. Zwei wählte er sich als Gespielinnen für die Nacht aus. Auf die Wut der Väter und Gatten nahm er ebenso wenig Rücksicht wie auf die Klagen der Frauen und ihr Leiden. Sie schrien so laut, als würde er sie verprügeln.«

Das war eine ernste Angelegenheit. »Er war seiner Gattin mehrere Monate fern. Außerdem ist es das Recht von Königen und Prinzen, Mätressen zu haben.«

»Sie verteidigen ihn so vehement, dass man meinen könnte, Sie hätten ihm selbst gehört.«

»Das ist nicht wahr, und das wissen Sie.«

»Und was geschah in der Nacht, die Sie in seinem Gemach verbrachten?«

»Es waren nur fünfzehn Minuten. Er hat versucht, mich zu vergewaltigen. Ich habe mich widersetzt und um Hilfe geschrien. Und die kam rechtzeitig.«

»Er wollte Sie wie ein Tier besteigen.«

Jetzt würde ich wütend. »Sie haben kein Recht, so etwas zu behaupten.«

»Ich habe das Recht zu wiederholen, was der Prinz gesagt hat.«

Ich riss den Mund auf und errötete.

»Nein, er hat es mir nicht persönlich erzählt«, fuhr David fort. »So gut ist unser Verhältnis nicht. Eigentlich ist es gar nicht gut. Er verlangte von seinen Offizieren, jeden Abend mit ihm zu speisen. Während des Essens gab er seine sexuellen Heldentaten zum Besten. Er betrachtet Sie als unvollendetes Abenteuer und hat vor, es bald zu Ende zu bringen. Bis dahin schwelgt er in Erinnerungen. Er erinnert sich an jede Minute und an jede Rundung Ihres Körpers. Sie hätten den schönsten Arsch der Welt, hat er gesagt. Sollte ich ihm widersprechen?«

Fast hätte ich ihm eine Ohrfeige verpasst, aber er war noch nicht fertig.

»Er vergleicht Sie mit der Königin«, sagte er. »Und das nicht zu Ihrem Nachteil.«

Ich war bestürzt. »Er hat öffentlich über die Königin gesprochen?«

»Ja, mit seinen Offizieren.«

»Einzelheiten?«

»Genügend. Ich weiß, dass er sie auspeitscht, wenn ihm der Sinn danach steht. Die Königin!«

»Sie haben tatenlos dagesessen und ihm zugehört?«

»Ich war einer von vielen, und wir haben ihm alle zugehört.«

»Sie waren nicht schockiert?«

»Doch, das war ich. Ich weiß nicht, wie die anderen darüber dachten. Was sollten wir auch tun? Er erzählte uns, die Königin würde jeden Moment genießen und stöhnend Koseworte flüstern, wenn er in sie eindringt. Edith, Sie kennen sie besser als jeder andere. Sie teilen all ihre Geheimnisse. Hat er die Wahrheit gesprochen?«

Ich biss mir auf die Lippe.

»Ah«, sagte er.

»Ich soll also annehmen, der Prinz habe in den ersten sechs Monaten seiner Ehe nur Theater gespielt, Graf Sosland?« Hatte ich das nicht immer gewusst?

»Ja.«

»Und was hat diese Veränderung bewirkt? Ein paar Siege?«

»Der Feldzug und die Siege gehörten zu seinem Plan. Er hat den ganzen Winter über seine Befehlshaber bestochen und ihnen immer wieder versprochen, sie zu großen Siegen und militärischen Triumphen zu führen, die eine Frau nicht erringen kann.«

Ich war sprachlos. »Und er hatte Erfolg?«

»Ja, den hatte er.«

»Und Sie?«

»Ich bin der Königin treu und werde es immer bleiben. Allerdings kann ich nur für mich sprechen. Tamara zeigte weibliche Schwäche, als sie denjenigen verzieh, die sich gegen sie verschworen. Die meisten dieser Adeligen zogen mit Prinz Juri in die Schlacht.«

»Sie haben ewige Treue geschworen.«

»Schwüre kann man so schnell brechen, wie man sie spricht.«

Ich musste an Mathilda von England denken.

»Wollen Sie mit ihr darüber sprechen?«

»Das kann ich nicht. Sie würde alles als Eifersucht auslegen und mich hinrichten oder von ihrem Gatten entmannen lassen.«

»Und nun soll ich mit ihr sprechen?«

»Sie sind ihre Vertraute. Ihnen vertraut sie vollkommen.«

»Nicht, wenn es um ihren Gatten geht. Diesbezüglich hält sie mich ebenfalls für eifersüchtig.«

»Wollen Sie denn gar nichts unternehmen?«

»Darüber muss ich nachdenken.«

»Ich würde nicht allzu lange nachdenken«, empfahl er mir. »Wenn er sich erst sicher ist, genügend Unterstützung zu haben, wird er alles daransetzen, um die Königin abzusetzen. So, jetzt sollten wir mit den anderen feiern, sonst denken sie noch, ich hätte Sie vernascht.«

☆

Ich befand mich in einer entsetzlichen Lage. David wusste bisher nichts von meiner Schwangerschaft, und da ich erst im dritten Monat war, konnte man noch nichts sehen. Nur Tamara, mein Gatte und meine beiden Zofen waren eingeweiht. Lange konnte ich meinen Zustand nicht mehr verheimlichen. Aufgrund der Schwangerschaft könnte ich mehrere Monate keine Pantalons tragen und meine Aufgabe als Leibwächterin der Königin nicht wahrnehmen.

Ich musste den unwiderlegbaren Fakten ins Auge sehen.

Tamara, die sich so lange geweigert hatte, einem Mann zu gehören, genoss es nun, in seinen Armen zu liegen, auch wenn es mitunter schmerzhaft und demütigend war. Der Prinz musste sich größerer Verbrechen schuldig machen, als nur im trunkenen Zustand mit seinen Heldentaten zu prahlen, um die Königin gegen ihn aufzubringen. Die Absicht oder den Versuch, sie vom Thron zu stürzen, würde sie als ein solches Verbrechen ansehen. Wie sollte ich sie davon überzeugen, dass er genau das beabsichtigte?

Das zweite Problem war die Prinzessin Rusudani. Sie war die Verbündete und Bürgin des Prinzen und würde sich immer auf seine Seite stellen. Vermutlich steckte sie mit ihm unter einer Decke und strebte gemeinsam mit ihm die Macht an. Auf jeden Fall war sie ein ernst zu nehmender Gegner, denn Tamara würde sich ihrer Tante niemals widersetzen.

Ich fühlte mich schrecklich allein. Meinem Gatten konnte ich meine Sorgen nicht anvertrauen. Er neigte dazu, die Beherrschung zu verlieren, doch hier waren kühle Köpfe gefragt. David war mein Vertrauter, der einen eventuellen Gegenschlag unterstützen würde, wenn er Erfolg versprach. Von sich aus würde er jedoch nichts in die Wege leiten.

Ich beobachtete Tamara aufmerksam, als sie das nächste Mal in die Öffentlichkeit trat. Nach der Rückkehr des Prinzen war sie nicht zu mir gekommen. Sie hing am Arm ihres Gatten und ging unsicheren Schrittes, was auf erneute Prügel hinwies, ohne eine unglückliche Miene zu machen.

Eines stand fest: Wenn Prinz Juri je als Monster entlarvt werden konnte, dann durch mich. Wie sollte ich das bewerkstelligen? Erstens hatte ich keine Lust, dem Prinzen zu nahe zu kommen, und zweitens brauchte ich Beweise. Brucilla, Zoe und Danilo würden als Zeugen nicht ausreichen. Tamara würde glauben, wir hätten alles arrangiert, um dem Prinzen etwas anzuhängen. Und genau das hatte ich vor. Da ich von Tag zu

Tag unbeweglicher wurde, war vorerst an ein Eingreifen meinerseits nicht zu denken.

Als ich die Situation für aussichtslos hielt, spielte mir das Schicksal die Karten in die Hand.

☆

Diese glückliche Wende trat erst im neuen Jahr ein, denn Weihnachten erhielten wir niederschmetternde Nachrichten aus dem Süden. Prinz Juri hatte zwar einen erfolgreichen Feldzug gegen die Seldschuken geführt, aber dennoch gab es das Königreich Jerusalem nicht mehr. Für mich war diese Nachricht besonders schockierend, da die Heilige Stadt einst meine Heimat gewesen war und ich gerade mein zweites Kind zur Welt gebracht hatte. Ich nannte meinen Sohn nach meinem Vater Peter und zog mich vom Hofleben zurück, um ihn zu stillen. Daher war ich nicht in der besten Verfassung, um über Katastrophen nachzudenken.

Die Kreuzritter hatten sich diese Katastrophe selbst zuzuschreiben. Ich sprach bereits darüber, dass die Christen kurz nach der Vernichtung meiner Familie durch Demna ein Waffenstillstandsabkommen mit Saladin unterschrieben hatten. Dieser machte sich nach dem Tod seines Onkels Nur Ed-Din zum Herrscher über ein Reich, das sich von Damaskus bis Kairo erstreckte und die kleinen christlichen Enklaven wie Jerusalem und Antiocheia einschloss. Wir in Georgien hatten diese Entwicklung immer als günstig angesehen, da Saladin eigentlich Kurde war und die Kurden an unseren Grenzen, die von der Familie Mkhargrdzeli beherrscht wurden, immer treue Unterstützer der Bagratiden waren. Und in der Tat sah es so aus, als könnte sich das ganze Heilige Land auf eine lange Friedenszeit freuen. Allerdings blieben die Seldschuken ein Problem, denn ihnen war der Friede verhasst.

Jetzt stellte sich heraus, dass zumindest der Friede mit den

Moslems einigen halsstarrigen Kreuzrittern ebenfalls verhasst war. Einer dieser Männer, ein gewisser Reynald von Chatillon, an den ich mich vage aus meiner Kindheit erinnerte und den ich nie gemocht hatte, brach den Waffenstillstandsvertrag. Er griff eine moslemische Karawane an, die nahe an seiner Festung vorbeireiste. Dies war an sich schon ein großer Fehler, und erschwerend kam hinzu, dass Saladins eigene Schwester als Gefangene mitreiste.

Die gemäßigten, aufrechten Kreuzritter waren über diesen Akt des Vandalismus schockiert. Unter der Führung von Vaters ehemaligem Herrn, Raymond von Tripolis, versuchten sie, den Streit beizulegen. Saladin war indes mittlerweile zu mächtig, um sich Frechheiten bieten zu lassen, und mächtig genug, um erfolgreich zu Felde zu ziehen. Er wollte ein für allemal mit den Kreuzrittern abrechnen, erklärte das Waffenstillstandsabkommen für beendet und zog in den Krieg.

Die Kreuzritter, die in den letzten hundert Jahren immer wieder gegen die Sarazenen zu Felde gezogen waren, hätten diesen Feldzug einfach als einen von vielen betrachten können. Das war aber nicht der Fall. Sie hatten es hier mit einem fähigen Krieger zu tun, der über ausgezeichnete Menschenkenntnisse verfügte. Saladin hatte die Kreuzritter mit ihren strengen Regeln des Rittertums, die es trotz des beschämenden Aktes des widerlichen Grafen von Chatillon noch immer gab, genau studiert. Die Burgen der Kreuzritter und besonders die große Festung von Jerusalem waren aufgrund ihrer Bauweise und ihrer Lage in einer wasserlosen Wüste praktisch uneinnehmbar. Das Heer, das hinter einer großen Masse gerüsteter Ritter marschierte, war im offenen Feld schwer zu besiegen. Während sich König Guy von Lusignan, Raymond und ihre Generäle auf einen Angriff Jerusalems vorbereiteten, führte Saladin sein Heer nach Norden nach Galiläa und belagerte die Festung von Tiberias, Raymonds Bollwerk, zu dem mein Vater unterwegs war, als wir auf die Georgier trafen.

Diese Burg wurde von Raymonds Frau befehligt und verteidigt. Saladin gab die Belagerung der Festung bekannt und erklärte, keine Gnade walten zu lassen. Der Gräfin von Tripolis sollte die gleiche grobe Behandlung zukommen wie Saladins eigener Schwester.

Alles, was ich über den großen Sarazenen erfahren hatte, wies darauf hin, dass er ein Ehrenmann war und seine Drohung nicht wahrmachen würde. Die Drohung brachte dennoch den gewünschten Erfolg. Raymond wollte seine Frau befreien. Da seine Krieger das sarazenische Heer nicht allein besiegen konnten, beschloss er, mit der gesamten Streitkraft der Kreuzritter auf Tiberias zu marschieren. Nur eine kleine Garnison zur Verteidigung Jerusalems blieb zurück. Dieser Feldzug machte einen viertägigen Marsch durch die wasserlose Wüste notwendig. Die Kreuzritter, die unter dem offiziellen Befehl von König Guy von Lusignan standen, aber von Raymond angeführt wurden, hofften, von Saladin aufgehalten und zu einer offenen Feldschlacht herausgefordert zu werden, aus der sie als Sieger hervorgehen könnten.

Saladin hatte nicht vor, ausschließlich mit den traditionellen Waffen wie Schwert und Pfeil und Bogen zu kämpfen. Seine größte Waffe war die Wüste. Seine Krieger warteten und beobachteten den Feind, der sich durch den heißen Wüstensand quälte. Die Männer waren nicht mehr in der Lage, die Last ihrer Rüstungen in der glühenden Sonne zu tragen. Schließlich bildeten sich riesige Lücken in den Reihen, und die Kavallerie und die Infanterie wurden getrennt. Die Infanterie wurde von Horden berittener Sarazenen umzingelt und fiel dem Geschosshagel ihrer Pfeile zum Opfer.

Die Kavallerie, die nicht mehr von den Fußtruppen abgeschirmt und ebenfalls angegriffen wurde, suchte bei den Hügeln von Hattin Schutz, wo meine Familie ermordet worden war. Ehe sie verdursteten, erlitten sie dasselbe Schicksal. Die gesamte Streitkraft der Kreuzritter verschwand, als hätte der

Treibsand sie verschluckt. Saladin war ein hochherziger Sieger. Er ließ die meisten christlichen Befehlshaber einschließlich Raymond und den König am Leben, enthauptete jedoch Reynald mit seinem eigenen Schwert.

Anschließend ritt er nach Süden. Jerusalem ergab sich fast kampflos, und die christliche Ära im Heiligen Land nahm ein Ende. König Guy von Lusignan floh nach Zypern, wo er einen Hofstaat gründete und sich weiterhin König von Jerusalem nannte, was im Grunde bedeutungslos war. Er schickte Boten nach Westen und bat die fränkischen Könige um Unterstützung.

☆

Die schockierenden Nachrichten beendeten abrupt unsere Weihnachtsfeierlichkeiten. Zum ersten Mal waren wir beinahe froh, dass die Seldschuken zwischen uns und den Sarazenen lagen. Erst im kommenden Frühjahr atmeten wir auf. Wir hatten das Gefühl, unsere Grenzen seien nicht mehr in Gefahr. Jetzt spitzten sich die Ereignisse innerhalb des Palastes zu. Natürlich hatte ich die Finger im Spiel, und dabei wusste ich bis zum entscheidenden Moment nicht, wie ich vorgehen sollte.

Mir wurde der erste Trumpf in die Hände gespielt, als Prinz Juri eines Nachts vollkommen betrunken vom Tisch in sein Gemach getragen werden musste. Eine derartige Panne geschah nicht zum ersten Mal seit seiner Rückkehr vom Feldzug. Tamara machte wieder einmal gute Miene zum bösen Spiel, obwohl sie diesmal ziemlich ungehalten war. Ich war überrascht, als sie am nächsten Morgen in einem Hausmantel vor mir stand. »Würdest du uns bitte allein lassen«, sagte sie zu Danilo.

Mein Gatte schaute mich fragend an, denn er folgte in allem meiner Führung. Ich nickte, woraufhin er aus dem Bett stieg und davoneilte. Tamara legte sich aufs Bett und stützte sich mit einem Ellbogen auf. Der kleine Peter war mittlerweile entwöhnt. Ich hatte meine alte Figur zurückerlangt und nahm meine Aufgabe als Leibwächterin der Königin seit einiger Zeit wieder wahr. »Bist du glücklich?«, fragte sie mich. »Du siehst glücklich aus.«

»Wenn Ihr wissen wollt, ob ich mit meinem Gatten glücklich bin. Ja, das bin ich, Hoheit.«

Ich hatte meine Worte sorgfältig gewählt, um einen Einstieg in das Thema zu bekommen, das mir am Herzen lag: ihre Ehe mit Prinz Juri.

»Schlägt er dich?«

»Nein, Hoheit. Ich würde es nicht erlauben.«

Sie schaute mich an.

»Aber er besteigt dich.«

»Ja, Hoheit. Er ist mein Gatte.«

»Besteigt er dich auch von hinten?«

»Ja, Hoheit, ziemlich oft. Wir halten diese Stellung für normal und vergnüglich.« Langsam schwante mir, worauf sie hinauswollte. »Ihr nicht?«

»Ja«, erwiderte sie nachdenklich. »Ja, und hat er ... hm ...?«

»Nein, das würde ich nicht erlauben.«

Sie rollte sich seufzend auf den Bauch und umfasste ihr Kinn mit den Händen. Ihre Haltung erinnerte mich an unsere erste gemeinsame Nacht. »Mögen es die Männer nicht, so zu lieben?«

»Ja, wenn sie Männer lieben, haben sie keine Alternative. Hat der Prinz ...?«

»Ja«, brummte sie wütend. »Ja.«

»Es ist ihm gelungen?«

»Ja.«

»War es nicht schmerzhaft?«

»Doch. Er hat eine Salbe benutzt, aber es war trotzdem schmerzhaft. Und ...«

»Demütigend«, sagte ich. »Es ist die schlimmste Beleidigung, die ein Mann einer Frau antun kann. In jener Nacht, als Ihr hofftet, Euch den Prinzen mit meiner Hilfe für immer vom Hals zu schaffen, versuchte er es auch bei mir.«

Sie hob den Kopf. »Davon hast du mir nichts erzählt.«

»Ich habe mich geschämt.«

»Das kann ich verstehen.«

»Es beschämt mich ebenfalls, dass Ihr, meine Königin, so missbraucht wurdet.«

»Du bist nicht seine Frau. Hat ein Ehemann nicht das Recht, seine Frau zu missbrauchen?«

»Nein, das Recht hat er nicht. Er hat die Pflicht, Euch zu lieben und zu ehren.«

Sie seufzte. »Er wird es bestimmt erneut versuchen.«

»Ja, Hoheit. Das ist seine Veranlagung.«

»Und dann?«

»Ihr müsst Euch verweigern.«

»Er wird mich schlagen.«

»Das müsst Ihr verbieten.«

»Er ist mein Gatte.«

»Ein Gatte hat die Pflicht, seine Frau zu lieben und zu ehren. Das trifft auf Euch besonders zu. Ihr seid die Königin von Georgien.«

Sie stieg aus dem Bett, legte ihren Morgenrock ab und ging auf und ab. »Er will König werden.«

Ich richtete mich auf. »Das hat er vor, Hoheit.«

Sie blieb stehen und schaute mich mit großen Augen an.

Jetzt war meine Chance gekommen. »Das hat er seinen Offizieren anvertraut, als er betrunken war.«

»Sie haben es dir gesagt?«

»Hm ...« Ich zögerte.

Sie zeigte mit dem Finger auf mich. »David Sosland!«

»Ja, er war es.«

»Reine Eifersucht!«

»Ich glaube ihm, Hoheit.«

»Weil du ihn liebst.«

»Nein, Hoheit. Ich liebe meinen Gatten. Ich glaube Graf Sosland, weil er mir noch andere Dinge über das Verhalten und die Äußerungen des Prinzen anvertraut hat. Prinz Juri ist zu Felde gezogen, weil er den Respekt und die Loyalität des Heeres und der Adeligen erringen wollte. Er wollte beweisen, dass nur ein Mann ein Heer zu Ehre und Ruhm führen kann. Nun hofft er, sein Ziel erreicht zu haben, und zeigt sein wahres Ich.«

Tamara musterte mich. »Du kommst mit mir und sprichst mit meiner Tante darüber.«

»Nein, Hoheit.«

Sie hob die Augenbrauen.

»Der Prinz ist der Schützling der Prinzessin, Hoheit. Das müsstet Ihr wissen. Ich weiß nicht, ob er sich von ihr beeinflussen lässt. Auf jeden Fall bildet sie es sich ein. Eure Tante hofft, auf diese Weise für den Rest ihres Lebens über Georgien herrschen zu können. Sie wird sich allen Argumenten gegenüber verschließen.«

»Willst du damit sagen, ich sei wieder von Verschwörern umzingelt?«

»Ja.«

Sie warf sich aufs Bett. »Was soll ich tun?«

»Übernehmt die Kontrolle. Nur wir beide wissen, was vor sich geht. Niemand muss es wissen, bis Ihr bereit seid zu handeln.«

»Bereit zu handeln«, murmelte sie verbittert. »Mit wem? Wir haben es hier nicht mit ein paar verärgerten Grafen zu tun. Wenn das Heer und die Adeligen auf seiner Seite sind ...«

»Er hat sie durch die Behauptung, eine schwache Frau sei nicht in der Lage zu herrschen, auf seine Seite gezogen, Hoheit. Wenn Ihr beweist, dass Ihr stärker seid als jeder Mann ...«

Sie biss sich auf die Lippe.

»Und die Kiptschaken sind Euch treu ergeben«, fügte ich hinzu.

»Ja, sie werden mich unterstützen. Und Sosland?«

»Wenn Ihr entschlossen seid zu handeln, wird David Euch unterstützen.«

Hoffentlich irrte ich mich nicht.

Tamara lag eine Weile reglos auf dem Bett. »Ich brauche Zeit, um über alles nachzudenken. Nimm mich in deiner Arme. Ich brauche Liebe und Zuwendung.«

Ich schloss sie in die Arme. »Ihr dürft mit niemandem darüber sprechen, Hoheit. Vor allem nicht mit der Prinzessin.«

»Es ist unser Geheimnis, Edith«, versprach sie mir.

Ganz sicher war ich mir nicht, ob sie wirklich Wort hielt.

☆

Es kamen zermürbende Tage auf mich zu, vor allem weil ich Danilo, dem meine Unruhe nicht entging, nicht ins Vertrauen ziehen konnte. Tamara ging mir nach unserem Gespräch aus dem Weg, um das Misstrauen ihres Gatten und ihrer Tante nicht zu erregen. Niemand durfte erfahren, was wir im Schilde führten.

Prinz Juri war jede Nacht betrunken, und was sich anschließend im königlichen Schlafgemach abspielte, wusste ich nicht. Sein schlechtes Benehmen blieb nicht ohne Folgen. Eines Morgens stürzte Zoe nackt und blutverschmiert in mein Gemach und warf sich neben dem Bett auf den Boden.

»Um Gottes willen!«, rief Danilo, der sofort aus dem Bett sprang.

Ich kniete mich neben meine Zofe. Wie ich schon erwähnte, war ich sehr eng mit meinen Zofen, die beide zwanzig Jahre alt waren, verbunden. Sie dienten mir treu seit fünf Jahren und hatten in schwierigen Zeiten immer zu mir gehalten. Brucilla war im Gegensatz zu Zoe ein wenig mollig. Zoe trainierte fast jeden Tag mit mir und hatte einen makellosen Körper. Mit den feinen Gesichtszügen und ihrer schwarzen Haarpracht war sie ein ganz reizendes Geschöpf. Ich sah auf einen Blick, dass sie jemand missbraucht hatte. An der Identität des Vergewaltigers hegte ich nicht den geringsten Zweifel. In der Festung gab es nur einen einzigen Mann, der sich die Frechheit herausnehmen würde, eine meiner Zofen zu missbrauchen.

Sie musste mir den Namen nennen. »Wer hat das getan?«, fragte ich sie. »Nenn mir den Namen.«

»Gräfin ...« Sie hatte Angst.

»Seinen Namen!«

Zoe holte tief Luft. »Es war der Prinz.«

»Der Prinz«, murmelte ich. Danilo war außer sich. Ich umklammerte Zoes Handgelenke und zog sie hoch. »Komm mit.«

»Meine Kleider ...«

»Die brauchst du nicht. Die Königin soll sehen, was er mit dir gemacht hat.«

Die Angst stand meiner Zofe ins Gesicht geschrieben. Ich zerrte sie hinter mir her die Treppe hinunter zum Gemach der Königin. Der Prinz war abwesend. Stattdessen hielt sich die Prinzessin bei Tamara auf, was mich enttäuschte. Andererseits konnte es nicht schaden, wenn Rusudani endlich mit der Wahrheit konfrontiert wurde.

»Edith?«, sagte Tamara. »Zoe? Was ist passiert?«

»Meine Zofe wurde auf abscheuliche Weise vergewaltigt, Hoheit.«

»Vergewaltigt? Zoe? Aber wer ...« Sie riss den Mund auf, als sie begriff, wer es gewesen war.

»Es ist ihre Schuld, wenn sie nackt durch die Festung läuft«, erklärte Rusudani.

»Der Vergewaltiger riss ihr die Kleider vom Leib, Hoheit.«

»Und was geht uns das an?«

»Sag Ihrer Majestät und der Prinzessin den Namen des Mannes, Zoe«, befahl ich ihr.

»Es war der Prinz, Hoheit«, stammelte meine Zofe.

Einen kurzen Augenblick herrschte Stille, ehe Rusudani hervorstieß: »Eine Verleumdung! Dieses Mädchen lügt!«

Zoe verbarg ihr Gesicht in den Händen.

Ich musterte Tamara, die sichtlich erblasste. Sie glaubte meiner Zofe, und sie kannte den Grund. Vermutlich hatte sie sich ihrem Gemahl in der letzten Nacht verweigert.

»Ich möchte mich für meinen Gatten entschuldigen«, sagte sie.

»Wie bitte?«, schrie Rusudani.

»Ich werde mit ihm sprechen und sicherstellen, dass so etwas nicht noch einmal geschieht. Kümmere dich um sie, Edith.«

Ich legte einen Arm um Zoe und drückte sie an mich. Rusudani starrte uns an, als wären wir Giftschlangen.

»Wir sollen ihr diese Lüge durchgehen lassen?«

»Es ist keine Lüge«, sagte Tamara. »Lass uns allein, Edith.«

Ich zögerte. Die Königin widersetzte sich ihrer Tante zu einem Zeitpunkt, da die Würfel noch nicht gefallen waren. Das war ein riskantes Unterfangen. Dennoch blieb mir nichts anderes übrig, als ihrem Befehl zu folgen. Ich nahm Zoe wieder an die Hand und stieg mit ihr die Treppe zu meinen Gemächern hinunter.

Danilo hatte sich inzwischen angekleidet und sah sehr erregt aus. »Und?«

»Nimm ein Bad und leg dich hin«, sagte ich zu Zoe.

Sie eilte davon.

»Was hat die Königin gesagt?«, fragte Danilo. »Hat sie dir geglaubt?«

»Ja, sie glaubt mir. Wir müssen abwarten, was nun geschieht.«

☆

Danilo musste seinen Pflichten nachkommen. Da die Königin nicht vorhatte, das Schloss zu verlassen, bereitete ich mich auf einen Tag im Kreise meiner Familie vor. Ich kümmerte mich um Zoe und half Brucilla, Mathilda zu baden. Peter lag in seinem Bettchen. Plötzlich wurde die Tür aufgerissen.

Ich ahnte, wer ungebeten in mein Gemach stürzte.

»Wo ist das Miststück?«, fragte Prinz Juri. Er hatte blutunterlaufene Augen und stank nach Alkohol. Wahrscheinlich hatte er gestern wieder ordentlich gebechert.

»Ihr habt hier nichts zu suchen, Hoheit«, sagte ich. »Ihr habt kein Recht, bei mir einzudringen.«

»Es ist mein Schloss«, erklärte er. »Ich kann hingehen, wohin ich will.«

»Das ist ein Irrtum, Hoheit. Dies ist die Festung der Bagratiden, und die einzige Person, die die absolute Macht hier innehat, ist die Königin, Tamara Bagrat. Sie hat mir diese Gemächer zur Verfügung gestellt, und niemand darf sie ohne meine Erlaubnis betreten. Diese Erlaubnis habe ich Euch nicht erteilt.«

Einen kurzen Augenblick machte ihn meine Weigerung, seine Autorität anzuerkennen, sprachlos. Mathilda schlang die Arme um meinen Hals, als wollte sie mich beschützen, und Brucilla schlich sich davon. Ich vertraute ihr hundertprozentig und wusste, dass sie mich nicht im Stich ließ.

Auch Zoe sträubte sich trotz ihres schlechten Zustandes nicht, mich zu verteidigen. Sie stellte sich mit dem Schwert in der Hand vor die Tür.

»Du fränkische Schlampe«, brüllte der russische Prinz. »Mein Gott, ich habe schon viel zu lange darauf gewartet, dich zu rammen. Zieh dich aus und beug dich übers Bett.«

Ich stellte Mathilda auf den Boden. »Hol deinen Vater«, sagte ich zu ihr. Sie rannte zur Tür. Der Prinz, der anfing, sich auszuziehen, näherte sich mir. Als ich zurückwich, drückte mir Zoe das Schwert in die Hand. »Wenn Ihr Euch noch weiter nähert, könnte es gefährlich werden, Hoheit«, warnte ich ihn.

Er zeigte mit dem Finger auf mich. »Sie haben das Schwert gegen Ihren Prinzen erhoben. Das ist Hochverrat. Ich werde Ihnen die Haut vom Leibe ziehen und Sie anschließend pfählen.«

Ich musste mich beherrschen, um dieses Monster nicht auf der Stelle niederzustechen. Sekunden später stürzte Tamara mit Brucilla auf den Fersen in den Raum.

»Was hat das zu bedeuten?«, fragte die Königin.

»Das Miststück hat versucht, mich umzubringen«, erklärte Prinz Juri.

»Ich habe Seine Hoheit nicht zu mir eingeladen, Eure Majestät«, sagte ich. »Ich wollte mich und meine Zofe nur verteidigen.«

»Miststück!«, knurrte er wütend, während er auf mich zuging. Ich richtete das Schwert auf seine Brust und gebot ihm Einhalt.

»Edith!«, schrie Tamara. Ich ließ das Schwert mutlos sinken.

»Haha!«, rief Juri.

»Verlasst bitte diesen Raum, Prinz Juri«, befahl Tamara, woraufhin sich mein Herzschlag beschleunigte.

Juri starrte seine Gattin an. »Dieses Miststück ...«

»Ihr wiederholt Euch, Prinz. Dieses Miststück ist zufällig meine engste Vertraute, und ich zweifle nicht an ihren Worten. Wollt Ihr abstreiten, ihre Zofe vergewaltigt zu haben?«

»Eh ...«

»Ich habe Euch etwas gefragt.«

»Ich muss die Frage nicht beantworten. Ich bin der Prinz von Georgien und Euer Gatte. Euer Herr.«

»Das ist ein Irrtum. Ihr seid der Prinz von Georgien und leider mein Gatte. Aber Ihr seid nicht mein Herr. Ich bin die Königin von Georgien.«

»Ihr stellt Euch auf die Seite dieser Schlampe?«

»Ich befehle Euch, dieses Gemach zu verlassen und es niemals wieder zu betreten.«

»Ihr ... Ihr ...« Er verlor den Kopf und hob die Hand. Tamara war so überrascht, dass sie sich nicht schützte, um den kräftigen Schlag abzuwehren. Sie taumelte und fiel rücklings aufs Bett.

Ich fuchtelte bestürzt mit dem Schwert durch die Luft. Juri sprang zur Seite. Plötzlich strömten zahlreiche Menschen in mein Gemach. Allen voran eilte Rusudani. Es folgten Mathilda mit Danilo und mehrere Palastwachen.

»Sie hat mich angegriffen!«, schrie Juri. »Diese Schlampe hat mich angegriffen.«

Rusudani zeigte auf mich. »Lass das Schwert fallen. Jetzt bist du zu weit gegangen. Verhaftet sie«, befahl die Prinzessin.

Danilo war entsetzt. Notfalls hätte er mich verteidigt, auch wenn wir den kühnen Akt beide mit dem Leben bezahlt hätten. Die Lage war aussichtslos. Die Wachen näherten sich mir schnellen Schrittes, und selbst mit vereinten Kräften hätten wir gegen ein Dutzend Männer nichts ausrichten können.

Ich warf mein Schwert auf den Boden. Prinz Juris Angst wich einem gemeinen, triumphierenden Lächeln. »Gebt Sie mir«, sagte er. »Ich will sie schreien hören.«

»Sie gehört Euch«, stimmte Rusudani zu.

»Ich glaube nicht«, sagte eine leise, süße Stimme, die mich schon so oft in meinem Leben gerettet hatte.

Alle Köpfe drehten sich zur Königin um. Sie hielt sich die Wange und richtete sich auf. Ihre Lippe war aufgeplatzt und ihr Kinn blutverschmiert.

»Sie hat deinen Gatten angegriffen!«, rief Rusudani.

»Sie hat mich verteidigt«, sagte Tamara. »Und das ist ihre Aufgabe.«

Rusudani war sprachlos.

Prinz Juri sah beschämt aus. Es war ein großer Fehler, die Königin in der Öffentlichkeit zu ohrfeigen. »Es tut mir Leid«, sagte er. »Ich habe den Kopf verloren. Dennoch darf eine Hure nicht ihren Prinzen angreifen.«

Tamara stand mühsam auf. »Ihr seid nicht länger ihr Prinz. Danilo, ruf General Qubazar und Graf Sosland. Sie sind beide im Schloss. Anschließend bringst du den Erzbischof zu mir.«

Danilo wartete auf mein Einverständnis, ehe er davoneilte. Mathilda lief auf mich zu und verbarg ihr Gesicht in meinen Röcken.

»Was wollt Ihr damit sagen?«, fragte Prinz Juri.

»Er hat Recht«, mischte sich Rusudani ein. »Das Schwert gegen den Prinzen von Georgien zu erheben ...«

»Dieser Mann ist nicht länger der Prinz von Georgien«, sagte Tamara in ruhigem Ton. »Hauptmann Ulanor, stellen Sie Juri Bogoljubskij unter Arrest.«

Der Kiptschake schritt mit seinen Männern auf Prinz Juri zu.

»Das könnt Ihr nicht machen«, rief der Prinz. »Ich bin Euer Gatte.«

»Ich lasse mich scheiden.«

»Das ist absurd«, rief Rusudani. »Der Erzbischof ...«

»Wird tun, was ich von ihm verlange.«

»Ich verbiete dir diesen Schritt. Es ist absurd. Nur um deine Zofe zu verteidigen.«

»Darum geht es nicht, Tante. Ich hätte es längst tun sollen.«

»Ich verbiete es dir.«

»Deine Wünsche sind im Augenblick nicht von Belang.«

»Ich bin die Regentin!«

»Nein, deine Regentschaft endete mit meiner Eheschließung. Du hast diesem Land gute Dienste erwiesen, Tante Rusudani. Dafür gebührt dir Dank. Nun wird es Zeit für dich, in den wohlverdienten Ruhestand zu treten.«

Rusudani starrte sie mit offenem Munde an.

Prinz Juri versuchte, sich zu behaupten. »Glaubt Ihr, Ihr könnt mich einfach ablegen wie einen alten Handschuh?«

»Ja, das habe ich vor.«

»Ich bin Euer Gatte!«

»Nicht länger. Ah, Erzbischof. Ich bitte Sie, das notwendige Dokument aufzusetzen, um die Ehe zwischen mir und Prinz Juri zu scheiden.«

Mikela riss ebenfalls den Mund auf.

»Ihr könnt Euch nicht scheiden lassen«, erklärte Tamaras Gemahl.

»Warum nicht?«

»Es gibt keine Gründe dafür.«

»Ach ja? Ihr habt mich und meine Zofe missbraucht.«

Er wandte sich an Mikela. »Kann ein König dieser Verbrechen bezichtigt werden?«

»Hm«, murmelte der Erzbischof.

»Es gibt keinen Präzedenzfall«, sagte Rusudani.

»Suchen Sie nach einem Grund, Erzbischof. Sein Scheitern, mir einen männlichen Thronerben zu schenken. Oder etwas anderes.«

»Hm.« Der Erzbischof kratzte sich am Kopf.

»Dafür gibt es keinen Präzedenzfall«, sagte Rusudani.

»Werden königliche Gattinnen nicht häufig aus diesem Grunde geschieden?«, fragte Tamara.

»Prinz Juri ist keine Frau.«

»Sag mir eines, Tante: Bin ich der König von Georgien?«

»Hm ... ja.«

»Demnach erfüllt mein Gatte unabhängig von seinem Geschlecht die Aufgaben einer Ehefrau. Er hat versagt, mir einen Erben zu schenken.«

Rusudanis Blick wanderte vom Prinzen zum Erzbischof. Sie wusste, dass sie verloren hatte.

»Ihr könnt mich nicht einfach wegwerfen«, begehrte Prinz Juri auf. »Das Heer und die Adeligen werden es nicht dulden. Ich brauche nur vor sie zu treten, und sie werden mir folgen, wohin ich will.«

Mittlerweile waren General Qubazar und Graf Sosland erschienen.

»General Qubazar«, sagte Tamara. »Ich befehle Ihnen, Prinz Juri unter Arrest zu stellen. Sperren Sie ihn in seine Gemächer und lassen Sie ihn bewachen. Er verlässt die Festung erst, wenn alle Vorbereitungen getroffen wurden.«

Qubazar war erstaunt, nahm aber ebenso wie David Haltung an.

»Vorbereitungen?«, fragte Prinz Juri ein wenig ängstlich.

»O nein. Ich habe nicht vor, Euch hinzurichten«, sagte Tamara. »Ich verweise Euch des Landes. Ihr nehmt ein Schiff nach Byzanz. Es interessiert mich nicht, was Ihr dort macht. Solltet Ihr jemals wieder einen Fuß auf georgischen Boden setzen, werdet Ihr als Geächteter hingerichtet.«

Juri und Rusudani waren fassungslos.

»Mein Heer«, widersprach er kraftlos.

»Es ist mein Heer. Es wird von Eurer Absetzung erst erfahren, wenn Ihr das Land verlassen habt.« Tamara ließ ihren Blick über die ganze Versammlung gleiten. »Was heute hier geschehen ist, bleibt unter uns, bis der Prinz das Land verlassen hat.«

»Du ...«, sagte Rusudani.

»Ich halte es für das Beste, wenn du ebenfalls im Schloss bleibst, bis der Prinz uns verlassen hat, Tante Rusudani. Kehre bitte in deine Gemächer zurück und bleibe dort. Ich schicke deine Zofen zu dir. General Qubazar, stellen Sie eine Wache vor die Tür der Prinzessin. Sie darf ihre Gemächer nicht ohne meine Erlaubnis verlassen.«

Rusudani warf Tamara einen letzten strengen Blick zu, doch die Königin ließ sich nicht beeindrucken. Letztendlich gab sich die Prinzessin geschlagen.

Wir anderen warteten und fragten uns, was als Nächstes kam. Tatsächlich überraschte uns Tamara erneut. »Sie begleiten mich, Graf Sosland«, sagte sie.

Im nächsten Jahr traten sie in den heiligen Stand der Ehe.

12. KAPITEL
Die Revolte

Es dauerte eine Weile, bis Tamara offiziell das Bett mit David teilen durfte, weil zuvor tausend Dinge erledigt werden mussten. Vor allem die Scheidung war eine langwierige Angelegenheit.

Zuallererst mussten wir dafür sorgen, dass Prinz Juri das Land verließ, bevor seine Anhänger davon erfuhren. Da wir es mit einem großen, kräftigen und gegebenenfalls lautstarken Mann zu tun hatten, waren Kraft und Raffinesse erforderlich. Ich war überglücklich, den russischen Prinzen endlich loszuwerden, und hätte mich daher gerne an der Aktion beteiligt, aber auf Tamaras Befehl hin hielt ich mich fern. Zu meiner großen Freude wurde die Aufgabe Danilo und Davids loyalsten Männern anvertraut. Prinz Juri wurde gefesselt und geknebelt nach Phasis eskortiert und dort an Bord eines Schiffes gebracht, das Kurs auf Byzanz nahm. Die Königin und ich hofften, ihn niemals wiederzusehen. Leider erfüllte sich unser Wunsch nicht.

Die Abschiebung des Prinzen erregte größere Aufregung als die Scheidung selbst. Die Georgier erinnerten sich nur zu gut an die Grausamkeit, die König Georg an den Tag legte, wenn ihm jemand im Wege stand. Noch immer sprachen die Menschen auf den Bazaren hinter vorgehaltener Hand über die Misshandlung seines Neffen. Die Ermordung ging auf das Konto seiner Schwester, die aus dem gleichen Holze geschnitzt war. Keiner wusste genau, inwieweit Tamara den Charakter ihrer Vorfahren geerbt hatte. In der Rechtsprechung über Verbrecher hatte sie ihre Härte häufig bewiesen. Die meisten Menschen hatten erwartet, sie würde ihren treulosen Gatten entmannen und für immer in den Kerker sperren, falls ihm der Tod erspart blieb. Diese Maßnahme hätte alle Probleme mit einem Schlag gelöst. Prinz Juri hätte niemals versuchen können, seine Position zurückzuerlangen. Seinen sexuellen Abenteuern wäre ein für allemal ein Ende gesetzt worden. Zudem hätte er im Kerker die Geheimnisse des Ehebettes nicht preisgeben können.

Tamara hoffte, all dies durch geschicktes Vorgehen zu verhindern. Sie versammelte alle Krieger auf dem Außenhof des Palastes und trat kühn vor die Menge.

»Dieser Mann«, schrie sie, »dieser ehrenwerte Prinz hat mich und meinen Körper missbraucht und gedemütigt. Es gibt Zeugen für die Schmach, die er mir angetan hat.« Sie drehte sich zu mir um. Ich stand wie üblich unmittelbar hinter ihr. »Die Beleidigungen und Demütigungen, die ich über ein Jahr ertrug, hätte ich als seine Gattin weiterhin ertragen können, wenn der Prinz Wärme in mein Bett gebracht und meinem Leib Freude geschenkt hätte. Das war nicht der Fall. Ich blieb kinderlos, und es ist mein Wunsch, einen Sohn zu gebären, der wie seine großen Vorfahren über Georgien herrschen soll.«

Sie verstummte und ließ ihren strengen Blick über die Menge gleiten, damit sich niemand erdreistete, ihr die Schuld an der Kinderlosigkeit zu geben.

»Und doch vergaß ich nicht«, fuhr sie fort, »dass Prinz Juri sich in der Schlacht zum Ruhme Georgiens bewährt hat. Darum habe ich sein Leben verschont und ihm erlaubt, ein neues Leben zu beginnen, um in anderen Ländern und auf anderen Feldzügen ruhmreich zu siegen. Und wir, meine Krieger, werden ebenfalls in die Schlacht ziehen und großen Ruhm und Ehre erringen. Ich übergebe den Befehl über meine Streitkraft an David Sosland, den ihr alle kennt und mit dem ihr große Siege errungen habt.«

Tamara wartete auf den Jubel, der nur stockend einsetzte und dem sich nicht jeder anschloss. Es war meine Aufgabe, die Reaktionen der Menschen zu beobachten, und was ich sah, erleichterte mich nicht. Die gemeinen Krieger verwirrten die Ereignisse, die sich ohne ihr Wissen hinter ihrem Rücken abgespielt hatten. Die meisten unter ihnen, die ihre eigenen Ehefrauen zum Teil misshandelten, interessierten sich nicht für die Misshandlungen der Königin im Ehebett. Für sie war ein Befehlshaber so gut wie der andere, solange die Schlachten gewonnen wurden. Eine Ansprache der Königin hingegen gefiel ihnen immer. Solange David keine Schlacht verlor, befürchtete ich keine großen Probleme.

Natürlich waren die Krieger alle Vasallen ihrer Lehnsherren und würden sich im Ernstfall auf ihre Seite schlagen. Die anwesenden Adeligen machten nicht alle glückliche Gesichter. Ihre Unzufriedenheit hatte weniger mit der Abschiebung des Mannes zu tun, der ihnen großen Ruhm und eine riesige Kriegsbeute eingebracht hatte, als vielmehr mit dem Wunsch, von einem König regiert zu werden.

Tamara zog ihren letzten Trumpf aus dem Ärmel. »Ich teile euch mit«, fuhr sie fort, »dass ich keinen Tag länger als notwendig unverheiratet bleibe. Verehrte Lehnsherren, meine treuen Krieger, ich stelle euch meinen neuen Gatten, David Sosland, vor.« Sie ergriff Davids Hand und riss seinen Arm in die Höhe.

Die Menge jubelte erneut, und erneut fiel der Jubel zurückhaltender aus, als wir gehofft hatten. Die Behauptung der Königin, David habe die Krieger vor der Ankunft des russischen Prinzen zum Sieg geführt, war falsch. Er hatte tatsächlich keine Feldzüge unternommen. Daher waren seine Qualitäten als Feldherr unbekannt. Besonders die Adeligen erfreute diese Nachricht nicht. Die Soslands waren eine reiche, berühmte Familie und entfernt mit der Königsfamilie verwandt. Diese Familie war aber bei weitem nicht die reichste und mächtigste des Landes. Einige der Anwesenden glaubten, einen größeren Anspruch auf den Thron zu haben. Das hatte Rusudani immer befürchtet. Auch mir kamen Zweifel an dieser Ehe. Ich war wieder einmal in einer bösen Lage und suchte David auf.

»Graf Sosland«, begrüßte ich ihn. »Oder soll ich Sie Hoheit nennen.«

»Das wäre verfrüht«, sagte er. »Ich bin noch nicht mit der Königin verheiratet. Und wer weiß, ob ich überhaupt jemals König werde.«

»Ich möchte Ihnen trotzdem gratulieren. Oder haben Sie Ihr Ziel nicht erreicht, wenn Sie befürchten, niemals König zu werden?«

»Es ist die Macht, die ich anstrebe.«

»Und die Liebe der Königin, hoffe ich.«

»Ihren Körper. Das ist der Traum eines jeden Mannes.«

Er schien mir gegenüber keine Hemmungen zu haben, die Wahrheit zu sagen.

»Ihr Körper wird altern. Ihre Liebe wird bleiben, wenn Sie sie erst einmal errungen haben.«

»Sie sprechen aus Erfahrung.«

»Gewiss. Haben Sie vor, mit ihr über uns sprechen?«

»Und Sie?«

»Nicht, wenn Sie es nicht wollen.«

»Gut. Dennoch schätze ich mich glücklich, die beiden hübschesten Frauen unserer Zeit kennen gelernt zu haben.«

Selbst wenn Sie kaum etwas mit ihnen anfangen können, dachte ich, was ich wohlweislich verschwieg. Ich verneigte mich und erwiderte stattdessen: »Sie schmeicheln mir, denn unsere Bekanntschaft währte nur kurz.«

»Ich hoffte einst, sie zu vertiefen, wenn ich mein Ziel erreicht habe.«

»Das ist nicht möglich. Sie heiraten die Königin, und ich bin bereits verheiratet.«

»Mit einem Schurken.«

»Er ist mein Gatte, und ich bitte Sie, ihn mit Respekt zu behandeln, sonst sehe ich mich genötigt, Ihnen meinen Respekt zu entziehen.«

»Sie sind wahrhaftig ein arrogantes Weibsbild. Glauben Sie allen Ernstes, Sie könnten mir schaden?«

»Wollen Sie mich allen Ernstes auf die Probe stellen?«

Er starrte mich an und ging davon. Ich hatte ein Talent, mir Feinde zu machen.

☆

Es war nicht einfach für mich, mit Tamara über ihren zukünftigen Gatten zu sprechen. Ihr Wunsch, sich mir anzuvertrauen, war verständlich, denn wir alle erinnerten uns nur allzu gut an den unvergesslichen Tag am Bach, und sie wusste, dass ich David sehr nahe stand.

Tamara wartete nicht bis zur Hochzeit, um mit ihrem Zukünftigen das Bett zu teilen. Ihr Appetit auf einen männlichen Bettgefährten war geweckt, nachdem sie so lange darauf verzichtet hatte. Mich erfreute ihre Entscheidung, da ich mich nun häufiger meinem Gatten und meinen Kindern widmen konnte. Ich fragte mich, wie Tamara mit einem Liebhaber wie David zurechtkam, nachdem sie Prinz Juris ungezügelte Lüsternheit ertragen musste.

Sie war entzückt und konnte nicht oft genug mit mir darüber sprechen. »Er ist so zärtlich und liebevoll«, schwärmte sie. »Du hattest Recht, liebe Edith, all die Jahre hattest du Recht. Es war ein großer, großer Fehler, auf den Rat eines anderen Menschen zu hören.«

Damit war natürlich ihre Tante gemeint. Ein angenehmer Nebeneffekt der ganzen bedauerlichen Bogoljubskij-Affäre war für mich und viele andere, dass Prinzessin Rusudani buchstäblich in der Versenkung verschwand. Sie hatte die Regentschaft freiwillig zu Gunsten ihres Schützlings aufgegeben. Ihren eigentlichen Sturz hatte sie Tamaras Trotz, sich im entscheidenden Augenblick dem Diktat ihrer Tante zu beugen, zu verdanken. Ab sofort trat sie offiziell in den Ruhestand. Sie verließ kaum ihre Gemächer und nahm selten an den Abendessen im Rittersaal teil. Von den Ratssitzungen und der Rechtsprechung wurde sie ausgeschlossen, und die mitternächtlichen Orgien gehörten der Vergangenheit an. Trotz alledem blieb sie die Tante der Königin. Tamara legte Wert darauf, mehrere Stunden pro Woche mit ihr zu verbringen. An diesen Gesprächen durfte ich nicht teilnehmen. Rusudanis Wut über ihren Sturz von der politischen Bühne war vor allem auf mich gerichtet. Wir wurden alle angehalten, der Prinzessin Respekt entgegenzubringen, auch wenn sie keine Macht mehr besaß. Mir persönlich wäre es lieb gewesen, Tamara hätte sie an einen fernen Ort im Königreich verbannt, doch davon wollte sie nichts wissen. Nach einigem Nachdenken musste ich ihr zustimmen. Es war wohl besser, die alte Dame im Auge zu behalten. Rusudani besaß noch immer einen wachen Geist und Ehrgeiz, und niemand hätte vorhersagen können, zu welchen Intrigen sie fern der Heimat fähig gewesen wäre.

☆

Von kleineren Ärgernissen abgesehen, erlebten wir eine glückliche Zeit. Die Königin musste vor ihrer Eheschließung noch einige Hürden nehmen. Mikela war entschlossen, die Angelegenheit mit peinlich genauer Sorgfalt zu erledigen. Daher wandte er sich im Falle der königlichen Scheidung an den Patriarchen in Konstantinopel. Das erforderte viel Zeit und eine aufwändige Korrespondenz. Überdies bestand die Gefahr, Prinz Juri, der sich in Konstantinopel aufhielt, könnte sich einmischen. Letztendlich geschah es nicht. Unsere Agenten in der byzantinischen Hauptstadt hielten uns auf dem Laufenden. Prinz Juri weigerte sich, eine Scheidung anzuerkennen. Er nannte sich weiterhin König von Georgien und sprach von einer vorübergehenden Trennung. Wir atmeten alle auf, als die Scheidung endlich vollzogen wurde. Vermutlich hatten wir es dem neuen Kaiser, Isaak Angelos, zu verdanken, dass es keine Probleme gab. Für Isaak Angelos war das Leben fast ebenso schwierig wie für Andronicus. Er war wie König Georg ein Thronräuber. Auch wenn der Thronraub in seinem Fall gerechtfertigt war, gab es in dem Land viele Fürstenfamilien, die glaubten, ebenfalls Ansprüche an den Thron zu besitzen. Die Probleme im eigenen Land wurden durch eine Revolte in Bulgarien noch verschärft. Über dieses wilde Land beanspruchte Byzanz seit den Triumphen des Kaisers Basilius II. vor fast zweihundert Jahren die Oberherrschaft. Der Spitzname ›Basilius der Bulgarentöter‹ sagt viel über seine Heldentaten aus. Wie man sich gut vorstellen kann, waren die Bulgaren über diesen Erbanspruch verärgert. Das Land, das immer schwierig zu regieren war, hatte nun in den Asen-Brüdern zwei gute Kämpfer gefunden, die das Reich bis in seine Grundmauern erschütterten. Isaak war darum um ein gutes Verhältnis zu den Herrschern der Nachbarländer aller Glaubensrichtungen bemüht. Georgien war ein fast uneinnehmbares Land und bot sicheren Unterschlupf, falls er Konstantinopel je überstürzt verlassen müsste.

Schließlich waren alle Dokumente aufgesetzt und unterzeichnet. Prinz Juri enthielt eine Entschädigung, und die Königin war frei, um erneut in den Stand der Ehe zu treten. Wir erfuhren nicht, wie der russische Prinz die Nachricht aufnahm. Er hatte Konstantinopel offenbar verlassen, und niemand wusste, wo er sich aufhielt.

Ich war nicht die Einzige, die hoffte, dass er ums Leben gekommen war.

Tamaras Verhältnis zu den Adeligen und dem Heer blieb weiterhin eine heikle Angelegenheit. Vorerst herrschte Ruhe im Land. Die georgischen Krieger sonnten sich noch im Ruhm ihres letzten Feldzugs gegen die Seldschuken. Sie warteten zwar ungeduldig darauf, erneut Triumphe zu erringen, bedrängten die Königin aber nicht. Sie gestanden ihr die Zeit zu, sich auf die neue Rolle als Herrscherin, die sie erstmals ohne Hilfe ihrer Tante und ihres Gatten ausübte, einzustellen und die Flitterwochen nach der zweiten Eheschließung zu genießen.

Tamara wusste genau, was von ihr erwartet wurde. Sie widmete sich intensiv der körperlichen Ertüchtigung und der Fechtkunst und hielt mich an, es ihr gleich zu tun. Mit ihrem Gatten studierte sie in der Abgeschiedenheit ihrer Gemächer Karten und Truppenaufstellungen, damit niemand voreilige Schlüsse zog. Die Ausbildung der Soldaten lag ihr ebenfalls am Herzen. Zu meiner großen Freude wandte sie sich an mich. Da die Adeligen mir meine mangelnde Erfahrung in der Kriegskunst hätten verübeln können, übernahm es David, die Krieger zu drillen. Dabei berücksichtigte er alles, was ich von meinem Vater über die Taktiken der Kreuzritter gelernt und über ihre Kavallerieangriffe in Erinnerung hatte. Die georgischen Reiter waren den gerüsteten Kreuzrittern unterlegen, und das sollte sich in Zukunft ändern. Mein Wissen war auch hier gefragt. Sobald den Waffenschmieden ausreichend Metall zur Verfügung stand, arbeiteten sie hart, um stählerne Brustharnische und Helme anzufertigen. Ich führte ein ausgefülltes Leben und erlebte eine schöne Zeit.

Tamara hätte Qubazar, der das väterliche Heer seit ihrer Kindheit in die Schlacht geführt hatte, gerne um militärischen Rat gefragt. Leider erkrankte der alte Mann und starb kurz darauf. Brumellis Tod betrübte mich persönlich mehr. Er starb vor seiner Frau, ohne sich seinen größten Wunsch, mit mir zusammenzukommen, erfüllt zu haben. Ich saß an seinem Sterbebett und erlaubte ihm, meine Hand zu halten, als er sein Leben aushauchte.

☆

Es gab in diesem Jahr auch erfreuliche Ereignisse. Ich lernte einen interessanten Mann kennen, dem ich den Empfang in David Soslands Haus während meiner ersten Schwangerschaft verweigert hatte. Eines Morgens unterrichtete mich Zoe, dass mich ein feiner Herr zu sprechen wünsche. Ich trainierte gerade mit Codreanu, der Brumellis Aufgabe übernommen hatte und mich ebenso bewunderte wie sein Lehrer.

Während der Besucher im Vorzimmer auf mich wartete, kleidete ich mich an und fragte mich, wer der Mann sein könne. Der Anblick des jungen, ausgesprochen stattlichen Mannes erstaunte mich. Ich hatte kürzlich meinen achtundzwanzigsten Geburtstag gefeiert, und er war erheblich jünger als ich.

Da ich den jungen Mann noch nie gesehen hatte, befremdete mich seine seltsame Begrüßung. »Gräfin«, sagte er. »Sie erinnern sich nicht an mich.«

»Verzeihen Sie. Sind wir uns schon einmal begegnet?«

»Nein.«

»Ah. Sie sprechen in Rätseln.«

»Wir hätten uns treffen können. Ich wollte Sie vor sieben Jahren in Graf Soslands Haus besuchen, aber Sie haben mich nicht empfangen.«

Ich erinnerte mich vage. »Und wie ist Ihr werter Name?«

»Ich heiße Schota Rustaweli.«

»Ah ...«

»Sie haben meinen Namen noch nie gehört, nicht wahr? Eines Tages werden alle Menschen meinen Namen kennen. Das hoffe ich jedenfalls.«

»Ich verstehe. Sie möchten ins königliche Heer eintreten und es zu Ruhm und Reichtum bringen.«

»Ich verstehe nichts von Waffen, Gräfin.«

In einem Land wie Georgien war das eine Seltenheit, und im ersten Augenblick fehlten mir die Worte.

»Ihre Eltern ...«, sagte ich, als ich mich wieder gefasst hatte.

»Sind Bauersleute. Das Geld reichte aus, um mir eine Ausbildung zu ermöglichen. Ich bin gereist. Bis Athen.« Sein Stolz über diese Heldentat, die mich wahrlich beeindruckte, war nicht zu überhören.

»Ich verstehe«, sagte ich, und dabei verstand ich überhaupt nichts. »Und durch die Ausbildung und Ihre Reisen hoffen Sie nun ...«

»Dichter zu werden. Ich bin bereits Dichter. Ich möchte Ihnen etwas zeigen.«

Erst jetzt sah ich die Pergamentrolle, die unter seinem Arm klemmte. Ich verlor den Mut, denn ich ahnte, was er von mir wollte.

»Es wäre mir eine Ehre, wenn Sie es lesen würden.«

Ich nahm das Pergament vorsichtig entgegen. »Es ist auf Georgisch geschrieben. Diese Sprache kann ich nicht sehr gut lesen.«

»Sie können sich Zeit nehmen.«

»Und um was geht es?«

»Es ist ein Heldenepos mit dem Titel: *Der Ritter im Pantherfell*. Es geht um einen Ritter namens Awtandil und seine Liebe zur Prinzessin Tinatin, die nach dem Tod ihres Vaters die Thronfolge antritt, und die Abenteuer, die sie erleben, ehe sie schließlich siegen.«

Ich hob den Kopf. Er errötete unter meinem Blick. »Hm ... Das Epos ist noch unvollendet. Ich habe gerade erst begonnen. Vielleicht könnten Sie die ersten Seiten lesen und Ihre Meinung kundtun ...«

»Sagen Sie mal, wie alt waren Sie eigentlich, als Sie mich vor sieben Jahren besuchten?«

»Ich war fünfzehn, Gräfin«, erwiderte er mit geröteten Wangen.

»Und in dem Alter schrieben Sie ein Epos?«

»Nein, Gräfin. Damals hatte ich nur die Idee. Ich wollte Informationen über die Königin und hoffte, sie von Ihnen zu bekommen, weil Sie der Königin so nahe standen.«

»Und die Frau, die soeben des Hofes verwiesen wurde, sollte Ihnen sagen, was die Leute über Ihre Majestät tuscheln.«

»Nein, daran habe ich nicht gedacht. Ich schwöre.«

Ich musterte ihn eine Weile. Der Bursche machte ein ehrliches Gesicht. »Und da ich Ihnen keine Informationen gegeben habe ...«

»Musste ich mich auf meine Fantasie verlassen.«

»Die Sie hoffentlich gezügelt haben. Soll die Königin sich das ansehen?«, fragte ich.

»Es würde mir schmeicheln. Ich möchte ihr das Werk widmen.«

»Wenn es vollendet ist, nicht wahr? Wie lange werden Sie dazu brauchen?«

»Einige Jahre. Es geht nicht nur darum, das Epos zu beenden. Ich muss auch leben ...«

»Wovon leben Sie?«

»Vom Schreiben. Ich schreibe Grabschriften und Reden ...«

»Ah. Ich werde das Werk lesen, Meister Rustaweli. Wenn es mir gefällt, zeige ich es der Königin. Wenn es ihr gefällt, bitte ich sie, Ihnen ein Honorar zu zahlen, damit Sie sich ernähren, kleiden und wohnen können, bis das Werk vollendet ist.«

»Gräfin ...« Er wollte spontan meine Hand umfassen, verharrte aber mitten in der Bewegung. »Ich stehe für immer in Ihrer Schuld.«

»In der Schuld der Königin«, sagte ich.

☆

Das Werk gefiel uns beiden, und Rustaweli erhielt ein regelmäßiges Einkommen. Da er sich auf Zahlen ebenso gut verstand wie auf Verse, gab die Königin ihm eine Stelle im königlichen Schatzamt. Tamara hätte in ihrer Hochstimmung kurz vor der Hochzeit alles gefallen, doch es war in der Tat eine ausgezeichnete Arbeit. Das Epos war ein wenig blumig geschrieben und bestand aus zahlreichen romantischen Abenteuern. Es handelte sich bei den Helden in Wahrheit um David und Tamara. Daran nahm die Königin keinen Anstoß, denn der Dichter hatte wunderschöne Worte gewählt. Der Königin gefiel besonders Schotas Beschreibung der Prinzessin Tinatin: *leuchtend wie die aufgehende Sonne; geboren, um die Welt zu erleuchten; so schön, dass ein Mann bei ihrem Anblick den Verstand verliert. Es bedürfte unzähliger Worte und der Weisheit aller Weisen dieser Welt, um die Königstochter gebührend zu lobpreisen.*

Rustawelis Erzählung geriet aufgrund der Hochzeitsvorbereitungen bald in Vergessenheit. Tbilisi wurde mit Fahnen geschmückt, und aus den Brunnen floss wieder roter Wein. Ich war die Brautjungfer, wobei ich in Wahrheit kaum Verantwortung trug, da sich das glückliche Paar in jeder Beziehung bestens kannte. Die Bediensteten des Palastes, die sich noch gut an die letzte Hochzeit erinnerten, bewältigten die enorme Arbeit vorbildlich.

Der einzige Missklang war Prinzessin Rusudanis Weigerung, an der Eheschließung und dem anschließenden Festmahl teilzunehmen. Im Stillen hatten wir damit gerechnet.

Während der Flitterwochen widmete sich das Paar den lieben, langen Tag dem Jagen, Speisen und der Liebe. Ich machte mir ein wenig Sorgen um die Herrschaft des Landes, doch das Volk war glücklich, und das Heer verhielt sich ruhig. Nach ein paar Wochen wurden die Flitterwochen jäh beendet. Ein Bote aus Konstantinopel unterrichtete uns, dass der Papst einen neuen Kreuzzug predige, um die Katastrophe von Hattin zu rächen und Jerusalem zurückzuerobern.

Seine Heiligkeit besaß die Frechheit – was selbst ich als aufrechte Katholikin zugeben musste –, alle Männer des christlichen Glaubens, die Orthodoxen und Katholiken, zu den Fahnen zu rufen, um Krieg gegen die Heiden zu führen. Seine Liste der Anhänger, die ins Feld ziehen wollten, war beeindruckend. Am ersten Kreuzzug hatte kein König teilgenommen. Dem zweiten Kreuzzug hatten sich der französische und deutsche König angeschlossen. Der Kaiser von Deutschland war schnell ausgestiegen, und der französische König erwies sich als vollkommen untauglich. Seine Bemühungen wurden durch die Possen seiner Königin, einer Eleanore von Aquitaine, vereitelt. Sie hatte darauf bestanden, ihren Gatten zu begleiten und sich außerehelichen Vergnügungen hingegeben. Sie soll sogar eine Affäre mit Saladin gehabt haben, der damals noch ein Junge war. Der König kehrte mir eingezogenem Schwanz nach Frankreich zurück.

Diesmal hoben der Kaiser mit dem roten Bart, der den anschaulichen Namen Barbarossa trug, der König von Frankreich und der König von England angeblich riesige Heere aus, die sie persönlich in die Schlacht führen wollten. Dieser König von England war nicht mehr der grimmige alte Heinrich, der Vater ins Exil getrieben hatte, sondern sein Sohn Richard, ein berühmter Soldat, der den Spitznamen König Löwenherz trug. Er war der Sohn der Eleanore von Aquitaine, die schließlich wegen Ehebruchs von ihrem französischen Gatten geschieden wurde. Sie heiratete kurz darauf unseren Heinrich und warf wie ein Karnickel Junge.

Die Tatsache, dass mein eigener König, als den ich ihn noch immer betrachtete, sich auf das große Abenteuer einließ, rührte mein Herz. Hartnäckigen Gerüchten zufolge soll der hübsche, junge Mann ebenso sonderbare sexuelle Neigungen gehabt haben wie Tamara in ihrer Jugend. Ich wurde in die ganze Sache nicht verwickelt. Tamara zog eine Beteiligung nicht in Erwägung, denn aufgrund der Erfahrungen des letzten Abenteuers verwehrten sich die Kreuzritter gegen jede Beteiligung von weiblicher Seite. Die Königin ließ die Proklamation auf dem Marktplatz von Tbilisi verlesen. Sie hätte sich gefreut, wenn einige ihrer unbequemen Adeligen sich entschlossen hätten, nach Süden zu reiten, um sich den Heeren anzuschließen. Das geschah nicht.

Die Aussicht auf einen großen Krieg südlich unseres Landes wühlte uns auf. Kurz darauf erhielten wir wahrlich niederschmetternde Nachrichten, die alles andere in den Schatten stellten. Eines Tages schickte Zakharia Mkhargrdzeli, der seinem Vater Sargis als Führer der Kurden gefolgt war, einen Eilboten mit der Kunde zu uns, dass ein Heer unsere südliche Grenze passiert habe. Prinz Juri Bogoljubskij, der seine Rechte zurückerobern wollte, führte die Krieger an.

☆

Ich glaube, ich war die Einzige in der ganzen Festung, die im Stillen damit gerechnet hatte. Wir hatten es uns zu einfach gemacht, uns des Prinzen zu entledigen. Selbst mich überraschte indes seine Dreistigkeit, ohne Vorwarnung plötzlich vor unserer Grenze zu stehen. Und mit einem Heer?

»Wer sind diese Krieger?«, fragte ich den Boten. Tamara und David hatte es die Sprache verschlagen.

»Viele von ihnen sind Seldschuken, Gräfin.«

»Seldschuken?«, fragte Tamara, die sich wieder fasste. »Mein Gatte ...« Sie schaute David entschuldigend an. »Mein geschiedener Gatte befehligt die Seldschuken?«

»Sie halten ihn für einen fähigen Krieger, Hoheit. Und er versprach ihnen eine große Kriegsbeute. Er wird auch von vielen Georgiern unterstützt. Kutlu Arslan und Graf Mjkartni marschieren mit seinem Heer.«

Tamara schnaufte wütend.

»Sie haben die Grenze passiert?«, fragte ich.

»Hat Graf Orbeliani sie nicht aufgehalten?«

»Graf Orbeliani hat sich dem Prinzen angeschlossen, Gräfin.«

»Diese miese Ratte«, zischte Tamara. »Nachdem ich sein Leben verschont habe ...«

David hüstelte.

»Ja«, gab sie zu. »Ich war zu sanftmütig. Das kommt nicht noch einmal vor. Lasst alle Krieger antreten, Prinz David.«

»Hm ...« David zögerte.

Ich verstand sein Problem. »Haben sich noch weitere Grafen mit dem Prinzen vereinigt?«, fragte ich.

»Bisher nicht, Gräfin. Aber er ließ verlauten, dass er während seines Vormarsches große Unterstützung erwarte.«

»Was sollen wir tun?«, fragte Tamara.

»Ihr müsst alle Krieger zu den Fahnen rufen, Hoheit. Dann wissen wir, wer und wie viele auf unserer Seite stehen.«

Tamara nickte. »Ich übergebe Euch diese Aufgabe, Prinz David.«

»Und wenn keiner kommt?«

»Das wird nicht geschehen«, beruhigte ich ihn, obwohl ich mir nicht ganz sicher war.

Er warf Tamara einen letzten Blick zu und eilte davon. Danilo, der sein Adjutant geworden war, folgte ihm.

»Diese Schurken«, knurrte Tamara. »Zumindest einem von ihnen werde ich es zeigen.« Sie stand auf. »Komm mit.«

Ich schluckte, denn ich wusste genau, wohin sie ging und was sie vorhatte.

Wir stiegen die Treppen zu den Schlafkammern der Bediensteten hinauf und rissen die Türen auf. Die jungen Mädchen, die sich fleißig ihren Näharbeiten widmeten, erschraken.

»So«, sagte Tamara, die ihre Hände in die Hüften stemmte und die Mädchen wütend anfunkelte. »Was hast du mir zu sagen, Isolde Orbeliani?«

»Ich, Hoheit?«, stammelte das Mädchen.

Das hübsche Kind hatte sich prächtig entwickelt, seitdem es vor fünf Jahren als Geisel in den Dienst des Palastes getreten war. Isolde war dreizehn Jahre alt und mit ihrem lockigen, blonden Haar, das sie von ihrer kirgisischen Mutter geerbt hatte, trotz ihres zarten Alters eine richtige Schönheit. Sie hatte in der Gefangenschaft fünf friedliche Jahre verbracht. Tamara war viel zu beschäftigt, um an sie zu denken. Das arme Kind starrte die Königin mit großen Augen an.

»Weißt du nicht, dass mich dein Vater verraten hat?«, fragte die Königin.

»Euch verraten, Hoheit? Mein Vater?« Isolde biss sich auf die Lippe, als sie den Ernst der Lage begriff. Sie wurde einzig und allein als Garant für die Loyalität ihres Vaters in der Festung gefangen gehalten.

»Hat er nie mit dir darüber gesprochen, wenn er dich hier besucht hat?«

»Nein, Hoheit. Ich schwöre.«

Tamara musterte das Mädchen, das zusehends erblasste, mit strengem Blick. »Ich glaube dir«, sagte sie schließlich.

Isolde atmete erleichtert auf.

»Dann hat er dich genauso verraten wie mich«, sagte Tamara. »Ich brauche deinen Kopf.«

Isolde schluckte und schaute mich hilfesuchend an. Es schmeichelte mir, dass sie und viele andere glaubten, ich könne Tamara zu Mäßigung anhalten. Ich würde sie nicht im Stich lassen, aber mir stand eine schwierige Aufgabe bevor.

»Ich muss«, sagte Tamara, der die Entscheidung offenbar nicht leicht fiel. »Wenn ich es nicht tue, wäre es eine Duldung seines Verrats.«

Isolde stöhnte.

»Kümmere dich darum, Edith«, befahl die Königin. »Sie soll nicht leiden. Ich brauche ihren Kopf.«

»Wann, Hoheit?«

»Sofort.«

»Hier?« Ich sah auf die anderen Mädchen, die sich ängstlich an die Wand pressten.

»Ja. Wir müssen ihrem Vater umgehend den Kopf schicken.«

Ich holte tief Luft. »Dürfte ich darum bitten, die Hinrichtung zu verschieben, Hoheit?«

»Verschieben?«

»Ich ...« Ich suchte verzweifelt nach einem guten Argument. »Das Mädchen könnte uns lebendig besser dienen, Hoheit.«

»Wie? Isoldes Vater muss sich der Konsequenzen seines Verrats bewusst gewesen sein. Er hat seine Tochter geopfert und weiß, was mit ihr geschieht. Wenn ich sie schone, glauben die anderen Grafen wie Gamrekeli und Dchiaberi, deren Söhne hier in der Festung sind, sie könnten mich ungestraft verraten, nicht wahr?«

»Das müssen wir herausfinden und entsprechend handeln. Graf Orbeliani wird mit ihrem Tod rechnen, sobald die Nachricht seines Verrats uns erreicht. Es muss für ihn eine schwere Entscheidung gewesen sein, seine einzige Tochter zu opfern. Wenn ihn nun die Kunde erreicht, dass sie lebt und sterben wird, falls er seine Untertanenpflicht nicht wieder wahrnimmt, wird er seine Entscheidung, den Thronräuber zu unterstützen, noch einmal überdenken.«

Tamara musterte mich, ehe sie antwortete. »Edith, du hast einen so scharfen Verstand, dass ich mitunter fürchte, du könntest dich eines Tages daran schneiden. Gut. Du hast Recht. Sie darf ihren Kopf vorläufig behalten. Dennoch muss ich der Welt meine Wut demonstrieren. Sie wird ausgepeitscht.«

Isolde hielt den Atem an.

Mir blieb nicht anderes übrig, als mich zu verneigen.

»Fünfzig Peitschenhiebe. Öffentlich«, befahl Tamara. »Auf dem Marktplatz. Und du führst die Bestrafung durch, Edith.«

Ich schluckte.

Isolde zitterte am ganzen Leib. »Hoheit ...«, flüsterte sie bang.

»Sei ruhig, Kind. Sei froh, dass du deinen Kopf behältst. Du wirst die Strafe unverzüglich verbüßen.«

☆

Ich musste mich dem wohl oder übel fügen. Mehr konnte ich nicht für Isolde tun. Ich erinnerte mich an Danilo, für den ich damals in Rusudanis Gemach auch alles getan hatte, was in meiner Macht stand. Tamara war wütend und ängstlich, und in dieser Stimmung war mit ihr nicht gut Kirschen essen. Jede weitere Fürbitte hätte für das Mädchen alles nur noch schlimmer gemacht.

Als ich Isoldes Arm ergriff, zuckte sie zusammen, ehe sie mir gehorsam folgte. Zoe, die draußen wartete, befahl ich, die notwendigen Vorbereitungen zu treffen und die Wachen zu rufen. Dann stiegen wir die Treppen hinunter. Isolde zitterte am ganzen Leib. Wir erreichten den Rittersaal, wo sich viele Menschen versammelten. Es hatte sich bereits alles herumgesprochen, und die Palastbewohner zerrissen sich die Mäuler. Ich konnte niemanden daran hindern, uns zum Marktplatz zu folgen.

Die Wachen, die Zoe herzitiert hatte, nahmen ihre Position links und rechts von uns ein. Isolde, die offenbar über ihr Schicksal nachdachte, ging sicheren Schrittes.

»Muss ich nackt ausgezogen werden?«, fragte sie.

»Ja.«

Sie erschauerte. »Wie kann ich den Menschen je wieder ins Gesicht sehen? Wie kann ich je heiraten?«

»Ich wurde auch einst nackt den öffentlichen Blicken preisgegeben und bin verheiratet.«

Wir überquerten die Höfe und die Zugbrücke. Die Menge wuchs stetig, und auf dem Marktplatz, den wir wenige Minuten später erreichten, wurde der Galgen errichtet.

Isolde hatte verständlicherweise wahnsinnige Angst. »Wird es sehr wehtun?«

»Ja«, sagte ich. »Wenn ich deinen Körper nicht bis aufs Blut peinige, wird es ein anderer tun. Das darfst du nicht vergessen. Denk immer an zwei Dinge. Erstens schlage ich so schnell zu, wie ich kann. Du leidest höchstens zehn Minuten. Wenn es vorbei ist, lebst du noch, und ich tue alles in meiner Macht stehende, damit es so bleibt.«

»Selbst wenn mein Vater in Ketten hierher gebracht wird?«

»Selbst dann«, versprach ich ihr. Ich wollte Isolde wirklich helfen, obwohl ich nicht wusste, ob es mir gelingen würde. Die Krieger würden ihren Vater nur in Ketten nach Tbilisi bringen, wenn die Revolte scheiterte. Zu dem Zeitpunkt wäre Tamara vielleicht versöhnlicher gestimmt, weil sie keinen Grund mehr hätte, sich zu fürchten.

Zunächst musste das unschuldige Mädchen gedemütigt und bestraft werden. Meine Worte stärkten Isolde ein wenig. Sie stellte sich erhobenen Hauptes und mit geschlossenen Augen unter den Galgen, während Zoe sie mit Hilfe einer anderen Zofe entkleidete und das lange Haar auf ihrem Kopf feststeckte. Das Jahr neigte sich langsam dem Ende zu. Der Winter würde nicht mehr lange auf sich warten lassen. Die kalte Luft strich über ihren schönen Körper, der sich augenblicklich mit einer Gänsehaut überzog. Der Pöbel machte schmutzige Bemerkungen. Isolde errötete vor Scham. Sie widersetzte sich den Wachen nicht, die ihre Handgelenke an den Querbalken fesselten. Als einer ihre Brust streichelte, schlug ich zum ersten Mal mit der Peitsche zu. Der Hieb traf den lüsternen Burschen auf der Rückseite der Oberschenkel. Er schrie auf und ließ von Isolde ab.

Ich war gezwungen, meine Pflicht zu erfüllen. Um Isolde nicht unnötig zu quälen, versuchte ich, ausschließlich ihr Gesäß zu treffen, was mir leider nicht gelang. Die lange Lederschnur war unberechenbar, und mir fehlte die Übung. Darum landete die Peitsche häufig auf ihren Oberschenkeln und dem Rücken. Ich hatte wahnsinnige Angst, der Riemen könnte sich um ihren Oberkörper wickeln und die zarten Brüste entstellen. Es dauerte nicht lange, bis ich ein Gefühl für den richtigen Abstand bekam. Die Peitsche fraß sich in ihr Gesäß, das sich feuerrot färbte und anfing zu bluten. Isolde schrie wie am Spieß und versuchte vergebens, den Schlägen zu entfliehen. Es waren die längsten zehn Minuten meines Lebens. Als ich die grässliche Waffe endlich zu Boden warf, war ich schweißgebadet.

Über Isoldes Beine rann das Blut. Die Wachen lösten die Fesseln, und ich fing ihren Körper auf. Zoe wickelte sie in ein Tuch. Wir brachten sie auf einer Trage zurück zur Festung. Isolde wand sich winselnd wie ein Wurm und schrie bei der geringsten Erschütterung laut auf. Wir sprachen ihr Trost zu, und schließlich trugen wir sie die Treppe hinauf. Die anderen Mädchen versammelten sich und schrien entsetzt auf, als sie den geschundenen Körper sahen. Einige Schnitte hatten sich tief ins weiße Fleisch gegraben. Ich bat Simon, sofort zu kommen, damit er die Wunden versorgte.

Plötzlich stand Tamara mit unbewegter Miene und feurigem Blick hinter mir. Wir ließen Isolde in der Obhut des Arztes zurück. »Du hast deine Aufgabe gehorsam erfüllt«, sagte sie. »Ich habe von meiner treuen Edith nichts anderes erwartet.«

»Ihr ehrt mich, Hoheit«, erwiderte ich. »Ich bitte Euch, mir niemals mehr eine solche Aufgabe zu übertragen.«

Sie blinzelte mich an. »Bist du gekränkt?«

»Nein, Hoheit, aber zutiefst beschämt.«

☆

Ich weiß nicht, ob Tamaras öffentliche Zurschaustellung ihrer Wut eine Auswirkung auf die Ereignisse hatte. Auf jeden Fall strömten ein paar Tage später bewaffnete Männer nach Tbilisi.

Viele trugen die Abzeichen der Soslands, doch unter ihnen befanden sich auch die Banner der Gamrekelis, der Dchiaberis und der Wardenidzes. Die Söhne der Grafen Gamrekeli und Dchiaberi wurden im Palast als Geiseln gehalten, und sie hatten sicherlich von Isoldes Schicksal erfahren. Beide knieten eifrig vor der Königin nieder und bekundeten ihre Treue.

Tamara warf David einen triumphierenden Blick zu. Er lächelte, denn es gab noch weitere gute Nachrichten. Zakharia Mkhargrdzeli hatte seine Unterstützung zugesagt.

»Wir müssen diese Angelegenheit jetzt ein für allemal klären«, sagte Tamara.

Die Generäle äußerten ihre Einwände. Prinz Juri hatte das Winterquartier aufgeschlagen, und die Generäle forderten ebenfalls den Winter über Waffenruhe. Sie hatten Angst, bei einem Feldzug im Schnee unnötig viele Männer und Pferde zu verlieren. Und natürlich Adelige. Ich erinnerte mich an Demnas Feldzug vor sechzehn Jahren.

Die Königin ließ sich überzeugen. »Wir ziehen in die Schlacht, sobald der Schnee geschmolzen ist«, stimmte sie zu.

»Ich bringe Euch Juri Bogoljubskijs Kopf, ehe der Sommer beginnt«, versprach David.

»Ihr missversteht die Situation«, sagte die Königin. »Ich kümmere mich persönlich um seinen Kopf.«

Die Generäle musterten sie misstrauisch.

»Da die Sache mich persönlich angeht, befehlige ich das Heer«, erklärte sie.

»Hoheit«, protestiert Mikela.

»Zweifeln Sie an meinen Fähigkeiten, Erzbischof? Bin ich nicht mit meinem Vater mehr als einmal siegreich in die Schlacht gezogen?«

»Ja, in der Tat, Hoheit. Dennoch dürft Ihr die Gefahren eines Krieges nicht unterschätzen ... Wenn der Feind Euch ergreift ...«

»Dann werden Sie mich rächen, aber keine Sorge. Der Feind

wird mich nicht ergreifen. Meine treue Edith wird mich beschützen.« Sie schaute mich an.

»Es ist mir eine Freude«, erwiderte ich.

☆

»Das ist Wahnsinn«, sagte Danilo, als wir allein waren. »Sie erwartet von dir, für sie zu sterben.«

»Das erwartet sie von uns allen.« Die Aussicht, zum ersten Mal in meinem Leben zu Felde zu ziehen, erregte mich. Ich war nicht in der Stimmung, an eine Niederlage zu denken.

»Du bist Mutter«, erinnerte mich Danilo.

»Brucilla kümmert sich um die Kinder, bis wir zurückkehren.« Zoe sollte mich begleiten.

»Und wenn wir nicht zurückkehren?«

»Einer von uns wird zurückkehren. Wenn du es bist, geliebter Gatte, sind sie in guter Obhut.«

»Es ist nicht notwendig«, jammerte er.

»Es ist notwendig. Ich bin die Leibwächterin der Königin.«

☆

Der Winter zog sich endlos hin. Die Wartezeit wurde durch die Nachricht des Todes von Kaiser Friedrich Barbarossa erschwert. Er hatte sein Heer erfolgreich durch Europa geführt und den Bosporus überquert, um über die anatolische Halbinsel zu marschieren. Als er einen Fluss durchwatete, ertrank er. Da bisher weder die Krieger der Franzosen noch der Engländer, die mit dem Schiff reisten, angekommen waren, wusste keiner, ob das ganze Unternehmen aufgegeben wurde. Wir wussten auch nicht, welche Auswirkungen diese Tragödie auf uns hatte. Jedenfalls mussten die Seldschuken nun keinen Blick mehr über ihre Schultern werfen.

Im Laufe der kalten Jahreszeit wurde uns die schwierige Aufgabe des bevorstehenden Feldzuges immer bewusster. Prinz Juri operierte in einer Größenordnung, im Vergleich zu der Demna in der Bedeutungslosigkeit versank. Unsere Agenten brachten Kunde über seine Streitkraft. Er befehligte vierzigtausend Mann, und jeden Tag stießen weitere Krieger zu ihm. Das waren zum Teil Seldschuken, aber es gehörten auch untreue Adelige mit ihren Vasallen dazu. Tamara führte zwanzigtausend Krieger in die Schlacht. Die Kurden wollten uns mit zwanzigtausend Kriegern unterstützen. Sie mussten eine ausreichend starke Streitkraft zu Hause zurücklassen, um ihr Land gegen einen möglichen Angriff der Perser zu verteidigen. Mit Hilfe der Kurden konnten wir eine ebenso große Streitkraft aufbieten wie Prinz Juri. Doch auch wir mussten eine Garnison in Tbilisi zurücklassen, und unsere Ressourcen waren erschöpft. Gleichzeitig drangen Gerüchte über das stetige Anwachsen der feindlichen Streitkraft zu uns.

»Es gehört zu seiner Taktik, mit der Stärke seiner Streitkraft zu protzen«, sagte ich, während ich meinen Blick über die Gesichter im Ratszimmer schweifen ließ.

Meine Worte beruhigten sie nicht. Das unerwartete Auftauchen von Prinzessin Rusudani war auch nicht dazu angetan, ihre Stimmung aufzuhellen. Sie war ganz in Schwarz gekleidet und sah aus, als wäre sie aus dem Grab auferstanden.

»Du bist verloren«, sagte sie zu ihrer Nichte. »Ihr seid alle verloren. Ihr solltet Frieden schließen und die Bedingungen akzeptieren, die Prinz Juri diktiert.«

Die Ratsmitglieder fühlten sich sichtlich unwohl in ihrer Haut. Tamara begehrte auf. »Juri Bogoljubskij wird Tbilisi nur mit gefesselten Händen oder über meine Leiche betreten. Kehre in deine Gemächer zurück, Tante, und bete für uns.«

Rusudani blieb vor der Tür noch einmal stehen. »Verloren«, sagte sie, ehe sie hinausging.

Wir waren alle erleichtert, als der Schnee endlich schmolz.

☆

David sandte sofort Boten zu Zakharia, um ihm den Beginn des Feldzuges mitzuteilen. »Ich bitte ihn, mit seiner Streitkraft zu uns zu stoßen.«

»Wo, Prinz David?«, fragte Graf Dchiaberi.

Wir beugten uns alle über die Karten.

»Wir folgen der Strategie von König Georg in seiner letzten siegreichen Schlacht gegen die Seldschuken«, sagte David. »Und halten genau hier an der Kura die Stellung.«

»Das kann nicht funktionieren«, wandte ich ein.

David starrte mich an. »Haben Sie neben Ihren zahlreichen Talenten auch militärische Strategien studiert, Gräfin?«

»Keineswegs. Ich glaube lediglich, wir sollten aus der Vergangenheit lernen.«

»Damals wurde ein Sieg errungen.«

»Meines Wissens nicht.«

»Nennen Sie mich einen Lügner?«

»Die Gräfin soll sich erklären«, mischte sich Tamara ein.

»Ich möchte Ihnen, verehrte Herren, und Eurem Vater, Hoheit, nicht zu nahe treten. Soweit ich mich erinnere, überquerten die Seldschuken die Kura an einer unbewachten Furt und umzingelten Eure Krieger. Nur durch das rechtzeitige Eintreffen der Kurden konnte eine Niederlage verhindert werden. Sonst wären alle Krieger niedergemetzelt worden. Und das hätte ebenso gut hier bei uns in Tbilisi geschehen können.«

»Ja, das stimmt«, gab Tamara zu.

»Es gibt einen Unterschied«, brummte David. »Eigentlich zwei. Erstens stehen wir nicht den Seldschuken gegenüber.

456

Zweitens müssten die Kurden diesmal zu uns stoßen, ehe der Feind uns angreift.«

»Leider muss ich erneut widersprechen, Prinz David. Die feindliche Streitkraft besteht zu großen Teilen aus Seldschuken. Und wie Ihr bereits angedeutet habt, können wir uns auf das rechtzeitige Eintreffen der Kurden nicht verlassen. Wir müssen noch etwas anderes aus der Vergangenheit lernen. Unser größter Sieg über die Seldschuken wurde vor zwei Jahren durch den Mann errungen, dem wir uns nun widersetzen müssen.«

Die Generäle schnauften und scharrten mit den Füßen.

»Wie hat er das geschafft?«, fragte ich, während ich meinen Blick schweifen ließ. »Natürlich durch Ihr Geschick und Ihren Mut in der Schlacht. Und überdies durch seine Strategie. Seit der Schlacht von Mantzikert vor mehr als hundert Jahren stehen wir und die Byzantiner den Seldschuken defensiv gegenüber. Wir haben ein oder zwei Siege über sie errungen und zahlreiche Niederlagen einstecken müssen. Die Entscheidung über Angriffe, Rückzüge und Friedensabkommen überließen wir stets ihnen. Prinz Juri griff sie an und besiegte sie immer wieder. Die Seldschuken wissen nicht, wie man in der Defensive kämpft. Sie verstehen es nur, mit ihrer Kavallerie anzugreifen. Wir müssen sie angreifen, wie Prinz Juri es uns vorgemacht hat, und sie werden fliehen.«

Ich verstummte, um Luft zu holen. Graf Gamrekeli zweifelte meine Theorie an. »Für die Katastrophe von Mantzikert gibt es einen einfachen Grund. Der Seldschukensultan Alp Arslan konnte den byzantinischen Kaiser Romanos Diogenes besiegen, indem er dessen Heer in zwei Teile teilte.«

Ich hatte genau recherchiert. »Das Heer wurde in zwei Teile geteilt, weil die Nachhut, deren Stärke fast die Hälfte der ganzen Streitkraft betrug, sich weigerte, hinter dem Kaiser vorzurücken. Romanos soll von Gegnern verraten worden sein. Glauben Sie, in unserem Heer könnten Verräter mitmarschieren?«

Ich sah die Männer der Reihe nach an und fuhr fort.

»Vergessen Sie eines nicht. Prinz Juri strebt den Thron von Georgien an, aber die Söldner, die er befehligt, interessieren sich ausschließlich für ihre Kriegsbeute. Sobald sie gewahr werden sollten, dass es keine Kriegsbeute, sondern nur harte Kämpfe gibt, wird ihr Wille zu siegen schwinden. Meine Herren, Eure Majestät, ich habe den Weg zu unserem Sieg skizziert und hoffe, Sie folgen meinem Vorschlag.«

Die Generäle waren verwirrt. Meine Strategie wich von ihrer traditionellen Kriegsführung erheblich ab. Nur Tamara strahlte mich an. »Wir folgen Ediths Plan.«

☆

Allen Befehlshabern einschließlich Tamara und mir standen Rüstungen zur Verfügung. Dazu gehörten stählerne Handschuhe, ein Kettenhemd, das über dem Lederwams und Hemd getragen wurde, der Brustharnisch, der den Oberkörper schützte, und ein Stahlhelm. Die Rüstung war extrem schwer und warm. Da mein Haar unter dem Helm versteckt war, konnte man mich als Frau nicht identifizieren.

Am Abend, bevor ich in die Schlacht zog, suchte ich Isolde auf. Sie hatte sich von den Peitschenhieben körperlich erholt. Die Narben auf ihrem Gesäß verblassten allmählich. Ihre Seele hatte größeren Schaden genommen, und sie zog sich sehr zurück. Wenn sie mich sah, freute sie sich seltsamerweise immer. Es war so, als fühlte sie sich innerlich mit mir, ihrer Peinigerin, verbunden, was mich erstaunte.

»Sie ziehen morgen in die Schlacht«, sagte sie. Die Kunde hatte sich in der ganzen Festung und der ganzen Stadt verbreitet.

Ich nickte.

»Was wird mit meinem Vater geschehen?«

»Wenn wir Prinz Juri besiegen, wird dein Vater getötet oder gefangen genommen, wenn er nicht flieht.«

»Und wenn er gefangen genommen wird?«

»Dann wird er hingerichtet.«

»Wird er gepfählt?«

»Ich fürchte, ja.«

Sie atmete tief ein. »Und wenn Prinz Juri siegt?«

»Wenn wir in der Schlacht nicht getötet oder gefangen genommen werden, müssen wir fliehen.«

»Und wenn Sie gefangen genommen werden? Wird die Königin gepfählt?«, fragte sie in ruhigem Ton. Es sah fast so aus, als wünschte sie es ihr.

»Nein«, erwiderte ich. »Die Königin wird gezwungen, ins Bett ihres ersten Gatten zurückzukehren. Böse Zungen behaupten, dieses Schicksal sei kaum besser als das Pfählen.«

»Und Sie?«

»Ich werde mit Sicherheit gepfählt. Die Anhänger des Prinzen hassen mich. Und der Prinz auch.«

»Und Sie sprechen so gelassen darüber?«

»Weil es nicht geschehen wird. Falls wir eine Niederlage erleiden, werde ich in der Schlacht sterben.«

»Ist das ein leichtes Los? Oder ist der Tod nach dem langen, aufregenden Leben, das Sie geführt haben, nur ein weiteres Abenteuer?«

»Mein Leben war aufregend, aber es war nicht lang genug. Ich habe zwei Kinder.«

»Ich bete, dass Sie zu ihnen zurückkehren, Gräfin ... Und zu mir«, fügte sie leise hinzu.

☆

Über ihre wahren Gefühle würde ich nach meiner Rückkehr nachdenken, und ich hatte vor, siegreich zurückzukehren. Der Abschied von meinen Kindern fiel mir schwer. Ich hielt es für unumgänglich, gewisse Vorsichtsmaßnahmen zu ergreifen. Es war zu gefährlich, meine beiden Lieblinge in der Nähe von Rusudani zurückzulassen. Niemand wusste, was mit ihnen geschehen würde, wenn mir oder vor allem Tamara etwas zustieß. Daher brachte ich sie in Davids Haus. Ich bat Codreanu, meine Kinder gemeinsam mit Brucilla zu beschützen und alles für sie zu tun, falls es zu einer Katastrophe käme.

Die Kinder sahen den Umzug als aufregendes Abenteuer an. Den dreijährigen Peter beeindruckte meine Rüstung mehr als die Gefahren eines Feldzuges, die er noch nicht erfassen konnte. Mathilda, die im Sommer neun wurde, begriff die Gefahr, in die ich mich begab, ohne eine Sekunde über meinen Tod nachzudenken. Ich drückte meine Kinder an meine Brust und küsste sie. »Ich vertraue dir meine Kinder an«, sagte ich zu Brucilla. »Bis Graf Danilo oder ich aus der Schlacht zurückkehren.«

»Sie werden beide zurückkehren«, sagte sie unter Tränen.

☆

»Kann ich Sie nicht begleiten?«, fragte Rustaweli. »Ich bin noch nie ins Feld gezogen und habe noch nie eine Schlacht gesehen.«

»Es ist in Wirklichkeit nicht so romantisch wie in Heldengedichten«, erklärte ich ihm. »Sie bleiben hier und schreiben nach unserer Rückkehr über unseren Sieg.«

☆

Das Heer bot einen prächtigen Anblick, als es hinter den Trommlern und Pfeifern ausrückte. Mir war dieser Anblick nicht unbekannt, aber ich sollte zum ersten Mal in einer Schlacht kämpfen. Der Gedanke daran brachte mein Blut in Wallung, als ich mit Danilo an meiner Seite hinter Tamara herritt.

Der Pöbel, der jubelte und uns mit Blumen bewarf, schien der Krone treu ergeben zu sein. Vor zwei Jahren hatten die Menschen Prinz Juri jubelnd empfangen, und sie würden es wieder tun, falls er als Sieger aus der Schlacht hervorginge. Das gemeine Volk hängte sein Mäntelchen immer nach dem Wind.

Wir hatten kaum einen Tagesmarsch zurückgelegt und das Schloss von Rustawi noch nicht hinter uns gelassen, als uns Reiter beängstigende Nachrichten brachten. Prinz Juri hatte sich im Palast Geguti in der Stadt Imereti zum König von Georgien gekrönt. Dieser Unverschämtheit begegneten wir mit Verachtung. Weitaus beängstigender war die Kunde über die Größe seines Heeres. Der russische Prinz hatte eine riesige Streitkraft aufgestellt und beabsichtigte, aus drei Richtungen auf Tbilisi zu marschieren.

»Wie groß ist sein Heer?«, fragte Tamara den Boten.

»Zu jeder Streitkraft gehören dreißigtausend Mann, Hoheit. Sie wollen sich vor den Stadtmauern verbünden.«

»Wir müssen uns zurückziehen«, sagte Gamrekeli. »Ein Angriff ist ausgeschlossen. Wir müssen in der Defensive bleiben und warten, bis die Kurden zu uns stoßen.«

»Dann sind wir verloren, Hoheit«, warf ich ein.

»Sie sind eine törichte Frau«, erklärte der Graf. »Was verstehen Sie schon von der Kriegsführung? Wir haben zwanzigtausend Mann und stehen neunzigtausend gegenüber. Das ist eine ganz einfache Rechnung.«

»Richtig. Wenn wir allen neunzigtausend Kriegern gegenüberständen. Aber der Prinz hat einen schwerwiegenden Fehler begangen.«

»Hört euch die an!«, schrie er lachend. »Sie sind wohl Zeit Ihres Lebens zu Felde gezogen, Gräfin.«

»Mein Vater war ein erfahrener Soldat«, entgegnete ich. »Er predigte Zeit seines Lebens, dass die Zusammenziehung aller Streitkräfte der Schlüssel zum Sieg ist. Die Zersplitterung einer Streitkraft kommt einer Niederlage gleich, falls sich die Truppen nicht auf dem Schlachtfeld verbünden.«

Ich sah keinen Grund, ihm zu erklären, wie mein Vater sein Leben verloren hatte. Er war tatsächlich ein erfahrener Soldat, der den falschen Leuten vertraut hatte.

»Ist es nicht die Absicht von Prinz Juri, sein Heer vor den Stadtmauern zusammenzuziehen und die Stadt zu stürmen?«, fragte Graf Dchiaberi.

»Das kann er erst tun, wenn er die Stadt erreicht hat«, beharrte ich mit Blick auf die Karte, die vor uns auf dem Tisch lag. »Er marschiert aus diesen drei Richtungen auf die Stadt zu.« Ich zeigte auf die entsprechenden Standorte. »Bis sich die Heere vor der Stadt verbünden, marschieren sie weit voneinander entfernt. Wir befinden uns genau in ihrer Mitte. Wenn wir jetzt angreifen, ist der Sieg unser.«

»Wir müssten den Prinzen persönlich angreifen«, sagte Tamara.

Ich schaute den Boten an.

»Prinz Juri marschiert in der Mitte der drei Streitkräfte«, sagte er.

»Und du weißt, wo er ist?«

Er nickte. »Ich habe ihn vor fünf Tagen gesehen.«

»Gut. Dann wissen wir, was wir zu tun haben.«

»Wenn wir es schaffen, Prinz Juri und seine mittlere Streitkraft zur Schlacht zu zwingen«, sagte Dchiaberi, »greifen die beiden anderen Streitkräfte Tbilisi an, nicht wahr? Die Garnison ist nicht stark genug, um die Stadt zu verteidigen.«

»Der Angriff wird kaum vor der Ankunft des Prinzen stattfinden«, erklärte ich kühn, was ich überhaupt nicht war. Meine eigenen Kinder schwebten in Lebensgefahr. »Er ist der Kopf des Heeres. Wenn wir den Kopf abschlagen, zucken die Glieder noch ein paar Sekunden, bis das Monster stirbt.«

»Meines Erachtens hat die Gräfin von Lori Recht«, sagte Tamara. »Prinz David?« Sie wandte sich an ihren Gatten.

»Zweifellos«, stimmte er zu. »Dennoch müssten wir einer Streitkraft von dreißigtausend Mann mit unseren zwanzigtausend Kriegern eine Schlacht liefern. Ich würde vorschlagen, auf Zakharia zu warten.«

»Jeder Tag zählt«, widersprach ich. »Wenn wir warten, dauert es nicht lange, bis die beiden anderen Heere uns umzingeln und auf Tbilisi marschieren. Bei einem schnellen Angriff haben wir den Vorteil eines Überraschungsschlages. Prinz Juri ahnt nicht, was wir im Schilde führen.«

»Werden seine Späher ihn nicht über unseren Vormarsch unterrichten?«

»Gewiss, aber sie werden uns nicht für so kühn halten, einen Angriff zu wagen. Sie werden erwarten, dass wir unser Lager aufschlagen, und die beiden anderen Streitkräfte zu Hilfe rufen. Wenn wir weitermarschieren und sie zur Schlacht zwingen, ist der Vorteil auf unserer Seite.«

David sah die Königin an.

»Ich stimme Edith zu«, sagte Tamara. »Wir sind in einer ausweglosen Lage und müssen so vorgehen, auch wenn es hoffnungslos erscheint.«

»Und wenn wir die Schlacht verlieren?«

»Müssen wir alle sterben«, gab die Königin zu. »Das wäre hier oder vor der Stadt oder in der Festung der Fall.«

»Dann marschieren wir«, sagte David. »Und greifen an. Mit Eurer Erlaubnis, Hoheit, schicke ich noch einen Boten zu Zakharia und bitte ihn um Eile.«

☆

In dieser Nacht machten Danilo und ich kaum ein Auge zu. Wir lagen uns in den Armen und tauschten ein paar Küsse.

»Ich hätte nicht gedacht, dass ich einmal mit dir an meiner Seite in die Schlacht ziehe«, sagte er.

»Und ich möchte in der Schlacht keinen anderen Menschen an meiner Seite haben.«

»Ich habe noch nie in einer Schlacht gekämpft«, gab er zu.

»Ich auch nicht.«

Er hob erstaunt den Kopf.

»Ich war ganz in der Nähe.«

»Hattest du Angst?«

»Ja. Ich war noch sehr jung. Jetzt habe ich keine Angst.«

Das entsprach der Wahrheit, obwohl die Chancen schlecht für uns standen.

☆

Am nächsten Morgen wateten wir durch den Fluss. Es dauerte zwei Tage, bis das Manöver beendet war. Erst am dritten Tag hatten wir alle das südliche Flussufer erreicht. Unsere Furcht, während des Übersetzens von Prinz Juris Meute angegriffen zu werden, bewahrheitete sich zum Glück nicht. Tamara gab den Befehl zum Abmarsch. Am nächsten Tag berichteten die Späher, dass sie den Feind gesichtet hatten.

»Könnte Prinz Juri von unserem Vormarsch erfahren haben?«, fragt David.

»Es weist nichts darauf hin, Prinz David.«

»Und was ist mit ihren Spähern?«, fragte Graf Dchiaberi.

»Wir haben keine gesehen.«

»Sollten wir nicht besser halten und uns auf die Schlacht vorbereiten?«, fragte Gamrekeli. »Wir warten einfach, bis sie uns in die Arme rennen.«

Tamara schaute mich fragend an.

»Nein, Graf Gamrekeli«, sagte ich. »Wenn wir anhalten, werden sie uns sicherlich in die Arme laufen und überrascht sein. Sie müssten nicht gegen uns kämpfen und könnten ihre Position halten und warten, bis die anderen Streitkräfte zu ihnen gestoßen sind. Den Vorteil eines Überraschungsschlages

464

hätten wir in dem Fall allerdings eingebüßt. Wir müssen sie während ihres Marsches angreifen, damit sie sich nicht zur Schlacht aufstellen können.«

Die Blicke der Generäle waren auf Tamara gerichtet.

»Wir setzen den Marsch fort«, sagte sie.

☆

Als der Moment der Entscheidung näher rückte, bekam sie Angst. »Können wir unseren Spähern trauen?«, fragte sie mich.

»Das müssen wir.«

»Ich würde mich lieber persönlich von der Lage überzeugen.«

Diese Idee gefiel mir nicht besonders gut, aber ich konnte sie nicht umstimmen. David wollte ihr eine starke Eskorte an die Seite stellen, was Tamara ablehnte. Eine Eskorte hätte sie vor dem übermächtigen Feind nicht beschützen können, ihm hingegen den Standort unseres Heeres verraten.

»Ich nehme Edith und Danilo mit«, entschied sie. »Und natürlich einen Späher.«

☆

Der Späher hieß Sebastian. Ich kannte ihn schon lange und vertraute ihm ebenso wie Tamara. Er war ein geschickter Reiter und ein guter Kundschafter. Sein Weg führte uns durch Wälder und durch Berg und Tal. Ich wunderte mich ein wenig über die kurvenreiche Strecke. Nach ein paar Stunden erreichten wir einen Hügel, von dessen Gipfel wir auf ein ausgedehntes Tal blickten. Dort campierte eine beeindruckende Streitkraft. Über den Köpfen der Reiter und Fußsoldaten wehten unzählige Flaggen und Banner. Eine richtige Gefechtsaufstellung konnte ich nicht erkennen und fragte mich, ob es keine Vorhut gab.

»Doch, die gibt es, Gräfin«, sagte Sebastian. »Ich habe Sie um die Vorhut herumgeführt.«

»Dann müssen wir schnell zurückkehren«, sagte ich. »In diesem Tal können sie sich nicht zur Schlacht aufstellen und sind uns ausgeliefert, wenn wir die Vorhut vernichten, ehe sie uns entdecken.«

Die Königin nickte und riss die Zügel herum, als wir plötzlich Geräusche hörten. Auf ein Pfeifen folgte das Rasseln von Schwertern. Sekunden später stürmten aus dem Gebüsch unmittelbar hinter uns berittene Männer auf uns zu.

»Verrat!«, schrie Danilo, der sich mit dem Schwert auf Sebastian stürzte und ihn mit einem einzigen Hieb niederstreckte.

Ich sah in die andere Richtung, aus der berittene Männer den Hügel hinaufritten. Mein Herzschlag setzte einen kurzen Augenblick aus. Wir saßen in der Falle.

Zwischen den beiden Gruppen war eine Bresche. »Reitet sofort zurück!«, schrie ich Tamara zu. »Schnell!«

Sie zögerte kurz, ehe sie ihrem Pferd die Sporen gab und auf die Bresche zuritt. Ich folgte ihr mit Danilo auf den Fersen. Es gelang uns, die Reiter hinter uns zu lassen, doch sie folgten uns schreiend. Wir hatten keine Chance, sie abzuhängen. Ihre Pferde waren im Gegensatz zu unseren ausgeruht. Anhand ihrer Kleidung und ihrer Waffen identifizierte ich sie als Seldschuken.

Ich zog die Zügel an und blieb stehen. Danilo, der sichtlich verwirrt war, tat es mir gleich. Die Königin wäre bei uns geblieben, wenn ich sie nicht schreiend zur Flucht ermuntert hätte.

»Was sollen wir tun?«, fragte Danilo.

»Wir müssen diese Männer angreifen«, sagte ich.

»Sie werden uns töten.«

»Wir müssen der Königin die Flucht ermöglichen.«

Er schluckte.

»Es ist unsere Pflicht«, erinnerte ich ihn und zog mein Schwert. Ich verdrängte jeden Gedanken an meine Kinder und das glückliche Leben, das ich führte. Als Leibwächterin der Königin war es meine Pflicht, ihr Leben zu beschützen.

Danilo zog sein Schwert und folgte mir, als ich meinem Pferd die Sporen gab.

»Attacke!«, schrie ich und beugte mich tief über die Mähne meines Pferdes.

Die etwa ein Dutzend Männer vor uns zogen die Zügel an und verharrten reglos. Als wir im Galopp auf sie zustürmten, erblassten sie, und es sah fast so aus, als wollten sie uns durchlassen. Das gehörte nicht zu meinem Plan, denn ich musste um jeden Preis die Verfolgung der Königin verhindern. Kurz entschlossen, riss ich die Zügel herum und galoppierte mit schwingendem Säbel in die Gruppe zu meiner Rechten hinein. Das Blut floss in Strömen. Die Männer schrien, als ich mehrere aus den Sätteln riss und sie von ihren Pferden niedergetrampelt wurden. Auf meinen Helm und meinen Harnisch prasselte es Schläge, doch der Stahl wurde nicht durchbohrt. Ich hatte die feindliche Truppe zersprengt, und plötzlich drang Danilos Schrei an mein Ohr. Der Feind hatte ihn aus dem Sattel gerissen und umzingelte ihn. Mein Gatte verteidigte sich nach Kräften.

Ich riss die Zügel abermals herum und ritt zurück, während ich mich mit kräftigen Schwerthieben verteidigte. Als ich aus dem Sattel sprang und mich neben Danilo auf die Erde kniete, sackte er zusammen. Ich kam zu spät. Er hatte seinen Helm verloren und einen fatalen Schlag auf den Schädel erhalten.

Danilo war tot.

13. KAPITEL
Die Witwe

Ich war wie betäubt. Vor meinem geistigen Auge spulte sich mein Leben ab. Ich hatte ein aufregendes Leben geführt, wie ein Mann gekämpft und meine Familie verloren. Auch andere Menschen, die ich kannte, waren unter schrecklichen Umständen gestorben. Doch noch nie hatte ich einen Menschen verloren, den ich so sehr liebte wie Danilo. Als ich ihn damals auf Rusudanis Befehl zum Tode verurteilte, kannte ich ihn kaum. Wie durch ein Wunder überlebte er den Sturz, und unsere Wege kreuzten sich erneut. Unsere heimliche Liebe war besiegelt.

Jetzt lag er tot in meinen Armen. Ich hatte ihn zum Tode verurteilt, indem ich ihn zu diesem Angriff gegen den überlegenen Feind gezwungen hatte.

Mir blieb keine Zeit, den Tod meines geliebten Gatten zu beweinen. Ich zweifelte nicht daran, ihm sogleich ins Schattenreich zu folgen – ob in den Himmel oder die Hölle, wusste ich nicht. Ich warf mein Schwert zu Boden. Hände ergriffen mich und rissen mich hoch. Ich war von dunklen, bärtigen Männern mit blutrünstigen Mienen umzingelt. In der Rüstung war ich nicht als Frau zu erkennen, und sie hielten mir bereits ihre Schwerter an die Kehle. Ehe sie mich töteten, erklang eine Stimme. »Halt!«, schrie ein Mann auf Georgisch.

Einer meiner Henker verstand den Befehl, den er in seiner Sprache wiederholte. Die Männer senkten die Schwerter. Ich hatte die Stimme erkannt und hob den Kopf. Mjkartni funkelte mich böse an.

☆

Er stieg aus dem Sattel und schritt auf mich zu. Ohne zu zögern, öffnete er die Schnalle unter meinem Kinn und zog mir den Helm vom Kopf. Mein langes Haar fiel über die Schultern bis auf meinen Rücken.

Mjkartni grinste teuflisch. »Dieses Gesicht kam mir gleich bekannt vor. Was für ein schöner Tag. Würden Sie mir sagen, wer gerade so hastig davongeritten ist?«

Auch Tamara war in ihrer Rüstung nicht zu erkennen. Obwohl ich in meiner Verzweiflung den Tod herbeisehnte, musste ich der Königin die Flucht ermöglichen, sonst wäre Danilos Tod sinnlos gewesen.

»Meine Zofe«, sagte ich. »Zoe. Sie erinnern sich an sie?«

»In der Tat. Ich erinnere mich an Zoe. Ich habe lange davon geträumt, sie auf einem Spieß zu braten.« Er gab den Seldschuken Befehle, woraufhin mehrere Männer aufsaßen und die Verfolgung aufnahmen. Ich konnte nur hoffen, dass Tamara mittlerweile genügend Vorsprung hatte und sich in Sicherheit bringen konnte, ehe der Feind sie einholte.

»So«, sagte Mjkartni. »Verraten Sie mir mal, was Sie, Ihr Gatte und Ihre Zofe so fern von Tbilisi hier in den Hügeln gemacht haben.«

»Wir wollten jagen.«

Er hob die Augenbrauen. »Ich sehe keine Pfeile. Sie wissen sicherlich, dass Prinz Juris Heer ganz in der Nähe ist, oder?«

»Ach wirklich?«, fragte ich.

Er musterte mich und gab weitere Befehle. Die Männer fummelten umständlich an meiner Rüstung herum, ehe sie mir den Harnisch auszogen. Ich war sicher, im nächsten Moment neben der Leiche meines Mannes vergewaltigt zu werden. Mjkartni schob seine Hände unter mein Lederwams und knetete meine Brüste. »Der König wird Ihnen dieselben Fragen stellen«, sagte er.

Die Männer fesselten meine Hände und setzten mich in den Sattel.

»Darf ich meinen Gatten begraben?«, fragte ich keuchend.

»Die Geier werden sich darum kümmern«, erwiderte Mjkartni.

Wenn Blicke töten könnten, hätte ich ihn in diesem Augenblick getötet. Wie jeder weiß, töten Blicke leider nicht. Ich saß hilflos im Sattel und versuchte, mit den Knien und Oberschenkeln die Balance zu halten, als ich den Hügel hinunter zur feindlichen Streitkraft geführt wurde.

Hier herrschte keine besonders gute Disziplin. Viele Männer, Frauen und Kinder ließen alles stehen und liegen, um mich zu umzingeln und anzustarren. Die meisten hatten mich noch nie gesehen, aber alle wussten, wer ich war.

»Der Preis des Ruhmes«, sagte Mjkartni. »Die Frau, die kämpft wie ein Mann und deren Haar wie Kupfer leuchtet. Werden Sie auch sterben wie ein Mann, Edith? Oder wird man Ihre Schreie bis Tbilisi hören?«

»Ich werde kaum lauter schreien als Sie, Mjkartni, wenn die Königin Sie ergreift.«

Er schnaufte wütend und holte zum Schlag aus. Doch er fasste sich wieder und ließ die Hand sinken. Kurz darauf wurde ich aus dem Sattel gerissen und musste vor Prinz Juri niederknien.

Er hatte sich selbst zum König gekrönt und war bemüht, wie ein König aufzutreten. Auf seinem Haupte prunkte eine Krone, ein alberner Zierrat, der nicht im Entferntesten an die georgische Krone erinnerte. Der vermeintliche König saß auf einem Stuhl mit hoher Lehne inmitten seiner Adeligen, unter denen ich Graf Orbeliani, Kutlu Arslan und einige andere erkannte. Ihn umringten auch zahlreiche Frauen. Ich hielt den Atem an, als ich Thalka erblickte. Sie erkannte mich sofort und leckte sich die Lippen.

Prinz Juri war besonders erfreut, mich zu sehen. »Edith«, sagte er. »Kann es sein, dass Sie nach mir Ausschau gehalten haben?«

»Wenn Eure Hoheit es so sehen möchten.«

»Ich nehme an, Sie wollten mir eine Botschaft der Königin bringen. Wie lautet die Botschaft?«

»Ich habe keine Botschaft.«

In Windeseile überdachte ich meine Taktik. Hatte er vielleicht gar keine Ahnung, dass Tamaras Heer in der Nähe war? Wenn das der Fall war, würde mein Tod niemandem nutzen. Ich musste am Leben bleiben und ihn bei Laune halten, bis es für ihn zu spät war.

»Ich glaube schon. Und ich will wissen, um was es geht. Bevor ... Wissen Sie, was diese Leute mit Ihnen machen wollen?«

»Das müsst Ihr mir erklären, Hoheit.«

»Sie können es Ihnen selbst sagen. Thalka, komm her.«

Thalka kam auf mich zu. Ich hatte sie vor sechs Jahren zum letzten Mal gesehen, und damals war sie in einer außergewöhnlich schlechten Verfassung. Rusudani war sicherlich nicht zimperlich gewesen, als sie ihr die Peitschenhiebe verpasst hatte. Anschließend war sie nackt und blutend auf die Straße geworfen worden. So eine Erfahrung kann einem Menschen, verbunden mit den Schmerzen und der Demütigung, die Sinne rauben. Nun stand Thalka gesund und munter vor mir. Sie hatte trotz ihrer vierzig Jahre noch immer einen sinnlichen Körper. Ihr Blick war hasserfüllt.

»Du hast mir gesagt, dass diese Frau dich vom ersten Augenblick an schikaniert hat. Was würdest du mit ihr machen, wenn ich sie dir übergebe?«

»Ich würde sie pfählen, Majestät.«

»Was für ein reizvoller Gedanke. Mit diesem Wunsch trug ich mich auch lange Zeit. Es gibt noch andere Vorschläge. Graf Mjkartni?«

Mjkartni funkelte mich böse an. »Ich würde ihr bei lebendigem Leibe die Haut abziehen, Eure Majestät, sie gerben und in meinem Schlafgemach aufbewahren.«

»Ebenfalls eine interessante Idee. Graf Orbeliani?«

Orbeliani verzog keine Miene. Dennoch hasste er mich gewiss ebenso wie die anderen. »Stimmt es, Edith, dass Sie meine Tochter nackt auf dem Marktplatz ausgepeitscht haben?«

»Es stimmt, Graf«, gab ich zu. In Wahrheit hatte ich ihren Kopf gerettet, aber würde ich *meinen* Kopf aus der Schlinge ziehen können, wenn ich ihm den wahren Sachverhalt schilderte?

»Dann wäre es mir eine Freude, Sie auszupeitschen«, sagte Orbeliani. »Bis Sie tot sind.«

»Das würde ich mir gerne ansehen«, sagte Prinz Juri. »Leider kann ich nicht alle Wünsche berücksichtigen. Wir könnten ihr die Haut vom Leibe ziehen, nachdem sie gepfählt wurde. Es würde aber keinen Spaß machen, da sie tot wäre, und es wäre reine Zeitverschwendung, sie auszupeitschen. Wenn wir sie zuerst zu Tode peitschen, würden wir ihre Haut zerfetzen, und sie wäre es nicht mehr wert, gegerbt zu werden. Es wäre auch Unsinn ein Skelett zu pfählen. Wenn wir ihr zuerst die Haut vom Leibe ziehen, würde sie vielleicht noch kurz leben. Sie würde bereits mit dem Tode ringen und kaum noch wissen, was mit ihr geschieht. Spaß würde es nicht mehr machen.«

Er sprach tatsächlich über mich! Meine letzten qualvollen Momente auf Erden. Ich war froh, dass ich vor ihm kniete, sonst wäre ich gefallen.

»Wir losen ihr Schicksal aus«, entschied Prinz Juri. »Auf jeden Fall müsst ihr alle warten, bis ich mit ihr fertig bin.«

»Und was habt Ihr vor, Majestät?«, fragte Orbeliani.

»Ich bin noch unschlüssig, aber mir wird schon etwas einfallen. Bringt sie in mein Zelt.«

Ich wurde hochgerissen und zum Zelt des Königs geführt. Es war ebenso kunstvoll wie Tamaras Zelt, das sie auf Feldzügen benutzte. Juris Diener zogen mir die Kleider vom Leib, wobei sie meinen Körper drückten und quetschten, sodass ich kaum Luft bekam. Anschließend banden sie mich an den dicken Pfosten in der Mitte des Zeltes. Meine Hände wurden über meinem Kopf an einem Querbalken gefesselt. Ich konnte nur noch mit den Füßen scharren und hoffte, in dieser Position nicht missbraucht werden zu können.

Allerdings gab es unzählige Möglichkeiten, meinen Körper zu missbrauchen.

»Edith«, sagte Prinz Juri, als er vor mir stand und seine Hände über meine Scham, die Brust, den Rücken und die Beine gleiten ließ. Er entließ seine Diener, und wir waren allein. Ich widerstand der Versuchung, ihn zu treten. Verletzen konnte ich ihn kaum. Es würde nur seine Wut entfachen und meine Marter verschlimmern. »Meine schöne Edith. Wissen Sie, seit wie vielen Jahren ich davon träume, einmal allein mit Ihnen zu sein? Ich habe unzählige Frauen gerammt und mir immerzu Ihr Gesicht dabei vorgestellt.«

Er war sichtlich erregt und streichelte mich noch immer. Da ich seine Hemmungslosigkeit gut kannte, konnte ich mir ausmalen, was auf mich zukam. Er würde mich rücksichtslos missbrauchen und mich verletzen oder gar verstümmeln. Ich musste alles daransetzen, zumindest körperlich keine bleibenden Schäden davonzutragen. Irgendwie musste ich es schaffen zu überleben, um Danilos Tod zu rächen.

Es war ein Wettlauf mit der Zeit. Seitdem Prinz Juris Männer mich ergriffen hatten, waren mehrere Stunden vergangen. Wenn Tamara die Flucht gelungen war, müsste sie das Heer inzwischen erreicht haben. Sie wusste, dass ich mich für sie geopfert hatte, und würde alles in ihrer Macht stehende tun, um Rache zu üben.

»Ist es Eurer Hoheit lieber, wenn ich vor Lust stöhne oder wenn ich im Todeskampf schreie?«, fragte ich.

Er starrte mich an.

»Habe nicht auch ich geträumt, Majestät? Hättet Ihr mich um Hilfe gebeten und nicht die Zofe ...«

Der Gedanke schien ihm zu gefallen, obwohl er mich maßlos verachtete. Als er die Handfesseln löste und mich aufs Bett warf, keuchte er vor Erregung. »Bleib da liegen und beweg dich nicht.«

Ich gehorchte, wobei ich meinen Blick auf der Suche nach Waffen durchs Zelt schweifen ließ. Abgesehen von dem Schwert an seiner Hüfte gab es nichts, womit ich mich hätte verteidigen können. Ehe er sich entkleidete, warf er das Schwert auf den Teppich. Es blieb mir nichts anderes übrig, als die Qual der Vergewaltigung zu ertragen und ihm Lust und Leidenschaft vorzugaukeln. Mit viel Glück würde er nach meiner Vergewaltigung so erschöpft sein, dass ich die Waffe in meine Gewalt bringen konnte. Sobald er tot war, hätten die Krieger keinen Grund mehr, gegen die Königin zu kämpfen. Meine Qual begann in diesem Augenblick, und ein Ende war nicht abzusehen.

»Keuche«, befahl er. »Schrei deine Lust hinaus.«

Ich schrie nach Leibeskräften und bekam schon bald keine Luft mehr. Prinz Juri bestieg mich wie ein wildes Tier. Er knetete, quetschte und kniff mich. David hatte Recht gehabt. Der Prinz sah mich in der Tat als unvollendete Angelegenheit an. Er gab sich fast eine Stunde lang seinen ungehemmten Trieben hin. Ich war überrascht und erleichtert, dass er mich auf traditionelle Weise nahm und nur meine Beine weit spreizte. Dennoch waren sein Gewicht und seine Lüsternheit kaum zu ertragen. Er stieß immer wieder zu, bis er schließlich schwer und erschöpft auf meinem Bauch lag. Nachdem er ein paar Minuten reglos verharrte, überlegte ich, wie ich das Schwert unbemerkt erreichen könnte. Ehe ich versuchte, unter ihm hinwegzurutschen, wurde die Zelttür aufgerissen. »Eure Majestät!«, schrie Graf Orbeliani. »Eure Majestät! Die königliche Streitkraft greift uns an!«

☆

Prinz Juri sprang von meinem Bauch, zog sich an, griff nach seinem Schwert und rannte hinaus.

»Die Frau!«, rief Orbeliani, und meine Hoffnung, vergessen zu werden, schwand.

Mein Peiniger blieb stehen und drehte sich zu mir um. »Dieses Miststück! Sie hat es darauf angelegt, mich abzulenken. Thalka!«, schrie er. »Komm her und bewache sie, bis ich zurückkehre. Dann lasse ich sie vor Tamaras Augen pfählen. Bis dahin muss sie am Leben bleiben.«

Er rannte, gefolgt vom Grafen, hinaus, und Thalka betrat das Zelt. Ich musste die Gunst der Stunde nutzen. Der Prinz betrachtete mich in seinem Männlichkeitswahn lediglich als Weibsbild, wohingegen Thalka meine Fähigkeiten genau kannte. Sie schritt langsam und zuversichtlich auf mich zu. Obwohl sie ein langes Messer in der Hand hielt, vertraute ich auf mein Geschick.

»Eine schöne Frau«, sagte sie. »Nackt und zerquetscht. Gibt es einen schöneren Anblick?«

»Genieße ihn«, sagte ich, während ich dem Lärm im Lager lauschte. Niemand dort draußen interessierte sich dafür, was hier drinnen geschah, und der Schrei einer Frau ist kaum von dem einer anderen zu unterscheiden.

Thalka stellte sich vors Bett. »Du musst am Leben bleiben, bis der König zurückkehrt, Gräfin«, zischte sie. »Er hat nicht gesagt, in welchem Zustand. Geh zu dem Pfahl. Auf allen vieren, Miststück.«

Ich wusste, was sie vorhatte. Die Stricke, mit denen der Prinz meine Handgelenke gefesselt hatte, lagen auf dem Teppich. Sie wollte mich an dem Pfahl fesseln, damit sie sich gefahrlos mit mir amüsieren konnte. Um mich in Schach zu halten, bedrohte sie mich mit dem Messer. Wenn sie schnell und entschlossen genug vorging, könnte sie mich ernsthaft verwunden oder sogar töten. Der Befehl des Prinzen lautete jedoch, mich am Leben zu lassen. Auf jeden Fall würde ich einem qualvollen Tod ins Auge sehen, sobald sie mich am Pfahl gefesselt hatte.

Während ich auf allen vieren durchs Zelt kroch, schwang ich meine rechte Hand mit voller Wucht und schlug mit der Handkante auf ihren Fußknöchel. Thalka schrie laut auf und stolperte. Ehe sie zu Boden fiel, stieß sie mit dem Messer nach mir. Ich sprang blitzschnell in die Höhe, drehte mich auf dem linken Bein und trat sie mit voller Wucht mit dem rechten. Mein Fuß traf sie unterhalb der rechten Pobacke. Sie schrie wieder auf und fiel der Länge nach auf den Teppich, wobei ihr das Messer entglitt. Ich schritt über sie hinweg, um das Messer zu ergreifen, und drehte mich um, als sie sich erhob. Wir knieten beide einen halben Meter entfernt auf dem Boden. Thalka fletschte die Zähne und knurrte wütend. Sie bettelte diesmal nicht um Gnade, sondern warf sich blindwütig auf mich. Es ging um Leben und Tod. Mir blieb nichts anderes übrig, als sie niederzustechen. Die halbe Klinge versank in ihrer Brust, und dann brach sie tot zusammen. Das Blut bespritzte mich von oben bis unten.

☆

Ich zog hastig die zerrissenen Kleider über meinen blutverschmierten Körper, ehe ich die Zelttür aufschlug und den Blick über das Lager schweifen ließ. Das Heer rückte aus, um sich auf die Schlacht vorzubereiten, und die Frauen und Kinder blieben zurück. Ich wartete, bis die Krieger außer Sicht und nur noch ihre Schreie zu hören waren. Im Lager herrschte Chaos. Die Menschen rannten schreiend hin und her. Einige Frauen löschten die Feuer, und anderen starrten untätig in die Luft.

Hier und da lagen Waffen herum, und die zurückgebliebenen Pferde stampften unruhig mit den Hufen. Das war alles, was ich brauchte. Ich rannte hinaus und brachte ein Schwert in meine Gewalt, ehe ich zu den Pferden lief. Die Frauen sahen mich zwar, wussten aber im ersten Augenblick nichts mit mir anzufangen. Als ich ein Pferd gesattelt und das Seil, an dem sie alle angebunden waren, durchgeschnitten hatte, traf ich auf

Widerstand. Die Frauen stellten kein großes Problem für mich dar. Ich fuchtelte wütend mit dem Schwert durch die Luft und bahnte mir einen Weg. Danilos Tod und die anschließende Vergewaltigung entfachten meine unbändige Wut. Ohne Rücksicht auf Verluste schlug ich auf die Frauen ein. Wenige Minuten später lag das Lager hinter mir, und ich galoppierte auf den Hügel zu meiner Linken zu.

Vom Gipfel des Hügels blickte ich aufs Tal, dessen Zugang von Prinz Juris Heer versperrt wurde. Ich hatte unseren Befehlshabern Juris Strategie eingeschärft. Er errang seine großen Siege stets durch Angriffe seiner Kavallerie. Ehe sich die Seldschuken zur Schlacht aufstellen konnten, rückte das georgische Heer unaufhaltsam vor. Gamrekeli führte die Trommler und Pfeifer an. Ich hielt ängstlich nach Tamara Ausschau. Endlich erblickte ich sie mit David und den anderen Generälen auf einem Hügel, von wo aus sie den Kampf beobachtete und Befehle gab.

Wir konnten die Schlacht nicht durch das bloße Vorrücken unserer Fußtruppen gewinnen. Die Seldschuken strömten laut schreiend nach links und rechts, um eventuell einen Gegenschlag durchzuführen. Auf diese Möglichkeit waren die Königin und David gefasst, und daher hielten sie ihre eigene Kavallerie zurück. Ich hatte noch keine Gelegenheit, die georgische Kavallerie wie die der Kreuzritter voll zu rüsten. Allerdings hatte ich den Reitern beigebracht, wie die Kreuzritter den Feind mit ihrer Kavallerie attackierten. David übernahm den Befehl. Er griff mit der Kavallerie die Seldschuken an, die noch Aufstellung nahmen. Es kam zu einem harten Zusammenstoß. Diese Schlachtführung war den Seldschuken unbekannt. Da ihnen Rüstungen und gute Pferde fehlten, wurden ihre Reihen schnell durchbrochen. Sie flohen ins Tal und schlugen alles nieder, was ihnen im Weg stand. Als Prinz Juri begriff, dass er die Schlacht verloren hatte, floh er vom Schlachtfeld. Ich war versucht, ihm zu folgen, um ihn niederzumetzeln, was meinen Tod unweigerlich zur Folge gehabt hätte. Da ich nicht mehr in der Stimmung war, Selbstmord zu begehen, ließ ich davon ab. Er war besiegt und würde bald zur Rechenschaft gezogen werden.

Ich ritt auf der Suche nach Danilos Leichnam davon.

☆

Als ich neben dem Leichnam meines Gatten kniete, stand Tamara plötzlich neben mir. Sie nahm mich in die Arme. »Edith«, sagte sie. »Du hast dich wieder einmal geopfert, um mir das Leben zu retten.«

»Danilo hat sich geopfert, Hoheit«, erwiderte ich.

Sie nickte. Tamara hatte Danilo nie richtig ins Herz geschlossen, weil meine Liebe zu ihm zwischen uns stand. Heute vergoss sie ehrliche Tränen. »Bringt diesen tapferen Ritter zurück nach Tbilisi«, befahl sie. »Lasst seinen Leichnam einbalsamieren. Wenn wir aus der Schlacht zurückkehren, bekommt er ein Staatsbegräbnis.«

Die Schlacht war noch nicht geschlagen. Kutlu Arslan wurde tot auf dem Schlachtfeld gefunden. Prinz Juri war mit den Grafen Orbeliani und Mjkartni geflohen. Sein guter Ruf als General hatte durch die Niederlage, die er seinem übersteigerten Selbstvertrauen zu verdanken hatte, einen herben Schlag erlitten. Eine Schlacht war verloren, aber er hatte noch zwei unbesiegte Heere.

»Möchtest du mit dem Leichnam deines Gatten heimkehren?«, fragte mich Tamara.

Ich hatte mich schon entschieden. »Ich ziehe es vor, seinen Tod zu rächen, Hoheit.«

»Dazu wirst du Gelegenheit haben«, versprach sie mir.

☆

Auf den ersten Blick sah es so aus, als lägen noch harte Kämpfe vor uns, doch letztendlich war die Schlacht schnell geschlagen. Prinz Juri floh zu dem Ostflügel seines Heeres. Er begriff seinen Fehler und schickte verzweifelte Hilferufe an den Westflügel, damit er sich mit ihm verbündete. Derartige Fehlentscheidungen können in der Regel nicht so schnell ausgebügelt werden. Lange bevor sich seine Kräfte vereinigen konnten, stieß Zakharia Mkhargrdzeli mit seinen Kurden zu uns. Prinz Juri stand unserem mächtigen Heer gegenüber. Bei dem Versuch, sich durch die Kampflinie zu schlagen, wurde er aus dem Sattel geworfen, gefangen genommen und zur Königin geführt. Graf Orbeliani war bei ihm. Mjkartni konnte entkommen. Wie ich ihn einschätzte, hatte er mit Sicherheit keine Glanzleistungen auf dem Schlachtfeld vollbracht. Da ich ihn für Danilos Tod verantwortlich machte, und das vielleicht zu Unrecht, war mir an ihm mehr gelegen als an Prinz Juri.

Außerdem war der russische Prinz das Opfer der Königin. Als er mit Orbeliani und mehreren anderen Befehlshabern der Rebellen vor der Königin stand, wurden Erinnerungen an längst vergangene Zeiten wach. An jenem furchtbaren, unvergesslichen Tag vor siebzehn Jahren knieten Demna, Magdalene und ich vor König Georg. Damals lernte ich Tamara kennen. Diesmal wusste noch nicht einmal David, was geschehen würde. Tamara saß auf ihrem Stuhl und musterte die Gefangenen mit strengem Blick.

»Nun, Graf Orbeliani?«, sagte sie. »Sie kennen die Strafe für Hochverrat. Haben Sie etwas dazu zu sagen?«

Der Graf strich sich mit der Zunge über die Lippen. »Wird meine Tochter auch leiden müssen, Hoheit?«

Tamara zögerte einen kurzen Augenblick. Ich hielt den Atem an. Der Gedanke, das liebenswerte Kind könne gepfählt werden, war mir unerträglich.

»Nein«, sagte sie schließlich. »Die Erinnerung an Ihr Schicksal wird Leid genug für sie sein. Pfählt sie.«

Der Graf wurde mit seinen Helfershelfern abgeführt. Orbeliani sagte kein einziges Wort und starb in Würde.

»Und Ihr?«, fragte Tamara.

Prinz Juri war ein lasterhafter Geselle, der weder um Gnade bat noch seine Schuld zugab. »Ich wollte meine Vorrechte zurückgewinnen«, sagte er.

»Ich habe sie Euch entzogen.«

»Dazu hattet Ihr kein Recht.« Der Prinz starrte auf mich und Zoe. Wir standen unmittelbar hinter der Königin.

»Ihr wart mein Gatte und habt das Bett und mein Glück mit mir geteilt. Und meine Macht.«

»Und all das wollte ich zurückerobern.«

»Ich vergebe Euch und verbanne Euch ein zweites Mal. Kehrt nach Konstantinopel zurück, und ich bitte Euch, diesmal dort zu bleiben. Wenn ich Euch noch einmal erblicke, werde ich nicht mehr so versöhnlich sein.«

Alle Köpfe drehten sich zu Tamara um. Wir waren alle schockiert, und ich ganz besonders. Die Demütigung, die ich durch ihn erlitten hatte, und das Schicksal, das ich hätte ertragen müssen, wenn er die Schlacht gewonnen hätte ...

Tamara spürte, dass sie mir eine Erklärung schuldig war. »Ich kann keinen Mann hinrichten, dessen Liebe ich geteilt habe«, erklärte sie mir später.

»Liebe, Hoheit?«

»Mitunter empfand ich fast so etwas wie Liebe für ihn.«

»Glaubt Ihr, er wäre ebenso gnädig gewesen, wenn Ihr vor ihm gekniet hättet?«

»Er hätte keine andere Wahl gehabt, da er nur mit meiner Hilfe herrschen kann.« Sie strich mir durchs Haar. »Ich weiß, du hasst ihn. Für dich ist er eine widerliche Bestie. Er wird dich niemals wieder belästigen, Edith. Das verspreche ich dir.«

Hätte sie doch nur Recht behalten!

☆

Die Ereignisse der nächsten Jahre drangen kaum in mein Bewusstsein. Mein Leben war nach Danilos Tod öd und leer. Zwar blieb mir der Trost meiner Kinder, aber andererseits erinnerte mich jeder Blick in ihre Augen an meinen geliebten Gatten. Allmählich schwand auch mein abgrundtiefer Hass auf Mjkartni. Ich nahm an, ihn niemals wiederzusehen.

Tamara hatte eine einfache Lösung für meine Einsamkeit. Sie schlug mir vor, erneut zu heiraten. Ich war dreißig Jahre alt, und die stürmischen Jahre lagen hinter mir. Und wo sollte ich einen Mann finden? Ich lebte seit fast zwanzig Jahren in Tbilisi und kannte jeden angesehenen Mann in der Stadt und fast im ganzen Land. Mir stand nicht der Sinn danach, mit einem von ihnen das Bett dauerhaft oder für einige Zeit zu teilen. Ich hatte eine kurze Affäre mit Codreanu, der Danilo nicht ersetzen konnte.

Vor allem kam kein einziger Mann, den ich kannte, als Vater für meine Kinder infrage. Mit Mathilda und Peter verbrachte ich die meiste Zeit, wenn ich meinen Pflichten nicht nachkommen musste. Mein Verhältnis zu Isolde Orbeliani wurde allmählich immer enger. Das Mädchen brauchte große Unterstützung, als es vom grässlichen Tod seines Vaters erfuhr. Mit Tamaras Erlaubnis nahm ich Isolde in meine Familie auf. Trotz unseres erheblichen Altersunterschiedes freundeten wir uns an, und im Laufe der Zeit wurde sie meine Geliebte.

Es war eine ganz neue Erfahrung für mich, die Verführerin zu spielen. Mein Verhältnis zu Zoe war ebenfalls sehr innig, wobei es dennoch das zwischen Herrin und Zofe blieb. Theoretisch war Isolde ebenfalls meine Zofe. Da sie aus besserem Hause stammte als ich, sah ich sie nicht als solche an. Nach der Hinrichtung ihres Vaters fiel ein großes Erbe an sie, und daher wurde sie allgemein als gute Partie angesehen. Sie schien es nicht eilig zu haben, in den Stand der Ehe zu treten. Ich war ihre einzige Freundin, und sie wollte unsere enge Beziehung nicht gefährden.

Rustaweli war in dieser Zeit ein großer Trost für mich. Wir führten zahlreiche gute Gespräche. Er verliebte sich nicht in mich, da er seine Liebe der Königin geschenkt hatte. Ich erfreute mich an seinem Erfolg, der sich bald einstellte. Tamara, die seine Talente erkannte, erhob ihn auf meine Empfehlung zum königlichen Schatzmeister. In dieser Position oblag ihm große Verantwortung.

Obwohl wir die Rebellion des Prinzen Juri Bogoljubskij erfolgreich niedergeschlagen hatten, blieb mir nicht viel Zeit für meine Familie und meine Freunde. Zakharia Mkhargrdzeli unterbreitete der Königin Vorschläge zur Sicherung ihres Königreiches. Er riet ihr, Prinz Juris Werk fortzusetzen und den Seldschuken und allen Nationen und Stämmen südlich der Berge aggressiv gegenüberzutreten. Daher zogen wir 1192 wiederholt in die Schlacht. Tamara führte die Truppen an, und als treue Leibwächterin war ich immer an ihrer Seite.

Ich stand dieser Strategie skeptisch gegenüber, und das besonders nach dem Zusammenbruch des dritten Kreuzzuges. Wie bereits gesagt, war Friedrich Barbarossa in einem Fluss in Anatolien ertrunken. Daraufhin ging die Führung der Kreuzritter auf die Könige von England und Frankreich über. Beide Herrscher waren erfahrene Krieger, die in der Lage gewesen wären, gemeinsam Siege zu erringen. Unglücklicherweise zerstritten sie sich. Philipp kehrte nach Frankreich zurück und überließ Richard den Befehl über die Kreuzritter. Der englische König errang tatsächlich einen Sieg über Saladin. Es sah leider nicht so aus, als könnte er an diesen Erfolg anknüpfen. Saladin, den Richards militärisches Geschick beeindruckte, bot einen Waffenstillstand an. Die Kreuzritter mussten das Land verlassen, aber christlichen Pilgern wurde gestattet, Jerusalem zu besuchen und vor den zahlreichen Heiligen Stätten zu beten.

Damit eröffneten sich viel versprechende Aussichten.

Dennoch beunruhigte mich die Situation. Saladin, der nun

der unbestrittene Herrscher über die moslemische Welt war, hätte sich mit den Seldschuken, die demselben Glauben angehörten wie er, verbünden können. Gemeinsam hätten sie ihre Aufmerksamkeit der einzigen christlichen Enklave, die Saladins ehrgeizige Ziele hätte vereiteln können, zuwenden können. Rückblickend weiß ich, dass diese Möglichkeit nie bestand. Saladin hasste die Seldschuken mehr als die Christen. Zudem verstarb er ein Jahr später auf dem Gipfel seiner Macht. Dadurch wurde das Heilige Land wieder zu einem Schmelztiegel für Unruhen, und einem neuen Kreuzzug schienen sich Tor und Tür zu öffnen. Tatsächlich wurde sofort darüber gesprochen. Nach dem Scheitern des dritten Kreuzzugs, der mit der Gefangennahme Richards von England durch Leopold von Österreich endete, konnten sich die gekrönten Häupter Europas indes nicht dafür erwärmen. Der Papst wandte sich an weniger einflussreiche Männer, was katastrophale Folgen nach sich zog, über die ich an gegebener Stelle berichten werde.

Wir in Georgien setzten die aggressive Verteidigungspolitik gegen unsere Feinde fort. Das Heer, das unter dem Befehl der Königin stand, wurde gewöhnlich von den Mkhargrdzelis, die bald zur mächtigsten Familie des Landes aufstiegen, in die Schlacht geführt. Schließlich wurde Tamaras Beteiligung an den Feldzügen und damit auch meine beendet. Ende 1193 stellte die Königin fest, dass sie in anderen Umständen war.

☆

Ich wies die Königin zuerst auf die Möglichkeit einer Schwangerschaft hin. Sie war wie vor den Kopf geschlagen, und dafür gab es einen triftigen Grund. Als ich zum ersten Mal schwanger wurde, war ich zweiundzwanzig Jahre alt. Tamara war eine reife Frau von sechsunddreißig Jahren. Dank ihres aktiven Lebens war sie noch immer eine schöne, kräftige und gesunde

Frau. Dennoch birgt das Alter von siebenunddreißig Jahren für die Geburt des ersten Kindes nicht unbedingt Vorteile.

Die Königin war niedergeschlagen, weil sie die Schwangerschaft fürchtete und den Befehl über ihre Streitkräfte aufgeben musste. Es war für sie immer eine große Freude, in die Schlacht zu ziehen. Ich überzeugte sie davon, dass die Mutterschaft weitaus größere Freuden barg als ein Feldzug, bei dem es vorrangig darum ging, den Feinden die Köpfe abzuschlagen.

David schwebte im siebten Himmel, was für jedermann verständlich war. Die meisten Männer sind glücklich, wenn sie Vater werden, und David freute sich noch aus ganz anderen Gründen. Im Gegensatz zu dem lüsternen Juri Bogoljubskij gelang es ihm, seine Männlichkeit zu beweisen. Für die Georgier war dieser Beweis überzeugender als alle Erfolge auf dem Schlachtfeld. Einige hatten schon an seinen Fähigkeiten auf diesem Gebiet gezweifelt. Endlich würde Tamara den ersehnten Thronerben gebären, der ihr unabhängig vom Geschlecht auf den Thron folgen würde. Sollte die Königin frühzeitig versterben, würde David Regent und damit praktisch König von Georgien werden. Tamara verweigerte ihm diesen Titel ebenso wie ihrem ersten Gatten.

Die Königin wurde zusehends unruhiger, als der ersehnte Tag näher rückte. Schließlich erwiesen sich alle Sorgen als grundlos, und sie brachte einen prächtigen Jungen zur Welt. Er wurde nach seinem Großvater Georg genannt, und Tamara fügte den Titel Lasha hinzu, was das Licht der Welt bedeutete. Wir waren alle entzückt. Kaum hatten wir uns an den Nachwuchs gewöhnt, wurde die Königin erneut schwanger. Diesmal brachte sie ein gesundes Mädchen zur Welt, das sie nach ihrer Tante Rusudani nannte.

Ehe die Kleine geboren wurde, verließ uns ihre Namensschwester. Ich weiß nicht, ob Prinzessin Rusudani Prinz Juri den Sieg wünschte, um auf diese Weise erneut Macht zu erhalten. Selbst wenn Juri einen triumphalen Einzug in Tbilisi gehalten hätte, wäre es vermutlich nicht geschehen. Auf jeden Fall stimmte sie die Nachricht seiner Niederlage traurig. Von dieser Missstimmung erholte sie sich nicht mehr, obwohl sie erst Jahre später verstarb.

Es wäre wünschenswert gewesen, wenn sie den entsetzlichen Fehler, Prinz Juri als königlichen Gatten auszuwählen, was viele Menschenleben kostete, eingesehen hätte. Es war indes nicht ihre Art, Fehler einzugestehen.

Die katastrophale Entscheidung, den russischen Prinzen ins Land zu holen, sollte uns noch manch schwere Stunde bescheren. Nach der Geburt der Prinzessin Rusudani führten wir in der Festung zunächst ein beschauliches Leben. Tamara schwor den Feldzügen für einige Zeit ab, um die Aufgaben einer Mutter wahrzunehmen. Sie stillte ihre Babys sogar kurze Zeit selbst, bis sie die Aufgabe an Säugammen übergab. Unsere Heere errangen weiterhin Siege, und die Adeligen waren zufrieden. Da die Königin nicht mehr ins Feld zog, blieb auch ich zu Hause. Während dieser Zeit des häuslichen Glücks versuchte ich, ein wenig Kultur in die georgische Gesellschaft einzuführen. Rustaweli hatte sein Heldenepos beendet und stellte es Tamara und David offiziell vor. Sie freuten sich, aber ich glaube, sie lasen es beide nicht bis zu Ende, denn sie waren beide dem Lesen nicht sehr zugetan.

Ich ergriff die Gelegenheit und hielt den Dichter an, ein paar Stücke zu schreiben. Nur mit großer Mühe gelang es mir, Mitglieder des königlichen Hausstandes zu überreden, es vor der Königin aufzuführen. Tamara war entzückt und gestand mir, sich außer im Bett noch nie so gut amüsiert zu haben.

Es war alles in allem eine friedliche Zeit, die eines Tages jäh beendet wurde, als wir bedrohliche Nachrichten erhielten. Prinz Juri zog wieder zu Felde und hatte an der Spitze seiner Truppen unsere Grenze überquert!

☆

Ich ahnte nicht sogleich, welche Konsequenzen Prinz Juris Beharrlichkeit für mich persönlich hatte. Wir schrieben das Jahr 1200. Mein vierzigstes Lebensjahr begann, und die wilden Abenteuer meiner Jugend gehörten der Vergangenheit an.

Die körperliche Ertüchtigung spielte für mich nach wie vor eine große Rolle. Ich trainierte gerade auf dem Hof und lieferte mir mit meinem zwölfjährigen Sohn einen Fechtkampf. Peter war fast so groß wie ich und ein kräftiger, hübscher Bursche, was bei den Eltern kein Wunder war. Meine siebzehnjährige Tochter, die dem Fechtkampf mit Isolde zuschaute, war eine richtige Schönheit und mir wie aus dem Gesicht geschnitten. Beide Kinder hatten meinen Teint und meine Haarfarbe geerbt. Tamara wunderte sich, warum das Mädchen noch immer nicht verheiratet war. Nach den Erfahrungen, die Magdalene und Tamara mit georgischen Adeligen gemacht hatten, war ich nicht in Eile, meine Tochter unter die Haube zu bringen. Mathilda und Isolde hatten ihrerseits keine Lust, mein Heim zu verlassen.

Die Königin persönlich unterbrach unser Spiel. »Juri zieht zu Felde!«, rief sie.

Ich ließ mein Schwert sinken.

»Hier in Georgien«, fügte sie hinzu, als sie mein verstörtes Gesicht sah.

Mein Blick wanderte von ihr zu ihrem Begleiter, der ihr die Nachricht überbracht hatte. Aufgrund seiner langen Haare und der ein wenig derben, aber dennoch hübschen Gesichtszüge konnte ich ihn auf den ersten Blick als Kiptschaken identifizieren. Er war ein stattlicher, junger Mann. Als ich seinen Blick auf meinem Körper spürte, fiel mir meine äußerst spärliche Kleidung auf.

»Das ist Bachmann«, erklärte Tamara. »Das Stammesoberhaupt der Kiptschaken.«

»Ach ...« Das Kernland der Kiptschaken lag im Norden des Kaukasus.

»Der Prinz hat die Berge überquert, Gräfin«, erklärte mir Bachmann. »Er wird von Atabeg aus Aserbaidschan unterstützt. Sie bieten sechzigtausend Mann auf.«

»Und Sie?«, fragte ich.

»Sie sind an meinem Land vorbeimarschiert. Ich habe mein Volk zu den Waffen gerufen, ehe ich in Windeseile hierher ritt, um Ihre Majestät zu warnen. Leider können wir nicht mehr als zwanzigtausend Mann aufbieten, und ich befürchte, der Prinz wird vor uns hier eintreffen.«

»Ich habe nach David geschickt«, sagte Tamara.

Er war mit dem Heer unterwegs, um die gefährdete Südgrenze zu sichern.

»Und Zakharia?«, fragte ich.

»Der Bote richtet David aus, die Kurden um Hilfe zu bitten.«

»Es dauert mindestens eine Woche, bis sie uns erreichen«, sagte ich. »Was ist mit Ihren Männern, Bachman?«

»Sie können in einer Woche hier sein, aber Prinz Juri eilt uns voraus.«

»Dann müssen wir ausharren, bis unsere Streitkräfte mobilisiert sind. Ist Graf Gamrekeli nicht in der Stadt, Hoheit?«

»Ich habe gestern noch mit ihm gesprochen.«

»Er soll alle Männer zusammenziehen, die er auftreiben kann.«

»Du meinst, wir sollen versuchen, einer Belagerung standzuhalten?«

»Uns bleibt nichts anderes übrig. Trotzdem ist die beste Strategie eine aktive Verteidigung, die in den letzten zehn Jahren so gut funktioniert hat.«

»Die Gräfin hat Recht«, stimmte Bachman zu.

Tamara lief unruhig hin und her, was sie immer tat, wenn sie erregt war. »Bleiben Sie bei uns, Bachman?«

Er dachte einen Moment darüber nach, während er mich

nicht aus den Augen ließ. »Ich werde tun, was Ihr wünscht, große Königin.«

»Müssen Sie nicht Ihre eigenen Krieger befehligen?«, fragte ich.

»Sie haben einen fähigen Befehlshaber und wissen, was sie zu tun haben. Und es sind viele meiner Krieger hier in Tbilisi, nicht wahr?«

»Wollt Ihr Eure Garde auflösen, Hoheit?«

»Aus welchem Grund?«

»Mit Eurer Erlaubnis werde ich mit Bachman so viele Krieger wie möglich sammeln. Es müssten an die fünftausend Mann sein. Wir reiten in die Berge, um Prinz Juris Vormarsch zu behindern und ihn vielleicht sogar zum Halten zu zwingen, damit unsere Streitkraft Zeit gewinnt.«

»Du? Du willst einen solch gefährlichen Feldzug wagen? In deinem Alter?«

»Ich bin körperlich in Höchstform, Hoheit.«

Tamara musterte Bachman, dessen Augen strahlten. »Es wäre mir eine große Ehre, Hoheit, eine so berühmte Kriegerin an meiner Seite zu haben.«

Das Blut schoss durch meine Adern. Das hatte nicht nur mit der Aussicht auf eine Schlacht zu tun, sondern vor allem mit Bachman. Er war ein so stattlicher, junger Mann!

»Und was wird aus mir?«, brummte Tamara. »Wenn es euch nicht gelingt, Prinz Juri Einhalt zu gebieten? Wie soll ich Tbilisi verteidigen?«

»Mit Graf Gamrekelis Männern«, erwiderte ich.

Tamara biss sich auf die Lippe. Trotz der zahlreichen Siege, die der Graf unter ihrer Fahne errungen hatte, verboten es ihr die Ereignisse des Jahres 1185, ihm vollkommen zu vertrauen.

»Der Graf weiß, dass Prinz David und Zakharia Mkhargrdzeli unterwegs sind und ich zurückkehren werde.«

»Und mein Heer trifft ebenfalls bald hier ein«, fügte Bachman eifrig hinzu.

Die Königin dachte darüber nach. »Du musst mir den Prinzen lebend bringen«, sagte sie und zeigte mit dem Finger auf mich.

☆

Meine Kinder, zu denen ich mittlerweile auch Isolde zählte, waren ebenso fassungslos wie die Königin. »Warum musst du in die Schlacht ziehen?«, fragte mich Mathilda.

»Es ist meine Pflicht.«

»Vater ist auch gestorben, als er seine Pflicht erfüllte«, sagte Peter.

Ich hatte ihnen damals die Umstände seines Todes genau erklärt.

»Wirst du sterben, Mutter?«

»Nein, ich werde nicht sterben«, versicherte ich ihnen.

Isolde presste sich in der Nacht vor meinem Aufbruch an mich. »Ich kann ohne dich nicht leben.«

»Das brauchst du nicht«, versprach ich ihr.

☆

In der ganzen Aufregung blieb keine Zeit für Traurigkeit. Ich war überdies davon überzeugt, siegreich zurückzukehren. Und warum war ich so aufgeregt? Immerhin zog ich nach sieben Jahren zum ersten Mal wieder in die Schlacht. Für eine Frau war es ungewöhnlich, in die Schlacht zu ziehen, und das sahen meine Zeitgenossen ebenso. Mir war der Fechtkampf, dem ich mich schon mein halbes Leben widmete, mittlerweile in Fleisch und Blut übergegangen.

Es gab noch einen anderen Grund für meine stille Vorfreude, und es fiel mir schwer, ihn einzugestehen. Ich war seit neun Jahren Witwe und führte ein glückliches Leben. Dennoch fehlte mir ein Mann, den ich im Volke der Georgier nicht fand. Nun brach ich mit einem fremden Mann, dessen Sitten und Gebräuche sich von meinen stark unterschieden, zu einem Feldzug auf. Selbst wenn er ebenso lüstern und draufgängerisch war wie Prinz Bogoljubskij, war er ein Abenteuer wert.

Ich halte es nicht für erforderlich, mich an dieser Stelle zu entschuldigen. Eher das Gegenteil ist der Fall. Ich bin stolz darauf, mir als Vierzigjährige die sinnliche Ader eines jungen Mädchens bewahrt zu haben. Das kann nicht jede Frau von sich behaupten.

☆

Tamara, die mich gut kannte, durchschaute mich.

»Dieser Junge ist erst zwanzig Jahre alt«, sagte sie, ehe ich in die Schlacht zog.

»Das wusste ich nicht. Dann ist es umso besser, wenn eine ältere, erfahrene Frau ab und zu ihre Hand auf seinen Arm legt.«

»Wenn es bei dem Arm bleibt«, konterte sie giftig.

Ich küsste sie. »Ihr seid eifersüchtig.«

»Sicher, ich würde dich gerne begleiten«, erwiderte sie besonnen. »Ich kann meine Kinder nicht im Stich lassen. So wie du«, fügte sie böse hinzu.

»Meine Kinder sind älter als Eure. Und ich vertraue sie Eurer Obhut an.«

Sie schnaubte wütend.

»Ich ziehe in die Schlacht, um Euren Thron zu verteidigen.«

Sie gab mir einen Kuss. »Gott möge dir beistehen. Kehre gesund zu mir zurück.«

»Das habe ich vor, Hoheit. Wenn wir siegen, bringe ich Prinz Bogoljubskij gefesselt zu Euch.«

☆

Am nächsten Tag ritt ich an der Seite von Bachman an der Spitze der Kiptschaken. Er war wie alle Kiptschaken ein hervorragender Reiter, doch ich stand ihm in dieser Kunst nicht nach. Die geschickte Reiterin in der Männerkleidung schien ihm ausgesprochen gut zu gefallen. Ich entsprach in keinerlei Hinsicht seinen Vorstellungen von einer Frau. Er warf mir immer wieder entzückte Blicke zu.

Da ich das Land nördlich der Stadt am besten kannte, übernahm ich die Führung der kleinen Streitkraft. Wir ritten durch die Berge und vermieden die normalen Handelsstraßen, um Prinz Juris Vorhut aus dem Weg zu gehen. Er hatte gewiss aus den Fehlern der Vergangenheit gelernt. Als wir in einem geschützten Tal unser Nachtlager aufschlugen, postierten wir Wachen auf den Bergen, obwohl wir noch keine Feindsicht hatten. Nach dem Abendessen stieg ich mit Bachman auf einen der Berge. Wir setzten uns ins Dämmerlicht und schauten gen Osten.

»Fürchten Sie sich davor?«, fragte Bachman.

»Wovor?«

Er streckte den Arm aus. »Vor den Völkern dort in Asien.«

»Sie können kaum schlimmer sein als die Seldschuken, und mit denen werden wir seit hundert Jahren fertig.«

»Ich weiß nicht.«

»Sie sehen Schreckgespenster.«

»Man hört so einiges.«

Mein Interesse war geweckt. »Und was zum Beispiel?«

»Dort draußen in den Steppen in unvorstellbarer Ferne liegt eine große Macht, die sich soeben erst rührt.«

»Sie sprechen von China. Warum sollten die Chinesen hierher kommen? Das haben sie noch nie getan. Und haben sie nicht alles, was sie brauchen, hinter ihren dicken Mauern?«

Er schüttelte den Kopf. »Ich spreche nicht von den Chinesen. Ich wiederhole nur das, was mir chinesische Händler erzählt haben, die über die Seidenstraße nach Samarkand und

Merv reisten. Einige kamen bis in unser Land. Sie haben Angst.«

»Die Chinesen haben Angst?« Wir in Georgien glaubten immer, die Chinesen seien das mächtigste Volk auf Erden, da die byzantinische Macht im Schwinden begriffen war und die Moslems sich in verschiedene Kriegsnationen zersplittert hatten. Über die unzähligen Meilen, die großen Wüsten und das Binnenmeer zwischen uns und den Chinesen waren wir sehr froh. »Wovor haben sie Angst?«

»Nördlich der Chinesischen Mauer liegt ein riesiges Gebiet, das von Kriegern bewohnt wird, im Vergleich zu denen die Seldschuken nur kleine Jungen sind.«

Ich nickte, denn ich kannte mich in der Geschichte gut aus. »Dorther kamen die Hunnen. Das war vor tausend Jahren. Und es war eine Laune der Natur, dass sie einen Führer wie Attila fanden und er beschloss, nach Westen zu marschieren.«

»Attila marschierte nach Westen, weil er China für zu mächtig hielt, um das Land besiegen zu können. Nun heißt es, er kommt zurück.«

Ich runzelte die Stirn. »Das ist nicht möglich.«

»Die Chinesen glauben es. Ihre Kaufleute, Händler und Späher sagen, es habe sich ein neuer Attila erhoben und sich zum Khan über alle Tatarenstämme ernannt. Dieser Mann soll mächtiger sein als Attila. Sie fürchten, er könne China angreifen und besiegen.«

»Meines Erachtens ist die Furcht unbegründet. Hat dieser wundersame Mann auch einen Namen?«

»Man spricht von einem gewissen Temüdschin.«

»Temüdschin«, murmelte ich. »Der Name hat nicht denselben Klang wie Attila.«

»In seinem Volk heißt er nur der Khan. Der große Khan. Der Dschingis Khan.«

»Ja, der Name hat einen gefährlichen Klang«, gab ich zu. »Uns und unseren Kindern wird er wohl kaum schaden kön-

nen, wenn er vorhat, China am anderen Ende der Welt anzugreifen.«

Ach, könnte man die Zukunft doch nur vorhersehen!

☆

»Als wir uns in Tbilisi sahen, waren Ihre Kinder bei Ihnen,
nicht wahr?«, sagte er, als wir den Hügel hinabritten.

»Ja, meine Kinder und meine Schutzbefohlene.«

»Sie sind alle sehr hübsch. Das wundert mich nicht bei
der Mutter.«

»Danke.«

»Möchten Sie keine Kinder mehr bekommen?«

Er versuchte, sich mir zu nähern, und das auf eine ganz
reizende Weise. Um Missverständnissen vorzubeugen, legte
ich die Karten auf den Tisch. »Es ist eher unwahrscheinlich.
Erstens habe ich keinen Gatten, und zweitens werde ich im
Dezember vierzig Jahre alt.«

»Man braucht nicht unbedingt einen Gatten, um Kinder
zu bekommen.«

Wollte dieser Grünschnabel mir tatsächlich das Leben erklären?

»Es ist besser für die Kinder«, erwiderte ich.

»Und Ihr Alter ... Können Sie nicht mehr schwanger
werden?«

»Doch, aber es ist ein hohes Alter, um Kinder zu gebären.«

»Die Königin war nicht viel jünger, als sie ihr erstes
Kind gebar.«

»Und es war ein großes Risiko.«

Wir erreichten das Lager und mein Zelt, vor dem Zoe
wartete.

»Ich hätte gern ein Kind mit Ihnen«, sagte Bachman.

Seine direkte Art gefiel mir, auch wenn ich mir gewünscht
hätte, er hätte mehr Interesse an meinem Körper gezeigt als

an seiner Fähigkeit, diesen zu schwängern. Letztendlich war er der Hauptgrund für meinen Entschluss, in die Schlacht zu ziehen.

»Dazu bedarf es einiger Zeit.«

Meistens, dachte ich, als ich an Danilo dachte.

»Und wir sind mitten in einem Feldzug.«

»Was man nicht beginnt, kann man nicht zu Ende führen«, stieß er hervor.

Ich wandte mich an Zoe. »Heute entkleide ich mich allein«, sagte ich zu ihr und lud Bachman in mein Zelt ein.

☆

Was soll man dazu sagen? Ich wünschte mir das Abenteuer mit Bachman von ganzem Herzen, obwohl ich nicht wusste, auf was ich mich einließ. Meine Sorgen waren unbegründet, denn er entpuppte sich als phantastischer Liebhaber. Er wusste viel mehr über die Liebe und Frauen, als ich es von einem so jungen Mann erwartete hätte. Später erfuhr ich mehr über ihn und sein Volk. Das Leben der Kiptschaken und ihre Moralverstellungen unterschieden sich erheblich von denen der Georgier. Jungfräulichkeit und Erstgeburtsrecht hatten für sie keine große Bedeutung. Alles gehörte allen, und selbst das Stammesoberhaupt hatte nur das Vorrecht, das Heer zu befehligen. Nach großen Gelagen nahmen sich die Männer einfach eine Frau oder ein Mädchen ihrer Wahl und vergnügten sich mit ihr. Bachman hatte seine Jungfernschaft im Alter von zehn Jahren verloren und führte seitdem ein reges Liebesleben.

Dieser zärtliche, einfühlsame Mann kannte sich wahrlich aus in der Liebe. Die Befriedigung meiner Lust lag ihm mehr am Herzen als die seiner eigenen. Es war beinahe mein schönstes Liebesabenteuer seit dem schnellen Akt mit Danilo im Vorzimmer der Königin. Im Gegensatz zu damals, als Danilo und ich Angst haben mussten, unterbrochen zu werden, stand uns die ganze Nacht zur Verfügung. Ich erlebte in Bachmans Armen himmlische Stunden.

Eine derartige Nacht ist anstrengend, und ich musste am nächsten Morgen meine ganze Willensstärke aufbieten, um mein Schlaflager zu verlassen. Meine Entschlossenheit, mich ausschließlich auf den bevorstehenden Feldzug zu konzentrieren, wurde durch Bachmans Bemerkung erneut erschüttert. »Ich möchte Sie zu meiner Frau machen.«

Ich fiel aus allen Wolken. Heiraten? Ein zweites Mal? Diesen Wilden aus den Steppen sollte ich heiraten? Einen Mann, der mein Sohn hätte sein können? Er war nur drei Jahre älter als Mathilda. Was würde sie dazu sagen? Oder Peter? Und Tamara?

Mein gesunder Menschenverstand kam mir zu Hilfe. »Ich glaube, dass die Ehe, wie wir sie verstehen, in Ihrem Volk nicht praktiziert wird.«

»Das kann ich für Sie ändern. Wenn Sie meine Frau sind, müssen Sie mit keinem anderen Mann mehr schlafen.«

»Zuerst müssen wir Prinz Bogoljubskij besiegen.«

☆

Unsere Späher erblickten zwei Tage später die feindlichen Truppen. Sie waren nicht so schnell marschiert, wie wir befürchtet hatten. Wir waren im Schritttempo durch die Täler geritten, damit uns das Dröhnen der Hufe nicht verriet. Daher vertraute ich darauf, mich Prinz Juris Heer unbemerkt nähern zu können. Mein ganzer Plan stützte sich auf seinen unbesonnenen, ungestümen Charakter. Diese Eigenschaften hatten sich immer als großer Trumpf erwiesen, wenn der Feind sich vor ihm zur Schlacht aufstellte. Wenn dieser unberechenbare Mann jedoch gar nicht wusste, dass der Feind in der Nähe war, könnte es für uns gefährlich werden.

Bachman und ich folgten den Spähern auf den Berg, von dessen Gipfel sie Prinz Juris beeindruckendes Heer erblickt hatten. Die Krieger schlugen soeben das Nachtlager auf. Der russische Prinz hatte aus den Fehlern der Vergangenheit gelernt und eine ziemlich große Vorhut aufgestellt, die in der Nähe war und auf der Straße campierte.

Eine Meile entfernt sahen wir die ersten Lagerfeuer, deren Lichter die Dunkelheit durchbrachen und sich durchs ganze Tal zogen. Das Lager erstreckte sich über mehrere Meilen.

»Wo sollen wir angreifen?«, fragte Bachman.

»Unser Ziel ist es, ihn zu verwirren. Er darf nicht erfahren, ob wir eine Vorhut, eine Plünderbande oder eine Streitkraft sind. Wir teilen unsere Truppe und greifen heute Nacht an. Ich greife die Vorhut mit tausend Mann an. Wir reiten durch sie hindurch, richten einen möglichst großen Schaden an und reiten anschließend zu den Bergen im Osten. Dort treffen wir uns. Sie, Bachman, reiten mit den anderen Kriegern von den Bergen hinunter und machen so viel Lärm, als handelte es sich um eine große Streitkraft. Wenn Bogoljubskij Sie bemerkt, ziehen Sie sich in die Berge zurück. Dort stoße ich mit meinen Kriegern zu Ihnen.«

»Wir greifen ihn nicht an?«

»Das Risiko ist zu groß. Sie würden uns überwältigen.«

»Der Prinz wird uns doch verfolgen, oder nicht?«

»Dann hätten wir unser Ziel erreicht. Wenn er uns verfolgt, unterbricht er seinen Vormarsch auf Tbilisi. Jeder Tag, jede Stunde zählt.«

Bachman dachte über meinen Plan nach. »Ich halte den Plan für gut, schlage aber eine kleine Änderung vor.«

»Welche?«

»Der Sturm auf die feindliche Vorhut ist unser einziger richtiger Angriff. Den übernehme ich. Sie führen die viertausend Krieger an und versuchen, innerhalb des feindlichen Heeres das Chaos zu verbreiten.«

»Zweifeln Sie an meiner Fähigkeit, einen solchen Angriff durchzuführen?«

»Ich zweifle keine einzige Ihrer Fähigkeiten an, Gräfin. Ich zweifle an meiner Fähigkeit weiterzuleben, falls Ihnen etwas zustoßen sollte.«

Dieser Wilde aus den Steppen war der galanteste Busche, den ich je kennen gelernt hatte. Ich stimmte seinem Vorschlag zu. Unser Manöver wurde ein großer Erfolg. Bachman zersprengte die feindliche Vorhut und verfolgte sie schreiend mit seinen Pfeilen. Mein Täuschungsmanöver funktionierte ebenfalls ausgezeichnet. Prinz Juri fiel nichts Besseres als ein Gegenschlag ein. Seine Krieger verfolgten uns meilenweit in die Berge, bis sie erschöpft waren. Es gelang uns, einige versprengte Truppen niederzuschlagen, bis der Prinz endlich die Kontrolle über seine Streitkraft zurückerlangte.

Sein Feldzug war zum Scheitern verurteilt. Prinz Juri befand sich in derselben Lage wie Demna vor sechsundzwanzig Jahren. Er wagte es nicht, zum Rückzug anzutreten, da seine Krieger ihm nur folgten, um die Kriegsbeute zu ergattern, wenn sie endlich ihren triumphalen Einzug in Tbilisi hielten. Wir konnten seinen Vormarsch verzögern, indem wir fortwährend seine Flanken attackierten. Ehe er die Stadt erreichte, waren David und Zakharia zurückgekehrt.

Es dauerte nicht mehr lange, bis der unbeugsame Prinz Juri erneut vor seiner ehemaligen Gattin kniete. Diesmal waren wir alle davon überzeugt, dass Tamara die Sache ein für allemal beenden würde.

»Verlasst mein Land«, sagte die Königin. »Solltet Ihr jemals wieder einen Fuß in mein Land setzen, erkläre ich Euch für vogelfrei und erschlage Euch, sobald ich Euch erblicke.«

Wir seufzten, denn diese Worte waren uns nur allzu gut bekannt. Tamara entmutigte die Anhänger des Prinzen, indem sie die meisten Gefangenen pfählen ließ. Leider befand sich Mjkartni nicht unter ihnen.

☆

Wir feierten ein rauschendes Siegesfest. Bachman und ich wurden mit Glückwünschen überhäuft. Nach dem Sieg über Prinz Juri musste ich mein persönliches Problem lösen. Ich stand dem Antrag des Stammesfürsten mit gemischten Gefühlen gegenüber. Wir hatten während des Feldzugs die meisten Nächte miteinander verbracht, und er erwies sich stets als großartiger Liebhaber. Ich bezweifelte nicht, von ihm auch in Zukunft mit Respekt behandelt zu werden. Doch das war nur die eine Seite der Medaille. Ich hatte keine Lust, das zivilisierte Leben des Palastes aufzugeben und Tbilisi zu verlassen, um in einer Holzhütte im eiskalten Norden zu leben. Die Kiptschaken besaßen keine Literatur und tanzten wild zu barbarischen Klängen, die sie als Musik bezeichneten. Im Vergleich zu ihren rohen Sitten und Bräuchen führten wir an unserem Hof das Leben Heiliger. Zudem wollte ich keineswegs noch einmal Mutter werden. Bisher war zum Glück nichts passiert.

Tamara half mir bei meiner Entscheidung.

»Natürlich kannst du ihn nicht heiraten«, erklärte sie mir. »Ich brauche dich an meiner Seite. Ich möchte dich an meiner Seite haben.«

»Er ist entschlossen, mich zur Frau zu nehmen. Und die Kiptschaken sind neben den Kurden unsere besten und treuesten Verbündeten. Es würde mir gar nicht gefallen, der Grund für die Verschlechterung unserer Beziehungen zu sein.«

Tamara dachte darüber nach. »Das muss nicht geschehen. Glaubst du nicht, Bachman liebt deinen Körper mehr als deinen Geist? Oder deine Fähigkeiten als Kriegerin?«

»Hm«, murmelte ich.

»Natürlich. Alle Männer interessieren sich hauptsächlich dafür, was sie mit unserem Körper anfangen können. Was wir sagen, finden sie nicht so wichtig. Und deine außergewöhnlichen kriegerischen Talente bieten nur Anlass zu Eifersüchteleien unter den Männern.«

Damit hatte sie Recht.

Die Königin fuhr fort. »Bachman würde dich sicherlich noch stärker begehren, wenn du die Uhr zurückdrehen könntest und ein junges Mädchen in seinem Alter wärest, nicht wahr?«

»Vermutlich«, gab ich zu. Ich hatte keine Ahnung, worauf sie hinauswollte.

»Es gibt eine ganz einfache Lösung, wie wir die Sache regeln können.«

Ich hob den Kopf. »Ist das Euer Ernst?«

»Er wird entzückt sein. Mathilda ist dir wie aus dem Gesicht geschnitten.«

»Hm ... Ich weiß nicht. Sie hat ihr ganzes Leben hier im Palast in Tbilisi verbracht. Ich kann sie nicht einfach in die Wildnis schicken.«

»Es wird eine interessante Erfahrung für sie sein. Sie wird Bachman viele Söhne gebären, und die Kiptschaken werden für immer unsere Verbündeten sein.«

Ihr Vorschlag entsetzte mich.

»Er war mein Liebhaber. Ich kann ihm doch nicht meine eigene Tochter zur Frau anbieten.«

»Das ist kaum von Bedeutung.«

»Wenn Mathilda sich weigert, kann ich sie nicht zwingen.«

Tamara warf mir einen skeptischen Blick zu, aber darauf konnte sie nichts erwidern. Sie selbst hatte sich so viele Jahre hartnäckig geweigert, in den Stand der Ehe zu treten.

☆

Zu meiner großen Überraschung war Mathilda hellauf begeistert.

»Bachman wird verlangen, dass du mit ihm in seine Heimat in den Nordkaukasus ziehst. In diesem Land friert es das halbe Jahr, und die andere Hälfte ist es sehr heiß, wenn es nicht regnet.«

»Es ist ein Abenteuer. Ich werde bald achtzehn Jahre alt. Wenn ich daran denke, wie viele Abenteuer du in meinem Alter schon erlebt hast ... Ich habe noch nichts erlebt.«

Ihr waren bis auf den Tod ihres Vaters, der ihr immer ein wenig fremd geblieben war, Tragödien bisher erspart geblieben. Vielleicht erinnerte sie sich auch an den grässlichen Tag, als Prinz Juri in mein Gemach gestürzt war, aber darüber hinaus hatte sie dank meines Schutzes noch keine schlimmen Erfahrungen machen müssen.

»Bachman war mein Liebhaber«, sagte ich, um etwaige Missverständnisse zwischen uns auszuräumen.

»Du hast von seinen Fähigkeiten als Liebhaber geschwärmt. Ich hatte noch nie einen Liebhaber.«

»Sie wird die Gemahlin eines Stammesoberhauptes«, freute sich Peter, als wäre dies das Wichtigste. Vielleicht hatte er Recht.

☆

Nur Bachman musste noch zustimmen.

»Ich könnte Sie entführen, wenn die Königin nicht zustimmt«, erklärte er.

»Ohne ihren Segen können wir nicht glücklich werden. Hätten Sie nicht lieber eine Frau, die jung, kräftig und viel hübscher ist als ich?«

»Niemand kann schöner sein als Sie«, sagte er galant wie immer.

»Ich werde alt sein, wenn Sie noch jung sind. Mathilda ist so jung wie Sie, und Sie werden gemeinsam mit ihr alt.« Dieses Argument überzeugte ihn.

Ich fühlte mich verpflichtet, alles für Mathildas Zukunft zu tun, was ich konnte.

»Sie müssen sie immer gut behandeln«, bat ich ihn.

»Ich gelobe es«, versicherte er mir.

Mathilda konnte es kaum erwarten, endlich seine Frau zu werden und ihre Jungfräulichkeit zu verlieren.

»Geht sorgsam mit ihr um.«

»Sie wird mein funkelnder Juwel sein«, erklärte er.

☆

Die Trauung fand im Palast statt. Bachman war kein Christ, und zum Glück waren ich und meine Kinder durch die widrigen Umstände meines Lebens auch keine tiefgläubigen Christen. Der Erzbischof saß der Trauung vor. Tamara wohnte der Zeremonie mit ihrem Gatten David und ihren Kindern sowie vielen Adeligen bei. Isolde und ich waren die Brautjungfern.

Tamara war so erfreut, als würde ihre eigene Tochter den Bund fürs Leben schließen. Ihre Freude galt nicht ausschließlich Mathildas Glück. »Jetzt sind unsere beiden Familien miteinander verbunden«, sagte sie.

Daran hatte ich noch nicht gedacht.

»Meine Urgroßmutter war Kiptschakin und stammte aus derselben Familie wie Bachman. Er ist mein Cousin, wenn auch um zehn Ecken. Nun heiratet deine Mathilda in diese Familie. Ihre Kinder werden die Cousins und Cousinen von Georg und Rusudani sein. Gefällt dir das?«

Dieser Gedanke gefiel mir in der Tat.

☆

Die Königin erlaubte mir, die Hochzeitsgesellschaft nach Norden zu begleiten, damit ich sah, wie sich meine Tochter einrichtete. Isolde, Brucilla, Zoe und mein Sohn Peter reisten mit mir. Mein Sohn sollte Gelegenheit haben, endlich etwas von der Welt kennen zu lernen. Ich war gespannt, unter welchen Bedingungen Mathilda den Rest ihres Lebens verbringen und welche Situation ich im Nordkaukasus vorfinden würde.

Das Leben der Kiptschaken interessierte mich nicht nur als Mutter, sondern auch als Kriegerin. Ich hatte mit der Königin nicht über Bachmans Angst vor einer Gefahr, die im Norden der Wüste Gobi lauerte, gesprochen. Einerseits glaubte ich ihm nicht, und andererseits lag dieses Land aus meiner Sicht fast am Ende der Welt. Dennoch bestand kein Zweifel, dass all unsere Probleme – wenn man von dem Ärger mit Juri Bogoljubskij absah –, in dieser sagenumwobenen Mitte des Kontinentes ihren Ursprung hatten. Falls dort tatsächlich eine neue Macht entsprang, könnte sie das Leben meiner Enkelkinder sehr wohl gefährden.

Letztendlich war ich zugleich erleichtert und schockiert, und um mich zu schockieren, musste einiges geschehen.

Ich war schockiert, weil sich herausstellte, dass alles, was ich je über die Kiptschaken gehört hatte, der Wahrheit entsprach. Wenn ich die Kiptschaken gelegentlich als Wilde aus den Steppen bezeichne, so wiederhole ich nur das, was andere mir erzählt haben. Während meines Aufenthaltes in der neuen Heimat meiner Tochter sah ich mit eigenen Augen, wie diese Menschen lebten. Sie wohnten tatsächlich in Holzhütten, die aus einfachen Baumstämmen bestanden. Die Ritzen wurden mit Schlamm abgedichtet, was nicht immer gelang. Trotz der Kälte waren sie spärlich gekleidet. Für die Eiseskälte standen Felle in Hülle und Fülle zur Verfügung. Von einer Kultur konnte hier nicht die Rede sein. Es gab nicht ein einziges Buch im ganzen Lager der Kiptschaken. Ihre Hauptstadt, in der es von Menschen und Tieren wimmelte, wirkte auf mich wie ein vorübergehender Halteplatz, was es im Grunde auch war. Die Kiptschaken waren immer darauf vorbereitet, sofort weiterzuziehen, falls es die Situation gebot.

Ihre Religion war der reinste Schamanismus. Ein paar nackte, alte Männer mit kunstvollen Tiermähnen sprangen herum und riefen die Götter des Donners und des Windes an, worauf die Götter erstaunlich schnell reagierten. Auch das Essen war in meinen Augen barbarisch. Es gab ein paar bestellte Felder, und in den Flüssen wimmelte es von Fischen. Allerdings aßen die Kiptschaken niemals Fleisch, denn ihre Tiere waren ihnen zu kostbar, um sie zu opfern. Besonders beliebt war Stutenmilch, die sie *kumiss* nannten. Im gegärten Zustand konnte dieses Getränk sogar eine hart gesottene Frau wie mich in kürzester Zeit stockbesoffen machen.

Die Moralvorstellungen dieses Volkes ließen sehr zu wünschen übrig. Von Reisenden hatte ich schon einiges erfahren, doch ich glaubte nicht alles, was ich hörte. Das meiste entsprach der Wahrheit, wie ich nun erfuhr. Die Männer und Frauen lebten in enger Gemeinschaft zusammen. Die Frauen verrichteten die Feld- und Hausarbeit und waren die Lustobjekte der Männer. Die Achtung, die man uns in den ersten Tagen entgegenbrachte, schwand zusehends. Auf dem Fest, das zu Ehren der Eheschließung ihres Stammesoberhauptes mit einer georgischen Frau gefeiert wurde, fielen alle Schranken. Meine beiden Zofen und Isolde wurden vor meinen Augen von jubelnden, jungen Männern in den Wald entführt. Ich wusste nicht, ob Zoe und Brucilla noch Jungfrauen waren, da sie an ihren freien Tagen machen konnten, was sie wollten. Isolde, die noch nie mit einem Mann zusammen war, tat mir Leid, aber ich konnte ihr nicht helfen. Ich musste mir eine große, grauhaarige Bestie, die mich offenbar als Hauptgewinn ansah, vom Leib halten. Mein Ruhm als große Kriegerin war bis in den Norden des Kaukasus gedrungen. Als ich Isolde am nächsten Morgen traf, war sie heiterer Stimmung und sah ein wenig demoliert aus.

Ich war weniger erfreut, als mein Sohn Peter von einer älteren Frau entführt wurde. Auch er war am nächsten Morgen bester Laune und hatte allem Anschein nach eine wunderbare Nacht verbracht. Früher oder später hätte er ohnehin seine Keuschheit eingebüßt, und eine bessere Lehrerin hätte er kaum finden können. Mit diesem Gedanken tröstete ich mich. Ehe er allerdings das Bett mit einer georgischen Dame teilten konnte, müsste er vielleicht einen Kursus in Bettmanieren absolvieren.

Ich war entsetzt, meine einzige Tochter in diesem Land zurücklassen zu müssen. Zu meiner großen Erleichterung fühlte sie sich sehr wohl hier und liebte ihren Gatten von ganzem Herzen. Da sie die Frau des Stammesoberhauptes war, wurde sie während des großen Gelages von keinem fremden Mann angerührt. Mathilda war meine Tochter, und in ihrem Alter hätte es mir möglicherweise auch gefallen, die Braut eines Kiptschaken zu sein. Sie war ebenfalls Danilos Tochter. Ich hatte mich nie genau nach der Herkunft meines Gatten erkundigt, weil ich Angst hatte, unerfreuliche Dinge erfahren zu können. Die Verbrechen, die er begangen hatte, bewiesen, dass er nicht viel zivilisierter war als die Wilden aus den Steppen.

Meine Erkenntnisse als Kriegerin beruhigten mich. Die Kiptschaken, die ich während des Feldzugs mit der königlichen Garde beobachtet hatte, waren vollendete Krieger. Abgesehen von ihrem ausgeprägten Sexualleben lebten sie ausschließlich für den Kampf. Sie waren den Seldschuken weder in der Reitkunst noch im Schießen mit Pfeil und Bogen unterlegen. Dieses große Volk würde sein Land gegen alle Eindringlinge verteidigen, die versuchen würden, den Kaukasus zu überqueren.

Die riesigen Gipfel, die in den Himmel ragten und den größten Teil des Jahres mit Schnee bedeckt waren, boten an sich schon einen natürlichen Schutz. Meines Wissens hatte noch nie jemand die engen Pässe in kriegerischer Absicht erfolgreich durchquert, und es gab hier meilenweit keine

Nahrungsmittel und kein Futter für eine größere Anzahl von Pferden.

»Ist alles gut verlaufen?«, fragte mich Tamara, als ich mit meinen Zofen, Isolde und Peter zurückkehrte. Sie hatten die aufregenden Erlebnisse noch nicht verdaut.

»Ja, es ist alles gut verlaufen, Hoheit«, versicherte ich ihr.

14. KAPITEL
Die Katastrophe

Im Leben läuft nicht immer alles glatt. Ich war über vierzig und ging davon aus, die Abenteuer meiner Jugend gehörten der Vergangenheit hat. Dennoch entspricht die Lebensweisheit, das Leben beginne mit vierzig, der Wahrheit. Kurz nach meiner Rückkehr zog ich erneut ins Feld. Ein entfernter Cousin der Königin, Shivanshah Aghsartini, hatte Ärger mit den Ubegs. David übernahm den Truppenbefehl. Bischof Antoni von Dchqondidi, einer dieser georgischen Prälaten, die mit der Waffe umgehen konnten und ganz erpicht darauf waren zu kämpfen, unterstützte ihn. Wir errangen den Sieg und eroberten die Städte Shamkor, Ganja und Din.

Als wir siegreich aus der Schlacht heimkehrten, erwartete uns ein Bote aus Konstantinopel.

In den letzten Jahren hatte sich die Situation in der vermeintlich zivilisierten Stadt zugespitzt. Während dieser Zeit konnten wir unser Verhältnis zu den Griechen nicht richtig einschätzen. An anderer Stelle sprach ich bereits über die rauen byzantinischen Sitten. Nachdem Andronicus ermordet worden war, folgte ihm Isaak Angelos auf den Thron. Wenn er die Meute auch nicht aufgehetzt hatte, kam ihm Andronicus' Tod doch sehr gelegen. Dieser Isaak war ein Sprössling des kaiserlichen Geschlechts der weiblichen Linie. Seine Großmutter Theodora, die Tochter des großen Kaisers Alexios I., heiratete einen Edelmann namens Konstantin Angelos. Ihre unmittelbaren Nachfahren gaben sich zwei Generationen lang damit zufrieden, im Schatten der Macht zu leben. Erst Isaak ergriff die Gelegenheit, die Thronfolge anzutreten. Tamara hatte ihm nach Andronicus' Tod gratuliert, um die Beziehungen zu verbessern, die nach ihrem Zerwürfnis mit Prinz Juri angespannt waren.

Dies hatte auf kurze Sicht funktioniert, doch Isaak war nicht Manuel und auch nicht Andronicus. Seine Angst, jedem gefallen zu müssen, erinnerte mich an Geschichten, die mir mein Vater über den Thronräuber Stephan von England erzählt hatte. Letztendlich fand niemand Gefallen an ihm, und am wenigsten sein Bruder Alexios. Sein jüngerer Bruder glaubte, alles besser machen zu können. Im Jahre 1194 kam es zu einer Krise. Nach einer früheren Niederlage gegen die Bulgaren wurden die Byzantiner bei Arcadiopolis überwältigt, und die Bulgaren standen fast vor den Toren Konstantinopels.

Diese Katastrophe war für die stolzen, griechischen Adeligen der Tropfen, der das Fass zum Überlaufen brachte. Alexios stellte sich an ihre Spitze, stieß seinen Bruder Isaak vom Thron, ließ ihn blenden und in ein Kloster sperren. Das erinnert an Demnas Schicksal, wobei die Byzantiner, die sich für zivilisierter hielten als die Georgier, den armen Burschen zumindest nicht entmannten.

Damals war Tamara gerade Mutter geworden und konnte nichts für ihn tun. Als uns die Kunde ereilte, war die schreckliche Tat ohnehin schon vollbracht. Tatsächlich erwies sich Alexios III. als fähigerer Herrscher als sein Bruder, und er konnte das Problem mit den Bulgaren lösen. An einer Wiederaufnahme der Beziehungen zu uns lag ihm nichts, was Tamara bedauerte. Für Alexios gehörten wir sozusagen zu seinen Gegenspielern. Wie es so oft bei Thronräubern der Fall ist, und das vor allem, wenn sie einen Thronräuber vom Thron gestoßen haben – wenn Sie mir folgen können –, befand sich Alexios schließlich in einer unhaltbaren Position.

Isaak hatte eine ungarische Prinzessin namens Margarete geheiratet, und der gemeinsame Sohn erhielt nach dem damals wohlwollenden Onkel den Namen Alexios. Margarete und Alexios junior waren nach Isaaks Bekanntschaft mit dem heißen Eisen vorsichtshalber aus Konstantinopel geflohen. Margarete blieb nicht lange allein. Sie bändelte mit einem berühmten fränkischen Kreuzritter namens Bonifazius von Montferrat an. Die beiden sollen sogar eine Art Ehe geführt haben, die nicht legal gewesen sein kann, da Isaak noch nicht das Zeitliche gesegnet hatte. Er fristete sein Dasein in einem Kloster. Die Beziehung zu Margarete und ihrem Sohn stachelte Bonifazius' Ehrgeiz an. Philipp von Schwaben, ein Mitglied der deutschen Kaiserfamilie, der Margaretes Schwester geheiratet hatte, unterstützte ihn. Die bemerkenswerte Truppe schmiedete nun Pläne, um Alexios III. vom Thron zu stoßen und den geblendeten Isaak wieder an die Macht zu bringen. Bonifazius wollte natürlich Regent werden.

Niemand ahnte, welch teuflische Pläne sie schmiedeten, und wir am allerwenigsten. Selbst als der Abgesandte vor uns stand, ahnten wir nichts. Wir lauschten sprachlos seiner Bitte um unsere Mithilfe, Isaak wieder auf den Thron zu setzen.

»Sie verlangen etwas Unmögliches von uns«, protestierte David. »Wir sollen mit unserem Heer das Schwarze Meer überqueren?«

»Es wäre eine große Hilfe, Prinz David«, sagte der Grieche.

»Wir haben Ärger im eigenen Land.«

»Ist Euer Heer nicht immer siegreich und wird von allen gefürchtet, mein Herr?«

Tamara, die bisher geschwiegen hatte, mischte sich ein. »Das würde Krieg zwischen Georgien und Byzanz bedeuten.«

Trotz der Differenzen zwischen den beiden Ländern hatten sie seit der Herrschaft des unglückseligen Stephanos vor fünfhundert Jahren nicht mehr gegeneinander gekämpft.

»Nein, Hoheit«, widersprach der Grieche. »Ihr würdet lediglich helfen, den rechtmäßigen Herrscher auf den Thron zu setzen. Das ganze Volk würde Euch unterstützen. Es hasst den Thronräuber.«

»Und es fürchtet ihn, sonst würde es sich erheben.«

»Dazu brauchen wir fremde Unterstützung, Eure Hoheit. Und Ihr wäret nicht allein. Große Kriegerscharen sammeln sich, um dem Kaiser zu helfen.«

»In der Tat? Wer schließt sich diesen großen Truppen an?«

»Das darf ich Euch nicht sagen.«

»Aber wir sollen Ihnen glauben?«

»Dieser Mann ist ein Schwindler«, schrie David. »Lasst ihn auspeitschen und werft ihn aus der Stadt.«

»Ich komme als Abgesandter meines Herrn«, sagte der Mann mutig. »Er bittet um Eure Hilfe. Wenn Ihr die Hilfe bewilligt, bietet er Euch seine ewige Freundschaft an. Wenn Ihr die Hilfe verweigert, wird er sich immer daran erinnern.«

David stand kurz davor, die Nerven zu verlieren. »Sie wagen es, uns zu drohen?«

Tamara legte beschwichtigend eine Hand auf seinen Arm. »Wir müssen darüber nachdenken. Lassen Sie uns allein«, sagte sie zu dem Abgesandten.

☆

»Wie ist eure Meinung?«, fragte sie, als wir allein waren.

»Es ist absurd«, sagte David. »Wir haben gar keine Flotte. Wie sollen wir unsere Krieger übers Schwarze Meer nach Byzanz schaffen?«

Tamara schaute mich fragend an.

»Mich interessiert, um welche Streitkräfte es sich handelt, die Isaak zur Macht verhelfen wollen. Er würde es kaum wagen, die Dienste der Bulgaren in Anspruch zu nehmen.«

»Es wird sich um den Geliebten seiner Gattin handeln. Diesen Bonifazius«, sagte David.

»Hat er ein Heer?«

»Davon weiß ich nichts. Ich weiß noch nicht einmal, wo er sich aufhält.«

»Er ist in Venedig«, sagte Tamara. »Er soll sich gut mit dem Dogen Dandolo verstehen. Und sie sollen beide ein enges Verhältnis zum Papst haben. Es ist von einem weiteren Kreuzzug die Rede.«

»Das Ziel der Kreuzzüge ist das Heilige Land«, sagte David.

»In der Vergangenheit haben sie sich immer in Konstantinopel gesammelt«, erinnerte ihn Tamara.

David riss die Augen auf. »Ihr glaubt doch nicht etwa ... Kreuzzüge können unmöglich gegen Christen gerichtet sein. Oder sich in einen Thronstreit einmischen.«

»Es wäre in der Tat undenkbar«, stimmte Tamara zu. »Ich frage mich, ob wir es hier nicht mit ungewöhnlichen Männern zu tun haben. Wie es um den Papst bestellt ist, weiß ich nicht, aber der Doge und Montferrat verehren einzig und allein Geld. Das ist ihnen viel wichtiger als die Rückeroberung Jerusalems. Konstantinopel ist die reichste Stadt der Welt. Wenn man ihnen genug bieten würde ...«

»Wer?«, fragte ich.

»Vielleicht dieser junge Alexios.«

»Er lebt im Exil. Der jetzige Kaiser könnte viel mehr Geld bieten.«

»Wenn wir genügend Schiffe hätten«, sagte David, »und würden Krieger übers Schwarze Meer nach Konstantinopel schicken, könnten sie in den Konflikt mit den Kreuzrittern verwickelt werden.«

»Gewiss«, murmelte Tamara. »Anstatt auf Abgesandte zu vertrauen, die sich um Hilfe für ihre Herren bemühen, brauche ich einen eigenen Abgesandten, damit ich genau erfahre, wie die Sache steht.«

Sie schaute mich an.

Die Idee gefiel mir nicht schlecht. Unser Leben in Georgien, wo ich schon so lange lebte, war eng mit den Geschehnissen in dieser sagenumwobenen Stadt verknüpft. Es war ein verlockender Gedanke, einmal dorthin zu reisen. »In welcher Eigenschaft, Hoheit?«, fragte ich.

»Du reist als meine Abgesandte«, sagte sie. »Mit den erforderlichen Sicherheiten.«

»Wollt Ihr Edith zum Kaiser, dem abgesetzten Kaiser oder dem Sohn des Kaisers schicken?«, fragte David.

»Zunächst einmal reist sie an den Hof des jetzigen Kaisers. Du reist als meine Botschafterin und erkundigst dich nach der Gesundheit meines alten Freundes Isaak.«

»Er wurde vor fast zehn Jahren abgesetzt«, warf David ein. »Kommt Eure Nachfrage nach seiner Gesundheit nicht ein wenig spät?«

»Vor zehn Jahren, Prinz David, hatte ich, wie Ihr wisst, hier zu Hause eigene Probleme. Seitdem zogen wir beständig zu Felde. Da in meinem Königreich und an meinen beiden Grenzen nun Friede herrscht, kann ich mich um andere Dinge kümmern.«

»Wie lautet mein genauer Auftrag?«, fragte ich.

»Du informierst dich über die Zustände in Konstantinopel. Wie sicher ist Alexios' Position auf dem Thron? Wie beliebt oder unbeliebt ist er beim Pöbel? Was hält er von dem Kreuzzug, der sich vor seiner Tür sammelt? Wenn seine Macht nicht gefährdet ist, kehrst du zurück, und wir lassen die Angelegenheit fallen. Falls du den Eindruck gewinnst, er könne mühelos vom Thron gestoßen werden, reist du nach Venedig, um in Erfahrung zu bringen, wie stark der Doge und Bonifazius sind und welche Ziele sie haben.«

Meine Aufregung wuchs. Konstantinopel *und* Venedig! Mit dieser Reise bot sich mir eine einmalige Chance.

David seufzte. Er stand dem Vorhaben ablehnend gegenüber. »Und wenn sie plötzlich Juri Bogoljubskij gegenübersteht?«

»Wir wissen gar nicht, ob der Prinz sich noch in Konstantinopel aufhält«, erwiderte Tamara lächelnd. »Du wirst höflich zu ihm sein, Edith, wenn du ihn triffst. Er wird es nicht wagen, meiner Botschafterin Gewalt anzutun.«

Aber ich könnte ihm Gewalt antun, dachte ich, als ich mich an die brutale Vergewaltigung erinnerte. »Ich werde höflich sein, Hoheit«, versprach ich. Auch wenn er zufällig in mein Schwert läuft, fügte ich im Stillen hinzu.

Eine Begegnung mit ihm war eher unwahrscheinlich.

☆

Während der Reisevorbereitungen konnte ich meine Aufregung kaum zügeln. Es mussten wichtige Entscheidungen getroffen werden. Wie sollte ich auftreten? Ich war als kriegerische Amazone in Pantalons und mit einem schwingenden Schwert bereits eine lebende Legende. Als Abgesandte hielten es Tamara und ich für angebracht, dass ich als Frau auftrat. Allerdings packte ich Männerkleider und Waffen in die Truhe, die ich mit auf die Reise nahm.

Als Nächstes stellte sich die Frage, wer mich begleiten sollte. Ich entschied mich für Zoe, Brucilla, Isolde und meinen Sohn Peter. Er war sechzehn Jahre alt und ein stattlicher, junger Mann, der hervorragend mit dem Schwert umgehen konnte. In seiner Begleitung fühlte ich mich sicher.

Es dauerte einige Zeit, bis alle Vorbereitungen getroffen waren. Im Mai hatten wir den Botschafter empfangen, und erst im Juli setzte das Schiff in Phasis die Segel. Ich hatte als zehnjähriges Kind meine letzte Seereise unternommen, die ich in guter Erinnerung hatte. Diese hingegen war äußerst unangenehm. Das Schwarze Meer wird oft von starken Winden heimgesucht, die das Meer aufwühlen. Menschen und Güter werden an Bord hin und her geworfen. Nach einer Reise von einer knappen Woche, die uns viel länger vorkam, sichteten wir Anfang August das nördliche Ende des Bosporus. Die See beruhigte sich, als wir die geschützte Meerenge erreichten und einen Blick auf die Schönste aller Städte werfen konnten. Die riesigen Stadtmauern, die zahlreichen Schiffe und der geschützte Hafen, das so genannte Goldene Horn, an der Nordseite der Stadt zogen uns in ihren Bann. Nachdem ich mich als Botschafterin aus Georgien ausgewiesen hatte, wurde ein Laufsteg an dicken Eisenketten heruntergelassen, damit ich an Land gehen konnte.

Ich war froh, endlich wieder festen Boden unter den Füßen zu haben. Der Gedanke an meinen Auftrag versetzte mich in Aufregung. Ich konnte es kaum erwarten, den kaiserlichen Palast zu betreten, um meine Botschaft vorzutragen.

Es hatte sich in politischer Hinsicht einiges getan. Ich hatte mich natürlich über die Situation in Byzanz, soweit es möglich war, auf dem Laufenden gehalten. Leider dauerte es Wochen, bis uns Nachrichten erreichten. Auf jeden Fall schien die Macht in Byzanz auf tönernen Füßen zu stehen.

Wie es so oft der Fall ist, ging es wieder einmal um Geld. Bonifazius und der junge Alexios hatten den Kreuzrittern hohe Geldsummen versprochen, wenn sie auf ihrem Weg ins Heilige Land Halt machen und Isaak wieder auf den Thron setzen würden. Das Geld sollten sie erhalten, sobald Isaak die Macht zurückerhalten hatte. Alexios vertraute voll und ganz auf die Streitkraft der Kreuzritter. Zunächst einmal musste das Heer der Kreuzritter nach Griechenland gebracht werden. Diese Aufgabe übernahm die Republik Venedig, die über eine große Flotte verfügte. Unter der Schutzherrschaft Venedigs sammelten sich die Kreuzritter und wurden über das Adriatische Meer transportiert. Die Situation in Konstantinopel war keineswegs geklärt. Und in diesem Augenblick präsentierten die Venezianer ihre Rechnung für die Dienste in Höhe von fünfzigtausend Euro!

Niemand hier – und am allerwenigsten diejenigen, die den

kaiserlichen Thron anstrebten – besaß eine annähernd hohe Geldsumme. Es gab keine Möglichkeit, sich das Geld auf legale Weise zu beschaffen. Daher wurde vereinbart, dass die Schulden erlassen werden sollten, wenn die Kreuzritter die Stadt Zara eroberten und sie Venedig übergaben. Zufällig war diese Stadt ein starker Handelskonkurrent der Republik. Die meisten unvoreingenommenen Beobachter hielten das Unterfangen für frevelhaft, da es sich um eine gottesfürchtige, christliche Gemeinde handelte. Der Papst stand ganz oben auf der Liste der Empörten. Er sagte sich von der Tat und den Tätern los und exkommunizierte den gesamten Kreuzzug.

Den armen Menschen in Zara kam das nicht zugute, denn ihre Stadt war bereits erobert und geplündert worden. Die Kreuzritter hatten die Stadt vollkommen ausgeraubt und alle Jungfrauen verschleppt. Wenn jemand einen ungestraften Mord verübt, sei es kein Problem für ihn, die nächsten Morde zu begehen, heißt es. Weitere Verbrechen belasten kaum noch das Gewissen. Das gilt auch für das Plündern von Städten durch Kreuzritter, die geschworen hatten, ihre Glaubensbrüder und Glaubensschwestern zu beschützen. Für Konstantinopel waren damit noch nicht alle Probleme gelöst. Die siebenhundert Jahre alte Stadt mit den dicken Stadtmauern war schon oft belagert, aber noch nie gestürmt worden. Als die Kreuzritter im Juni am Ufer des Bosporus ankamen, beschloss Alexios III., schnell nach Adrianopel zu fliehen.

All das geschah vor meiner Ankunft, und die Entwicklungen brachten mich in eine sehr unangenehme Lage. Nachdem meine Dokumente im Palast überprüft worden waren, wurde festgestellt, dass die Königin sie für den falschen Mann ausgestellt hatte!

Ich war ebenso verwirrt wie alle anderen, denn niemand hatte mich bei der Ankunft über die veränderte Lage unterrichtet. Nichts war so, wie es sein sollte. Erstens sah ich die unzähligen Flaggen der Kreuzritter hinter den Stadtmauern, wo die große Streitkraft lagerte. Zweitens roch es in der Stadt nach einem Staatsstreich, der immer großes Leid nach sich zieht. Ehe ich die Tore des Palastes erreichte, führte mich der Weg an unzähligen Galgen vorbei, an denen vermoderte Leichen hingen, die von der Brise hin und her geschaukelt wurden. Lebende Opfer, die verstümmelt worden waren, wurden soeben aufgeknüpft. Menschenmassen versammelten sich und beklatschten das unzivilisierte Vorgehen. Für mich bot die allgemeine Aufregung den Vorteil, von niemandem beachtet zu werden. Keiner interessierte sich für die schönste Frau, die sie je gesehen hatten.

Ich erreichte den prächtigen Palast ohne Zwischenfall und sorgte für große Verwirrung. Schließlich stand ich vor dem Thron, auf dem ein Mann saß oder vielmehr kauerte.

Er war erstaunlich klein und sah aus, als wäre er im Laufe der letzten Jahre geschrumpft. Dieser beängstigende Eindruck war nichts im Vergleich zu dem Anblick seiner geblendeten Augen. Die entsetzlichen weißen Kugeln, die in seinen Augenhöhlen steckten, erinnerten an gekochte Eier. Für diesen Mann schien der Thron nicht der rechte Platz zu sein, auch wenn eine Krone auf seinem Haupte saß und er das purpurne Gewand trug. Abgesehen von dem bedeutungslosen Geschöpf war alles andere in dem Saal unglaublich beeindruckend. Der Thron stand nicht nur auf einer Empore, sondern zusätzlich auf einem Sockel. Zu beiden Seiten waren riesige, furchterregende Löwen postiert, die Feuer und Rauch spuckten und bedrohliche Geräusche von sich gaben. Da ich unbewaffnet war, jagten mir die Bestien einen mächtigen Schreck ein. Seltsamerweise machten sich die vielen Männer und Frauen im Thronsaal, die ebenso wie ich in Gefahr geschwebt hätten, falls eines der Raubtiere Lust auf ein Mahl gehabt hätte, offenbar keine Sorgen. Ich warf daher einen genaueren Blick auf die Löwen und stellte fest, dass sie aus

Eisen gearbeitet waren. Sie sahen allerdings erstaunlich echt aus. Es war mir ein Rätsel, wie die authentischen Geräusche erzeugt wurden.

Als ich mich gefasst hatte, folgte ich dem üblichen Procedere. Ich knickste tief, obwohl mich der Kaiser nicht sehen konnte. Dank meines aktiven Lebens schaffte ich es sogar mit zweiundvierzig Jahren, den Boden mit dem Gesäß zu berühren.

Meine Erscheinung und die Dokumente, die die Runde machten, sorgten für Unruhe. Die hohen Würdenträger standen hinter dem Thron, und der niedere Adel säumte den Gang, über den ich gekommen war. Das laute Tuscheln der Damen trat in Wettstreit mit dem Brüllen der Löwen. Sie zerrissen sich nicht etwa die Mäuler über meine Schönheit, sondern über meine Kleidung. Ich trat als georgische Adelige hohen Ranges auf. Mein bauschiges Kleid aus schwerem, goldenem Stoff verdeckte meinen Körper vollständig. Nur meine Hände mit den zahlreichen Ringen und mein Gesicht waren entblößt. Der hohe Haarschmuck aus wertvollem Material verdeckte mein Haar, meine krönende Pracht, die ich hochgesteckt und unter einem Hut versteckt hatte. In dieser Aufmachung unterschied ich mich erheblich von den anderen Damen. Ihre Kleider waren dermaßen tief ausgeschnitten, dass es an Unschicklichkeit grenzte. Ich musste an den Tag denken, als ich mich wie eine Hure gekleidet hatte, um Juri Bogoljubskij zu verführen. Kopfschmuck trugen die Damen nicht. Ihr wallendes, gelocktes Haar fiel auf ihre Schultern und schimmerte in zahlreichen unterschiedlichen Farben. Dennoch konnte keine der Frauen mit meiner im Augenblick verborgenen Schönheit konkurrieren. Ich würde sie bei passender Gelegenheit mit meinem Anblick verblüffen.

Falls sich überhaupt eine solche Gelegenheit bieten würde. Die Männer, die meine wahre Schönheit nicht richtig erkennen konnten, verwirrte allein die Tatsache, dass ich eine Frau war. Mir gefielen sie alle nicht. Ich hatte noch nie so viele glänzende Knopfaugen und skeptische Seitenblicke gesehen, und das noch nicht einmal in Prinz Juris Lager. Zum Glück war er nicht anwesend.

Das Stimmengewirr versetzte den Kaiser in Unruhe. Er richtete sich auf und wandte den Kopf in alle Richtungen. Der blutjunge Mann an seiner Seite setzte einen Mechanismus in Gang, woraufhin sich der Thron langsam auf den Boden senkte. Dann flüsterte der Bursche dem Kaiser etwas ins Ohr. Der junge Mann, der dem Kaiser sehr ähnlich sah, war offenbar sein Sohn, der seinen Vater erfolgreich wieder auf den Thron gesetzt hatte. Bonifazius stand vermutlich zwischen den anderen Würdenträgern hinter dem Thron. Da ich ihn noch nie gesehen hatte, konnte ich ihn nicht erkennen.

»Eine Frau, sagst du?«, fragte Isaak mit hoher, bebender Stimme.

»Eine fantastische Frau«, antwortete Alexios.

Diese Worte hätten normalerweise mein Herz erwärmt, aber dieser Bursche war mir äußerst unsympathisch. Er war kaum älter als Peter, sah recht gut aus und trug kostbare Kleider.

»Sie soll vortreten«, befahl Isaak.

Ich erinnerte mich an den fatalen Tag im Jahre 1176, als Demna mit den Händen durch die Luft fuchtelte, um mich zu berühren. Das war mittlerweile siebenundzwanzig Jahre her. Auf Alexios' Zeichen hin nahm ich meine Röcke in die Hand und schritt erhobenen Hauptes zum Thron. Ich stieg langsam die Stufen hinauf und hielt es für angebracht, vor dem theoretisch mächtigsten Mann der christlichen Welt niederzuknien.

Mein Blick haftete auf dem blinden Mann, der langsam seine Hände ausstreckte. »Hat Ihre Königin keine Männer?«, fragte er.

»Keinen, der so berühmt und fähig ist wie ich, Majestät«, erwiderte ich in meiner kühnen Art, die mich schon oft in brenzligen Situationen gerettet hatte.

Als seine Hand meinen Hut berührte, schrak er zusammen. »Was ist das?«

»Mein Hut, Eure Majestät.«

»Hut?«, fragte er in einem Ton, der offen ließ, ob ihn meine Antwort beleidigte oder seine Neugier weckte. Seine Hand sauste so schnell durch die Luft, dass sie mir den Kopfschmuck, der mit zahlreichen Nadeln in meinem Haar befestigt war, vom Kopf riss. Die hochgesteckte Frisur löste sich, und meine Haarpracht fiel offen auf meine Schultern.

Alle Anwesenden rissen die Münder auf und schrien: »Ah!«

»Was ist? Was ist?«, fragte der Kaiser erregt. »Ist sie gefallen?«

»Nein, Hoheit«, erwiderte sein Sohn. »Sie hat ungewöhnlich prachtvolles Haar.«

Ich atmete tief ein, als der Kaiser mit den Händen durch mein dickes Haar strich, und ich hoffte, er würde sich an einer Nadel stechen. Wieder erinnerte ich mich an längst vergangene Zeiten, als ich König Georg mit dreizehn Jahren vorgeführt wurde. Dann glitt seine Hand tiefer und berührte meinen Kragen, ehe er sich meinem Gesicht zuwandte.

»Schön«, murmelte er, während er meine Nase, meine Lippen und mein Kinn mit den Händen erforschte. Ich hatte Angst, er würde ebenso untere Regionen erforschen, was zum Glück nicht geschah. Plötzlich ließ er von mir ab und setzte sich wieder richtig auf den Thron. »Und was hat meine Cousine Tamara mir zu sagen?«

Endlich kamen wir auf den Grund meines Besuchs zu sprechen. »Ihre Majestät hat eine Bitte um Unterstützung erhalten, Hoheit.«

Prinz Alexios schnaubte wütend. »Ich habe diese Bitte geschickt, Gräfin. Und Sie sind die Antwort? Ich bat um ein Heer.«

»Es wird alles vorbereitet, Hoheit«, log ich. »Ihre Majestät bat mich, mir ein Bild über die aktuelle Situation hier zu machen, ehe sie ihre Streitkräfte in die Schlacht schickt.«

»Ihre Majestät hat Sie zu dem Thronräuber, meinem Onkel, geschickt, und nicht zu mir«, sagte Alexios, der mit dem Dokument durch die Luft fuchtelte. »Hier steht es.«

»Königin Tamara war der Meinung, ich solle mich zuerst über die Situation in Konstantinopel informieren, Hoheit. Sie hielt es daher für das Beste, mich an den Hof des damaligen Kaisers zu schicken.«

»Ha!«, rief er. »Und wie Sie sehen, hat Ihre Königin Sie zu spät zu uns gesandt. Wir brauchen ihre Soldaten nicht mehr. Wir haben ohne sie gesiegt.«

»Dann erlaubt mir, Euch Majestät, Eurem Sohn und Euren Anhängern meine herzlichsten Glückwünsche auszusprechen. Mit Eurer Erlaubnis kehre ich nach Tbilisi zurück und unterrichte die Königin über die erfreuliche Lage.«

Plötzlich hatte ich es furchtbar eilig, diesen Hof und diese Stadt zu verlassen, über die ich so viel gehört hatte. Ich verspürte noch nicht einmal mehr den Wunsch, mir Land und Leute anzusehen. Die teuflischen Mächte an diesem Hof nahmen mir den Atem.

»Hm«, murmelte Alexios, und ich ahnte, dass mir eine schwere Zeit bevorstand. Schönheit ist für jede Frau ein wundervolles Geschenk. Sie kann hingegen auch ein Fluch sein, da jeder Versuch, etwas anderes zu sein als eine schöne Frau, von vornherein zum Scheitern verurteilt ist. »Da Sie nun einmal hier sind, sollten Sie eine Weile bleiben«, sagte der Prinz. »Es ist nur zu unserem Vorteil, mehr über Tbilisi und Georgien zu erfahren.«

Ich überlegte, wie ich mich aus dieser Zwangslage befreien konnte. Die Königin hatte mir ein Dokument mit der Bitte um herrschaftlichen Schutz mitgegeben, aber im Augenblick sah es nicht so aus, als sei ich in Lebensgefahr. Ich musste mich in Geduld üben.

☆

Zunächst wurde ich ausgesprochen gut behandelt. Meine Begleiter durften endlich an Land gehen. Sie freuten sich, der Enge des kleinen Schiffes entkommen zu können. Uns wurde ein luxuriöser Palast mit einem großen Grundstück, das bis ans Wasser reichte, zur Verfügung gestellt. Zahlreiche Diener lasen uns jeden Wunsch von den Lippen ab. Das Leben, das wir hier führten, war mit unserem Alltag in Tbilisi kaum zu vergleichen.

Nachdem wir uns eingerichtet hatten, erkundeten wir die Stadt. Sie war viel größer als die georgische Hauptstadt und wurde von gewaltigen Festungsbauten geschützt. Die Mauer war unvorstellbar dick, und zwischen der äußeren Mauer und dem Burggraben ragten weitere Mauern in die Höhe, ehe man in die Stadt gelangte. Der Palast und der dazugehörige Grund und Boden waren ebenfalls von einer Mauer umringt. Auf dem Grundstück, das so groß war wie ganz Tbilisi, standen nicht nur die Paläste mit den Nebengebäuden, sondern auch die Arena, ein riesiges Amphitheater, in dem Wagen- und Pferderennen ausgetragen wurden. Wenn kriegerische Schaukämpfe stattfanden, strömten alle Einwohner der Stadt zusammen und feuerten lautstark ihren Favoriten an. In Konstantinopel stand die größte Kirche, die ich je gesehen hatte, und dabei hatte ich einige Zeit in Jerusalem gelebt. Ehrlich gesagt, war die Sophienkirche ein wenig baufällig. Sie wurde bei einem Erdbeben vor einigen Jahrhunderten stark beschädigt und nie wieder richtig restauriert. Dennoch war es ein beeindruckendes Bauwerk, und die Byzantiner hielten es in Ehren.

Die größten Sehenswürdigkeiten befanden sich im Palast

selbst. Die Byzantiner hatten in ihrer Genialität so phantastische Dinge wie Bäume aus vergoldetem Eisen hervorgebracht, in denen Vögel aus vergoldetem Eisen saßen, die ununterbrochen sangen und zwitscherten. Von dem beweglichen Thron des Kaisers und den brüllenden Löwen sprach ich bereits. Man kann es uns nicht verübeln, dass wir in der ersten Zeit aus dem Staunen nicht mehr herauskamen.

Während der Tanzveranstaltungen und Maskenbälle wurde laute Musik gespielt. Die Gäste ließen alle Hemmungen fallen und verwandelten sich in unzivilisierte, unmoralische Geschöpfe. Ich kann weiß Gott nicht mit der Moral in Tbilisi prahlen, aber zumindest gaben wir uns unseren verbotenen Liebschaften im stillen Kämmerlein hin. In Konstantinopel geschah alles in der Öffentlichkeit. Männer und Frauen aller Altersgruppen, von denen viele verheiratet waren, trafen sich vor den Augen aller zu einem intimen Stelldichein, ohne die geringste Verlegenheit zu zeigen. Das zügellose Benehmen wurde durch die spärliche Kleidung vereinfacht. Die Frauen trugen tief ausgeschnittene Kleider und die Männer enge Hosen aus dünnem Stoff, die geradezu zu unschicklichen Berührungen einluden.

Ich wurde aufgefordert, diesen Veranstaltungen mit Peter und Isolde beizuwohnen, wobei Isolde und ich uns nach byzantinischer Sitte kleiden mussten. Männer fummelten an uns herum und machten uns eindeutige Angebote. Es gelang uns mit Müh und Not, unsere Würde nicht einzubüßen. Ich machte mir Sorgen um Peter und Isolde, und ihre schroffe Zurückweisung aller Verehrer und Verehrerinnen erwärmte mein Herz. Wir hielten uns schon ein paar Wochen in Konstantinopel auf, als ich die Wahrheit entdeckte. Eines späten Abends öffnete ich versehentlich die Tür zum Gemach meines Sohnes, der eng umschlungen mit Isolde im Bett lag.

Ich schloss sofort die Tür, aber sie hatten mich trotzdem erkannt. Am nächsten Tag kamen sie Hand in Hand zu mir.

»Wir lieben uns«, sagte Peter. »Wir möchten heiraten.«

Ich geriet ein wenig aus der Fassung, denn Isolde war sechsundzwanzig und Peter erst sechzehn Jahre alt. Der Altersunterschied war erheblich, wenn auch nicht so groß wie zwischen Bachman und mir. Was blieb mir anderes übrig, als ihnen meinen Segen zu geben? Sie waren so verliebt, und ich wünschte Peter und Isolde alles Glück der Welt. »Ihr werdet getraut, sobald wir wieder in Tbilisi sind«, versprach ihn ihnen.

☆

Nach diesem Ereignis fühlte ich mich schrecklich einsam, und ich fürchtete mich vor der Zukunft. Um auf der sicheren Seite zu sein, erkundigte ich mich unverzüglich nach dem Aufenthaltsort von Prinz Juri. Er lag mittlerweile auf dem Friedhof, was mich erleichterte. Allem Anschein nach war er eines natürlichen Todes gestorben. Der Prinz erlitt nach einem Streit im Würfelspiel einen Schlaganfall. Das Ende dieses unbeherrschten Mannes überraschte mich nicht. Allerdings wunderte ich mich, dass niemand die Königin unterrichtet hatte. Einige Zeitgenossen weigerten sich noch immer, die Scheidung anzuerkennen.

Die Stimmung in Konstantinopel war bedrückend. In dieser Gemeinde, die in den Augen Außenstehender als mächtig und reich angesehen wurde, regierten Angst, Hass und Streit. Die Menschen waren unglücklich. Isaak und Alexios verfolgten alle mit ihrem Hass, die den Thronräuber unterstützt hatten. Zudem litt das Volk unter enorm hohen Steuern. Das Geld wurde benötigt, um die kostspielige Hofhaltung zu decken und das Kreuzritterheer vor den Mauern der Stadt zu unterhalten. Die Kreuzritter hatten es nicht eilig, ins Heilige Land zu marschieren, denn hier lebten sie in Saus und Braus. Isaak und Alexios fühlten sich im Schutze der riesigen Streitkraft, die das Volk einschüchterte, sicherer. Die Byzantiner hingegen erfreute die Anwesenheit der Kreuzritter, die größtenteils zu den Latinern gehörten, ganz und gar nicht. Ihre Abneigung wuchs aufgrund ihres schlechten Benehmens. Die Kreuzritter, die vor den Stadtmauern lagerten, betraten die Stadt nach Lust und Laune, um sich in den Tavernen zu betrinken, wobei es immer wieder zu Streitereien kam. Häufig floss sogar Blut, und keine Frau, die ohne Begleitung durch die Straßen lief, war vor ihnen sicher. Meine Zofen durften den Palast nicht ohne eine starke Eskorte bewaffneter Männer verlassen.

☆

Ich war zutiefst beunruhigt. Im Grunde war ich eine Gefangene, und ich wusste noch nicht einmal, wer mich gefangen hielt und warum er es tat. Den Blicken nach zu urteilen, die die Adeligen mir am Hofe zuwarfen, ging es ihnen in erster Linie um meinen Körper. Trotz meiner fast dreiundvierzig Jahre brauchte ich den Vergleich mit keiner anderen Frau der Welt zu scheuen. Ich war mittlerweile eine dralle Frau, denn ich hatte am Busen, an den Hüften und dem Po ein wenig zugenommen – genau an den Stellen, die Männer gerne anschauen und berühren.

Während der Feste am Hofe wurde ich zwar wie alle Frauen begrapscht, aber niemand näherte sich mir in meinem – wie ich hoffte – vorübergehenden Heim. Als ich einige Monate in Konstantinopel weilte, suchte mich Prinz Alexios auf, der meine Zofen kurzerhand hinausschickte. Ich stand dem Prinzen mitten in einem der Empfangssäle, derer es im Palast viele gab, allein gegenüber.

»Ich hoffe, es ist alles zu Ihrer Zufriedenheit«, sagte er.

»Es könnte nicht besser sein«, erwiderte ich. »Es wird mir schwer fallen, auf diesen Luxus zu verzichten.«

»Warum sollten Sie darauf verzichten?«

»Königin Tamara rechnet mit meiner Rückkehr.«

»Es ist keine Eile geboten.«

»Da meine Anwesenheit hier nicht dienlich ist ...«

»Sie ist dienlich. Ich habe gehört, dass Sie Witwe sind.«

Daher weht der Wind, dachte ich seufzend. »Ja, Hoheit.«

Er missverstand mein tiefes Seufzen und schob es auf den Verlust meines Mannes. »Ist es nicht einsam so allein in einem Bett?«

»Ich habe mich daran gewöhnt.«

»Ein wenig Behaglichkeit könnte bestimmt nicht schaden. Soll ich Ihnen jemanden schicken?«

Ich war entsetzt. »Denkt Ihr an eine bestimmte Person?«

»Ich werde sicherlich den richtigen Mann oder, wenn Sie es wünschen, auch die richtige Frau auswählen. Und im Gegenzug erweisen Sie mir die Ehre, Ihren Sohn in meine Garde aufnehmen zu dürfen.«

Nun fiel der Groschen. Dieser unverschämte Flegel!

»Das ist nicht möglich, Hoheit.«

Er hob die Augenbrauen. »Sie können mir die Bitte nicht abschlagen. Ich bin ein Prinz. Ich bin der Mitherrscher von Byzanz.«

»Und ich bin die Botschafterin der Königin Tamara von Georgien. Mein Sohn kann nicht in Eure Garde eintreten, da er bereits Hauptmann der königlichen Garde Georgiens ist.« Diese Lüge war notwendig. »Er ist zudem verlobt und sehr verliebt in seine Braut.«

Er funkelte mich an. »Ich kann ihn dazu zwingen.«

»Da er wie ich unter herrschaftlichem Schutz reist, Hoheit, würde es einen Krieg mit Georgien heraufbeschwören. Glaubt Ihr, ein hübscher, junger Mann ist das wert?«

Er starrte mich so böse an, dass ich befürchtete, er könne genau dieser Meinung sein. Zum Glück gewann sein gesunder Menschenverstand die Oberhand. »Sie können darüber nachdenken«, sagte er, ehe er mich verließ.

☆

Mit einem Schlag erkannte ich die große Gefahr, in der wir alle schwebten. Was konnte ich tun? Unser Schiff lag noch im Hafen, und die Besatzung war an Bord. Der Kapitän war mit Sicherheit ebenso erpicht darauf wie ich, endlich nach Hause zu segeln. Die Erlaubnis, die Segel zu setzen, konnte uns nur der Hafenmeister erteilen, der seine Befehle vom Kaiser entgegennahm. Ich spielte mit dem Gedanken, heimlich an Bord zu gehen, doch diese Idee verwarf ich bald. Erstens wurden wir bewacht und konnten das Schiff daher nicht unbemerkt erreichen. Zweitens wehte am Goldenen Horn eine schwache Brise, und es wäre für die kaiserlichen Galeeren kein Problem, uns einzuholen. Bei einem Kampf hätten die Menschen, die ich über alles liebte, getötet werden können.

Ich konnte nur hoffen und beten. Meine schwache Hoffnung, Tamara würde einen Boten schicken, um sich nach uns zu erkundigen, erfüllte sich nicht. Ursprünglich sollten wir ja nach Venedig weitereisen, obwohl Tamara mittlerweile erfahren haben musste, dass sich diese Reise erübrigt hatte.

Ich ließ Peter über unsere gefährliche Lage im Unklaren, weil ich befürchtete, er könne unüberlegt handeln. Allerdings verbot ich allen, den Weihnachtsfestlichkeiten beizuwohnen. Peter und Isolde, die der ganzen Welt ihre Liebe zeigen wollten, waren enttäuscht, gehorchten mir aber.

Wir waren alle niedergeschlagen, als das Jahr 1204, das in der Geschichte des Christentums eine große Wende einläutete, begann. In den ersten Tagen des neuen Jahres kündigte Zoe einen Besucher an.

Ich saß im Salon, der neben meinem Schlafgemach lag, vor einem Feuer. Die Winter in Konstantinopel bringen selten richtige Kälte, wobei es oft nasskalt und windig ist.

»Er hat sich als Prinz vorgestellt«, sagte das treue Mädchen, wie ich Zoe – eine reife Frau von fast vierzig Jahren – im Stillen nannte. »Sein Name ist Alexios.«

Ich wunderte mich über ihre Worte, da sie den Mitherrscher

bei seinem letzten Besuch zu mir gebracht hatte. Vermutlich glaubte er, mir genügend Zeit eingeräumt zu haben, um seine Bitte, Peter mit in sein Bett zu nehmen, zu bekräftigen.

»Komnenos«, fügte sie hinzu.

Ich hob erstaunt die Augenbrauen. »Es ist nicht der Prinz?«

»Nein, Gräfin. Nicht dieser Prinz. Ein anderer Prinz.«

»Bring ihn zu mir.«

Ich stand auf, um ihn zu begrüßen, und war beeindruckt. Es war ein junger Mann, den ich ein paar Jahre älter schätzte als seinen Namensvetter. Fürwahr ein stattlicher, geschmackvoll gekleideter Mann. Ich hatte ihn schon zuvor aus der Ferne im Palast beobachtet, doch wir waren uns nicht vorgestellt worden.

Das holte er nun nach. »Ich bin Alexios Komnenos«, sagte er und verneige sich tief. »Zu Ihren Diensten, Gräfin.«

Das hörte ich nicht zum ersten Mal. »Kommt Ihr vom Kaiser?«, fragte ich.

Er reckte die Schultern und runzelte die Stirn. »Erwarten Sie einen Boten vom Kaiser?«

»Er schickt von Zeit zu Zeit einen.«

»Ich bin mein eigener Bote.«

»Und welche Botschaft bringt Ihr mir?«

»Ich möchte die Bekanntschaft der schönsten und berühmtesten Frau machen, die ich je gesehen habe.«

Seine Worte gefielen mir gut. »Ihr schmeichelt mir«, sagte ich. »Möchtet Ihr einen Becher Wein mit mir trinken?«

»Gern.«

Ich bat Zoe, uns Wein zu bringen und bot meinem Gast einen Stuhl am Kamin an.

»Ich möchte Ihnen außerdem meine Dienste anbieten«, sagte er.

»In welcher Beziehung?«, fragte ich, wobei ich nicht wusste, was ich hören wollte.

Der Prinz nahm den Becher, den Zoe ihm reichte, und

schaute mir in die Augen. Auf mein Zeichen hin ließ uns Zoe allein und schloss die Tür.

»Ich weiß, dass Sie eine Gefangene sind«, sagte Alexios.

»Das scheint leider der Fall zu sein«, gab ich zu. Ich musste jedes Wort genau abwägen, falls er entgegen seiner Behauptung doch ein Bote des Kaisers war.

»Die gerne fliehen würde«, fuhr er fort.

»Das wird kaum möglich sein.«

»Alles ist möglich, Gräfin. Darf ich Sie Edith nennen?«

Mein Herz schlug mir bis zum Hals, und das hatte nicht nur mit der Aussicht zu tun, aus Konstantinopel zu fliehen. Der junge Mann sah einfach umwerfend gut aus!

»Ja«, sagte ich. »Ihr müsst mir erklären, was Ihr im Sinn habt.«

»Es würde eine enge Zusammenarbeit erfordern.« Er errötete.

»Das verstehe ich.«

»Hm ...« Er verstummte und sah auf die Tür, die Zoe in diesem Augenblick öffnete.

»Zoe! Ich möchte nicht gestört werden!«

Sie war außer Atem. »Ein Herr wünscht Sie zu sprechen, Gräfin.«

»Hast du ihm nicht gesagt, dass ich beschäftigt bin?«

»Er lässt sich nicht abweisen, Gräfin.«

»Wie ist sein Name?«

»Sein Name ist ...« Zoe warf Alexios einen ängstlichen Blick zu. »Prinz Alexios!«

Alexios sprang entsetzt hoch. »Der Kaiser?«

»Nein, nein, Hoheit. Dukas.«

»Dieser Teufel«, knurrte er. »Ich bin verloren.«

In dieser Stadt hielten sich ziemlich viele Prinzen namens Alexios auf. »Er ist Ihr Feind?«

»Alexios Dukas ist jedermanns Feind, Gräfin. Wenn er mich hier findet ...«

»Dann müssen wir es verhindern«, sagte ich ein wenig enttäuscht. Der junge Mann, der mir von Minute zu Minute mehr
ans Herz wuchs, schien ein ausgesprochen verzagter Geselle
zu sein. »Geht dort durch die Tür und wartet, bis ich mir den
Burschen vom Hals geschafft habe.«

Sein Blick wanderte von mir zur Tür. Zoe eilte durch den
Salon, um ihm die Tür zu meinem Schlafgemach zu öffnen.

»Beeilung, Hoheit«, befahl ich.

Kaum war er in meinem Schlafgemach verschwunden, da
betrat mein zweiter Besucher den Salon.

☆

Diesen Burschen kannte ich. Er war mir bei Hofe vorgestellt
worden. Offenbar kam ihm eine größere Bedeutung zu als
dem herumirrenden Komnenos. Ein weiterer Sprössling der
kaiserlichen Familie. Die Dukas hatten im Laufe von Generationen mehrmals das purpurne Gewand getragen und waren
gelegentlich kurze Zeit an der Macht. Häufiger stammten die
kaiserlichen Bräute aus ihren Reihen. Der Ruf der Familie war
seit hundert Jahren befleckt. Einer der Dukas hatte seinerzeit
den Befehl über die Nachhut in der Schlacht von Mantzikert
und Byzanz durch seinen Verrat den Ruin gebracht.

Ich knickste dennoch tief vor dem Repräsentanten der Kaiserfamilie. »Euer Besuch ehrt mich, Hoheit.«

Er schaute sich mit gerümpfter Nase um, und obwohl er
nicht unansehnlich war, erinnerte er mich an ein Frettchen.
Sein misstrauischer Blick glitt durch den ganzen Salon. Meine
zuverlässige Zoe hatte den zweiten Becher bereits abgeräumt.

»Einen Becher Wein?«, fragte ich ihn.

Er nickte, woraufhin Zoe zwei Becher mit Wein füllte. Ich
bot ihm den Platz an, den sein Namensvetter soeben
geräumt hatte.

Dieser Alexios machte mir keine Komplimente und kam sofort auf den Punkt. »Ich glaube, mein Cousin behandelt Sie abscheulich«, sagte er.

»Ich wurde schon besser behandelt«, gab ich zu.

»Der Kaiser behandelt jeden abscheulich«, fügte er hinzu. »Der Staat steht am Rande eines Zusammenbruchs.«

»Davon weiß ich nichts.« Ich wunderte mich in der Tat über den Ernst der Lage.

»Das so genannte Heer vor unseren Stadtmauern verschlingt unsere gesamten Einnahmen. Vielleicht billigen Sie dieses Vorgehen.«

»Es steht mir nicht zu, mir eine Meinung über die Angelegenheiten eines fremden Staates zu bilden.«

»Ihre Königin unterstützt die Angelos.«

»Hm.«

»Hat Alexios sie nicht um Hilfe gebeten und Sie zu ihm geschickt?«

»Ich bin hierher geschickt worden, um mir ein Bild über die Situation zu machen, Hoheit.«

»Würde Königin Tamara einen eventuellen Nachfolger unterstützen, wenn es zum Sturz des Regimes käme?«

»Ah ...« Ich war wie vor den Kopf geschlagen. Eigentlich hatte ich erneut ein Gespräch über Intimitäten erwartet, und nun befand ich mich mitten in einer Verschwörung. »Das würde von dem Nachfolger abhängen.«

»Ich habe vor, die Thronfolge anzutreten.«

»Eure Hoheit ...« Ich musste mich zwingen, nicht zur Schlafzimmertür zu schauen. Der andere Alexios lauschte mit Sicherheit an der Tür. »Ist es richtig, mir das zu erzählen?«

»Sie werden wohl kaum zu Isaak und Alexios laufen und mich verraten, oder? Erstens würden sie Ihnen nicht glauben, und zweitens wären meine Meuchelmörder schnell zur Stelle. Ich bin hier, um mit Ihnen über Staatsgeschäfte zu sprechen.«

Ich schluckte. »Was Ihr andeutet, kann nur durch ...«

»... durch einen Staatsstreich erreicht werden. Das ist meine Sache. Das, was anschließend geschieht, sollte Sie interessieren. Ich kann Konstantinopel kontrollieren, aber ich brauche Unterstützung, um das Land gegen Eingriffe von außen zu schützen. Daher biete ich Ihrer Königin ein Bündnis unserer beiden Länder an. Gemeinsam können wir Großes vollbringen.«

»Und die Kreuzritter?«

»Ich beabsichtige, sie wegzuschicken.«

»Rechnet Ihr mit der Zustimmung der Kreuzritter?«

»Sie haben keine andere Wahl, wenn ich nicht mehr für ihren Unterhalt aufkomme.«

Das war ein gutes Argument.

»Und?«

»Das muss die Königin entscheiden.«

»Werden Sie meinen Wunsch nach einem Bündnis befürworten?«

»Ich kann das Bündnis nur empfehlen, und um das zu tun, muss ich zuerst einmal nach Georgien zurückkehren.«

Er nickte. »Wenn Sie mir Ihre Unterstützung zusagen, können Sie sofort die Segel setzen, sobald ich die Thronfolge angetreten habe.«

Ich traute meinen Ohren nicht. »Gut. Ich werde tun, was ich kann.«

Er musterte mich. »Sie müssen natürlich eine Geisel hier zurücklassen.« Er lächelte kühl. »Als Sicherheit für Ihre Loyalität.«

Ich strich mir mit der Zunge über die Lippen. »An wen dachtet Ihr?«

»An Ihren Sohn.«

»Hoheit ...«

Er winkte ab. »Ihm wird nichts geschehen. Ich gebe Ihnen mein Wort. Sobald die Königin einem Bündnis zustimmt, kehrt er zu Ihnen zurück.«

Noch nie in meinem Leben musste ich so schnell eine so

wichtige Entscheidung treffen. In meinem Kopf herrschte ein einziges Durcheinander. Es würde auf jeden Fall zu einem Staatsstreich kommen, den ich nicht verhindern konnte, ohne mein Leben und das meiner Liebsten zu gefährden. Ohne einen Machtwechsel würde ich diesem Ort vielleicht niemals entfliehen können. Dieser Mann bat dringend um georgische Unterstützung, weil er sie unbedingt brauchte. Wenn ich Tamara überzeugen könnte, wäre das Leben meines Sohnes nicht in Gefahr. Dieser Alexios hatte kürzlich geheiratet und meines Wissens kein Verlangen nach Männern. Und er brauchte mich.

»Ich bin einverstanden«, sagte ich.

»Sie müssen die Situation in der Stadt beobachten und abwarten. Wenn es zu Unruhen kommt, bleiben Sie im Haus und verriegeln alle Türen. Ich schicke Ihnen einen Boten, wenn sich die Lage beruhigt hat.«

☆

Zoe brachte ihn hinaus, und ich öffnete die Tür zum Schlafgemach.

»Dieser Teufel«, schimpfte Alexios.

»Habt Ihr alles gehört?«

»Jedes Wort.«

»Verurteilt Ihr mich?«

Er schüttelte den Kopf. »Sie können nichts dafür.«

»Wen werdet Ihr unterstützen?« Ich hätte ebenso gut fragen können, wen er verraten würde.

»Niemanden. In dieser Stadt wird es zu gefährlich für mich. Edith ... Darf ich Sie begleiten, wenn Sie abreisen?«

»Hm ... Wenn ich dadurch Peters Leben nicht gefährde.«

»Ich gehe heimlich an Bord Ihres Schiffes. Es wird niemand erfahren. Niemand wird mich suchen, wenn ich spurlos verschwunden bin.«

Ich war misstrauisch und zögerte. Wir waren allein in meinem Schlafgemach, und die Tür war verschlossen. Er näherte sich mir.

»Ich werde für immer Ihr Sklave sein«, sagte er.

Was sollte ich tun? Schon der Gedanke allein war verrückt. Er hatte sein ganzes Leben als Prinz verbracht, wohingegen ich einen Großteil meines Lebens eine Sklavin war. All diese Dinge spielten im Augenblick keine Rolle. Auch unser Altersunterschied war nicht von Belang. Ich hätte gut und gerne seine Mutter sein können!

Und seine Qualitäten als Liebhaber? Er legte ein kultiviertes Benehmen an den Tag, und ihm fehlte die wilde Zügellosigkeit Bachmans. Alles in allem war er der beste Liebhaber, den ich je hatte, und er kannte sich erstaunlich gut in der Liebe aus. Er erforschte hemmungslos meinen Körper mit den Händen und zweifelte keine Sekunde daran, mir das größte Vergnügen zu bereiten. Seine Berührungen schockierten mich zum Teil, weil sie mir meine verborgenen Wünsche offenbarten.

Er war unersättlich, und es dauerte eine Weile, bis wir beide erschöpft waren.

Anschließend lagen wir mit verschlungenen Gliedern auf dem Bett und küssten uns immer wieder. »Was soll ich tun?«, fragte er.

»Werdet Ihr erfahren, wann der Staatsstreich stattfindet?«

»Ganz Konstantinopel wird es erfahren.«

»Bringt Euch ein Staatsstreich in Lebensgefahr?«

»Mir kommt keine große Bedeutung zu, und ich habe die letzten beiden Staatsstreiche auch überlebt. Wenn ich mich nicht einmische, dürfte ich nicht in Gefahr sein.«

Ich wusste nicht, welche Bedeutung ihm als Mann zukam. Seine Qualitäten als Liebhaber waren unbestritten. Da ich Isolde an meinen Sohn verloren hatte ... »Wir müssen beide Dukas' Plan folgen«, sagte ich. »Und auf seine Redlichkeit vertrauen.«

Er räusperte sich. »Sollten wir nicht versuchen zu fliehen, statt diesem Flegel zu vertrauen?«

»Nein, das wäre zu riskant.«

»Sie kennen ihn nicht so gut wie ich.«

»Er wird sich an die Abmachung halten, weil es für ihn vorteilhaft ist«, beharrte ich. »Ich bleibe im Palast, bis er mir grünes Licht gibt, und dann informiere ich Euch.«

»Wie erhalte ich die Information?«

Ich küsste ihn. »Wollt Ihr mich bis dahin nicht mehr besuchen?«

☆

Durch seine Besuche wurde die Anspannung der nächsten Tage erträglicher. Ich weihte Peter und Isolde nicht in die Situation ein, um das junge Glück nicht unnötig zu belasten. Bisher hatte ich mich noch nicht entschieden, ob ich Isolde erlauben sollte, bei ihrem Geliebten zu bleiben. Im Grunde war das Risiko zu groß.

Es dauerte nicht lange, bis sich die Ereignisse überschlugen. Zwei Wochen nach Dukas' Besuch weckte uns eine sonderbare Stille, als hielte ganz Konstantinopel den Atem an. Normalerweise begann der Trubel, ehe ich aufstand.

»Es ist seltsam, Gräfin«, sagte Zoe, die mir durchs Haar strich. »Heute Morgen wurden uns weder Brot noch Milch geliefert. Und die Diener sind alle gegangen.«

Dann passiert es jetzt, dachte ich.

Peter und Isolde waren ebenfalls verwirrt. Sie wollten den Palast verlassen, um sich umzuschauen, doch ich verbot es ihnen. Ich verriegelte die Türen und schloss die Fensterläden.

Am nächsten Tag kam Alexios Komnenos in unseren Palast. Peter, Isolde und die Zofen waren bei mir.

Er war erregt. »Es war schrecklich«, sagte er.

»Schlimmer als beim letzten Mal?«

»Ja. Haben Sie schon einmal einen Staatsstreich erlebt?«

»Ich war bei dem Versuch eines Staatsstreichs zugegen, der zum Glück niedergeschlagen werden konnte.«

»Dieser war erfolgreich. Dukas erschlug Alexios vor dem versammelten Hof mit den eigenen Händen.«

Das hörte sich böse an. »Und niemand hat ihn daran gehindert?«

»Sie standen alle unter Schock, und die meisten waren seine Anhänger.«

»Und der arme, alte Isaak? Wurde er wieder ins Kloster gesteckt?«

Alexios schüttelte den Kopf. »Das war nicht mehr nötig. Als er vom Tod seines Sohnes erfuhr, fiel er tot um. Ein Herzschlag, heißt es.«

Möglicherweise entsprach das der Wahrheit, aber es könnte ebenso gut jemand nachgeholfen haben. »Und Bonifazius hat es einfach hingenommen?«

»Bonifazius war nicht in der Stadt. Er ist mit seinen Truppen im Feldlager.«

»Und nun enthebt ihn der neue Kaiser des Amtes. Wie nennt er sich übrigens?«

»Alexios V.«

»Dann wollen wir hoffen, dass er lange genug lebt, um einen Alexios VI. zu zeugen. Ihr habt doch diesbezüglich keine Ambitionen?«

»Nein, nein. Ich habe nur den Wunsch, den Palast zu verlassen. Mit Ihnen. Hat der Kaiser schon einen Boten geschickt?«

»Nein, noch nicht. Wahrscheinlich war er zu beschäftigt. Wir müssen abwarten.«

Alexios speiste mit uns und verließ uns anschließend. Er war viel zu aufgeregt, um mir die Nacht versüßen zu können.

An diesem Abend weihte ich Peter und Isolde in die Situation ein. Das Mädchen geriet aus der Fassung, und genau das hatte ich befürchtet. Peter beugte sich wie immer meiner Entscheidung.

»Du begleitest Mutter«, sagte er.

»Nein«, erklärte sie. »Ich bleibe bei dir. Wenn du sterben musst, sterben wir zusammen.«

»Niemand wird sterben«, sagte ich. »Auf jeden Fall nicht in diesem Haus.« Ganz so zuversichtlich, wie ich tat, war ich nicht. »Die Trennung wird nicht von langer Dauer sein.«

Isolde war so traurig, dass Peter sich mit ihr zurückzog, um sie zu trösten.

Am nächsten Morgen wirkte die Stadt ruhiger als sonst, obwohl wir kriegerischen Lärm, das Trampeln von Füßen und gelegentlich das Rasseln von Schwertern hörten. Plötzlich ertönte lauter Lärm in der Ferne, der sich allmählich näherte. Menschen schrien, und der Krawall wurde immer lauter. Trotz meiner Neugier verbot ich allen hinauszugehen. Wir lauschten noch immer hilflos dem Tumult in der Stadt, als Alexios Komnenos atemlos zu uns eilte.

Ich begrüßte ihn am Portal. »Was ist geschehen?«

»Die Kreuzritter sind in der Stadt!«, lautete seine bestürzte Antwort.

Wir starrten ihn erschüttert an.

»Was?«, rief Peter.

»Warum?« Ich bat Zoe, den Wein zu bringen. Der arme Kerl konnte sicher einen Schluck vertragen.

»Graf Bonifazius suchte gestern Nachmittag Dukas auf«, keuchte er. »Zu dem Zeitpunkt war ich hier. Er wollte wissen, was passiert war. Als er Alexios' Leichnam sah, fragte er Dukas, was mit der Streitkraft der Kreuzritter vor der Stadt geschehen solle. Sie wissen ja, was Dukas für ein arroganter Scheißkerl ist. Er sagte zu Bonifazius, er brauche die Kreuzritter nicht und würde alle Zahlungen einstellen und sie nicht mehr mit Lebensmitteln versorgen. Sie sollten verschwinden.

Er hat nicht gesagt, wohin sie gehen und wie sie dahin kommen sollen.«

»Er hat doch sicher Vorsichtsmaßnahmen ergriffen, um einen Ansturm auf die Stadt zu verhindern?«

»Ich glaube, er befahl, alle Tore zu schließen und die Mauern zu bemannen, aber sein Plan wurde verraten. Bonifazius hat Agenten in der Stadt, und die Angelos haben viele Anhänger. Einige Tore wurden geöffnet.«

Der Lärm wurde lauter. Frauen schrien in Todesangst.

»Was geschieht nun?«, fragte Isolde. »Die Soldaten des Kaisers werden sicherlich ...«

»Er verfügt nicht über genügend Soldaten«, sagte Alexios. Er konnte sich nicht mehr auf den Beinen halten und setzte sich auf die Bank. »Und den Soldaten, die er hat, kann er nicht trauen. Die Stadt ist verloren.«

Alle Blicke waren auf mich gerichtet.

»Dann sind alle Vereinbarungen, die ich mit dem neuen Kaiser getroffen habe, hinfällig«, sagte ich. »Ob wir es schaffen, uns einen Weg zum Hafen zu bahnen?«

»Wir müssen uns beeilen und uns den Weg erkämpfen.«

»Wir brechen unverzüglich auf. Bewaffnet euch und bereitet alles für die Abreise vor«, sagte ich zu meinen Leuten. Ich konnte mich auf Peter und Zoe hundertprozentig verlassen. Sie würden mich unterstützen. Ich wandte mich an den Prinzen. »Habt Ihr keine Waffe, Hoheit?«

»Ich bin überstürzt hierher geeilt ...«

»Ihr könnt doch mit einem Schwert umgehen?«

Er richtete sich auf. »Ich bin ein Prinz der Komnenen.«

»Ihr bekommt eines meiner Schwerter. Beeilung. Wir nehmen nur das mit, was wir tragen können. In zehn Minuten verlassen wir das Haus.«

Ich lief, gefolgt von meinen Zofen, ins Schlafgemach. Wenige Minuten später hatte ich Pantalons angezogen und mir das Schwert um die Hüfte geschnallt. Der Lärm wurde immer lauter. Anschließend lief ich mit Zoe und Brucilla die Treppe hinunter. Peter und Isolde packten noch ihre persönlichen Dinge zusammen. Alexios lief erregt hin und her. Ich reichte ihm eines meiner Schwerter, das er zögernd entgegennahm.

»Sag Peter und Isolde, sie sollen sich beeilen«, befahl ich Brucilla, als ich im Garten Geräusche hörte.

Sekunden später schlug jemand gegen die Tür. Alexios erblasste. »Wir sind verloren«, jammerte er.

»Wir nehmen den Hinterausgang.«

Endlich fanden sich Peter und Isolde im Salon ein. Peter zog sein Schwert. Ich hatte Isolde den Umgang mit einer Waffe nicht beigebracht, was ich nun bitter bereute. Mir war niemals in den Sinn gekommen, wir könnten in eine derart gefährliche Lage geraten.

»Zum Hinterausgang«, rief ich.

Kaum war ich verstummt, wurde die Haustür eingerammt, und eine Gruppe Männer stürzte ins Haus. Es dauerte keine Sekunde, bis ich den Anführer erkannte. Mjkartni stand mir gegenüber.

☆

Er grinste mich teuflisch an. »Ich habe gehört, dass Sie hier sind ... Ich will sie lebend«, sagte er zu seinen Kumpanen. Er hatte offenbar keine Lust, in vorderster Front zu kämpfen, und zudem meine Geschicklichkeit im Umgang mit dem Schwert vergessen.

Beim Anblick dieses Mannes stieg ungeheure Wut in mir auf. Ich konnte es kaum erwarten, dem Schurken ein für allemal das Handwerk zu legen. Ich war so in Rage, dass ich einen unverzeihlichen Fehler machte und alles vergaß, was Brumelli mich gelehrt hatte. Um einen Kampf zu gewinnen, muss man einen kühlen Kopf bewahren. Gefühle sind fehl am Platze, wenn man gegen einen überlegenen Feind gewinnen will. Meistens hatte ich mich an diesen Rat gehalten. Aber in jenem Augenblick vergaß ich alles, was ich je gelernt hatte. Dieser Scheißkerl hatte einst gedroht, mir bei lebendigem Leibe die Haut abzuziehen. Ich dachte noch nicht einmal mehr an die Verantwortung meiner Familie gegenüber und griff ihn an.

Zwei seiner Männer, die vor ihm standen, unterschätzten meine Fähigkeiten erheblich. Zudem waren sie durch den Befehl, mich nicht zu töten, arg eingeschränkt. Sie versuchten tatsächlich, mich mit den Händen zu ergreifen. Als ich meinen Säbel Sekunden später nach links und rechts schwang, flogen ihre Hände, begleitet von einer Blutfontäne, durch die Luft.

Mjkartni schrie entsetzt auf, presste sich gegen die Wand und gab neue Befehle. »Erschlagt sie!«, schrie er.

Keine Sekunde später stand ein anderer Mann vor mir. Es war ein stämmiger Bursche, der den Befehl seines Herrn ernst nahm und seinen Pallasch wütend durch die Luft schwang. Er trug eine Art Rüstung, einen Helm und einen Brustpanzer und war daher ein gefährlicher Gegner. Dennoch ließ ich mich nicht abschrecken. Ich war trotz meines Alters schneller als er. Sein Schwert landete an der Stelle, an der ich soeben gestanden hatte, im Boden. Er drehte sich zu mir um, und da er einen kleinen Schild am Arm trug, konnte er meinen ersten Schlag abwehren und hob erneut das Schwert. Mein zweiter Schlag traf ihn unterhalb seines Brustpanzers. Er sank zu Boden. Aus seiner Wunde und dem Mund rann Blut.

Ich sprang über die Leiche und stand Mjkartni gegenüber. Er schaute hilflos nach links und rechts. Todesangst paralysierte ihn. »Gnade!«, schrie er wie beim letzten Mal, als ich ihm mein Schwert an die Kehle gehalten hatte. »Gnade!«

»Nein, ich kenne keine Gnade mehr mit Ihnen.«

Mein Säbel drang tief in seine Brust. Er war tot, ehe er zu Boden sank.

☆

Nachdem ich mich aus meiner misslichen Lage befreit hatte, sah ich mich um. Meine kleine Truppe hatte sich aufgelöst. Alexios und Brucilla waren verschwunden. Warum standen sie den anderen nicht zur Seite? Peter stand mit dem Rücken zur Wand und verteidigte sich verzweifelt gegen zwei Kreuzritter. Isolde lag auf dem Boden. Ihre Röcke waren bis zur Hüfte hochgeschoben, und sie strampelte mit ihren hübschen Beinen durch die Luft. Ein Mann, dem sie verzweifelt mit den Händen durchs Gesicht kratzte, presste sich auf ihren Körper. Zoe krümmte sich im Todeskampf. Aus ihrem Rücken ragte ein Schwert.

Der Anblick meiner sterbenden Zofe zerriss mir das Herz. Für sie kam jede Hilfe zu spät. Ich musste meinen Sohn retten. Ein lauter Schrei drang aus meiner Kehle, als ich durch den Salon lief und beide Angreifer mit Schwerthieben erledigte. Ohne eine Sekunde zu verlieren, wandte ich mich Isoldes Vergewaltiger zu. Als er die Todesschreie seiner Kumpane hörte, ließ er von ihr ab. Ehe er sich versah, durchbohrte mein Schwert seinen Nacken. Er starb, ohne einen Laut von sich zu geben.

Peter, der Gott sei Dank nicht verwundet war, sank auf die Knie und starrte mich ungläubig an. Heute hatte er zum ersten Mal gesehen, wie geschickt und rücksichtslos seine Mutter kämpfen konnte, wenn es die Situation verlangte. Innerhalb weniger Minuten hatte ich sieben Männer erschlagen.

Isolde richtete sich auf und rang nach Fassung. In diesem Augenblick galt mein Mitleid einzig und allein Zoe. Ich kniete mich neben sie und bettete ihren Kopf in meinen Schoß. Um Isolde machte ich mir keine Sorgen. Selbst wenn der Vergewaltiger in sie eingedrungen war, was ich stark bezweifelte, konnte er nicht schlimmer als ein rammelnder Kiptschake gewesen sein. Ich hätte Zoe gern zur letzten Ruhe gebettet oder ihren Leichnam mit in die Heimat genommen. Angesichts der Lage war beides nicht möglich.

Ich legte sie auf den Boden und stand auf. »Beeilung!«, rief ich.

Wir liefen zur Rückseite des Hauses, wo Brucilla und Alexios warteten. »Wir haben auf Sie gewartet«, sagte der Prinz.

Wie reizend, hätte ich fast gesagt.

☆

Wir waren noch lange nicht in Sicherheit. Die Kreuzritter belagerten die ganze Stadt, und sie hatten vor, mit Konstantinopel und seinen Einwohnern ebenso zu verfahren wie mit Zara und seinen unglücklichen Einwohnern. Allerdings lebten hier viel mehr Menschen, und die Stadt war viel reicher.

Was wir sahen, als wir uns den Weg zum Hafen erkämpften, würden wir so schnell nicht vergessen. Die Paläste wurden geplündert, und Gemälde von berühmten Künstlern, erlesene Möbelstücke und wertvolle Tuchwaren wurden wie Unrat auf die Straßen geworfen. Viele Häuser brannten schon. Stolze Männer, reiche Händler und vornehme Adelige wurden wie gemeine Verbrecher aufgeknüpft oder ins Feuer geworfen. Einige wurden zuerst aufs Pflaster gestreckt und vor der Hinrichtung verstümmelt. Den Frauen und Mädchen wurden die Kleider vom Leib gerissen, bevor sie brutal vergewaltigt wurden. Auch sie wurden anschließend ins Feuer geworfen oder mit Brandeisen, die ihnen auf den Körper gepresst oder zwischen die Beine gestoßen wurden, gefoltert. Wir hörten die qualvollen Todesschreie und das Jammern um Gnade. Der Geruch der Angst vermischte sich mit verbranntem Fleisch und brennendem Holz.

Wir konnten ihnen nicht helfen. Es grenzte an ein Wunder, dass wir uns unversehrt durch die wütende Menge schlagen konnten. Zum Glück hatten sich die Kreuzritter in kleine Gruppen gespalten, die wir besiegen konnten. Endlich erreichten wir den Hafen und unser Schiff, auf dem der treue Kapitän mit seiner Mannschaft aufgeregt auf uns wartete.

Wir segelten an den unzähligen Schiffen vorbei, die alle verzweifelt versuchten, dem Gemetzel zu entkommen. Einige Menschen wollten an Bord unseres Schiffes Schutz zu suchen, und mehrmals rammten uns andere Schiffe, ohne dass unser Schiff Schaden nahm. Aufgrund der leichten Brise kamen wir nur langsam voran. Schließlich erreichten wir den Bosporus und bald darauf die offene See. Als wir in Sicherheit waren, warfen wir aus der Ferne einen Blick auf die brennende Stadt. Konstantinopel war zerstört.

15. KAPITEL
Tod einer Legende

Da die Windverhältnisse ungünstig waren, erreichten wir erst zwei Wochen später Phasis, und drei Tage später waren wir in Tbilisi. Tamara, David und der Hochadel lauschten sprachlos unseren Worten. Einige glaubten uns erst, als unsere Schilderungen von anderer Seite bestätigt wurden.

Es war in der Tat unglaublich. Die Stadt Konstantinopel, die vor neunhundert Jahren nach dem Kaiser, Konstantin dem Großen, benannt worden war, gab es nicht mehr. Byzanz war wesentlich älter. In all den Jahrhunderten hatte die Stadt den Angriffen der Westgoten und der Ostgoten, der Vandalen und Hunnen, der Bulgaren und Sarazenen, die die Stadt mehrmals lange belagert hatten, standgehalten. Rom war hingegen immer wieder geplündert und niedergebrannt worden, doch Konstantinopel wurde nie besiegt. Jetzt war die Stadt Geschichte. Eine Ära ging zu Ende.

Ich rechnete es Tamara hoch an, dass sie sich in erster Linie für unsere Flucht interessierte. »Wenn ich daran denke, in welcher Gefahr du warst«, sagte sie. »Und die arme Zoe. Du darfst mich nie wieder verlassen.« Den Wunsch erfüllte ich ihr von Herzen gern.

☆

Die Königin musste sich um die politische Situation Georgiens kümmern. Die Zustände in unserem Teil der Welt blieben chaotisch. Dukas floh nach einer kurzen Herrschaftszeit aus seiner Hauptstadt und wurde bald darauf ermordet. Die Sieger, zu denen die Kreuzritter und die Venezianer gehörten, teilten sich die Beute. Die kaiserliche Krone erhielt Graf Balduin von Flandern, und der Venezianer, Pier Morosini, wurde zum Patriarchen ernannt. Entgegen den allgemeinen Erwartungen beanspruchte Bonifazius, der die traurige Angelegenheit in die Wege geleitet hatte, nicht den höchsten Preis. Er war so schlau, sich nicht in die Politik der ruinierten, lasterhaften Stadt verwickeln zu lassen. Stattdessen gründete er ein Königreich im Thessalonischen Reich.

Der Rest des Reiches wurde in kleine Fürstentümer aufgeteilt, die von verschiedenen Kriegsherren regiert wurden. Sogar die Komnenen waren mit von der Partie. Ein Familienmitglied, Michael Angelos Komnenos, der sich mit allen politischen Lagern gut stand, bekam die Adriaküste und nannte sich fortan Despot von Epirus.

Die Königin verfolgte die Entwicklung mit besorgtem Blick. Als Alexios' Bruder David, der aus der eroberten Stadt fliehen konnte, in Georgien auftauchte, fragte sie mich um Rat.

»Und was machen wir nun mit dem Prinzen, den du mitgebracht hast?«, fragte sie mich.

»Ich habe keine Ahnung.«

»Er ist sehr hübsch. Warst du mit ihm im Bett?«

»Der Gedanke reizte mich. Er ist sehr hübsch und ist oder war ein Prinz.«

»Wenn man als Prinz geboren wird, bleibt man es ein Leben lang«, sagte sie ernst. »Und er verehrt dich«, fügte sie hinzu.

»Vielleicht bin ich seine erste Liebe.«

»Du würdest ihn nicht heiraten? Du bist schon so lange Witwe.«

»Ist eine Ehe zwischen einem Komnenen und mir möglich, Hoheit? Ein Prinz und eine ehemalige Sklavin?«

»Hm ...« Sie schaute mich verlegen an. »Viele würden es auch als Sieg ansehen, die Mätresse eines Prinzen zu sein. Und hast du mal daran gedacht, dass dein Liebhaber der legitime Erbe des byzantinischen Thrones sein könnte?«

In meinen Augen war er eine einzige Katastrophe.

»Würdet Ihr ihn unterstützen, Hoheit?«

»Nein. Das würde meine Möglichkeiten übersteigen. Ich habe eine andere Idee. An der Nordküste Anatoliens befinden sich ein paar freie Lehngüter, und das ist nicht fern. Wenn wir dort ein abhängiges Königreich errichten würden, hätten wir eine wertvolle Außenbastion, falls die Seldschuken wieder zu den Waffen greifen.«

Wieder einmal bewies Tamara staatsmännische Fähigkeiten, die ihrem Vater fehlten. Die Königin betrachtete die Seldschuken noch immer als unsere einzigen Feinde. Andere schienen wir nicht zu haben.

»Gefällt dir die Idee?«

»Die Idee ist ausgezeichnet, Hoheit. Allerdings betrifft mich die Entscheidung nur am Rande. Ihr habt gesagt, dass wir uns nie mehr trennen wollen. Und mir steht nicht der Sinn nach einer Liebschaft oder einer zweiten Eheschließung.«

Kurz nach unserer Rückkehr aus Konstantinopel heirateten Peter und Isolde. Sie schienen durch die schrecklichen Vorfälle noch enger miteinander verbunden zu sein.

Ich trauerte um den Verlust meiner Kinder, die nun beide den Bund fürs Leben geschlossen hatten, und um die arme Zoe. Brucilla, auf die ich mich auch hundertprozentig verlassen konnte, stand mir nicht so nahe wie Zoe. Sie hatte während unseres Überlebenskampfes in Konstantinopel auf Drängen von Alexios und nicht aus freien Stücken das Weite gesucht.

Selbst die Nachricht aus dem Nordkaukasus von der Geburt meines ersten Enkelkindes, das Mathilda nach ihrem Vater Danilo nannte, riss mich nicht aus meinem Trübsinn. Tamara gab mir die Erlaubnis, meine Tochter zu besuchen, doch ich lehnte ab. Meine Lust auf Reisen war versiegt. Ich war froh, dem Gemetzel in Konstantinopel mit heiler Haut entkommen zu sein.

Ein paar Monate lang zog das Leben an mir vorbei.

☆

Tamara führte ihren Plan aus. Ihr Heer marschierte nach Trapezunt, wo sie Alexios als Kaiser einsetzte. David Komnenos wurde Kaiser der Nachbarstadt Sinope. Gemeinsam herrschten sie sozusagen über ein Land.

Ich begleitete das Heer und kehrte mit den Kriegern zurück. Alexios suchte das Gespräch mit mir, ehe ich ihn verließ.

»Wollen Sie nicht bleiben?«

»Als was, Hoheit?«

»Hm. Heiraten kann ich Sie nicht, aber ich würde Ihnen jede andere Ehre erweisen.«

»Die Königin braucht mich mehr als Ihr mich in Eurem Bett, Hoheit«, erwiderte ich.

☆

Etwaige Überlegungen, nach Norden zu meiner Tochter zu reisen, als ich mein inneres Gleichgewicht zurückerlangt hatte, musste ich jäh verwerfen. Wie wir erwartet hatten, gewannen die Moslems schnell ihre Macht zurück. Nach der Eroberung Konstantinopels schossen zahlreiche kleine Staaten aus dem Boden, die aus der Sicht der Moslems geradezu darauf warteten, erobert zu werden. Vielleicht fragten sie sich, ob es nicht an der Zeit sei, ein für allemal mit dem einzigen christlichen Staat, den sie als Bedrohung ansahen, abzurechnen.

Unsere Spione südlich der armenischen Berge hielten uns über die Ereignisse auf dem Laufenden. Auf Rat von Zakharia Mkhargrdzeli und seines Bruders Ioanne beschloss die Königin, einige Präventivschläge durchzuführen. Daher führten wir in den nächsten Jahren fast ständig Kriege, die wir immer gewannen. Die Königin, die ihr fünfzigstes Lebensjahr erreicht hatte, führte die Truppen in die Schlacht, und ihre nur um wenige Jahre jüngere Leibwächterin ritt treu an ihrer Seite.

Wenn wir nicht zu Felde zogen, verlebten wir zu Hause eine schöne Zeit. Isolde machte mich zum zweiten Mal zur Großmutter. Sie nannte ihr erstes Kind Edith, worüber ich mich sehr freute. Auf Tamaras Bitte hin verbrachte ich viel Zeit mit ihren Kindern. Für die Königin stand die Rolle als Mutter nie an erster Stelle, obwohl sie ihre Sprösslinge über alles liebte. Da sie sich vorwiegend um die Staatsgeschäfte kümmern musste, wurden die beiden Kinder zwangsläufig vernachlässigt. Ich hatte nichts dagegen, das Kindermädchen für die Königskinder zu spielen. Leider brachte diese Aufgabe manches Problem mit sich.

Ich unterrichtete Prinz Georg im Umgang mit der Waffe und vor allem mit dem Schwert und trainierte ihn im unbewaffneten Kampf. Der Junge war zwölf Jahre alt und ein kräftiger, lebhafter Bursche. Ich war mit meinen sechsundvierzig Jahren so gut in Form wie eh und jäh und trug eine enge Hose und ein dünnes Hemd. Wir beide waren ein gutes Team. Als wir eines Tages miteinander rangen, ließ der Junge mich plötzlich los und schob eine Hand zwischen meine Beine. Ich schrie leise auf und warf ihn kurzerhand rücklings auf die Erde.

Georg trug ebenfalls eine enge Hose, die eine bedrohliche Beule aufwies.

»Warum regen Sie sich so auf?«, fragte er, als er wieder zu Atem kam. »Sie sind eine Frau, und ich bin ein Mann.«

»Ich könnte Eure Großmutter sein, Hoheit.«

»Was bedeutet schon das Alter? Sie sind noch immer die schönste Frau in Georgien, nicht wahr?«

»Hm ...« Warum sollte ich dem Prinzen widersprechen? Im

Grunde hatte er Recht, wenn man von ein paar Falten absah. Wir setzten uns auf den Boden.

»Und Sie sind berühmt, Edith. Zeigen Sie mir Ihre Narbe. Ich habe so viel über den denkwürdigen Tag gehört.«

»Ich glaube, man kann sie kaum noch sehen.«

»Zeigen Sie mir die Narbe.«

Ohne mir etwas dabei zu denken, öffnete ich mein Hemd. Der Umgang mit Jungen in diesem Alter war mir durch meinen Sohn vertraut, der mir stets Respekt entgegenbrachte. Prinz Georg zeigte gar kein Interesse an der dünnen, blauen Narbe, sondern ergriff meine Brüste, beugte sich hinunter und saugte an den Brustwarzen.

Ich hatte Angst, er würde mich beißen, wenn ich ihn abrupt abwehrte. Als er Luft holte, zog ich seinen Kopf an den Haaren nach oben. »Das dürft Ihr nicht«, sagte ich keuchend.

»Ich möchte in Ihrem Bett schlafen«, sagte er.

»Das ist ganz unmöglich!«

»Lieben Sie mich nicht?«

»Ich liebe Euch, weil Ihr der Prinz und der Sohn meiner besten Freundin seid. Als Mann kann ich Euch nicht lieben.«

»Warum nicht?«

»Weil Ihr noch kein Mann seid.«

Er ergriff meine Hand und presste sie auf seinen Hosenbeutel. »Fühlen Sie es?«

»Es kann sein, dass Ihr wie ein Mann ausgestattet seid, doch Euch fehlt der Verstand eines Mannes.«

»Ich liebe Sie.«

»Ihr liebt ein Bild, Hoheit. Es wird bald verblassen.«

Er starrte mich an. »Ich kann Ihnen Befehle erteilen.«

»Das kann nur die Königin, Hoheit.«

Er stampfte beleidigt davon.

☆

Ich sprach mit Tamara nicht über das Ereignis, schlug aber vor, Georg in die Obhut eines Mannes zu übergeben und ihn von jungen Frauen in die körperliche Liebe einweisen zu lassen. Tamara erfreute mein Vorschlag nicht. Kaum eine Mutter ist froh, wenn ihr erstes Kind allmählich flügge wird. Dennoch folgte sie meinem Rat.

Ob ich mir den Prinzen zum Feind gemacht hatte, wusste ich nicht.

Künftig verbrachte ich mehr Zeit mit Rusudani, die in Kürze zwölf Jahre alt wurde. Wieder musste ich eine erschreckende Entdeckung machen. Eines Morgens suchte ich die Prinzessin auf, die nackt auf den Bettdecken lag und mit beiden Händen zwischen den Beinen herumspielte. Sie war so entzückt, dass sie mich nicht bemerkte.

Ich zog mich hastig zurück. Auch von diesem Zwischenfall berichtete ich Tamara nicht. Ihre Tochter würde diese Art von Zeitvertreib bald überwinden, und vielleicht war Tamara, die dem schlechten Einfluss ihrer Tante ausgesetzt war, als junges Mädchen ähnlich. Dennoch machte ich mir Sorgen um die Entwicklung der Prinzessin und ihres Bruders.

Davon abgesehen, führte ich in den nächsten Jahren ein eintöniges Leben. Isolde brachte ihr zweites Kind zur Welt, einen Sohn, den sie Peter nannte. Mathilda besuchte mich mit ihrem Sohn Danilo, worüber ich mich von Herzen freute.

Auf Dauer war uns im Palast von Tbilisi kein beschauliches Leben vergönnt. Schon braute sich über unseren Köpfen das Unheil zusammen. Im Herbst 1209 erreichte uns ein Hilferuf von Alexios Komnenos. Er wurde von dem Emir von Kars bedrängt.

Die Stadt lag mitten in Anatolien, also unmittelbar südlich von Trapezunt. Der Emir der Seldschuken war über die christliche, byzantinische Enklave vor seiner Haustür nicht sehr erfreut. Wir hatten ein paar Jahre gelegentlich gegen ihn Krieg geführt und sogar ab und zu seine Stadt ohne Erfolg belagert. Nun rüstete er sich mit Hilfe seiner Nachbarn zum Angriff.

Obwohl das Jahr dem Ende entgegenging, beschloss Tamara, in die Schlacht zu ziehen. Sie rief alle Krieger zu den Waffen und marschierte nach Südwesten. Es war der schwierigste Feldzug, an dem ich je teilgenommen hatte, denn der Winter brach früh herein. Tamara, die an der Spitze ihrer Krieger ritt, wollte erst nach Hause zurückkehren, wenn sie einen Sieg errungen hatte. Oft war das Reiten nicht mehr möglich, und wir versanken bis zu den Knien im tiefen Schnee. Nicht nur David und ich begleiteten sie, sondern auch ihr Sohn Georg, der mittlerweile vierzehn Jahre alt war.

Ich befürchtete in der Intimität eines Feldlagers erneut Probleme mit diesem Frechdachs. In den vergangenen Jahren hatten wir viel Zeit miteinander verbracht, was kaum zu vermeiden ist, wenn man unter einem Dach wohnt und die Mahlzeiten gemeinsam einnimmt. Allerdings hatte ich mich bemüht, nie allein mit ihm zu sein. Georg fügte sich dem, aber seine begehrlichen Blicke und zweideutigen Bemerkungen erinnerten mich oft an Juri Bogoljubskij. Bei seinem ersten Feldzug war er viel zu aufgeregt, um mir große Beachtung zu schenken. In der Schlacht von Basiani errangen wir einen großartigen Sieg. Die Königin konnte nur mit Müh und Not zurückgehalten werden, damit sie sich nicht in das Kampfgetümmel warf. Die Stadt wurde erobert und der junge Georg als Gouverneur eingesetzt. Mich machte die Entscheidung nicht glücklich. In meinen Augen war er zu jung und verantwortungslos für eine solche Aufgabe.

Tamara machte sich große Sorgen, als David erkrankte. Er war Mitte fünfzig und sein ganzes Leben in die Schlacht gezogen. Wir eilten zurück nach Tbilisi und pflegten den Prinzgemahl. Eines Tages erreichten uns die schlimmsten Nachrichten. Der Emir von Ardabil hatte unsere Grenze überquert und war ohne Kriegserklärung auf unsere Stadt Ani marschiert.

Die Krieger des Emirs hatten die Stadt vollkommen zerstört und alle Einwohner niedergemetzelt.

Ich stand hinter Tamara, als der Bote die Nachricht brachte. Sie ballte die Hände und lauschte fassungslos seinen Worten. »Alle?«, fragte sie.

»Jeden Mann, jede Frau und jedes Kind, Hoheit. Die Moslems sollen sogar die Hunde erschlagen haben.«

»Wie viele Menschen wurden getötet?«

»Die Anzahl der Opfer wird auf zwölftausend geschätzt, Hoheit.«

»Zwölftausend Menschen meines Volkes«, murmelte Tamara erschüttert. »Abgeschlachtet!« Sie wandte sich Thaqiadin Tmogveli zu, der nach Davids Erkrankung den Befehl über das georgische Heer übernommen hatte. »Wann können wir aufbrechen?«

»Noch in diesem Monat, Hoheit.«

»Sobald alle Vorbereitungen getroffen wurden, ziehen wir in die Schlacht. Schicken Sie einen Boten zu Zakharia und Ioanne. Wir brauchen ihre Hilfe.«

Obwohl wir erst kürzlich von einem beschwerlichen Feldzug zurückgekehrt waren, beschloss die Königin, die Gräueltat umgehend zu rächen. Sie bedauerte es, David allein zurücklassen zu müssen, aber sie war unerbittlich.

Wir verbündeten uns mit Zakharia und Ioanne und marschierten nach Osten. Der Emir war über unsere Operation im Bilde. Seine Krieger versuchten vergebens, uns an den Bergpässen aufzuhalten. Außerhalb der Stadt stellte sich das feindliche Heer zur Schlacht auf. Gegen unsere erfahrene Streitkraft hatten die Krieger des Emirs keine Chance. Es dauerte nur Minuten, bis wir den Feind in die Flucht schlugen. Unsere Reiterei verfolgte die Fliehenden und ergriff schließlich den Emir, den sie mit gefesselten Händen zur Königin brachte.

Der kleine Mann mit dem weißen Bart erschrak zu Tode, als

er vor der Siegerin niederknien musste. Tamara, deren langes Haar in der Brise wehte, bot in der Rüstung und mit dem Eisenhelm auf dem Haupt in der Tat einen furchterregenden Anblick. Die Königin, die sich nicht geschont hatte, stand am Rande der Erschöpfung, denn wir waren in schnellem Tempo durch Schnee und Regen marschiert.

Zudem war Tamara ungeheuer zornig und schrecklich traurig. In der vergangenen Nacht hatte ein Eilbote aus Tbilisi die Nachricht von Davids Tod gebracht.

☆

Tamara trauerte um den Verlust ihres Gatten. Sie hatte ihn zwar nie richtig geliebt, aber einen großen Teil ihres Lebens mit ihm verbracht. David war trotz seiner Schwächen ein reizender Mensch und ein hervorragender Krieger. Eine Liebe zwischen Mann und Frau, wie sie zwischen mir und Danilo bestanden hatte, lernte meine beste Freundin, die mich zweifellos liebte, nie kennen.

Nun waren wir beide allein.

»Wollt Ihr noch einmal heiraten?«, fragte ich sie.

»Nein.«

In ihrer Wut und Trauer musterte sie den verängstigten Mann mit starrem Blick. Er hatte ein furchtbares Verbrechen an ihrem Volk, das sie regieren und beschützen sollte, verübt.

»Seid Ihr bereit zu sterben?«, fragte sie leise.

Er erschauderte.

»Zuerst«, fuhr die Königin fort, »müsst Ihr leiden. Bringt ihn in die Stadt.«

Wir marschierten, begleitet vom Dröhnen der Trommeln, nach Ardabil. Die Menschen versammelten sich in den Straßen und sahen hilflos zu, wie ihr Emir von den bewaffneten Wachen in die Stadt geführt wurde. Sie waren erleichtert, dass ihre Häuser nicht geplündert worden waren. Richtig freuen konnten sie sich angesichts der Lage nicht darüber. Auf einer Seite des Marktplatzes war eine Estrade errichtet worden, auf der ein Thron stand. Tamara nahm Platz. Die Mkhargrdzelis und ich versammelten sich mit den Generälen hinter dem Thron.

»Treibt die Einwohner zusammen«, befahl Tamara. »Und zählt sie.«

Während die Krieger dem Befehl folgten, aßen wir. Als wir fertig waren, war der ganze Platz mit Männern, Frauen, Kindern und Babys bevölkert.

»Wie viele sind es?«, fragte die Königin.

»Vierzehntausend, zweihundert und vierundsiebzig, Hoheit«, erwiderte der Hauptmann.

»Sehr gut. Alle Straßen werden gesperrt bis auf diese eine.« Sie zeigte mit dem Finger auf die Straße. »Die Menschen, die in der Nähe dieser Straße stehen, können den Platz verlassen. Genau zweitausend, zweihundert und vierundsiebzig.«

Der Hauptmann schluckte. »Sollen wir eine bestimmte Auswahl nach dem Geschlecht oder dem Alter treffen, Hoheit?«

»Nein. Die Menschen, die in der Nähe der Straße stehen, können gehen.«

Sie nickte Ioanne zu. Er wusste, was vom ihm erwartet wurde, und stieg die Estrade hinab. Die Wachen der Königin stellten sich vor die einzige Straße, die nicht versperrt war, und trieben die Einwohner vom Marktplatz. Sie verließen ihre Stadt gesenkten Hauptes und warfen ängstliche Blicke zurück. Niemand ahnte, was geschehen würde, denn die Blockade der anderen Straßen bemerkte in der Aufregung kaum jemand.

Mir schwante Böses. Die Königin hatte mich nicht in ihren Plan eingeweiht. Offenbar hatte ich das Ausmaß ihrer Wut und Trauer unterschätzt.

»Hoheit«, sagte ich.

»Es hat keinen Sinn, dich für die Menschen einzusetzen. Sie sind zum Tode verdammt«, sagte sie, ohne sich zu mir umzudrehen.

Ich kannte die Königin lange genug und wusste, dass diesen Menschen niemand mehr helfen konnte. Innerlich bereitete ich mich auf die Tortur vor.

Als die verlangte Anzahl von Menschen den Platz verlassen hatte, versperrten die Soldaten die letzte Straße. Die Menschen scharrten unruhig mit den Füßen. Langsam näherten sich aus allen Richtungen Krieger, die mit Schwertern, Bogen und vollen Köchern ausgerüstet waren.

Auf Tamaras Zeichen hin begann das Gemetzel. Die Krieger schossen wild in die Masse. Pfeil um Pfeil sauste auf die Verdammten nieder, die keine Chance hatten zu entfliehen. Einige versuchten, auf der Estrade Schutz zu suchen, doch auch sie fielen den Pfeilen oder Schwerthieben der Krieger zum Opfer. Ich zog mein Schwert, um die Königin im Notfall verteidigen zu können.

Niemand konnte den Soldaten entkommen. Einige schafften es tatsächlich, auf die Estrade zu steigen, wo sie auf der Stelle niedergeschlagen wurden. Die meisten drängten sich vor Angst erstarrt in der Mitte des Platzes, während die Pfeile auf sie niederprasselten. Schließlich war der ganze Marktplatz von blutenden Leichen übersät.

Das Martyrium dauerte mehrere Stunden. Selbst als die Dunkelheit hereinbrach, hatten die Krieger ihr Werk noch nicht vollbracht. Fackeln wurden entzündet und die erschöpften Soldaten durch andere ersetzt. Tamara beobachtete reglos das Gemetzel. Die letzten Überlebenden wurden von den Schwertkämpfern niedergeschlagen.

»Emir, Ihr habt gesehen, welch eine schreckliche Vergeltung Ihr unsinniges Verhalten Eurem Volk gebracht hat. Habt Ihr etwas zu sagen?«

Das Entsetzen über den grausamen Vergeltungsschlag und die Angst vor der Hinrichtung lähmten ihn.

»Pfählt ihn«, befahl Tamara. »Und dann brennt den Ort nieder.«

☆

Tamara war nicht so kaltherzig, wie sie tat, aber sie verbarg ihre wahren Gefühle. Sie wusste ganz genau, wie ich dazu stand.

»Du verdammst mich«, sagte sie, als wir vor dem Zelt saßen und auf die brennende Stadt blickten. Ruinen, Trümmer und verkohlte Leichen legten Zeugnis von der Missetat ab.

»Es steht mir nicht zu, meine Königin zu verdammen«, erwiderte ich. »Ich danke Gott, dass ich noch nie eine solche Entscheidung treffen musste.«

»Ja, du kannst dich wahrlich glücklich schätzen.«

☆

Die Zerstörung Ardabils und das Massaker, das die Toten von Ani rächen sollte, werden Tamaras Namen und Ruhm für immer beflecken. Tamara war jedoch nicht die Einzige, die zu ihrer Zeit Vergeltungsschläge durchführte. Richard Löwenherz von England, ein ehrenwerter, tapferer Krieger, ließ einst ein paar Hundert Sarazenen, die er gefangen genommen hatte, köpfen, weil sie sich ihm widersetzt hatten.

Tamara verbreitete durch ihre rasche, grausame Vergeltungsmaßnahme Angst und Schrecken in den Nachbarstaaten. Als ihr Heer im nächsten Jahr unter dem Befehl von Thaqiadin Tmogveli in den Iran einmarschierte, waren ganze Städte evakuiert worden. Die Bewohner waren aus Angst vor dem georgischen Heer Hals über Kopf geflohen. Thaqiadin plünderte

Nord-Persien und kehrte mit einer riesigen Kriegsbeute und unzähligen Gefangenen zurück.

Im Jahre 1210 stand Georgien auf dem Höhepunkt seiner Macht. Das Heer errang überall Siege, und das Land war sogar größer als unter der Herrschaft von David dem Erneuerer. Die Königin war schon zu Lebzeiten eine Legende.

Mir als ihrer engsten Vertrauten entging nicht, wie erschöpft die Königin war. Die lebenslangen Feldzüge forderten ihren Tribut. Von dem Marsch auf Ardabil und dem Verlust ihres Gatten erholte sie sich nicht mehr.

David Sosland erhielt ein feierliches Staatsbegräbnis. Tamara stand lange am Grab, ehe der Sarg mit ihrer Erlaubnis in der Erde versenkt wurde.

Prinz Georg kehrte zur Beisetzung seines Vaters nicht nach Tbilisi zurück. Auf die Bitte seiner Mutter, so schnell wie möglich zu heiraten, erhielten wir aus Kars eine beunruhigende Antwort. Wir erfuhren von Georgs Verhältnis zu einer Mätresse, die nicht etwa dem Adel entstammte, sondern ein einfaches Bauernmädchen war.

Tamara nahm das nicht ernst. »Er wird bald genug von ihr haben«, sagte sie.

☆

Rusudanis Verhalten besorgte sie umso mehr. Sie vertraute sich mir an.

»Ich habe erfahren, dass ein Page vor zwei Tagen mitten in der Nacht ihr Schlafgemach verlassen hat«, sagte sie eines Tages zu mir.

Ich riss erstaunt die Augen auf, obwohl mich die Nachricht keineswegs unvorbereitet traf.

»Meines Wissen hat Mathilda so etwas nie gemacht«, fuhr die Königin aufgebracht fort.

Meine Kinder waren in der Tat disziplinierter als ihre. In diesem Augenblick hielt ich es für besser zu schweigen.

»Was soll ich tun?«, fragte sie mich. »Den jungen Mann bestrafen oder das Mädchen oder beide?«

Ich dachte schnell nach, welchen Rat ich ihr geben sollte. Die einzige Strafe für den Jungen wäre eine Kastration, und dieser Gedanke gefiel mir ganz und gar nicht. Das Mädchen würde im Falle einer Bestrafung ausgepeitscht und eingesperrt werden, was fatale Folgen hätte haben können. Vermutlich hätte die Strafe das angespannte Verhältnis zwischen Mutter und Tochter weiter verschlechtert und die Prinzessin zudem angespornt, ihr liederliches Leben ohne Skrupel fortzusetzen.

»Vielleicht ist nichts weiter passiert.«

»Edith! Er hat in ihrem Bett gelegen!«

»Ja, aber wir wissen nicht, ob der Geschlechtsakt wirklich vollzogen wurde. Sie sind beide noch sehr jung. Es könnte sein, dass sie nur geschmust haben.«

»Gerade du musst so etwas sagen?«

»Bei mir lag der Fall anders.«

»Gut. Ich lege die Sache in deine Hände, Edith. Meine Tochter hat zu dir größeres Vertrauen als zu mir. Finde die Wahrheit heraus und handle entsprechend. Ich lasse dir freie Hand.«

Ich stand der Prinzessin in der Tat näher als ihre eigene Mutter. Sofort am nächsten Morgen suchte ich Rusudani vor dem Morgengrauen in ihrem Schlafgemach auf. Zum Glück lag sie allein im Bett und schlief. Allerdings wiesen ihr zerzaustes Haar und die zerknitterten Decken auf einen Bettgefährten hin, der sie bereits wieder verlassen hatte.

Als ich mich aufs Bett setzte, schrak sie aus dem Schlaf hoch und richtete sich verwirrt auf. Rusudani war mit fünfzehn Jahren eine voll entwickelte, hübsche Frau, obwohl ihr die feinen Gesichtszüge ihrer Mutter fehlten. Überdies war sie ein wenig fülliger, als Tamara es in ihrem Alter gewesen war. Ich erinnerte mich gut an das schlanke, sechzehnjährige Mädchen, das ich seinerzeit kennen gelernt hatte.

»Sie haben mich erschreckt«, beklagte sie sich.

»Es hätte schlimmer kommen können. Wer ist der Junge, der bei Euch war?«

Sie verzog den Mund. »Sie haben mich ausspioniert.«

»Das habe ich nicht, und es war auch gar nicht nötig. Glaubt Ihr allen Ernstes, hier in der Festung könnte man irgendetwas verbergen?«

»Sie haben es doch meiner Mutter nicht erzählt?«

»Nein, sie hat es mir erzählt.«

Sie griff sich mit den Händen an die Kehle.

»Sie hat mir befohlen, mich darum zu kümmern. Wie heißt der Junge?«

»Was geschieht mit ihm?«

»Darüber habe ich noch nicht entschieden. Er wird auf jeden Fall weggeschickt.«

»Sie lassen ihn hinrichten. Das könnte ich nicht ertragen.«

»Er wird weggeschickt, habe ich gesagt. Ihr seid eine Prinzessin. Wenn Ihr Eure Jungfernschaft verloren habt ...«

Sie schürzte die Lippen. »Ich bin unversehrt.«

»Davon würde ich mich gerne persönlich überzeugen.«

Sie zog sich die Decke über den Bauch. »Nein.«

»Ich verstehe. Dann muss ich meine eigenen Schlüsse ziehen. Eure Mutter hat mir freie Hand gegeben. Ich kann Euch auch zu einer Untersuchung zwingen.«

»Wenn Sie das tun, werde ich Sie mein Leben lang hassen.«

»Eure Liebe wäre mir lieber.«

Das entsprach der Wahrheit. Ich war ziemlich sicher, Tamara zu überleben, und in dem Fall wäre ich auf das Wohlwollen der Prinzessin angewiesen. Nach dem Tod der Königin würde ihr Sohn Georg die Thronfolge antreten, und von ihm konnte ich keine Liebe erwarten.

»Wenn Sie mir glauben, gehört Ihnen meine Dankbarkeit«, sagte Rusudani.

»Das könnte ich tun, Hoheit, aber eine eventuelle Schwangerschaft könnte ich nicht verbergen.«

»Schwangerschaft?«

»Wisst Ihr nicht, wie Babys gezeugt werden?«

Sie starrte mich bestürzt an. Ich hätte es mir denken können, dass sie von niemandem aufgeklärt worden war.

»Hört mir gut zu«, sagte ich und klärte sie auf.

Sie lauschte aufmerksam meinen Worten und riss ab und zu erstaunt den Mund auf.

»Hm, es könnte etwas passiert sein«, sagte sie, als ich verstummte.

»Hoffentlich nicht. Wann bekommt Ihr Eure Blutung?«

»In einer Woche.«

»Bis dahin müssen wir abwarten.«

»Und wenn ...«

»Vertraue mir.« Ich hatte eine wichtige Eroberung gemacht.

»Und dann ...«

»Ich könnte dir helfen. Es gibt Methoden, um eine Schwangerschaft vor und nach dem Geschlechtsverkehr zu verhindern.« Ich war nicht so verwegen, ihr ein keuscheres Leben vorzuschlagen. »Ihr müsst mich aber jedes Mal unterrichten und mir den Namen des Mannes sagen. Ihr dürft keine Geheimnisse vor mir haben.«

Sie strich sich mit der Zunge über die Lippen. »Sie verlangen von mir, mich gänzlich in Ihre Abhängigkeit zu begeben.«

»Ich werde Euch nicht enttäuschen.«

Sie musterte mich, ehe sie sagte: »Nein, das würden Sie nicht tun. Sie sind eine treue Seele, Edith.«

Dieses Lob aus dem Munde der Prinzessin erfreute mich, und ich hatte zudem noch viele Trümpfe im Ärmel.

»Ein Problem haben wir noch: Euer Gatte. Er wird sich nicht zum Narren halten lassen.«

»Ich will keinen Gatten.«

Sie erinnerte mich an Tamara, die sich lange Jahre gesträubt hatte, sich einem Mann zu unterwerfen. Die Prinzessin hatte andere Gründe als ihre Mutter, die Ehe abzulehnen. »Ihr sucht doch die Nähe zu Männern.«

»Ja. Sie sind entzückend. Ich spiele gerne mit ihnen. Es gefällt mir, sie in mir zu spüren. Und es geschieht nur, wenn ich es will.«

»Und wenn die Königin befiehlt, dass Ihr heiratet?«

Sie lächelte mich schelmisch an. »Sie werden mich beschützen, liebe Edith.«

☆

Dieses Problem drohte, Schatten auf meine alten Tage zu werfen, was zum Glück nicht geschah.

Man möge mir verzeihen, dass ich das Verhalten der Prinzessin duldete und sie sogar ermunterte, ihr liederliches Leben fortzusetzen. Ich dachte dabei in erster Linie an mich und meine Familie. Georgien war nicht meine Heimat, und ich hatte in diesem Land keine Verwandten, die mir im Notfall helfen würden. Die Königin war die einzige, auf die ich mich hundertprozentig verlassen konnte. Zu gegebener Zeit müsste ich sie durch ein Mitglied der königlichen Familie ersetzen. Am hilfreichsten wäre für mich Georgs Unterstützung gewesen, aber wir hatten uns entfremdet, und daran würde sich vermutlich nichts ändern. Daher blieb nur Rusudani.

Der Wunsch, meinen Einfluss auf die Prinzessin geltend zu machen, entsprang nicht ausschließlich egoistischen Motiven. Ich hoffte tatsächlich, ihre Ausschweifungen durch meine Komplizenschaft begrenzen zu können. Gleichzeitig liebäugelte ich mit dem Gedanken, Tamara eines Tages über den wahren Charakter ihrer Tochter aufzuklären und das Verhältnis zwischen Mutter und Tochter zu verbessern. Diese Aufgabe würde viel Geduld erfordern. Es war eine Fügung des Schicksals, dass mir die Zeit nicht zugestanden wurde.

Tamara erkrankte im Herbst und musste lange Zeit das Bett hüten. Der Zustand der Königin bot Anlass zur Sorge. Weihnachten schien sie sich ein wenig zu erholen. Ehe der Winter begann und die Straßen unpassierbar waren, besuchte uns zu meiner großen Freude Bachman mit meiner Tochter und meinem Enkelsohn. Sie blieben drei Monate und feierten meinen einundfünfzigsten Geburtstag mit mir.

Es war eine wahre Wonne, sie anzuschauen. Sie waren alle kräftig, gesund und glücklich. Mathilda hatte sich an das Leben in der Steppe gewöhnt und meisterte den Alltag bei den Kiptschaken, als wäre sie dort geboren worden. Sie zauberte sogar ein Lächeln auf Tamaras graues Gesicht.

Ich freute mich von ganzem Herzen, Bachman nach fast zehn Jahren wiederzusehen. Nach wenigen Tagen erfuhr ich, welche Gründe ihn letztendlich zu dem Familienbesuch bewogen hatten. Er machte sich große Sorgen um die Zukunft.

»Erinnern Sie sich an unser Gespräch, das wir während des Feldzugs gegen Juri Bogoljubskij geführt haben?«, fragte er mich.

»Wir haben damals viele Gespräche geführt. Ich erinnere mich an jedes einzelne.«

»Es ging um den Stammesfürsten der Mongolen.«

»Temüdschin. Sie sprachen von dem großen Khan, von einer Wiederauferstehung von Attila dem Hunnen.«

»Genau. Haben Sie seitdem etwas von ihm gehört?«

»Sollte ich? Gibt es ihn wirklich?«

»Seine Truppen haben vor einem Jahr Turkestan überrannt.«

Ich runzelte die Stirn. Turkestan hieß ein riesiges Gebiet östlich des Kaspischen Meeres, das keine klaren Grenzen aufwies. »Überrannt ...«

»Ja, die Truppen haben das Land nicht erobert, sondern

überrannt. Sie haben alle Lebewesen getötet, jeden Grashalm vernichtet und alle menschlichen Behausungen dem Erdboden gleichgemacht.«

»Das hört sich ja ganz nach den Seldschuken an.«

»Nein, es sind Mongolen. Sie sind noch schlimmer als die Seldschuken, weil ihre Truppen weitaus stärker sind.«

»Und Sie glauben, sie stellen eine Bedrohung für uns dar? Turkestan liegt sehr fern von uns.«

»Die Entfernung zu uns ist geringer als die zu Karakorum, der mongolischen Hauptstadt. Wenn sie Turkestan erobern, herrschen sie über ganz Asien westlich der Chinesischen Mauer. Ja, meiner Meinung nach stellen sie eine Bedrohung für uns dar.«

»Vielleicht«, sagte ich ungläubig.

»Wollen Sie mit der Königin darüber sprechen?«

»Wenn es ihr besser geht.«

Leider erholte sich Tamara nicht von ihrer Erkrankung. Eine Woche später musste sie erneut das Bett hüten, und am 18. Januar 1212 starb Tamara, die Königin Georgiens.

EPILOG

Tamara starb in meinen Armen. Sie ahnte, dass ihr Ende nahte. »O Edith«, flüsterte sie. »Ich wünschte mir, du würdest mich begleiten. Wir könnten durch die Ewigkeit reiten und das ganze Universum erobern.«

Obwohl ich großes Mitleid mit ihr hatte, war ich nicht bereit zu sterben. Ich hatte mit meinem Leben noch nicht abgeschlossen.

Rustaweli kniete am anderen Ende des Bettes und weinte.

☆

Georgien erlebte den Tod der Königin wie einen Donnerschlag. Sie hatte siebenundzwanzig Jahre über das Land geherrscht und viele Jahre zuvor an der Seite ihres Vaters gesessen. Diese schöne, erfolgreiche Frau war keineswegs alt, und tatsächlich hatte niemand mit ihrem Tod gerechnet. Nun folgte ihr ein Junge von knapp siebzehn Jahren auf den Thron!

Es war ein schwacher Trost, dass sie ein blühendes, mächtiges Land hinterließ, das auf dem Gipfel seiner Macht stand. Die georgischen Krieger wurden von allen Nachbarstaaten gefürchtet. Keiner ahnte etwas von dem entsetzlichen Schicksal, das die Georgier bedrohte. Bachman vertraute nur mir allein seine Zukunftsängste an, und meines Erachtens entsprangen die Mongolen dem Reich der Legenden.

Der Tod der Königin hinterließ in meinem Leben eine große Lücke und rief unsäglichen Schmerz hervor. Ich war froh,

Bachman und Ioanne Mkhargrdzeli, die mir beide sehr nahe standen, in dieser schweren Stunde an meiner Seite zu haben. Auf mich kam viel Arbeit zu, denn Rusudani war nach dem Tod ihrer Mutter wie gelähmt.

☆

Als Erstes musste ich mich um die Einbalsamierung von Tamaras Leichnam kümmern. Anschließend schickte ich einen Eilboten nach Kars, um Prinz Georg, dem legitimen Thronerben, die Kunde vom Tod seiner Mutter zu bringen.

Trotz der vereisten Straßen trat Georg die Reise nach Tbilisi sofort an. Vor seiner Ankunft traf ich die Vorbereitungen für die Beisetzung der Königin und seine Krönung. Ich war gespannt, wie sich der junge Mann entwickelt hatte.

Bachman stand neben mir auf der Treppe des Palastes, um den neuen König willkommen zu heißen. Ioanne und sein jüngerer Bruder Waram waren bei uns. Zakharias schlechter Gesundheitszustand verbot es ihm, nach Tbilisi zu kommen. Er folgte der Königin im selben Jahr ins Grab. Ioanne, den ich immer als den Größten seines Volkes angesehen hatte, übernahm die Nachfolge.

Da ganz Tbilisi trauerte, hallte das Dröhnen der Pferdehufe laut durch die Stadt, als der junge König auf den Hof ritt. Zu meiner großen Bestürzung half Georg der Frau, die er mitgebracht hatte, aus dem Sattel, ehe er uns begrüßte. Sie trug einen Schleier, und trotz des weiten Kleides sah ich auf den ersten Blick, dass sie schwanger war.

Rusudani, die neben mir stand, schnaufte wütend.

Georg reichte seiner Begleiterin den Arm, als er mit ihr die Treppe hinaufstieg. Ehe sie oben ankamen, schob die Frau ihren Schleier zurück und enthüllte gelbbraunes Haar und grobe Gesichtszüge, denen jede Spur von Adel und Würde fehlte.

»Was für ein Haufen Menschen«, sagte sie in hohem, schrillem Ton.

Die versammelte Schar der Höflinge zuckte unmerklich zusammen. Ich hatte Rusudani genaueste Anweisungen erteilt. Sie trat vor und kniete vor ihrem Bruder nieder. »Sei gegrüßt, König der Georgier«, sagte sie mit gesenktem Haupt.

»Ich danke dir«, erwiderte Georg, der eine Hand auf ihren Kopf legte und uns musterte.

»Niedlich«, sagte die Frau an Georgs Seite.

Rusudani riss die Augen auf.

Georg wartete, bis jeder von uns vor ihm niederkniete und seine Treue bekundete. Seine Begleiterin hatte für jeden von uns eine Bemerkung parat. »Oh, ein Wilder«, sagte sie zu Bachman. Auch ich wurde nicht verschont. »Ich habe von Ihnen gehört. Sie töten Menschen.«

Der König rettete uns nicht vor den Unverschämtheiten seiner Begleiterin. Nach der Begrüßung sagte er: »Ich möchte euch Mariam, die zukünftige Königin vorstellen. Edith, da Sie die Herrin unseres Hauses sind, bitte ich Sie, Mariam in die königlichen Gemächer zu führen. Meine Herren, ich möchte mit Ihnen sprechen.«

Er betrat den Palast, ohne Rusudani eines Blickes zu würdigen. Ich bat sie lächelnd, die Nerven zu bewahren.

»Puh, ganz schön groß!«, sagte Mariam.

Als wir die Stufen hinaufstiegen, fing sie an zu keuchen. »Sie sollen die schönste Frau des Königreiches sein.« Ihr abfälliger Ton entging mir nicht.

»Das war ich vielleicht einmal.«

»War die Königin nicht schöner als Sie? Ich habe sie nie gesehen.«

»Sie war sehr schön.«

»War sie schöner als ich?«

Zum Glück erreichten wir in diesem Augenblick den ersten

Stock. Ich blieb ihr die Antwort schuldig und öffnete stattdessen die Tür. Die Dienstmädchen knicksten artig, obwohl sie nicht wussten, wer die fremde Frau war. »Die Mädchen kümmern sich um Sie«, sagte ich. »Sie wollen sicher nach der Reise ein Bad nehmen und sich ausruhen.«

»Ein Bad?«

»Es wird Ihnen gefallen.«

»Sie bleiben hier und reden mit mir«, befahl sie.

»Es tut mir Leid, aber auf mich warten dringende Aufgaben«, erklärte ich ihr und eilte davon.

Es bestand nicht der geringste Zweifel, dass diese Frau eine neue Katastrophe heraufbeschwor.

✫

Vor Tamaras Beisetzung konnten keine klärenden Gespräche geführt werden. Vor der Krönung des neuen Königs wurde der letzte Wille der Königin verlesen. Der gesamte Hochadel versammelte sich im Ratszimmer, als Erzbischof Antoni, der Mikela gefolgt war, das Testament verlas. Da das ganze Land trauerte, hatte bisher kaum jemand die schwelende Krise im Palast bemerkt. Rusudani hatte es eilig, sich diese Frau vom Hals zu schaffen. Ich bat sie, sich in Geduld zu fassen und zunächst einmal abzuwarten.

Alle Anwesenden im Ratszimmer waren entsetzt, als sie Mariam, die wieder unverschämte Bemerkungen machte, an Georgs Seite sitzen sahen. Die Verlesung des Testaments barg kaum Überraschungen. Die Königin vermachte ihr Hab und Gut sowie ihre Vorrechte ihrem Sohn und ihrer Tochter. Rusudani würde die Thronfolge antreten, falls Georg ohne legitimen Erben sterben sollte. An dieser Stelle warfen alle ängstliche Blicke auf Mariams inzwischen dicken Bauch. Zum Schluss verlas Antoni die persönlichen Wünsche der Verstorbenen. »Meiner ältesten und besten Freundin Edith, der Gräfin von Lori, vermache ich zwei Truhen Goldmünzen, damit sie ihre alten Tage genießen kann.«

Ich war überwältigt, und das waren alle anderen auch. Rusudani erholte sich zuerst von ihrem Schock und klatschte in die Hände. »Oh, Edith!«, rief sie. »Ich freue mich für Sie.«

Mariam rümpfte die Nase. »Zwei Truhen? Hätten es ein paar Münzen nicht auch getan?«

»Der letzte Wille meiner Mutter wird umgehend und vollständig erfüllt«, sagte Rusudani, die ihrem Bruder einen strengen Blick zuwarf.

Obwohl Georg älter war als seine Schwester und in Kürze zum König gekrönt werden sollte, ließ er sich von ihr mitunter einschüchtern. Zudem hatte sie ihre Worte vor dem versammelten Hof gesprochen, und die Adeligen nickten zustimmend.

»Natürlich wird der letzte Wille meiner Mutter erfüllt«, stimmte Georg zu, der Mariams Hand drückte. »Ich versichere dir, Liebste, dass zwei Truhen Goldmünzen mehr oder weniger für unseren Staatsschatz kaum von Bedeutung sind.« Er lächelte mich an. »Vielleicht ist es Zeit für Sie, Edith, sich zurückzuziehen.«

☆

Ich war tatsächlich versucht, mich seinem Vorschlag zu beugen, als ich begriff, dass ich zum ersten Mal in meinem Leben eine reiche Frau war. Aber so einfach war das nicht. Wohin sollte ich gehen? Es stand für mich außer Frage, das Land zu verlassen und meine Kinder und Enkelkinder im Stich zu lassen.

Nach Tamaras Tod war ich auf Rusudanis Wohlwollen angewiesen, um in Sicherheit leben zu können. Zum Glück konnte ich mich auf sie verlassen. »Wir brauchen Sie hier, liebe Edith«, sagte sie.

Einen Tag vor der Krönung suchte mich der Erzbischof auf und bat um meine Hilfe. Ich spielte tatsächlich noch immer eine Rolle auf der politischen Bühne.

»Die Lage ist ernst«, sagte er.

»Warum?«, fragte ich höflich.

»Es geht um die Frau, die mit dem König zusammenlebt.«

»Und sein Kind unter dem Herzen trägt.«

»Das ist noch schlimmer. Und nun ...«

»Ja?«

»Diese Mariam soll bei der Krönung neben dem König sitzen. Er besteht darauf.«

Ich runzelte die Stirn. »Er will sie doch nicht etwa krönen lassen?«

»Nein, nein. Das wäre gegen die Verfassung, denn sie ist nicht seine Frau. Allein der Gedanke, sie könnte dort sitzen ... Eine Schwangere! Die Adeligen werden empört sein. Und das Volk ebenso.«

»Was können Sie dagegen tun?«

»Sie müssen etwas tun, Gräfin.«

»Ich?«

»Sie müssen mit ihm sprechen und ihm verständlich machen, dass es nicht geht.«

»Er wird mir nicht zuhören.«

»Sie waren einst seine Lehrerin, oder nicht?«

»Das ist lange her.«

»Dennoch ...«

Ich seufzte. »Ich werde sehen, was ich ausrichten kann.«

☆

Ich bat den König um eine Unterredung, die er mir bereitwillig zugestand.

»Es geht um eine heikle Angelegenheit, Hoheit«, sagte ich.

»Ich habe nichts anderes erwartet.«

Als ich ihm von dem Besuch des Erzbischofs berichtete, runzelte er die Stirn.

»Bin ich nicht der König?«, fragte er. »Ist mein Wort nicht Gesetz?«

»Könige herrschen kraft des Rechts des Erstgeborenen, Hoheit, wobei es üblich ist, sich an geltende Konventionen zu halten. Es widerspricht allen Präzedenzfällen, den Thron mit jemandem zu teilen, der nicht königlicher Abstammung oder die Königin ist. In unserem Land verstößt es ebenfalls gegen die guten Sitten, sich als Schwangere in der Öffentlichkeit zu zeigen. Solltet Ihr Euch über diese Regeln hinwegsetzen, werden Eure Untertanen Anstoß daran nehmen.«

»Muss ich mich für die Gefühle meiner Untertanen interessieren? Ich bin der König.«

»Es ist einfacher und sicherer, über ein zufriedenes Volk zu herrschen als über ein unzufriedenes. Es handelt sich um die Männer, die Ihr in die Schlacht führen müsst.«

»Ich habe vor, Mariam zu meiner Königin zu machen.«

»Vor der Krönung ist das nicht möglich, Hoheit.«

»Das ist mir bekannt. Die Trauung wird unmittelbar nach der Krönung stattfinden.«

»Das müsst Ihr mit dem Erzbischof besprechen, Hoheit.«

»Glauben Sie, er lehnt sich dagegen auf?«

»Das weiß ich nicht.« Ich sah keinen Sinn darin, mich in die Kontroverse verwickeln zu lassen.

»Wenn er sich auflehnt, setze ich ihn ab.«

»Ihr müsst auch mit General Mkhargrdzeli darüber sprechen, Hoheit.«

Georg zog die Stirn in Falten. »Was hat das mit ihm zu tun?«

»Er befehligt Euer Heer, Hoheit. Er hat mit den Kriegern zahlreiche Siege errungen, und daher verehren sie ihn. Er ist der mächtigste Mann im Königreich. Nach Euch natürlich, Hoheit.«

Als er den Sinn meiner Worte begriff, riss er den Mund auf.

»Ich werde meine Krieger in die Schlacht führen und glorreich siegen«, erwiderte er ruhig.

☆

Meine Argumente überzeugten ihn. Mariam saß bei der Krönung nicht neben ihm und war noch nicht einmal anwesend. Rusudani erzählte mir, dass es in den königlichen Gemächern zu einer heftigen Auseinandersetzung mit wüsten Beschimpfungen gekommen sei. »Mariam hasst Sie«, fügte sie lachend hinzu. »Und mich auch. Wir müssen zusammenhalten.«

Bachman sorgte sich um meine Zukunft.

»Tbilisi ist nicht mehr der rechte Ort für Sie«, sagte er, ehe er mit Mathilda und Danilo zurück nach Norden reiste.

»Ich muss hier bleiben. Peter, Isolde und Rusudani brauchen mich. Mathilda weiß ich bei Ihnen in guten Händen.«

»Suchen Sie sich für den Notfall einen sicheren Zufluchtsort.«

»Sie meinen bei Ihnen?«

Er drückte mich an sich. »Es würde mich freuen, liebe Mama, Sie bei uns zu haben, aber ich glaube, es wäre für Sie zu langweilig. Ich halte es für das Beste, Ihre Truhen mit den Goldmünzen wegzuschicken, damit sie in sicheren Gewölben im Westen untergebracht werden.«

»Sie halten Konstantinopel für sicher?«

»Nein, keineswegs. Ich dachte eher an Venedig.«

»Sind die Venezianer nicht noch unredlicher als die Byzantiner? Wir hielten sie immer für Piraten.«

»Sie sind Piraten und unredlich, wenn es um internationale Staatsangelegenheiten geht. Als Geschäftsleute genießen sie einen makellosen Ruf. Wenn sie Ihr Geld annehmen und quittieren, ist es dort sicher.«

Ich schürzte die Lippen. »Und wie schaffe ich es dorthin?«

»Peter wäre der richtige Mann für die Aufgabe.«

»Er ist Soldat.«

»Er dient Ioanne, und der ist Ihr Freund. Ich würde diskret vorgehen.«

Ich nickte. »Und Sie?«

»Ich bin immer für Sie da.«

»Halten Sie mich über das Vorgehen dieses Dschingis Khan auf dem Laufenden?«

»Sie können sich auf mich verlassen.«

☆

Ich beherzigte Bachmans Ratschlag und vertraute mich Ioanne an, der Peter Urlaub bewilligte. Kurz darauf reiste mein Sohn mit Isolde, den Kindern und meinen Goldmünzen nach Phasis, um mit dem Schiff übers Schwarze Meer zu segeln. Das Unternehmen wurde als militärische Operation getarnt. Ich bat Gott um Beistand.

Der König nahm die Reise kaum zur Kenntnis, da wir uns erneut in einer Krise befanden. Ioanne und ich mussten uns in dieser Situation gegenseitig unterstützen.

Mich suchte eine Gruppe Adeliger auf, und Ioanne war ihr Wortführer.

»Die Eheschließung des Königs ...«, begann er.

»Ich glaube, wir können ihn überzeugen, bis zur Entbindung zu warten.«

»Das ist nicht von Belang. Diese Frau kann niemals die Königin von Georgien werden.«

»Sie ist von niederer Herkunft und eine ungehobelte Schlampe«, warf Waram ein.

Dem konnte ich nicht widersprechen. »Der König liebt sie«, sagte ich.

»Er ist ein Junge, den die Künste einer Hure verzaubert haben«, sagte Graf Dchiaberi. Der mittlerweile alte Mann hatte nichts von seiner Energie eingebüßt.

»Und wenn sie seine Mätresse bleibt?«

»Dadurch wäre unser Problem nicht gelöst«, sagte Ioanne. »Aus zwei Gründen. Erstens wird sie die Entscheidungen des Königs beeinflussen und dadurch an der Herrschaft des Landes beteiligt sein.«

»Eine gewöhnliche Hure«, murmelte Graf Dchiaberi.

»Und zweitens«, fuhr Ioanne fort, »wird keine andere Frau das Bett des Königs teilen, solange diese Frau im Hintergrund lauert.«

»Sie muss weg«, erklärte Waram.

Ich warf dem Erzbischof einen Blick zu.

»Die Herren haben Recht«, sagte Antoni.

»Und ich soll es ihm sagen, nicht wahr?«, fragte ich.

»Die Sache sollte ohne größeres Aufsehen abgewickelt werden. Am besten wäre es, die Frau einfach wegzuschicken«, sagte Ioanne. »Sobald die Angelegenheit im Rat besprochen wurde, haben wir es mit einer Staatsaffäre zu tun, die ein schlechtes Licht auf die Herrschaft des Landes wirft. Das müssen Sie ihm erklären.«

»Und das Kind?«, fragte ich.

»Wird wie ein königlicher Prinz oder eine königliche Prinzessin behandelt. Die Thronfolge kann das Kind auf keinen Fall antreten.«

Wieder einmal musste ich mich in die Höhle des Löwen begeben.

☆

»Die Adeligen sorgen sich um Eure Heiratspläne, Hoheit«, sagte ich.

König Georg nickte. »Das verstehe ich. Sie hat einen ziemlich großen Mund. Ich bin bereit, die Ehe erst nach der Entbindung zu schließen. Zum selben Zeitpunkt erkenne ich das Kind als meines an.«

»Ah.«

»Sprechen Sie offen mit mir, Edith.«

Ich holte tief Luft. »Die Adeligen halten es für besser, wenn diese Ehe nicht geschlossen wird.«

»Ich verstehe. Wollen sie mir mein Privatleben vorschreiben?«

»Euer Privatleben ist Eure Angelegenheit, Hoheit. Was Ihr innerhalb Eurer Gemächer tut, betrifft Euch allein. Wenn Ihr jedoch durch diese Tür schreitet, seid Ihr eine öffentliche Person und die Person an Eurer Seite ebenfalls.«

»Musste sich meine Mutter je derartige Unverschämtheiten bieten lassen?«

»Eure Mutter musste in drei Bürgerkriegen kämpfen, Hoheit. Zwei Kriege mussten geführt werden, weil sich die Wahl ihres Ehegatten als Fehlentscheidung erwies.«

»Und Sie waren an ihrer Seite.«

»Zum Glück, Hoheit.«

»Würden Sie auch an meiner Seite stehen, Edith?«

»Ich bin zu alt, um Euch große Dienste erweisen zu können, Hoheit.«

Er nickte. »Ich nehme den Rat der Adeligen an. Und den Ihren. Ich heirate nicht. Allerdings werde ich meinen Sohn anerkennen.«

»Ah.«

»Wird mir noch nicht einmal ein Erbe zugestanden?«

»Die Adeligen hoffen, dass Ihr eines Tages heiratet und Eure Gattin Euch einen Thronerben schenkt.«

»Wenn ich Mariam nicht heiraten kann, will ich überhaupt nicht heiraten.«

»Es ist Eure Pflicht, Hoheit.«

»Meine allererste Pflicht ist es, das Land zu regieren. Um dieser Aufgabe gerecht zu werden, muss ich ein erfülltes Leben führen. Mariam macht mich glücklich. Das ist mein letztes Wort.«

»Ah.«

Er runzelte die Stirn. »Und?«

»Die Adeligen halten es für das Beste, wenn Ihr Mariam des Landes verweist.«

»Glauben sie, sie könnten mich wie ein Kind behandeln? Darf ich niemanden haben, der mein Bett wärmt? Und Sie sind zu alt, um mir dabei zu helfen.«

»Das stimmt, Hoheit. Es dürfte nicht schwierig sein, eine passende Partnerin zu finden.«

»Ich habe eine passende Partnerin. Sie ist die einzige Frau, die ich mir wünsche. Und Sie wollen sie mir wegnehmen.«

»Ich bin nur dir Botschafterin des Rates, Hoheit.«

»Und wenn Sie den Ratsmitgliedern ausrichten, dass ich mir keine Vorschriften machen lasse?«

»Ich bitte Euch inständig, es nicht zu tun, Hoheit. Der Rat wünscht, die Angelegenheit schnell, diskret und freundschaftlich zu regeln. Wenn sie gezwungen werden, die Sache öffentlich zu machen, wird man euch zu guter Letzt dazu zwingen.«

»Und wenn ich mich weigere, mich ihrem Willen privat oder öffentlich zu beugen?«

»Mit Verlaub, Majestät, das wäre der Beginn einer Katastrophe.«

»Würde mich das Volk nicht unterstützen?«

»Dafür gibt es keine Anzeichen. Es wäre sehr unklug, wegen einer Frau einen Bürgerkrieg zu entfesseln. Ihr würdet Eure staatsmännischen Fähigkeiten in Zweifel ziehen und die Errungenschaften Eurer Mutter zerstören. Gewinnen könntet Ihr nicht. Die Kurden sind nicht nur unsere treuesten Verbündeten, sondern sie stellen auch den größten Teil unserer Krieger. Und sie folgen Ioanne Mkhargrdzeli. Er erkennt Euch als König an. Zu diesem Zeitpunkt.«

»Sie meinen, ich bin nur seine Marionette?«

»Ich meine, Ihr solltet Geduld haben, Euch wie ein Staatsmann benehmen und Eure Krieger zum Sieg führen.«

Er musterte mich, ehe er sagte: »Ich verstehe, warum meine Mutter Ihnen vollkommen vertraut hat, Edith.«

Ich hatte mir den König zum Freund gemacht.

☆

Mariam durfte bis zur Geburt ihres Kindes in Tbilisi bleiben. Sie brachte einen Jungen zur Welt, der nach seinem berühmten Großvater David getauft wurde. Anschließend folgte die Trennung.

Es ist für jede Mutter ein entsetzlicher Schmerz, sich von ihrem Kind zu trennen. Mariam musste sich gleichzeitig von dem Mann trennen, den sie liebte und heiraten wollte. Obwohl ich auf Geheiß anderer gehandelt hatte und wusste, dass es zum Wohle des Landes war, fühlte ich mich schuldig. Mir stand daher nicht der Sinn danach, die unglückliche Frau noch einmal zu sehen, ehe sie Tbilisi verließ.

Leider konnte ich Mariam nicht daran hindern, mich vor ihrer Abreise aufzusuchen. Sie trug wertvolle Kleider und zahlreiche kostbare Ringe. Es würde ihr in Zukunft materiell an nichts fehlen, aber sie musste ihr Kind zurücklassen.

Ich begrüßte sie höflich und bot ihr einen Platz an. Sie zog es vor, stehen zu bleiben.

»So«, sagte sie. »Sie haben sich durchgesetzt.«

»Ich?«

»Sind sie nicht die wahre Herrscherin des Landes?«

»Ich bin die Dienerin des Landes.«

»Ha! Ich hasse Sie. Sollten Sie eines Tages fallen, werde ich kommen, um Ihre Demütigung zu bezeugen.«

»Sie sind nicht die Einzige, die mich hasst. Bitte gehen Sie.«

☆

Im Augenblick war meine Position unantastbar. Die Adeligen liebten mich, und dazu gehörte sogar der alte Dchiaberi, den ich vor dreißig Jahren gedemütigt hatte. Selbst der König brachte mir Respekt entgegen. Sein Geschmack in Bezug auf Frauen änderte sich zu unserem Leidwesen nicht. Der König ließ Huren niederer Herkunft als Bettgespielinnen in die Festung bringen. Er weigerte sich, über eine Eheschließung nachzudenken. Zum Glück folgte er meinem Rat und strebte nach militärischen Ehren, um die Liebe des Heeres zu erobern. Ich hatte großen Respekt vor Ioanne und wünschte ihm nur das Beste. Dennoch war es besser für Georgien, von einem starken, erfolgreichen König regiert zu werden als von einem starken, erfolgreichen General.

Die Entwicklung der Prinzessin beobachtete ich mit Sorge. Rusudani erinnerte mich in vielerlei Hinsicht an ihre Tante, wobei ihr erfreulicherweise die grausame Ader zu fehlen schien. Ich tat alles in meiner Macht stehende, damit Rusudani trotz ihres regen Liebeslebens nicht schwanger wurde oder gar erkrankte.

Die politische Entwicklung, über die mich Bachman unterrichtete, erleichterte mich. Dschingis Khan und seine Mongolen hatten dem Westen den Rücken gekehrt und China angegriffen. Die nächsten Nachrichten, die mich erreichten, waren niederschmetternd. Weder die Chinesische Mauer noch die Erfindungsgabe der Chinesen – angeblich konnten sie große Explosionen verursachen, und keiner wusste, wie sie es machten – konnten die Horden des Khans aufhalten, und bald wüteten sie in Peking.

Bei uns in Georgien schien ich die Einzige zu sein, die wusste, was das bedeutete. Bisher hatte kaum einer von diesem Dschingis Khan gehört. Bachman und ich wussten, dass die Mongolen nun die Herrscher über ganz Asien östlich des Kaspischen Meeres waren. Wir stellten uns die Frage, ob sie sich mit diesem unvorstellbar riesigen Gebiet zufrieden geben oder sich nach Westen wenden würden.

Es war eine bedrückende Zeit. Daher freute ich mich umso mehr über die Rückkehr meines Sohnes Peter mit seiner Familie nach ihrer erfolgreichen Reise.

Zunächst waren sie auf meinen Wunsch hin nach Venedig gereist. Sie erreichten die berühmte Stadt nicht ohne Zwischenfälle, aber die wertvolle Fracht blieb unversehrt. Peter bat um ein Gespräch mit dem Dogen, um sich über eine Anlage meines Geldes beraten zu lassen. Der grässliche Dandolo, der die Vernichtung Konstantinopels veranlasst hatte, war tot. Sein Nachfolger war ein redlicher Mann. Er riet Peter, das Geld nach Florenz, dem anerkannten Finanzzentrum Europas zu bringen. Mein Sohn folgte dem Rat und legte meine Goldmünzen im Hause der Peruzzis, der bekanntesten und zuverlässigsten Finanzinstitution der Stadt, an. Aus mir unbekannten Gründen wurde die Institution Bank genannt. Mein Geld wartete dort mit Zins und Zinseszins auf mich.

Das war beruhigend und notwendig, denn im folgenden Jahr zogen die Mongolen erneut zu Felde. Dschingis Khan marschierte nach Westen und eroberte Kashgar und das Tarim-Becken. Kashgar lag in weiter Entfernung von Georgien und war vom Kaukasus und China etwa gleich weit entfernt. Ich hielt es für meine Pflicht, den Rat zu unterrichten. Mit meinen neunundfünfzig Jahren war ich eine alte Dame, und dabei hatte ich kaum etwas von meiner Energie eingebüßt.

Die Adeligen hörten mir schweigend zu. Als ich verstummte, sagte Waram Mkhargrdzeli: »Sie sprechen über eine neue Seldschukenplage, Gräfin.«

»Nach meinen Informationen sollen die Mongolen noch grausamer sein.«

»Wir haben die Seldschuken in den letzten dreißig Jahren immer wieder besiegt. Sie können kaum noch als Gefahr betrachtet werden.«

»Die Mongolen müssen wir als sehr ernste Gefahr ansehen«, sagte ich.

»Wir werden sie besiegen«, verkündete König Georg. »Wenn sie es je wagen sollten, in unser Land einzufallen.«

»Daran hege ich keinen Zweifel, Hoheit«, sagte ich mit gemischten Gefühlen. Es fehlte uns derzeit an fähigen Heeresführern, deren Qualitäten an die von David Sosland, Sargis Mkhargrdzeli, seinem Sohn Zakharia, dem alten König Georg oder Tamara heranreichten. Es blieb nur Ioanne, ein großartiger Feldherr, der zusehends alterte und den Befehl Waram und dem jungen Georg überließ. Dem König mangelte es an Erfahrung, und er überschätzte seine Fähigkeiten. »Ich habe das Thema zur Sprache gebracht, damit wir die Geschehnisse in den Steppen im Auge behalten und uns auf eine mögliche Bedrohung vorbereiten.«

Die Ratsmitglieder stimmten zu, ohne meine Furcht zu teilen. Es dauerte kein Jahr, bis wir eine Eilbotschaft von Bachman erhielten. Ein mongolischer Stoßtrupp war im Nordkaukasus aufgetaucht, und gefangen genommene Krieger hatten ausgesagt, dass das Heer dicht hinter ihnen folge.

Der König und seine Generäle waren nicht so besorgt, wie ich es erwartet hätte. Zumindest fassten sie einstimmig den Entschluss, die Mongolen aufzuhalten und zu vernichten. König Georg hob das größte Heer aus, das je unter der Löwenstandarte ins Feld gezogen war. Jeder, der eine Waffe tragen konnte, wurde zur Fahne gerufen. Nicht weniger als fünfzigtausend Mann marschierten zum Klang der Trommeln in die Schlacht. Ioanne hoffte auf eine Verstärkung von mindestens vierzigtausend Mann an unserer Südgrenze. Die Mongolen sollten nach Süden marschiert sein, um die Überquerung des Kaukasus zu vermeiden – wie ich glaubte –, und näherten sich dem Kaspischen Meer. Wie eine Heuschreckenplage rückten sie vor, verschlangen und zerstörten alles, was ihnen im Wege stand. Schon strömten persische Flüchtlinge in unser Land. Sie

berichteten von den schlimmsten Plünderungen und Vergewaltigungen, von Tod und Zerstörung. Bei dem geringsten
Widerstand vernichteten die Mongolen ganze Gemeinden, ohne ein Lebewesen zu verschonen.

»Wir müssen diesen Schurken eine Lektion erteilen«, verkündete König Georg, der uns Lebwohl sagte.

Rusudani hing an meinem Arm, als wir dem Heer nachschauten. »Ist es nicht ein schöner Anblick?«, sagte sie. »Ich
hätte die Krieger gerne in die Schlacht begleitet.«

Das hätte ich auch gerne getan, aber man kann die Zeit nicht
zurückdrehen, und mittlerweile war ich zu alt für einen Feldzug. Ich legte einen Arm um Isoldes Schulter und drückte sie
an mich. Peter gehörte zu Ioannes Leibgarde.

»Er will mir den Kopf eines Mongolen bringen«, sagte sie.

Ihre Worte erinnerten mich an meinen Bruder Heinrich,
der vor einer halben Ewigkeit etwas Ähnliches zu mir gesagt
hatte.

☆

Das Heer rückte aus, und wir warteten auf die ersten Nachrichten. Ich erinnerte mich an das Jahr 1176, als ich mit Tante
Rusudani auf Nachrichten von König Georg III. und Tamara
wartete. Das kräftigte meinen Entschluss, jeden Gedanken an
eine Niederlage zu verdrängen, selbst wenn wir von einer erfahren sollten. Drei Monate später wurde ich eines Nachmit-
tags von Wehklagen aus meiner Mittagsruhe gerissen. Es hörte sich an, als würde die ganze Stadt ihren Kummer und Gram
bekunden.

Ich sprang aus dem Bett, kleidete mich mit Hilfe meiner
Zofen an und lief die Stufen zum Rittersaal hinunter. Vor Rusudani kniete ein niedergeschlagener Bote.

»Das Heer wurde besiegt«, sagte sie zu mir. »Ist das möglich?«, fragte sie mich ungläubig.

»Und?«, fragte ich den Boten.

»Es sind wahre Teufel, Gräfin«, sagte er. »Sie kommen aus allen Richtungen und schießen brüllend ihre Pfeile ab.«

»Und du konntest entkommen?«

»Ich hatte ein schnelles Pferd. Jeder, der konnte, ritt um sein Leben.«

»Der König?«

»Er auch. Er wurde vom Schlachtfeld geführt.«

Ich schaute die Prinzessin an. Sie war erleichtert, dass ihr Bruder überlebt hatte. Ich musste einen kurzen Augenblick an Demna denken, doch der Gedanke wurde schnell verdrängt. Isolde gesellte sich zu uns. »Was ist mit Peter von Lori?«, fragte ich den Boten.

»Ich glaube, er konnte entkommen, Gräfin.«

»Was sollen wir tun?«, fragte Rusudani.

»Wir müssen uns auf die Verteidigung der Stadt vorbereiten«, verkündete ich zuversichtlich, was ich keineswegs war. Ich musste so handeln wie damals ihre Tante, und das war vierundvierzig Jahre her. Jetzt standen uns kein David Sosland, der den Befehl hätte übernehmen können, und keine Krieger zur Verfügung. Ganz Tbilisi geriet in Panik. Die Menschen rannten kopflos umher, und viele flohen nach Norden. Ich sandte einen Boten zu Bachman und bat um Hilfe, wobei ich nicht die geringste Ahnung hatte, ob ihn die Nachricht überhaupt erreichen würde.

Ich befahl den wenigen Wachen, die in der Festung zurückgeblieben waren, sich auf eine Belagerung vorzubereiten. Es waren Kiptschaken, die uns treu ergeben waren, aber sie sahen aus, als hätte ich ihnen befohlen, Selbstmord zu begehen. Die Lage war in der Tat aussichtslos. Isolde folgte meinem Vorschlag, mit den Kindern und Prinz David zu ihrer Schwägerin nach Norden zu reisen, nicht.

Wenige Tage später trafen Peter, der König und Ioanne bei uns ein. Waram war tot. Unsere Freude über ihr Überleben war unbeschreiblich, doch der Anblick der niedergeschlagenen Männer bestürzte uns zutiefst. Ioanne trauerte um den Tod seines Bruders. Die Mutlosigkeit des Königs griff uns ans Herz. Er betrat schweigend die Festung und zog sich sofort zurück, ohne einen Blick nach links oder rechts zu werfen.

Ich fragte Peter, was geschehen war. »War der Feind so stark? Ihr wart neunzigtausend Mann!«

»Ich weiß es nicht«, sagte mein Sohn. »Es schienen so viele zu sein, aber vielleicht war es auch nur ihre Art zu kämpfen.«

»Sie kamen aus allen Richtungen?«

»Es sah so aus, und ihr größter Trumpf war ihre Disziplin. Ich habe noch nie ein Heer gesehen, das sich so diszipliniert auf dem Schlachtfeld aufführt. Sie griffen uns an, und wir schlugen sie zurück. Sie zogen sich zurück, formatierten sich neu und griffen uns wieder an. Wir schlugen sie erneut zurück. Nach ihrem dritten Angriff flohen sie. Als ich sah, dass sie ihre Schwerter und Bogen zu Boden warfen, glaubte ich, der Sieg sei unser. Das glaubten alle. Stell dir vor, es war ein Trick. Sie galoppierten davon, als wären sie auf der Flucht. Wir verfolgten sie, um sie zu vernichten. Plötzlich marschierten von beiden Seiten mongolische Truppen auf uns zu. Die Streitkraft, die wir verfolgten, erreichte eine Art Nachschublager mit frischen Pferden, vollen Köchern und neuen Schwertern. Sie griffen uns frontal an, während unsere beiden Flügel ebenfalls angegriffen wurden. Die Krieger verloren die Nerven und flohen vom Schlachtfeld.«

Peters Bericht erschütterte uns zutiefst.

»Diese Taktik wird gegen eine befestigte Stadt nicht funktionieren«, sagte ich.

»Im Kampf gegen Städte bedienen sie sich anderer Taktiken«, sagte Peter. »Sie schleudern mit ihrer Belagerungsartillerie Leichen über die Stadtmauern und drohen, die ganze Stadt zu zerstören, wenn sie sich nicht ergibt. Diese Drohung haben sie bereits mehrfach in die Tat umgesetzt.«

»Wir sollen uns einfach ergeben, wenn sie vor unseren Stadtmauern stehen?«

»Das ist ausgeschlossen. Es würde das Ende Georgiens bedeuten.«

Ich fragte mich, ob das Ende dieses Landes nicht in der Tat nahte. Der König verweigerte mir ein Gespräch, um das ich bat. Er war nach der Niederlage seines Heeres in einer schlimmen Lage. Der Thron, auf dem er saß, wackelte, und er hatte nicht die geringste Ahnung, wie wir die Mongolen aufhalten konnten. Der Hauptgrund für König Georgs Trübsinn war mit Sicherheit seine Niederlage und damit sein Scheitern, die Gunst der Krieger zu erringen.

Auch Ioanne war zutiefst betrübt. »Mein Volk wurde vernichtet«, sagte er, als ich ihn besuchte.

»Es wird wieder erblühen«, entgegnete ich, um ihm Mut zu machen.

»Ja«, sagte Shalva Mkhargrdzeli, sein jüngster Bruder. »Wir werden unser Volk zum Sieg führen.«

»Ich marschiere mit, Vater«, sagte Awagi, Ioannes Sohn.

Ioanne seufzte.

☆

Zu unserer großen Erleichterung versuchten die Mongolen in diesem und im nächsten Jahr nicht, unsere Pässe zu überqueren. Sie wurden in Persien aufgehalten. Im Sommer 1222 tauchte ihre Vorhut im Nordkaukasus auf, und Bachman bat um Hilfe.

König Georg hatte die Festung seit der Niederlage kaum verlassen und sich mit seinen Mätressen vergnügt. Trotz der drohenden Gefahr, schien er nicht geneigt zu sein, das Zepter in die Hand zu nehmen. Ich suchte ihn auf.

»Diese Menschen sind unsere treuen Verbündeten. Wir müssen ihnen helfen.«

»Sie machen sich Sorgen um Ihre Tochter und Ihr Enkelkind.«

»Das streite ich nicht ab.«

»Bachman soll sie zu uns nach Tbilisi schicken. Hier sind sie sicher.«

»Können wir in diesem Land noch in Sicherheit leben, wenn die Mongolen den Kaukasus überqueren?«

Ioanne erkannte die Gefahr. »Wir müssen nach Norden marschieren«, erklärte er.

Wir schafften es, König Georg zu überzeugen, und schickten an alle Lehnsherren Boten, damit sie sich mit ihren Vasallen in Tbilisi sammelten. Ich verbrachte viele Stunden auf den Festungsmauern und wartete auf das Eintreffen der Truppen. Es kamen keine. Graf Dchiaberi schickte einen Boten und ließ ausrichten, dass er zu alt sei, um zu Felde zu ziehen, und seine Männer nicht ohne ihn marschieren. Die Gamrekelis schickten eine ähnliche Nachricht.

»Meine Herren«, sagte König Georg, als sich der Rat versammelte. »Dann müssen die Kiptschaken alleine mit der Gefahr fertig werden.« Er stand auf und verließ den Rat. Ich hatte seit Demnas Niederlage in Hereti nie mehr einen so niedergeschlagenen Mann gesehen.

Die Ratsmitglieder verließen gesenkten Hauptes das Ratszimmer.

»Was sollen wir tun?«, fragte Rusudani.

»Wir müssen beten.«

☆

Ich dachte über die Zukunft nach. Kurz vor meinem zweiundsechzigsten Geburtstag musste ich mich tatsächlich mit Fluchtgedanken befassen. Im Grunde hatte ich keine Angst vor der Zukunft. Sobald ich Italien erreicht hätte, wäre ich eine reiche Frau. Aber ich wollte meine Familie auf keinen

Fall im Stich lassen. Ich schickte einen Boten nach Norden und bat Mathilda, mit Danilo nach Tbilisi zu kommen, ohne sie in meine Pläne einzuweihen. Sie lehnte die Einladung ab, weil sie in der Nähe ihres Gatten bleiben wollte, den sie noch immer von Herzen liebte. Von Bachman erhielt ich einen zuversichtlichen Brief. Er hatte Bündnisse mit verschiedenen russischen Fürsten geschlossen und hoffte, die Angreifer zurückzuschlagen.

Leider teilte ich seine Zuversicht nicht.

☆

Die Situation in unserem eigenen Land wurde immer unüberschaubarer, weil König Georg sich weigerte, über das Land zu herrschen. Im Herbst fesselte ihn eine Erkrankung ans Bett, worüber ich mich sehr wunderte. Der König war erst achtundzwanzig Jahre alt! Der Arzt, der auf den alten Simon gefolgt war, machte sich große Sorgen. Er diagnostizierte Schwermut oder eine Lungenentzündung. Vielleicht hatte er sich auch bei einer seiner Huren angesteckt. Im Januar 1223 verstarb er. Kaum jemand trauerte um ihn. Selbst seine Schwester vergoss keine Träne. Sie saß dem Rat vor, als der letzte Wille des Königs verlesen wurde.

Wir ahnten alle, wie das Testament lautete. Der Erzbischof Antoni stockte, als er den entscheidenden Passus vorlas. »Die Krone geht an meinen lieben Sohn David über, auf dass die ruhmreiche Herrschaft der Bagratiden fortgesetzt wird.« Dem elfjährigen Jungen war noch nicht einmal erlaubt worden, an der Sitzung teilzunehmen.

»Das ist ganz unmöglich«, erklärte Ioanne mit Blick auf Rusudani.

»Ich soll Königin werden?«, fragte sie unschuldig.

»Ihr werdet die ruhmreiche Herrschaft Eurer Mutter fortsetzen.«

»Wenn ich die Königin des Landes bin, übernehme ich die Herrschaft. Ich habe nicht vor, die Macht mit einem Prinzgemahl zu teilen.«

Einige räusperten sich. Ich hatte mich bereits umgehört. »Könnte Prinzessin Rusudani nicht als Jungfern-König herrschen? Kiz-malik!«

»Es lebe die Königin Rusudani, unser Jungfern-König!«, riefen alle nach einer kurzen Pause.

»Sie müssen immer an meiner Seite stehen«, sagte sie zu mir, als wir allein waren.

Ich verneigte mich.

Ich weiß nicht, ob Rusudani an den Ruhm ihrer Mutter angeknüpft hätte, wenn sie die Chance dazu gehabt hätte. Einerseits bemühte sie sich nach Kräften, aber andererseits traf sie meines Erachtens die falschen Entscheidungen. Sie hielt es für das Beste, die mongolische Gefahr zu ignorieren, während sie dennoch kriegerischen Eifer entwickelte. Als sie erfuhr, dass der neue Kaiser, Friedrich II., einen Kreuzzug plante, war sie Feuer und Flamme und wollte in die Schlacht ziehen. Ihr Angebot wurde zurückgewiesen. Ihre persönlichen Gewohnheiten änderten sich nicht. Sie nahm weiterhin hübsche, junge Männer mit in ihr Bett.

Es gelang mir, das Leben von Prinz David zu retten, indem ich ihn in ein Kloster steckte. Es war wohl nicht das schönste Leben, doch er blieb zumindest unversehrt.

Die Wende in der Geschichte unseres Landes war nicht mehr aufzuhalten. Im Frühsommer erreichte Mathilda in äußerst bedrückter Stimmung Tbilisi. Danilo war alt genug, um an der Seite seines Vaters zu kämpfen. Bachman und seine Kiptschaken hatten sich mit den Russen verbündet, um die Mongolen abzuwehren. Die beiden Heere lieferten sich an der Kalka eine Schlacht, und wieder einmal gingen die Mongolen als Sieger hervor. Bachman zog noch zu Felde und konnte nicht mehr für die Sicherheit seiner Familie sorgen.

»Mama«, jammerte Mathilda. »Ich bin so traurig. Ich muss immer an meinen Gatten denken.«

»Und Danilo?«

»Als ich abreiste, lebte er noch. Ich weiß nicht, ob ich ihn jemals wiedersehen werde. Mama, ich bin todunglücklich.«

Ich war in einer schwierigen Lage. Eine Flucht erschien mir der einzige Ausweg zu sein, obwohl mein Enkel Danilo nicht bei uns war. Meine Tochter wollte davon nichts hören. Sie hoffte noch immer, ihren Sohn bald in Tbilisi begrüßen zu können. Zudem wollte ich Rusudani nicht im Stich lassen.

Ich rechnete ebenso wie die Generäle jeden Augenblick mit dem Hereinbrechen der mongolischen Gefahr, die uns vorerst erspart blieb. Wir hielten uns irrtümlicherweise für wichtiger als alle anderen und übersahen die Tatsache, dass wir ein großes Reich aufgebaut hatten und es sogar die Macht eines Mannes wie Dschingis Khan überstieg, es zu erobern und zu erhalten. Er wird als einer der grausamsten Menschen in die Geschichte eingehen, aber sein Volk vollbrachte zumindest eine gute Tat. Als die mongolischen Krieger durch Persien marschierten, überwältigten sie die angeblich uneinnehmbare Festung von Alamut, und die Meuchelmörder gehörten ab sofort der Vergangenheit an.

In unserer Sorge vor einem Angriff der Mongolen vergaßen wir unglücklicherweise unsere anderen Feinde, von denen einige noch schlimmer waren. Anfang 1224 passierte der Emir von Khwarezm, Jalal-ud-Din, an der Spitze eines riesigen Heeres unsere südliche Grenze.

Dieser Mann gehörte zu den Opfern unserer Beutezüge nach Persien, die wir in der Blütezeit von Tamaras Herrschaft unternommen hatten. Er stand dem Emir von Arbadil nahe.

Da er wusste, dass unser Heer nach der Niederlage gegen die Mongolen mächtig geschrumpft war, holte er nun zu einem Vergeltungsschlag aus.

Aufgrund der tatsächlichen Bedrohung sammelten sich endlich unsere Heerführer. Die Heere wurden von Ioanne und Shalva angeführt. Peter gehörte auch diesmal zu Ioannes Leibgarde. Da wir die Perser in der Vergangenheit häufig besiegt hatten, zogen wir eine Niederlage nicht in Betracht. Daher waren wir umso entsetzter, als die Reste unseres Heeres in niedergeschlagener Stimmung nach Tbilisi zurückkehrten.

Peter erstattete der Königin Bericht.

»Wir sind verloren, Hoheit«, sagte er.

»Wie konnte das geschehen?«, fragte Rusudani, die sich weigerte, unerfreulichen Nachrichten Glauben zu schenken.

»General Ioanne beschloss, die Perser in Garnhi zur Schlacht zu zwingen. General Shalva wollte sich zurückziehen, um den Feind weiter in unser Land zu locken. Die beiden Brüder zerstritten sich, und Shalva ritt mit seinen Kriegern davon. General Ioanne übergab den strategischen Befehl an seinen Sohn Awagi, dem nicht alle Krieger folgten. Wir wurden überwältigt.«

Rusudani schaute mich an.

»Wo sind die Perser?«, fragte ich.

»Sie marschieren auf Tbilisi. Wahrscheinlich stehen sie in vierundzwanzig Stunden vor unseren Stadtmauern.«

»Wo sind Ioanne und Awagi?«, fragte Rusudani.

»Sie sind geflohen, Hoheit.«

»Diese Halunken! Verräter! Peter von Lori, ich übergebe Ihnen den Befehl über mein Heer und den Befehl, die Stadt zu verteidigen.«

Dieser Befehl hätte mich zu einem anderen Zeitpunkt mit Stolz erfüllt, doch angesichts der Lage konnte er der Aufgabe nicht nachkommen.

»Hoheit«, sagte er. »Es gibt kein Heer.«

»Sind keine Männer mehr da, die mit Waffen umgehen können?«

»Nein. Sie fliehen alle aus der Stadt. Jalal-ud-Din hat geschworen, Tbilisi zu zerstören und alle Lebewesen zu töten, um das Massaker in Ardabil zu rächen.«

Rusudani presste die Lippen aufeinander.

»Er hat geschworen, Euch zu pfählen, Hoheit, und dich Mutter ebenfalls, nachdem sich seine Männer mit dir vergnügt haben.«

»Mein Gott!«, rief Rusudani, die erblasste. »Was sollen wir tun?«

»Wir haben nur eine Möglichkeit«, sagte ich.

Eine Stunde später flohen wir aus der Stadt. Mathilda, Isolde, die Kinder und Rustaweli begleiteten uns. Meine Tochter wollte unbedingt zurück zu ihrem Mann. Peter und ich konnten ihr diese fixe Idee zum Glück ausreden. Wir setzten unsere Flucht inmitten einer Horde von Flüchtlingen den ganzen Tag fort. Als wir am Abend unser Lager aufschlugen, warfen wir einen Blick zurück auf die Stadt. Wir konnten Tbilisi hinter den Berggipfeln nicht sehen, aber die hellen Flammen, die in den Himmel aufstiegen. Isolde ergriff meine Hand. Wir hatten beide den Sturm auf Konstantinopel erlebt und wussten, was sich in der Stadt abspielte.

Rusudani stand neben uns. »Mein Palast«, murmelte sie.

An ihre Untertanen dachte sie nicht.

»Wird die Stadt eines Tages erneut erblühen?«, fragte sie mich.

»Vermutlich«, sagte ich. »Dann werdet Ihr jedoch nicht mehr herrschen.«

Sie brach in Tränen aus.

☆

Zwei Tage später erreichten wir Phasis. Rusudani hatte fast den gesamten Staatsschatz mitgenommen, und daher konnten wir mühelos ein Schiff chartern, um Georgien zu verlassen. Ich ließ ein Leben voller Erinnerungen zurück. Vielleicht musste dieser Staat inmitten feindlicher Mächte nach dem Niedergang des Byzantinischen Reiches so enden. Letztendlich brach das ganze Gebiet unter den Angriffen der Mongolen zusammen. Dschingis Khan kam nie nach Tbilisi. Er starb wenige Jahre später. Er hatte Khwarezm zerstört und Jalal-ud-Din getötet.

Seine Söhne waren ebenso meisterhafte Krieger wie er. Ihr triumphaler Vormarsch wurde ein oder zwei Jahre unterbrochen, da sie den Brauch hatten, nach dem Tod eines Khans nach Karakorum zurückzukehren, um ein neues Oberhaupt zu wählen. Anschließend zogen sie wieder in die Schlacht. Georgien wurde überrannt und Bachman, der sein Volk tapfer verteidigte, starb in einer Schlacht. Ein paar Jahre später eroberten die Mongolen Polen und tränkten ihre Pferde in der Donau. Als Dschingis Khans Nachfolger verstarb, marschierten sie zurück nach Karakorum, um ein neues Oberhaupt zu wählen. Möglicherweise rettete dieser absurde Brauch Europa, denn sie kehrten niemals zurück.

Mathilda trauerte um den schweren Verlust ihres Gatten. Sie hatte bis zum letzten Augenblick gehofft, er würde uns ins Exil folgen. Leider erfüllte sich ihr Wunsch nicht. Er starb als Held auf dem Schlachtfeld. Danilo konnte dem Gemetzel entkommen und schaffte es nach unglaublichem Elend, uns zu folgen.

Rusudani reiste als wohlhabende Königin, als die sie gerne angesehen werden wollte, an die europäischen Königshöfe. An der Fortsetzung ihres ausschweifenden Lebens zweifelte ich nicht.

Rustaweli suchte sein eigenes Glück. Nachdem wir Phasis verlassen hatten, hörte ich nichts mehr von ihm. Ich hoffe, er überlebte und mit ihm eine Abschrift seines Heldenepos.

Ich möchte meine alten Tage in Würde verbringen und die Schönheiten und die Ruhe der Toskana genießen. Es gibt auch hier Krisen, in die ich Gott sei Dank nicht verwickelt werde. Ich bin reich und gesund, und meine Kinder und Enkelkinder umringen mich. In Kürze werde ich zum ersten Mal Urgroßmutter. Wenn die Mongolen nicht kommen, hoffe ich, als glücklicher Mensch zu sterben.

Oft sitze ich auf der Terrasse meines Hauses und schaue gen Osten. Dann wandern meine Gedanken in die Vergangenheit, und die wichtigsten Wendepunkte meines Lebens spulen sich vor meinem geistigen Auge ab: Die Schlacht bei Hattin, als meine Eltern und Brüder ermordet wurden. Der Tag, als ich nackt vor Tamara und ihrem Vater stand. Der Tag, als ich durch meinen Mut und meine Fechtkünste die Krone rettete. Der furchtbare Augenblick, als ich neben dem Leichnam meines Gatten kniete. Ich schaue auf ein ereignisreiches Leben mit vielen Höhen und Tiefen zurück.

Ich möchte keine Sekunde missen.

**Ein Kind, das vom Ende der Welt kommt und ein geheimes Wissen in sich trägt.
Gnadenlose Mörder, die seinen Tod wollen.
Eine Frau, die alles tun wird, um es zu retten.**

Eine Reise, die die Gesetze des wissenschaftlich Erklärbaren ausser Kraft setzt und bis in die Tiefen der mongolischen Taiga führt ...
Dort, wo der Steinerne Kreis über Leben und Sterben bestimmt. Dort, wo der letzte Kampf ausgetragen wird. Dort, wo Mensch, Tier und Geist eins werden. Die Apokalypse kann kommen.
Der neue Grangé sprengt alle Grenzen. Ein unglaubliches Buch, das ein Kult-Buch werden könnte. Teuflisch gut!

ISBN 3-404-15072-4

Der komplette Sechs-Teiler in einem Band

Es sollte die Erfüllung eines Jugendtraums werden: eine
Reise durch Amerika auf dem Sattel eines Motorrades. Aber
von Anfang an geht alles schief für die drei jungen Männer
aus Deutschland. Zuerst nur kleine, alltägliche Dinge, doch
die Situationen werden immer bedrohlicher. Und welche
Rolle spielt die mysteriöse Indianerfamilie, die sie regelrecht
zu verfolgen scheint? Beinahe scheint es, als laste ein Fluch
auf den drei Freunden, ein uralter Fluch, geboren aus den
Mythen der Anasazi, eines Indianerstammes, der vor vielen
Jahrhunderten spurlos verschwunden ist, deren Götter und
Dämonen aber bis heute keine Ruhe gefunden haben. Und
aus dem Jugendtraum wird rasch ein Albtraum ...

ISBN 3-404-15074-0

Das große Indien-Epos von Alan Savage

Indien, Mitte des 19. Jahrhunderts: Die aus Preußen stam-
mende Angelika Hammond findet eine Anstellung als
Hauslehrerin am Hofe des Fürsten von Jhansi. Vor allem zu
der jungen Frau des Fürsten entwickelt sie eine innige
Freundschaft. Als Angelika einen britischen Offizier kennen
und lieben lernt, steht sie vor einer schweren Entscheidung,
denn sie hat gelobt, den Palast des Fürsten fünf Jahre lang
nicht zu verlassen. Die Ereignisse spitzen sich dramatisch
zu, als die indischen Fürstentümer versuchen, die britische
Herrschaft abzuschütteln ...

ISBN 3-404-14862-2